새로 풀어쓴

해동명장전

海東名將傳

새로 풀어쓴

해동명장전

초판 인쇄 2014년 5월 7일
초판 발행 2014년 5월 16일

편   찬 홍양호
편   역 해천서당
펴 낸 이 박찬익
편 집 장 김려생
편   집 김지은 김경수
펴 낸 곳 도서출판 **박이정**

주   소 서울시 동대문구 천호대로 16가길 4
전   화 02) 922-1192~3
팩   스 02) 928-4683
홈페이지 www.pjbook.com
이 메 일 pijbook@naver.com
등   록 1991년 3월 12일 제1-1182호

ISBN 978-89-6292-654-5 (93810)

새로 풀어 쓴

해동명장전

◆
홍양호 편찬 · 해천서당 편역

도서
출판 박이정

차 례

고려(高麗)

조선(朝鮮)

『해동명장전』을 편역하며

　『해동명장전』은 1794년(정조 18)에 이계(耳溪) 홍양호(洪良浩, 1724~1802)가 삼국시대부터 조선 인조대까지의 명장들 전기를 모아 편찬한 책이다. 총 46항목에 55명 장수들의 무공을 열전 형식으로 수록하고 있다. 조선시대 이름난 인물들의 일대기를 기록한 책으로 『해동명신록』, 『고려명신전』, 『국조인물고』, 『국조인물지』 등이 있으나 대체로 문신들 위주로 구성되어 있다. 『해동명장전』은 국가를 위해 전공을 세운 문관과 무장의 전기를 모은 유일한 책이다. 편찬자인 홍양호는 비록 문관 유학자였지만 국가를 위해 전장에 나가 공을 세운 인물에 대해서는 문무관은 물론이고, 의병장과 승병장까지도 모두 명장으로 평가하고 수록하였다. 편찬자는 서문에서 천하를 운용하는 두 축을 문(文)과 무(武)라고 천명하면서, 삼국시대나 고려시대는 다른 나라의 힘을 빌리지 않고도 외적의 침입을 물리칠 수 있었는데, 조선에 와서는 문치(文治)를 숭상하고 국방을 소홀히 하여 임진왜란이나 병자호란의 굴욕을 당했다고 개탄하면서 역대 장수들의 분투(奮鬪) 기록을 널리 전하여 경종을 울리고자 한다고 편찬 의도를 밝히고 있다.

　『해동명장전』은 1794년 완성되었지만, 현전하는 최고본은 1826년(순조 16)에 간행된 6권 3책의 목활자본인 취진자본(聚珍字本)이다. 그 후 1911년 조선광문회간본(朝鮮光文會刊本)이 세간에 유통되기도 하였다. 이 번역의 저본은 규장각에 소장하고 있는 현전 최고본인 취진자본임을 밝힌다. 그동안 『해동명장전』의 번역 유통은 남과 북에서 각각 두 차례 정도 이루어졌다. 남한에서는 한국자유교육협회 주관으로 1971년 김종권(金鍾權)에 의해 번역 출판되었고, 국방부군사편찬연구소 주관으로

1987년 유재호(柳在浩)의 번역본이 출판되었다. 이들 번역본은 이미 30~40년 전에 출판되어 시중에서 찾아보기가 쉽지 않고, 후자의 경우는 원문을 수록하지 않았다. 북한에서는 1956년에 강병도의 번역본이 출판되었는데, 원문은 수록하지 않았다. 2010년에 강병도와 백순남의 번역본이 원문을 수록하여 출판되었다. 북한에는 취진 자본이 존재하지 않아 조선광문회간본을 저본으로 삼았다고 밝히고 있다. 그런데 북역본의 경우는 원전에 수록된 55명의 장수들 가운데 북한의 사상 체계에 부합하지 않은 인물들은 누락시키고 있다. 1956년 간행본에서는 백제의 흑치상지, 고려의 김 방경, 조선의 승병장 영규를 누락시켰고, 2010년 간행본에서는 신라의 장수인 김유 신·장보고·정년·심나, 백제의 흑치상지, 고려의 김부식·김방경, 조선의 이지 란·이종생·어유소·영규를 누락시켰다. 그 이유는 해당 인물들의 행적에 대한 북한 체제의 평가와 고구려 중심주의에 저촉되었기 때문이다. 그러므로 북역본의 경우는 원전에 대한 완역본이라고 볼 수 없다.

이 책은 기존에 남과 북에서 출판된 번역본의 모자란 부분을 고려하여 원본에 충실하게 직역의 형식으로 번역하였고, 주요 사건과 인물에 대해서는 주석을 달았다. 그리고 한문 원문을 각 항목의 뒤에 수록하였다. 아울러 해당 장수들에 대한 유학자 홍양호의 시각과는 다른 민초들의 의식을 알아보기 위해 구비전승(口碑傳承)되는 이야기들을 원문 뒤에 수록하였다. 현재까지 조사된 모든 자료를 실을 수 없어 대표 적인 구전이야기를 정리하였고, 이야기의 목록을 별도로 제시하였다. 그리고 독자들 의 이해를 돕기 위해 장수들의 영정이나 사당·묘소 등의 사진·삽화자료를 군데군 데 배치하였다. 그리하여 이 책은 전문학술번역서로서의 위상과 일반 대중을 위한 대중독서물로서의 위상을 두루 갖추고자 하였다.

이 책의 편역은 해천서당(海川書堂)의 문하생들이 맡았고, 해천 김현룡(海川金鉉 龍)선생님께서 꼼꼼하게 감수하셨다. 대학교수로서 정년을 맞은 후 15년의 시간을 잠시도 쉼 없이 후학들의 요청을 받아들여 한문원전 강독을 맡아주신 선생님의 열정 은 제자들의 가슴 속에 길이길이 남을 것이다. 선생님의 아호(雅號)인 해천의 유래가

"해납백천(海納百川) 불증불감(不增不減) - 바다는 온갖 시내를 받아들이나, 더하지도 않고 덜지도 않는다." 라고 하니, 선생님 삶의 지향이 바다의 드넓은 도량과 같다 하겠다. 이에 문하생들은 머리 조아려 선생님의 은혜에 감사를 드린다.

　시중에서 구할 수 없는 원본을 강독할 수 있도록 제공해 준 규장각 측에 감사드린다. 아울러 편역서이고 이런저런 요구가 많았음에도 기꺼이 출판을 맡아주신 박이정 출판사의 박찬익 대표와 김려생 편집장께도 고마운 마음을 전한다.

2014년 5월
해천서당 문하생들이 삼가 적다

일러두기

- 『해동명장전』의 원문은 규장각 소장으로, 1826년(순조 16)에 간행된 6권 3책의 목활자본이다.

- 각 장수의 생애 개요는 이홍식, 『국사대사전』, 지문각, 1968과 이희승 외, 『한국인명대사전』, 신구문화사, 1969를 주로 참조한다.

- 원문에 오류가 있을 때는 번역문에 주석을 붙이고, 원문에 '오류자[수정자]'로 병기한다.

- 한자음과 다른 외국인명·종족명·지명 등은 '거란[契丹], 우달치[亏達赤]'로 표시한다.

- 구비설화는 『한국구비문학대계』와 기타 설화자료집에 해당 장수에 대한 설화가 수록된 경우, 자료의 목록으로 제시하고 대표적인 설화를 선별하여 가독성을 높이기 위해 일부 윤문한다.

천하의 위대한 국가사업은 오직 두 가지이니, 그것은 문(文)과 더불어 무(武)일 따름이다.

『춘추전』[1]에서는 "문은 능히 많은 백성들을 가까이 끌어 붙이고, 무는 능히 적에 대해 위엄을 보인다."고 했다. 또 『주역』의 계사에는 "황제와 요임금 그리고 순임금은 의상(衣裳)을 드리워 의젓하게 차려 입어 천하 사람들이 우러러보아 정치를 잘하게 되었다."고 설명하고, 이어 "활과 화살 같은 무기의 이로움은 천하에 위엄을 보이는 것"이라고 나타내 놓았다.

이 문과 무, 두 가지는 아울러 함께 행해져야 하고 가히 한 쪽으로 치우치거나 폐할 수 없는 것이다. 삼대[2]가 왕성했던 시대에는 모두 이 도리를 잘 운용하였으므로, 오랫동안 잘 다스려지고 평안이 지속된 바 있으나, 후세에는 문무가 조화된 삼대시대 정치에 미치지 못했다. 대저 한나라와 당나라 이후로 내려오면서도, 이 문무 조화 원리를 버리고서 나라를 잘 다스린 예는 듣지 못했다.

오직 우리 동방에서는 강토와 지역이 중국으로부터 멀리 떨어져 있고, 재주 있는 사람 또한 적고 고루하여 능히 중국에 나란히 비유될 수는 없다. 다행으로 훌륭한 선각자들의 남겨놓은 가르침에 힘입어 오랑캐의 풍습인 좌임[3]을 면할 수가 있었다. 하지만 옛날 삼한시대에는 인문 문

1) 춘추전(春秋傳): 공자의 저술인 『춘추(春秋)』를 해설한 『춘추좌전(春秋左傳)』을 뜻함.
2) 삼대(三代): 중국 좋은 정치의 모범이 되었던 시대인 하(夏) 은(殷) 주(周) 왕조를 뜻함.
3) 좌임(左袵): 중국 변방 오랑캐들은 웃옷의 앞자락을 왼쪽으로 덮어 겹쳐 입어 이렇게 표현하는데, 곧 미개민족의 풍습이란 뜻임.

화가 열리지 못했었다.

　신라와 고려 이후로 오면서 비로소 능히 나라 정치를 경영하고 백성을 제도로 다스리게 되었는데, 나라를 세우고 죽이고 정벌하는 것을 장기로 삼았었다. 그런 까닭으로 강한 상대를 꺾고 모독하는 무리들을 막으면서, 기이한 방법을 생각해 내고 임기응변의 재주에 능통한 사람이 대를 이어 나타났다. 예를 들면 신라의 김유신이나 고구려의 을지문덕 같은 인물들인데, 자기의 손으로 어려운 시대를 분연히 감당해 내어서 그 공적이 삼한에 크게 떨치어, 비록 옛날 중국 이름난 장수라 할지라도 이보다 나은 점이 있지 않았다.

　이후 고려 왕씨 5백 년에 이르러서는 거란, 몽고, 홍건적, 칠치[4] 등의 무리들이 우리의 성을 파괴하고 고을을 짓밟고 백성들을 무참히 죽이는 일이 해를 거듭하여 그치지 않았다. 그랬지만 반드시 어려움을 막아내었고 적개심을 품어 나라를 구하는 인재가 출현하여 그들에 대응했다. 곧 강감찬이나 김방경 같은 여러 사람이 더욱 뛰어난 모습을 보인 분들이다. 나라의 병력에 있어서는 일찍이 조금도 굴함이 없었고, 강토는 그로 인하여 위축됨이 있지 않았다. 이런 까닭으로 천하가 고려를 두렵게 여겨 꺼렸고, 고려를 지칭하여 강국이라고 일컬었다.

　우리 조선시대에 이르러 국토는 옛날과 변함이 없었고 백성들도 더 적어지지 아니했지만, 병력과 전쟁공적은 앞에서 예거한 훌륭한 나라들에 크게 미치지 못한다. 한 번 임진왜란을 만났을 때 온 나라 전 지역이 온통 와해되어 진실로 중국 명나라의 힘을 빌리지 않았더라면 곧 장차 능히 나라를 유지할 수도 없었을 지경이었다. 또한 병자호란의 변란에는 곧 오랑캐의 기병이 멀리 짓밟고 들어와 텅 빈 고을을 달리는 것처럼 기세를 올리니, 임금과 백성들은 숨을 헐떡이며 땀을 흘리고 수십일 사이에 목숨을 살려달라고 비는 일이 벌어졌다. 이렇게 된 까닭은 무엇인고? 그 중심 내용은 문치를 중요하게 여긴 나머지 무력이 왕성하지 못하고 점점 위축되고 쓰러져 연약해져서 떨치어지지 못하였음이었다.

4) 칠치(漆齒): 우리나라 북서쪽 오랑캐로 고려 때 침입해 들어온 흑치(黑齒) 민족을 뜻함.

전쟁의 소용돌이가 지나가고 난리가 평정됨

에 이르러서는 곧 편안한 듯이 아무런 일도 없었던 것처럼 생각하니, 어찌 슬프고 통탄스러운 일이 아니겠는가? 내 이를 위하여 두렵게 여겨 이에 우리나라의 유명한 장수들을 모아, 저 위로는 신라와 고려로부터 아래로는 조선시대에 이르기까지 열전(列傳)을 작성함으로써, 장차 옛날 일들을 끌어와 오늘날 사람들에게 깨우침을 주려고 한다.

대저 우리 조선시대의 사대부들로 하여금, 모두에게 문과 무는 본래 두 가지로 이루어진 것이 아니며 평온한 시대와 위태로운 시대에 따라 주의를 달리하여, 문과 무의 경중을 서로 조화롭게 해야 함을 깨우쳐 알도록 하려는 것이다.

가만히 살펴보건대 우리 조선시대의 이름난 장수로는 이순신, 권율, 곽재우 같은 분이니, 그 뛰어난 재능과 크게 세운 공적은 신라와 고구려에 결코 모자람이 없다. 이런즉 가히 나라에 사람이 없다고 이르지는 못한다. 특히 훌륭한 사람을 뽑아 양성해두고 소홀하게 여김이 없게 하였다가, 어려운 난리에 다다라 중요한 임무를 맡긴다면 다행으로 큰 공적을 이루게 될 것이다. 이른바 천리 밖에 있는 적을 단번에 제압하고, 나라의 세력을 크게 쥐고서 먼 곳에 있는 사람들까지도 위압을 느끼게 하는 그런 용맹을 말하는 것은 아니다.

아아, 우리 조선시대 인물들의 일어남은 가히 왕성하다고 할 만하다. 도학이며 문장이며 절개를 지키는 일에 있어서는 위로 당나라 송나라에 비등하여 감히 외국과 비교할 바가 아니니, 곧 이것은 가히 천하에서 칭찬이 있을 만한 일이다. 후대에 역사를 기록하는 자 거의 부끄러움이 없을 것이로되, 그러나 국가를 지키는 무인의 인재에 있어서는 도리어 삼국시대에 미치지 못하고 있다.

이 어찌 우리나라 산천의 생명 부여하는 조화가 옛날과 같지 않기 때문인가? 그렇지 않다면 하늘이 인재를 양성하는 원리가 문에 대하여 두텁게 부여하고 무에 대하여는 인색하기 때문이라고 하겠는가?

다행으로 서남쪽 나라와 우호관계가 잘 되어, 나라가 크게 경계해야 할 위태로움을 당하지 않은지 수백 년에 이르도록 평화를 유지하는 즐거움을 누리게 된 것은,

실로 조상이 쌓은 음덕에 의함이며 국가의 큰 행복이로다. 비록 그렇다 하더라도 나라를 다스리고 먼 장래를 꾀함에 있어서는 가히 조상의 덕을 믿어 편안함으로 삼을 수는 없는 일이다.

　공자 이르기를,

　"문에 대하여 힘씀이 있는 사람은 반드시 무력을 갖춤이 있어야 한다."

고 하였으니, 깊도다! 성인의 가르침이여.

　이 글을 읽는 사람 아마도 나의 깊은 뜻을 알리로다.

　갑인 중춘 이계 홍양호(洪良浩) 서(序)하노라.

序

天下之大業二 文與武而已. 春秋傳曰 文能附衆 武能威敵. 易之繫曰 皇帝堯舜垂衣裳
而天下治. 繼之曰 弧矢之利 以威天下. 二者竝行 而不可偏廢也. 三代之盛 皆用此道
所以長治久安 後世莫及焉. 逮夫漢唐以下 未聞捨二者 而爲國者. 惟我東方 疆域落遠
人才寡陋 不能比侔中夏. 幸賴殷師之遺敎 得免左袵之俗 而三韓之際 人文未闢. 羅麗
以後 始能經邦制治 而大抵以干戈立國 以殺伐爲長技. 故摧堅禦侮 出奇應變者 代不
乏人. 如新羅之金角干 句麗之乙支公 手勘大難 功蓋三韓 雖古名將 無以過之. 以至王
氏五百年之間 契丹蒙古紅巾漆齒之類 破城屠邑 魚肉生民 殆無虛歲 而必有扞艱敵愾
之才 出而應之. 有若姜太師金上洛諸人 尤其傑然者. 兵力未嘗少屈 疆土以之不蹙 故
天下憚之 號稱强國. 泊我本朝 封域猶古 人民不加少 而兵力戰功遠不及於勝國. 一遭
壬辰之亂 八路瓦解 苟不藉皇朝之力 則將不能爲國矣. 至於丙子之紐 則鐵騎長驅 如
升虛邑 奔走喘汗 乞命於數旬之間 此其故何哉. 職由於文治勝 而武力不競 浸浸然委
靡脆弱 莫之振矣. 及至喪亂旣平 恬然若無事 寧不哀痛. 余爲是懼 乃聚東方名將 上自
羅麗 下及本國 以立列傳 將以援古而警今焉. 使夫國中士大夫 咸知文武本無二致 而
安危注意 互相輕重也. 竊觀我朝名將 如李忠武權元帥郭紅衣數公 其魁才雋功 無遜
於羅麗 則不可謂國無人矣. 特儲養無素 臨亂托重 幸而成功耳. 非所謂折衝千里之外
壯國勢而威遠人也. 噫本朝人物之興 可謂蔚然盛矣. 道學也文章也節義也 上埒於唐
宋 非外國之所敢擬 則斯可以有辭於天下矣. 後之秉史筆者 庶無愧色 而獨於干城之
才 則反不逮於三分之時. 豈山川之生化 不古若也 無乃天之養成 厚於此而嗇於彼歟.
惟幸西南講好 鷄狗不警 式至數百年 享升平之樂 此實祖宗之積德 國家之洪福也. 雖
然謀國遠猷 不可恃此而爲安也. 孔子曰 有文事者必有武備. 深哉 聖人之訓也. 讀此書
者 尙可以知余意也.
甲寅仲春 耳溪 洪良浩 序.

신라

新羅

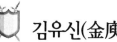 김유신(金庾信, 595~673)

　　신라의 명장으로 본관은 김해이고, 가야국 김수로왕의 12대손이며, 아버지는 서현(舒玄)공, 어머니는 숙흘종(肅訖宗)의 딸 만명(萬明)이다. 15세 때 화랑이 되어 용화향도(龍華香徒)를 거느리면서 심신을 수련했다. 낭비성(娘臂城) 전투에서 고구려군을 처음으로 격파하고, 이후 백제군과 고구려군과의 전투에서 여러 차례 승리를 거두었다. 내부로는 비담(毗曇)과 염종(廉宗)의 반란을 토벌하였으며, 진덕여왕이 후사가 없이 죽자 김춘추(金春秋)를 왕으로 추대하여 삼국통일의 기반을 다졌다. 660년(태종무열왕 7) 상대등이 되어 정병 5만을 거느리고 당나라 소정방(蘇定方)의 13만군과 연합하여 백제를 멸망시킨다. 이후 백제 부흥군을 격퇴하였고, 668년 나당연합군의 총사령관으로 출전하였으나 병으로 서라벌에 남고, 김인문(金仁問), 김흠순(金欽純) 등이 선봉에 서서 고구려를 멸망시킨다. 고구려 정벌 후 태대각간(太大角干)의 작위를 받고, 당나라의 군사를 축출하여 백제의 옛 땅과 대동강 이남의 고구려 땅을 수복하였으나, 고구려의 옛 땅 대부분은 영영 잃어버렸다. 죽은 후 금산원(金山原)에 장사지냈고, 835년(흥무왕 10)에 흥무대왕(興武大王)으로 추존되었다. 『참고문헌』 삼국사기, 삼국유사, 한국인명대사전, 국사대사전

김유신

김유신은 신라 수도 경주 사람이다. 김유신의 12세조 할아버지는 김수로왕이고, 이후 건무18년[1] 가락 9촌에 나라를 열었는데 나라 이름을 가야(加耶)라 했다가 뒤에 고쳐 금강국이라 일컬었다.

그 자손이 이어져서, 김수로왕 9세손 구해에 이르렀는데 이가 김유신의 증조이다. 신라 사람들은 스스로 소호김천씨의 후손이라 말하며 성은 김씨다. 그리고 김유신의 비석에도 헌원씨의 후손이고 소호씨 자손이라고 했으며, 곧 신라와 더불어 같은 성씨이다.

김유신의 할아버지는 김무력인데, 신주도 행군총관이 되어, 일찍이 군사를 거느리고 백제와 싸워 백제왕을 사로잡았고 1만여 명을 참수했다. 김유신의 아버지는 김서현으로, 관직이 소판에 이르렀다.

김서현이 일찍이 길에서 갈문왕[2] 아들인 숙흘종의 딸 만명을 만났다. 마음속으로 그를 사모하여 중매를 기다리지 않고 결합했다. 김서현이 만노군[3]의 태수가 되어 장차 만명과 함께 가려고 했다. 이때 숙흘종이 비로소 딸 만명이 김서현과 몰래 결합한 것을 알고, 그를 꾸짖고 딸을 별채의 집에 가두어 놓았다.

그랬는데 갑자기 우레가 있어서 벼락이 만명이 갇힌 문을 내리쳐서 문을 지키던 사람이 놀라 정신을 잃었다. 이 사이 만명이 문에 뚫린 구멍

1) 건무(建武): 중국 한(漢)의 광무(光武) 황제의 연호. 18년은 신라 유리왕(儒理王) 20년, 서기42.
2) 갈문왕(葛文王): 아들이 왕이 되어 왕으로 추대된 왕들의 호칭.
3) 만노군(萬弩郡): 본문에 '오늘날 진천(鎭川)이며 산 이름이 태령(胎靈)이다'라는 주가 있음.

을 통해 나가서, 김서현이 있는 만노군으로 나아갔다.

김서현이 경진(庚辰)날 밤에 꿈을 꾸니, 형혹과 진 두 별이 자기 몸에 내렸다. 만명도 역시 꿈에 동자가 금으로 된 갑옷을 입고 구름을 타고 방 안으로 들어오는 것을 보았는데, 곧 임신하여 스무 달이 지나 유신을 낳았다. 이때가 신라 진평왕 건복 12년으로, 수나라 문제 개황15년 을묘이다.[4]

장차 이름을 정하려고 하는데 김서현이 만명에게,

"내가 경진(庚辰)날 밤에 좋은 꿈을 꾸어 이 아이를 얻었으니, 경(庚)자는 유(庾)자와 글자모양이 서로 비슷하고, 진(辰)과 더불어 신(信)은 소리가 비슷하다. 하물며 옛날 사람에 유신이라는 이름을 쓴 사람이 있으니 좋을 것 같구나."
라고 말하고, 유신으로 이름을 삼았다.

성장하여 화랑(花郞)이 되었는데 사람들이 많이 그를 따랐고, 화랑의 이름을 용화행도라고 했다. 나이 17세에 고구려와 백제, 말갈이 나라의 경계를 침략하는 것을 보고, 의협심을 발휘하여 평정할 뜻을 가지고 홀로 집을 나가 중악의 석굴 속에 들어가 몸을 깨끗이 하여 정성을 드리고, 하늘에 고해 빌었다.

"적국이 무도한 짓을 해 우리 국토를 어지럽히니, 보잘 것 없는 신하로서 가지고 있는 재능과 힘을 헤아리지도 못하고, 적국의 침입을 깨끗하게 하겠다는 뜻을 가지었으니, 오직 하느님은 보살피어 나에게 능력을 빌려 주시옵소서."

이러고 4일이 지나니 문득 갈옷을 입은 노인이 나타나서 말했다.

"이곳은 독충과 맹수가 많은 곳인데, 귀한 집 소년이 어찌하여 홀로 와 있느냐?"

김유신이 보통사람이 아닌 줄을 알고, 재배하고 앞으로 나아가 말했다.

"저는 신라 사람으로서 나라의 수치를 씻고자 하여 여기로 와서 훌륭한 분을 만나려고 기다리고 있습니다."

노인이 묵묵히 아무 말을 하지 않기에, 김유신은 눈물을 흘리면서 간절하게 청하였다. 이에 노인이,

4) 개황(開荒)15년: 개황15년은 서기695년으로, 건복17년인데 『삼국사기』 열전에서 12년으로 썼으므로 그것을 따른 것임. 뒤에 나오는 연대도 모두 5년씩 밀려야 함.

"그대는 나이가 어리면서 삼국을 아우를 뜻을 가지고 있으니 역시 장하지 아니한가?"
라고 말하고, 신기한 술법을 전해주면서 일렀다.

"조심하여 내가 주는 비법을 아무에게나 전하지 마라. 이 비법을 의롭지 못한 것에 사용하면 오히려 그 재앙을 입을 것이니라."

노인은 말을 마치고 떠나가는데, 그 뒤를 밟아 따라가니 곧 보이지를 아니하고, 오직 산 위에 광채가 있어서 찬란하게 비치더라.

김유신은 이리하여 스스로 자부심을 가졌다. 그리고 다시 보검을 지니고 열박산에 들어가서 향을 피우고 하늘에 빌었다. 사흘이 지난 밤에, 허와 각 두 별의 찬란한 빛이 아래로 드리우니, 보검이 날아 움직여 떨렸다.

건복 46년 8월, 진평왕이 이찬 임구리와 소판 대인, 서현 등을 파견해 고구려의 낭비성을 공격했다. 이에 고구려 사람들이 맞아 싸워 물리치니 죽은 신라 군사가 매우 많았다.

이때 김유신이 당주가 되어 있었는데, 투구를 벗고 아버지 앞에 나와 말했다.

"전쟁에 임하여 용기를 발휘하지 않는 것은 효도가 아닙니다."

그리고 말에 올라앉아 칼을 뽑아들고 적진 속으로 들락거리면서, 적장의 목을 베어 그 머리를 허리에 끼고 돌아왔다. 신라의 군사들이 이 승리의 기회를 타서 분을 내어 공격해 5천여 명을 죽이고 1천여 명을 사로잡았다. 고구려 성중에 있는 군사들이 두려워 모두 나와 항복을 했다.

선덕여왕 11년, 백제가 대량주를 공격해 격파해버렸다. 이에 김춘추의 딸 고타소랑이 남편인 품석 장군을 따라가 있다가 함께 사망했다. 김춘추가 원한을 품고, 고구려에 병력을 요청하여 백제를 보복공격하려고, 구원을 요청하러 고구려로 떠나면서 김유신에게 일렀다.

"나와 더불어 김공은 우리나라의 팔다리에 해당한다. 내가 만약 고구려에 들어가서 해를 당하면, 김공은 가만히 앉아 보고만 있겠는가?"

"무슨 말씀입니까? 공이 만약에 그 나라에 가서 돌아오지 못하면, 나의 말발굽이 반드시 고구려와 백제 양국의 궁정을 짓밟을 것입니다."

김유신은 이렇게 말하고 손가락을 깨물어 피를 내어 맹세했다.

뒤에 김유신이 압량주 군주가 되었을 때, 김춘추가 고구려에 사신으로 가서, 두 달이 되었는데도 돌아오지 않았다. 김유신이 국내 용사 3천 명을 뽑아 그들에게 말했다.

"나라의 어진 재상이 타국에 가서 구금을 당했는데, 죽음을 두렵게 여겨 어려움을 범하지 않겠느냐?"

"장군께서 명령이 있으면 비록 죽더라도 감히 따르지 아니하겠습니까."

이렇게 결심하니, 고구려왕이 첩자가 전해주는 김유신의 결심을 듣고, 김춘추에게 두텁게 대접하고 그를 돌려보내 주었다.

선덕여왕 13년 9월, 왕이 김유신을 상장군으로 삼고 백제의 가혜성 등 7개 성을 공격하도록 명령을 했는데 김유신이 가서 이겼다. 그러자 얼마 지나지 않아 백제의 대군이 쳐들어와서 매리포성을 공격했다.

또 왕이 김유신에게 명령하여 그를 방어하게 하니, 김유신이 명을 받들어 군사를 이끌고 나가 쳐서 그들을 내쫓고, 2천 명을 죽였다. 돌아와 승전을 보고하고, 미처 집으로 돌아가기도 전에 첩자가 급히 들어와 고했다.

"백제 병사들이 출동해 국경지역에 진을 치고 있습니다."

이에 왕은 다시 김유신에게 일러 말하기를,

"수고롭지만 공은 괴롭게 여기지 말고, 문제가 발생하기 전에 그를 방비하시오."
라고 말하니, 김유신은 또한 자기 집에 들르지도 아니하고 잘 훈련된 병졸을 가려 서쪽으로 출행했다. 이때 그 집안사람들이 모두 대문에 나와 기다리고 있으니, 김유신이 자기 집 앞을 지나면서 말을 멈추고 집안에서 물을 가져오라 하여 마시고 들어가지 않았다.

이에 여러 군사들이 보고 말했다.

"우리 장군도 오히려 이 같은데, 우리들이 가족 이별한 것을 어찌 한탄하리오."

국경 지역에 도달하니, 쳐들어 왔던 백제 군사들이 바라보고, 신라군대의 방비가 매우 엄정하니 감히 핍박하지 못하고 물러갔다. 왕이 그 소식을 듣고 매우 기뻐하면서 벼슬과 상을 내리었다.

선덕여왕 16년에 진덕여왕이 선덕여왕을 이어 즉위했다. 이에 대신인 비담과 염종이,

"여자 임금은 능히 나라를 잘 다스릴 수 없다."

라고 말하고, 군대를 일으켜 왕을 폐위하고자 하여 명활성에 군대를 주둔했다.

이에 나라의 관군은 반월성에 군영을 설치하고, 서로 대치하여 10일 동안이나 싸웠는데도 계속 대치하고 있었다. 이때 밤에 큰 별이 반월성으로 떨어지니, 비담 등이 자기가 거느리고 있는 군사와 병졸에게 일러 말했다.

"별이 떨어지는 그 아래에는 반드시 피를 흘리게 마련이니, 이것은 아마도 여왕이 패망할 조짐이로다."

이 이야기를 들은 군졸들이 기뻐하며 소리치니 땅을 진동시킬 정도였다.

진덕여왕이 그 소리를 듣고 크게 두려워하니, 김유신이 임금을 뵙고 말했다.

"길흉이란 고정된 것이 아니라 무상한 것이며, 오로지 사람이 불러들이는 것입니다. 훌륭한 덕망이 요사한 것을 이깁니다. 그러니 기이한 일이 생기는 것은 두려워할 것이 못됩니다."

이리하여 허수아비를 만들어 불을 안겨, 바람에 날아가는 지연(紙鳶)에다 실어 띄워 보냈다. 그래 놓고 다음 날 길거리에 나가 이야기를 퍼뜨렸다.

"떨어진 별이 도로 하늘로 날아 올라갔다."

또한 백마를 죽여 피를 내어 별이 떨어진 땅에 제사를 지내면서 축문을 지어 이렇게 빌었다.

"지금 반란을 일으킨 비담 등은 신하의 몸으로서 임금을 몰아내려고 꾀하니 이른바 반란을 일으키고 나라를 해치는 사람입니다. 사람과 신령이 함께 미워하는 바이며 하늘과 땅이 용납하지 못할 것들입니다. 오직 하느님의 위엄이란 착한 사람을 잘 되게 하고, 악한 사람에게 악을 끼쳐주는 것입니다. 신령이 부끄러움을 느끼게 하는

일은 하지 마옵소서."

여러 장수를 독려하여 분을 내어 그들을 격파하니 비담 등이 패하여 달아났다. 그를 추격하여 목을 베고 그 가족들을 모두 죽였다.

10월에 백제 병사가 공격해와 신라의 무산, 감물, 동잠 등 세 성을 포위했다. 이에 왕이 김유신을 파견하여 보병과 기마병 1만을 거느리고 가서 막으라고 했다. 김유신이 출격하여 힘껏 싸웠으나 힘이 모자라자, 비녕자에게 일러 말했다.

"사태가 위급해졌다. 그대가 아니면 누가 능히 우리 군사들을 격동시킬 수 있겠는가?"

"예, 명령을 받들겠습니다."

곧 비녕자는 절을 하면서 이렇게 말하고, 적진으로 달려가 힘껏 싸우니, 그의 아들과 종도 함께 따라 나가 싸우다가 모두 전사했다. 이를 본 신라 군사들이 감분하여 다투어 진격해 적병을 크게 패퇴시키고 3천여 명의 목을 베었다.

진덕여왕 태화원년 김춘추가 고구려에서 구원병을 얻지 못하자, 마침내 당나라로 들어가서 군사를 요청했다. 당의 태종 황제가 김춘추에게 물었다.

"너희 나라 김유신의 이름을 들었는데 그 사람이 어떤 사람인가?"

"김유신이 비록 젊고 재주가 지혜가 있기는 하지만, 만약에 중국의 위엄 있는 군대 힘을 빌지 않고서는 어찌 나라의 근심거리를 제거할 수 있겠습니까?"

"신라야말로 충실하고 순하여 평소 군자의 나라라고 일컬어지고 있노라. 어찌 가히 구제하지 아니하리오."

이러고 당태종은 장군 소정방에게 명령을 내려 군사 20만을 거느리고 백제를 정벌하라고 했다.

이때에 김유신은 압량주 군주로 되어 있었는데, 술을 마시고 음악을 연주하게 하여, 군대의 일에 뜻이 없는 것 같이 행동했다. 이에 압량주 사람들이 그를 비방하여 말했다.

"많은 사람들이 오랫동안 아무 일 없이 편안하게 살아 힘이 남음이 있어서 가히 한번 전쟁을 할 만한데, 장군이 술에 취해 정신을 차리지 못하니, 어떡하면 좋겠느냐?"

김유신이 그 얘기를 듣고 백성들을 가히 부릴 수 있음을 알고, 왕에게 요청하여 말했다.

"지금 백성들의 마음을 살펴보니 가히 어떤 일을 벌일 수가 있습니다. 청하옵건대 백제를 쳐들어가서 대량주 전투에서의 패배한 원한을 갚도록 하겠습니다."

"작은 것은 큰 것에 대적하지 못하는 법인데 어떻게 하려고 하느냐?"

"전쟁의 승패는 군대가 크고 작은 것에 달려있지 아니하고, 진실로 사람의 마음이 어떠하냐에 달렸을 따름입니다. 지금 우리의 인심은 가히 함께 죽을 수 있는 그런 상태이니, 백제는 두려움의 대상이 되지 않습니다."

이에 진덕여왕은 대량주 침공을 허락했다.

드디어 잘 훈련된 압량주의 병사들을 가리어 대량성 밖에 이르니, 백제군이 맞아 항거했다. 김유신이 거짓 패하는 체하고 후퇴해 옥문곡 골짜기에 도착하니, 백제 군사들이 이들을 가볍게 여기고 크게 무리를 거느리고 따라왔다.

김유신은 숨어 있던 복병을 출동시켜 그 앞과 뒤에서 공격해 크게 격파했다. 이때 백제 장수 여덟 사람을 사로잡고, 1천 명의 군사를 참살하거나 사로잡았다. 그리고 사신을 파견해 백제 쪽에 고하여 말했다.

"우리 신라의 장군 품석과 그 아내의 해골이 너희 나라에 묻히어 있다. 지금 너희 장수 8명이 나에게 잡혀 있으니, 살아있는 너희 장수 8명의 목숨으로써 사망한 두 사람의 해골과 바꾸면 되겠느냐?"

이에 백제 사람들이 두 사람의 해골을 파내어 관에 넣어 돌려보내 주었다. 김유신은 이에 여덟 사람의 장수를 놓아 돌려보냈다.

곧 승리한 것을 이용하여 백제의 국경으로 쳐들어가서 악성 등 12개의 성을 점령하고, 2만여 명의 목을 베고, 9천 명을 산 채로 잡아왔다. 돌아오니 나라에서 그 공적을 논의해 승급하여 이찬 벼슬을 내리고, 상주행군대총관으로 임명했다. 또한 이어 백제의 진례성 등 9개 성을 무찔러 점령하고, 9천여 명을 참살하고 6백 명을 포로로 잡아왔다.

그리고, 김춘추가 당나라로 들어가서 구원병을 요청해 허락을 받고 돌아와서 김유신에게,

　"내가 죽지 않고 돌아와서 다시 그대와 서로 만나보게 되었으니 어쩌면 하느님의 도움이 아니겠느냐."

라고 말하자, 김유신은 이렇게 대답했다.

　"나 김유신은 국가의 위엄과 영이에 힘입어 백제와 두 번 큰 전쟁을 벌여, 백제의 성 20개를 점령하고, 3만 명의 백제군사 목을 베거나 사로잡았습니다. 또 품석군과 더불어 부인의 해골을 반환하여 와서, 양주성에서의 패배했던 그 수치를 상쾌하게 씻었으니, 이것은 실로 하늘이 내린 행운이며 내가 무슨 힘을 썼겠습니까?"

　김춘추는 그 의리에 대하여 감격해 했다.

　진덕여왕 2년 8월에 백제 장군 은상이 침략해 신라의 석토성을 공격해 왔다. 왕이 김유신과 죽지랑, 진춘, 천존 등 장수들을 파견하여 적들을 막도록 명령했다. 김유신이 군사를 나누어 다섯 부대로 만들어 싸워서 서로 승부를 결정지으라고 했다.

　김유신이 도살성 아래에 주둔하고 있는데, 물새가 동쪽에서 날아와 장군의 막사 위를 통과하여 지나갔다. 그러니까 장군과 병사들이 아름답지 못한 조짐이라고 생각했다.

　이에 김유신이 말했다.

　"오늘 반드시 백제 사람이 오는데 그 사람은 간첩이니 너희는 거짓으로 모르는 체하고 묻지도 말고 내버려두어라."

　그리고 군대의 막사 속으로 돌아다니며 말했다.

　"성을 굳게 지키고 동요하지 말고, 내일 구원병이 오는 것을 기다렸다가 나가서 힘껏 싸워라."

　백제의 첩자가 그 얘기를 듣고 돌아가서 보고하니, 백제의 장군 은상이 그것을 이상하게 여기고 그날 밤에 감히 공격하지 못했다. 이에 김유신은 곧바로 출병해 분격하여 은상 등 10명의 장수를 죽이고, 백제 장군 정준 등 백 명을 사로잡았다.

그리고 병졸 8천9백8십 명을 죽였으며, 말 1만 필과 갑옷 1천8백 벌을 노획하니, 백제 장수 정복이 병졸 천 명을 거느리고 와서 항복을 했다. 그런데 이들 모두를 석방해 주었다.

영휘 5년 진덕여왕이 사망하니, 후손이 없어서 김유신이 이찬 알천 등과 더불어 의논하여 정책을 결정하고, 김춘추를 맞이하여 임금으로 세우니 이가 태종무열왕이다.

영휘 6년 을묘 9월, 김유신이 백제로 공격해 들어가서 도비천성을 점령했다. 이때 백제의 임금과 신하들이 사치스럽고 음탕한 행동을 하고 무도하여 나라 일을 살피지 않으니, 백성들이 원망하고 신령이 노여움을 품어 재앙과 이상한 일들이 많이 나타났다.

김유신이 임금에게 고하여 말했다.

"백제 임금과 신하들이 무도하여 그 군신들의 죄가 중국 옛날 폭군 걸(桀)과 주(紂)보다도 더하니, 이때야말로 진실로 그 백성들을 위로하고, 군신들의 죄를 물어 정벌해야 하는 좋은 시기입니다."

곧 무열왕 7년 여름 6월에 왕이 태자 법민과 더불어 크게 병역을 출동시켜, 남천에 이르러 주둔했다. 이때에 당나라에 들어가 구원병을 요청한 사람인 파진찬 김인문이 당나라 대장 소정방과 유병영 등과 더불어, 병력 13만을 거느리고 바다를 건너와 지고 덕물도에 이르렀다.

또 왕이 태자 법민을 명하여 김유신, 천존 등과 더불어 큰 배 백 척에 군사를 싣고 와서 만나게 했다. 태자가 소정방을 만나니 소정방이 태자에게 일러 말했다.

"나는 바닷길을 따라가고 태자는 육지로 진격해 7월 10일에 백제 수도 사비성[5]에서 만나도록 하자."

태자가 돌아와 임금에게 이 사실을 고했다. 이에 왕이 장군과 병사를 거느리고 행군하여 사라에 이르렀는데, 소정방과 김인문 등은 바다를 따라 의벌포로 들어왔다. 의벌포 해안이 진흙으로 되어 가히 행진할 수 없

5) 사비성(泗比城): '지금의 부여(扶餘)'라는 주가 있음.

게 되자, 군사들이 버들가지를 엮은 자리를 깔아 건너왔다.

이렇게 하여 당나라와 신라의 군사가 백제를 연합 공격하여 멸망시켰다. 그리고 백제 의자왕을 사로잡았다.

이 일에 있어서 김유신의 공적이 많았으니, 당나라 고종이 사신을 보내 김유신에게 상을 내려 그를 표창해주었다. 곧 소정방이 김유신과 김인문, 김양도 세 사람에게 말했다.

"내가 황제의 명령을 받을 때, 모든 일을 내 편의대로 하라는 명령을 받았으니, 오늘 점령한 백제의 땅을 당신들 세 사람에게 나누어 주어서 식읍으로 삼게 하여 공적에 보답코자 하니 뜻이 어떠하오?"

이때 김유신이 대답하여 말했다.

"장군께서 천자의 병력을 가지고서 멀리 오셔서, 우리 임금의 소망에 부합되게 해주시고 우리 작은 나라의 원수를 씻어 주셨으니, 우리나라의 신하와 백성들이 그 은혜에 보답할 방법이 없습니다. 그런데 우리 세 사람이 어찌 홀로 내려 주는 은혜를 받아 우리들 스스로의 이익으로 하겠습니까?"

이렇게 말하고 굳게 사양하고 받아들이지 아니했다.

당나라 사람이 이미 백제를 멸하고 사비의 땅에 병영을 설치하고, 9월 3일에 마침내 백제의 임금과 신료들 93인, 그리고 병졸 2만을 거느리고 사비성으로부터 배를 띄워 당나라로 돌아갔다. 한편 낭장 유인원 등을 머물러 두고 그 군대의 주둔지를 지키도록 했다.

소정방이 돌아가 포로들을 바치니, 천자는 그들을 위로하면서,

"어찌하여 백제를 멸망시킨 것을 인연으로 하여 신라까지 정벌하지 않았느냐?" 라고 물으니, 소정방은 이렇게 대답했다.

"그 신라의 임금은 어질고 백성들을 사랑하며, 그 신하들은 충성을 다하여 나라를 섬기니 비록 작은 나라지만 가히 도모할 수가 없었습니다."

김유신이 일찍이 추석 날 밤 자제들을 거느리고 밖에 서 있었는데, 갑자기 어떤

사람이 서쪽으로부터 왔다. 김유신은 고구려 첩자임을 알고 불러 앞으로 오게 하여 말했다.

"너희 나라에 무슨 일이 있느냐?"

그 사람이 머리를 숙이고 감히 대답하지 못하니, 김유신이 이렇게 타일렀다.

"우리나라 임금은 위로 하느님의 뜻을 어기지 아니하고 아래로 사람들의 인심을 잃지 않아, 백성들이 매우 기뻐하고 일하기를 즐겁게 여긴다. 지금 네가 그 상황으로 살펴보고 돌아가서 너희 나라에 그대로 보고하라."

하고 잘 대접해 보내주었다. 고구려 사람들이 그 얘기를 듣고 감탄했다.

"신라가 비록 조그마한 나라지만 김유신이 재상으로 있는 한 가히 가볍게 여기지 못하겠노라."

6월, 당나라 고종이 소정방 등을 파견하여 고구려를 정벌하러 나섰다. 이때 당나라에 숙위(宿衛)로 가 있던 김인문이 황제의 명령을 받들어 군사들이 진군해오는 시기를 우리나라에 보고했다. 여기에서 문무왕이 김유신 및 김인문과 문훈 등을 거느리고, 큰 병력을 내어 고구려를 향해 출동하여 남천주에서 머물렀다. 백제 사비의 진수인 유인원은 자신의 병력을 가지고 사비로부터 배를 띄워 혜포에 이르러 육지에 내려 주둔했다.

이때 한 관리가 와서 이렇게 보고했다.

"흩어져 있던 백제 병사들이 공와산성에 모여 길을 막아서 앞으로 나아갈 수 없습니다."

이에 김유신이 병력을 진격시켜 성을 포위하고 사람을 시켜 적장에게,

"너희 나라가 공손하지 못하여 중국의 토벌을 이루게 했으니, 나의 명령에 복종하는 자는 상을 주고 명령을 거역하는 자는 죽일 것이다. 너희 무리가 홀로 외로운 성을 지켜서 무엇을 하려고 하느냐?"

라고 말하게 하니, 적들이 소리 높여 말했다.

"지금 우리들의 성은 비록 작지만 병력과 먹을 것이 모두 풍족하고 사졸들이 정의

롭고 용감해 차라리 죽도록 싸울지언정 맹세코 살아서 항복하지는 않겠다.”

김유신이 껄껄 웃으면 말했다.

“곤궁함을 당하는 새와 짐승도 오히려 자기를 구제할 줄 안다는 말은 이를 두고 하는 말이로다.”

하고 깃발을 휘두르고 북을 울려 진격 명령을 내리니, 군사들이 모두 날카로운 적의 공격을 무릅쓰고 싸워 성을 함락시키고, 적의 장수를 잡아서 죽였다. 그리고 군사들을 잘 먹이고 말에게 먹이를 충분히 준 다음 당나라 병사와 만나려고 갔다.

왕이 앞서 태감 문천을 파견해 소정방에게 편지를 보냈는데, 이때 돌아와 보고하면서 소정방의 말을 이렇게 전했다.

“내가 황제의 명령을 받들어 만 리 먼 길을 떠나 넓은 바다를 건너서 도적을 토벌하려고 해안에 배를 대고 기다린 지 한 달이 넘었습니다. 합병해서 싸울 군사들은 도착하지 않고 양식마저 계속되지 않아 위태로움이 매우 심합니다. 왕은 그 계책을 세워주십시오.”

왕이 여러 신하들에게 고구려 땅을 거쳐 소정방에게 가는 의향을 물었는데, 모두 선뜻 나서지 않았다. 이때 김유신이 앞으로 나와 말했다.

“오늘은 이 늙은 신하의 충절을 다 바칠 시기입니다. 마땅히 적국을 향해 출발해 소정방의 마음에 부합되도록 하겠습니다.”

이에 임금이 자리에서 앞으로 나와 김유신의 손을 잡고 눈물을 흘리면서 말했다.

“공 같은 어진 보필자를 얻었기에 내 걱정을 덜 수 있겠구나.”

김유신이 군사를 이끌고 출행하여 현고잠 산 속의 동굴로 된 절에 이르렀다. 몸을 깨끗이 하여 정성을 쏟고, 문을 닫아걸고 홀로 앉아 향을 피우면서 기도해 여러 날 낮밤을 보내고 나왔다.

그리고 혼자 자기 마음속으로 기뻐하면서 말했다.

“내 오늘의 행군은 죽지 않고 살아남을 수 있겠다.”

이때 왕이 직접 손으로 쓴 편지를 김유신에게 전하여 이렇게 일렀다.

"지금 우리 국경을 나간 이후는 군사들에게 내리는 모든 상벌을 장군 마음대로 하라."

12월, 김유신이 부장 김인문과 진복, 양도 등 아홉 장군과 함께 병력을 거느리고 양식을 싣고, 고구려 지경으로 들어갔다. 정월달에 칠중하[6]에 이르니, 사람들이 모두 고구려 땅으로 들어가는 것을 두려워하여 감히 먼저 배에 오르지를 않았다. 곧 김유신이,

"제군들이 만약에 죽음을 두려워한다면 어찌 나하고 함께 여기까지 왔느냐?" 라고 말하고 먼저 배에 올라 건너가니, 여러 장졸들이 서로 거느리고 강을 건넜다.

고구려 지경으로 들어가 곧 사이 길로 따라 행군하여 산괴 지역에 이르렀다. 김유신이 여러 장군과 군사들에게 말했다.

"내가 오늘 죽음을 두려워하지 않고 이 어려운 지경을 나아가고 있는 것은, 당나라의 도움을 받아 백제와 고구려 두 나라를 멸망시켜 신라의 원수를 씻고자 함이니, 여러분의 마음은 어떠한가? 만약에 앞에 있는 적을 쉽게 여기고 용감하게 싸우면 성공하게 될 것이고, 적을 두렵게 여겨 벌벌 떨면 곧 사로잡힘을 면치 못할 것이다."

"장군의 명령을 받들기를 원하옵니다."

이에 북을 쳐서 진행하여 평양으로 향하는데, 길에서 적병을 만나 맞아 싸워 격파해 갑옷과 병기를 얻은 것이 매우 많았다. 장새[7]의 험한 지역에 이르렀는데, 마침 추운 날씨를 만나 사람과 말들이 피로하고 얼어 더러는 쓰러지고 엎어지기도 했다. 이때 김유신이 옷을 걷어붙여 어깨를 드러내고 말채찍을 잡고 말을 채쳐 앞으로 몰아가니, 많은 무리들이 그 모습을 보고 달리고 달려 땀을 흘리었다.

평양으로부터의 거리가 멀지 않은 곳에 이르러, 김유신은 보기감(步騎監) 열기와 장사 구근 등 15명을 불러서, 평양으로 나아가 소정방을 만나보고 다음과 같이 전하라고 했다.

"김유신 등이 병력을 거느리고 재물과 양식을 가지고 이미 가까운 지경에 도달했습니다."

6) 칠중하(七重河): 경기도 적성현(積城縣)의 임진강 지역.
7) 장새(獐塞): 평안도 수안현(遂安縣) 지역.

김유신이 김인문과 아들 김군승(金軍勝)을 파견해, 당나라의 병영에 도달하여 임금의 명령으로써 싣고 간 군량으로 군사들을 먹였다.

소정방이 식량이 다 되고 병력이 피곤하여 힘써 싸움을 할 수 없었는데, 양식을 얻어 군사들을 먹이고는 곧 회군하여 당나라로 돌아갔다. 이에 신라 장수 양도는 병력 8백 인으로 바다에 배를 띄워서 신라로 돌아왔다.

이때 숨어있던 고구려 병사들이 신라 군사를 맞아 공격하고자 하니, 김유신은 북과 북채를 많은 소의 꼬리 부분에 동여매고, 꼬리를 흔들 때마다 소리가 나게 했다. 또 한편으로는 땔나무를 쌓아서 불을 놓아 연기와 불꽃이 끊어지지 않게 하여 밤중에 몰래 숨어 행진해 표하에 이르러 급히 강 언덕을 건너 병력을 쉬게 했다.

고구려 사람들이 건너간 것을 알고 추격했는데, 김유신이 많은 기계 활을 함께 쏘게 하고 여러 선도하는 군사들을 독려해 분을 내 공격하여 그들을 패퇴시켰다. 그리고 장군 한 명을 사로잡고 만여 명을 죽였다.

임금님이 이 사실을 듣고 사신을 보내 김유신을 위로하게 했다. 그리고 받은 명령의 수행결과를 보고하니, 임금은 상으로 한 고을을 봉해주었다.

용삭 3년에 백제의 여러 성들이 몰래 나라를 다시 일으켜 회복할 것을 계획하고 두솔성을 점거하여 일본에 병력을 요청했다. 이에 왕이 직접 김유신과 김인문, 천존, 죽지 등을 거느리고 출정하여 웅진에 주둔하고, 진수인 당나라 장수 유인원과 연합하여 두솔성에 이르렀다.

백제 사람들이 일본 구원병과 더불어 나와서 진을 쳤는데, 아군이 힘써 싸워 그들을 패퇴시키니 백제 군사와 왜병들이 모두 항복했다.

문무왕이 일본 구원병에게 말했다.

"우리나라는 너희 나라와 바다를 사이에 두고 지역을 나눠 있으면서 끊임없이 사신이 왕래하는데, 무슨 까닭으로 백제와 더불어 악한 행동을 함께 해 우리 신라를 해치려하는가? 지금 차마 너희를 죽이지 못하니, 너희들은 돌아가서 임금에게 내 말을 고하도록 하라."

그리고 마침내 병력을 나눠 여러 성을 공격해 항복을 받았다. 오직 임존성만은 지역이 험하고 성이 높아 그들을 공격한 지 30일이 되었지만 함락시키지 못하니 문무왕이,

"지금 비록 한 성이 함락되지 못했으나 가히 공적이 없었다고 말할 수 없다." 라고 선언하고 병력을 떨쳐 지휘해 돌아왔다. 그리고 김유신에게 토지 5백 결을 하사하고, 여러 장수와 병졸에게 차등 있게 상을 내렸다.

당나라 인덕 원년, 백제의 남은 무리들이 또 사비성에 모여서 반란을 일으켰다. 이때 웅주도독이 병력을 출동시켜 반란군을 토벌했는데, 여러 날 동안 짙은 안개가 끼어 사람과 사물을 분별하지 못할 정도였다. 곧 김유신이 숨겨진 계책을 주어 그들을 처치하도록 했다.

당 인덕 2년, 당나라 고종이 사신을 보내 와서, 김유신에게 당나라 벼슬인 봉상정경평양군개국공으로 책봉하고 식읍 2천 호도 내려주었다.

건봉 원년에 당나라 고종이 김유신의 장자인 대아찬 김삼광(金三光)을 칙명으로 불러서 좌정위익부중랑장 벼슬을 내리고, 당나라에 와서 황제를 모시는 숙위를 명령했다.

총장 원년 당나라 고종이 영국공 이적을 파견해 병력을 일으켜 고구려를 쳐들어오면서 신라에게 병력을 요구했다. 문무왕이 장차 군사를 이끌어 응하면서 김흠순과 김인문을 명하여 장군으로 삼았다.

이때 김흠순이 왕에게,

"만약에 김유신과 함께 가지 않는다면 아마도 후회가 있을까 두렵습니다." 하고 건의하니 왕은 다음과 같이 말했다.

"김공 등 세 신하는 우리 신라의 보배다. 만약에 세 사람 모두 적과 싸우는 전장으로 나간다면 갑자기 불안한 사태가 생길 경우 우리나라가 어찌되겠는가? 그러므로 김유신을 국내에 머무르도록 하여 나라를 지킴에 있어서 은연히 튼튼한 성과 같게 하려는 것이다."

즉, 김흠순은 김유신의 아우이고, 김인문은 김유신의 사위이다. 출행에 임하여 두 사람은 김유신에게 가르침을 구하며 이렇게 물었다.

"지금 임금을 따라 어떤 일이 생길지 모르는 곳으로 나아가니 원하옵건대 지시와 가르침이 있기를 바랍니다."

"걱정할 것 없다. 지금 우리나라는 충성과 신의로 존재하고 있고, 백제는 오만에게 망했다. 고구려는 교만한 행동을 함으로써 위태로움에 처하게 되었으니, 우리나라의 정직한 행동으로써 저 고구려의 비뚤어진 행동을 공격하는 것이니, 우리 뜻대로 성공을 거둘 수 있을 것이다. 하물며 분명한 천자의 위엄과 신령스러움의 도움을 받고 있으니 더 말할 나위 없다. 가서 힘써 싸우기만 하라."

문무왕이 당나라 장수인 영공·이적과 함께 싸워 고구려를 격파하고, 돌아와 남한주(南漢州)에 이르렀다. 그리고 여러 신하들에게 일러 말했다.

"옛날에 백제가 우리를 노려 침범해 왔을 때, 김유신의 할아버지인 각간 김무력이 힘써 싸워 물리치고 그 임금을 사로잡아왔고, 김유신의 아버지 김서현은 양주총관이 되어 여러 번 백제와 싸워서 그 날카로운 기세를 꺾었다. 그리고 지금 김유신 자신은 조부와 부친의 사업을 이어 국가를 지켜주는 신하가 되어 출장입상(出將入相)으로 그 공적이 무성하니, 어떠한 벼슬과 상을 내리면 합당하겠는가?"

"예, 진실로 대왕의 뜻과 같사옵니다."

신하들이 모두 이렇게 말하면서 수긍하니, 곧 김유신에게 태대서발한 직책과 식읍 5백 호를 내려주었다. 인하여 또 수레와 지팡이를 하사하고, 임금이 있는 마루에 오를 때 종종걸음을 아니해도 된다고 명령했다. 그리고 모든 관원들과 보좌관들에게 각각 1계급씩 올려 벼슬을 내렸다.

함형[8] 4년 계유 봄에 요사스러운 별이 나타나, 임금이 그것을 보고 걱정하니 김유신이 앞으로 나와 말했다.

"오늘날 이상한 일이 일어난 것은 재앙이 이 늙은 신하에게 있는 것이고, 국가의 재앙은 아님

8) 함형(咸亨): 당나라 고종의 연호로, 한문 원문에 '함녕(咸寧)'으로 되어 있어 바로잡음.

니다. 청하옵건대 대왕은 걱정을 마시옵소서."

"김공에게 재앙이 있다고? 그러면, 나에게는 더 깊은 근심이 되느니라."

왕은 이렇게 걱정하고 해당 책임자를 불러 신령에게 빌어서 재앙을 물리치도록
했다.

이 해 6월에 어떤 사람이 보니까, 군복을 입고 칼과 창을 가진 수십 명이 김유신의
집으로부터 울면서 떠나갔는데, 잠시 지난 사이 보이지 않았다.

김유신이 그 이야기를 듣고 이렇게 말하였다.

"이것은 반드시 귀신 병사로서 나를 보호하던 자들인데, 나에게서 떠나가니 내가
곧 죽을 것이로다."

뒤에 10일 조금 더 지나 김유신이 병들어 누우니, 왕이 친히 와서 문병을 하고
그를 위하여 울면서,

"나에게 있어서 경이 있다는 것은 고기에게 물이 있는 것과 같다. 만약에 피치
못할 일이 있게 되면 그 사직을 어찌 하리오?"
하고 슬퍼하니, 김유신이 이렇게 대답해 말했다.

"신이 못난 사람으로서 다행으로 총명한 임금을 만나, 등용해 의심 없이 믿어주시
어 삼한(三韓)이 하나의 국가로 되고, 백성들도 두 마음을 가진 이 없게 되었으니,
역시 약간 평온한 상태라 할 수 있습니다. 신이 살펴보건대 조상의 계통을 이은
후대 임금이 처음에는 매우 훌륭한 일을 하다가도, 끝에 가서는 대를 이어가는 데에
누를 끼치는 일이 없지 않아서, 쌓아 놓은 공적을 하루아침에 무너뜨리곤 하였습니
다. 엎드려 바라옵건대 공적을 이루는 것이 쉽지 아니함을 아시지만 이루어 놓은
것을 지키는 것 역시 어렵다는 것을 생각하셔야 합니다. 그러니 군자를 가까이 하시
고 소인을 멀리하시어, 조정으로 하여금 위에서 화목을 도모해 백성들이 아래에서
편안하게 되면 화란(禍亂)이 일지 아니하고 기초로 닦은 사업이 무궁하게 나아갈
것입니다. 이렇게 될 때에 신은 죽어도 아무런 슬픔이 없습니다."

그 후 7월 1일에 김유신이 사망하니 나이 79세였다.

왕이 김유신의 사망을 듣고 소리 내어 통곡하고, 장례식을 도울 재물로 아름다운 비단 천 필과 곡식 2천 석을 내려주어 치상을 돕게 했으며, 군대의 음악 연주하는 사람 2백 명도 보내주었다. 금산 언덕에 장례를 지내고, 책임자를 명령하여 비석을 세워 공적을 기록하도록 하였다.

여름 4월[9], 회오리바람이 김유신의 무덤에서 일어나 시조왕[10] 능에 이르니, 먼지와 안개가 가득해 해가 가리어 어두웠다. 왕릉을 지키는 사람이 들으니, 무덤 속에서 곡을 하여 소리쳐 울며 탄식하는 것 같은 소리가 들렸다.

혜공왕이 그 이야기를 듣고 두렵게 여겨 대신을 파견하여 김유신 무덤에 가서 제사를 올리게 하고, 인하여 취선사 절에 토지 30결을 들여보내 김유신의 명복을 빌었다. 이 절은 김유신이 고구려와 백제 두 나라를 평정한 공을 기려 세운 절이다.

김유신의 현손(玄孫) 집사랑 김장청이 김유신의 전기 10권을 편찬했는데 세상에 전해지고 있다.

9) 하사월(夏四月): 설화적인 이야기여서 연대를 명기하지 않은 것 같음. 신라 혜공왕(惠恭王) 15년, 서기 779년으로 알려져 있음.

10) 시조왕(始祖王): 신라 시조가 아니고, 김씨(金氏)로서 신라의 처음 임금이 된 사람, 곧 제13대 미추왕(味鄒王)을 뜻함.

金庾信

金庾信新羅王京人也. 十二世祖首露王 以後漢建武十八年 開國于駕洛九村 號曰加耶
後改稱金官國. 子孫相承 至九世孫仇亥 是爲庾信曾祖 羅人自謂少昊金天氏之後 姓
金. 而庾信碑亦云 軒轅之裔 少昊之胤 蓋與新羅同姓也. 祖武力 爲新州道行軍摠管
甞領兵獲百濟王 斬首萬餘級. 父舒玄官至蘇判 甞路見葛文王子 肅訖宗之女萬明 心
悅之 不待媒妁而合. 舒玄爲萬弩郡太守(卽今鎭川 山名胎靈) 將與俱行 訖宗始知女子
與舒玄野合 疾之 囚於別第. 忽雷震屋門 守者驚亂 萬明從竇而出 遂赴萬弩郡. 舒玄於
庚辰夜夢 熒惑鎭二星降於己. 萬明亦夢 見童子衣金甲 乘雲入堂. 尋有娠 二十月而生
庾信 是眞平王建福十二年 隋文帝開皇十五年乙卯也. 將定名 謂夫人曰 吾以庚辰夜
吉夢 得此兒. 庚與庾字相似 辰與信聲相近 況古有名人庾信者乎. 遂名庾信. 及長爲花
郎 人多服從 號龍華香徒. 年十七 見句麗百濟靺鞨 侵軼國彊 慨然有削平之志. 獨行入
中嶽石窟 齋戒告天曰 敵國無道 擾我封場 一介微臣 不量材力 志淸禍難 惟天降監
假手於我. 居四日 忽有老人 被褐而來曰 此地多毒蟲猛獸 貴少年何爲獨處也. 庾信知
其非常人 再拜進曰 僕新羅人 欲雪國恥 來此冀有所遇耳. 老人黙然無言 庾信垂涕懇
請. 老人乃言曰 子年尙幼 而有幷三國之志 不亦壯乎. 授以秘法曰 愼勿妄傳 用之不義
反受其殃. 言訖而去 躡其後不見 惟山上有光爛然 庾信於是自負. 復携寶劍 入咽薄山
燒香祈天. 三日夜 虛角二星光芒下垂 劍若飛動. 建福四十六年八月 王遣伊湌任求里
蘇判大因舒玄等 攻高句麗娘臂城. 麗人逆擊之 死者衆多. 庾信時爲幢主 脫胄而告父
曰 臨戰不勇 非孝也. 乃跨馬拔劒 出入賊陣 斬將提首而來. 羅軍乘勝奮擊 殺五千餘級
擒一千餘人 城中懼 皆出降. 善德王十一年 百濟敗大梁州 金春秋女子古陀炤娘 從夫
品釋死. 春秋恨之 欲請高句麗兵 以報百濟. 謂庾信曰 吾與公爲國股肱 我若入彼見害
公其坐視乎. 庾信曰 公若往而不還 僕之馬跡 必踐麗濟兩國之庭矣. 遂嚙指以盟. 後庾
信爲押梁州軍主 時春秋聘于句麗 過六旬未還. 庾信揀國內勇士三千人 語之曰 國之
賢相 被拘於他國 其可畏死不犯難乎. 衆曰 將軍有命 雖死敢不從乎. 句麗王聞諜者之
言 厚禮春秋而歸之. 十三年九月 王命庾信爲上將軍 伐百濟加兮等七城 克之. 未幾百
濟大軍 來攻買利浦城. 王又命庾信拒之 庾信聞命 行擊走之 斬二千級. 復命未歸家
諜者又告 濟兵出屯國界. 王復謂庾信曰 煩不憚勞 及其未來備之. 庾信又不入家 練卒

西行 其家人皆出門以待. 庾信過門駐馬 令取漿水於家 啜之. 於時諸軍皆曰 將軍猶如此 吾輩豈恨離別骨肉乎. 及到境上 濟兵望見 兵衛甚整 不敢迫而退. 王聞之甚喜 加爵賞. 十六年 眞德王繼善德王而立. 大臣毗曇廉宗 謂女主不能善理 擧兵欲廢之 屯於明活城. 王師營於月城 攻守十日不解. 夜有大星 落於月城. 毗曇等謂士卒曰 落星之下必有流血 此殆女主敗績之兆乎. 士卒歡聲振地 王聞之大懼. 庾信見王曰 吉凶無常 惟人所召 德勝於妖 則變異不足畏也. 乃造偶人 抱火載於風鳶 而颺之. 翼日宣言於路曰 落星還上. 又刑白馬 祭於落星之地 祝曰 今毗曇等以臣謀君 此所謂亂臣賊子 人神所共疾 天地所不容. 惟天之威 善善惡惡 無作神羞. 於時督諸將 奮擊之 毗曇等敗走 追斬之 夷其族. 十月 濟兵來圍茂山甘勿桐岑等三城. 王遣庾信 率步騎一萬拒之. 力戰氣竭 庾信謂丕寧子曰 事急矣 非子誰能激衆心乎. 丕寧子拜曰 聞命矣. 遂赴敵力戰 子與奴隨之 共死. 軍士感奮爭進 大敗賊兵 斬三千餘級. 眞德王太和元年 春秋以不得請兵於高句麗 遂入唐乞師. 太宗皇帝曰 聞爾國金庾信之名 其人何如. 對曰 庾信雖少有才智 若不藉天威 豈能除隣患乎. 帝曰 新羅忠順 素稱君子之國也 何可不救. 乃詔將軍蘇定方 帥師二十萬 征百濟. 時庾信爲押梁州軍主 飮酒作樂 若無意於軍事. 州人謗之曰衆人安居日久 力有餘 可以一戰 而將軍醉不省奈何. 庾信聞之 知民可用. 請于王曰今觀民心 可以有事 請伐百濟 以報大梁之役. 王曰 小大不敵 奈何. 對曰 兵之勝否不在大小 顧人心何如耳. 今吾人心 可與同死 百濟不足畏也. 王乃許之. 遂簡練州兵至大梁城外 百濟逆拒之 佯北至玉門谷. 濟兵輕之 大率衆來 羅兵伏發擊其前後 大敗之. 獲濟將八人 斬獲一千級. 遣使告百濟曰 我軍主品釋 及其妻之骨 埋於爾國. 今爾將八人被執於我 以生八人之命 易二死人之骨可乎. 濟人乃掘二人之骨 檟而還之 庾信乃放送八人. 遂乘勝入濟境 攻拔嶽城等十二城 斬首二萬餘級 生獲九千人. 論功增秩伊湌 爲上州行軍大摠管. 又屠進禮等九城 斬九千餘級 虜六百人. 已而春秋入唐 請得援兵來 見庾信曰 生還復與共相見 豈非天耶. 對曰 庾信仗國威靈 再與百濟大戰 拔城二十 斬獲三萬人. 又返品釋與夫人之骨 快雪梁州之恥 此實天幸 吾何力焉. 春秋感其義. 二年八月 百濟將軍殷相 來攻石吐城. 王命庾信及竹旨陳春天存等 禦之. 分軍爲五道 互相勝負 屯於道薩城下. 有水鳥東飛 過將軍幕 將士以爲不祥. 庾信曰 今日必有濟人來諜者 汝等洋不知 勿問也. 仍徇於軍中曰 堅壁不動 待明日援兵至 決戰. 諜者聞之歸報 殷相疑之不敢擊. 於是 庾信出兵奮擊 殺殷相等十將 虜正仲等百人 斬卒八千

九百八十人 獲馬萬匹鎧一千八百領. 濟將正福 以卒千人來降 皆釋之. 永徽五年 眞德
王薨. 無嗣 庾信與伊湌閼川等 定策迎立春秋 是爲太宗王. 永徽六年乙卯九月 庾信入
百濟 克刀比川城. 是時 百濟君臣奢淫無道 不恤國事 民怨神怒 災異屢見. 庾信告于王
曰 百濟無道 罪浮桀紂 此誠弔民伐罪之秋也. 七年庚申夏六月 王與太子法敏大發兵
至南川而營. 時入唐請師者波珍湌金仁問 與唐大將蘇定方劉伯英 領兵十三萬 過海到
德物島. 王命太子與庾信天存等 以大船一百艘 載兵來會. 太子見蘇定方 定方謂太子
曰 吾由海路 太子陸行 以七月十日 會于百濟都泗沘之城(今扶餘). 太子歸告 王率將
士 行至沙羅. 蘇定方金仁問等 沿海入依伐浦 海岸泥淖不可行. 乃布柳席以渡師 唐與
羅合擊百濟 滅之 虜其王義慈. 是役也 庾信之功爲多 唐帝遣使褒嘉之. 定方謂庾信仁
問良圖三人曰 吾受命 以便宜從事 今以所得百濟之地 分錫公等爲食邑 以酬功如何.
庾信對曰 將軍以天兵遠來 副寡君之望 雪小國之讎 一國臣民欲報無階. 吾等何可獨
受賜 以自利乎. 遂固辭 不受. 唐人旣滅百濟 營於泗沘之上. 九月三日 遂以濟王及臣
寮九十三人 卒二萬人 自泗沘泛船而歸. 留郎將劉仁願等 鎭守之. 定方旣獻俘 天子勞
之曰 何不因而伐新羅. 定方對曰 其君仁而愛民 其臣忠以事國 雖小不可圖也. 庾信嘗
以中秋夜 率子弟立門外 忽有人從西來. 庾信知爲句麗諜者 呼使前曰 而國有何事. 其
人俯首而不敢對. 庾信曰 吾國王上不違天意 下不失人心 百姓欣然樂業. 今爾見之 往
告而國. 遂慰送之 麗人聞之曰 新羅雖小國 庾信爲相 不可輕也. 六月 唐高宗遣將軍蘇
定方等 征高句麗. 入唐宿衛金仁問受命 來告兵期. 於是 文武王率庾信仁問文訓等 發
大兵向句麗 行次南川州 鎭守劉仁願以所領兵 自泗沘泛船 至鞋浦 下陸而營. 時有司
報 百濟殘賊屯聚公瓦山城 遮路不可前. 於是 庾信進兵圍城 使人語賊將曰 而國不襲
致大國之討 順命者賞 逆命者戮. 汝等獨守孤城 欲何爲乎. 賊高聲唱曰 城雖小 兵食俱
足 士卒義勇 寧爲死戰 誓不生降. 庾信笑曰 窮鳥困獸 猶知自救 此之謂也. 乃揮旗鳴
鼓 士皆冒鋒薄戰. 及城陷 執賊將戮之 饗士秣馬 將往會唐兵. 王前遣太監文泉 移書蘇
將軍 至是復命. 傳定方之言曰 我受命萬里 涉滄海而討賊 艤舟海岸已踰月. 軍士不至
糧食不繼 危甚矣 王其圖之. 王問羣臣 皆不能對 庾信前進曰 今日是老臣盡節之秋也.
當向敵國 以副蘇將軍之意. 王前席執其手下淚曰 得公賢弼 可以无憂. 庾信行至縣鼓
岑之岫寺 齋戒閉門 獨坐焚香 累日夜而出. 私自喜曰 吾今之行 得不死矣. 王以手書告
庾信曰 出疆之後 賞罰專之也. 十二月 與副將仁問眞服良圖等九將軍 率兵載糧 入句

麗之界. 正月 至七重河 人皆恐懼 不敢先登. 庾信曰 諸君若怕死 豈合來比. 先自上般而濟 諸將卒相率渡河. 入其界 遂從間道而行 至蒜壤. 庾信謂諸將士曰 吾今不畏死赴難者 欲藉大國之力 滅二城以雪國讐 衆心如何. 若輕敵則必成功 若畏賊則不免於禽獲. 諸將士皆曰 願奉將軍之令. 乃鼓行向平壤 路逢敵兵 逆擊破之 得甲兵甚多. 至獐塞之險 會天寒人馬疲凍 往往僵仆. 庾信露肩執鞭 策馬以前驅 衆見之 奔走出汗 距平壤不遠. 庾信乃喚步騎監裂起 與壯士仇近等十五人 詣平壤 見蘇將軍曰 庾信等領兵致資糧 已達近境. 遣仁問及子軍勝 達唐營 以王旨饋軍糧. 定方以食盡兵疲 不能力戰及得糧 便回. 良圖以兵八百人 泛海還國. 時麗人伏兵 欲要擊我軍. 庾信以鼓及桴 繫羣牛尾 使揮擊有聲. 又積柴燃之 煙火不絶. 夜半潛行 至瓢河 急渡岸休兵. 麗人知之來追 庾信使萬弩俱發 率勵諸幢士 奮擊敗之. 生擒將軍一人 斬首一萬餘級. 王聞之遣使勞之. 及復命 賞賜封邑. 龍朔三年 百濟諸城 潛圖興復 據豆率城 乞師於倭. 王親率庾信仁問天存竹旨等 出征 次熊津. 與鎮守劉仁願合兵 至豆率城. 濟人與倭人出陣我軍力戰 大敗之 濟兵倭人皆降. 王謂倭人曰 我與爾國 隔海分疆 聘問不絶 何故與百濟同惡 以謀我. 今不忍殺之 爾其歸告王. 遂分兵擊諸城降之 惟任存城地險城高 攻之三旬 不能下. 王曰 今雖一城未下 不可謂無功. 乃振旅而還 賜庾信田五百結 諸將卒賞賜有差. 唐麟德元年 百濟餘衆 又聚泗沘城以叛. 熊州都督 發兵討之 累日大霧 不辯人物 庾信授隂謀 以克之. 二年 高宗遣使來聘 兼冊庾信奉常正卿平壤郡開國公 食邑二千戶. 乾封元年 皇帝勅召庾信長子大阿湌三光 爲左正衛翊府中郎將 仍令宿衛. 摠章元年 皇帝遣英國公李勣 興師伐高句麗 徵兵於我. 文武王將率師應之 命欽純仁問爲將軍. 欽純告王曰 若不與庾信同行 恐有後悔. 王曰 公等三臣 國之寶也. 若盡向敵場倘有不虞 其如國何. 故欲留庾信 守國隱然若長城矣. 欽純庾信之弟 仁問庾信之外甥也. 臨行 見庾信問曰 今從大王 就不測之地 願有指誨. 答曰 今我國以忠信而存 百濟以敖慢而亡 高句麗以驕滿而殆. 以我之直 擊彼之曲 可以得志 況憑明天子之威靈哉. 往矣勉旃. 文武王與英公 破平壤 還到南漢州. 謂羣臣曰 昔者百濟 謀浸我國 庾信之祖武力角干 力擊之 浮其王. 其父舒玄 爲良州摠管 屢與百濟戰 挫其銳. 今庾信承祖考之業 爲社稷之臣 出將入相 功績茂焉. 其於爵賞 宜如何也. 咸曰 誠如大王之旨. 於是授大大舒發翰之職 食邑五百戶. 仍賜輿杖 上殿不趨. 其諸寮佐各賜一級. 咸寧[亨]四年癸酉春 妖星見 王憂之. 庾信進曰 今之變異 厄在老臣 非國家之災 王請勿憂. 王曰

然則寡人之深憂也 命有司祈禳之. 夏六月 人或見戎服持兵器者數十人 自庾信家 泣
而去 俄而不見. 庾信聞之曰 此必陰兵護我者去 吾其死矣. 後旬有餘日寢疾 王親臨問
疾. 爲之泣曰 寡人之有卿 如魚有水 若有不諱 其如社稷何. 庾信對曰 臣之不肖 幸逢
明主 用之不疑 三韓爲一家 百姓無二心 亦可謂小康. 臣觀繼體之君 靡不有初鮮克 有
終累世 功績一朝隳廢. 伏願知成功之不易 念守成之亦難. 親君子遠小人 使朝廷和於
上 民物安於下 禍亂不作 基業無窮 臣死且無憾. 秋七月一日卒 年七十有九. 王聞之震
慟 贈賻彩帛一千匹 租二千石. 供喪事 給軍樂鼓吹一百人 葬于金山原. 命有司 立碑以
紀功. 夏四月 旋風起自庾信墓 至始祖王之陵 塵霧晦冥. 守陵人聞 其中若有哭泣悲歎
之聲. 惠恭王聞之 恐懼 遣大臣致祭. 仍於鷲仙寺納田三十結 以資冥福. 是寺卽庾信平
麗濟二國 所營立也. 庾信玄孫 執事郎長淸 撰行錄十卷 行于世.

〈김유신 묘〉

〈흥무문〉

(1) 김유신의 출생

신라시대 김유신 장군 있잖아요? 그분의 내력을, 얘기할라 그래요.

신라 서울 경주에 가면 다보탑이라고 있죠? 그 다보탑에 어떤 건장한 청년 하나가 참 늠름한 타입으로 다보탑 놀이를 하면서 달을 우러러 보고 자기 원대한 포부가 이뤄지게 해달라구 빌구 있거든? 근데 그 뒤를 말없이 쫓는 귀중처녀가 있었는디, 그가 바루 만명낭자라고 하는 왕족이여. 그 청년을 따르는 사람이 만명낭잔데 어떡하다가 해가 거듭하고 하면서 서로 안면을 대하게 되고, 참 서로 신뢰를 하게 되니까 인제 사랑까지 고백을 하게 되고. 그런데 만명낭자 집에서는 왕족인 어떤 청년하고 결혼을 시킬라고 준비를 다 해놓고 있거든? 근데 이 만명낭자가 영 말을 안 듣고서는 시집을 안 갈라 그려. 그러이께 인제 부모들이 이유를 캐고 그라다보니까 만명낭자가

"팔월 보름날만 되면은 다보탑 놀이를 타면서 뒤쫓아 댕기는 사람이 있다."

"그게 누구냐?"

그러니께,

"서현공자다."

그래.

서현공자는 김수로왕의 후예로서 신라가 가야국을 정벌을 하면서

"기왕 이렇게 된 거 신라의 충신 노릇이나 하구 역사에 보탬이나 되게 하자."

해서 그 부모들서부터 아주 규율을 한 그런 집안인데. 그렇더래도 진골이 아니기 때문에 만명낭자하구 결혼을 못할 그런 형편이거든.

"이거 집안 망신시킬 여자, 생겨났다."

해가지구서는 그 부모들이 그 만명낭자를 옥에다 가둬버렸어. 그리고 서현공자를 거기다 그냥 둬선 안되겠으니까 만숙월 태수로다가 벼슬자리를 줘 보내는데. 서현공자는 국가의 법칙이 그렇고, 왕의 명령이니까 도리 없이 부임을 해야지 안할 수가 없단 말이야. 그래서 말을 타고 그냥 찌축찌축 만숙월로다가 자기 일행들과 같이 오는데. 그때 만명낭자는 어떻게 된 영문도 모르구 자기가 능력만 있다면은 옥문이라도 때려부시구서 나가서 서현공자를 찾아 만나고 싶은 그런 심정이 굴뚝 같았는데. 왠일인지 갑자기 구름이 쫙 쩌들어 오더니 빗방울이 뚝뚝 떨어지고 그러다가 느닷없이 소낙비가 막 퍼붓구서는 번개불이 번쩍번쩍번쩍 하더니 만명낭자가 갇혀있는 옥문에 냅다 벼락을 때렸단 말이야. 그래서 창 들구 서 있던 옥사장이 그냥 벼락 맞아 죽구 옥문 부서지고 그러니께,

"이때다."

하구서는 만명낭자가 튀어나와 마굿간으로 가서 말을 한 마리 끄내가지구서는 타구서 막 진천강 가는데루 튀어 달린 거야. 달리는데 소낙비가 한참을 오고 그러더니, 서현공자를 불러가면서 막 울며불며 그냥 달리구 하는 동안에 날은 개이구 햇빛이 쟁쟁 난단 말이야.

서현공자는 '신분의 차이가 이렇게두 애정을 갈러놓구 그렇구나.' 하면서 준비해가지고 가던 술을 마시구서루 가구, 돌아다 보구 또 가구 그랬는데. 날이 개이면서 뒤에서 애타는 목소리가 들려서 쳐다보니께,

"공자는 거기 서있으라."

고 하면서 만명낭자가 쫓아오거든? 그래서 돌아서 같이 포옹을 하고 그라구서

"기왕 나는 만숙월 태수로다가 봉해졌으니 글루 가자."

고. 그래가지구 만숙월 태수로다가 갔는데 거기 가서 정치도 잘했고 두 내외가 인제 그날 저녁에 가서 촛불을 켜놓구서 그냥 맹물 떠놓고 혼례를 올리고, 같이 사는데 잉태를 했단 말이야? 그런데 열 달이 되두 어린애가 안 나와, 어떻게 된 게. 그러더니 스물다섯 달, 이십오 개월 만에 김유신을 났다는 거야.

(2) 김유신의 무예 능력

김유신이 나면서부터 애가 싹수가 있구, 뭐 막히는 게 없어. 그러자 이 조정에서도 태종 무열왕, 김춘추 있잖어? 김춘추가 나가지구서 '삼국통일을 할 텐데, 막중한 임무를 수행해 나갈 장수가 있었으면……' 하구 찾던 중에 누구한테 들으니께,

"김유신이라는 사람이 가야국에서 온 서현공자의 아들로서 매우 장례가 촉망한 사람이다."

그래가지고 김춘추가 김유신을 찾아 만나가지고 사겨보니까 참 훌륭한 장수거든.

김유신이 무예를 어지간이 연마해가지고 어느 산 속으로 들어가서 도사의 가르침을 받았어. 그 도사가 몇 해를 가르쳐가지고 인제 이 사람의 재능을 시험해보고자 해서, 처음에는 호랑이하고 대적을 시켰어. 김유신이 호랑이를 주먹으로다가 다섯 댄가 때려 가지고 호랑이 머리를 뽀개서 죽이고, 그 다음에 이무기하고 대적을 시켰어. 대적을 시키니께 벌써 이무기가 김유신의 몸댕이를 챙챙 감구서는 조이는데 보통 심가지고는 풀어나갈 도리가 없거든. 김유신이 칼을 빼가지구서는 확 칠라 그러면은 이무기가 하늘로 쑥 올라가구 꽁지루다가는 몸을 감구 말야. 그렇게 해서 당할 수가 없으니께, 김유신이 자기가 그냥 진 척 하구서는 칼도 탁 내려뜨리구서는 드루누우니까 구렁이가 그때서는 '인제 내가 이겼구나.'하는 생각에서 김유신을 집어 샘킬라구 머리를 땅으로 내려박구서는 내려오더라는 겨. 그때 김유신이 옆에 칼루다가 이무기 머리를 쳐가지구. 구랭이가 그냥 깜짝 놀래가지구 올라가다가는 뚝 떨어져서 펼쳐졌는데. 그 도사가 산 위에서 내려다보다가 어느 때에 내려왔는지 뒤에 와서

"인제 됐다. 신라를 중흥시킬 만한 훌륭한 장숫감을 키웠다."

하면서 칼 맞어서 구랭이 머릿속에서 나온 피를

"표주박 내놓라."

고 해가지구 그걸 받어가지구 김유신보고

"먹으라."

고 그래, 구랭이 피를 먹고, 자기 주먹으로 때려서 잡은 호랭이 머리에서 나온 피를

먹구, 호랭이 가죽은 벗껴가주서는 말 안장을 맨들어서 씌워주고 그라면서

"너는 인제 나가서 밤낮 백제한테 몰리지, 고구려한테 몰리지, 이라던 이 신라를 중흥시키라구."

그래서 나왔는데 김춘추가 그 사람(김유신)을 만나보구서는 참 쾌거를 불렀다는 겨.

"인제 내 포부를 달성할 때가 왔다."

구. 그라구서 원강법사의 오계를 실천하는 화랑도를 조직해서 그 사람(김유신)이 화랑도의 수장이 돼서 처음에는 백제를 물리치고 다음에는 고구려를 물리치고 천년이 지난 지금까지두 이름을 날리는 훌륭한 장수가 됐다는 얘기예요.

출처: 신동흔 외, '김유신 장군 출생담', 『도시전승설화자료집성』 3권, 민속원, 2009, 163.

〈관련 설화 목록〉

최래옥 외, '흥무왕의 일화', 『한국구비문학대계』 5-1, 한국학중앙연구원, 1980, 314.

최래옥 외, '김유신과 신라의 패망', 『한국구비문학대계』 5-3, 한국학중앙연구원, 1983, 583.

조동일 외, '김유신과 단석산(1)', 『한국구비문학대계』 7-1, 한국학중앙연구원, 1980, 570.

조동일 외, '김유신과 장육산', 『한국구비문학대계』 7-1, 한국학중앙연구원, 1980, 570.

조동일 외, '김유신과 단석산(2)', 『한국구비문학대계』 7-1, 한국학중앙연구원, 1980, 630.

조동일 외, '김유신과 단석산', 『한국구비문학대계』 7-3, 한국학중앙연구원, 1980, 124.

조동일 외, '김유신과 장군의 신검', 『한국구비문학대계』 7-3, 한국학중앙연구원, 1980, 490.

조동일 외, '김유신 이야기', 『한국구비문학대계』 7-3, 한국학중앙연구원, 1980, 570.

정상박 외, '김유신과 열박산', 『한국구비문학대계』 8-12, 한국학중앙연구원, 1986, 36.

신동흔 외, '김유신 장군 출생담', 『도시전승설화자료집성』 3권, 민속원, 2009, 163.

신동흔 외, '애마의 목을 친 김유신 장군', 『도시전승설화자료집성』 9권, 민속원, 2009, 339.

신동흔 외, '김유신과 김춘추', 『도시전승설화자료집성』 10권, 민속원, 2009, 260.

임석재, '김유신', 『한국구전설화』 12권, 평민사, 1993, 42.

 # 장보고(張保皐, ?~846), 정년(鄭年, 생몰년 미상)

➤ **장보고** | 신라 말기의 해장(海將)으로 일명 궁복(弓福), 궁파(弓巴)로도 불린다. 흥덕왕 때 당나라로 건너가 무령군소장(武寧軍小將)을 지내던 중 당나라 해적에게 잡혀와 노비가 된 신라인들을 보고 분개하여 벼슬을 사직하고 돌아온다. 왕에게 1만의 병사를 얻어 청해진(淸海鎭)을 설치하고 청해진대사가 되어 해적을 완전 소탕한다. 해상권을 장악하여 신라와 당, 일본 사이의 무역을 관장하면서 큰 세력으로 성장한다. 837년(희강왕 2)에 왕위 계승 다툼에서 밀려난 우징(祐徵)이 청해진으로 오자 이를 받아들여 839년에 민애왕을 죽이고 왕으로 추대하니, 이가 신무왕이다. 신무왕과 평소 약속하기를, 신무왕의 아들 문성왕의 둘째 왕비로 자신의 딸을 세우기로 하였다. 여러 대신들의 반대로 뜻을 이루지 못하자 반란의 기회를 엿보고 있는데, 조정에서 자객으로 보낸 염장(閻長)에게 피살당하였다. 『참고문헌』 삼국사기, 한국인명대사전, 국사대사전

➤ **정 년** | 신라 말기의 무장으로, 장보고와 형제처럼 지냈다. 용맹과 무예가 뛰어났고, 특히 잠수술(潛水術)에 능하였다. 장보고와 함께 당에서 무령군소장(武寧軍小將)이 되어 무예로 이름을 떨쳤다. 귀국 후 장보고에게 의탁하여 지내다가 김우징을 신무왕으로 추대하는 데 공을 세웠다. 이후 장보고의 뒤를 이어 청해진대사가 되었다. 『참고문헌』 삼국사기, 한국인명대사전, 국사대사전

장보고, 정년

장보고는 다른 이름이 궁복(弓福)이었고, 그에겐 친구 정년이 있었으며 신라 사람이다. 그 부친과 조부도 모두 전쟁을 잘하는 것으로 소문이 나 있었다. 정년은 장보고를 형이라고 불렀지만, 장보고는 서로 동등한 친구 사이로 대했고, 정년의 재능과 기예(技藝)는 장보고와 비교하여 비슷하게 대치되어 결코 뒤지지 않았다.

정년은 또 다른 기능을 가지고 있었으니, 바다 밑으로 들어가 50리를 헤엄쳐 가도 결코 숨이 막히지 않았다. 두 사람이 용기와 힘을 다툰다면 장보고가 약간 차이로 미치지 못한 상태였다.

두 사람이 당나라로 건너가서 곽자의(郭子儀)와 이광필(李光弼)을 따르며 놀았다. 무령(武寧) 주둔군에 들어가 말단 장수가 되었는데, 두 사람이 모두 말타기와 활쏘기를 잘 해서 쇠로 된 창으로써도 능히 대적할 자가 없으니, 중국에 소문이 크게 났다.

뒤에 장보고는 신라로 돌아와 흥덕왕[1]에게 이렇게 건의했다.

"중국을 두루 돌아다녀 보니 우리나라 사람을 종으로 삼고 있으니 매우 부끄러운 일입니다. 원하옵건대 청해[2]에 진(鎭)을 설치하게 맡겨주신다면, 중국 도적들이 사람을 겁략하여 서쪽으로 데려가는 것을 못하게 하겠습니다."

임금이 장보고에게 병졸 1만을 주어 진을 설치하게 하니, 이후로는 해상에서 침략하는 일이 없었다. 대체로 청해 지역은 신라 바닷길의 요충지로, 이는 곧 완도(莞島)를 이르는 것이다.

1) 흥덕왕 (興德王): 신라 제42대 왕(826~836 재위).
2) 청해(清海): '지금의 거제(巨濟)'라는 소주(小註)가 있어 뒤의 완도(莞島)라는 설명과 어긋남.

희강왕[3] 2년에 아찬 벼슬에 있는 김우징[4]의 부친 김균정(金均貞)이 아찬 벼슬에 있던 김이홍(金利弘)에게 죽임을 당했다. 곧 김우징은 재앙이 미칠까 두려워하여 여러 병사들을 수습하고 처자를 수레에 실어 황산진으로 달아났다. 그리고 청해 대사 장보고에게로 가서 의지하고, 복수를 계획하여 김양 장수와 더불어 병력을 일으켜서 임금인 김명[5]을 토벌하려고 했다.

그래서 장보고에게 말했다.

"지금 김명은 임금을 죽이고 스스로 왕위를 빼앗아 즉위했으며, 김이홍은 나의 부친을 살해했으니, 가히 같은 하늘 아래 함께 살 수 없는 원수입니다. 원하옵건대 장군의 병력을 가지고 왕과 부친 원수를 갚게 해 주시옵소서."

장보고는 이 요청에 흥분되고 의기심이 발동되어 허락했다.

앞서, 정년은 중국에서 직분을 잃고 놀고 있으니 배고프고 추워, 중국 사주(泗州)의 연빙현에 의지해 어렵게 살고 있었다. 하루는 수자리 장수인 풍원규에게 이야기했다.

"내 신라로 돌아가 장보고에게로 가서 밥을 얻어먹고자 합니다."

"뭐라? 너는 장보고와 더불어 서로 사이가 좋지 않은데, 어찌 스스로 죽음으로 나아가려 하느냐?"

의아해 하는 원규의 물음에 정년이 말했다.

"배가 고프고 추워 죽는 것은 병기에 의하여 찔려 상쾌하게 죽는 것만 같지 못합니다. 그리고 고향에서 죽는 것이 아니겠습니까?"

정년은 마침내 신라로 돌아와 장보고를 만나니, 장보고는 기뻐하고 그와 더불어 즐겁게 술을 마셨다. 술자리가 미처 끝나지 않았는데, 김우징에 관한 이야기를 들려주고는, 병력 5천 명을 나누어 정년에게 넘겨주었다.

장보고는 정년의 손을 잡고 눈물을 흘리면서 말했다.

"그대가 아니면 이 어려운 난국을 평정할 수가 없도다."

3) 희강왕 (僖康王): 신라 제43대 왕(836~838 재위).

4) 김우징(金祐徵): 신라 45대왕인 신무왕, 재위기간 3개월.

5) 김명(金明): 신라 제44대 왕(838~839 재위)인 민애왕(敏哀王).

그해 겨울 12월에 정년은 평동장군 김양, 염장, 이순행 등과 더불어 임금인 김명을 토벌하여 그를 죽이고, 김우징을 맞이해 세워서 임금으로 삼았다. 즉위한 신무왕은 청해진 대사인 궁복에게 감의군사 직책을 부여하고, 실제로 관장하는 2천 호의 식읍을 봉해주었다. 또한 궁중으로 불러들여 재상으로 삼고, 정년을 대신하여 청해진을 지키게 했다.

얼마 후 신무왕이 사망하고 아들인 문성왕이 즉위하여 이렇게 명령했다.

"청해진 대사 궁복은 일찍이 병력을 일으켜, 신무왕인 돌아가신 부왕을 도왔고 선대의 큰 도적을 섬멸했으니, 그 공적의 맹렬함을 가히 잊을 수 있겠는가?"

이러고 진해장군(鎭海將軍)의 벼슬을 내렸다.

문성왕 7년, 장보고의 딸을 궁중으로 들여 두 번째 왕비로 삼고자 하니 여러 신하가 간언했다.

"장보고는 바다 섬사람인데 딸을 왕비로 들이는 것이 옳겠습니까?"

왕은 그 말을 따라 왕비 삼는 일을 하지 않았다.

앞서 신무왕 김우징이 청해진으로 들어가서 장보고에게 의지할 때, 장보고와 더불어 약속을 했다.

"진실로 복수만 할 수 있으면 마땅히 경의 딸을 내 아들의 배필로 삼을 것이로다."

그래서 아들인 문성왕이 장보고의 딸을 왕비로 삼고자 했다. 이 일이 그릇됨에 미치어 장보고는 그 딸을 왕비로 들이지 않는 것을 원망하여 청해진을 점거하고 반란을 일으켰다. 임금이 그들을 토벌하려고 하다가 그의 병력이 너무 강한 것을 두려워하여 미적거리며 결정을 하지 못하고 있었다. 이때에 무주 사람 염장이 왕에게 고했다.

"조정에서 다행스럽게도 저의 계책을 들어 주시면 하나의 병졸도 죽이지 않고 맨주먹으로 장보고의 목을 베어 가지고와 바치겠습니다."

임금이 그렇게 하라고 허락했다. 염장이 거짓으로 반란을 일으킨 척하고서 청해진으로 들어가니, 장보고가 그 용기를 칭찬하며 맞이해, 제일 우두머리 부하로 삼았다.

장보고가 그와 함께 술을 마시어 취했을 때, 염장은 장보고의 칼을 뺏어 그의 목을 베었다. 이어 그 부하 무리들을 깨우쳐 설득하니 무리들이 감히 동요하지 않았다.

왕이 기뻐하면서 아관의 우두머리 벼슬을 내려 주었다.

당나라 시인 두목(杜牧)이 이렇게 평했다.

"장보고는 정년과 더불어 평소 서로 우열을 다투며 양립했는데, 이 상황은 중국의 곽분양과 이임회[6] 사실과 같도다. 곽분양은 감정을 다 털어 버리고 이임회를 등용하여 나라의 으뜸가는 공적을 이룩했다. 정년이 궁핍하여 장보고에게로 들어갔을 때, 장보고가 병력을 나누어 주어 큰 공을 이루게 되었다. 장보고의 그 어진 행동은 중국의 곽분양과 동등하니, 누가 동방에 훌륭한 사람이 없다고 말하겠는가!"

사진자료

〈청해진 전경〉

6) 곽분양(郭汾陽), 이임회(李臨淮): 중국 당나라 임금이 안록산(安祿山)의 난에 서쪽으로 파천함. 북방에 안록산의 사촌 안사순(安思順) 장군이 삭방 절도사로 있다가 사사(賜死) 당하고, 그 부하 곽분양이 대신 절도사가 됨. 곽분양의 경쟁자 이임회 장군은 서로 사이가 나쁜 곽분양을 미워해 보지도 않고 도망을 감. 이에 조정에서 곽분양에게 명령하여 통솔하고 있는 군대 절반을 이임회에게 주고 힘을 합쳐 안록산을 치라고 함. 이때 이임회는 곽분양이 자신을 죽일 것 같아 찾아가 항복하니, 곽분양은 군대를 나누어주고 화해해 함께 안록산을 쳐 난을 평정함.

張保皐, 鄭年

張保皐一名弓福 其友鄭年新羅人也. 父祖皆以善戰聞. 年以兄呼保皐 保皐以齒.年以藝常齟齬 不相下. 年復能沒海底 行五十里不噎. 角其勇壯 保皐差不及也. 二人如唐從郭子儀李光弼遊. 爲武寧軍小將 俱善騎射. 使鐵槍無能敵者 名聞中華. 後保皐還國告興德王曰 遍中國 以吾人爲奴婢 可羞之甚. 願得鎭淸海(今巨濟) 使賊不得掠人西去. 王與卒萬人 鎭之 是後海上無侵掠. 蓋淸海新羅海路之衝 而是謂莞島者也. 僖康王二年 阿湌金祐徵父均貞 遇害於阿湌利弘. 祐徵懼禍 收餘兵載妻子 奔黃山津 往依於淸海大使張保皐. 謀復讎 與金陽起兵 討金明. 謂保皐曰 明弑君自立 利弘枉殺吾父 不可共戴一天. 願仗將軍之兵 以報君父之讎. 保皐慷慨許諾. 先是 年失職饑寒 寓居泗之漣水縣. 一日 言於戌將馮元規曰 我欲就食於保皐. 元規曰 若與保皐不相能 奈何自往就死乎. 年曰 饑寒死不如兵死快 況死故鄕乎. 遂往謁保皐 與之歡飮. 未卒聞祐徵言 分兵五千人付年. 執手泣曰 非子不能平禍亂. 冬十二月 年與平東將軍金陽閣長李順行等 討金明誅之 迎立祐徵爲王. 王以淸海鎭大使弓福 爲感義軍使 食實封二千戶. 召爲相 以年代守淸海. 及文聖王嗣位 敎曰 淸海鎭大使弓福 嘗以兵助神考 滅先朝之巨賊 其功烈可忘. 乃拜爲鎭海將軍. 文聖王七年 欲納保皐女 爲次妃. 羣臣諫曰 保皐海島人 納其女可乎. 王從之. 初神武王祐徵 投淸海 與保皐約. 苟得復讎 當以卿女 配吾子. 故王欲納之也. 至是 保皐怨其不納女 據鎭叛. 將討之 憚其兵强 猶豫未定. 武州人閣長告王曰 朝廷幸聽臣計 不費一卒 持空奉 斬保皐以獻. 王許之. 長佯叛 投淸海. 保皐愛其勇 引爲上客 與之飮. 及醉 奪保皐劍斬之. 召諭其衆 衆不敢動. 王喜 賜長官阿干. 唐杜牧言 張保皐與鄭年 素不相下 如郭汾陽李臨淮. 而汾陽釋憾 而用臨淮 爲國元勳. 鄭年窮 而投保皐 保皐分兵以與之 成功. 保皐之賢與汾陽等 孰謂無人哉.

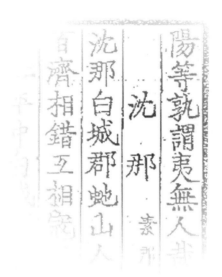

 심나(沈那, 생몰년 미상), 소나(素那, ?~675)

➤ **심 나** | 신라의 장군으로, 일명 황천(煌川)이라고 불렸으며, 백성군(白城郡) 사람이다. 완력이 출중하고 몸이 날래어 비장(飛將)이라고 불렸다. 문무왕 때 백성군의 군사를 보내 백제의 변방을 공격하였는데, 백제의 정병에게 급습을 당하자 신라의 병졸들은 모두 흩어져 도망하였으나 혼자서 버티고 서서 눈을 부릅뜨고 적병 10여 명을 베었다. 이에 백제군은 겁을 먹고 모두 도망하였다. 아들 소나도 아버지 못지않은 용장이었다. 『참고문헌』 삼국사기, 한국인 명대사전, 국사대사전

➤ **소 나** | 신라의 장군으로, 일명 금천(金川)이라고도 한다. 심나(沈那)의 아들로, 백성군 사산(白城郡蛇山:安城稷山) 출신이다. 백제가 망한 후 아달성(阿達城)의 성주가 되어 북방의 방비를 엄중하게 하였다. 675년(문무왕 15)에 말갈의 침입을 받고 이를 맞아 싸우다가 장렬히 전사하였다. 사후에 잡찬(迊湌)에 추증되었다. 『참고문헌』 삼국사기, 한국인명대사전

심나, 소나

심나는 백성군의 사산 사람이다. 힘[1]이 다른 사람보다 세고 몸이 가볍고 또한 민첩하고 빨랐다. 사산은 그 경계가 백제와 맞닿아 있어서, 서로 도적질과 공격을 하여 편안한 달이 없었다. 심나는 매번 전투에 나가 진격하면 그의 앞에는 견고한 적이란 없었다. 인평[2] 중에 백성군의 병력이 출동하여 백제 변방 고을을 약탈했다. 그러자 백제가 아주 뛰어난 병력을 출동시켜 급박하게 공격하니, 신라 병사들이 흩어져서 후퇴했다. 이때 심나는 홀로 똑바로 서서 칼을 뽑아들고 성난 눈을 부릅뜨고 크게 꾸짖으며 수십 명을 목을 베어 죽였다. 이에 백제 병사들은 두렵게 여겨 대항해 싸우지 못하고 드디어 병력을 이끌고 달아났다.

이후 백제 사람들은 심나를 가리켜, 신라의 날아다니는 장수라고 지목하고 서로들 이야기했다.

"심나가 아직 살아있는 동안은 백성에는 가까이하지 말아야 한다."

심나의 아들 소나도 그 뛰어난 영웅다운 기질이 아버지의 풍채를 지니고 있었다. 백제가 망한 후, 한주의 도독 도유공이 왕에게 요청했다.

"소나의 임지를 아달성[3]으로 옮겨 북쪽 변방을 막게 해 주십시오."

상원 2년 봄에 아달성 태수인 급찬 한선이 백성들에게 명령을 내렸다.

"어느 날 모두 성 밖으로 나가 들에 삼씨를

1) 여력(膂力): 한문 원문에는 '旅力'으로 표기되었으나 『삼국사기(三國史記)』 열전(列傳)에 의해 바로잡음.
2) 인평(仁平): 선덕여왕의 연호, 3~15(634~646)년 사이.
3) 아달성(阿達城): 황해도 수안 지역.

뿌리도록 하라. 명령을 어겨서는 안 된다.”

이때 말갈 첩자가 이 사실을 알고 돌아가 그의 추장에게 보고했다.

그 정해진 날에 백성들이 모두 성문을 나가서 들에 가 있는 동안, 말갈이 병력을 숨겨 와서 갑자기 성 안으로 들어가 무찌르고 약탈하니, 온 성 안에 남아있던 노인과 어린이들은 어쩔 줄을 몰랐다. 이때 소나가 흥분하여 힘써[4] 적을 향해 크게 소리 질러 말했다.

“너희들 신라에 심나의 아들 소나가 있다는 것을 아느냐? 진실로 죽음을 두렵게 여겨 살아남기를 도모하는 사람이 아니다. 싸우고자 하는 사람이 있으면 어찌 나오지 않는가?”

그렇게 말하고 곧 흥분하여 화를 내면서[5] 적에게로 내달으니 적들이 감히 앞으로 핍박해 나오지를 못했다. 다만 그를 향해 활을 쏘기만 하는데, 소나도 역시 화살을 쏘아서 나는 화살이 벌떼 같았다. 진시(辰時)로부터 유시(酉時)까지 싸워 소나의 몸에 화살이 꽂혀서 고슴도치 같았다. 그런 다음에 마침내 엎어져서 전사했다.

소나의 아내는 가림군의 양반집 딸이었는데. 처음에 소나가 아달성으로 임명받아 갈 때, 이 성이 적국과 인접해 있으므로 홀로 떠나가고 그 아내를 집에 머물러 두었다. 그 고을 사람들이 소나가 아달성에서 말갈과 싸워 전사했다는 소식을 듣고, 그 아내에 나아가 조문했다.

그 아내는 울면서 이렇게 말했다.

“나의 남편이 항상 얘기하기를, 대장부라는 것은 진실로 마땅히 전쟁에 나가서 죽어야 한다. 어찌 침상의 자리에 누워 집사람들의 보살핌 속에서 죽겠는가? 평소에 이렇게 말하더니, 지금 죽음이 그의 뜻과 같도다.”

임금이 그 얘기를 듣고 눈물을 흘려 옷깃을 적시면서,

“아버지와 아들이 국가의 일에 용기를 발휘했으니 가히 대를 이어 충성과 의리를 이루었다고 할 만하다.”

라고 말하고, 잡찬[6] 벼슬을 내려주었다.

4) 분력(奮力): 『삼국사기(三國史記)』 열전(列傳)에는 '奮刃: 분을 내어 칼날을 휘두르며'로 되어 있음.

5) 분노(憤怒): 한문 원문에는 '憤恕'로 표기되었으나 『삼국사기(三國史記)』 열전(列傳)에 의해 바로잡음.

6) 잡찬(迊飡): 한문 원문에는 '迎飡'으로 표기되었으나 『삼국사기(三國史記)』 열전(列傳)에 의해 바로잡음.

沈那, 素那

沈那白城郡蛇山人. 旅[賁]力過人 身輕且捷. 蛇山境與百濟相錯 互相寇擊 無虛月. 沈那每出戰 所向無堅陣. 仁平中 白城郡出兵 往抄百濟邊邑. 百濟出精兵 急擊之 我士卒亂退. 沈那獨立拔劍 怒目大叱 斬殺數十餘人. 賊懼不敢當 遂引兵而走. 百濟人指沈那曰 新羅飛將. 因相謂曰 沈那尙生 莫近白城. 其子素那 雄豪有父風. 百濟滅後 漢州都督都儒公 請王 遷素那於阿達城 俾禦比鄙. 上元二年乙亥春 阿達城太守級湌漢宣教民 以某日 齊出種麻 不得違令. 靺鞨諜者認之 歸告其酋長. 至其日 百姓皆出城在田. 靺鞨潛師 猝入城剽掠 一城老幼狼狽 不知所爲. 素那奮力向賊 大呼曰 爾等知新羅有沈那之子素那乎. 固不畏死以圖生. 欲鬪者 曷不來耶. 遂憤怒[怒]突賊 賊不敢迫 但向射之. 素那亦射 飛矢如蜂 自辰至酉. 素那身矢如猬 遂倒而死. 素那妻加林郡良家女子初素那以阿達城鄰敵國 獨行 留其妻在家. 郡人聞素那死 吊之. 其妻哭 而對曰 吾夫常曰 丈夫固當兵死 豈可臥牀席 死家人之手乎. 其平昔之言如此 今死如其志也. 王聞之涕泣沾襟曰 父子勇於國事 可謂世濟忠義. 贈官迎[迊]湌.

고구려

高句麗

 부분노(扶芬奴, 생몰년 미상)

　　고구려 동명왕 때의 명장으로, 기원전 32년(동명왕 6) 오이(烏伊)와 함께 태백산(太白山:白頭山) 동남쪽에 있는 행인국(荇人國)을 정벌하여 성읍(城邑)으로 삼았고, 기원전 9년(유리왕 11)에는 변방을 괴롭히는 선비족(鮮卑族)을 공격하여 지략으로 항복받았다. 그 공으로 정복한 땅을 식읍(食邑)으로 하사받았으나 사양하니, 왕은 다시 황금 30근과 양마(良馬) 10필을 상으로 하사하였다. 동명왕이 고구려 건국 직후에 국가의 의식(儀式)을 갖추지 못해 이웃 나라의 사신들이 다녀갈 때 송영(送迎)을 올바로 하지 못해 창피하게 여기니, 몰래 비류국(沸流國)에 들어가서 고각(鼓角)을 훔쳐왔다. 후에 비류왕이 이 사실을 알았으나 부분노의 용맹에 눌려 항의하지 못하였다. 『참고문헌』 삼국사기, 한국인명대사전, 국사대사전

부분노

부분노는 고구려 사람이다. 그는 지혜와 용기가 있었고 동명왕을 섬겨 장군이 되었다. 일찍이 병사를 거느리고 오이[1] 등과 더불어 태백산 동남쪽으로 출동하여 행인국을 쳐서 나라를 점령했다.

그 무렵 고구려는 국가사업이 처음 조성되었을 시기인데, 선비족과 말갈족이 자주 국경지역을 침범하여 도적질을 하며 소란하게 굴었다. 유리왕 11년 여름에 선비족이 또 침략해왔다. 왕이 매우 근심하여 여러 신하들을 돌아보며 말하기를,

"누가 나를 위해 선비족을 제압해준다면, 과인은 우리 고구려의 토지와 백성을 나누어주는 것을 아끼지 않을 것이다."

라고 말했다. 이때 부분노가 나와서 말하기를,

"선비족은 지형이 험하고 성이 튼튼하며 그 백성들은 용맹스럽고 또 우직합니다. 이들을 더불어 힘으로써 싸우기 어려우니 어떤 계책을 써야만 파괴할 수 있습니다. 대왕께서 스스로 군사를 거느리고 나가시면, 신은 아주 신기한 재주를 가진 병사들을 거느리고 뒤를 따르겠습니다."

이렇게 요청을 하니, 곧 왕은 뛰어난 능력을 지닌 병졸들을 숨겨놓고, 자신은 성 남쪽으로 붙어서 나약한 군사들만 이끌고 나아가 선비족 군사들을 성 밖으로 나오도록 유인했다. 이를 본 선비족 장군은 손가락질을 하며 비웃어 말했다.

"누가 고구려를 강자라고 일렀는가? 진실로

1) 오이(烏伊): 고구려 초기 동명왕의 건국을 도왔던 장수.

쉽게 제압할 수 있을 따름이로다."

하면서, 거짓 패하여 도망치는 체하는 술책에 속아 성을 온통 비워놓고 모든 군사를 이끌고 나와 쫓는 것이었다.

이를 본 부분노는 뛰어난 기병들을 거느리고 사이 길로 달려 성문 안으로 진격해 들어가, 고구려 깃발을 성 위에 높이 꽂아 놓았다. 선비족 장수가 성 위에 꽂힌 고구려 깃발을 바라보고는 크게 놀라 달려와 성을 탈환하려 하였다.

이때 왕은 군사를 돌려 깃발을 높이 들고 북을 울리면서 그들의 후면을 공격하니, 마침내 선비족은 크게 패하고 그 장수들은 모두 항복했다. 이후 선비족은 고구려의 속국이 되었다.

전쟁이 끝나고 왕이 부분노에게 식읍을 하사하니, 사양하여 받지 않으므로 이에 왕은 그에게 황금 30근과 좋은 말 10필을 내려주었다.

고구려 초기 부분노는 그 시대의 가장 유명한 장수가 되었다. 부분노와 같은 성씨로 부위염(扶尉猒)이란 사람이 있었는데, 역시 장군이 되어서 북옥저를 공격해 멸망시켰으니, 부분노와 더불어 같은 시기였다.

扶芬奴

扶芬奴句麗人也. 有智勇 事東明王爲將軍. 嘗將兵與烏伊等 出太白東南 伐荇人 取其
國. 當是時 麗業新造 而鮮卑靺鞨數侵盜 邊境騷然. 琉璃明王十一年夏 鮮卑又寇. 王
憂之 顧群臣曰 孰爲我制鮮卑者 土地人民 寡人不惜分. 芬奴進曰 鮮卑險固 其人勇而
愚 此難與力爭 而可以計破也 王宜自將 臣請以奇兵從. 王乃匿其精卒 自傅其南城 羸
師以誘之. 鮮卑指而笑曰 孰謂高句麗强者 顧易與耳. 因其佯北 乃空城逐之. 芬奴率精
騎 間道馳入門 立高句麗旗幟城上. 鮮卑望見大驚 奔奪關. 王擧旗鳴鼓 還擊之. 鮮卑
大敗 其渠帥盡降. 自是鮮卑屬於高句麗. 王賜芬奴食邑 辭乃與之黃金三十斤 良馬十
四. 當高句麗之初 扶芬奴爲時名將. 芬奴同氏有扶尉厭 亦爲將軍 攻北沃沮 滅之 與芬
奴同時.

 을지문덕(乙支文德, 생몰년 미상)

고구려 영양왕 때의 명장으로, 침착 대담하고 지략과 무용이 뛰어났으며, 시문에도 능하였다. 612년(영양왕 23)에 수나라 양제(煬帝)가 우문술(宇文述)·우중문(于仲文)을 사령관으로 삼아 수륙 양군 113만 3천8백여 명으로 고구려를 침입하여 왔을 때 고구려군을 지휘하였다. 압록강에서 대치하다가 적정을 살피기 위해 단신으로 적진에 들어가 거짓으로 항복하여 적국의 군사들이 매우 지쳐있는 것을 파악하고 돌아왔다. 이후 적의 군사력을 소모시키기 위해 거짓으로 패배하면서 평양성 30리 밖까지 적을 유인, 적장 우문술과 우중문에게 군사를 돌리도록 권하는 회유시를 전했다. 지친 군사들로 험난한 평양성을 함락하기 어렵다고 판단한 적이 회군하여 살수(薩水:淸川江)에 이르렀을 때, 대규모 군대를 동원하여 수나라 군대의 후군(後軍)을 공격하여 대승을 거두었다. 이를 살수대첩(薩水大捷)이라 하는데, 30만 5천 명의 수나라 육군 중 살아간 사람은 2천 7백여 명에 불과했다. 『참고문헌』 삼국사기, 한국인명대사전, 국사대사전

을지문덕

을지문덕은 평양 석다산 사람이다. 그는 과묵하고 강했으며 전쟁에 대한 지혜로운 책략이 있었다. 고구려 영양왕 때 벼슬하여 대신이 되었다.

수나라 대업 8년 수양제는 고구려가 자기 나라 변방을 침략하여 어지럽히고 거만하고 불손하다는 구실로, 친히 온 나라 병력 6개 군단을 거느리고 정벌하러 왔다. 6개 군단 24부대를 좌군과 우군으로 나누어 여러 갈래 길로 진군하여 평양에서 모이기로 했는데, 무릇 113만 3천8백 명으로 통칭 2백만이라 일컬었고, 음식과 장비를 싣고 따라오는 사람이 군사의 두 배나 되었다. 황제가 직접 지휘권을 행사하며 깃발이 들을 덮었고, 군사의 행렬이 1백 리나 이어졌다.

또한 좌익위대장군 내호아에게 양자강과 회수의 수군을 거느리고 바다를 건너 먼저 대동강으로 진격할 것을 명령하여, 수병과 육지병이 함께 진격하도록 했다. 그리고 공부상서 우문개와 소부감 하주에게 명령하여 요하에 부교를 만들어 진격해 요동성을 포위하도록 했다.

이에 황제는 이렇게 명령을 내렸다.

"무릇 군대가 진격하고 멈추고 하는 것은 모두 나에게 보고를 해 명령을 따르고, 장수들 마음대로 움직이지 말라."

고구려의 요동성에서는 몇 번 출병해보았지만 불리하여, 성을 굳게 둘러 방비하고만 있었다.

수양제는 모든 군사에게 공격하라 명령하고, 다시 여러 장수에게 지시했다.

"고구려 군사들이 만일 항복을 요청하면, 마땅히 잘 어루만져 받아들이고, 병력을 놓아 난잡한 행동을 하지 말라. 성이 함락됨에 이르러 성 안에서 항복한다고 소리치면 여러 장수들은 명령을 받들어 행동하고 감히 먼저 받아들이지 말 것이며 시행에 앞서 달려와 보고하라."

총공격을 한다는 보고가 계속 이르자 요동성 안에서는 역시 수비를 강화하고 기회를 보아 나가 항거하며 싸웠다. 이와 같이 하기를 두세 번 했는데, 수양제는 끝까지 어떻게 할 방도를 깨닫지 못하여 이 성은 오래도록 함락되지 않았다.

이때, 좌익위대장군 우문술은 부여쪽 길로 출정하고, 우익위대장군 우중문은 낙랑쪽 길로 출동하여, 양제가 거느린 9군과 압록강 서쪽에서 만나기로 했다. 그런데 우문술 등의 병력이 노하진과 회원진에서 출발할 때 사람과 말의 백일 먹을 양식을 지급하고, 또 갑옷과 방패·창·의복·침구 등 전쟁에 필요한 도구며, 취사도구와 천막 등의 짐을 지고 가게 하여 사람마다 3백 근 이상을 짊어지고 출정했다. 이처럼 무거워 견딜 수 없을 정도였으므로, 우문술이 엄하게 명령을 내렸다.

"무겁다고 짐을 내버리는 자는 목을 벨 것이다."

그러나 병졸들은 주둔지에서 굴을 파서 식량을 땅에 묻고 출발했으므로, 출발하여 얼마 지나지 않아 행군하는 중간에 양식이 거의 떨어지게 되었다.

고구려 영양왕이 대신 을지문덕을 파견해 우문술의 병영으로 나아가 거짓으로 항복하여 군대의 여러 상황을 살펴보도록 했다. 이때 우중문은 만약에 고구려의 왕이나 을지문덕이 병영으로 오게 되면 돌려보내지 말고 반드시 잡아두라는 황제의 비밀 명령서를 받고 있었다.

그래서 우중문이 을지문덕을 잡아두려고 했는데, 상서우승 유사룡이 위무사[1]로 와서는 을지문덕을 돌려보내라고 했다. 우중문은 유사룡의 말을 거역할 수 없어 을지문덕을 돌려보냈다.

그러나 우중문은 을지문덕을 돌려보내고는 곧 후회하여, 사람을 보내 을지문덕을 속여 말했다.

1) 위무사(慰撫使): 군사들을 위로하기 위해 따라 가는 문관.

"다시 의논할 일이 있으니 다시 와주시오."

을지문덕은 그 말에 아랑곳하지 않고 압록강을 건너왔다. 우중문과 우문술은 을지문덕을 놓치고 마음 속으로 스스로 편안하지 못했다. 우문술은 양식이 다 떨어진 것을 보고 전쟁을 그만 두고 돌아가고자 하는데, 우중문이 정예병으로 을지문덕을 쫓아가면 사로잡아 공을 세울 수 있다고 건의했다. 이때 우문술이 강하게 말리니, 우중문은 화를 내면서 말했다.

"장군은 10만 대군을 거느리고 와서 조그마한 적국을 격파하지 못하면 무슨 면목으로 황제를 뵈려하는가?"

이리하고 여러 장수들과 더불어 압록강을 건너 을지문덕을 추격했다. 을지문덕은 적의 병졸들이 배고픈 기색이 있는 것을 보고 그들을 더 피곤하게 하기 위해, 싸우는 척하다가 거짓으로 패하여 도망가기를 반복했다. 이에 속아 우문술 등이 하루 사이에 일곱 번을 맞아 싸워 모두 다 이기니, 여러 번 이긴 것을 믿고 따라와 동쪽으로 살수를 건너게 되었다. 그리고는 평양에서 30리 떨어진 산에 주둔하여 병영을 설치했다.

이때, 을지문덕이 우중문에게 시를 써서 보냈다.

    귀신같은 책략은 하늘의 원리를 꿰뚫었고.
    묘한 책략은 땅의 원리를 모두 궁구했네.
    전쟁에서 승리한 공적이 이미 높았으니.
    원하옵건대 만족함을 알고 전쟁을 그친다고 말해주오.

시를 본 우중문은 을지문덕을 회유하는 편지를 보내 칭찬했다. 을지문덕이 다시 사신을 보내 거짓으로 항복하는 척 하면서 우문술에게 말을 전했다.

"만약에 군사를 돌이켜 물러가면 마땅히 우리 임금을 받들고 황제가 머무르는 곳에 가서 인사를 드리겠다."

우문술은 자기 병졸들이 피로하고 힘이 빠져 가히 다시 싸우지 못할 것을 보고,

또한 평양성의 험하고 견고한 모습에 쉽게 점령하기가 어렵다는 것을 깨닫고는 드디어 군사를 돌려 방진²⁾을 만들어 행군했다.

이때 을지문덕이 출격하여 사방으로 엄습해 공격하니, 수나라 군사는 한편으로 싸우면서 한편으로 도망쳐, 7월에 살수에 이르렀다. 살수를 반쯤 건넜을 때 고구려 군사들이 뒤에서 공격하니, 수나라 수군위장군 신세웅이 전사했다. 여기에서 수나라의 여러 군사들이 뿔뿔이 흩어졌고, 장군과 군사들이 달아나 돌아가면서 하루 낮밤 사이에 4백5십 리를 도망쳐 압록강에 이르렀다. 후퇴하면서 수나라 장군 왕인공은 후군이 되어 고구려 군사를 물리쳐 막았다.

적장 내호아 역시 고구려 군사에 의해 유인되어 평양성에 들어왔다가 크게 패해 겨우 죽음만 면하여 도망쳤고, 오직 위문승이 거느린 한 군대만이 홀로 피해를 입지 않고 온전히 돌아가게 되었다.

처음에 수나라 군사들이 출군하여 요동에 이르렀을 때는 그 수가 백만 5천이었는데, 싸우고 돌아가서 요동에 도착했을 때는 다만 2천7백 명뿐이었다. 그리고 물자와 양식, 무기 등을 온통 잃어버린 것은 수만에 달했다. 이에 수양제는 크게 화가 나서 우문술 등을 쇠사슬로 결박해 본국으로 끌고 갔다.

후에 우리나라 사람들이 평양에 사당을 지어 을지문덕을 제사지냈다.

사진자료

〈살수대첩도〉

2) 방진(方陣): 행군할 때 진을 사각형 모양으로 하는데, 전쟁 대열이 아님.

乙支文德

乙支文德平壤石多山人也. 沉毅有智略 仕高句麗嬰陽王 爲大臣. 隋大業八年 煬帝以
高句麗侵擾邊疆侮慢不恭 親總六師 以征之. 二十四軍 分左右 諸道而出 期會于平壤.
凡一百十三萬三千八百人 號二百萬 饋輸者倍之. 帝親授節度 旌旗蔽野 絡繹百里. 又
使左翊衛大將來護兒 帥江淮水軍 浮海先入浿江 水陸幷進. 命工部尚書宇文愷 少府
監何稠等 造浮橋於遼水 進圍遼東城. 帝勑曰 凡軍進止 皆須奏聞 無得專擅. 遼東數出
兵 戰不利 嬰城固守. 命諸軍攻之 又勅諸將 麗人若請降 宜撫納 無得縱兵. 城將陷
城中輒乞降 諸將奉旨 不敢先受 前期馳奏. 比報至 城中守禦亦備 隨出拒戰 如是者再
三 帝終不悟以此城久不下. 當此之時 左翊衛大將軍宇文述 出扶餘道 右翊衛大將軍
于仲文 出樂浪道 與九軍會於鴨綠江西. 述等兵自瀘河懷遠二鎭 人馬皆給百日糧. 又
給排甲鎗矟衣資戎具火幕 人負三百斤已上 重莫能勝. 述下令曰 遺棄米粟者斬. 士卒皆於
幕下 掘坑以粟米埋之. 纔行 中路糧餉幾盡. 高句麗王遣大臣乙支文德 詣其營 詐降欲
觀虛實. 仲文奉密旨 若遇王及文德來者 必擒之. 仲文將執之 尚書右承劉士龍爲慰撫
使 固止之 遂聽文德還. 仲文旣而悔之 遣人紿文德曰 更欲有言 可復來. 文德不顧 濟
鴨水. 而仲文與述旣失文德 內不自安 述以糧盡欲還. 仲文議以精銳追文德 可以有功
述固止之. 仲文怒曰 將軍將十萬之衆 未能破小敵 何顏見帝乎. 與諸將遂渡水 追文德.
文德見士卒有飢色 故欲疲之 每戰輒走. 述等一日之中 七戰皆捷. 旣恃驟勝 東濟薩水.
去平壤三十里 因山爲營. 文德遺仲文詩曰 神策究天文 妙算窮地理 戰勝功旣高 知足
願云止. 仲文答書諭之. 文德復遣使詐降 請於述曰 若旋師 當奉王朝行在所. 述見士卒
疲弊 不可復戰. 又平壤城險度難猝拔 遂班師 爲方陣而行. 文德出軍 四面鈔擊. 且戰
且行 秋七月至薩水. 隨兵半渡 麗軍尾擊之 其後軍衛將軍辛世雄戰死. 於是諸軍俱潰
將士奔還. 一日一夜至鴨水 行四百五十里. 將軍王仁恭爲殿 擊麗軍却之. 來護兒亦爲
麗軍所誘引 入城大敗 僅以身免. 惟文昇一軍獨全. 初隋軍到遼者 凡一百萬五千. 及還
至遼東 只二千七百人 資糧器械蕩失巨萬計. 煬帝大怒 鎖繫述等引還. 國人建祠於平
壤 以祭文德.

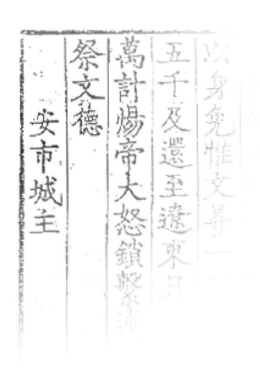

 안시성주(安市城主, 생몰년 미상)

양만춘(楊萬春) | 고구려의 명장으로, 644년(보장왕 4) 당태종(唐太宗)이 30만 대군을 이끌고 고구려에 쳐들어왔을 때 가장 치열한 전투가 벌어진 안시성(安市城)의 성주였다고 한다. 2~3개월 간에 걸친 포위 속에서 매일 6~7회의 치열한 싸움 끝에 적을 물리쳐 전쟁을 승리로 이끌었다. 패하고 돌아가는 당태종에게 안시성주는 미안하게 되었다는 듯 작별의 인사를 건네니, 당태종은 훌륭한 적이라고 비단 100필을 선물로 보냈다고 한다. 양만춘(梁萬春)이라고도 쓰는데, 정사에는 그 이름이 나타나지 않는다. 『참고문헌』 열하일기, 한국인명대사전, 국사대사전

안시성 책임자 장수는 역사에 그 이름이 알려져 있지 않다. 어떤 사람은 말하기를 양만춘이라고 하는데, 재주와 용맹을 겸하여 갖추었다. 막리지 연개소문이 정변[1]을 일으켰을 때도 성문을 굳게 지키고 굴복하지 않았다. 막리지는 안시성을 공격했지만 함락시킬 수 없어, 그래서 성을 그에게 주었다.

당나라 태종 정관 19년에 당태종이 직접 고구려 침략의 길에 나서 3월에 요동 근처의 정주에 도착했다. 총관인 이세적, 부총관인 강하왕 도종, 장군인 설인귀와 장손무기 등으로 하여금 여러 보좌관 장수 9인을 거느리고 개모성, 비사성, 백암성, 요동성 등을 공격하게 하여, 함락시키고 나아가 안시성을 공격했다.

고구려 장수 북부누살[2] 고연수와 남부누살 고혜진 등은 그 무리를 거느리고 안시성으로 오고, 말갈족 15만 명도 안시성을 구제하려 왔다.

이때 당태종은 이세적과 장손무기 등에게 아주 우수한 병력 2만을 거느리고 가서 무찌르라고 명령했다. 두 사람이 군사를 거느리고 북을 치고 고함을 지르며 엄습 진격하여 크게 이기니, 고연수와 고혜진은 나와 항복했다. 당태종은 소행산의 돌에다 가 공적을 새겨 기록하며, 산 이름을 황제가 머 무른 산이라 하여 주필산(駐蹕山)이라 고쳤다.

당태종이 이세적에게 말했다.

"안시성은 성곽이 험한 지역에 있고, 지키는 병사들이 뛰어났으며, 안시성주는 재주가 있고

---

1) 막리지난(莫離支亂): 연개소문이 영류왕 25년에 부패하고 무능한 임금을 처단하고, 보장왕을 세 우고 폭력 정책을 폈던 것을 말함.
2) 누살(耨薩): 고구려 때, 지방의 백성들을 돌보는 관장, 현재의 도지사.

용맹스러워 연개소문의 난에도 성을 굳게 지키며 끝까지 복종하지 않은 사람이다. 그런데 건안성은 안시성의 남쪽에 있는데 군사가 약하고 양식도 얼마 되지 않으니, 만약 불의에 출격을 해 공격하면, 반드시 함락시킬 수 있다. 공은 먼저 건안성을 공격하는 것이 옳다. 건안성이 함락되고 나면 안시성은 우리의 뱃속에 있는 것과 같다."

"우리 군사의 양식은 모두 요동에 있는데, 안시성을 넘어가 건안성을 공격했을 때, 만약 고구려군이 우리 양식의 길을 차단하면 어떻게 하시겠습니까? 먼저 안시성을 공격하는 것만 못합니다. 안시성을 점령한 다음에는 우리가 북을 울리면서 크게 진격해 건안성을 쉽게 점령할 수 있을 것입니다."

이세적의 의견 제시에 당태종은 이렇게 말했다.

"당신을 장군으로 임명했는데, 그대의 방책을 어찌 운용하지 않겠는가? 나의 일을 그르치지 않게 하라."

당나라 군사들이 드디어 안시성을 공격했다. 성 안 사람들이 황제의 깃발과 포장을 바라보고는 성에 올라가 북을 치고 소리를 질렀다. 이에 당태종이 크게 화를 내니, 이세적은 말했다.

"성을 함락시키는 날에 남자들은 모두 죽여서 묻어 버리십시오."

안시성 사람들이 그 소문을 듣고 수비를 더욱 튼튼히 해서 지켰다. 앞서 항복한 고구려 누살이었던 고연수와 고혜진이 황제에게 요청해 말했다.

"소인들이 이미 대국에 몸을 맡기었으니, 감히 조그마한 정성을 바치어, 천자께서 빨리 큰 공을 이루게 하고자 합니다. 안시성 사람들은 진실로 가족들을 애석하게 생각해 각각 스스로 싸움을 하니 쉽게 함락할 수 없습니다. 지금 소인들이 항복을 할 당시 10만의 병력을 거느리고도 황제의 깃발을 바라보고 달아나 무너졌으니, 고구려 사람들은 이미 간담이 모두 떨어진 상태가 되었습니다. 지금 오골성을 지키는 누살은 늙어서 성을 굳게 지키지 못하니, 만약에 안시성을 가만 두고 병력을 이동해 그곳을 공격하면, 아침에 가서 저녁에 무너뜨릴 수 있습니다. 그 다음에 부딪히는 작은 성들은 반드시 황제의 위풍을 바라보고 무너질 것입니다. 그러한 후에 그 성들에 있는 양식을 거두어 북을 울리며 진격하여 앞으로 나아가면 평양은 반드시 지켜지지 못하고 함락이 될 것입니다."

이 제의에 당태종의 신하들도 찬성했다.

"장량의 부대가 사성에 와 있으니, 그들을 부른다면 이틀 밤이 지나면 도착할 것입니다. 그러면 고구려가 혼란하여 두려워하는 틈을 타서 장량의 군사와 힘을 합쳐 오골성을 함락시키고, 압록강을 건너 곧바로 평양을 함락시키면 완전히 성공할 것입니다."

당태종이 그 말이 옳다고 여겨 장차 따르려고 하자, 홀로 장손무기가 반대하고 나섰다.

"황제가 직접 전쟁에 나서는 것은 여러 장수들이 전쟁하는 것과 다릅니다. 위태로움을 이용해 요행을 바랄 수는 없습니다. 지금 안시성 남쪽에 있는 건안성과 신성의 무리들을 합치면 10만이 됩니다. 만일 우리가 오골성으로 진격하면 이 군사들이 반드시 우리들의 뒤를 밟아서 쫓을 것입니다. 그러므로 먼저 안시성을 격파하고 건안성을 점령한 다음에 정정당당하게 진격을 하는 것이 가장 온전한 방법입니다."

당태종은 이 말을 듣고 평양으로 먼저 진공하려던 계획을 중지했다.

이때 여러 당나라 장수들이 급박하게 안시성을 공격하는데, 당태종이 안시성 안에서 닭과 돼지들이 시끄럽게 우는 소리를 듣고 이세적에게 말했다.

"우리들이 안시성을 포위한지 오래되어 성중에서 나는 연기가 날마다 희미해지며, 지금 닭과 돼지가 시끄러운 소리를 내니 반드시 병사들에게 잘 먹여 밤에 출격하여 우리를 습격하려고 한다. 마땅히 방비를 엄격하게 하여 대비하라."

이날 밤 과연 고구려 군사들이 성곽에 새끼줄을 타고 내려오니, 당태종이 보고를 받고 스스로 군사를 거느리고 급하게 공격을 하니, 고구려 군사들이 물러갔다.

당태종이 도종에게 여러 군사들을 독촉해 안시성의 동남 모퉁이에 흙으로 된 성을 쌓아서 안시성을 핍박하라고 명령했다. 이에 성 안에서도 역시 성의 높이를 더해 높여 맞서 싸웠다. 당나라 군사들이 당번을 만들어서 교대로 나와 싸워 하루에 6,

7차례 맞서 싸웠다. 적들이 성문에 충격을 주는 충거와 돌을 쏘는 대포인 포석으로 공격하여 성 위의 담을 무너뜨리니, 성 안 사람들은 무너진 곳을 따라서 나무 울타리를 세워 공격을 막았다.

그때 적장 도종이 다리를 다치니, 당태종이 직접 그의 발에 침을 놓아주어 치료했다. 당나라 군사가 토성 쌓는 일을 밤낮으로 계속해 무릇 60일이나 쉬지 않고 쌓으니 공사를 한 인원이 50만이나 되었다. 산꼭대기가 성에서 수십 척 떨어져 있어 성 안이 환히 내려다보였다. 당나라 장수 도종이 과의와 부복애에게, 병력을 거느리고 산꼭대기에 주둔하여 적을 방비하라고 명령했다. 그런데 그 흙산이 갑자기 무너져 안시성의 성벽을 덮쳐 무너뜨리게 되었다. 때마침 부복애가 개인 용무로 책임진 부서를 떠나 있어서, 수백 명의 고구려 군사들이 성곽의 부서진 부분을 따라 출동해 나가 싸워, 드디어 적의 토산을 빼앗아 점령해버렸다. 그리고 토산에 구덩이를 파서 지켰다.

당태종은 화를 내고, 부복애의 목을 베어 막대기에 달아 널리 보게 하여 경계심을 일깨웠다. 당태종이 안시성을 사흘 동안 공격하였으나 이기지 못하니, 도종이 맨발로 황제 앞에 나아가서 죄를 요청했다. 이에 황제가 말했다.

"네 죄는 죽어 마땅하지만, 짐은 옛날 한나라의 무제가 책임을 물어 장수 왕회[3]를 죽인 것이, 춘추시대 진나라 목공이 정나라와 싸워 세 번씩이나 져서 돌아온 맹명[4]을 죽이지 않고 다시 등용해 큰 공을 세우게 한 것만 못하다는 것을 알고 있다. 너는 개모성과 요동성을 파괴한 공적이 있으니, 특별히 너를 용서할 따름이다."

이때는 때마침 늦가을이어서 변방의 바람이

3) 왕회(王恢): 한나라 무제(武帝) 때 북방 흉노가 침범하니 장군 왕회가 강력하게 정벌을 주장함. 곧 황제는 왕회를 시켜 여러 장수와 함께 병력 30만을 거느리고 공격하게 함. 출전하여 싸웠는데 흉노가 간계를 써서 도망했으므로 성과 없이 회군하니, 황제는 그 책임을 물어 하옥시켰다가 죽임.

4) 맹명(孟明): 춘추시대 진(秦) 목공(穆公) 때 장군으로 정(鄭) 나라를 칠 때 진(晉) 나라에서 진(秦)을 공격해 효(殽)라는 곳에서 크게 패해 사로잡혔다가 돌아옴. 곧 맹명은 3번이나 크게 패해 여러 신하들이 처벌해야 한다고 우겼으나 목공은 자신의 잘못이라면서 다시 맹명을 기용해 장군으로 임명했음. 맹명은 공 복수를 위해 군사를 이끌고 진(晉)을 공격해 황하를 건너 후퇴하지 않겠다는 결심으로 배를 모두 불사르고 진격, 전에 패했던 땅을 다시 점령하고 앞서 희생된 군사들의 시신을 거두어 매장하고 돌아왔음.

무섭게 몰아쳤다. 황제가 요동은 추위가 일찍 찾아오고 풀이 마르고 물이 얼어서 병사들과 말이 오랫동안 머무르기가 어렵다고 생각하여 군사들에게 회군명령을 내렸다.

앞서서 요동성과 개모성을 함락시키고, 두 고을의 백성들을 포로로 삼아 요수를 건너서 서쪽으로 가도록 명령을 내려놓았었다. 이에 안시성 아래에서 불을 피워 환하게 잘 보이게 해 군의 위엄을 보여 주자, 안시성 안 사람들이 모두 숨을 죽이고 감히 성 밖으로 나가지 못하는데, 홀로 안시성주만이 높은 성곽에 올라 절을 하고 작별 인사를 했다. 당태종이 성을 지킨 것을 칭찬하고 비단 백 필을 내려주어 임금을 잘 섬긴 것에 대해 독려했다.

당태종은 이세적과 도종에게 후위군을 삼아 뒤따르게 했다. 당태종이 요수를 건너는데, 진흙탕을 만나서 수레와 말이 통과할 수 없었다. 장손무기가 수레를 가지고 다리를 놓아 겨우 건너가게 되었다.

당나라 군사들은 이듬해 정월 수도로 돌아갔다. 이 전쟁에서 무릇 현도성, 횡산성, 개모성, 마미성, 백암성, 비사성, 협곡성, 은산성, 후성, 황성 등 10개의 성을 함락시켰지만, 신성, 건안성, 주필성 등 세 곳의 싸움에서는 당나라 병력과 말의 죽음이 10중 7, 8이었다. 그러니 성공을 거둔 것이 아니었다.

당태종은 그것을 몹시 후회하며,

"위징5)이 만약 살아있었다면 어찌 나에게 이 행차를 하도록 했겠는가?"

라고 한탄하고, 말을 달려 위징의 묘에 가서 제사를 지냈다.

조선의 나 홍양호(洪良浩)는 일찍이 건륭6) 무렵에 사신으로 임명 받아 연경에 갔었다. 만주에 있는 낭자점(娘子店)을 지나는데, 안시성과는 백여 리쯤 떨어진 곳에 있었다. 그때 낭자점 근처 사람들로부터 전하는 이야기를 들었다.

당태종이 안시성을 공격하고 크게 패전한 어느 날 어두워서 아득해 길을 잃었다. 산 위에서 닭 우는 소리가 들려 그 곳을 찾아가니, 어떤 부

5) 위징(魏徵): 저승의 염라대왕과 통한다는 당나라 초기의 신하.
6) 건륭(乾隆): 청나라 고종 때. 1736~1795년 사이.

인이 문을 열고 나와 맞이하고는 밥을 차려 배고픔을 구제해 주었다. 밥을 먹고 나니 피곤해 잠이 들었는데, 날이 밝아 살펴보니 텅 빈 산뿐이고 아무도 없었다. 눈앞에 돌이 하나 솟아 있는데 닭의 볏 같이 생긴 돌이었다. 스스로 자연스럽게 이루어진 것이어서 놀라 마음속으로 기이하게 여겼다.

"아마도 신의 도움이 있었구나."

라고 생각하고 황성으로 돌아가 그 땅에 절을 지으라고 명령하고, 그 신령스러움을 표시하여 절 이름을 계명사(鷄鳴寺)라고 붙였다.

이 이야기를 듣고 내 마음에 그것은 근거 없는 소리라 생각하고, 시험 삼아 말을 채찍질하여 가서 찾아보았다. 낭자점과의 거리가 10리쯤 되는 곳에 낡은 절이 하나 있는데, 부처님이 앉아 있는 자리 위에 나무로 다듬어 만든 닭이 놓여있었다. 그 닭의 조각이 살아 있는 것처럼 정교했다. 그 놓인 자리 밑에는 명나라 사람이 비석을 세워 절 이름을 붙인 의미를 서술해 놓았다. 비록 이 기록이 정사는 아니지만 가히 야사로서 정사에 빠진 역사를 보충할 만한 것이었다.

여기에서 내 크게 감탄하여 이렇게 말했다.

"대저 당당한 만승 국가 황제의 존엄으로 험준한 곳을 건너고 위험한 길을 걸어 공격을 개시해, 거의 헤아릴 수 없는 지경에 빠질 뻔했으니 어찌 두렵고 한심한 일이 아니겠느냐? 진실로 그렇게 된 까닭을 추리해 보면, 성공을 거두어 안주하면서도 만족할 줄을 모르고, 마음에 흡족함을 느끼면서도 경계심을 가질 줄 몰랐음에서이니, 가히 천고에 훌륭한 제왕들의 귀감이 된다고 하겠노라."

삼가 안시성주에 관한 기록의 끝에 이 말을 덧붙여 두노라.

安市城主

安市城主史失其名 或曰楊萬春也. 材勇兼備 莫離支之亂 守城不服. 莫離支攻之 不能
下 因而與之. 唐貞觀十九年 太宗皇帝親征高句麗. 三月至定州 使摠官李世勣 副摠管
江夏王道宗 將軍薛仁貴長孫無忌等 率諸將左九人 功拔蓋牟卑沙白巖遼東諸城 進攻
安市城. 句麗將北部耨薩高延壽 南部耨薩高惠眞等 率其衆及靺鞨兵十五萬來救安市.
帝命李勣無忌 率精兵二萬餘人 鼓譟而進 掩擊大破之 延壽惠眞出降. 帝刻石紀功於
所幸山 更名曰駐蹕山. 帝謂世勣曰 安市城險兵精 其城主材且勇 蓋蘇文之亂 守城不
服者. 建安在安市之南 兵弱而糧小 若出其不意 擊之必克. 公可先攻建安 建安下 則安
市在吾腹中矣. 勣對曰 吾軍糧皆在遼東 今越安市而攻建安. 若麗人斷吾糧道 將若之
何. 不如先攻安市 安市下 則鼓行取建安耳. 帝曰以公爲將 安得不用公策 勿誤吾事.
遂攻安市. 安市人望見帝旗蓋 乘城鼓譟. 帝大怒, 世勣請克城之日 男子皆坑之. 安市
人聞之 守益堅. 延壽惠眞請於帝曰 奴旣委身大國 敢獻微誠 欲天子早成大功. 但安市
人顧惜其家 各自爲戰 未易卒拔. 今奴以十萬衆 望旗奔潰 國人破膽, 烏骨城耨薩老耄
不能堅守. 移兵臨之 朝至夕破. 其餘當道小城 必望風瓦解. 然後收其資糧 鼓行而前平
壤 必不守矣. 羣臣亦言 張亮兵在沙城 召之 信宿可至. 乘高句麗洶懼 幷力拔烏骨城
渡鴨綠水 直取平壤 在此擧矣. 帝將從之. 獨無忌以爲天子親征 異於諸將 不可乘危徼
幸. 今建安新城之虜猶十萬 若向烏骨 必躡吾後. 不如先破安市 取建安 然後長驅而進
此萬全之策也. 帝乃止. 時諸將急攻安市. 帝聞城中雞彘聲 謂世勣曰 圍城已久 城中煙
火日微 今雞彘甚喧 此必饗士. 夜出襲我 宜嚴兵備之. 是夜麗軍果縋城而下 帝聞之
自將至城下 急擊之 麗軍退. 命道宗督諸軍 築土山於城東南隅 逼其城. 城中亦增高其
城 以拒之. 士卒分番交戰 日六七合. 衝車礮石 壞其城堞. 城中隨立木柵 以塞之. 道宗
傷足 帝親爲之針. 築山晝夜 凡六旬不息 用功五十萬. 山頂去城數丈 下臨城中. 道宗
使果毅傅伏愛 將兵屯山頂 以備敵. 山忽頹 壓城崩 會伏愛私離所部. 我軍數百人從城
缺出戰 遂奪據土山 塹而守之. 帝怒 斬伏愛以徇. 命諸將攻之 三日不能克. 道宗徒跣
詣旗下請罪. 帝曰 汝罪當死. 但朕以漢武之殺王恢 不如秦穆之用孟明. 且有破蓋牟遼
東之功 故特赦汝耳. 時値晚秋 邊風繚亂. 帝以遼左早寒 草枯水凍 士馬難以久留 勑班
師. 先拔遼蓋二州 戶口渡遼 乃耀兵於安市城下 而旋. 城中皆屛息不敢出 獨城主登城

拜辭. 帝嘉其固守 賜縑百疋 以勵事君. 命世勣道宗爲殿. 帝渡遼 遭泥淖 車馬不能通. 無忌以車爲梁 春正月還京師. 是役 凡拔玄菟橫山蓋牟磨米白巖卑沙來谷銀山後黃十城. 然新城建安駐蹕三大戰 唐兵馬死者十七八 不能成功. 帝深悔之 歎曰 魏徵若在 豈令朕作此行 馳驛祀其墓. 朝鮮洪良浩 嘗於乾隆中 奉使赴燕. 過娘子店 去安市百餘里也. 野人流傳 唐文皇攻安市城 兵敗日暮 迷失道. 聞山上雞聲 尋聲而往. 有婦人開門出迎 具飯濟饑 帝困甚就睡. 天明視之 乃空山無人 而面前有石 如雞冠距天成. 愕然心異之 謂有神助. 旣還都 命建寺其地 而表其靈 名曰雞鳴寺. 余心誕之 試鞭馬往尋焉. 距店十餘里 有古刹 佛榻上安一木雞 刻鏤如生. 當下有明人碑 敍其命名之意. 雖非正史所記 可備野乘之闕. 乃喟然歎曰 夫以堂堂萬乘之尊 涉險履危 幾陷不測 寧不懍然心寒. 苟求其由 實坐於功成而不知足 志滿而不知戒 可謂千古明主之鑑矣. 謹載之傳末.

백제

百濟

 흑치상지(黑齒常之, 생몰년 미상)

　　백제 의자왕 때의 장군으로, 키가 7척이며 용맹하고 지략이 있어 달솔(達率)이 되어 풍달군장
(風達郡將)을 겸하였다. 660년(의자왕 20)에 소정방이 백제를 침략할 때 부하를 거느리고
항복하였다. 후에 당군의 약탈이 심한 것을 보고 도망하여 백제의 패잔병 3만여 명을 모아
임존성(任存城)에서 백제의 부흥운동을 꾀하였다. 백제 부흥운동 초기의 중심인물이 되어
2백여 성을 수복하면서 기세를 떨쳤다. 그 후 백제군 내부에 분열이 생겨 나당연합군이 총공격을
하여 주류성(周留城)이 함락되자 당나라 고종(高宗)이 보낸 사신의 유인책에 넘어가 유인궤(劉
仁軌)에게 투항하였다. 당군을 도와 임존성 공략에 참전하여 이를 함락시켰다. 당나라로 들어가
좌령군 원외장군(左領軍員外將軍)·양주자사(祥州刺史)가 되고, 토번과 돌궐의 정벌에 참가
하여 공을 세웠다. 연국공(燕國公)이라는 작위를 받고 연연도대총관(燕然道大摠官)에 올랐으
나 이를 시기한 주흥(周興) 등의 무고로 조회절(趙懷節)의 역모사건에 연루되어 옥사한다.
『참고문헌』 삼국사기, 한국인명대사전, 국사대사전

흑치상지는 백제 사람이다. 키가 일곱 자나 되었고, 아주 용감하고 지모와 책략이 있었다. 관직이 달솔을 겸하여 풍달 군장[1]이 되었다.

소정방이 백제를 평정하여 멸망시키니, 흑치상지는 통치하던 지역을 가지고 항복했다. 이때 소정방이 점령한 지역에 군사를 풀어 마음대로 약탈하니, 흑치상지는 두렵게 여겨 자기 주위의 추장들 십여 인과 더불어 숨어 달아났다. 그리고 도망간 사람들을 불러 모아 임존산[2]에 있는 성에 의지하여 스스로 튼튼하게 하니, 열흘이 되지 않아 몰려와 합세하는 사람이 3만이나 되었다.

소정방이 강한 병력으로 임존성을 공격했으나 함락시키지 못했다. 곧 근처 함락되었던 2백여 성을 다시 찾았다. 흑치상지는 별부장인 사타상여와 더불어 험악한 지역을 점거해 복신[3]과 연계하여 호응했다.

용삭 3년[4], 당나라 고종이 사신을 파견해 흑치상지를 불러 달래니, 유인궤에게 나아가 항복했다. 유인궤가 마음 속 깊이 그를 대접하여, 임존성을 취해 스스로 다스리도록 했다. 이때 당나라 장수 인사[5]가 말했다.

"야인들의 마음은 믿기가 어려운데, 만약에 병기를 주고 곡식을 주어 구제하면 이것은 도적에게 도움을 주는 것이 됩니다."

"내가 흑치상지와 사타상여 두 사람을 살펴보

1) 군장(軍將): 원문에 당나라의 자사(刺史)와 같은 벼슬이란 주가 있음.
2) 임존산(任存山): 지금의 대흥이라는 주를 붙였는데, 지금의 예산(禮山) 근처 산성임.
3) 복신(福信): 백제의 종실이란 주가 있음. 백제의 부흥을 꾀한 우두머리 중의 하나임.
4) 용삭(龍朔) 3년: 당나라 연호로 서기 663년.
5) 인사(仁師): '唐將'이란 주가 있음.

니, 충성스럽고 계책을 잘 세워, 어떤 기회를 이용해 공을 세울 수 있을 것이니 어찌 의심을 하겠느냐?"

마침내 흑치상지가 그의 계책을 운용하여 임존성을 차지하게 되었다. 임존성을 지키던 장수 지수신이 처자를 버리고 고구려로 달아나니, 나머지 무리는 모두 평정이 되었다.

뒷날 흑치상지가 당나라에 들어가 좌영군 원예장군과 양주자사가 되었다. 여러 번 전쟁에 나가 공을 세우니 황제가 벼슬과 상을 내렸는데 다른 사람과 달리 특별했다.

세월이 오래 지나 연연도대총관이 되어 이다조 등과 함께 돌궐을 격파했다. 좌감문 호위중랑장인 보벽이 돌궐을 끝까지 추격하여 전공을 세우려 하니, 흑치상지와 함께 토벌하라고 명령했다. 그런데 보벽이 혼자 진격하여 돌궐군에 의해 패하여 병력 전체가 전복되니, 보벽은 형벌을 받아 죽음을 당하고 흑치상지도 연좌되어 아무런 공적도 세우지 못했다. 마침 주흥 등이 그 응양장군 조회절과 더불어 반란을 꾀했다고 무고하니, 잡아 구금하여 옥에 가두라는 조서가 내렸고, 교수형으로 죽었다.

흑치상지는 보통 때 부하에게 은혜를 많이 베풀었다. 그가 타고 다니던 말이 군사에 의해 채찍을 맞은 적이 있는데, 어떤 사람이 그 군사에게 벌을 주라고 청하니 이렇게 대답했다.

"어찌 개인의 말 때문에 감히 관병에게 채찍을 때릴 수 있겠는가?"

흑치상지는 전후로 상을 많이 받았는데 부하들에게 나누어 주고 남겨놓은 재물이 없었다. 그가 죽자, 사람들이 모두 억울하게 죽은 것을 슬퍼했다.

黑齒常之

黑齒常之百濟人也. 長七尺 驍毅有謀略 爲達率兼風達郡將(猶唐刺史云). 蘇定方平百濟 常之以所部降 定方縱兵大掠. 常之懼. 與左右酋長十餘人遯去. 嘯合逋人 依任存山(今大興) 自固 不旬日 歸者三萬. 定方勒兵 攻之不克 遂復二百餘城. 常之與別部將沙吒相如 據險以應福信(百濟宗室). 龍朔三年 高宗遣使 招諭常之 乃詣仁軌降. 仁軌以志心待之 俾取任存成自效. 仁師(唐將)曰 野心難信 若授甲濟粟 是資寇也. 仁軌曰 吾觀常之相如二人 忠而有謀 可以因機立功 尙何疑哉. 訖用其謀 取任存城. 城主遲受信 委妻子 奔高句麗 餘黨悉平. 後常之入唐 爲左領軍員外將軍 洋州刺史 累從征伐積功 授爵賞殊等. 久之 爲燕然道大摠管 與李多祚等 擊突厥破之. 左監門衞中郞將寶璧 欲窮追邀功 詔與常之共討 寶璧獨進 爲虜所覆 擧軍沒. 寶璧下吏誅 常之坐無功. 會周興等 誣其與鷹揚將軍趙懷節叛 捕繫詔獄 投繯死. 常之平日 御下有恩. 所乘馬爲士所箠 或請罪之. 答曰 何遽以私馬鞭官兵乎. 前後賞賜分給麾下 無留貲. 及死 人皆哀其枉.

고려

高麗

 유검필(庾黔弼, ?~941)

고려 태조 때의 무장으로 평주(平州) 사람이며, 평산유씨(平山庾氏)의 시조이다. 923년(태조 6) 마군장군(馬軍將軍)이 되어 골암진(鶻岩鎭)에 침입한 북번(北蕃)들을 평정하였고, 925년 정서대장군(征西大將軍)으로서 연산진(燕山鎭)에 침입한 후백제의 장군 길환(吉奐)을 죽이고 임존군(任存郡)을 쳐서 전승을 거두었다. 그 후에도 태조를 도와 조물군(曹物郡)에서 견훤과 싸워 크게 무찔렀으며, 청주에서도 후백제군을 몰아내고 대승을 거두었다. 931년(태조 14)에 무고로 곡도(鵠島)에 귀양 중 대우도(大牛島)에서 견훤의 침범으로 전세가 불리하다는 소식을 듣고 자원 출전하여 적을 패퇴시키고 정남대장군(征南大將軍)이 되어 의성부(義城府)를 지켰다. 936년(태조 19)에 도통대장군(都統大將軍)으로 태조를 도와 후백제를 멸망시켰다. 성종 즉위 후에 태사(太師)로 추증되고, 태조의 사당에 함께 모셔졌는데, 시호는 충절(忠節)이다. 『참고문헌』 고려사, 한국인명대사전, 국사대사전

유검필

유검필은 평주사람이다. 고려 왕건을 섬기어, 마군장군이 되었고, 여러 관직을 거쳐 대광에 올랐다. 북쪽 국경지역 골암진이 자주 북쪽 오랑캐들의 침략을 받으니, 태조는 여러 장수를 모아 의논했다.

"지금 남쪽의 적도 미처 멸하지 못했는데, 북쪽 오랑캐의 침범은 매우 걱정스러워 짐은 자나 깨나 근심과 두려움에 쌓여 있다. 유검필을 파견하여 그들을 평정하려고 한다."

"그게 좋겠습니다."

신하들이 모두 찬성하니 곧 그렇게 하도록 명령했다.

이에 유검필은 바로 그날 개정군 3천을 거느리고 골암진에 이르러 큰 성을 구축하고 거기 머물렀다. 그리고 북쪽 국경지역의 추장들 3백여 명을 불러 모아 왕성하게 술과 음식을 마련해 대접했다. 추장들이 술에 취한 것을 이용해 위협하고 협박하니 모두 복종했다.

이에 여러 부락이 서로 거느리고 와서 용서를 비는 자 1천5백 명이나 되었다. 또 잡혀갔던 우리 포로 3천여 명을 돌아오게 하니, 그때부터 북쪽 변방은 평화로워졌다.

정서대장군으로 임명되어 후백제의 연산진을 공격해 길환 장군을 죽이고, 또한 임존성을 공격하여 3천여 명을 죽이고 사로잡았다.

그때 백제 장군 김훤, 애식, 한문 등이 군사를 거느리고 청주를 침범했다. 하루는 검필이 고을의 남산 올라 앉아 졸았는데, 꿈에 한 대인이 나타나 말했다.

"내일 서원 지역에 반드시 큰 변란이 있을 것이니 반드시 속히 가야 한다."

검필이 깜짝 놀라 꿈을 깨어 빨리 청주로 달려가서 싸워 그들을 패퇴시켰다. 퇴각하는 적들을 추격하여 독기진에 이르러 3백여 명을 죽이고, 말을 달려 중원부로 나아가 태조를 뵙고, 전쟁의 상황을 갖추어 아뢰었다.

견훤이 고창군을 포위하니, 검필은 태조를 따라 가서 고창을 구원했다. 태조가 여러 장수들과 더불어 이렇게 의논했다.

"우리가 싸움에서 진다면 죽령을 넘어 돌아갈 수 없을 것이니, 미리 빠져나가는 사이 길을 마련해야 한다."

"제가 듣기로 병기는 사람을 해치는 흉기이고 전쟁은 위태로운 일이라 했습니다. 죽는다는 마음이 있고, 살아남을 계획이 없을 때만 승리를 결정지을 수 있습니다. 지금 적을 앞에 두고 싸우지도 않고 먼저 꺾어지고 패망할 것을 염려하는 것은 무슨 까닭입니까? 만약에 고창 백성들을 구제하지 못하면 3천여 명의 백성을 아무 일도 않고 적에게 주는 것이 되니, 어찌 통탄스럽지 않겠습니까? 원하옵건대 신은 군대를 진격시켜 급하게 공파하겠습니다."

유검필의 결심에 태조가 허락하니, 그는 곧 저수봉에서 분을 내어 공격해 적을 크게 격파했다. 태조가 그 고을로 들어가서 그에게 노고를 치하했다.

한편, 유검필은 참소를 입어 곡도로 귀양을 갔다. 이듬해 견훤의 해군 장수 상애가 대우도를 공격하여 침략했다. 태조가 대광 만세 등을 파견하여 구제하게 했는데 성공하지 못하니, 태조는 이를 많이 근심했다. 곧 검필이 임금에게 상소를 올렸다.

"신이 비록 죄를 짓고 귀양살이를 하고 있으나 백제가 우리 바다 지역을 침범한다는 말을 듣고, 신은 이미 곡도와 근처의 포을도 장정들을 뽑아 군대를 보충하게 해놓았습니다. 또한 전함을 수리해 방어하게 하였으니 걱정하지 마옵소서."

태조가 그 편지를 보고 울면서,

"참소하는 말만 믿고, 어진 신하를 귀양 보냈으니 이는 짐이 현명하지 못함이다."

라고 말하고, 사신을 파견하여 돌아오게 하고는 이렇게 위로했다.

"경은 실로 죄 없이 귀양을 갔으나, 일찍이 원한을 품지 아니하고 오직 나라를 도울 것만 생각하였으니, 내 심히 부끄럽고 후회되도다."

그 이듬해 유검필은 정남대장군이 되어 의성부를 수비하고 있었다. 태조가 사람들을 시켜서 일러 말했다.

"내 신라가 후백제로부터 침략당하는 것이 걱정되어 일찍이 대신을 파견해 진압하고 있었는데, 근래에 들으니 후백제 병사들이 이미 혜산성 아불진 등 여러 곳에 이르러 사람들을 겁박하여 재물을 약탈한다고 하니, 신라의 수도인 경주까지 침입할까 두렵도다. 그대가 마땅히 가서 구제하기를 바란다."

유검필은 장사 80인을 뽑아 거느리고 그곳으로 나아가 사탄에 이르러 병사들에게 이런 말을 주고받았다.

"여기에서 만약에 적을 만나게 되면 내 살아서 돌아가지 못할 것이다. 다만 근심스러운 것은 너희들이 함께 적의 창과 화살을 맞을까 하는 것이니, 각자가 스스로 살아남을 계책을 강구하라."

"우리 무리들은 다 죽을 따름입니다. 어찌 가히 장군으로 하여금 오직 살아 돌아가지 못하도록 하겠습니까?"

이러고 서로 더불어 한마음으로 적을 무찌르기로 맹세하고, 사탄을 건너서 후백제의 통군 신검을 만났다. 유검필이 더불어 싸우고자 하니, 후백제군은 검필 군대의 날카롭고 뛰어난 모습을 보고 싸우지 않고 도망을 쳤다. 유검필이 신라에 도착하니, 늙은이와 어린이들이 성에서 나와 맞이하며 절을 했다.

"오늘 대광님을 만나 볼 것을 생각지도 못했습니다. 대광님이 아니었다면 우리들은 죽음을 당했을 것입니다."

검필이 7일을 머무르고 돌아갔다. 가는 길에 신검을 만나 싸워 크게 이겨 장수 금달 환궁 등을 사로잡고, 군사를 죽이고 노획한 것이 매우 많았다. 승전 소식이 이르니, 태조는 놀라고 기뻐하며 말했다.

"장군이 아니고 누가 이 같은 승리를 하겠느냐."

그가 돌아오자, 태조는 궁전에서 내려와 그의 손을 잡으며 말했다.

"그대의 공적은 예전에 역시 드물었던 일이로다. 내 마음 속에 깊이 새겼으니 어찌 잊을 수 있으리오."

"어려움에 처하여 사사로움을 잊는 것과 위급함을 당하여 목숨을 바치는 것은 신의 직분일 따름입니다."

이렇게 사례하니 태조는 더욱더 그를 중요하게 여기었다.

태조가 스스로 군사를 거느리고 운주를 정벌하러 갔는데 유검필이 우장군이었다. 견훤이 듣고는 뛰어난 군사 5천 명을 가려서 가까이 이르러 말했다.

"두 군대가 서로 다투게 되면 형세로 보아 함께 살아남지 못할 것이다. 마땅히 화친을 맺어 각각 가진 영토를 보존하도록 하자."

태조가 여러 장수들을 불러 그 문제를 의논하니 유검필이 나서서 말했다.

"오늘의 사정은 싸우지 않을 수 없습니다. 원하옵건대 성상께서는 신이 나가 적을 무찔러 싸우는 것을 보며 근심하지 마시옵소서."

곧 견훤이 진을 미처 정비하지 못한 것을 틈타 강한 기병 수천으로써 돌격했다. 3천여 명의 목을 베고, 술사 종훈, 의사 훈겸, 용장 상달·최필 등을 사로잡으니, 웅진 이북의 30여 성 장수들이 소문을 듣고 스스로 찾아와 항복했다.

이때 태조가 여러 장수들을 불러 말했다.

"나주 지역의 40여 군은 우리의 울타리 역할을 하고 오래도록 우리 영향력에 복종을 하고 있어서, 일찍이 큰 대신을 파견해 다스리도록 했는데, 근래에는 후백제의 겁탈과 약탈을 당하여 6년이나 바다의 길이 막혔도다. 누가 나를 위해 그를 다시 다스리겠는가?"

"유검필이 아니고서는 할 수가 없는 일입니다."

대광 제궁 등이 아뢰는 말에 태조는 이렇게 말했다.

"근래에 신라의 길이 막혔을 때, 검필이 가서 길을 통하도록 했다. 짐은 그의 노고에 대해 생각을 깊이 하면서, 감히 다시 싸우라고 명령하지 못하겠노라."

유검필이 나서서 아뢰기를,

"신이 나이가 비록 늙었지만 국가의 큰일에 감히 힘을 다하지 아니하겠습니까?"
라고 말하니, 태조는 기뻐하며 눈물을 흘리었다.

"경이 만약에 명령을 받든다면 이와 같은 기쁨이 또 있겠는가?"

곧 태조는 유검필을 도통대장군으로 임명하고, 예성강까지 나아가 전송하면서
임금이 타는 배를 내려주고, 사흘간 머물러 유검필이 배를 띄우는 것을 기다렸다가
돌아왔다.

유검필이 나주에 들어가서 모든 일을 잘 처리하고 돌아오니, 태조는 또한 예성강
까지 마중하여 그에게 노고를 치하했다.

또 한편으로 유검필은 태조를 따라 출정해 후백제를 공격해 멸망을 시켰다. 전쟁
이 끝나고 수년간 살다가 사망했다.

유검필은 장수로서의 지략을 갖추었고 군사들의 마음을 얻었으며, 매번 출정 명령
을 받으면 곧바로 출행을 하고 집에서 가고 가는 적이 없었다. 전쟁에 승리하여
돌아올 때면 태조는 반드시 나가 마중해 노고를 치하했으며, 끝까지 총애하고 우대하
여 모든 장수들이 미치지 못했다.

그의 시호는 충절공이며, 태사 벼슬이 내려졌고, 태조의 사당에 함께 모셔졌다.

庾黔弼

庾黔弼平州人 事太祖 爲馬軍將軍 累轉大匡. 太祖以北界鶻巖鎭 數爲北狄所侵. 會諸
將議曰 今南凶未滅 北狄可憂 朕寤寐憂懼 欲遣黔弼鎭之. 僉曰可 乃命之. 黔弼卽日率
開定軍三千 至鶻巖 築大城以居. 招集北蕃酋長三百餘人 盛設酒食饗 乘其醉脅以
威 酋長皆服. 於是 諸部相率來謝者千五百人 又歸被虜三千餘人. 由是 北方晏然. 以
征西大將軍 攻後百濟燕山鎭 殺將軍吉奐. 又攻任存郡 殺獲三千餘人. 時百濟將金萱
哀式漢文等 來侵靑州. 一日黔弼登郡南山 坐睡 夢一大人言 明日西原必有變 必速往.
黔弼驚覺 徑趣靑州 與戰敗之. 追至禿歧鎭 殺獲三百餘人 馳詣中原府 見太祖具奏戰
狀. 甄萱圍古昌郡 黔弼從太祖 往救之. 太祖與諸將議曰 戰若不利 不可從竹嶺還 預修
間道. 黔弼曰 臣聞兵凶器戰危事 有死之心 無生之計 然後可以決勝. 今臨敵不戰 先慮
折北何也. 若不及救 以古昌三千餘衆 拱手與敵 豈不痛哉. 臣願進軍急擊. 太祖從之.
黔弼乃自猪首峯 奮擊大破之 太祖入其郡勞之. 旋被讒竄鵠島. 明年甄萱海軍將尙哀
等 攻掠大牛島. 太祖遣大匡萬歲等 往救不利 太祖憂之. 黔弼上書曰 臣雖負罪在貶
聞百濟侵我海鄕 臣已選本島及包乙島丁壯 以充軍隊. 又修戰艦 以禦之 願上勿憂. 太
祖見書泣曰 信讒逐賢 是予不明也. 遣使召還 慰之曰 卿實無辜見謫 曾不怨恨 惟思輔
國 予甚愧悔. 又明年 爲征南大將軍 守義城府. 太祖使人謂曰 予慮新羅爲百濟所侵
嘗遣大臣鎭之. 今聞濟兵 已至槽山城阿弗鎭等處 劫掠人物 恐侵及新羅國都 卿宜往
救. 黔弼選壯士八十人 領兵赴之 至槎灘. 謂士卒曰 若遇賊於此 吾不得生還 但慮汝等
同罹鋒鏑 其各善自爲計. 衆曰 吾輩盡死而已 豈可使將軍 獨不生還乎. 因相與誓同心
擊賊 旣涉灘 遇百濟統軍神劍等. 黔弼欲與戰 百濟軍見黔弼部伍精銳 不戰而走. 至新
羅 老幼出城 迎拜言曰 不圖今日得見大匡 微大匡 吾其爲魚肉乎. 黔弼留七日而還.
遇神劍於道 與戰大克 擒其將今達奐弓等 殺獲甚多. 捷至太祖驚喜曰 非將軍孰能如
是, 及還 太祖下殿迎之 執其手曰 如卿之功 古亦罕有 銘在朕心 何以忘之. 黔弼謝曰
臨難忘私 見危授命 臣職耳. 太祖益重之. 太祖自將征運州 黔弼爲右將軍. 甄萱聞之
簡甲士五千至曰 兩軍相鬪 勢不俱全 宜結和親 各保封疆. 太祖會諸將議之 黔弼曰 今
日之勢不容不戰 願上觀臣破賊 勿憂也. 遂乘萱未陣 以勁騎數千突擊之 斬獲三千餘
級. 擒術士宗訓 醫師訓謙 勇將尙達崔弼等 熊津以北三十餘城 聞風自降. 太祖謂諸將

曰 羅州界四十餘郡 爲我藩籬 久服風化 嘗遣大相往撫之. 近爲百濟劫掠六年之間 海路不通 誰爲我撫之. 大匡悌弓等奏曰 非黔弼不可. 太祖曰 近者新羅路梗 黔弼往通之 朕念其勞 未敢再命. 黔弼曰 臣年齒雖衰 國家大事 敢不竭力. 太祖喜垂涕曰 卿若承命 何喜如之. 遂以爲都統大將軍 送至禮成江 賜御船遣之. 因留三日 候黔弼下海乃還. 黔弼至羅州 經略而還. 太祖又幸禮成江 迎勞之. 旋從太祖 擊百濟滅之. 居數年卒. 黔弼有將略 得士心 每出征受命 卽行不宿於家. 及凱還 太祖必迎勞 終始寵遇 諸將莫及. 諡忠節 贈太師 配享太祖廟庭.

 강감찬(姜邯贊, 948~1031)

　　고려의 명장으로 본관은 금천(衿川)이고, 초명은 은천(殷川), 삼한벽상공신(三韓壁上功臣) 궁진(弓珍)의 아들이다. 983년(성종 2) 문과에 장원하여 예부시랑이 되고, 1010년(현종 1) 거란(契丹) 성종(聖宗)의 침입에 조신들은 항복을 주장하였으나 이를 반대하고, 하공진(河拱辰) 으로 하여금 적을 설득하도록 하여 물러가게 했다. 1018년(현종 9) 거란의 소배압(蕭排押)이 10만 대군으로 고려에 침공하자 이듬해 서북면 행영도통사(西北面行營都統使)로 상원수가 되어 군사 20만 8천을 이끌고 흥화진(興化鎭)에서 적을 무찔렀다. 1019년 화군하는 적을 귀주(龜 州)에서 크게 격파하니, 살아 돌아간 적군이 불과 수천에 그쳤다. 적의 시체가 석천(石川)에서 반령(盤嶺)에 이르기까지 들을 덮었으며 수많은 포로와 전리품을 거두어 돌아오니, 왕이 친히 영파역(迎破驛)까지 나와 얼싸안고 환영하면서 금화팔지(金花八枝)를 머리에 꽂아 주었다. 왕으로부터 추충협모안국공신(推忠協謨安國功臣)의 호를 받았다. 사후에 현종의 사당에 함께 모셔졌으며 시호는 인헌(仁憲)이다. 『참고문헌』 고려사, 한국인명대사전, 국사대사전

강감찬

강감찬의 옛날 이름은 은천(殷川)이었다. 5대조 강여청은 신라 경주로부터 와서 시흥군에 살았다. 강감찬의 아버지는 강궁진인데, 고려 태조를 섬겨서 삼한벽상공신이 되었다.

강감찬은 어렸을 때부터 학문을 좋아했고, 기이한 꾀를 잘 내는 재주가 많았다. 고려 8대 성종 임금 때 과거에서 갑과를 첫째로 급제했다. 그 후 여러 벼슬을 거쳐 예부시랑이 되었다.

현종 원년 거란 임금이 스스로 군사를 거느리고 서경을 공격해 왔다. 고려군이 나가 싸워 패했다는 보고가 도착하니, 임금과 여러 신하들이 항복할 것을 논의하는데, 강감찬이 혼자 반대했다.

"오늘의 이런 사건이 벌어진 것은 강조[1]장군에 달려 있습니다. 요나라 군대가 강조 장군의 책임을 물어 침략해온 것이니 근심할 바가 아닙니다. 다만 저쪽에는 무리가 많고 우리는 군사가 적어 대적하지 못하니, 마땅히 그 왕성하고 예리한 기세를 피하여 천천히 다시 일으킬 것을 꾀해야 합니다."

드디어 임금을 남쪽의 복주[2]로 피난하게 하고, 사신을 파견하여 거란 왕에게 화평을 요청했다. 그러자 거란이 병력을 풀어서 물러갔다.

현종 9년 강감찬에게 서경태수와 내사시랑과 문하평장사의 벼슬을 겸임해 내리고, 현종임금

1) 강조(康兆): 고려 목종(穆宗) 때 무신. 목종을 폐하고 현종(顯宗)을 옹립하여 거란 침입의 구실이 되었음.
2) 복주(福州): 경상도 안동(安東) 지역의 옛 지명.

이 직접 손으로 쓴 고신[3]을 보냈다.

"경술년에 북쪽 오랑캐가 한강변까지 들어와 소란을 피운 전쟁 때, 그 때 강감찬의 책략을 이용하지 않았으면, 온 나라가 모두 오랑캐가 되었을 것이다."

이 무렵 사람들은 강감찬 때문에 사람 사는 세상이 영화를 누리게 되었다고 생각했다.

후에 거란의 장수 소손녕이 우리나라를 침략했는데, 병력이 10만이라고 했다. 이때 강감찬은 서북면행영도통사가 되어 있었는데, 왕이 강감찬을 상원수로 하고, 강민첨을 부원수로 임명했다. 강감찬은 병사 20만 8천3백을 거느리고 영주에 주둔하고 흥화진에 이르렀다. 강감찬은 기마병 1만 2천 명을 뽑아 산골짜기에 숨기고, 커다란 밧줄로 소가죽을 꿰매어 성 동쪽 큰 강을 막아 놓고는 거란군이 오길 기다리고 있었다.

드디어 적군이 당도해 강을 건널 때, 소가죽으로 막은 것을 터 많은 물이 흐르게 한 다음 매복했던 병사를 풀어 공격해 크게 적군을 격파했다. 이에 소손녕은 군사를 이끌고 곧바로 개경으로 달려왔다. 곧 부관 강민첨이 뒤쫓아 가서 자주의 내구산에 이르러 그들을 또다시 격파했다.

이듬해 정월에 거란이 수도 개경까지 쳐들어오자, 강감찬은 병마판관인 김종현을 보내 병사 1만을 거느리고, 두 배로 빨리 달려 수도 개경으로 들어가 호위하도록 했다. 이에 거란이 병력을 이끌고 퇴각하게 되었는데, 연주와 위주에 이르렀을 때 강감찬 등이 엄습해 5백 명의 군사를 죽였다.

그해 2월 거란군이 구주를 통과했다. 강감찬이 구주 동쪽 교외에서 기다리다 맞이해 싸워 두 진영의 군사가 서로 대치하여 승부가 나지 않았다. 갑자기 몹시 강한 비바람이 남쪽에서 불어와 세워놓은 장군 깃발이 북쪽으로 휘날리자, 그 형세를 이용해 분을 내어 공격하니 용기가 두 배로 솟았다.

거란이 패해서 북쪽으로 달아나자, 그들을 추격 격파해 석천을 건너 우반령 고개에 이르렀을

3) 고신(告身): 임금이 신하에게 벼슬을 내리며 함께 내리는 글, 곧 직첩(職牒).

때 온 들에 시체가 널렸다. 강감찬이 사로잡은 포로며, 말과 낙타, 갑옷과 투구, 병기 등 무기들을 획득한 것이 수를 셀 수 없었다. 이때 살아서 돌아간 자는 겨우 수천 인이었다.

거란군이 우리나라를 침략해 이와 같이 심하게 패한 것은 일찍이 없었다. 패한 소식이 거란 왕에게 알려지자, 크게 화가 나서 소손녕에게 편지를 보내 꾸짖었다.

"네가 적을 가벼이 여겨 깊이 들어가서 이 지경에 이르렀다. 무슨 면목으로 나를 만나보려고 하느냐? 마땅히 동물 가죽을 얼굴에 씌운 후에 죽일 것이다."

강감찬이 삼군을 거느리고 이기어 돌아와 사로잡은 포로들을 바치니, 현종 임금이 직접 영파역에 나가 맞이했다. 임금은 아름다운 비단 장막을 설치하고 음악을 갖추어서 장군과 군사들에게 잔치를 베풀었다. 임금은 황금으로 만든 꽃가지 여덟 개를 강감찬에게 직접 꽂아주고, 왼손으로는 강감찬의 손을 잡고, 오른손으로 술잔을 들고 위로하며 감탄하기를 그치지 않았다. 강감찬이 절을 하며 감히 감당하지 못하겠다며 사례를 했다. 이때 영파역의 이름을 고쳐 흥의역(興義驛)이라 부르게 하고, 그 역의 관리들에게 복장을 내려주고 지방 고을 아전들과 동등하게 했다.

그 후 강감찬이 표를 올려 늙어서 벼슬을 물러나려고 하니, 임금이 허락하지 않고, 노인들이 쓰는 의자와 지팡이를 내려주면서 사흘에 한번만 조회에 참가하라고 명령했다. 또한 검교태위문하시랑 동내사문하평장사 천수현개국남 벼슬을 첨가하고 식읍 3백 호를 봉해주었으며, 추충협모안국공신 칭호를 내렸다.

현종 11년 강감찬이 다시 벼슬을 사직하는 표를 올리니, 임금이 승낙했다. 그리고 특진시켜 검교태부천수현개국자와 식읍 5백 호를 첨가해 주었다.

강감찬은 개성에 성곽이 없으니, 사방으로 둘러서 성을 쌓을 것을 임금에게 요청하니 그 제의를 승낙했다.

덕종이 왕위에 올라 강감찬에게 개부의동삼사 추충협모안국봉상공신 태사시중천 수군개국후 등 벼슬을 제수하고 식읍 천 호를 내렸다.

그 후 얼마 지나지 않아 강감찬이 사망하니 84세였다. 임금이 '인헌'이란 시호를 내리고, 모든 신하들이 그의 장례식을 지내게 했다.

세상에 전해오는 이야기가 있다.

임금의 명령을 받은 신하가 시흥군으로 들어서니, 커다란 별이 어떤 집으로 떨어지는 것이 보였다. 사신은 데리고 온 관리를 보내어 알아보게 했더니, 때마침 그 집 부인이 아들을 낳았다고 했다. 이 소식을 듣고 사신이 기이하게 여겨 그 아들을 데리고 가서 길렀는데, 그가 강감찬이었다.

강감찬이 재상에 올라갔을 때, 송나라에서 온 사신이 그를 보고 갑자기 놀라서 몸을 굽혀 절을 하고 말했다.

"하늘의 문곡성[4]이 보이지 않은지 오래 되었는데, 지금 여기에 있구나!"

강감찬은 성품이 청렴하고 검소하여 재물에 대해 관심이 없고, 몸의 생긴 모습이 작고 못생겼으며 옷도 다 떨어지고 때 묻은 옷을 입었다. 높은 벼슬을 하면서도 중인들보다 지나친 치장을 하지 않았다. 그러나 그가 정식 복장을 갖추고 조정에 나아가 국가의 큰일을 처리하고 결정할 때는 우뚝하게 국가의 기둥과 주춧돌이 되었다.

강감찬이 살아있을 때에는 시절이 풍년이 들고 백성이 편안했으며, 나라의 안과 밖이 평안하니, 사람들이 강감찬의 공이라고 생각했다.

벼슬을 물러나서는 성남의 별장으로 돌아가서 살면서 『낙도교거집(樂道郊居集)』과 『구선집(求善集)』을 저술했다. 뒷날 현종을 모신 사당에 함께 모시고 제사지냈다.

조선 정조 때 개성부에서 오래된 탑에 강감찬이 나라를 위하여 복을 빌었다는 기록이 나왔다. 거기에 감찬이란 이름의 찬(贊)자가 찬(瓚)으로 쓰여 있어서 이 석탑의 기록에 따라 '姜邯瓚'으로 바르게 고쳐놓는다.

---

4) 문곡성(文曲星): 지상의 모든 문관을 총괄하는 직책을 가진 하늘의 별.

姜邯贊

姜邯贊舊名殷川. 五世祖餘淸 自新羅來居始興郡. 父弓珍事太祖 爲三韓壁上功臣. 邯贊少好學多奇略 成宗時擢甲科第一. 累遷禮部侍郎. 顯宗元年 契丹主自將功西京 我軍敗報至 羣臣議降. 邯贊獨曰 今日之事 罪在康兆 非所憂也. 但衆寡不敵 當避其鋒 徐圖興復. 遂勸王 南幸福州 遣使請和 契丹兵解. 九年除西京守 內史侍郎 門下平章事. 王手書于告身曰 庚戌年中 有虜塵干戈 深入漢江濱. 當時不用姜公策 擧國皆爲左衽 人世皆榮之. 契丹蕭遜寧來侵 兵號十萬. 時邯贊爲西北面行營都統使 王仍命爲上元帥 姜民瞻副之. 帥兵二十萬八千三百 屯寧州. 至興化鎭 選騎兵萬二千 伏山谷中. 以大繩貫牛皮 塞城東大川 以待之. 賊至 決塞發伏 大破之. 遜寧引兵 直趨京城. 民瞻追及於慈州來口山 又大破之. 明年正月 邯贊以契丹逼京 遣兵馬判官金宗鉉 領兵一萬 倍道入衛. 於是契丹回兵 至漣渭州 邯贊等掩擊 斬五百餘級. 二月契丹兵過龜州 邯贊等邀戰於東郊 兩軍相持 勝敗未決. 忽風雨南來 旌旗北指 我軍乘勢奮擊 勇氣自倍 契丹兵奔北. 追擊之 涉石川 至于盤嶺 僵尸蔽野 俘獲人口馬駝甲冑兵仗 不可勝數. 生還者僅數千人 契丹之敗 未有如此之甚. 契丹主聞之大怒 遣使責遜寧曰 汝輕敵深入 以至於此 何面目見我乎 當皮面然後戮之. 邯贊帥三軍 凱還獻俘獲. 王親迎于迎波驛 結綵棚備樂 宴將士. 以金花八枝 親揷邯贊頭 左執手右執觴 慰歡不已. 邯贊拜謝不敢當. 遂改驛名爲興義 賜驛史冠帶 與州縣史同. 邯贊上表請老 不許賜几杖 令三日一朝. 加檢校太尉門下侍郎 同內史門下平章事天水縣開國男 食邑三百戶. 賜推忠協謀安國功臣號. 十一年又表請致仕 從之. 加特進檢校太傅天水縣開國子 食邑五百戶. 邯贊以京都無城郭 請築羅城 王從之. 德宗卽位 授開府儀同三司推忠協謀安國奉上功臣太師侍中天水郡開國侯 食邑一千戶. 尋卒 年八十四. 諡仁憲 命百官會葬. 世傳 有使臣夜入始興郡 見大星隕于人家. 遣吏往視之 適其家婦生男. 使臣心異之 取歸以養 是爲邯贊. 及爲相 宋使見之 不覺下拜曰 文曲星不見久矣 今在此耶. 邯贊性淸儉 不營産業 體貌矮陋 衣裳垢弊 不踰中人. 正色立朝 臨大事決大策 屹然爲邦家柱石. 于時歲豊民安 中外晏然 人以爲邯贊之功也. 致仕歸城南別墅 著樂道郊居集. 又著求善集. 後配享顯宗廟庭. 朝鮮正宗朝 開城府得古塔 有姜太師爲國祈福銘. 邯贊之贊 書以瓚 今從石本爲正.

(1) 강감찬의 출생

강감찬 아버님이 늦도록 자손을 못 뒀대요. 그런데 강감찬 아버지가 공부 많이 하시고 선비걸랑. 그 양반이 재산도 있고 그런 양반이라고요. 그런데 자손을 늦도록 못 뒤서 늘 포원지심(抱冤之心)이네요. 그래서 어느 문복(問卜)쟁이한테 자손을 둘까 못 둘까 문복을 해 봤걸랑. 문복을 해 보니깐,

"댁에서는 자손을 두기는 두겠는데, 한 천 명 이상 여자를 볼까 말까 하다가 힘을 빼서 천 명을 다 채우지 마시고 집에를 들어오실 것 같으면 큰 대인을 낳으시겠습니다."

그러거들랑. 이거 참 어려운 문제걸랑. '에이 내 한번 그렇게 해본다'고 그래 어연간 한 일 년 이상이 됐어요. 그렇게 돌아다닌 게. 돌아다니면서 어떻게 결심을 먹었던지 천 명째 거의 다 채워가다시피 됐어요. 한 명만 채우면 천 명을 채운단 이거여. 참 대단하지. 하여간 일 년 이상 그렇게 돌아댕기면서 그렇게 그 짓을 했는데, '인제 가야겠다 집으로'. 그러니깐 그게, 도가 찬 거라구.

그래 어느 큰 고개를 넘어 오는 판이지, 이 양반이. 고개를 올라가서 쉬어 갈라고 앉았지. 앉았는데 웬 젊은 새악씨가 말이요, 어떻게 인물이 잘났는지 여기다 꿰차겠 더래. 그래서 이 여자와 관계를 해게 됐다 이거거든. 그런데 이 여자가 뭐고 하면 말이지, 수백 년 묵은 여우라 이거거든. 수백 년 묵은 여우가 여러 백 년, 묵었으니까 도술을, 술법을 부리고 그런다 이거거든. 여우가 여자가 돼가지고 그 지랄을 한다 이거예요. 그래서 그만 집에 못 오고 거기서 그냥 천 명을 채웠다는 거예요. 그래서 집에 오니깐 헛노릇이지. 도 닦은 건 거기서 그냥 다 뺏기고.

그래서 어연간 열 달 이상이 됐는데, 갓난애를 자기집 문앞에다가 갖다 놨더라

이거거든, 아주 핏덩이를. 이분이 가만히 생각하니깐 이상스럽다 이거요. 자기가 한 일이 있거든. '내가 어느 고개서 그런 짓도 하고 그랬는데, 내 자식인갑다.' 이래서 이걸 갖다 길렀어.

아들을 갖다 그렇게 났는데 두 살, 세 살, 네 살 이렇게 되도록 당최 안 커. 쬐그만 녀석이 당최 커야지. 어떡하다 보니까 얼굴이 전부 고소바가지가 됐어요. 그래 일곱 살인가 여덟 살인가 요렇게 됐는데 아주 얼굴이 고소바가지여.

(2) 강감찬의 신통력 ①

강감찬 아버지가 술을 먹으러 갔는데, 결혼집이라 이거거든. 갔더니 자기 공부하던 친구네분들이 참 많이 왔더라 그거야. 그래 인제 술을 줘서 먹구 이랬어요. 그런데 얘가, 강감찬 아버지가 떠날 때,

"아버지! 난두 따라서 간다."

고. 그런데, 하두 못 생겨서 부끄러워서 데리고 갈 수가 있느냐 이거거든. 고소바가지구 그래놔서.

"아유 넌 못 온다."

고. 그때 집에서 떠날 때 그랬거든. 인제 안 데리고 갔지. 강감찬 아버지가 혼자 술을 먹고 있는데, 이 강감찬이가 말야 '아무데 이러저러한테로 아버지가 약주를 잡수러 가셨을 것이다' 이래고선 혼자 간다 이거야. 자기 아버지한테로 가는 거라. 그런데 한 고개를 가다하니깐 말여, 웬 떡거머리 총각이 내 닫거든. 떡거머리 총각이 산속에서 나온다 이거여.

보니깐 이게 보통사람이 아니고 귀신이라 이거거든. 감찬이가 귀신두 아주 죄봐. 인제 떡거머리 총각녀석을 떼놓고서 갔는데 약주들을 잡숫고 그러거든. 그래 들어가서 자기 아버지 있는데 낑겨 앉았지. 조금 있자하니까는 난리가 났어요. 무신 난리가 났느냐 하면 신부가 들어왔는데, 새악씨 노름을 하다가 말야, 벨안간 죽었다

구 그냥 생난리가 났네 그랴. 이거 참 큰일났거던. 그래 손님들이 약주 잡숫다 말고 아주 난리지 뭐. 강감찬이가 가서 보니깐 다 죽었어, 그 새악씨가.

이 어린애가 하는 말이,

"복사나무 회초리 좀 해오세요."

그래. 쬐그만 아이가 그러니깐 우습걸랑. 그래두 하두 몸이 다니까, 어느 여자가 꺾어 왔는지 복사나무를 꺾어다 줬지, 걔를. 회초릴 들고 쫓아들어가더니마는 여자를 말여, 아프게 그래지는 않고 막 헛매질을 하는 거지. 그래 여러 사람들이 보니깐 그냥 헛매질만 자꾸 해. 실제로는 때리는 건데, 먼저 고개에서 보던 떡거머리 총각녀석이 와가지구 새악씨 목을 꼭 잡고 있더라 이거거든, 모가지를. 그러니 이게 죽지 살어. 그러니깐 이제 그 떡거머리 총각녀석을 헛매질을 막 팬다 그거여. 그래 여러 사람들이 볼 적에는 헛매질을 하는 것 같지 뭐. 그래 내몰았지 뭐, 떡거머리 총각녀석을. 내몰고서는 미음물을 해오라고 그런다 그거여. 밈물을 해다 줘서 밈물을 먹이고 한참 있으니 피어난다 이거거든.

(3) 강감찬의 결혼

그걸 보니깐 이상스럽거든. 쪼그만 고소바가지 앨망정 덮어놓고 몰라 볼 사람이 아니라 그거여. '이게 보통사람이 아니로구나.' 그래 인제 자기 아버지 친구되시는 분이 말야, 과년(過年)한 딸을 뒀거든. 다른 사람이야 과년한 고소바가지라. 우습긴 우스우나 인물이 보통 사람이 아니고 큰 대인이라 이거거든. '내가 욕심이 나서 사울 삼어야겠다' 생각이 났거든. 그래 거기서 헤졌지. 헤져서 와서 이분이 사우 삼을라고 거길 쫓아 왔죠. 쫓아와서 얘기하다가 그 얘길 꺼내 놓거든.

"우리 혼인하세."

그러거든. 그 새악씨 가진 분이.

"여보 거 무슨 말씀이요. 보다시피 나이도 몇 살 안되고 고소바가지니 원, 못생긴

이 자식을 뭘 그러느냐."

고. 이러거든.

"그래도 괜찮다구. 우리 혼인하자."

이런데.

그래, 혼인을 하기로 약속을 하구설랑 혼인날꺼정 정해가지고선 있는데, 어연간 혼인날이 돌아왔어요. 인제 결혼날이 돌아와서 대례청에 초립을 뒤집어 쓰고 들어오는데 장모짜리가 보니까는 코마개만한 거시기가, 아 고소바가지가 들어온다 이기야. 장모짜리가 참 기가 절린다 이거거든. 대례는 지내고서 장인 장모한테 인사 여쭈러 온다고, 장인한테 절하고 장모한테 절할라고 일어나라니 장모가 세상 일어나? 안 일어나지. 그래 절두 못하고 절도 안 받고 그래구선 도루 원집으로 왔지 뭐. 그래 사흘 만에 재향을 댕기러 가지 않았겠우. 감찬이가 재향을 댕기러 갔는데 장인 장모 다 인사할려구. 가서 인제 인사를 했지. 인사를 하는데 역시 저 장모는 인사를 안 받네, 들어 누워서. 사흘 동안 들어 누워서 안 일어난다고.

(4) 강감찬의 신통력 ②

장모래두 아주 괘씸하다 이거야. 그래 자기 장인, 주무시는 처소에 말야. 들어가서 선반을 보니깐 그때 대개 양반들은 평풍이 많잖우. 이 평풍을 좀 볼까 하구선 평풍을 내려서 보니깐 좋거든, 민파야. 감찬이가 즈 장인 평풍 가닥가닥을 죄 펴놓고, 초서두 아니구 그냥 막 그림을 그려 놨네 그랴. 그러고서는 마른 후에 그냥 탁 덮어서 도루 얹어놨지. 인제 감찬이는 가고, 감찬의 장인이 말여, 해가 저물어서 저녁 먹고, 잘라고 평풍을 한 가달 쓱 펼치니까, 아 대관들이 실지로 글을 짓고 글공부 목소리도 나오고 아주 양반이 이걸 보더니 참 신기하거든.

또 한 가달을 쓱 펼치니깐 그 대관들이 주안상을 채려 놓고, 고급주를, 모두 '먹으라', '잡숴라' 하고 온통 이러거든 '햐! 참 좋다. 이거 참 좋구나'

또 한 가달을 펴니까는 말야. 금강산이 아주 묘호창창한 금강산이 전부 돼 있고. 그런데 아주 실제로 새가 이 잔등성이에서 저 잔등으로 날라가고, 저 잔등에서 이 잔등으로 날라가고, 새가 온통 날라 댕기고 이런다 이기야. 참 기가 맥혀. 또 한 가달을 쓱 펼치니깐은 만경창파에 배가 모두 들어오고 나가고 이러는데, 참 어마어마 하거든. '야! 내참 이런 줄 알고 사위를 삼긴 삼었지만 이건 몰랐는데 이렇게 재주는 좋구나 하여간에' 이랬거든. 그래, 쫓아 들어가서 마나님을, 일어나기 싫다는 놈을 억지로 끌고 가서.

"우리 사위 이놈이 이렇게 해놓고 갔다고. 이거 좀 보라고."

한 가달 쓱 펼치니깐 그득하게 대관들이 글을 짓고 온통 글두 꼰쿠 하거던 이 부인이 아주 정신이 번쩍 들거던. 강감찬이 장모가. 또 한 가닥을 펼치니깐, 주안상을 차려놓고 술두 고급주로 서로 놓고 이렇게 먹는데, 실지로 떠들며 술을 먹더라 이거거든.

"이거 좀 좋고."

"이게 이럴 줄 몰랐소."

"나 그럴 줄 알고 사울 삼지 않었소."

이제 또 한 가달을 펼치니깐 역시 그렇더라 이거거든. 금강산이 있는데 새가 이 잔등 저 잔등 왔다갔다 날라다니고 이래고, 또 한 가달을 쓱 펼치니까 만경창파에서 연락선이 모두 들어오고 나가고 이러는데 참 대단하다 이기야.

"이거 보오. 이거 좀 좋소."

"참 사우 잘 봤소."

아주 이러거든.

"낼, 가 오라고 그러지 사우. 낼 가 사우 오라고 그래요."

"그래지."

인제 하인을 시켜가지고

"낼 가 사위 좀 오라고 그래라."

"예, 그럼 그러죠."

그래 불러 왔지. 인제 장인 장모한테 다 인사하고 그랬어요. 고기에다 밥을 잘 해 주더라 그거여, 장모가. 그래 대접을 잘 받았지. 그런 후에,

"빙모님, 빙장어른."

"그래."

"저 좀 보세요."

"왜?"

그래구선 바깥으로 나가 마당으로. 마당으로 나가는데,

"저 좀 보세요."

그러더니 재주를 팔닥팔닥 넘더니만, 오똑 서는데 보니까는 한다하는 미인이라 이거야, 당최. 한다하는 남자고 한다하는 미인이라 이거거든. 그렇게 술법두 잘 부리구 그러더라 그거야.

(5) 강감찬의 신통력 ③

강감찬이 어떻게 도술이 무서운지 그때 시절에 대궐 안에 시금팔치(?) 있는데서 그냥 개구리가 울구, 여름에. 그래서 아주 듣기 싫다 이거거든. 그래서 그때 시절에 강감찬이 도술을 부려가지고서는 개구리 우는 것을 전부 못 울게 하고 그때 우리나라에 도깨비가 참 흔했답니다. 그래 도깨비에 그냥 홀려가지고 고생두 많이 하는 분도 있고 별일 다 있다 이거야. 그래서 그 양반이 하두 뵈기 싫어서 도깨비를 저 중공으로 전부 내 몰았답니다 그려. 그래서 도깨비가 지금 없어졌다는 거예요.

출처: 서대석 외, '강감찬 이야기', 『한국구비문학대계』 1-2, 한국학중앙연구원, 1980, 193.

(6) 불칼 꺾은 강감찬 - 신통력 ④

강감찬이 불칼 꺾는 것은 다른 기 아이라, 이전에는 천동이, 벽력이 많아서, 사람이

쪼끔 잘못해도 벼락을 때려. 그래서 강감찬 선생이 어떻게 했는고 하이, 일부러 식숫가에 대변을 봤거든. 식수에 대변 보믄 으례히 천상에서 보고 불칼(벼락)이 온다카는 거를 알고 말이지. 그래 인자 우물 샘에 앉아서 마 대변을 본다. 보이, 갑자기 하늘이 우지직 카더마 불칼이 오거든. 그래 불칼로 덜렁 뺏아 가 이래 땡강 뿌질러 가, 끝팅이는 강감찬 선생이 하고, 칼자루만 올리 줬다, 이런 말이 있어.

출처: 정상박 외, '불칼 꺾은 강감찬', 『한국구비문학대계』 8-8, 한국학중앙연구원, 1983, 616.

〈관련 설화 목록〉

서대석 외, '강감찬 이야기', 『한국구비문학대계』 1-2, 한국학중앙연구원, 1980, 193.

서대석 외, '강감찬 이야기', 『한국구비문학대계』 1-2, 한국학중앙연구원, 1980, 469.

성기열 외, '홍의 이야기', 『한국구비문학대계』 1-7, 한국학중앙연구원, 1982, 615.

성기열 외, '강감찬 장군', 『한국구비문학대계』 1-7, 한국학중앙연구원, 1982, 800.

성기열 외, '강감찬 장군', 『한국구비문학대계』 1-8, 한국학중앙연구원, 1984, 349.

성기열 외, '강감찬 이야기', 『한국구비문학대계』 1-8, 한국학중앙연구원, 1984, 535.

조희웅 외, '강감찬 일화', 『한국구비문학대계』 1-9, 한국학중앙연구원, 1984, 181.

김선풍 외, '호랑이와 내기 바둑을 둔 강감찬', 『한국구비문학대계』 2-1, 한국학중앙연구원, 1980, 574.

김선풍 외, '강감찬과 개구리 모기 부적', 『한국구비문학대계』 2-1, 한국학중앙연구원, 1980, 575.

김선풍 외, '강감찬과 개미', 『한국구비문학대계』 2-1, 한국학중앙연구원, 1980, 910.

김선풍 외, '강감찬과 호랑이', 『한국구비문학대계』 2-3, 한국학중앙연구원, 1981, 194.

김선풍 외, '강감찬과 부적', 『한국구비문학대계』 2-3, 한국학중앙연구원, 1981, 196.

김선풍 외, '강감찬이야기', 『한국구비문학대계』 2-3, 한국학중앙연구원, 1981, 354.

김선풍 외, '밤재 호랑이 물리친 강감찬', 『한국구비문학대계』 2-5, 한국학중앙연구원, 1983, 107.

김선풍 외, '강감찬의 신통술', 『한국구비문학대계』 2-5, 한국학중앙연구원, 1983, 375.

김선풍 외, '강감찬의 신통술', 『한국구비문학대계』 2-5, 한국학중앙연구원, 1983, 383.

김선풍 외, '강감찬의 탄생과 그 부모의 정성', 『한국구비문학대계』 2-5, 한국학중앙연구원, 1983, 485.

서대석 외, '친구의 목숨을 구한 강감찬', 『한국구비문학대계』 2-6, 한국학중앙연구원, 1984, 357.

서대석 외, '벼락살을 꺾은 강감찬', 『한국구비문학대계』 2-6, 한국학중앙연구원, 1984, 360.

서대석 외, '여우신랑 퇴치한 강감찬', 『한국구비문학대계』 2-7, 한국학중앙연구원, 1984, 449.

서대석 외, '강감찬의 관동 유람', 『한국구비문학대계』 2-7, 한국학중앙연구원, 1984, 656.

김선풍 외, '벼락칼을 부러뜨린 강감찬', 『한국구비문학대계』 2-8, 한국학중앙연구원, 1986, 539.

김선풍 외, '강감찬 제자라고 해서 호환 면한 사람', 『한국구비문학대계』 2-8, 한국학중앙연구원, 1986, 564.

김선풍 외, '강감찬 장군과 천년 묵은 여우', 『한국구비문학대계』 2-9, 한국학중앙연구원, 1986, 816.

김영진 외, '강감찬의 출생', 『한국구비문학대계』 3-2, 한국학중앙연구원, 1981, 96.

김영진 외, '염라대왕을 찾아온 강감찬', 『한국구비문학대계』 3-2, 한국학중앙연구원, 1981, 731.

박계홍 외, '강감찬의 출생과 도술', 『한국구비문학대계』 4-2, 한국학중앙연구원, 1981, 640.

서대석 외, '강감찬의 이적', 『한국구비문학대계』 4-3, 한국학중앙연구원, 1982, 192.

박계홍 외, '강감찬의 이적', 『한국구비문학대계』 4-4, 한국학중앙연구원, 1983, 556.

최래옥 외, '신행일의 악귀를 물리친 강감찬', 『한국구비문학대계』 5-2, 한국학중앙연구원, 1981, 737.

박순호 외, '강감찬은 여우소생', 『한국구비문학대계』 5-4, 한국학중앙연구원, 1984, 472.

박순호 외, '명관 강감찬', 『한국구비문학대계』 5-5, 한국학중앙연구원, 1987, 73.

박순호 외, '강감찬', 『한국구비문학대계』 5-5, 한국학중앙연구원, 1987, 567.

박순호 외, '유기장수의 한을 풀어준 강감찬', 『한국구비문학대계』 5-6, 한국학중앙연구원, 1987, 69.

박순호 외, '강감찬', 『한국구비문학대계』 5-7, 한국학중앙연구원, 1987, 42.

김승찬 외, '강감찬과 상사뱀', 『한국구비문학대계』 6-3, 한국학중앙연구원, 1984, 445.

최래옥 외, '귀신 잡은 강감찬', 『한국구비문학대계』 6-8, 한국학중앙연구원, 1986, 880.

조동일 외, '강감찬과 속새', 『한국구비문학대계』 7-1, 한국학중앙연구원, 1980, 53.

조동일 외, '강감찬', 『한국구비문학대계』 7-3, 한국학중앙연구원, 1980, 342.

최정화 외, '여우의 아들 강감찬의 이적', 『한국구비문학대계』 7-8, 한국학중앙연구원, 1983, 762.

최정화 외, '강감찬 장군과 도깨비', 『한국구비문학대계』 7-8, 한국학중앙연구원, 1983, 770.

임재해 외, '여우 잡은 강감찬', 『한국구비문학대계』 7-10, 한국학중앙연구원, 1984, 466.

최정여 외, '이인 강감찬', 『한국구비문학대계』 7-11, 한국학중앙연구원, 1984, 86.

최정여 외, '구렁이 신랑 쫓아낸 강감찬', 『한국구비문학대계』 7-11, 한국학중앙연구원, 1984, 184.

최정여 외, '강감찬 이야기', 『한국구비문학대계』 7-11, 한국학중앙연구원, 1984, 297.

최정여 외, '여우신랑 쫓아낸 강감찬', 『한국구비문학대계』 7-14, 한국학중앙연구원, 1985, 136.

최정여 외, '걸객 제사 지내주고 낳은 강감찬', 『한국구비문학대계』 7-15, 한국학중앙연구원, 1987, 241.

최정여 외, '강감찬 이야기(1)~(3)' 『한국구비문학대계』 7-15, 한국학중앙연구원, 1987, 510.

임재해 외, '호랑이를 퇴치한 강감찬', 『한국구비문학대계』 7-17, 한국학중앙연구원, 1988, 397.

임재해 외, '초례청에서 여우를 퇴치한 강감찬', 『한국구비문학대계』 7-18, 한국학중앙연구원, 1988, 181.

임재해 외, '비석을 옮긴 강감찬의 조화', 『한국구비문학대계』 7-18, 한국학중앙연구원, 1988, 182.

임재해 외, '고래장 없앤 강감찬', 『한국구비문학대계』 7-18, 한국학중앙연구원, 1988, 544.

임재해 외, '대례청에서 여우 잡은 강감찬', 『한국구비문학대계』 7-18, 한국학중앙연구원, 1988, 547.

임재해 외, '개구리와 독수리를 다스린 강감찬', 『한국구비문학대계』 7-18, 한국학중앙연구원, 1988, 552.

정상박 외, '강감찬 선생 어머니와 개구리의 칡덩쿨', 『한국구비문학대계』 8-2, 한국학중앙연구원, 1980, 409.

정상박 외, '망경대의 벼락 꺾은 강감찬', 『한국구비문학대계』 8-3, 한국학중앙연구원, 1981, 29.

최정여 외, '강감찬 장군', 『한국구비문학대계』 8-6, 한국학중앙연구원, 1981, 895.

최정여 외, '강감찬 장군의 도술', 『한국구비문학대계』 8-7, 한국학중앙연구원, 1983, 166.

정상박 외, '강감찬과 언양개구리', 『한국구비문학대계』 8-8, 한국학중앙연구원, 1983, 525.

정상박 외, '강감찬과 마마손님', 『한국구비문학대계』 8-8, 한국학중앙연구원, 1983, 526.

정상박 외, '강감찬과 매구', 『한국구비문학대계』 8-8, 한국학중앙연구원, 1983, 527.

정상박 외, '불칼 꺾은 강감찬', 『한국구비문학대계』 8-8, 한국학중앙연구원, 1983, 616.

정상박 외, '범쫓은 강감찬 주문', 『한국구비문학대계』 8-8, 한국학중앙연구원, 1983, 672.

강원도, '여우잡은 강감찬', 『강원의 설화』 II, 북스힐, 2005, 1013.

강원도, '여우가 낳은 강감찬', 『강원의 설화』 II, 북스힐, 2005, 1014.

신동흔 외, '신기한 활쏘기로 적군을 물리친 강감찬', 『양주의 구비문학』 2, 박이정, 2005, 362.

신동흔 외, '강감찬의 출생과 도술', 『양주의 구비문학』 2, 박이정, 2005, 365.

신동흔 외, '키를 속여 위기를 면한 강감찬', 『도시전승설화자료집성』 2권, 민속원, 2009, 394.

신동흔 외, '강감찬 장군 이야기', 『도시전승설화자료집성』 9권, 민속원, 2009, 65.

신동흔 외, '강감찬 장군 이야기', 『도시전승설화자료집성』 10권 민속원, 2009, 110.

신동흔 외, '강감찬 장군 이야기', 『도시전승설화자료집성』 10권 민속원, 2009, 245.

이수자, '강감찬의 출생담', 『설화화자연구』, 박이정, 1998, 107.

이수자, '구렁이 신랑 퇴치', 『설화화자연구』, 박이정, 1998, 109.

이수자, '부적으로 호랑이를 물리친 강감찬', 『설화화자연구』, 박이정, 1998, 111.

임석재, '강감찬 여우잡기', 『한국구전설화』 1권, 평민사, 1987, 180.

임석재, '강감찬의 지혜', 『한국구전설화』 3권, 평민사, 1988, 173.

임석재, '강릉의 개구리와 모기와 강감찬', 『한국구전설화』 4권, 평민사, 1989, 131.

임석재, '강감찬의 악호퇴치', 『한국구전설화』 4권, 평민사, 1989, 131.

임석재, '천년 묵은 여우와 강감찬', 『한국구전설화』 4권, 평민사, 1989, 132.

임석재, '강감찬과 호랑이', 『한국구전설화』 5권, 평민사, 1989, 48.

임석재, '강감찬', 『한국구전설화』 6권, 평민사, 1990, 253.

임석재, '강감찬과 벼락', 『한국구전설화』 10권, 평민사, 1993, 57.

조희웅, '벼락 없앤 강감찬', 『이야기망태기』 1, 글누림, 2011, 196.

조희웅, '강감찬의 출생', 『이야기망태기』 2, 글누림, 2011, 38.

조희웅, '여우 자식 강감찬', 『이야기망태기』 2, 글누림, 2011, 62.

사진자료

〈강감찬 동상〉　　　　　　　〈낙성대 안국사〉

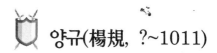

양규(楊規, ?~1011)

고려의 장군으로 목종 때 등용되어 형부낭중(刑部郎中)에 이르렀다. 1010년(현종 1) 도순검사(都巡檢使)가 되어 거란契丹의 성종(聖宗) 군사에게 포위된 흥화진(興化鎭)을 정성(鄭成)·이수화(李守和) 등과 함께 완강히 지켜냈다. 이에 거란군은 포위를 풀고 남하하여 강조(康兆)와 통주(通州)에서 싸워 이기고 개성으로 진격했다. 거란군의 후방을 여러 곳에서 기습하여 7전 7승을 거두고 적병 5천5백여 명을 죽였으며, 잡혀가는 백성 3만여 명을 구해내는 대승을 거둔다. 다시 적의 선봉을 애전(艾田)에서 기습하여 1천여 명을 베는 전과를 올렸으나 갑자기 밀려드는 거란 대군의 공격을 받아 종일 분전하다가 중과부적으로 전사했다. 공부상서(工部尙書)에 추증되고, 다시 삼한후벽상공신(三韓後壁上功臣)에 추봉되었다. 『참고문헌』 고려사, 한국인명대사전, 국사대사전

양규

양규는 고려 목종시대 활동한 사람이다. 여러 벼슬을 거쳐서 형부낭중이 되었다.

현종 원년에 거란 왕이 직접 군사를 거느리고 강조[1]를 토벌하러 와서 흥화진을 포위했다. 그때 양규는 도순문사로서 흥화진의 군사책임자인 정성, 부책임자인 이수화 등과 함께 성을 보호하여 굳게 지켰다.

거란 왕은 통주성 밖에서 벼를 거두고 있는 우리나라 남자와 여자를 잡아서 각각 비단옷을 내려주어 입히고, 종이를 봉해 동여맨 화살 하나를 주면서, 군사 3백 명과 함께 흥화진으로 보내 항복을 설득하도록 했다.

그 화살에 봉해진 편지에 이렇게 쓰여 있었다.

"내가 사망한 임금 목종과 약속한 말에 의하여 고려 조정에 잘 복종하여 섬겨온 지 오래되었다. 그런데 지금 역신 강조가 나와 관계가 좋은 임금을 죽이고, 어린 왕을 앉혔으니 내 직접 뛰어난 병사들을 거느리고 이미 국경에 다다라서 책임을 물으려 하니, 너희들이 강조를 잡아 내 앞에 끌고 온다면 즉시 군사를 돌려 돌아갈 것이다. 그렇지 않으면 곧장 개경으로 들어가서 너희들 처자식을 다 잡아 죽일 것이다."

또 왕의 명령인 칙서를 화살에 매어 성문에 쏘았다.

"흥화진 성주와 군인과 백성들에게 경고 하노라. 너희들은 사망한 이전 임금에게 어루만져 편안하게 해 준 은혜를 입어, 역대로 순종을 하면 어떻게 되고 거역을 하면 어찌 된다 는 것을 알 터이니, 마땅히 나의 마음을 알아차려서 후회가 되는 일이 없도록 하라."

양규 등은 거듭 거란임금에게 항복하지 않겠다는 글을 보냈다. 거란 왕은 양규가 끝까지 항복하지 않으리라는 것을 알고, 흥화진의 포위를 풀어서 동산기슭으로 군사를 이동시켰다.

이에 강조가 통주성 남쪽으로 군사를 이끌고 나가 적과 싸우다가 져서 사로잡혔다. 또한 행영도통부사 이현운, 판관 노전, 감찰어사 노의 등도 함께 사로잡힘을 당했다. 그리고 행영도병마부사 노정, 사재승 서숭, 주부 노제 등은 싸우다가 전사했다.

거란군이 이렇게 크게 이겨 의기양양하게 진격하는데, 흩어져 있던 우리나라 좌우 기군장군 김훈 김계부 등이 완항령 고개에서 매복해 있다가 짧은 무기를 지니고 갑자기 습격해 격파하니, 거란의 군사들이 놀라서 조금 물러났다.

이때 거란 병영에서는 강조가 쓴 것처럼 위조한 편지를 흥화진으로 보내 다시 항복할 것을 권유했다.

편지를 본 양규가 회답했다.

"우리는 임금의 명령을 받아 온 것이지, 강조의 명령을 받아 온 것이 아니니 항복하지 못한다."

거란군은 또 포로로 잡힌 노전과 합문사 마수 등 두 사람에게 격문을 주어 통주성으로 보내 항복을 권유하게 했다. 이때 통주성 안에 있던 중랑장 최질과 홍숙은 소매를 떨치고 일어나 노전과 마수를 붙잡아 성 안으로 끌고 와 성문을 닫고 굳게 지켰다.

거란군이 곽주로 쳐들어가니 방어사 조성유는 밤중에 도주했고, 대장군 태회덕, 공부랑중 이용지, 예부낭중 간영언 등은 적들과 싸우다 전사하여 마침내 성이 함락되어 버렸다. 거란군은 그곳에 병력 6천 명을 머물러 두어 성을 차지하고 지키게 했다.

이에 양규가 흥화진으로부터 병력 7백여 명을 거느리고 통주에 이르러, 천 명의 군사를 거두어 이끌고 밤중에 곽주로 들어가 머물고 있던 거란군을 습격해 모두 다 죽였다.

그 이듬해 거란 왕이 개경으로 쳐들어와 궁궐을 불태우고 도주했다. 귀주별장 김숙흥과 중랑장 보양 등이 거란군을 공격해 만여 명을 소멸했다. 양규는 무로대에서 거란군을 엄습해 2천여 명을 죽이고, 거란군에게 잡혀 있던 우리나라 포로 남녀 3천여 명을 빼앗아 구했다. 또 이수에서 싸워 적군 2천5백여 명을 죽이고, 거란군에게 잡혔던 우리 사람 천여 명을 뺏어왔다. 사흘 후에도 양규는 여리참에서 적들을 공격해 천여 명을 죽이고 천여 명의 포로를 빼앗았다.

이날 세 차례 거란군과 싸워 세 번 모두 승리하고, 다시 애전에서 앞서 가는 적의 선봉대를 맞아 싸워 천 명을 죽였다. 얼마 후 거란의 많은 군사가 갑자기 습격하니, 양규는 김숙흥과 더불어 하루 종일 맞아 싸웠는데, 병력이 다 소모되고 화살이 모두 떨어져 두 사람이 함께 전사했다.

거란병은 우리나라 여러 장수들의 기습을 당해 급히 압록강을 건너 군사를 이끌고 도망쳤다. 흥화진을 지키고 있던 정성이 그 거란 부대를 추격하니, 거란군은 강을 반쯤 건너고 있었다. 뒤에서 그들을 공격하여 압록강에 빠져 죽은 거란병이 무수히 많았다. 이에 거란에게 빼앗겼던 여러 성들이 모두 회복되었다.

양규는 외롭게 적은 군사를 이끌고 열흘 사이에 일곱 번을 크게 싸워 적군을 무찌르고 잡은 것이 매우 많았고, 잡혀가던 포로 3만여 명을 구출했으며 낙타와 말, 무기 등을 셀 수 없이 빼앗았다.

나라에서는 그의 공적을 기려 공부상서 벼슬을 내려주었고, 양규의 아내인 은율군군(殷栗郡君) 홍씨에게는 곡식 백 석을 주어 한평생 먹고 살게 했다. 또 아들 대춘에게는 교서랑의 벼슬을 내렸다. 한편 같이 싸웠던 김숙흥에게는 장군이라는 칭호를 내려주고, 그의 모친에게 해마다 곡식 50석을 내려주었다.

양규와 김숙흥 두 장군에게 모두 삼한벽상공신 칭호가 내려졌고, 문종은 양규와 김숙흥의 초상을 그려 공신각에 모시게 했다.

楊規

楊規穆宗時人 累官刑部郎中. 顯宗元年 契丹主自將來討康兆 圍興化鎮. 規爲都巡檢
使 與鎮使鄭成副使李守和等 嬰城固守. 契丹主 獲通州城外 收禾男婦 各賜錦衣 授紙
封一箭 以兵三百餘人 送興化鎮諭降. 其箭封有書曰 朕以前王誦 服事朝廷 其來久矣.
今逆臣康兆 弑君立幼 故親率精兵 已臨國境. 汝等擒康兆送駕前 便卽回兵 不然直入
開京 殺汝妻孥. 又以勅書繫矢 揷城門曰 勅興化鎮城主並軍人百姓 爾等受前王撫綏
之惠 知歷代順逆之由 當體朕懷 無貽後悔. 規等再上表不降. 契丹主知其不降 乃解圍
移軍銅山下. 康兆引兵出通州城南 戰敗就禽. 行營都統副使李鉉雲 判官盧戩 監察御
使盧顗等 亦皆被執. 行營都兵馬副使盧頲 司宰承徐崧 注簿盧濟等 死于陣下. 契丹兵
長驅而前 左右奇軍將軍金訓金繼夫等 伏兵于緩項嶺 執短兵突出敗之 契丹兵小却.
契丹詐爲兆書 送興化鎮諭降. 規曰 我受王命而來 非受兆命 不降. 契丹又使盧戩及閤
門使馬壽 持檄至通州諭降. 中郎將崔質洪淑 投袂而起 執戩及壽 閉門固守. 契丹兵入
郭州 防禦使趙成裕夜遁. 大將軍大懷德 工部郎中李用之 禮部郎中簡英彦 皆死 城遂
陷. 契丹留兵六千人守之. 規自興化鎮 率兵七百餘人 至通州. 收兵一千 夜入郭州 擊
契丹所留兵 悉斬之. 明年 契丹主入京 焚宮闕而退. 龜州別將金叔興 與中郎將保良
擊契丹兵 斬萬餘級. 規掩擊於無老代 斬二千餘級 奪被虜男女三千餘人. 又戰於梨樹
斬二千五百餘級 奪俘虜千餘人. 後三日 又戰於余里站 斬千餘級 奪俘虜千餘人. 是日
三戰皆捷. 復邀其前鋒於艾田擊之 斬千餘級. 俄而契丹大軍奄至 規與叔興終日力戰
兵盡矢窮 俱死於陣. 契丹兵爲諸將鈔擊 渡鴨綠江引去. 興化鎮使鄭成追之 及其半渡
尾擊之. 契丹兵溺死者甚衆 諸降城改復. 規以孤軍旬月間 凡七戰 斬級甚衆 奪被虜人
三萬餘口 駝馬器械不可勝數. 以功 贈工部尙書. 給規妻殷栗郡君洪氏 穀一百石 以終
其身. 授子帶春校書郎. 贈叔興將軍 歲給其母粟五十石. 俱賜三韓壁上功臣號. 文宗初
圖形功臣閣.

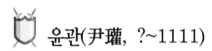 윤관(尹瓘, ?~1111)

　　고려의 명장으로 자는 동현(同玄), 본관은 파평(坡平)이며 태조를 보좌한 삼한공신 신달(莘達)의 5세손이다. 문종 때 과거에 급제하여, 1104년(숙종 9)에 동북면행영병마도통(東北面行營兵馬都統)에 임명되어 여진(女眞)을 정벌하다가 실패했다. 1107년(예종 2) 여진정벌 원수(元帥)가 되어 부원수 오연총(吳延寵)과 17만 대군을 이끌고 동북계에 있는 여진을 정벌하고 9성을 쌓았다. 또 다시 침범하는 여진을 평정하여 1108년 개선하니, 그 공으로 추충좌리평융척지진국공신 문하시중 판상서이부사지군국중사(推忠佐理平戎拓地鎭國功臣 門下侍中 判尙書吏部事知軍國重事)를 받았다. 여진이 계속 국경지역을 침범하니 재정벌에 나섰다가 큰 성과 없이 패퇴하니, 고려는 9성을 여진에게 돌려주고 강화를 맺는다. 이에 패전의 죄로 벼슬과 공신의 호마저 삭탈당했다가 1110년 수태보 문하시중 판병부사(守太保 門下侍中 判兵部事)에 복관되었으나 우울한 나날을 보내다가 일생을 마친다. 시호를 문경(文敬)으로 했다가 문숙(文肅)으로 고치고, 예종의 사당에 함께 모셨다. 『참고문헌』 고려사, 한국인명대사전, 국사대사전

윤관

윤관의 자는 동현이고 파평현 사람이다. 윤관의 고조할아버지는 이름이 신달인데, 고려 태조를 도와 삼한공신의 지위를 얻었고, 부친 윤집형은 소부소감 벼슬을 했다.

윤관이 과거에 급제하고 습유와 보궐 벼슬을 거쳐 여러 번 승진해 동궁시강관이 되었고, 이어 어사대부, 이부상서, 한림학사 벼슬을 했다.

이때 말갈족의 유종(遺種)인 여진족이, 수나라와 당나라 때에는 고구려에 합병되어 있었으나 뒤에 산이나 습지 같은 곳에 흩어져 살면서 통일국가를 이루지 못했고, 정주와 삭주근처에 사는 여진족들은 간혹 우리나라에 들어와 복종하여 잠시 신하 노릇을 하다가는 갑자기 배반하기도 하였다.

영가와 오아속이 연이어 추장을 맡으면서 자못 민심을 얻어 그 세력이 점차 넓어졌다. 이위라는 지역 경계에 연산이 있는데 동해안에서부터 솟아올라 우리 북쪽 국경에까지 이르며, 이곳은 험악한 산지로 막혀 사람이나 말이 넘어 다닐 수 없었다. 간혹 그 사이로 작은 길이 있어서 흔히 세상에서 병목이라고 불리었다. 공명심 높은 사람들이 말하기를, 이 병목으로 된 작은 길만 막아버리면 오랑캐들이 우리나라로 들어오는 길은 완전히 끊어진다고 하면서, 군사를 출동시켜 그곳을 평정하겠으니 허락해 달라며 자주 임금에게 건의를 올렸다.

마침 여진이 정주 관문 밖에 와 주둔했는데, 우리나라를 침입할 것으로 의심되었다. 그래서 추장인 허정과 라불 등을 유인해 잡아 광주(廣州)에 가두고 고문해 물으니 과연 그들이 우리나라에 대한 계책을 꾸미고 있는 것이 드러났다. 그래서 그들을

돌려보내지 않고, 변방을 수비하는 장수 이일숙 등이 모여,

"여진은 허약하니 두려워 할 것이 못됩니다. 지금 공격하여 항복받을 기회를 놓치면 뒤에 반드시 근심거리가 생길 것입니다."

라고 임금에게 아뢰었다.

추장 오아속이 또 다른 부족의 추장 부내로와의 사이에 틈이 생겨, 부내로를 공격한 다음 우리 국경 가까이 와서 주둔하게 되었다. 왕이 임간 장군에게 명령해 국경에 가서 그에 방비하도록 했는데, 임간이 경솔하여 깊이 들어가 그들을 공격하다가 패해 버렸다. 곧 여진은 이 승세를 타서 우리 정주성, 선덕성, 관성으로 난입하여 수없이 많은 사람을 죽이고 약탈했다.

이에 임금이 임간을 대신해 윤관을 동북면행영도통으로 삼고 부월(鈇鉞)을 주며 그를 보냈다. 윤관이 여진과 전투하여 30여 명의 목을 베었으나 아군도 사상자가 반이나 되어 군대의 형세가 떨쳐지지 못하니, 적들을 달래 강화를 맺고 돌아왔다. 임금이 분을 참지 못하고 하늘과 땅의 신령들 도움을 빌어 도적을 소탕하기를 원해, 그 땅에 절을 창건하도록 허락했다.

윤관이 참지정사, 판상서형부사로 옮겨지니, 임금에게 이렇게 아뢰었다.

"신이 도적들의 형세를 살펴보니 헤아릴 수 없이 강합니다. 마땅히 우리 군사들을 쉬게 하고 군사들을 양성해 뒷날을 기대해야하겠습니다. 신이 패한 까닭은 적들은 말을 타고 달려와 싸우고 우리 병사들은 걸어서 싸우니 대적할 수가 없었기 때문입니다."

이에 건의하여 별무반을 설치해 문관과 무관들이며 직무가 없는 관원들과 아전들, 상인들과 종들 그리고 지방 관아에 이르기까지 말을 가지고 있는 사람은 신기군을 만들도록 했다. 또 말이 없는 사람들은 신보군이나 조탕군, 경궁군, 정노군, 발화군 등의 부대로 편성했다. 그래서 20세 이상의 남자들 중 과거를 보지 않은 사람들은 모두 신보군에 소속시키고, 무인과 더불어 여러 진부의 군인들은 철마다 훈련을 하도록 했다. 또 승려 무리들을 뽑아 강마군이라는 부대를 만들어 훈련시키고 곡식을 축적하여 다시 출동을 도모하도록 했다.

예종 2년 변방 장수가 보고하기를, 여진이 돌변성에 침입하여 그 추장이 호리박 한 개에 꿩의 꼬리를 달아매어 여러 부락으로 가지고 다니면서 보여주는데 그 마음을 헤아릴 수가 없다고 했다.

왕이 그 얘기를 듣고 중광전으로 나가 부처님 감실 속에 감추어 놓은, 숙종이 맹세한 글을 끄집어내어 두 개 부서의 대신들에게 보여주었다. 대신들이 받들어 읽고 눈물을 흘리며 말하였다.

"돌아가신 임금의 유지가 깊고 간절하기가 이와 같은데 잊을 수가 있겠습니까? 청하옵건대 선왕의 뜻을 받들어 그들을 정벌하도록 하십시오."

왕이 머뭇거려 결정을 내리지 못하고, 평장사 최홍사를 명하여 태묘에 가서 점을 치도록 했다. 감(坎)[1]을 이미 건넜다는 점괘를 얻고 드디어 정벌논의를 결정하여, 출전하면서 윤관을 원수로 삼고 지추밀원사 오연총을 부관으로 임명하였다.

오연총이 자못 승리를 의심하여 가만히 윤관에게 의견을 제시하자 윤관은 한탄하며 말했다.

"정책이 이미 결정 되었는데 또한 무엇을 의심하는가."

왕이 서경으로 납시어 위봉루에 자리잡고 부월을 주면서 그를 보냈다. 윤관과 오연총이 동쪽 국경에 이르러 장춘역에 주둔하였는데, 병력 수가 17만 명이였으나 20만이라고 일컬어 불렀다. 윤관은 곧 병마판관 최홍정과 황군상을 각기 나누어 파견해 정주와 장주로 들여보내, 여진 추장에게 속여 말하도록 했다.

"우리가 잡고 있는 너희들의 추장 허정과 라불 등을 장차 돌려보내주려고 하니 빨리 와서 명령을 받들도록 하라."

하면서 복병을 숨겨놓고 기다렸다. 여진 추장이 그 말을 믿고 고라 등 4백여 명이 와서 술을 마시고 매우 취했을 때, 복병이 출진하여 그들을 섬멸했다. 이때 그들 중에 건장하고 영리한 자 50, 60명이 관문에 이르러 의심을 잔뜩 품고 들어오지 않았다. 윤관은 병마판관 김부필과 녹사 척준경으로 하여금 길을 나누어 복병을 설치하게 하고,

1) 감괘(坎卦): ☵ 괘가 두 개 겹친 것을 뜻하며 많은 물을 만나 매우 어려움을 겪는 것을 뜻함.

또한 최홍정을 시켜 아주 뛰어난 기마병을 거느리고 가서 그들과 대응하게 하여 적들을 거의 소탕했다.

윤관은 스스로 5만 3천 명의 군사를 거느리고 정주성 대화문으로 나가고, 중군병마사 좌복야 김한충으로 하여금 3만 6천7백 명을 거느리고 안육으로 나가 방비하게 하고, 좌군병마사 좌상시 문관은 3만 3천9백 명을 거느리고 정주 홍화문으로 나가게 하고, 우군병마사 병부상서 김덕진은 4만 3천8백명을 거느리고 선덕진으로 나가게 하고, 선병별감 양유송과 원흥 도부서사 정승용, 진명 도부서부사 견응도 등은 해병 2천6백 명을 거느리고 도린포로 나가게 하였다.

윤관이 대내파지 마을을 통과하여 반나절을 행군했는데 여진이 윤관의 군대가 심히 왕성한 것을 보고 모두 달아나버리고 오직 들에 가축들만 널려 있었다. 문내니 마을에 이르니 적들이 동음성으로 들어가, 지키고 보호만 하면서 꼼짝하지 않았다.

윤관이 병마사 영할[2]과 임언, 최홍정을 파견하여 급하게 공격하도록 하니 적군이 달아나버렸다. 좌군이 석성 아래에 도착해 보니 여진군이 주둔하여 모여 있었다. 곧 통역관[3]을 보내 항복하도록 권유하자 여진 군사들이 말했다.

"우리들은 한번 싸워 승부를 결정짓고자 하는데 어찌 항복을 하라 하느냐?" 하면서 석성 안으로 들어가 항거하여 싸우는데, 화살과 돌멩이가 비같이 쏟아져 군대가 능히 전진할 수 없었다. 이에 윤관이 척준경에게,

"날이 저물고 사태가 위급하니 네가 이관진 장군과 함께 공격하라." 라고 지시하자, 척준경이 분을 내며 대답했다.

"제가 일찍이 잘못을 저질러 죄를 범했는데 공께서 저를 일러 장사라 하시며 조정에 요청하여 용서해주었으니, 오늘은 이 척준경이 몸을 죽여 그 은혜에 보답하는 날입니다."

곧 석성 아래에 이르러 갑옷을 입고 창을 가지고 적진으로 돌입하여 추장 여러 명을 쳐서 죽였다. 이에 윤관이 좌군과 더불어 연합 공격해 특

2) 영할(鈴轄): 한문 원문에 '鈐轄'로 되어 있어 『고려사』 열전에 의해 바로잡음.
3) 역자(譯者): 한문 원문에 '驛者'로 되어 있어 『고려사』 열전에 의해 바로잡음.

별히 사력을 다해 싸워 그들을 크게 격파했다. 어떤 적들은 스스로 바위에 떨어져 죽었고, 성 안에 있는 남녀노소를 모두 죽였다.

윤관은 척준경에게 상으로 비단 30필을 주었다. 또 최홍정과 김부필을 파견하여 이위동의 적을 공격해 그 곳을 빼앗고 1천2백 명을 죽였다. 중군은 고사한 등 35개 마을을 격파하여 3백8십 명을 죽이고 2백3십 명을 포로로 잡았다. 우군은 광탄 등 32개 마을을 격파하여 2백9십 명을 죽이고 3백 명을 사로잡았다. 또 좌군은 심곤 등 31개 마을을 격파하여 9백5십 명을 사살했다. 윤관의 군사는 대내파지로 부터 37개 마을을 격파하여 2천1백2십 명을 죽이고 5백 명을 사로잡았다.

곧 녹사 유형약을 임금에게 파견하여 승전사실을 보고하니 임금은 대단히 기뻐하며 유형약에게 벼슬 7품을 내려주고, 명령을 내려 두 원수와 여러 장수들을 장려하고 공적에 따라 구분하여 선물을 내려주었다.

윤관은 또한 여러 장수들을 나누어 파견해 땅의 경계를 획정하여, 동쪽으로는 화곶령, 북쪽으로는 궁한이령, 서쪽으로는 몽라골령에까지 이르게 했다. 또한 일관인 최자호를 파견하여, 몽라골령 아래의 땅을 살펴 성곽 9백5십 칸을 지어 영주성이라 하고, 화곶령 아래에 9백9십2칸을 건축하여 웅주성이라 이름 붙였다. 그리고 오림금 마을에는 7백7십4칸을 쌓아 복주성이라 하였으며, 궁한이 마을에는 6백7십 칸의 성을 쌓아 길주성이라 했다. 또 영주성 안에 호국인왕사와 진동보제사 등 두 절을 창건하였다.

이듬해 윤관과 오연총은 뛰어난 병사 8천을 거느리고 가한 마을의 병목 좁은 길로 진군하고 있었는데, 이때 적들이 우거진 숲속에 잠복해 윤관의 군사가 도착하기를 기다렸다가 급하게 공격을 가했다. 그리하여 군사들이 모두 무너져 겨우 10여 명만 적의 포위 속에 있었고, 윤관 등도 여러 겹으로 포위를 당했으며, 오연총은 흘러가는 화살에 맞아 형세가 매우 위태롭고 급박하게 되었다. 이에 척준경이 용사 10여 명을 거느리고 달려가 구원하려고 하니, 동생인 낭장 척준신이 그 형을 말려 말했다.

"적의 진은 아주 튼튼하여 가히 파괴할 수 없습니다. 의미 없이 죽는 것은 유익함이 없습니다."

"응, 너는 집으로 돌아가서 늙은 부친을 봉양하라. 나는 몸을 나라에 허락하였으니 의리상 가만히 있을 수는 없다."

척준경은 이렇게 말하고 크게 소리 지르며 돌진해 10여 명을 죽였다. 이때 마침 최홍정과 이관진 등이 병력을 이끌고 산골짜기로부터 나와 구제하니, 적들이 포위를 풀고 달아나는데 쫓아서 36명의 목을 베었다.

윤관 등이 영주성으로 다시 들어와 척준경의 두 손을 잡고 울면서,

"지금부터 내가 너를 조카로 여길 것이니 너도 마땅히 나를 보기를 숙부로 생각하라."

라고 말하고, 임금의 명령을 받들어 척준경에게 합문지후 직위를 내려주었다.

추장 아로환 등 4백3명이 아군 진영에 와서 항복을 청하였고, 또한 남녀 1천4백6십여 명이 또한 좌군에 항복을 해 왔다.

그리고 적의 보병과 기병 2만 명이 영주성 남쪽에 와서 크게 소리쳐 불러 전쟁을 돋우었다.

윤관이 임언과 더불어 말했다.

"저쪽은 무리가 많고 우리는 숫자가 적으니 형세로 보아 가히 대응할 수 없다. 다만 마땅히 성을 굳게 지키고 있을 따름이다"

이때 척준경이 말했다.

"만약에 나가 싸우지 않으면 적병들은 날로 증강하고 성중에서는 양식이 떨어질 것이며 외부의 구원병은 없으니 장차 그것을 어떻게 하겠습니까? 내가 앞서서 적을 무찌르는 모습을 제공들은 보지 못했으니, 지금 마땅히 나가서 죽을 힘을 다해 싸우겠습니다. 청하옵건대 제공들은 성에 올라가서 구경만 하십시오."

이에 죽을 힘으로 싸우는 군사들을 거느리고 성을 나가 더불어 싸워 19명의 적을 무찌르니, 적들이 패하여 피를 흘리며 달아났다. 척준경이 북을 울리고 피리를 불면서 개선하여 돌아오니, 윤관 등이 성에서 내려와 그를 맞이하며 손을 잡고 서로 엎드려 절을 했다.

대도독부 승선 왕우지가 공험성으로 부터 병력을 이끌고 오다가 오랑캐 추장 사현의 병력을 만나 싸워서 패했는데, 척준경이 곧 힘이 강한 병졸을 이끌고 가서 구원하여 적들을 패퇴시키고 큰 말을 사로잡아 돌아왔다.

여진병 수만이 웅주를 포위하였다. 이때 최홍정이 병사들을 훈계하고 격려하니 병사들 모두가 용감하게 싸울 것을 결심했다. 곧 사방의 성문을 열고 모두 나가 분격하여 크게 그들을 패퇴시키고, 80명을 사로잡거나 죽였다. 그리고 전차 50대, 물건 싣는 수레 2백 대, 말 40필을 획득했다.

이때 척준경이 성 안에 있었는데 고을의 관장이 말했다.

"성을 지키고 있은 지 오래되어 양식이 다 떨어져 갑니다. 공이 만약에 성을 나가서 병력들을 거두어 정리해 구호가 돌아오게 하지 않으면 사졸들의 음식이 없어질까 두렵습니다."

척준경은 사졸들의 다 헤진 옷을 입고 성에다 줄을 매달아 타고 내려가서 정주로 돌아가 군사를 정비하여 태진포와 자야포 등의 길을 통하게 했다. 그리고 길주에 이르러 적을 만나 더불어 싸워 크게 패퇴시키니, 성 안 사람들이 모두 감동하여 눈물을 흘렸다.

윤관이 영주, 복주, 웅주, 길주, 함주 및 공험진에 성을 쌓고, 공험진에 비석을 세워 국경을 삼았다. 그리고 그의 아들 윤언순을 파견해 임금에게 표문을 올려 감사를 표했다. 곧 임금은 내시를 시켜 윤관 등에게 양의 젖을 발효시킨 술을 보내주었다. 또한 임언을 시켜 그 사실을 기록하여 영주성 청사 벽에 써 붙이도록 했는데, 다음과 같다.

여진은 그 나라 구성에 있어서 강하고 약하며 많고 적은 것에 따라 그 형세가 분명히 다르지만, 우리 국경을 엿보고 틈을 타 난리를 일으켜 많은 우리 군사들과 백성들을 죽였다. 그리고 우리 백성을 잡아가 노예로 삼은 자 역시 많다. 돌아가신 숙종 임금께서 화를 내면서 군대를 정비하여 장차 대의에 입각하여 그들을 토벌하고자 했다. 그러나 공적이 완성되지 못하여 활과 칼을 영원히 남겨 놓으셨다.

지금 임금이 즉위하여 3년간 상복을 입고 겨우 상제와 담제를 마친 다음 좌우의 신하들에게 일러 말했다.

"여진은 본래 고구려[4]의 부락이었는데 개마산 동쪽에 모여 살면서, 대대로 조공 바치는 직분을 수행하여 우리나라의 역대 임금으로부터 은혜와 혜택을 입음이 많았다. 그랬는데 이를 배반하여 무도한 짓을 저질러 돌아가신 임금께서 깊이 분하게 여기셨으니, 어찌 정의로운 깃발을 휘둘러 돌아가신 임금의 수치를 씻어버리지 아니하리오."

그리하여 왕은 중서시랑평장사 윤관을 행영대원수로 삼고, 지추밀원사 한림학사 오연총을 부원수로 삼아, 뛰어난 병력 30만을 거느리고 책임지고 정벌하여 토벌하게 했다.

윤관은 일찍이 김유신을 사모하여 이렇게 말했다.

"6월 달에 강을 얼게 해 삼군을 건너가게 한 것은 지극한 정성이 있었을 따름이다."

그리고 군대가 출정하는 날 몸소 갑옷을 입고 투구를 쓰고 용감하게 적진으로 들어가니, 삼군이 분을 내어 부르짖어 한 사람이 백 명을 당할 것 같았다. 곧 적군 6천여 명의 목을 베고, 많은 양의 무기를 싣고 와서 항복하는 자도 5천여 명이나 되었다. 남은 오랑캐들은 그 위세를 바라보고 혼백을 잃고 달아나서 끝까지 도망가는 자 가히 셀 수가 없었다.

아아, 여진족이여. 자기들의 힘이 강한지 약한지 헤아리지 못하고 스스로 멸망을 불러왔도다. 그 지방이 3백 리나 되고 동쪽은 큰 바다에까지 이르고 서북은 개마산에 끼었으며 남쪽은 장주와 정주 두 고을에 접했다. 차지한 땅 산천의 수려함과 토지의 기름진 것이 가히 우리 백성들을 살게 할 수가 있으니 본래 고구려의 소유한 땅이었다. 옛 비석과 유적이 오히려 남아 존재한다. 앞서 고구려가 잃은 것을 지금 후대의 임금이 그것을 얻었으니 어쩌면 하늘의 도움이 아니겠는가? 여기에 새로이 성 여섯을 두었으니, 첫 번째는 진동군 함주대도호부로 병사와 백성이 1천9백4십8호이고, 둘째는 안령

4) 원문에는 '句高麗'로 되어 있으나 문맥상 '高句麗'의 오류로 보임.

군 영주방어사로 병사와 백성이 1천2백3십8호이며, 셋째는 영해군 웅주방어사로 병사와 백성이 1천4백3십6호이다. 또 넷째는 길주방어사인데 병사와 백성이 6백8십호이며, 다섯째는 복주방어사로 병사와 백성이 6백3십2호이고, 여섯째는 공험진방어사로 병사와 백성이 5백3십2호이다. 그 여섯 개의 성에서 뛰어나고 어질며 재능이 있어 능히 책임을 감당할 수 있는 사람을 뽑아 안정시켜 다스리게 했다. 이렇게 하니 『시경(詩經)』[5]에서 이른 바, '사방의 변방에 교화가 베풀어지니 울타리가 되어 왕실을 지켜주네.' 라고 찬양해 읊은 것과 같도다."

윤관이 3백4십6명의 포로와 96필의 말, 3백여 두의 소를 잡아 바쳤다. 그리고 의주성, 통태진, 평융진과 더불어 함주, 영주, 웅주, 길주, 복주 및 공험진 등 9개 지역에 성을 쌓아 북쪽 경계 9성으로 삼아, 거기에 모두 남쪽 지역의 백성들을 옮겨 살게 하였다.

왕은 윤관에게 추충좌리평융척지진국공신 문하시중 판상서이부사 지군국중사의 벼슬을 내리고, 부관인 오연총에게는 협모동덕치원공신 상서좌복야 참지정사의 벼슬을 내렸다. 또 내시랑중 한교여를 파견하여 조서와 함께 임금의 당부 말씀을 전했다. 그리고 붉은 수를 놓은 말 장식과 안장, 말 두 필을 가지고 웅주까지 가서 두 사람에게 하사하였다. 윤관이 개선하여 돌아옴에 왕이 명령하여 악대와 의장대를 갖추어 그를 맞이하게 했고, 대방후 보제 안후서를 보내 서울로 들어오기 전 동쪽 교외에서 위로하는 잔치를 베풀었다. 이어 윤관과 오연총은 경영전으로 나아가서 복명하고 부월을 반납하니, 왕은 문덕전으로 납시어 맞이해 보고 하루 종일 즐거운 이야기를 하며 즐기다가 밤이 되어서야 마쳤다.

얼마 있지 않아 여진족이 또 웅주성을 포위하니, 왕은 오연총을 파견하여 지키도록 하고 다시 윤관을 보내 정벌하게 하였으며, 이에 윤관은 31명의 목을 베어 바쳤다. 그리하여 윤관에게 영평현개국백의 벼슬을 내리고 식읍 2천5백 호를 봉했는데 실봉 3백 호를 하사했다.

5) 시소위(詩所謂): 『시경(詩經)』에서 "于蕃于宣 以 蕃王室"을 인용한 것으로 되어 있으나 『시경(詩 經)』과 『서경(書經)』에서 종합 인용한 것임. 『시 경(詩經)』 大雅 崧高 편에 '四國于蕃 四方于宣'이 라 읊었고, 『서경(書經)』의 微子之命 편에 '率由典 常 以蕃王室'이라 나타나 있음.

또 연총에게는 양구진국공신호를 더해주었다.

또 다음 해, 여진이 길주성을 포위했는데 오연총이 나가 싸워 크게 패했다. 이에 왕은 다시 윤관을 파견하여 그를 구하도록 하면서, 가까운 신하들에게 명하여 금교역에서 전송하도록 하였다. 윤관과 연총이 병력을 강하게 독려하여 길주로 나아가는데, 나복기촌에 이르니 함주성 사록 유원서가 달려와 여진의 우두머리 요불과 사현이 함주 성문을 두드리며 말한 것을 이렇게 보고했다.

"우리 무리들이 어제 아지고촌에 도착하니 태사 오아속이 화평을 요청하고자 하여, 우리로 하여금 고려 병마사에게 전하도록 하였습니다. 그런데 병력들이 서로 싸우고 있어서 감히 관문 앞까지 나아가지를 못하였습니다. 청하옵건대, 우리들의 막사로 고려 사람을 파견해주시어 우리 태사께서 말씀하시는 바의 자세한 내용을 전달하기를 바라옵니다."

윤관 등이 이 말을 듣고 다시 성으로 돌아와서, 다음 날 병마기사인 이관중을 적의 막사로 보내어 여진의 장수인 오사에게 말하게 했다.

"강화를 맺는 것은 병마사가 마음대로 할 수 있는 것이 아니다. 마땅히 너희 지역 책임자인 공형 등을 파견하여 우리 서울로 들어와 임금 앞에서 아뢸 일이다."

여진 장수 오사가 그 얘기를 듣고 크게 기뻐하여, 요불과 사현 등이 다시 함주성에 이르러서 윤관에게 말했다.

"우리들이 고려의 수도인 서울에 들어가 임금을 뵙고자 하나, 바야흐로 전쟁을 하고 있는 중에 의심스럽고 두려워 감히 국경으로 들어갈 수가 없습니다. 청하옵건대 양쪽 나라의 관리를 서로 인질로 교환한 뒤에 전쟁을 그칠 것을 원하옵니다."

이 말을 들은 윤관이 허락하니, 요불 등이 임금에게 와서 옛날 여진 땅인 9성을 돌려달라고 했다.

애초에 조정에서 논의하기를, 오랑캐들의 통로인 요새지역의 병목을 얻어서 그 길을 막으면 북쪽 오랑캐의 근심거리는 영원히 사라지리라는 의견이 모아졌다. 그런데 지금 그 곳을 공격해 취하여 9성을 쌓아 막으니 그 병목을 통하지 않고 바다와 산으로 마음대로 통할 수 있어서 앞서 들은 바의 의견과는 크게 달랐다. 또 여진은 이미 그 소굴을 잃고 보복을 맹세하여, 곧 먼 곳에 있는 많은 추장들을 끌어들여 해마다 와서 다투어 계획을 꾸미고 속이고 하며 온갖 무기를 모두 가지고 와 괴롭혔다.

윤관이 개척한 9성들이 험하고 튼튼하여 잘 지키니, 오랑캐들이 빨리 함락시키지는 못 하지만, 그러나 우리 쪽에서도 전쟁을 하여 지킴에 있어서 병력의 손실이 역시 많았다. 그리고 개척한 땅이 지나치게 넓고, 9성끼리의 상호간 거리가 너무 멀었다. 또 산골짜기 깊은 곳이 거칠어서 그 구석구석에 적이 자주 매복을 했다가 다니는 사람을 습격하고 약탈하니, 나라에서 병력을 훈련시키는 것에 여러가지 폐단이 많았다. 이에 궁 안팎이 매우 시끄러웠으며, 이제 더하여 흉년이 겹치고 질병까지 돌아 원망하는 소리가 높아졌다.

이러한 상황에 이르러 왕이 여러 신하들을 모아 그 문제를 의논하였다. 마침내 9성을 여진에게 돌려주기로 하니 전쟁에 필요한 기구와 물자, 양식들을 모두 우리 국경 안으로 실어들이고 그 성에서 철수했다.

이때 평장사 최홍사와 추밀원사 이위 등이 선정전에 들어와 임금을 대면하고, 윤관과 오연총에게 군대를 패망하게 한 죄를 물을 것을 강력히 주장했다. 그리하여 왕은 할 수 없이 승지를 파견하여 그들이 돌아오는 중도에서 부월을 거두게 하니, 윤관 등은 임금에게 복명도 할 수가 없었다.

다시 재상과 대간들이 아주 강하게 이런 주장을 했다.

"윤관 등이 명분이 없는 병력을 망령스럽게 일으켜서 군대를 패하게 하고 나라를 해쳤으니 그 죄는 가히 용서할 수가 없사옵니다. 청하옵건대, 책임 부서에 내려서 벌을 받게 해주옵소서."

이런 주장에 왕이 깨우침을 베풀어 말했다.

"윤관과 오연총 두 원수는 임금의 명령을 받들어 병력을 출현시킨 것이다. 예로부터 전쟁을 하다 보면 이길 수도 있고 질 수도 있다고 했는데 어찌 죄를 줄 수가 있단 말이냐.”

하지만 여러 신하들이 또한 투쟁하여 그치지를 않으니 왕은 어쩔 수 없이 주장을 늦추어 그들의 관직을 면하고 공신 칭호를 삭탈했다. 그랬다가 얼마 지나 왕은 윤관에게 수태보문하시중 판병부사 상주국감수국사 벼슬을 내렸다.

윤관이 사직상소를 올리니, 임금이 허락지 않고 심회를 토로했다.

“내가 듣기로는 중국 한나라의 이광리[6]라는 장수는 서쪽 오랑캐인 대완을 치러 갔다가 겨우 좋은 말 30필만을 얻어왔는데도, 황제인 무제는 1만 리 먼 곳에 정벌하러 갔다 왔다고 하면서 그 허물에 대해 기록하지 않았다. 그리고 역시 한나라 진탕[7]은 사신으로 가서 황제의 명령을 제 마음대로 바꾸어서 질지[8]를 죽이고 돌아왔는데도, 황제인 선제는 오랑캐들에게 위엄을 떨치었다며 열후(列侯)에 봉하였다. 그대가 여진을 정벌한 것은 돌아가신 부왕 숙종의 유언을 받아서 한 일이며, 과인이 하고 싶은 일을 몸소 실행하여 자기 몸을 아끼지 않고 칼날과 화살촉을 무릅쓰고 도적 진지에 깊이 들어가, 적장의 목을 베고 포로를 사로잡고 한 것이 가히 계산할 수 없을 정도로 많다. 그리고 1백 리의 땅을 개척하여서 9주의 성을 쌓아서 나라의 오랜 수치를 씻었으니 곧 그대 공적은 매우 큰 것이다. 그렇지만 오랑캐는 사람의 얼굴을 하고도 마음은 짐승과 같아서 반란을 일으켰다 항복했다 하기를 되풀이하니, 그 남아있는 오랑캐들이 의지할 바가 없어서 추장이 와서 항복을 하며 화평을 요청한 것이었다. 여러 신하들이 그 9성을 돌려주고 화평을 받아들이는 것이 편함이 된다고 하니 과인 또한 차마 우기지 못 하고 그 땅을 돌려준 것이다. 벌을 주는 부서에서 법을 지키느라 자못 탄핵을 논의하여 그대에게 준 직책들을 빼앗았다. 그러나 과인은 끝까지 그대에게 잘못이 있다고 생각하지 않으니, 거

6) 이광리(李廣利): 중국 한나라 때의 장수, 흉노를 없애라는 명을 받고 출전하였으나 흉노 추장인 선우(單于)를 설득하여 화평을 맺고 말 30필을 가지고 돌아왔다. 황명을 어겼으나 오히려 높은 벼슬인 해서후(海西侯)에 봉하였다. 뒤에 다시 흉노가 침범하자, 이광리는 출전하여 흉노 추장 선우를 죽이고 큰 공을 세웠음.

7) 진탕(陳湯): 한나라 때의 장수, 사신으로 가서 황제의 명령을 어기고 자의적으로 군사를 출동시켜 질지(郅支)라는 부족의 추장을 죽이고 돌아왔다. 황제의 조서를 마음대로 고쳤으나 한나라의 위엄을 여러 오랑캐에 떨치었다하여 선제(宣帝)는 벌 대신 관내후(關內侯)에 봉했음.

8) 질지(郅支): 한문 원문에 '邽支'로 되어 있으나 『고려사』 열전에 의거 바로잡음.

의 옛날 춘추시대 맹명[9]이 전쟁에 3번이나 졌음에도 진목공이 다시 죄를 묻지 않고 등용하여, 마침내 강을 건너가 큰 공을 세운 것과 비슷함이 있다고 하겠노라."

이렇게 말하니, 윤관이 다시 상소를 올려 직책을 사양했으나 허락하지 않았다.

그 후 윤관은 예종 6년에 사망하였고 시호는 문경(文敬)이었다. 윤관은 젊었을 때 학문을 좋아하여 손에서 책을 놓지 않았고, 장수와 재상에 됨에 미치어 비록 군대에 있었음에도 항상 오경을 스스로 지니고 있었다. 어진 사람을 좋아하고 착한 일을 즐겁게 여겨 한 시대의 우두머리가 되었으며, 뒤에 예종 사당에 배향했다. 뒤에 시호를 문숙(文肅)으로 고쳤다.

9) 맹명(孟明): 춘추시대 진(秦) 목공(穆公) 때 장군으로 정(鄭) 나라를 칠 때 진(晋) 나라에서 진(秦)을 공격해 효(殽)라는 곳에서 크게 패해 사로잡혔다가 돌아옴. 곧 맹명은 3번이나 크게 패해 여러 신하들이 처벌해야 한다고 우겼으나 목공은 자신의 잘못이라면서 다시 맹명을 기용해 장군으로 임명했음. 맹명은 공 복수를 위해 군사를 이끌고 진(晋)을 공격해 황하를 건너 후퇴하지 않겠다는 결심으로 배를 모두 불사르고 진격, 전 번에 패했던 땅을 다시 점령하고 앞서 희생된 군사들의 시신을 거두어 매장하고 돌아왔음.

尹瓘

尹瓘字同玄 坡平縣人. 高祖莘達左太祖 爲三韓功臣. 父執衡少府少監. 瓘登第 歷拾遺補闕. 累遷東宮侍講官 御史大夫 吏部尙書 翰林學士. 時女眞以靺鞨遺種 隋唐間爲高句麗所幷 後散居山澤 未有統一. 其在定州朔州近境者 雖惑內附 乍臣乍叛 及盈哥烏雅束相繼 爲酋長 頗得衆心 其勢漸橫. 伊位界上 有連山. 自東海岸崛起 至我北鄙 險絶荒翳 人馬不得度. 間有一徑 俗謂甁項. 邀功者往往獻議 塞其徑 則狄人路絶 請出師平之. 及女眞來屯定州關外 疑其圖我. 誘執酋長許貞及羅弗等 囚廣州栲問 果謀我也. 遂留不遣 會邊將李日肅等 奏女眞虛弱不足畏 失今不取 後必爲患. 烏雅束又與別部夫乃老有隙 發兵攻之 來屯近境. 王命林幹往備之 幹深入擊之 敗績. 女眞乘勝 闌入定州宣德關城 殺掠無算. 乃以瓘代幹 爲東北面行營都統 授鈇鉞遣之. 瓘與戰 斬三十餘級 我軍死傷者亦半. 軍勢不振 遂卑辭講和而還. 王發憤 告天地神明 願借陰扶 掃蕩賊境. 仍許其地創佛宇. 瓘遷參知政事 判尙書刑部事. 奏曰 臣觀賊勢 倔强難測 宜休徒養士 以待後日. 且臣之所以敗者 賊騎我步 不可敵也. 於是建議立別武班. 自文武散官吏胥 至于商賈僕隷及州郡 凡有馬者爲神騎 無馬者爲神步跳蕩梗弓精弩發火等軍. 年二十以上男子非擧子 皆屬神步. 西班與諸鎮府軍人 四時訓鍊. 又選僧徒 爲降魔軍. 遂鍊兵畜穀 以圖再擧. 睿宗二年 邊將報女眞侵突邊城. 其酋長 以一胡蘆懸雉尾 轉示諸部落 以議事 其心叵測. 王聞之 出重光殿佛龕所藏肅宗誓疏 以示兩府大臣. 大臣奉讀 流涕曰 聖考遺旨 深切若此 其可忘諸. 請繼先志 伐之. 王猶豫未決 命平章事崔弘嗣 筮于太廟. 遇坎之旣濟 遂定議出師. 以瓘爲元帥 知樞密院事吳延寵副之. 延寵頗以爲疑 微語瓘. 瓘慨然曰 策已決矣 又何疑焉. 王幸西京 御威鳳樓 賜鈇鉞遣之. 瓘延寵至東界 屯兵於長春驛 凡十七萬 號二十萬. 分遣兵馬判官崔弘正黃君裳 入定長二州. 紿謂女眞酋長曰 國家將放還許貞羅弗等 可來聽命. 設伏以待 酋長信之 古羅等四百餘人至飮. 以酒醉伏發殱之. 其中壯黠者五六十人 至關門 持疑不肯入. 使兵馬判官金富弼錄事拓俊京 分道設伏. 又使弘正 帥精騎應之 擒殺殆盡. 瓘自以五萬三千人 出定州大和門 中軍兵馬使左僕射金漢忠 以三萬六千七百人 出安陸戌. 左軍兵馬使左常侍文冠 以三萬三千九百人 出定州弘化門 右軍兵馬使兵部尙書金德珍 以四萬三千八百人 出宣德鎮. 船兵別監梁惟竦 元與都部署使鄭崇用 鎮溟都. 部署副使甄應圖等 以船兵二千六百 出道鱗浦.

瓘過大乃巴只村 行半日 女眞見軍勢甚盛 皆遁走 惟畜産布野. 至文乃泥村 賊入保冬音
城. 瓘遣兵馬斡轄[鈐轄]林彦與弘正 急攻破走之. 左軍到石城下 見女眞屯聚 遣驛[譯]
者諭降. 女眞答曰 吾欲一戰以決勝負 何謂降. 遂入石城拒戰 矢石如雨 軍不能前. 瓘謂
俊京曰 日昃事急 爾可與將軍李冠珍攻之. 對曰 僕嘗過誤犯罪 公謂我壯士 請于朝宥之
今日是俊京殺身報效之秋也. 遂至石城下 擐甲持楯 突入賊中 擊殺酋長數人. 於是瓘與
左軍合擊 殊死戰 大破之. 賊或自投巖石 老幼男女殲焉. 賞俊京綾羅三十四. 又遣弘正
富弼 擊伊位洞賊 克之 斬一千二百級. 中軍破高史漢等三十五村 斬三百八十級 虜二百
三十人. 右軍破廣灘等三十二村 斬二百九十級 虜三百人. 左軍破深昆等三十一村 斬九
百五十級. 瓘軍自大乃巴只 破三十七村 斬二千一百二十級 虜五百人. 遣錄事兪瑩若告
捷. 王喜 賜瑩若爵七品. 下詔奬諭兩元帥及諸將 賜物有差. 瓘又分遣諸將 畫定地界
東至火串嶺 北至弓漢伊嶺 西至蒙羅骨嶺. 又遣日官崔資顥 相地於蒙羅骨嶺下 築城廊
九百五十間 號英州. 火串嶺下 築九百九十二間 號雄州. 吳林金村 築七百七十四間 號
福州. 弓漢伊村 築六百七十間 號吉州. 又創護國仁王鎭東普濟二寺 於英州城中. 明年
瓘延寵率精兵八千 出加漢村瓶項小路 賊伏叢薄間 候瓘軍至 急擊之. 軍皆潰 僅十餘人
在. 賊圍瓘等數重 延寵中流失 勢甚危急. 俊京率勇士十餘人 將救之. 弟郎將俊臣止之
曰 賊陣牢不可破 徒死無益. 俊京曰 爾可歸養老父 我以身許國 義不可止. 乃大呼突陣
擊殺十餘人 弘正冠珍等自山谷 引兵來救. 賊乃鮮圍而走 追斬三十六級. 瓘等還入英州
城. 涕泣執俊京手曰 自今我當視汝猶子 汝當視我猶父. 承制授閤門祇侯. 酋長阿老喚
等四百三人 詣陣前請降. 男女一千四百六十餘人 又降于左軍. 已而賊步騎二萬來 屯英
州城南 大呼挑戰. 瓘與林彦曰 彼衆我寡 勢不可敵 但當固守而已. 俊京曰 若不出戰
敵兵日增 城中糧盡 外援不至 將若之何. 前日之捷 諸公不見. 今當出 死力以戰 請諸公
登城觀之. 乃率敢死士 出城與戰 斬十九級 賊敗岉奔北. 俊京鼓笛凱還. 瓘等下樓迎之
携手交拜. 大都督府承宣王字之自公嶮城 領兵來 卒遇虜酋史現兵 與戰失利. 俊京卽引
勁卒 往救敗之. 取虜介馬以還. 女眞兵數萬來圍雄州 弘正訓勵士卒 衆皆思鬪. 卽開四
門 齊出奮擊 大敗之. 俘斬八十級 獲兵車五十兩 中車二百兩 馬四十匹. 時俊京在城中
州守謂之曰 城守日久 軍餉將盡. 公若不出城收兵還救 城中士卒恐無噍類. 俊京服士卒
破衣 縋城而下 歸定州 整兵道通泰鎭自也等浦. 至吉州遇賊 與戰大敗之 城中人感泣.
瓘又城英福雄吉咸州及公嶮鎭 遂立碑于公嶮 以爲界. 遣其子彦純 奉表稱賀. 王遣內侍

賜瓘等羊酒. 又使林彦記其事 書于英州廳壁曰 女眞之於國家 强弱衆寡其勢縣殊 而窺
覦邊鄙 乘隙構亂 多殺我士民 其繫縲爲奴隸者亦多. 肅宗赫然整旅 將欲仗大義 以討
之. 厥功未集 永遺弓劍. 今上嗣位 亮陰三載 甫畢祥禪. 謂左右曰 女眞本句高麗[高句
麗]之部落 聚居于蓋馬山東 世修貢職 被我祖宗恩澤深矣. 一日背畔無道 先考深憤 盍
擧義旗 一灑先君之恥. 乃命中書侍郎平章事尹瓘 爲行營大元帥. 知樞密院事翰林學士
吳延寵 爲副元帥. 率精兵三十萬 俾專征討. 尹公嘗慕庾信氏之爲人曰 六月冰河 以渡
三軍 此無他 至誠而已. 出師之日 躬擐甲冑 曁入賊境 三軍奮呼一以當百 斬首六千餘
級. 載其弓矢 來降於陳前者五千餘口. 其望塵喪魂 奔走窮北 不可勝數. 嗚呼女眞 不量
其强弱 而自取滅亡. 其地方三百里 東至于大海 西北介于蓋馬山 南接于長定二州. 山
川之秀麗 土地之膏腴 可以居吾民 本句高麗之所有也. 古碑遺跡 尙有存焉. 夫句高麗
失之於前 今上得之於後 豈非天歟. 於是 新置六城. 一曰 鎭東軍咸州大都督府 兵民一
千九百四十八丁戶. 二曰 安嶺軍英州防禦使 兵民一千二百三十八丁戶. 三曰 寧海軍雄
州防禦使兵民一千四百三十六丁戶. 四曰 吉州防禦使 兵民六百八十丁戶. 五曰 福州防
禦使 兵民六百三十二丁戶. 六曰 公嶮鎭防禦使 兵民五百三十二丁戶. 選其顯達而有賢
材 能堪其任者 鎭撫之. 詩所謂 于蕃于宣 以蕃王室者也. 瓘獻俘三百四十六口 馬九十
六匹 牛三百餘頭. 城宜州 通泰平戎二鎭 與咸英雄吉福州公嶮鎭 爲北界九城. 皆從南
界民 以實之. 王拜瓘推忠佐理平戎拓地鎭國功臣 門下侍中判尙書史部事 知軍國重事.
延寵協謀同德致遠功臣 尙書左僕射 參知政事. 遣內侍郎中韓皦如 齎詔書告身 及紫繡
鞍具廐馬二匹 至雄州 分賜之. 凱還 王命具鼓吹軍衛 以迎之. 遣帶方候備齊安侯偦 勞
宴於東郊. 瓘延寵詣景靈殿 復命納鈇鉞. 王御文德殿引見 入夜乃罷. 未幾 女眞又圍雄
州 王遣延寵救之. 復遣瓘征之 瓘獻馘三十一級. 尋封瓘鈴平縣開國伯 食邑二千五百戶
食實封三百戶. 加延寵攘寇鎭國功臣號. 又明年 女眞圍吉州 延寵與戰大敗. 王又遣瓘
救之 命近臣 餞于金郊驛. 瓘延寵自定州 勒兵赴吉州. 行至那卜其村 咸州司錄兪元胥
馳報. 女眞公兄裹弗史顯等 叩城門曰 我輩昨到呵之古村 太師烏雅束欲請和 使我傳告
兵馬使. 然兵交不敢入關 請遣人于我場 庶以太師所諭詳實 傳告. 瓘等聞之 還入城.
翌日遣兵馬記事李管仲於賊場 謂女眞將吳舍曰 講和非兵馬使所得專 宜遣公兄等 入
奏天庭. 舍大悅. 裹弗史顯等 復至咸州 告曰 我等願入朝 時方交戰 疑懼不敢入關 請以
官人交質. 瓘許之 裹弗等遂來 請還九城地. 初朝議 以得甁項 塞其徑 狄患永絶. 及其攻

取 則水陸道路無往不通 與前所聞絶異. 女眞旣失窟穴 誓欲報復. 乃引遠地羣酋 連歲
來爭詭謀 兵械無所不至 以城險固 不猝拔. 然當戰守 我兵喪失者亦多. 且拓地太廣 九
城相去遼遠 谿洞荒深 賊屢設伏 抄凉往來者. 國家調兵多端 中外搔擾 加以飢饉疾疫
怨咨遂興. 至是王集羣臣議之 竟以九城還女眞. 輸戰具資糧于內地 撤其城. 平章事崔
弘嗣樞密院使李瑋等 入對宣政殿 極論瓘延寵敗軍之罪. 王遣承旨於中路 收其鈇鉞 瓘
等不得復命. 宰相臺諫固爭曰 瓘等妄興無名之兵 敗軍害國 罪不可赦 請下吏. 王宣諭
曰 兩元師奉命行兵 自古戰有勝敗 豈有罪哉. 諸臣又爭不已 王不得已止 免官削功臣
號. 尋拜瓘守太保門下侍中 判兵部事上柱國 監修國史. 瓘上表辭 不允曰 朕聞 昔李廣
利之伐大宛也 僅獲駿馬三十匹 而武帝以萬里征伐 不錄其過. 陳湯之誅郅[郢]支也 矯
制擅興師 而宣帝以威振百蠻 封爲列侯. 卿之伐女眞 受先考之遺音 體寡人之述事. 身
冒鋒鏑 深入賊壘 斬馘俘虜 不可勝計. 而闢百里之地 築九州之城 以雪國家之宿恥 則
卿之功多矣. 然夷狄人面獸心 叛伏不常 厥有餘醜 無所依處. 故酋長納降請和 羣臣皆
以爲便 朕亦不忍 遂還其地. 有司守法 頗有論劾 遽奪其職 朕終不以卿爲咎 庶幾有孟
明之復濟也. 瓘再表讓 不允. 六年卒 諡文敬. 瓘少好學 手不釋卷. 及爲將相 雖在軍中
常以五經自隨. 好賢樂善 冠於一時. 後配享睿宗廟庭 改諡文肅.

〈윤관 묘〉

〈척경입비도〉

윤관 장군과 산소자리

우리 윤씨가 세력이 좋았지. 그랬을 적에 인제 지관을 거시기해서 좋은 자리에다 갖다 묻었는데, 우리 윤씨가 등급을 못하구 심씨가 등급을 해가지구. 그 등급을 한 사람이 인제 찾으니깐두루,

"산소를 찾아야 되는데 어디메가 좋은 자리가 있냐?"

그러니깐두루, 거 지관 되는 사람이,

"좋은 자리가 있습니다."

"어디메가 있느냐?"

깐두루,

"네, 이러저러한 자리가 있습니다."

그러니깐,

"근데 거기는 내가 소 한 마리를 먹어야 하구, 천리마를 하나 준비해 놓아야만 거기다 쓰는 자립니다."

그랬더는구랴. 근데, 심씨가 등급해서 한참 날리는 판이니깐,

"그게 어려울 게 뭐 있느냐?"

그래가지구선 야중에 오니깐, 우리 윤관 장군 바로 뒤에다가 써 놨어요. 근데, 그 지관 양반이 하관식을 어떻게 한고 하니, 윤관 그 양반이 어디 출장을 가니깐 그 새를 타서 거기다 썼답니다. 그래 하관을 하고서 천리마를 잡아타고 천 리를 넘어가야 사는 건데 칠백 리 가서 트릿하고 죽었대요. 그 양반이 어디 출장을 나갔다가선 들어와 보니깐 거기다 산소를 썼단 말이야. 이게 어느 놈이 그랬냐구 쫓아 가 보니까 칠백 리 가서 트릿하구 죽었단 말이야.

출처: 최정여 외, '윤관 장군과 산소자리', 『한국구비문학대계』 1-7, 한국학중앙연구원, 1980, 718.

〈관련 설화 목록〉

최정여 외, '윤관 장군과 산소자리', 『한국구비문학대계』 1-7, 한국학중앙연구원, 1980, 718.

 # 오연총(吳延寵, 1055~1116)

고려 때의 문신으로 본관은 해주(海州)이다. 어려서는 집안이 천하고 가난하였으나 열심히 공부하여 과거에 급제하였다. 1100년(숙종 5) 상서 왕하(王嘏)와 함께 송나라에 건너가 황제의 등극을 축하하고, 송나라에서도 매우 귀중한『태평어람(太平御覽)』을 구해서 돌아와 임금에게 크게 칭찬을 받았다. 여러 벼슬을 두루 거치다가 1107년(예종 2) 부원수(副元帥)가 되어 윤관(尹瓘)과 함께 여진을 쳐부순 후 9성을 쌓고 돌아와 공신의 호를 받았다. 그 후 웅주성(雄州城)에 침입한 여진을 또 격퇴시키고 크게 무공을 세웠으나 1109년 길주성(吉州城)을 포위한 여진을 다시 치다가 실패하고 돌아와 재상 최홍사(崔弘嗣) 등의 탄핵을 받아 파면되었다. 그 후 다시 등용되어 여러 벼슬을 거쳐 이·예·병부(吏禮兵部) 판사를 지냈다. 항상 언행이 신중하고 나라에 충성하였으며 명예를 탐내지 않고 사심이 없었다. 그가 죽으니 임금은 특별히 명령을 내려 백관들이 모여 장사를 지내도록 하였다. 시호는 문양(文襄)이다.『참고문헌』 고려사, 한국인명대사전, 국사대사전

오연총

오연총은 해주사람이다. 젊어서 집안이 가난하고 가정이 어려웠으나 학문에 힘써 문장력이 뛰어났다. 몸을 조심성 있게 가지고, 행동을 삼갔으며 믿음이 있고 착한 마음을 가져서 충실하고 검소한 것을 자기 책임으로 여기고 실행했다. 과거에 급제하여 여러 관직을 거쳐 병부낭중에까지 올랐다. 숙종 5년에 상서 왕하와 함께, 송나라 황제[1]의 새로운 등극을 축하하는 사신으로 갔다. 우리 조정의 명령으로 『태평어람(太平御覽)』[2]을 구입하려고 하였는데, 송나라 사람들이 중요한 책이므로 금서라 하여 허락하지 않았다. 오연총은 돌아오지 않고 중국 황제에게 상소를 올려 간절하게 요청해 곧 구득해 돌아오게 되었다.

귀국하니 왕이 그를 칭찬하고 사신의 부사와 수행한 사람들에게 아울러 벼슬과 상을 내렸다. 그리고 오연총에게 중서사인의 벼슬을 내렸는데, 곧 지방으로 나가 전주목의 우두머리가 되었다. 백성을 다스리는데 너그럽고 평온하게 하니 관리와 백성들이 모두 편하게 여겼다. 다시 불러들여 추밀원좌승서의 벼슬을 내렸고, 또 상서좌승으로 자리를 옮겼다. 예종이 즉위하여 지추밀원사 어사대부 한림학사에 임명되었다가, 지방으로 나가 동북면병마사가 되었다.

이때 임금에게 상소하여,

"동쪽 지역에서 징발한 내외신기군에 소속된 사람 중에서 부모가 일흔이 넘고 독자인 사람은

1) 휘종(徽宗)의 등극: 북송의 제8대 황제(재위기간 1100~1125), 휘는 길(佶).

2) 태평어람(太平御覽): 송나라 977년, 태종(太宗)의 명으로 이방(李昉) 등이 엮은 유서(類書). 1,690종의 인용서(引用書)를 천(天) · 시서(時序) · 지(地) · 황왕(皇王) · 편패(偏霸) · 주군(州郡) 등의 55개 부문으로 나누어 편찬한 것으로 모두 천권임. 이 책을 완성하는 데 6년 9개월이 걸렸다고 함.

면제를 하게 해 주고, 한 가정에서 3, 4명이 함께 군대에 징발된 사람은 한 사람을 감하여 집에 남게 하며, 재상과 추밀원의 높은 벼슬에 있는 사람들의 자식 중에 스스로 자원하지 않은 자는 군에서 면제하는 것이 좋겠습니다.”

라고 아뢰니, 임금이 그 말에 따라 실행하도록 했다.

왕이 여진을 정벌하라는 명령을 내리면서, 오연총으로 윤관 원수의 부원수로 삼겠다고 하니 대신들이 모두 찬성했다. 오연총이 여진 정벌에 자못 의심을 품고, 윤관에게 조용히 얘기를 하니 윤관이 잘라 말했다.

“정책이 이미 결정이 난 것이다.”

이에 출정하여 여진을 격파하고 땅을 개척하여 9개의 성을 쌓았다. 그 공을 인정받아 협모동덕치원공신에 겸하여 상서좌복야 참지정사가 되었고, 말 한 필을 하사받았다. 이에 관한 이야기들은 앞의 「윤관전」에 모두 실려 있다.

여진이 다시 침략하여 땅을 달라고 다투며 웅주성을 포위하니, 왕이 오연총에게 부월(鈇鉞)을 주며 가서 웅주성을 지키라고 명령했다. 오연총이 뛰어난 군사 1만을 거느리고, 4개의 길로 나누어 바다와 육지로 함께 진군하여, 그들을 크게 패퇴시키고 적군 2백9십1명의 목을 베었다. 드디어 여진족은 나무 울타리를 불사르고 숨었다.

왕은 상으로 양구진국공신 수사도 연영전태학사의 벼슬을 더해주었다. 개선하여 돌아오니, 왕이 문덕전에서 맞이하여 만나보고 잔치를 베풀어 그를 위로했다. 여진족이 다시 원근의 여러 부락을 모아서 길주성을 포위하고, 10리쯤 떨어진 곳에 작은 성을 쌓았다. 그리고 6개의 나무 울타리를 세워서 매우 강하게 성을 공격해, 길주성이 거의 함락되기에 이르렀다.

이때, 병마부사 이관진 등이 하룻밤 사이에 다시 성 안에 겹성을 쌓고, 한 편으로 성을 지키면서 한 편으로는 나가서 싸웠다. 그러나 전투가 오래 지속되고 형세가 기울어 죽고 상하는 사람이 많았다. 오연총이 이 사실을 듣고, 분을 내며 출정하고자 하니, 왕이 다시 부월을 주면서 그를 보냈다.

오연총이 달려 공험진에 이르니 적들이 길을 막고 급습해 공격하여 우리 군사가 크게 패했다. 곧 오연총은 자신의 패한 사실을 적어 자책하여 탄핵했다. 이때 마침 적이 사신을 보내 화평을 요청하니, 오연총은 마침내 서울로 돌아오게 되었다.

재상들이 그의 패한 죄를 다스릴 것을 요청하니, 왕은 사신을 보내 부월을 거둔 다음 관직을 면하고 공신의 호를 삭탈했다. 얼마 후 수사공 중서시랑평장사의 관직이 회복되었다.

오연총이 상소를 올려 사퇴를 청했으나 왕이 허락하지 않고 말했다.

"조말3)은 전쟁에 패해 땅을 잘라주는 일을 당하였는데도 노공이 그를 문책하지 않았고, 맹명4)도 전쟁에 패하였으나 진목공이 그를 다시 중용했다. 비록 대신들의 논의가 들끓고 있으나, 그대의 고생하고 노력한 공적은 가히 기록할만도다."

이렇게 말하며 여러 번에 걸쳐 수사도 태위 상주국의 벼슬을 첨가하고, 이부 예부 병부의 판사를 역임했다.

나이 62세에 사망하니 시호는 문양(文襄)이다.

3) 조말(曹沫): 중국 춘추시대(春秋時代) 노(魯)나라 장군, 제(齊)나라와 싸워 3번이나 패해 제나라에게 땅을 떼어 주었음. 그러나 노나라 왕 장공(莊公)은 조말을 문책하지 않았음. 뒤에 노나라 장공과 제나라 환공(桓公)이 동맹을 맺을 때 조말이 함께 가서 칼로 제나라 환공을 위협해 떼어주었던 땅을 도로 찾았음.

4) 맹명(孟明): 춘추시대 진(秦) 목공(穆公) 때 장군으로 정(鄭) 나라를 칠 때 진(晉) 나라에서 진(秦)을 공격해 효(殽)라는 곳에서 크게 패해 사로잡혔다가 돌아옴. 곧 맹명은 3번이나 크게 패해 여러 신하들이 처벌해야 한다고 우겼으나 목공은 자신의 잘못이라면서 다시 맹명을 기용해 장군으로 임명했음. 맹명은 복수를 위해 군사를 이끌고 진(晉)을 공격해 황하를 건너 후퇴하지 않겠다는 결심으로 배를 모두 불사르고 진격, 앞서 빼앗겼던 땅을 다시 점령하고 앞서 희생된 군사들의 시신을 거두어 매장하고 돌아왔음.

吳延寵

吳延寵海州人. 家寒素 少貧賤. 力學善屬文 飭躬謹行恂恂然 以忠儉自許. 登第 累遷兵部郎中. 肅宗五年 與尙書王嘏如宋 賀登極. 以朝旨購太平御覽 宋人秘不許. 延寵上表懇請 乃得來. 及還 王嘉之 使副僚佐並加爵賞. 拜延寵中書舍人 出知全州牧. 爲政寬平不苛 吏民便之. 召拜樞密院左承宣 轉尙書左丞. 睿宗卽位 拜知樞密院事御史大夫翰林學士. 出爲東北面兵馬使 奏東界徵發內外神騎軍 有父母年七十以上獨子者聽免. 一家三四人從軍者 減一人. 宰臣樞密之子 非自應募者亦免. 從之. 王伐女眞 以延寵副尹瓘 大臣皆贊成之. 延寵頗以爲疑 微語瓘. 瓘曰 策已決矣. 遂出師 破女眞 拓地築九城. 錄功爲協謀同德致遠功臣 兼尙爲左僕射參知政事 賜廐馬一四 語在尹瓘傳. 女眞復來爭地 圍雄州. 授延寵鈇鉞 往救之. 延寵率精銳一萬 分四道 水陸具進 大敗之 斬二百九十一級. 賊遂燒柵以遁. 賞加壤寇鎭國功臣 守司徒延英殿太學士. 凱還 王引見于文德殿 賜宴以勞之. 女眞復聚遠近諸部 圍吉州. 去城十里築小城 立六柵 攻城甚急 城幾陷. 兵馬副使李冠珍等 一夜更築重城 且守且戰. 然役久勢窮 死傷者多. 延寵聞之 憤然欲行. 王復授鈇鉞 遣之. 行至公嶮鎭 賊遮路掩擊 我師大敗 延寵具狀自劾. 賊遣使請和 遂還. 宰相請治敗軍之罪 王遣使收鈇鉞 免官削功臣號. 尋復守司空中書侍郎平章事. 延寵上表讓 王不允曰 曹沫割地 而魯公不責之 孟明敗軍 而秦穆復用之. 雖論議之尙喧 乃勤勞之可記. 累加守司徒太尉上柱國 歷判吏禮兵部事. 年六十二卒 謚文襄.

 김부식(金富軾, 1075~1151)

고려 때의 문신으로 자는 입지(立之), 호는 뇌천(雷川), 본관은 경주(慶州)이다. 좌간의대부(左諫議大夫) 근(覲)의 아들이며, 부필(富弼)·부일(富佾)의 아우이다. 숙종 때 문과에 급제하여 1122년(인종 즉위) 보문각 대제(寶文閣待制)로 있을 때, 이자겸(李資謙)이 왕의 장인으로서 군신의 예에 벗어나는 행동을 하므로 이를 충고하여 시정케 했다. 1134년(인종 12)에 묘청(妙淸)이 도참설(圖讖說)로써 왕을 설득하여 서경(西京)에 천도하려고 하자 극력 반대하여 중지시켰고, 이듬해 묘청이 서경에서 반란을 일으키자 원수(元帥)로서 중군장(中軍將)이 되어 정지상(鄭知常)·백수한(白壽翰)·김안(金安) 등을 반군(叛軍)과 내통한 혐의로 죽였다. 좌장군 김부의(金富儀)와 우장군 이주연(李周衍)과 함께 출전하여 10여 개월만에 성을 함락하고 난을 평정했다. 그 공으로 수충정난정국공신(輸忠定難靖國功臣)의 호를 받았다. 1145년『삼국사기(三國史記)』50권의 편찬을 끝냈으며, 1146년 의종이 즉위하자 낙랑군개국후(樂浪郡開國侯)에 봉해지고『인종실록』의 편찬을 주재하였다. 사대주의자로서 묘청의 칭제건원(稱帝建元)에 강력하게 반대하였다. 인종의 사당에 함께 모셔졌으며, 시호는 문열(文烈)이다. 『참고문헌』 고려사, 한국인명대사전, 국사대사전

김부식

김부식은 김부일(金富佾)의 동생이다. 숙종 때 과거에 급제하여 우사간과 중서사인을 역임하였다. 인종 4년에 어사대부에 임명되었고, 호부상서 한림학사 승지를 지내고 평장사로 진급하여 수사공 벼슬이 더해졌다.

인종 12년, 왕이 묘청(妙淸)의 말을 듣고 서경으로 가서 재난을 피하고자 하니 김부식이 이렇게 아뢰었다.

"금년 여름에 서경 대화궁 30여 곳에 벼락이 내리니, 만약에 평양이 길한 땅이라면 하늘이 반드시 이와 같이 하지는 않았을 것입니다. 그러니 여기로 재앙을 피하려고 간다는 것은 역시 잘못된 것이 아니겠습니까?"

그리고 간관과 더불어 강력하게 상소하니, 왕이 곧 평양행을 멈추었다.

이듬해 정월에 묘청이 조광, 유참 등과 더불어 서경을 점거하고 반란을 일으켰다. 이에 왕이 김부식을 원수로 삼아 중군을 거느리게 하고, 이부상서 김부의를 좌군을 거느리게 하고, 지어사대사 이주연으로 우군을 거느리게 하여 평정하게 했다.

군대를 출동시키려고 하면서 김부식이 여러 재상들과 더불어 의논하여,

"평양에서 묘청이 반란을 일으킨 것은, 정지상(鄭知常), 김안, 백수한 등이 함께 모의한 것이다. 이 사람들을 제거하지 아니하면 평양은 가히 평화를 얻을 수가 없을 것이다."

라고 하니, 여러 재상들이 매우 깊이 찬동하였다.

정지상 등 3인을 불러서 이들이 도착하니, 용사를 시켜 끌어내 궁궐 밖에서 참하였

다. 그리고 이 사실을 임금에게 아뢰었다.

왕이 천복전으로 납시니 김부식이 군복을 입고 임금을 뵈었는데, 왕이 올라오라고 명령하여 친히 부월을 주고 보내면서 말했다.

"대궐 바깥의 일은 경이 오로지 전담하여 처리하라, 그러나 서경 근처 사람들도 모두 나의 백성이니 그 우두머리는 섬멸하되 조심하여 많이 죽이지는 말라."

우군이 먼저 출행하여 마천정에 머물렀는데, 순라 도는 기병이 서경의 간첩을 사로잡아 데리고 왔다. 김부식이 묶은 것을 풀고, 위로하며 보내주면서 말했다.

"평양으로 돌아가 성 안 사람들에게, 고려의 대군이 이미 발동하였으니 능히 스스로를 새롭게 반성하고 순종하는 사람은 생명을 보존할 것이지만, 그렇지 않으면 하늘이 죽일 것이니 가히 오래도록 피하지 못할 것이라고 일러라."

이때에 김부식이 거느린 사졸이 자못 교만하여 하루쯤이면 이기고 돌아갈 수 있을 것이라 자만했다. 또 때마침 날씨가 비와 눈이 내려니 군사와 말이 얼고 주려서 군사들 마음이 많이 해이해졌다.

왕이 홍이서와 이중부가 반란을 일으킨 서인들과 한 무리라고 여겨서, 조서를 주어 보내 그들을 회유하도록 하였다. 그런데 이서 등이 천천히 진행하여 4일 만에 비로소 생양역에 닿았는데, 두려워하며 능히 앞으로 나아가지 못했다. 곧 김부식이 홍이서는 평주에 구금하고, 이중부는 백령진으로 유배하였다.

김부식은 보산역에 이르러 3일 동안 열병을 하고, 장수와 보좌관을 모아 계책을 물으니 모두가 이렇게 얕잡아 말했다.

"예부터, '병력은 신속하게 먼저 공격하여 곧 적을 제압하는 것을 귀하게 여긴다.'[1]고 했습니다. 그러니 2배로 빨리 달려 적들이 미처 정비되지 못한 상태를 엄습하면 보잘것없는 것들은 며칠 만에 바로 사로잡을 수 있을 것입니다."

"아니, 그렇지 않다, 서경에서 모반을 계획한 것이 이미 5, 6년이라. 그 계책이 반드시 주밀

> 1) 병귀속선즉제인(兵貴速先則制人): 한문 원문에 이렇게 나타나 있으나, 『고려사』 열전에는 '兵貴拙速先則制人'(병력은 용감하고 좋은 군사든지 나약하고 옹졸한 군사든지 신속하게 먼저 공격하면 곧 적을 제압한다.)로 되어 있음.

할 것이며, 싸우고 지키는 기구들이 갖추어진 연후에 거사를 일으켰을 것이다. 지금 갖추어지지 못함을 엄습하고자 하는 것은 너무 늦은 것이 아니냐? 또한 우리들에게 적을 가벼이 여기는 마음이 있고, 전쟁에 필요한 장비 역시 아직 정비되지 못했는데, 이럴 때 갑자기 복병이라도 만난다면 첫째로 가히 위태로운 상황이 될 것이다. 튼튼한 성 아래에서 우리 병력이 주둔했을 때 날이 춥고 땅이 얼어 방벽과 보루가 미처 완성되지 못했는데 적의 공격을 받게 되면 이것이 두 번째로 가히 위태로움이 된다. 또한 들으니 적들이 임금의 명령을 멋대로 바꿔서 평안도와 함경도 두 지역의 병력을 징발했다고 하니, 성 밖의 백성과 안의 병력이 서로 연결되어 단결을 하면 길이 막힐 터인데, 이 보다 더 큰 재앙은 없을 것이다. 그러므로 병력을 이끌고 사잇길을 따라 돌아서 평양성 뒤쪽으로 가서 여러 성의 군인과 물자를 취하여 우리 대군을 배불리 먹이고, 그 지역민에게 효유하여 순종하면 살리고 거역하면 죽인다고 설득해 병력을 보충하고 군사를 쉬게 한 뒤에, 적에게 격서를 보내놓고 천천히 큰 병력으로 나아가는 것이 훨씬 낫다. 이것이 가장 온전한 계책이 될 것이다."

김부식이 곧 병력을 이끌고 평주를 지나 관산역으로 나아가서 좌우군을 모두 한데 모아 연합해 순서대로 행군했다. 김부식이 사암역을 지나 빠른 길로 성주에 도착하여 병력을 하루 쉬게 하고, 여러 성에 격서를 보내 임금명령을 받들어 적을 토벌하러 왔다는 것으로 설득했다. 군대 관리를 서경에 보내 불러서 설득하고, 또한 이를 통해 성 안의 허실을 살펴보게 했다.

여러 군사를 이끌고 연주를 지나 안북대도호부에 이르니, 여러 성이 크게 놀라 떨면서 나와서 관군을 맞이했다. 김부식이 또한 아전들을 파견하여 서너 번 깨우쳐 설득하였다. 조광 등이 가히 저항할 수 없을 것을 알고, 마음속으로 항복하고자 하나 스스로 지은 죄가 무겁다고 여겨 머뭇거리며 결정을 못했다.

이때에 평주 판관 김순부가 임금의 명령을 가지고 성으로 들어가니, 평양성 사람들이 드디어 묘청과 유참 등의 목을 베어서 분사대부경 윤참 등을 시켜 김순부와 함께 서울에 와서 죄를 청하였다.

또 중군에 편지를 보내어 이렇게 알렸다.

"삼가 임금의 명령과 김부식 원수의 말을 받들어, 그 우두머리의 목을 베어서 임금 앞에 달려가 바칩니다."

이에 김부식은 녹사 백록진을 임금에게 보내어 그 사실을 아뢰고, 양 부에 편지를 보내어 마땅히 윤첨 등을 두텁게 대접하여 스스로 반성하여 새롭게 되는 길을 열어 줄 것을 당부했다.

이에 재상인 문공인과 최유, 한유충 등이 백록진에게,

"너의 원수는 곧바로 평양을 치지 아니하고 먼 길을 돌아 안북 지방으로 갔는데, 우리들이 사신을 파견하여 임금 조서로 설득해 항복을 받은 것이다. 그러니 너의 원수의 공이 아닌데, 네가 온 것은 무엇을 하려는 것이냐?"
라고 꾸짖고 냉담했다.

김순부가 개성 교외에 이르러 윤첨 등의 팔을 뒤로 묶고 장차 서울로 들어가려고 하는데, 의정부와 중추부 양 부가 임금에게 요청하여 법사로 보내어 목에 칼을 채우고 옥에 가두어 둘 것을 요구했다. 그리고 또 대간들은 극형에 처할 것을 요청했다.

그러나 왕이 모두 허락하지 않고, 명령하여 그 묶은 것을 풀게 하고 의관을 갖추어 하사하고는, 술과 음식을 내려 위로하고 객관에 거처하도록 하였다. 그러나 얼마 못 가 옥에 가두었고, 묘청 등의 머리는 저자에 효수(梟首)되었다.

조광 등이 윤첨의 무리가 하옥된 것을 듣고, 반드시 우리의 목숨들도 온전하게 면하기 어렵다고 하면서 다시 반란을 일으켰다.

왕이 전중시어사 김부와 내시인 황문상 등을 시켜 윤첨과 함께 보내어 조서를 가지고 가서 설득하도록 했다. 그런데 김부 등이 위엄을 가지고 그들을 위협하고 부드럽게 위로하지 아니하니, 평양성의 무리들이 원망하고 화를 냈다.

2월에, 휩쓸려 난리를 일으킨 병사들이 김부와 황문상 등 그 모든 일행을 죽여 버렸다. 이때 윤첨이 걸려 있는 태조 왕건의 사진을 훔쳐 달아났으나 역시 잡혀 죽임을 당했다. 그리고 성을 굳게 둘러 지키고 있었다. 김부식이 녹사를 파견하여 설득을 하였으나 역시 죽임을 당하였다.

김부식이 여러 장수와 더불어 하늘의 신과 땅의 신, 산천의 신들에게 제사를 모시고 맹세하여 고하였다. 서경의 지형이 북쪽으로는 산을 지고 있고, 다른 세 면이 물로 막혀 있으며, 성이 또한 높고 험악하여 쉽게 빨리 항복받지 못할 것을 알고, 성을 둘러 병영을 나열 설치해 그들을 핍박하려고 했다.

이에 중군에게 명령을 내려 천덕부에 주둔하게 하고, 좌군은 흥복사에 주둔하게 하고, 우군은 중흥사 서쪽에 주둔하도록 하였다. 또한 대동강은 평양으로 왕래하는 요충지역이기에, 대장군 김양수 등으로 병력을 거느리고 주둔하여 지키도록 하고 이를 후군이라 칭했다. 또 장군 진숙 등을 시켜서 병력을 거느리고 중흥사에 주둔하도록 하여 이를 전군이라고 칭했다.

또한 이때 성 밖에 사는 백성들과 젊은 남자들이 성 안으로 불려 들어가서 반란군 병사가 되어 있었고, 나머지 백성들은 산이나 골짜기로 도망가 숨어있는 상태였다. 김부식이 생각하기를, 만약에 이들을 불러 잘 어루만지지 아니하면 그 형세가 반드시 연락해 모여서 적의 눈과 귀가 되어 적을 도울 것으로 믿었다.

그래서 군대 아전들을 각 지역으로 나누어 파견하여 애써서 잘 설득하고 위로하니, 도망하고 숨었던 사람들이 모두 나왔다. 어떤 사람은 양식을 지고 와 군사에게 먹이고 군대에서 필요한 비용을 대겠다고 했다. 이들 모두에게 먹을 것과 입을 것을 제공하고 편안하게 살 수 있도록 해 주었다.

반군들은 대동강 연안을 따라 성곽을 쌓았는데, 평양 선요문에서 다경루에 이르기까지 무릇 천7백3십4칸을 쌓았고, 여섯 개의 문을 설치하여 거기를 막고 있었다.

앞서서 왕이 내시 기후 정습명 등을 파견하여 평양 서남에 있는 섬으로 가서 궁수와 배 모는 사람 4천6백여 명을 모아, 전함 1백4십 척으로 순화현 남쪽 강으로 가서 적들의 배를 막도록 했다.

이때에 이르러 임금이 또 상장군 이녹천 등을 파견하여, 서해로부터 배 50척을 거느리고 서로 도와 적을 토벌하도록 했다. 그런데 이녹천이 섬 철도에 이르러 욕심을 내어 빨리 달려 서경으로 나아가고자 했는데, 마침 날이 저물고 썰물이 나가 물이 옅어지면서 배가 붙어 움직이지 못했다.

이에 평양 반란군들이 작은 배 10척 남짓을 가지고 땔나무를 가득 싣고 기름을 부어서 조수를 따라 떠내려 보냈다. 이보다 앞서 길가 풀숲 사이에 수백 명의 기계 활 쏘는 병사를 숨겨놓았다가, 나무를 실은 작은 배들이 전함에 가까워지면 일제히 불화살을 쏘아 불을 붙이도록 약속을 해 두었다.

곧 불붙은 작은 배가 부딪쳐 전함들을 연속으로 불태우니, 이녹천의 병사들과 여러 전쟁기구들이 모두 불타고, 사졸들이 물에 빠져 거의 없어졌다. 이때 대장군 이녹천은 어쩔 바를 모르고 쌓인 시체를 밟고 해안으로 올라 겨우 죽음을 면했다. 이로 말미암아, 반란군들이 비로소 관군을 우습게 여기고 병졸들을 뽑아 잘 훈련시켜 항거하여 지킬 계책을 수립했다.

김부식이 후군의 숫자가 적고 약한 것을 염려하여 보병과 기병 천 명을 밤에 몰래 보내 그들을 보충해주었다. 동틀 무렵에 마탄강의 자포를 건너서 병영을 불사르며 돌진하였다. 승려인 관선이 자원하여 종군해 갑옷을 입고 큰 도끼를 지고 먼저 출격하여 수십 인의 적을 격살이니, 관군이 그 승리를 타서 적을 대파하여 3백여 명의 목을 베었다. 적이 모두 밟히어 강으로 밀려 빠져 죽으니, 병선과 갑옷 및 전쟁도구를 빼앗은 것이 매우 많았다.

적의 형세가 굽혀지고 꺾이었는데, 이때 김부식은 모든 군사들이 여러 달을 들에서 야영하며 주둔했기에, 봄에서 여름으로 바뀌는 철을 맞아 비가 많이 내려 물길이 거듭될 때에 적의 습격을 당할까 두려워했다.

그래서 성을 쌓아, 갑주진에 있는 병력들은 이끌어와 순번을 만들어 휴번(休番)에 해당하는 병사들은 나가 농사를 짓도록 하면서 시일을 끌어 그 형편을 살피고자 했다.

이때 사람들이 논의하여 말하기를,

"평양성 안의 병력은 매우 적고, 지금 우리들은 온 나라의 군사를 모두 동원하였으니 마땅히 날짜를 정해놓고 소탕해야 합니다. 그런데 수개월 동안 결단내지 못하고 아직까지 시간이 늦어지고 있는데, 하물며 성을 쌓아 스스로 튼튼하게 지키겠다고 하니 역시 나약함을 보여주는 것이 아니겠습니까?"

"성 안에는 병력과 먹을 것이 넉넉하고 성 안 인심 또한 굳어서 공격을 하여 함락시키기가 어려우니, 좋은 계책을 세워 성공함만 같지 못하다. 어찌 빨리 싸워 사람을 많이 죽이겠는가?"

김부식은 이렇게 말하고 마침내 그 계획을 확정지었다.

그래서 북계의 남서 근처 고을 병사를 나누어 5군으로 예속시켜 각각 한 개씩의 성을 쌓게 하고, 또한 순화현 왕성강에 각각 작은 성을 쌓게 했는데 2, 3일에 완성되었다. 곧 병력을 갖추고 곡식을 쌓아 성문을 굳게 닫고 병사들을 쉬게 하였다. 비록 간혹 적과 싸움이 있었으나 크게 이기거나 지는 일은 없었다.

왕이 가까운 신하를 평양에 파견하여 조서를 내려 효유하고, 김부식 역시 녹사인 조서 등을 파견하여 온갖 계책으로 설득하여 죽이지 않을 것을 약속하였다. 그리고 매양 반란군의 첩자나 나무꾼을 잡으면 모두 음식과 의복을 지급하여 대접하여 보내는 모습을 보였다.

성 안의 조광 등은 특별히 항복할 뜻은 없고, 외국의 침범이 있어서 관병이 스스로 포위를 풀고 돌아가기를 요행으로 바라고 있었다. 때마침 금나라 사신이 당도했는데 반란군들이 그들을 막아 잡아 문초하여 금나라와 고려 사이에 틈을 만들려고 했다.

관군이 그것을 알고 정찰해 살피는 것을 심하게 하니 고로 적들이 감히 실행하지 못하였다. 또 반란군의 부하들이 항복하여 관군에 붙을 것을 두려워하여 김부식의 중군에서 알리는 것처럼 거짓 문첩을 만들어 무리들에게 보였는데 그 내용이 이러했다.

"여러 군에서 포로로 잡은 사람과 항복한 사람은 늙고 젊고를 가리지 않고 모두 죽이라."

평양성 안의 사람들이 이를 자못 사실로 믿었는데, 시일이 지나자 항복한 사람을 어루만지고 위로하는 것이 심히 두텁다는 얘기를 듣고 점차로 귀순해 왔다.

이때 조정 신하들이 김부식에 대한 불평을 논의해 다음과 같이 임금에게 건의했다.

"예로부터 병력을 운용하는 데 있어 마땅히 형세를 보아야지, 어찌 한 때의 손실만을 비교합니까? 나라가 비록 북쪽에 있는 나라와 더불어 화친을 맺고 있다고는 하나 그 속마음은 헤아리기가 어렵습니다. 지금 군사 수만을 일으켜 해를 거듭하여 결판을 내지 못하고 있습니다. 만약 이웃의 도적이 이 틈을 보아 군사를 일으켜 침입할 경우, 평양 도적이 여기에 더하여 생각지 못한 환란을 일으키면 무엇으로 그들을 제압하겠습니까? 청하옵건대 나라의 중신을 파견하여 죽고 상함을 계산하지 말고 날짜를 정해 평양을 공격하여 파괴하도록 하고, 머뭇거리거나 두려워 굽히는 자가 있으면 군법으로 다스리도록 하시옵소서."

곧 임금은 이 글을 사람을 보내 김부식에게 보여주었다. 이에 김부식이 이렇게 아뢰었다.

"북쪽 변방의 경계와 평양 반란적의 변란은 가히 근심하지 않을 수 없습니다. 진실로 여러 대신들의 논의와 같습니다만, 그러나 죽고 상함을 계산하지 말고 날짜를 정해 격파하라는 논의는 오늘날의 이해관계를 깊이 고찰해 보지 않은 말입니다. 신이 평양지세를 살펴볼 때, 하늘이 설계한 것 같이 험하고 튼튼한 모습을 하고 있어 쉽게 공격하여 항복받지 못합니다. 하물며 성 안은 무장한 병사가 많고 수비가 엄격하여, 매양 장사들이 먼저 공격을 했을 때 겨우 성 아래까지만 이르고, 성과 성가퀴를 넘은 적이 없습니다. 그리고 구름사다리나 충거(衝車)도 모두 소용이 없습니다. 또 성 안에 있는 어린아이와 부녀자들도 모두 성 위에 올라와서 벽돌과 기왓장을 던져 오히려 강한 적이 됩니다. 만약 5군으로 하여금 성에 붙어 공격하라고 한다면 2, 3일이 지나지 않아 날랜 장수가 화살과 돌멩이에 의해 모두 죽게 됩니다. 그래서 적이 우리들의 힘이 쇠퇴한 것을 알고 북을 치며 소리를 쳐 성을 나와 공격을 하면 그 예리한 날카로움을 가히 당할 수가 없게 될 테니 어느 겨를에 외국 침범을 방비하겠습니까? 지금 연합된 병사 수만으로 해를 넘겨 결판을 내지 못한 것은 이 늙은 신하가 마땅히 그 잘못을 책임지겠습니다. 그러나 변방의 경비와 도적의 반란을 모두 고려하지 않을 수 없기에, 온전한 정책으로 그들을 이겨 군사들을 죽이지 않고 나라 위엄이 꺾이지 않도록 하는 것입니다. 지금 종묘사직의 신령스러움과 훌륭한 임금의 위엄에도 요망스러운 적들이 은혜를 저버리니 저들이 행동하면 곧 모두 죽어 멸망할 것입니다. 원하옵건대 적을 토벌하는 일은 늙은 신하에게 맡기시고, 정상적으로 국가의 일을 잘 다스리시면 반드시 적을 격파하여 보답하겠나이다."

임금도 역시 그러하리라고 생각하고 마침내 많은 신하들의 의논을 배격하고 그에게 맡겨주었다.

3월에 5군이 모여 공격하였으나 이기지 못하고 여름을 지나 가을에 이르까지 적과 더불어 서로 버텨 결과가 나지 않았다. 10월에 적군의 양식이 다하여 노약자와 부녀자를 가려 쫓아냈는데 모두 여위고 파리하여 사람의 얼굴색이 아니었다. 병사들도 종종 나와 항복했다.

김부식이 성을 취할 수 있는 상황임을 알고, 여러 장군에게 명령하여 흙산을 쌓게 했다. 이에 앞서 양명포 산 위에 튼튼한 목책을 세워 전군(前軍)을 이동하여 주둔시키고, 서남쪽 주와 현의 군졸 2만 3천2백여 명과 승려 5백5십 명을 징발하여, 반을 나누어 흙과 돌을 져 나르도록 명령했다. 장군 의보 등에게 명하여 먼저 정예병 4천2백 명을 거느리고 약탈에 방비토록 했다.

11월, 모든 군사가 적의 성 서남 모퉁이에 이르러 밤낮으로 일을 독려하였다. 적이 정예 군사를 출전시키고 또 성 위에 활과 포를 설치하여 힘을 다해 방어했다. 관군도 상황에 따라 적절하게 방어를 했다.

또한 떠돌아다니는 조언(趙彦)이란 사람이 바친 계책에 따라, 대포를 만들어 흙산 위에 배치하였다. 그 대포는 높고 커서 날리는 돌이 수백 근이나 되고 성루를 때려 산산조각으로 냈으며, 불덩이를 계속 던져서 불태우니 적이 감히 가까이 오지 못했다.

흙산은 높이가 여덟 길이고 길이가 70여 길이나 되며 넓이가 열여덟 길로, 적의 성과는 불과 몇 길의 거리 밖에 되지 않았다. 김부식이 5군을 모아 성을 공격했으나 또한 함락시키지 못했다. 적이 밤에 군사를 셋으로 나누어 나와서 전군 병영을 공격하였다. 김부식이 승려 상승에게 명령하여 도끼를 들고 맞아 격파해 10여 명을 죽이니 적병이 흩어져 도망갔다. 장군 우방재 등이 병력을 거느리고 추격하니 적이 갑옷을 버리고 성으로 들어갔다.

이듬해 2월, 적이 성 안에 겹성을 쌓고자 했다. 이때 윤언이가 제안했다.

"대군이 출병한 지 이미 2년이 지났는데 시간만 끌어 날이 오래되면 일이 어떻게 변할지 예측하기 어렵습니다. 몰래 기습하여 적의 겹성을 파괴해 가히 성공을 거두는 것만 같지 못합니다."

이 제의에 김부식이 허락하지 않으니, 윤언이는 강력하게 다시 청했다. 그러니까 김부식은 승낙하고, 정예병을 세 개의 길로 나누어 군사들에게 많은 상을 내려 주었다.

밤 4경이 되었을 때 김부식이 무장을 하고 말을 달려 전군으로 들어와서 모든 장수들을 강하게 독려하여, 중도군을 크게 일으켜 양명문으로 들어가 적의 목책을 뽑았다. 좌도군은 성을 넘어 들어가 함원문을 공격하고, 우도군은 흥례문을 공격했다. 김부식은 관아의 병력으로 광덕문을 공격하였다.

이때 적들이 아군의 흙산이 미처 축조되지 않은 것을 보고 방비를 하지 않았다가, 황망하여 조치할 바를 몰랐다. 김부식이 싸움을 독려하니 모든 장군과 군사들이 다투어 분을 내어 북을 두드리고 소리를 지르며 불을 질러 성과 가옥을 태우니 적병이 크게 궤멸되었다.

관군이 이긴 기세를 타서 사람을 함부로 목 자르니 김부식이 명령하여,

"적병을 사로잡는 자는 상을 내리고 항복한 사람을 죽이거나 노략질을 하는 사람들은 죽일 것이다."

라고 선언하니, 군사들이 모두 칼을 거두고 진군했다. 마침 날이 저물고 비가 내리니 군을 지휘해 퇴각시키고, 포로로 잡은 사람들과 항복한 사람들을 모두 순화현으로 보내 먹고 마시게 했다. 이날 밤에 성 안이 질서가 무너져 소란하니 조광은 어찌할

바를 알지 못하고 모든 가족이 스스로 집에 불을 질러 자결했다.

무오 날, 서경 사람이 적의 괴수를 잡아서 나와 항복하니 김부식이 이를 받아들이고, 명령을 내려 군사와 백성, 노약자와 남녀 모두를 잘 위로한 후에 성에 들어가 집을 지키게 하였다. 그리고 어사잡단 이인실 등을 시켜 창고를 봉쇄하고 병력을 나누어 모든 성문을 지키게 했다. 또 김정순, 윤언이로 하여금 병력 3천 명을 거느리고 관풍전에 주둔하게 하고 엄히 명령을 내려 성 안에서 노략질을 금지하였다.

기미 날, 모든 장군에게 나누어 분담시켜 병기를 수습하고, 창고 곡식을 감사하여 검사하고, 성 안을 두루 돌아 순찰하였다. 신유 날에 김부식이 군대의 위엄을 모두 갖추고 경창문으로 들어가서 관풍전 서쪽 건물에 좌정하고 5군 병마장수와 보좌관의 축하를 받았다.

사람을 시켜 여러 성황신묘에 제사를 지내도록 하고 성 안 사람들을 위무하고 안심시켰다. 병마판관 노수를 보내어 승전을 알리는 표를 올리게 하였다. 임술 날, 조정 명령에 따라 최영(崔永)과 대장군 황린(黃麟), 장군 덕선, 판관 윤주형, 주부 김지와 조의부, 장사 나손언의 머리를 효수하여 사흘 동안 저잣거리에 내보였다.

그 나머지는 모두 붙잡아 개경에 보내어 하옥시켰다. 그 중에 거세게 반항한 자들은 얼굴에 먹물로 '서경 역적(西京逆賊)' 네 글자를 새겨 바다 섬으로 유배했다. 그리고 그 다음 가는 죄인들은 먹물로 '서경(西京)' 두 글자를 새겨 먼 시골로 나누어 유배했다. 그 처와 자식들은 편의에 맡겨 양민이 되는 것을 허락하였다. 그러나 조광, 이영 등 7명과 정지상, 백수한, 묘청, 유참 등의 처와 자식들은 모두 적몰하여 동북방면 여러 성의 노비가 되게 했다.

3월에 왕이 좌승선 이지저와 전중소감 임의를 보내어, 김부식에게 의복과 안장이 딸린 말, 금으로 만든 허리띠, 금 술잔, 은 약상자 등을 내려주고 조서를 내려 그 아름다움을 기렸다. 그리고 수충정난정국공신, 검교태보, 수태위, 문하시중, 판상서이부사, 상주국 겸 태자태보에 임명하였다. 또 4군의 병마사 이하에게는 은과 비단, 능라를 각각 차이 있게 하사했다. 4월에 개선하자 김부식에게 큰 저택 1채를 내려주었다.

인종 16년에 검교태사, 집현전대학사, 태자태사의 벼슬이 더해졌다. 김부식이 3번이나 상소를 올려 사임할 것을 청하니 임금은 허락하였다. 그리고 동덕찬화공신의 칭호를 내리면서 또한 이런 조서를 함께 내렸다.

"경의 나이가 비록 많으나 크게 의논할 일이 있으면 더불어 논의할 것이다."

신라·고구려·백제의 『삼국사(三國史)』를 편찬해 올리니 왕은 내시를 보내 치하하고 화주(花酒)를 내려주었다.

의종이 즉위하여 낙랑군개국후와 식읍 천 호를 봉하고, 실제로 관장하는 식읍 4백 호를 봉해주면서, 『인종실록(仁宗實錄)』의 편찬을 명했다. 의종 5년에 사망하니 나이 77세였다. 시호는 문열(文烈)이다.

김부식은 그 사람됨이 풍채가 좋고 몸이 우람하고 얼굴이 검고 눈이 튀어나와 부리부리했다. 문장으로써 이름이 높아, 송나라 사신 노윤적이 왔을 때 김부식이 옆에서 안내하는 관반이 되었다. 노윤적의 부하 서긍(徐兢)이, 김부식의 글을 잘 짓고 역사에 능통한 것을 보고, 『고려도경(高麗圖經)』을 지으면서 김부식의 가계를 수록하였다.

또 그 얼굴을 그려 돌아가 황제에게 아뢰었다. 이에 황제가 사국에 명하여 판에 새겨 널리 전하게 하니, 이로써 명성이 천하에 알려지게 되었다. 후에 김부식이 송나라에 사신으로 가니 이르는 곳마다 극진한 예의로써 대접했다.

세 번이나 과거시험을 주관하여 '선비를 얻는 사람'으로 칭송받았다. 인종의 사당에 배향되어 제사를 받았으며, 문집 20권이 있다.

金富軾

金富軾富佾之弟. 肅宗時登第 歷右司諫 中書舍人. 仁宗四年 拜御史大夫 歷戶部尙書
翰林學士 承旨. 進平章事 加守司空. 十二年 王以妙淸言 欲幸西京避災. 富軾奏曰 今
夏 雷震西京大華宮三十餘所. 若是吉地 天必不如此 避災於此 不亦左乎. 又與諫官
上疏極言 王乃止. 十三年正月 妙淸與趙匡柳旵等 據西京叛. 王以富軾爲元帥 將中軍
吏部尙書金富儀 將左軍 知御史臺事李周衍 將右軍. 將出師 富軾與諸相 議曰 西都之
反 鄭知常金安白壽翰等與謀 不去是人 西都不可得平. 諸相深然之. 召知常等三人至
使勇士曳出 斬於宮門外 乃奏之. 王御天福殿 富軾戎服入見 命上階 親授鈇鉞. 遣之曰
閫外之事 卿其專之. 然西人皆吾赤子 殲厥渠魁 愼勿多殺. 右軍先行 次馬川亭 邏騎擒
致西京諜者. 富軾觧縛 慰遣之曰 歸語城中人. 大軍已發 有能自新效順者 可保性名
不爾天誅 不可久逭. 時士卒頗驕 謂朝夕凱還. 會天雨雪 士馬凍餒 衆心解弛. 王以洪
彝敍李仲孚爲西人黨 授詔書 往諭之.彝敍等緩行 四日始至生陽驛 懼不能前. 富軾囚
彝敍于平州 流仲孚于白翎鎭. 閱兵三日 集將佐問計. 皆曰 兵貴速先則制人 倍道疾馳
掩賊不備 蕞爾小醜 計日可擒. 富軾曰 不然. 西京謀叛 已五六年 其設計必周 戰守之
具 旣備然後擧事 今欲俺其不備 不亦晩乎. 且我有輕敵心 器仗未整 猝遇伏兵 一可危
也. 頓兵堅城之下 天寒地凍 壁壘未就 爲賊所乘 二可危也. 又聞賊矯制徵兵兩界 萬一
表裏相結 道路梗塞 禍無大於此. 莫若引軍從間道 繞出賊背 取諸城軍資 以餉大軍 告
諭順逆. 然後益兵休士 飛檄賊中 徐以大兵臨之 此萬全之計也. 遂引兵由平州 趣管山
驛 左右軍皆會 聯次以行. 富軾由射嵒驛 徑到成州 休兵一日 馳檄諸城 諭以奉辭討賊
之意. 遣軍吏 招諭西京 且覘城中虛實. 引諸軍道連州 抵安北大都護府 列城震懼 出迎
官軍. 富軾又遣寮掾 曉諭數四. 匡等知不可抗 意欲出降 自以罪重 猶豫未決. 平州判
官金淳夫 齎詔入城. 西人遂斬妙淸旵等首 使分司大府卿尹瞻等 偕淳夫 請罪于朝. 又
投書中軍曰 謹奉詔旨及元帥言 斬渠魁 馳獻闕下. 於是 富軾遣錄事白祿珍奏之. 貽書
兩府曰 宜厚待瞻等 以開自新之路. 宰相文公仁崔濡韓惟忠曰 汝元帥不直趣西京 循
迂路 以赴安北. 吾等奏遣單介 齎詔諭降 非爾元帥之功 爾來何爲. 淳夫至郊 面縛瞻等
將入京. 兩府請遣法司 枷鎖下獄 臺諫請置極刑. 王皆不許 命觧縛 襲衣冠賜 酒食勞慰
置客館. 未幾下獄 梟妙淸等首于市. 匡等聞瞻等下獄 謂必不免 復反. 王遣殿中侍御史

金阜內侍黃文裳 與瞻往頒詔. 阜等劫之以威 不加慰撫 西人怨怒. 二月 諷亂兵殺阜文裳等諸從者 瞻奉太祖眞逃出 捕殺之 嬰城固守. 富軾遣錄事往諭 又殺之. 富軾與諸將誓告皇天后土山川神祇. 以西京北負山岡 三面阻水 城且高險 未易猝拔 宜環城列營以逼之. 乃命中軍屯川德部 左軍屯興福寺 右軍屯重興寺西. 又以大同江爲往來之衝 使大將軍金良秀等 將兵屯守 號後軍. 又使陳淑等 將兵屯重興寺 號前軍. 且城外民丁壯多入城 爲戰卒 其餘逃竄山谷. 富軾以爲 若不招撫 勢必嘯聚 爲賊耳目. 分遣軍吏勞來慰諭 逃竄者悉出 或負糧餉 願助軍費. 皆給衣食 使得安居. 西人沿江築城 自宣耀門至多景樓 凡一千七百三十四間 置六門以拒之. 先是 王遣內侍祇侯鄭襲明等 往西京西南海島 會弓手水手四千六百餘人 以戰艦百四十艘 入順化縣南江 禦賊船. 至是又遣上將軍李祿千等 自西海 領舟師五十艘助討. 祿千至鐵島 欲徑趣西京 會日暮 潮退水淺 舟膠. 西人以小船十餘艘 載薪灌油火之 隨潮而放. 先於路傍叢薄間 伏弩數百約以火發齊擧. 及火船相迫 延燒戰艦 祿千兵仗皆燒 士卒溺沒殆盡. 祿千不知所圖 蹈積屍登岸 僅以身免. 由是西人始輕官軍 選卒鍊兵 爲拒守計. 富軾慮後軍寡弱 夜密送步騎一千 以益之. 黎明渡馬灘紫浦 燒營突進. 僧冠宣應募從軍 還甲荷大斧 先出擊賊殺十數人. 官軍乘勝大破之 斬首三百餘級 賊皆蹂躪 赴江死. 獲兵船甲仗甚多 賊勢頓挫. 時諸軍野屯數月 富軾恐春夏之交 水潦涔至 爲賊所襲. 欲築城 按甲州鎭兵 休番就農 待久以伺其便. 議者皆曰 西人兵少 今擧國興師 當指日平盪 數月不決 尙爲稽緩況築城自固 不亦示弱乎. 富軾曰 城中兵食有餘 人心方固 攻之難克 不如好謀以成. 何必疾戰 多殺人乎 遂定計. 以北界州鎭 南西近道軍 分隷五軍 各築一城. 又於順化縣王城江 各築小城 數日而畢. 峙兵積穀 閉門休士 雖或與賊交兵 無大勝敗. 王遣近臣下詔招諭. 富軾亦遣錄事趙諝等 百計開諭 許以不死. 每獲賊諜及樵蘇者 皆給衣食遣之. 匡等殊無降意 幸其有外患 使王師自罷. 時金使適至 賊欲遮刺之 以搆釁. 官軍知之 候察甚至 故賊不敢發. 恐其黨降附 詐爲我中軍文牒 示衆曰 諸軍所俘及降人 無問老少 皆殺之 西人頗信之. 已而 聞撫慰降者甚厚 稍稍歸順. 時有朝臣獻議曰 自古用兵當觀形勢如何 豈校一時之損傷乎. 國家雖與北朝和親 其意難測. 今興師數萬 彌年不決 若隣賊乘釁而動 加以盜賊不虞之患 何以制之. 請遣重臣 不計死傷 刻日破賊 敢有逗撓者 以軍法論. 王以示富軾. 富軾奏曰 北邊之警 寇賊之變 不可不虞. 誠如所議 至於不計死傷 刻日破賊 是何不究當今之利害也. 臣觀西都 天設險固 未易攻拔. 況城中

甲兵多 而守備嚴 每壯士先登 僅至城下 未有踰城. 超堞者雲梯衝車 皆無所用 童稚婦女 擲甎投瓦 猶爲勍敵. 設使五軍傅城而攻 不出數日 驍將銳士 盡斃於矢石矣. 賊知力屈 鼓噪而出 鋒不可當 何暇備外虞哉. 今聯兵數萬 彌年不決 老臣當任其咎. 然邊鄙之警 盜賊之變 不可不慮. 故欲以全策勝之 不傷士卒 不挫國威耳. 今以宗社之靈 明主之威 妖賊負恩 行卽殄滅. 願以討賊 付老臣 使得便宜從事 必破賊以報. 王亦以爲然 卒排羣議而委之. 三月 五軍會攻不克 涉夏至秋 與賊相持不決. 十月 賊糧盡 簡老弱及婦女 驅出之 皆羸餒無人色 戰卒往往出降. 富軾知有可取之狀 命諸將起土山 先於揚命逋山上 堅柵列營 移前軍據之. 發西南界州縣卒二萬三千二百 僧徒五百五十 負土石分命. 將軍義甫等 先將精兵四千二百 以備剽掠. 十一月 諸軍抵賊城西南隅 晝夜督役. 賊以銳士出戰 又於城頭設弓弩砲石 盡力拒之 官軍隨宜捍禦. 有僑人趙彦獻計 制砲機 置土山上. 其制高大 飛石數百斤 撞城樓糜碎 繼投火毬焚之 賊不敢近. 土山高八丈 長七十餘丈 廣十八丈 去賊城數丈. 富軾會五軍攻城 又不克. 賊夜分軍爲三 出攻前軍營. 富軾令僧尙崇 荷斧逆擊 殺十餘人 賊兵奔潰. 將軍于那宰等 率兵追擊之 賊棄甲入城. 明年二月 賊欲於城內 築重城. 尹彦頤曰 大軍之出 今已二年 曠日持久 事變難料 不如潛師 突擊破重城 可以成功. 富軾不聽 彦頤固請. 於是 分銳兵爲三道 厚賜軍士. 夜四鼓 富軾輕騎馳入前軍 勒諸將大擧中道軍 入楊命門 拔賊柵. 左道軍踰城 入攻含元門 右道軍攻興禮門 富軾以徇兵 攻廣德門. 賊以我土山未就 不設備 惶遽無所措. 富軾督戰 將士爭奮鼓噪 縱火燒城屋 賊兵大潰. 官軍乘勝 恣其斬馘. 富軾令曰 擒賊者賞 殺降及剽掠者死. 士皆歛刃而進 會日暮雨作 麾兵而却. 生擒及降者 送順化縣 飮食之. 是夜城中潰亂 匿不知所爲 闍家自焚死 賊黨皆自刎. 戊午 西人執賊魁出降 富軾受之. 下令慰諭 軍民老幼男女 入城保家室. 使御史雜端李仁實等 封府軍 分兵守諸門. 使金正純彦頤率兵三千 入屯觀風殿 號令城中 禁虜掠. 己未 分敍諸將 收拾兵仗 監檢倉穀 巡檢城內. 辛酉 富軾備軍威 入景昌門 坐觀風殿西序 受五軍兵馬將佐賀. 使人祀諸城隍神廟 撫慰城中 使安堵. 遣兵馬判官魯洙 奉表獻捷. 壬戌 承朝旨 斬崔永及大將軍黃麟 將軍德宣 判官尹周衡 主簿金智趙義夫 長史羅孫彦 梟首市街三日. 其餘並執送京師下獄. 其勇捍抗拒者 黥西京逆賊四字 流海島. 已次黥西京二字 分配鄕部曲. 妻子任便 許爲良子. 匡永等七人 知常壽翰妙淸읍等妻子 幷沒爲東北諸城奴婢. 三月 王遣左承宣李之氐 殿中少監林儀 賜富軾衣服鞍馬金帶金酒哭銀藥合 下詔褎美. 拜輸忠

定難靖亂功臣 檢校太保守太尉 門下侍中 判尙書吏部事 上柱國兼太子太保. 又賜四
軍兵馬使以下 銀絹綾羅客有差. 四月凱還 賜富軾甲第一區. 十六年 加檢校太師 集賢
殿太學士 太子太師. 富軾三上表 乞致仕. 許之 加賜

同德贊化功臣號. 詔曰 卿年雖高 有大議論 當與聞. 撰新羅高句麗百濟三國史 以上.
王遣內侍 獎諭賜花酒. 毅宗卽位 封樂浪郡開國侯 食邑一千戶 食實封四百戶 命撰仁
宗實錄. 五年卒 年七十七 諡文烈. 富軾爲人 豊貌碩體 面黑目露 以文章名世. 宋使路
允迪來 富軾爲館伴. 其介徐兢 見富軾善屬文通古今 著高麗圖經 載富軾世家. 又圖形
歸奏于帝. 乃詔司局鏤板 以廣其傳. 由是 名聞天下. 後奉使如宋 所至待以禮. 三掌禮
圍 以得士稱. 配享仁宗廟庭 有文集二十卷.

김부식의 시 고친 이야기

예전 고려중엽에 김부식이란 벼슬을 국고나 한 짐 가지고 있는 사람이 있었어. 또, 고려중엽 이지성[1]이란 분이 한 분 있었어.

근데 그때는 서로 패가 달라서, 남에게 정권을 잡으려고, 서로 권력에 나설려고 야단이거든. 그런데 그만 이지성이란 분이 김부식의 권력에 눌려서 그 사람 손에 죽은 뒤여.

그래 제가 승리를 해 놓고서 한참 된 뒤 자기 부인하고 기생을 데리고서 공원 같은데 가서 장구를 치고 춤을 추고 그러는데, 그때 김부식이라는 사람 관료직은 지금으로 말하면 장관이지. 술을 먹고 수도를 하고 글을 읽고 하는데.

"유엽(柳葉)이 천사녹(千絲錄)이여, 버들빛은 천 가지 휘청거리고, 도화(桃花)는 만점홍(萬點紅)여, 도화는 일만점이 붉다."

그렇게 읽고서 흥이나 뒤가 마려워서 뒷간에 들어갔는데, 뭣이가 부랄을 떡 잡아 댕긴단 말여. 그게 누군가 하면 이지성이란 사람이 원한에 그만 죽어서 김부식의 손에 죽어서 원한이 됐단 말여.

이놈이 부랄을 떡 잡고,

"니가 글을 져도 그 따위 글을 짓느냐? 니가 버들가지를 천 가지면 천 가지 세어 봤느냐? 도화송이 만 점이면 만을 세어 봤느냐? 천사녹이란 버들가지 천 가지인지 만 가지인지 네가 어떻게 아느냐?"

그래 부랄을 잡아당기면서 천(千)자와 만(萬)자를 바꿔 놓고 나니 혼줄이 빠지게 내빼더라는 얘기만 들었어.

1) 고려 문인 정지상(?-1135)의 오류. 정지상은 김부식과 정치적 대립을 이룬 인물로 김부식과 함께 문장으로 당대에 이름을 떨쳤음.

출처: 김영진 외, '김부식의 시 고친 이야기'『한국구비문학대계』 3-1, 한국학중앙연구원, 1980, 67.

〈관련 설화 목록〉

김영진 외, '김부식의 시 고친 이야기'『한국구비문학대계』 3-1, 한국학중앙연구원, 1980, 67.

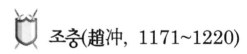 조충(趙冲, 1171~1220)

고려 때의 무장·문신으로 자는 담약(湛若) 본관은 횡천(橫川)이다. 명종 때 문과에 급제하여 1216년(고종 3)에 문무를 겸비했다 해서 추밀부사·한림학사승지(樞密副使翰林學士承旨)로서 상장군(上將軍)을 겸임하였다. 이 해에 거란족이 황해도에 침입하자 부원수로 출정하고 다음 해 정방보(鄭邦輔)와 함께 염주(鹽州)에 출정, 패하여 한때 파면되었으나 다시 서북면 병마사로 인주(麟州) 부근에서 거란족을 무찔렀다. 1220년 수사공 상서좌복야(守司空尙書左僕射)가 되었고, 다시 서북면 원수가 되어 거란족 잔당을 진압, 이듬해 몽고·동진(東眞)의 연합군과 함께 거란족의 근거지인 강동성(江東城)을 완전히 평정하였다. 이때 잡은 포로들을 각 도의 고을로 나누어 보내서 거란장(契丹場)을 이루게 하였는데, 개선하여 정당문학(政堂文學) 관례부사(判禮部使)가 되고, 이어서 수태위 동중서문하시랑평장사 수국사(守太尉同中書門下侍郞平章事修國史)를 겸하였다. 사후에 고종의 사당에 함께 모셔졌으며, 시호는 문정(文正)이다. 『참고문헌』 고려사, 한국인명대사전, 국사대사전

조충은 자가 담약으로 시중 조영인(趙永仁)의 아들이다. 집안에서 효자라고 일컬었다. 음보로 벼슬길에 올랐고 태학에 들어가 상사에 올랐고, 곧 다시 과거에 급제했다. 견문이 넓고 기억력이 뛰어나 전례와 고사를 외우는 데 능숙하였다. 국자대사성, 한림학사에 임명되었으며, 당시의 경전과 책 가운데 그의 손에서 나온 것이 많았다.

동북면병마사로 제수되어 나갔다가 돌아와 예부상서로 임명되었다. 고종 3년, 추밀부사, 한림학사승지, 상장군으로 승진했다. 문신이 상장군을 겸직한 것은 문극겸(文克謙)으로부터 시작되었으나 중간에 폐지된 지가 이미 오래였는데, 조충이 문무의 재능을 겸비하였다고 보아 왕이 특별히 임명한 것이다.

당시 만주 요동지역의 금산[1] 병력이 북쪽 변방을 난입하자, 참지정사 정숙첨을 행영중군원수로 삼고, 조충을 부원수로 삼아 5영군을 모두 소속시켜 지휘하게 했다.

또한 수도 서울 사람 가운데 관직의 유무에 상관없이, 무릇 종군할 수 있는 사람은 모두 부오(部伍)에 소속되게 했다. 그리고 승려들을 징발하여 군대로 삼으니 그 수가 모두 수만 명이었다.

원수 정숙첨 등이 순천관에서 군사를 점고하였는데, 당시 날래고 용맹한 사람들은 모두 최충헌(崔忠獻) 부자의 문객(門客)[2]이 되었고, 관군은 모두 늙고 약하고 지친 병졸이어서 정숙첨은

1) 금산(金山): 거란족을 말함. 금(金)나라에 눌렸던 거란족의 야율유가(耶律留哥)가 요(遼)나라를 세워 왕이 되었다가 뒤에 몽고로 탈출해 버림. 뒤에 그 유민들이 야사포(耶斯布)를 왕으로 추대하고 대요수국(大遼收國)이라 했고, 후에 금산(金山)과 혁사(赫舍) 형제가 계승함.
2) 문객(門客): 최충헌이 자신의 신변보호를 위해 만든 사조직체. 문·무관 및 한량(閑良) 및 군졸(軍卒) 가운데 강하고 힘센 사람만 모아 편제하였는데 3천 명이 넘었음.

크게 낙담했다. 임금이 숭문전에 나아가자 정숙첨과 조충 등이 군복을 입은 채 여러 총관들을 거느리고 뜰 안으로 들어가 군례를 표하자, 임금은 친히 부월(鈇鉞)을 내려 격려했다.

행군하여 산예역에 이르러 묵었는데, 마침 눈이 많이 내려 군사들이 추위에 얼고 위축되어 능히 나아갈 수가 없었다. 날이 개어 행군을 개시해 흥의역에 이르렀을 때, 평주방어군의 귀환하는 병력과 만나게 되었다. 이때 부대의 전군(前軍)이 귀환 병력이 추켜 든 창과 깃발을 보고, 놀라 적병이 온 것으로 오인하여 모두 도망쳐 흩어져 무너졌다.

이때 오로지 조충만이 병력을 강하게 독려하여 군사들이 바르고 엄정하게 통제되었다. 원수 정숙첨 등은 적병이 염주와 백주에 도착했다는 말을 듣고, 퇴각하여 흥의역과 금교역 두 역 사이에 주둔하여 있었다.

이듬해 정숙첨이 면직당하고 지문하성사 정방보(鄭邦輔)가 대신 원수가 되었다. 곧 정방보와 조충 등은 병력을 독려하여 큰 위력을 보이게 하니 염주 주둔 적군이 두려워 군사들이 숨어 달아나 버렸다. 5군 원수가 적을 추격하여 안주까지 갔는데, 태조탄 강에 이르렀을 때 큰 비를 만나 추격을 멈추었다.

그리고 주둔하여 술자리를 마련하여 연락을 베풀면서 방비를 전혀 하지 않았다. 그때 어떤 사람이 백마를 타고 진중으로 돌진하여 깃발을 들어 휘두르자, 얼마 있으니 적병이 크게 몰려와 급히 5군을 에워쌌다. 이리하여 전군(前軍)이 먼저 무너지니, 곧 적군은 중군을 압박하여 불을 질러 주둔지를 불태웠고 모든 병력의 군사들이 흩어져 달아났다.

그런데 오직 좌군만이 무너지지 않고 맞서 싸우고 있어서 정방보와 조충이 그곳 좌군으로 달려갔으나, 좌군도 역시 패하게 되어 5군이 모두 무너졌다. 병사와 군졸들이 죽은 사람이 너무 많아 그 수를 기록할 수가 없었다. 이에 정방보와 조충은 달려 수도 서울로 돌아왔다.

곧 적군은 선의문까지 추격하여 와서 황교(黃橋)를 불사르고 물러갔다. 이리되니

어사대에서 상소하여,

"정방보와 조충은 군사를 버리고 놀라 달아난 죄를 물어 처리해야 합니다." 라고 요청하니, 곧 파직 당했다.

얼마 지나지 않아 조충은 다시 복직되어 서북면병마사가 되었다. 곧 이어 추밀사와 이부상서로 임명하니, 이때 간관(諫官)들이 임금에게 다음과 같이 건의하여, 마침내 그 임명을 보류했다.

"조충은 지난번에 전쟁에 패하여 탄핵을 받고 면직되었습니다. 비옵건대 명령을 거두시고 그가 공을 세우기를 기다렸다가 관직 임명을 허락하소서."

여진의 황기자군(黃旗子軍)이 압록강을 건너 침입해 와서 인주와 용주, 정주 등 세 주에 주둔했다. 곧 조충이 그들을 맞아 싸워 5백여 명의 목을 베니 죽이거나 사로잡거나 강에 빠져 죽은 자의 수를 셀 수 없었다. 이에 즉시 조충은 보류되었던 추밀사와 이부상서 직위가 바로 회복되었다.

이듬해 수사공과 상서좌복야가 되었다. 이 무렵, 적의 기세가 날로 떨쳤는데, 관군이 유약하여 이를 능히 제어할 수 없었다. 그래서 임금은 다시 조충을 서북면원수로 삼고 김취려를 병마사로 삼아 부월을 주어 파견했다.

이에 앞서 조충이 패한 것을 한탄하여 시를 지었다.

> 만 리 달리던 말이 발 한 번 미끄러지니,
> 슬피 울어 시절 바뀜도 깨닫지 못하는구나.
> 오직 조부[3]에게 다시 채찍질을 명령하면,
> 사막을 짓밟아 가서 고월[4]들을 꺾으리다.

이에 이르러, 조충은 부대의 대열을 정비하고 호령을 엄명하게 하니, 여러 장수들이 감히 선비라고 그를 얕잡아보지 못하였다. 조충 등이 장단 길로 나서서 통주에 이르러 동쪽 골짜기에서 적

3) 조부(造父): 주목왕(周穆王)의 총신. 왕을 위해 천리마를 구해 바쳤는데, 왕이 순시 중 서왕모(西王母)를 만나 즐기는 동안 서언왕(徐偃王)이 반란을 일으켰다. 곧 조부가 천리마로 하루 만에 달려가 반란을 평정했음. 이 공로로 조씨(趙氏) 성을 하사받음.
4) 고월(古月): 오랑캐 호(胡)를 파자하여 고월(古月)로 표기했음.

을 만났다. 맞서 싸워 모극⁵⁾인 고연과 천호인 아로를 사로잡았다.

성주에 주둔하여 남쪽에서 올라오는 병력을 기다리고 있었는데, 경상도 안찰사 이적(李勣)이 병력을 이끌고 오다가 적을 만나 앞으로 나아갈 수가 없었다. 곧 조충은 이돈수와 김수봉 장군을 보내 그 도적들을 물리치고 이적을 맞이했다.

또한 적이 두 길로 나누어서 두 부대 모두 중군을 목표로 하여 진격해 왔다. 곧 우리 병력은 좌우로 펼쳐 북을 울리면서 전진을 하니, 적군이 그 웅장한 모습을 바라보고 무너져 달아났다. 장군 이돈수 등이 이적과 더불어 와서 조충의 군대와 만났다.

적들이 흩어졌다가 다시 모여 모두 다 예리한 기세를 가지고 우리 군사를 공격했으나 아군은 또한 그들을 패퇴시켰다. 거란의 두 번째 장수인 탈자는 도망하여 돌아갔고, 도적의 우두머리는 강동성으로 들어가서 굳게 지키고 나오지 않았다.

이때, 몽고의 태조가 원수인 합진과 찰자를 파견하여 1만 병력을 거느리고, 또 동진국의 만노가 파견한 완안자연이 2만의 병력을 거느리고 몽고군과 합세하여 거란족을 토벌하고 고려를 구한다는 대의명분을 내세우고 들어왔다. 곧 이들은 화주, 맹주, 순주, 덕주 등 4개의 성을 공격하여 함락시키고, 곧바로 강동성으로 진격했다. 때마침 큰 눈이 내려 양식을 운반하는 길이 끊어지니, 거란 적들은 성을 튼튼히 지키고 있으면서 시일을 끌어 그들을 피곤하게 했다.

몽고 원수 합진이 그것을 걱정하여, 통역하는 사람인 조중상과 더불어 우리나라의 덕주 진사 임경화를 함께 보내, 우리 원수부에 와서 편지를 전했다. 그 편지 내용은 다음과 같았다.

"우리 황제는, 거란의 병력들이 도망하여 너희 나라에 가 있은 지 벌써 3년이 되었는데도, 너희 나라가 능히 소탕하여 멸망시키지 못하고 있으므로 몽고 병력을 파견하여 토벌하려는 것이다. 너희 나라에서는 오직 물자와 양식을 도와라."

이러면서 병력을 요청하였는데, 글의 내용이 심히 엄격하였다. 또한, 거란족을 토벌한 후에

5) 모극(毛克): 거란족의 한 직분으로 대단히 나이 많은 '장로'를 뜻함.

형제가 될 것을 약속한다는 말도 덧붙였다.

여기에 상서성이 이렇게 대답했다.

"대국에서 병력을 일으켜 나라의 환란을 구제하고 폐단이 마무리되면 무릇 지시한 일 모두에 응하여 부합되게 하겠습니다."

그리고 곧 쌀 천 석을 실어 중군판관 김양경을 파견하면서, 정예병 천을 거느려 호위하게 했다. 김양경이 이르니, 몽고와 동진의 두 원수가 맞이하여 윗자리에 앉히고 말했다.

"두 나라가 조약을 맺어 형제가 되고자 하니 마땅히 너희 나라 임금에게 아뢰어 문첩을 받아 오면, 내 또한 돌아가 황제에게 아뢰어 매듭을 짓겠다."

그러나 이때, 몽고와 동진은 비록 적을 토벌한다는 명분으로 우리들을 구제한다고 하지만, 이 몽고족은 동이족 중에서 가장 흉악하고 사나운 민족이었으며, 일찍이 우리와 더불어 예로부터 좋은 관계를 맺은 적이 없었다. 그런 까닭으로 궁 안이나 밖에서 논란이 들끓었고, 조정의 논의도 역시 서로 맞지 않아 알려줄 수가 없었다.

드디어 계속 미루고 군사를 위로할 음식만 보내니, 조충만 홀로 의심하지 않고, 임금에게 달려와 주장을 그치지 않았다. 몽고가 대답이 늦는 것에 대해 화를 내고 꾸짖기를 심히 급박하게 했다. 이때 조충은 형편에 따라 대응하여 화해를 시켰다.

다음 해에 조충은 합진 및 완안자연과 연합하여 거란이 웅거하고 있는 강동성을 공격하여 그들을 물리쳤다. 합진 등이 돌아갈 때 조충이 전송하여 의주까지 이르렀다. 합진이 조충의 손을 잡고 눈물을 흘리면서 울어 차마 이별하지 못했다. 이때 몽고군이 우리의 여러 장수가 타고 있는 말을 빼앗으려 했는데, 조충이 그들을 이렇게 나무랐다.

"이 말은 모두 우리 관아의 말이다. 비록 이 말이 죽더라도 가죽을 국가에 반납해야 한다. 결코 뺏을 수 없는 것이다."

또 완안자연이 조충을 이렇게 칭찬했다.

"너희 장수 조충은 기이하고 위대하여 보통 사람이 아니다. 나라에 이런 원수가 있다는 것은 하늘이 내린 좋은 운수다."

조충이 전날 술에 취해 그의 무릎을 베고 잠이 들었는데, 완안자연이 조충이 놀라 잠을 깰까봐 움직이지 않았다. 완안자연의 부하들이 베개로 바꿔 누일 것을 청했으나, 자연은 끝까지 허락하지 않고 깨어날 때까지 무릎을 베도록 두었다. 은혜와 신의로 사람을 감동시킴이 이와 같았다.

개선하여 돌아오니 최충헌이 그의 공적을 시기하여, 그를 맞이하는 환영행사를 못하게 했다. 조충은 정당문학과 판예부사에 임명되었고 얼마 지나지 않아 수태위 중서문하시랑평장사 수국사의 벼슬이 첨가되었다. 그 다음해에 사망하니 나이 50이었다. 개부의동삼사 문하시중의 벼슬이 주어지고 시호가 문정이다.

조충은 풍채와 모습이 크고 우람하고, 겉으로 볼 때에는 장엄하고 엄숙했지만, 마음은 너그럽고 화평하여 부드러운 마음씨를 가졌으며 날카로운 행동을 하지 않았다. 세 번이나 문위[6]를 맡았는데, 선발한 사람이 훌륭한 사람이어서 모두가 장수로 나가고 재상이 되었다. 조정과 바깥에서 그에게 의지하여 중요한 인물로 대접했다.

조충이 재상이 되었을 때 동쪽 언덕에 독락원이라는 집을 꾸며, 공적인 시간을 보내고 남은 시간에 어진 선비들을 불러 거문고와 술을 마시며 즐겼다. 후에 고종의 사당에 함께 모셔져 제사를 받도록 하였다.

6) 문위(文闈): 고려시대에 과거를 관장하는 직위, 시관(試官)

趙沖

趙沖字湛若 侍中永仁之子. 家稱孝童 以蔭補官. 入太學 登上舍 旋又登第. 博聞强記
諳練典故. 拜國子大司成 翰林學士 一時典冊 多出其手. 出爲東北面兵馬使 還拜禮部
尙書. 高宗三年 進樞密副使 翰林學士 承旨 上將軍. 文臣兼上將軍 自文克兼始 中廢
已久. 王以沖才兼文武 特授之. 時金山兵闌入北鄙 以參知政事鄭叔瞻 爲行營中軍元
師 沖副之 五領軍屬焉. 又括京都人 不論職之有無 凡可從軍者 皆屬部伍. 又發僧爲軍
共數萬 叔瞻等點兵於順天舘. 時騎勇者 皆爲崔忠獻父子門客 官軍皆老弱羸卒 元帥
心懈. 王御崇文殿 叔瞻沖以戎服 率諸摠管 入庭行禮 王親授鉞. 宿狻猊驛 會大雪 士
卒凍縮不能前. 及霽 至興義驛 適平州防禦軍還 前軍望見槍旗 誤謂賊兵至 遂奔潰 惟
沖勒兵整肅. 叔瞻等聞賊兵至鹽白洲 退屯興義金郊兩驛間. 明年 叔瞻免 以知門下省
事鄭邦輔代之. 邦輔沖等耀兵 鹽州賊兵遁去. 五軍元帥追賊于安州 行至太祖灘 遇雨
而止 置酒宴樂 不設備. 有一人乘白馬 突入陣中 擧旗而麾. 俄而賊兵大至 急圍五軍
前軍先潰. 遂薄中軍 縱火燒壘 諸軍士卒散走 惟左軍拒戰. 邦輔沖奔左軍 左軍亦敗
五軍皆潰 士卒死者不可勝記. 邦輔沖奔還京 賊追至宣義門 焚黃橋而退. 御史臺上疏
請正邦輔沖棄軍驚走之罪 罷職. 未幾 沖復爲西北面兵馬使 俄拜樞密使 吏部尙書. 諫
官奏 趙沖昨以敗爲被劾免 乞收成命. 待其成功 許除官. 從之. 女眞黃旗子軍渡鴨綠
來屯麟龍靜三州境. 沖與戰 斬獲五百餘級. 殺虜及溺江死者 不可勝數 卽復沖職. 明年
爲守司空 尙書左僕射. 時賊日熾 官軍懦弱 不能制. 復以沖爲西北面元帥 金就礪爲兵
馬使 授鉞遣之. 初沖恨敗軍 作詩曰 萬里霜蹄容一蹶 悲鳴不覺換時節 倘敎造父更加
鞭 踏躙沙場摧古月. 至是部伍整齋 號令嚴明 諸將莫敢以書生易之. 沖等道長湍 至洞
州 遇賊于東谷. 擒其毛克高延千戶阿老 次成州 以待諸道. 兵慶尙道按察使李勣 引兵
來 遇賊不得前. 遣將軍李敎守金季鳳 擊之以迎勣. 旣而 賊從二道 俱指中軍. 我兵張
左右翼 鼓而前 賊軍望風而潰 敎守等與勣來會. 賊散而復集 盡銳來攻 我又敗之. 亞將
脫剌逃歸 賊魁入保江東城. 蒙古太祖遣元帥哈眞及札刺 率兵一萬 與東眞萬奴所遣完
顔子淵兵二萬 聲言討契丹賊 攻和孟順德四城破之 直指江東. 會天大雪 餉道不繼 賊
堅壁以疲之 哈眞患之. 遣通事趙仲祥 與我德州進士任慶和 來牒元帥府曰 皇帝以契
丹兵逃在爾國 于今三年 未能掃滅. 故遣兵討之 爾國惟資糧是助. 仍請兵 其辭甚嚴.

且言 帝命破賊之後 約爲兄弟. 於是 以尙書省答曰 大國興兵 救患弊封 凡所指揮 悉皆
應副. 卽輸米一千石 遣中軍判官金良鏡 率精兵一千護送. 及良鏡至 蒙古東眞兩元師
邀置上座曰 兩國結爲兄弟 當白國王 受文諜來 則我且還奏皇帝. 時蒙古東眞 雖以討
賊 救我爲名 然蒙古於夷狄最凶悍 未嘗與我有舊好 以故中外震駭. 朝議亦依違未報
遂稽往犒. 沖獨不疑 馳聞不已. 蒙古怒其緩 訶責甚急 沖輒隨宜和鮮之. 明年 沖與哈
眞子淵等 攻江東城破之 哈眞等還. 沖送至義州 哈眞執沖手 泣下不能別. 蒙古軍奪我
諸將馬 沖詰之曰 此皆官馬 雖死納皮 不可奪也 子淵謂我人曰 汝元師奇偉非常人也
國有此師 天之賜也. 沖嘗被酒 枕其膝而睡 子淵恐其驚寤 略不動. 左右請以易枕 子淵
終不肯 其恩信之感 動人如此. 凱還 忠獻忌功 停迎迓禮. 拜政堂文學 判禮部事. 尋加
守太尉 同中書門下侍郞平章事 修國史. 明年卒 年五十. 贈開府儀同三司 門下侍中.
諡文正. 沖風姿魁偉 外莊重 內寬和 愉愉然 不施戟級. 三掌文闈 所選皆名士. 出將入
相 朝野倚重. 爲相開獨樂園于東皐 每公餘 引賢士大夫 以琴酒自娛. 後配享高宗廟庭.

김취려(金就礪, ?~1234)

　　고려의 장군으로 본관은 언양(彦陽)이고, 예부시랑(禮部侍郞) 부(富)의 아들이다. 음관(蔭官)으로 정위(正尉)에 임명된 뒤 동궁위(東宮衛)를 거쳐 장군으로서 동북계(東北界)를 진압한 후 대장군이 되었다. 1216년(고종 3) 거란병이 가족들을 이끌고 의주·영주·삭주 등지에 쳐들어와 식량을 약탈하고 그곳을 생활 근거지로 삼으려 하자 후군병마사(後軍兵馬使)로 그들을 크게 물리쳐 금오위 상장군(金吾衛上將軍)이 되고, 이듬해 다시 전군병마사(前軍兵馬使)가 되어 충청도 제천까지 침입한 거란군을 격퇴하였다. 1218년 거란이 다시 침입하자 병마사가 되어 원수 조충(趙沖)과 함께 격퇴하였고, 그 후 강동성의 거란 잔병을 몽고·동진 연합군과 합세하여 무찔렀다. 그해 한순(韓恂)·다지(多知) 등이 의주에서 반란을 일으키자 이를 평정했다. 뒤에 수태위 중서시랑평장사 판병부사(守太尉中書侍郞平章事判兵部事)에 이르렀다. 성미가 곧고 청백하여 군기를 엄정하게 하고 부하를 골고루 아끼었으며 싸움에서는 기발한 계교를 많이 꾸며서 큰 공을 세웠다. 사후에 고종의 사당에 함께 모셔졌으며, 시호는 위열(威烈)이다. 『참고문헌』 고려사, 한국인명대사전, 국사대사전

김취려

김취려는 언양 사람이다. 아버지인 김부는 예부시랑이었다. 김취려는 음보로 정위 벼슬에 올랐고, 여러 관직을 역임한 뒤에 장군이 되었다. 동북쪽 국경 지역의 적을 진압하여 대장군으로 발탁되었다.

고종 3년, 거란 유족의 두 왕자[1]가 요하와 삭주 백성들을 위협하여 자칭 대요수국 (大遼收國) 왕이라고 일컫고 연호를 천성[2]이라 했다. 장수 아아걸노가 수만의 병력 을 이끌고 압록강을 건너와 영주와 삭주 등의 진을 공격했다. 그리고 그 다음 날에 의주, 정주, 삭주, 창주, 운주, 연주 등에 난입하여 산과 들에 가득 찼다. 그리고 자의 로 벼와 곡식, 소와 말을 취하여 닥치는 대로 먹었다. 한 달쯤 지나 먹을 것이 떨어지 니 운중 길로 옮겨 들어오게 되었다.

1) 이왕자(二王子): 금(金)나라에 눌렸던 거란족의 야율유가(耶律留哥)가 요(遼)나라를 세워 왕이 되었다가 뒤에 몽고로 탈출해 버림. 뒤에 그 유민 들이 야사포(耶斯布)를 왕으로 추대하고 대요수 국(大遼收國)이라 했고, 후에 금산(金山)과 혁사 (赫舍) 형제가 계승함. 고려 고종 3년에 이들이 몽고 압력에 밀려 고려로 침입했고, 『고려사』에 서는 금산(金山), 금시(金始)의 두 왕자라고 표현 하고 있음.
2) 천성(天成): 대요수국(大遼收國)의 연호는 사적에 따라 '천성(天成)'과 '천위(天威)' 두 가지로 나타 나는데 보통 천성(天成)을 옳은 것으로 봄. 본문 의 '천성(天聖)'은 오류임.

이에 우리 군대가 삼군으로 나누어 그들을 토벌했는데, 김취려가 후군병마사가 되어 최정 화(崔正和)와 진숙(陳淑)을 부관으로 삼아, 13 영군과 신기군을 삼군 밑으로 소속시켰다. 삼 군이 진행을 시작하여 조양진에 이르렀는데, 어떤 사람이 보고하기를 적이 이미 가까이 왔 음을 아뢰었다.

삼군은 각각 별초 백 명과 신기 40인을 파견하 여 아미천변에 이르러 적과 더불어 싸웠는데 관군이 약간 밀리었다. 신기군의 낭장인 정순우 장군이 혼자 적진으로 돌진하여 장수를 상징하는 독기를 가지고 있는 사람의 목을 베니, 적들이 산산이 흩어져 도망쳤다. 이 승리의 기운을 타고 공격하여 80여 명의 목을 베고, 20여 명의 적과 양수척[3] 한 명을 사로잡았다. 그리고 소와 말 수백 필을 얻고 부인(符印)과 여러 무기를 얻은 것이 매우 많았다. 이에 정순우를 장군으로 삼았다.

삼군이 다시 진격을 하여 연주에서 적과 싸워 백여 명의 적을 죽였다. 또 적 3백여 명이 귀주로 와서 주둔하니, 군후원인 오응유 등이 보병을 거느리고 함매[4] 진격하여 물리쳤다. 그리고 산원 함홍재 등이 적 2백5십 명의 목을 베고 3천여 명을 포로로 잡았다. 삼군이 또 귀주 삼기역에서 싸웠는데, 이틀 동안 싸워 2백1십여 적의 목을 베고, 39명을 포로로 잡았다. 장군 이양승 역시 장흥역에서 적을 격파하였다.

적들은 창주로부터 연주로 이동하여 개평역과 원림역 두 역에 주둔하고 끊임없이 서로 연락을 하면서 괴롭혔다. 관군이 신기장수를 시켜 그들을 추격하도록 했는데, 적을 만나 싸워 1백9십 명의 목을 베고 진격하여 연주에 가서 주둔했다. 또 우리 아홉 장수들이 조종수에서 싸워 7백6십여 명의 목을 베었고, 소와 말, 패인(牌印), 병기 등을 얻은 것이 헤아릴 수 없이 많았다.

적들이 다시 병력을 나누어 개평역에 주둔했는데, 우리 여러 군대가 감히 진격을 할 수가 없었다. 이때 또 김취려가 칼을 뽑아들고 말을 채찍질하여 장군인 기존정과 더불어 적들의 포위를 뚫고 적진을 들락날락하면서 분을 내 공격하니, 적병들이 무너져 달아났다. 이에 추격하여 개평역을 통과하는데, 적들이 역 북쪽에 복병을 설치고 있다가 급히 내달아 우리 중군을 공격했다. 곧 김취려가 뒤돌아서 그들을 공격하니 적들이 또 무너져서 흩어졌다.

노원순 장군이 밤에 김취려에게 이렇게 말하여 건의했다.

"적은 수가 많고 우리는 부족하며 우군(右軍) 이 또한 도착하지 않았다. 그리고 처음에 양식을

3) 양수척(楊水尺): 일정한 거소가 없는 하천인. 거란이 침입할 때 앞잡이로 적을 안내했기 때문에 빨리 진격해오게 되었음.

4) 함매(銜枚): 병사들이 소리를 내지 못하게 입에 막대기를 물려 진군하게 함.

3일 분만 가져 왔기에 이미 없어진 상태이다. 물러나서 연주성을 점거하여 쉬면서 훗날을 기다리는 것이 좋을 것이다."

"응, 그건 그렇지 않다. 우리 군대는 여러 번 싸워 이겼고 싸우고자 하는 의지가 날카로우니 청컨대 그 예리함을 이용하여 한 번 싸운 뒤에 그 문제를 의논하는 것이 좋겠습니다."

이때 적이 묵장 들판에 포진하고 있었는데 그 군의 세력이 심히 왕성하였다. 노원순이 말을 달려 김취려를 불러 또한 검은 깃발을 휘날리며 신호로 삼으니, 병사와 병졸들이 칼날을 무릅쓰고 다투어 앞으로 나아가 싸워 한 사람이 백 명의 적을 감당하지 않는 사람이 없었다. 김취려가 문비와 더불어 달려 적진을 가로지르니, 나아가는 곳마다 모두 해쳐지고 쓰러졌다. 3번 싸워서 3번 모두 이겼는데, 이때 김취려의 큰아들이 함께 나갔다가 사망했다.

적들은 흩어져 묘향산에 들어가 보현사를 불태웠다. 관군이 추격하여 그들을 무찔러 목을 벤 것이 총 2천4백 명이고, 남강에 빠져 죽은 적이 역시 천여 명이었다. 이때 적들이 밤에 창주로 도망쳐 숨었는데 부녀자와 아이들을 길가에 버리고 갔기에, 이들이 통곡하며 우는 소리가 마치 만 마리의 소가 소리치는 것 같았다.

마침 한 사람의 적이 병기를 버리고 스스로 관리임을 일컬으며 앞으로 나와 이렇게 요청했다.

"우리들이 고려 변경을 시끄럽게 한 것은 진실로 죄가 됩니다. 여자와 어린 자식이 무엇을 알겠습니까? 청하옵건대 그들만은 죽이지 마시옵소서. 또한 우리들을 핍박하지 않으면 곧 날을 정하여 우리들 스스로 떠나 돌아가겠습니다."

"그래? 하지만 네 말을 어찌 믿을 수 있겠는가?"

하며 그 사람을 불러 이야기와 함께 아주 유쾌하게 술을 마시고 돌려보냈다. 얼마 지나지 않아 거란 장수 아아걸노가 문서에 애걸하는 내용을 써서 보냈는데, 그 사람이 한 말과 같았다.

삼군이 각각 2천 명을 보내어 그들이 물러가는 뒤를 밟아 따라가면서 보니, 적이 버린 물자와 양식과 병기와 기구들이 길에 아주 질펀하였다. 그런데 소와 말을 혹은 칼로 내리치고, 뒷부분은 창으로 찔렀는데, 대체로 이는 다시 사용할 수 없게 하려고 한 것이었다.

곧 6천 명의 병사를 파견하여 청새진에서 싸워 사로잡고 죽인 것이 절반이 넘었다. 또 평노진 도령인 녹진이 역시 적을 추격하여 70여 명을 죽였다. 적이 드디어 청새진을 넘어서 숨어 달아나니, 관군은 연주에 진을 쳤다. 또 늦게 오는 적병들이 지역으로 크게 침입해온다는 말을 듣고, 오직 내상에 머무르게 하고 스스로 호위를 잘 하고 있도록 명령했다. 나머지는 모두 출발했는데 후군이 홀로 양주에서 적을 만나 싸워 사로잡고 죽인 적이 수십 수백 명이었다.

우군과 중군 양 군이 먼저 박주로 돌아갔는데, 김취려는 뒤에 가면서 적들과 싸워 적이 버린 물자들을 수습하여 가니 천천히 행군하게 되었다. 그런데 사현포에 도착하니 적이 갑자기 튀어나와 저격했다. 이에 김취려는 힘껏 싸워 그들을 물리치고, 적이 버린 물자를 노획하여 박주에 이르렀다.

노원순이 서문 밖에 나와 맞이하고 축하하며 말하기를,

"갑자기 강적을 만났을 때에 능히 그 날카로운 선봉을 꺾어, 무거운 짐을 지고 오는 삼군의 군사들로 하여금 털 끝만큼도 손실을 없게 한 것은 김공의 힘입니다."

라면서, 말 위에서 술을 권하며 축하하였다. 양 군의 장사와 나이 많은 어른들도 모두 머리를 조아리며 고마워했다.

"지금 강한 도적과 더불어 서로 맞서서 그 땅에서 움직이지 않고 스스로 싸우는 것은 가히 어려운 일이라 하겠습니다. 그리고 개평, 묵장, 향산, 원림의 싸움에서 김공이 거느린 후군이 매번 선봉이 되어, 적은 군대를 가지고 많은 군대를 격퇴시켜 우리 노약자들의 생명을 보존하게 한 은혜는 진실로 갚을 길이 없습니다. 다만 잔을 올려 축하할 따름입니다."

적이 다시 무리 1백50명을 모아 창주를 침범해오니, 관군이 출격하여 그들을 쫓고 박주에 주둔했다가 밤에 그들을 습격하여 40여 명의 적을 사로잡았다. 다음날 또

홍법사에서 그들을 싸워 이기고, 그 다음날에 장군 김공석이 박주 성문 밖에서 적들과 싸워 죽인 적이 50여 명이었다. 이때 김공석은 은패가 달린 띠를 허리에 두르고 있는 적장을 직접 죽였다.

관군은 성에 들어와 병졸을 쉬게 했는데, 적이 밤에 청천강을 건너서 평양으로 돌진했다. 곧 관군이 적을 맞아 싸웠으나 져서, 장군 이양승 등 천여 명이 전사했다. 적들이 평양성 밖에 이르러 안정 임원역 사람을 무참히 죽였는데, 관군이 능히 막을 수 없었다.

적들이 결빙된 대동강을 밟아 건너서 마침내 서해도에 진입하여 황주를 참혹하게 무찔렀다. 이듬해, 김취려를 금오위 상장군으로 임명하고 또한 승선 김중구를 파견하여 남도병력을 거느리고 김취려와 만나게 했다. 김중구는 적과 더불어 싸웠는데 도공역에서 패했다.

이 일이 있기 전에 중군에서 임금에게 요청하여 군사를 보충해 줄 것을 요구하였다. 좌승선 차척을 전군병마사로 임명하고 대장군인 이부, 김군수를 부관으로 삼았다. 또 상장군 송신경으로 좌군병마사로 임명하고 최유공, 이실춘[5] 장군을 부관으로 삼았다. 이렇게 보충되어 앞서의 삼군과 아울러 합쳐 오군이 되었다.

안주 태조탄에 주둔하여 적과 더불어 싸워 크게 패하여 달려 돌아왔다. 이에 적이 승리를 틈타서 말을 달려 돌진해 따라왔는데, 이때 김취려가 문비를 맞아 싸워 그들을 격퇴했다. 김취려는 홀로 분을 내어 칼을 휘둘러 적을 막았는데 창과 화살이 몸을 관통하여 난 상처는 곪아 종기가 되어 돌아왔다.

이때 적들이 추격하여 선의문까지 이르렀다가 퇴각했다. 그리고 우봉 지역을 약탈하고 임진강과 장단 지역으로 달려갔다. 이에서 정부군은 오군을 다시 사열하여 적을 막으니 적들은 동주를 함락을 시켰다. 이를 본 최충헌이 임금에게 아뢰었다.

"거란병이 지금 동주를 통과했다고 하니 그 기세가 장차 남쪽으로 내려가려고 합니다. 오군이 머뭇거리며 싸우지 않고 오직 양식만을 허비하니, 청하옵건대 중군병마사 오응

5) 이실춘(李實椿): 한문 원문에 '실춘(實春)'으로 되어 있으나 『고려사』 열전에 의해 바로잡음.

부의 직을 파하고 전군병마사 최원세로 그를 대신하게 하소서. 그리고 김취려를 전군병마사로 삼으십시오."

적이 바로 교하로 직행하여 징파나루를 통과하니, 관군이 그들을 격파하여 물리쳤다. 또 적이 풍양현에 이르렀을 때 우리 관군이 장차 횡탄강을 건너려는데 적병이 후미에 와서 공격하였다. 여기에서 좌군이 먼저 패하고, 중군과 후군이 산 바깥에 숨었다가 적의 배후로 나가 격퇴하여 물리쳤다.

그리고 추격하여 노원역에 이르러 매우 많은 적의 목을 베었으며, 적들은 소와 말과 의복이며 양식 등을 모두 버리고 도망을 갔다. 또 전군과 우군이 지평현에서 싸워 그들을 패퇴시키고, 말 천여 필을 노획했다. 적들이 원주로 들어갔을 때 무릇 9번을 맞서 싸우니 성 안의 양식이 다 떨어져 마침내 성이 함락되고 말았다.

이때 대장군 임보를 가발병마사로 삼아 성 안의 공사(公私) 노예들을 징발해 부오로 삼아 파견해 주었다. 전군과 우군이 양근 지평에서 적을 만나 여러 번 싸워 금과 은으로 된 패와 일산을 노획하고, 관군은 계속 적을 추격하여 황여현의 법천사에 이르렀다.

그 다음날, 최원세와 김취려 장군이 적과 더불어 맥곡에서 싸워 3백여 명의 목을 베어 죽였다. 삼일 후에 추격하여 박달재에 이르니, 임보 역시 병력을 거느리고 왔다. 관군들이 박달재 산등성이에 올라 숙박을 했는데, 날이 밝을 무렵에 적이 산등성이의 남쪽에서 진군해 좌우 봉우리로 나눠 오르면서 요충지를 뺏으려고 하였다.

김취려가 군대를 나누어 왼쪽 오른쪽으로 배치하고 중앙을 따라서 북을 울리면서 진격을 하니 군사들이 모두 특별히 죽음을 무릅쓰고 싸웠다. 적이 크게 무너졌는데 함께 따라왔던 노약자와 남녀, 무기와 짐수레가 질편하게 버려져 널려 있었다. 적이 이로 말미암아 남쪽으로 내려가지 못하고 모두 동쪽으로 달아났다.

적을 추격하여 명주 대관산령에 이르러, 옥으로 만든 허리띠며 금은으로 된 패 같은 것을 많이 노획했다. 적들은 함주로 달아났다가 마침내 여진 땅으로 들어갔다. 그랬다가 여진족의 병력을 얻어서 기세를 올리면서 길게 몰아 다시 쳐들어왔다.

김취려가 다시 군대를 돌리는데 갑자기 병이 들었다. 장수들과 보좌관이 서울로 돌아가 의원에게 병을 치료할 것을 요청하였다. 이에 김취려는 대답했다.

"차라리 국경 변방의 성 안의 귀신이 될지언정 돌아가 집에서 편안하게 지내겠는가?"

그러나 병이 심해지자 임금이 서울로 돌아와 병을 다스리라고 명령하였다. 견여(肩輿)를 타고 서울에 이르러 여러 달 만에 병이 나았다. 적들이 다시 모여서 고주와 화주를 침범하여 예주를 함락시켰다. 이때 오군을 폐지하고 삼군으로 설치했다.

다음 해에 적이 또 크게 세력을 합쳐 쳐들어오니 조충 장군을 서북면원수로 삼고, 김취려를 병마사로 삼아, 왕이 친히 부월을 주면서 적지로 파견했다. 김취려 등이 나아가 적을 맞아 여러 번 싸워 그들을 패퇴시켰다. 이에 적들은 형세가 궁해져 강동성으로 들어가 차지하여 지키기만 하였다.

몽고의 합진찰자와 동진의 완안자연이 더불어 거란을 추격하여 토벌하고 곧바로 강동성으로 향하면서, 사람을 보내 병력과 양식을 요청했다. 우리 장수들이 모두 몽고와 동진의 장수에게 가는 것을 꺼리고 싫어하였다.

이에 김취려가 나서서,

"나라의 이해관계가 바로 오늘에 달려있다. 만약에 저들의 뜻을 어겼다가 뒤에 후회해도 어찌 미칠 수 있겠는가?"

라고 흥분하니, 조충은 김취려를 보고 말했다.

"그렇지만 이 일은 매우 중대한 일입니다. 꼭 합당한 사람이 아니면 가히 파견할 수가 없는 것입니다. 사태가 위급할 때에 어려움을 사양하지 않는 것이 신하의 직분입니다. 제가 비록 재주가 없지만 공을 위해 한 번 가겠습니다."

"김장군이 가겠다고? 우리 군중의 모든 일이 오직 공에게 의지하고 있는데, 중요한 자리에 있는 공이 가는 게 괜찮겠는가?"

이렇게 대화하고, 곧 김취려는 지병마사 한광연과 더불어 10장군 병력과 또 신기병과 대각지역 및 내상지역 병력 등 정예병을 거느리고 갔다.

합진이 통역자를 통해 김취려에게 말했다.

"과연 우리와 더불어 우호관계를 맺으려고 하니 당연히 먼저 멀리 몽고황제에게 예의를 표하고, 다음으로 만노황제에게 예의를 표해야 할 것이다."

"아니다. 하늘에는 두 태양이 없고 백성에게는 두 임금이 없는 법이다. 천하에 어찌 두 황제가 있단 말인가? 오직 몽고황제에게만 절을 하겠다."

라고 김취려가 잘라 말했다.

김취려는 신장이 6자 하고도 5촌이나 되고, 수염이 배를 지나서 내려갔다. 늘 예복을 갖출 때 여종 두 명을 시켜 수염을 나눠 들게 하고 허리에 띠를 매었다. 합진이 그 크고 우람한 모습을 보고, 또 그의 말을 듣고 그를 크게 기이하게 여겨, 인도하여 자리를 함께 하였다.

그리고 나이가 얼마인지를 물었는데 김취려가 예순에 가깝다고 대답하니 합진은,

"나는 아직 쉰도 되지 않았다. 이미 우리가 하나의 가정이 되었으니 그대는 형이 되고 나는 아우가 되겠다."

라고 말하고, 김취려를 동쪽으로 향해 앉게 했다. 다음날 병영에 나아가니 합진은 이와 같은 말을 했다.

"내 일찍이 여섯 나라를 정벌하러 다녔는데, 귀한 사람을 많이 만나 보았지만 형의 모습을 보니 너무도 기이함이 느껴지는구려. 내가 형을 중하게 여기는 고로 형이 다스리는 부하 사졸 역시 한 집안사람같이 여기겠노라."

작별에 임하여 둘이 손을 잡고 문을 나가 어깨를 붙들어 말에 올려주었다.

며칠이 지나 조충 역시 거기에 다다랐다. 합진이 김취려에게 물었다.

"원수인 조충의 나이는 형과 더불어 누가 더 많습니까?"

"원수가 나보다 더 많습니다."

이에 합진은 조충을 인도하여 상좌에 앉히고 술자리를 마련해 음악을 연주해주었다. 몽고 관습에 각자 날카로운 칼을 가지고 고기를 잘라, 손님과 주인이 서로 입에 넣어주며 먹는 풍습이 있었다. 그리고 부대를 왔다 갔다 할 때에 우리 군사들은 곁눈질하는 것을 못하게 했다. 평소 용감한 사람이라고 불러 난색을 표하지 않는

사람이 없었다.

조충과 김취려가 앉았다 일어났다 하면서 받들어 맞이하는 예의가 매우 극진하니 합진 등이 대단히 기뻐하였다. 합진이 술을 매우 잘 마셔서 조충과 더불어 우열을 비교하여 둘 중 먼저 취하는 사람이 벌을 받기로 약속하고, 가득 채운 술잔을 이끌어 마시는 것이 많았지만 취하는 기색이 없었다.

이별함에 미쳐 한 잔 술을 들고 마시지 않고 말하기를,

"능히 마시지 못할 것은 없지만 만약에 약속대로 하면 곧 공이 벌을 반드시 받을 것이다. 차라리 내가 벌을 받지, 주인이 손님에게 벌을 주는 것이 어찌 옳겠는가?"라고 말하니, 합진이 그 말을 중히 여기고 크게 기뻐하였다.

이른 새벽에 강동성 아래에서 만나 3백 보 떨어진 곳에 주둔하기로 약속했다. 합진은 성 남문으로부터 땅을 파서 못을 만들어 넓이와 깊이가 10자가 되게 했다. 그리고 서문 이북은 완안자연에게 맡기고 동문 이북은 김취려에게 맡겨, 모두 성 밖에 못을 파서 안에서 도망하여 달아나는 것을 방지하였다.

적이 형세가 군색하여 40여 명이 성을 넘어 몽고군 앞에 와서 항복을 하였다. 적의 두목이 금산(金山) 왕자를 꾸짖어 내버리고 스스로 목을 매어 자살하였다. 군졸과 부녀자 5만여 명이 성문을 열고 나와 항복하니, 합진은 조충 등과 더불어 행군하여 투항하는 모습을 시찰했다.

왕자의 처자식 및 거짓 왕조로부터 임명받은 승상과 평장 이하 백여 명의 신하들은 모두 말 앞에서 목을 베어 죽였다. 그리고 나머지 사람은 죽이지 않고 너그럽게 용서하고, 여러 군대로 하여금 지키게 하였다. 합진이 이렇게 말했다.

"우리들이 만리 밖에서 와서 귀국과 더불어 힘을 합쳐 적을 격파한 것은 천년의 영원한 행복입니다. 예의상 마땅히 국왕에게 가서 절을 올리고 돌아가야 하겠지만, 우리 군사의 무리가 많고 멀리 행군하기가 어려우니 다만 사신만 파견하여 사례하려고 합니다."

합진과 찰자가 조충과 김취려에게 요청하여 동맹을 맺자고 말하였다.

"두 나라가 영원히 형제가 되니 만 세대 자손들이 오늘을 잊지 않을 것입니다."

이러니 조충이 군사를 대접하는 잔치를 열어주었다. 합진이 부녀자와 어린 남자 7백 명과 우리 백성 중에 적에게 포로가 된 사람 2백 명을 우리에게 돌려주었다. 그리고 나이 열다섯 안팎의 처녀들을 조충과 김취려에게 각각 9명씩 보내주고, 준마 9필도 붙여주었다. 그리고 나머지 포로들은 모두 다 자기를 따라가게 했다.

조충은 거란의 포로들을 여러 고을에 나눠 보내어 한가하게 비어 있는 땅을 골라 살도록 하고, 일정한 토지를 지급하여 농업을 일삼으며 살아 우리 백성이 되도록 했다. 그래서 이들이 모여 산 곳을 세속에서 '거란장[契丹場]'이라고 부르게 되었다.

이 해 의주에서 반란을 일으킨 한순과 다지는 의주의 관장과 장수를 죽이고 주위에 있는 여러 성을 연합하여 반란을 일으켰다. 이에 추밀부사인 이극서는 중군을 거느리게 하고, 이적유는 후군을 거느리게 하고 김취려는 우군을 거느리게 하여 그들을 토벌토록 했다.

이듬해에 김취려에게 추밀부사를 임명하고 이극서를 대신하여 중군을 거느리게 하였다. 반란 주모자 한순과 다지가 금나라 원수 우가하에게 투항하니, 우가하가 두 사람을 꾀어서 목을 베었다. 그 목을 우리나라 임금에게 전해왔다. 이때 삼군이 한순과 다지를 따라 반역한 모든 성주들의 죄를 물을 것을 청하였는데 김취려가 반대하여 이렇게 말했다.

"『서경』에 이르기를[6], 큰 우두머리는 죽여도 협력하여 따른 자는 죄를 묻지 말라고 했다. 큰 군사가 진격해 들어갈 때에는 불이 언덕을 태우는 것과 같으니 죄 없이 재앙을 입는 사람도 많아지는 것이다. 하물며 거란족이 쳐들어와서 관동지역이 폐허가 되었는데, 지금 또 스스로 울타리 구실을 하는 국경지역을 철거하면 되겠느냐."

곧 곽원고와 김보정, 종주질, 종주뢰 등 4명을 의주에 보내어 흩어진 백성들을 모아 편하게 살도록 했는데, 종주뢰가 탐욕스러워 뇌물을 많이 받으면서, 뇌물을 바치지 않는 사람은 죄를 꾸며

6) 서운(書云): 『서경(書經)』 하서(夏書) 윤정(胤政) 항에 "火炎崑岡 玉石俱焚 ― 殲厥渠魁 脅從罔治 (곤륜산이 불에 타면 값진 옥과 쓸모없는 돌멩이가 함께 타서 못 쓰게 되니, ―그 사나운 괴수는 섬멸하되 협조하여 따른 자는 처치하지 않고 용서해야 한다.)는 구절을 인용한 것임.

죽였다. 의주 사람들이 그를 원망하여 적당을 유인해 성을 넘어 들어오도록 하여 종주뢰 등을 죽이니, 곽원고와 김보정 등이 도망하여 달아나 보고했다. 김취려가 판관과 녹사를 파견하여, 반역하면 화가 되고 순종하면 복을 받는다는 내용으로 설득하고, 계속하여 대장군 조염경을 파견하여 그들을 토벌하니 적당이 와해되었다.

이때 반란군의 남은 무리들이 영변 산에 숨어 잠복해 있다가 때때로 출몰하여 엄습해 도적질을 했다. 곧 김취려가 장수를 파견하여 그들을 격파하니, 이후로 북쪽 국경 지역이 편안해졌다. 그 이듬해에 김취려는 추밀사 병부상서 판삼사사에 올랐고 얼마 후 참지정사로 옮아갔다.

고종 15년 김취려는 수태위 중서시랑 평장사가 되었다. 마지막으로 시중에 임명되었다가 고종 21년에 사망하니, 시호가 위열이다.

김취려는 사람됨이 검소하고 정직하였으며, 군사를 거느림에 엄숙하여 병사와 군졸들이 추호도 범하지 못했다. 술이 생기면 한 잔의 술을 가지고도 가장 직급이 낮은 사람과 더불어 골고루 나눠 마셨다. 이렇게 했기에 전쟁을 함에 사력을 다하는 군사를 얻은 것이다. 강동성을 함락함에 있어서 자기가 앞서서 다 처리했으나 공적은 모두 조충에게 사양하였다.

적진에 다다라 적을 제압함에 있어서는 기이한 계책을 많이 내었기에 이로써 큰 공을 세웠다. 그랬지만 일찍이 자신의 공적을 자랑하는 일이 없었다. 재상이 되어 얼굴색을 똑바로 하여 아랫사람을 거느리니 감히 어떤 일도 속이지 못했다. 고종 임금 사당에 배향(配享)하여 제사를 받도록 하였다.

사진자료

〈김취려 묘〉　　　　〈김취려 동상〉

金就礪

金就礪彦陽人. 父富禮部侍郎 就礪蔭補正尉. 累遷將軍 鎭東北界 擢大將軍. 高宗三年
契丹遺種二王子 脅河朔民 自稱大遼收國王. 建元天聖[成] 其將鵝兒乞奴 引兵數萬 渡
鴨綠江 攻寧朔等鎭. 又明日 闌入義靜朔昌雲燕等州 彌漫山野 恣取禾穀牛馬 而食之.
居月餘 食盡 移入雲中道. 於是分三軍 討之. 就礪爲後軍兵馬使 崔正和陳淑爲副 十三
領軍 及神騎屬焉. 三軍啓行 至朝陽鎭 人報賊已近. 三軍各遣別抄一百 神騎四十人 至
阿爾川邊 與賊戰 官軍稍却. 神騎郎將丁純祐 突入賊中 斬持纛者 賊奔潰. 乘勝斬八十
餘級 虜二十餘人 獲楊水尺一人 得牛馬數百匹 符印器仗甚衆. 乃拜純祐爲將軍. 三軍
又與賊戰于連州 斬百餘級. 賊三百餘人 來屯龜州. 軍侯員吳應儒等 率步卒 銜枚擊之.
散員咸洪宰等 斬二百五十級 虜三千餘人. 三軍 又戰于龜州三歧驛. 二日斬二百一十餘
級 虜三十九人. 將軍李陽升 亦破賊于長興驛. 賊自昌州移延州 屯開平原林兩驛 絡驛
不絶. 官軍遣神騎將追之 遇賊與戰 斬一百九十級 進次延州. 九將戰于朝宗戍 斬獲七
百六十餘人 得馬騾牛 及牌印兵仗無算. 賊分兵 聚屯開平驛 諸軍莫敢前. 就礪拔劒策
馬 與將軍奇存靖 直衝賊圍 出入奮擊 賊兵潰. 追過開平驛 賊設伏驛北 急擊中軍. 就礪
回擊之 賊又潰. 元純夜謂就礪曰 彼衆我寡 右軍又不至 始齎三日糧耳. 今已盡 不如退
據延州城 以俟後便. 就礪曰 我軍屢捷 鬪志尙銳 請乘其鋒 一戰而後議之. 賊布陳墨匠
之野 軍勢甚盛. 元純馳召就礪 且揚墨幟爲信. 士卒冒白刃爭赴 無不一當百. 就礪與文
備 橫截賊陣 所向披靡 三合三克 就礪長子死. 賊奔入香山 燒普賢寺. 官軍追擊之 斬獲
總二千四百餘人 溺死南江者 亦千數餘衆. 夜遁昌州 婦女小兒 委棄路傍 號哭聲如萬牛
吼. 有一人棄兵 自稱官人 直前請曰 我等擾貴國邊疆 固有罪矣 婦子何知 請無盡殺.
且無薄我 我則刻日 自返矣. 就礪使謂之曰 汝言何可信. 與之酒快飮而去. 俄而鵝兒乞
奴 送符文 陳乞如其言. 三軍各遣二千人 躡其後 見賊所棄資糧器仗 狼藉於道. 牛馬或
斫其腰 刺其後蓋 使不可復用也. 所遣六千人 戰于淸塞鎭 擒殺過當. 平虜鎭都領祿進
亦擊殺七十餘級. 賊邃踰淸塞鎭 遁去. 官軍次延州 又聞賊兵後至者 大入境 惟留內廂
自衛. 其餘悉發 而後軍獨遇于楊州 擒殺數十百級. 兩軍先回博州 就礪獲輜重 徐行至
沙峴浦. 賊突出狙擊 就礪力戰却之 獲輜重而至. 元純出迎西門外 賀曰 卒遇强敵 能摧
其鋒 使三軍負荷之士 無一毫之失 公之力也. 馬上擧酒爲壽. 兩軍將士 及諸城父老 皆

叩頭曰 今者與强寇角立 而自戰其地 可謂難矣. 而開平墨匠香山原林之役 後軍每爲先
鋒 以少擊衆 使我老弱獲全性命 顧無以報 但祝壽而已. 賊復聚衆百五十人 犯昌州. 官
軍擊走之 屯博州 夜襲賊于興郊驛 虜四十餘人. 明日 又戰洪法寺 克之. 又明日 將軍金
公奭與賊 戰于州城門外 殺獲五十餘人. 公奭手斬帶銀牌者 官軍入城 休卒. 賊夜涉淸
川江 指西京. 官軍與賊戰 敗績 將軍李陽升等 千餘人死. 賊至西京城外 屠安定林原驛
官軍不能沮遏. 賊氷渡大同江 遂入西海道 屠黃州. 明年 拜就礪金吾衛上將軍. 又遣承
宣金仲龜 領南道兵以會. 仲龜與賊戰 敗于陶公驛. 初中軍奏請濟師 以左承宣車偶 爲
前軍兵馬使 大將軍李傅金君綏爲副. 上將軍宋臣卿 爲左軍兵馬使 崔愈恭李實春[椿]
爲副. 幷前三軍 爲五軍. 次于安州太祖灘 與戰大敗 奔還. 賊乘勝馳突 就礪與文備 逆擊
之. 奮劍獨拒 槍矢交貫于身 病瘡而還 賊追至宣義門而退. 遂寇牛峰 趣臨江長湍. 於是
更閱五軍 以禦之 賊陷東州. 忠獻奏曰 契丹兵過東州 勢將南下 五軍逗遛不戰 徒費糧
餉. 請罷中軍兵馬使吳應夫職 以前軍兵馬使崔元世代之 以就礪爲前軍兵馬使. 賊指交
河 過澄波渡 官軍擊却之. 賊至豊壤縣 官軍將渡橫灘 賊兵尾擊之 左軍先敗. 中軍後軍
自山外出賊背 擊却之. 追至盧元驛 斬馘甚多 牛馬衣糧 盡棄而去. 前軍右軍 戰于砥平
縣 敗之 獲馬千餘匹. 賊入原州 凡九戰 城中食盡 城遂陷. 以大將軍任輔爲加發兵馬使
選城中公私奴隷充部伍 而遣之. 前軍右軍 遇賊于楊根砥平 屢戰 取金銀牌 及傘子. 官
軍追賊 至黃驪縣法泉寺. 翼日 元世就礪 與賊戰于麥谷 斬獲三百餘級. 後三日 追至朴
達峴 任輔亦將兵來 官軍登嶺而宿. 質明 賊進軍于嶺之南 分登左右峰 欲爭要害. 就礪
分軍左右 從中鼓之 士皆殊死戰 賊大潰. 老弱男女兵仗輜重 狼藉委棄. 賊由是不果南
下 皆東走 追至溟州大關山嶺 獲玉帶金銀牌. 賊趨咸州 遂入女眞地 得女眞兵 復振長
驅而來. 就礪回軍 忽遘疾 將佐請歸就醫藥 答曰 寧爲邊城鬼 可歸安於家乎. 疾甚 勑歸
京理疾 肩輿至京 累月乃瘳. 賊復聚 寇高州和州 陷豫州. 於是 罷五軍置三軍. 明年
賊又大至 以趙沖爲西北面元帥 就礪爲兵馬使 王親授鉞遣之. 沖就礪等 數與賊戰 敗
之. 賊勢窮 入保江東城. 哈眞札剌與完顏子淵 追討契丹 直指江東 遣人請兵糧. 諸將皆
憚於行 就礪曰 國之利害 正在今日 若違彼意 後悔何及. 沖曰 然此大事 非其人不可遣.
就礪曰 事不辭難 臣分也. 吾雖不才 請爲公一行. 沖曰 軍中之事 徒倚公 重公去可乎.
就礪乃與知兵馬事韓光衍 領十將軍兵 及神騎大角內廂精卒. 哈眞使通事語就礪曰 果
與我結好 當先遥禮蒙古皇帝 次禮萬奴皇帝. 就礪曰 天無二日 民無二王 天下安有二帝

耶. 只拜蒙古帝. 就礪身長六尺五寸 而鬚過其腹 每盛服 必使兩婢子分擧其鬚 而後束帶. 哈眞見狀貌魁偉 又聞其言 大奇之 引與同坐 問年幾何. 就礪曰 近六十矣. 哈眞曰 我未五十矣. 旣爲一家 君其兄 而我其弟乎 使就礪東向坐. 明日 又詣其營 哈眞曰 吾嘗征伐六國 閱貴人多矣. 見兄之貌 何其奇歟. 吾重兄之故 視麾下士卒 亦如一家. 臨別執手出門 扶腋上馬. 數日 沖亦至 哈眞問元帥年與兄孰長. 就礪曰 長於我矣. 乃引沖上坐置酒作樂. 蒙古之俗 好以銛刀刺肉 賓主相唘. 往復不容瞥我軍士 素號勇者 莫不有難色. 沖就礪跪起承迎甚熟 哈眞等極歡. 哈眞善飮 與沖較優劣 約不勝者罰之. 沖引滿雖多 無醉色. 及別 擧一杯 不飮曰 非不能飮 勝而如約 則公必受罰矣. 寧我見罰 主人而罰客可乎. 哈眞重其言 而大悅. 約詰朝會江東城下 去三百步而止. 哈眞自城南門鑿池 廣深十尺 西門以北委之. 完顏子淵 東門以北委之. 就礪皆令鑿隍 以防逃逸. 賊勢窘 四十餘人 踰城降於蒙古軍前. 賊魁喊捨王子 自縊死. 軍卒婦女 五萬餘人 開城門出降. 哈眞與沖等 行視投降之狀. 王子妻息 及僞丞相平章以下百餘人 皆斬於馬前. 其餘寬其死使諸軍守之. 哈眞曰 我等來自萬里 與貴國合力破賊 千載之幸也. 禮當往拜國王 吾軍衆 難於遠行 但遣使陳謝耳. 哈眞札剌 請沖就礪同盟曰 兩國永爲兄弟 萬世子孫 無忘今日. 沖設犒師宴. 哈眞以婦女童男七百口 及吾民爲賊虜掠者二百口 歸于我. 以女子年十五左右者 遺沖就礪各九人 駿馬各九匹 其餘悉自隨. 沖以契丹俘虜 分送州縣 擇閒曠地居之. 量給田土 業農爲民 俗呼爲契丹場. 是年 義州賊韓恂多智 殺守將 連諸城以叛. 以樞密副使李克偦將中軍 李世儒將後軍 就礪將右軍 討之. 明年 拜樞密副使 代克偦將中軍. 恂智等 投金元帥亏哥下. 亏哥下誘斬二人 傳首于京. 三軍請理諸城從逆之罪 就礪曰 書云殲厥巨魁 脅從罔治. 大軍所臨 如火燎原 無辜受禍多矣. 況因契丹 關東爲墟 今又自撤藩籬可乎. 遣郭元固金甫貞宗周秩宗周賚等 往義州 安集遺民. 周賚貪婪多受人賂 無賂者借事誅殺. 州人怨之 引賊黨踰城而入 殺周賚等. 元固甫貞 逃奔以告. 就礪遣判官錄事 諭以禍福 繼遣大將軍趙廉卿討之 賊黨瓦解. 時契丹餘衆 竄伏寧邊山中 時出鈔盜. 就礪遣將 擊破之 北境以安. 明年 陞樞密使 兵部尙書 判三司事 俄遷參知政事. 十五年 守太衛中書侍郞平章事 遂拜侍中. 二十一年卒 諡威烈. 就礪爲人 節儉正直. 持軍嚴肅 士卒不犯秋毫. 有酒卽用一卮 與最下者均飮 故得其死力. 江東之役 事皆讓於沖. 至臨陳制敵 多出奇計 以成大功 然未嘗自矜. 爲相正色率下人 不敢欺. 配享高宗廟庭.

 ## 박서(朴犀, 생몰년 미상), 송문주(宋文胄, 생몰년 미상)

➤ 박 서 | 고려의 무신으로 본관은 죽산(竹山), 호부상서(戶部尙書) 인석(仁碩)의 아들이다. 1231년(고종 18) 서북면병마사(西北面兵馬使)로 있을 때, 몽고 장수 살리타이[撒禮塔]가 쳐들어와 철주(鐵州)를 함락하고 이어 귀주를 공격하자 삭주분도장군(朔州分道將軍) 김중온 (金仲溫)·정주분도장군(靜州分道將軍) 김경손(金慶孫) 등과 함께 귀주에 모여 성을 사수, 누차(樓車)·대포차(大砲車)·운제(雲梯) 등 온갖 무기로 공격해 오는 몽고군과 한 달 동안이나 격전 끝에 마침내 물리쳤다. 귀주를 버리고 개경을 먼저 함락하여 고종의 항복을 받고 군세를 가다듬어 돌아가는 길에 다시 귀주를 공격하려는 몽고군을 또다시 대파하였다. 이때 고종의 왕명으로 지병마사(知兵馬使) 최임수(崔林壽)·감찰어사(監察御史) 민희(閔曦) 등이 와서 항복할 것을 권유하자 완강히 거부하다가 결국 왕명을 어기지 못해 항복했다. 후에 문하평장사(門下平章事)에 이르렀다. 『참고문헌』 고려사, 한국인명대사전, 국사대사전

➤ 송문주 | 고려 고종 때 몽고 침입에 참전한 종군 병사이다. 서북면병마사 박서(朴犀)의 휘하에 소속되어 귀주성 전투에서 큰 공을 세워 낭장에 특임되었다. 고종 23년에 죽주 방호별감으로 있을 때, 몽고군의 항복 권유를 뿌리치고 성 문을 열고 나가 혁혁한 전공을 세웠고, 뛰어난 예지력으로 백성들로부터 귀신과 같다는 평을 들었다. 후에 공적을 인정받아 좌우위장군(左右衛將軍)에 임명되었다. 『참고문헌』 고려사

박서, 송문주

박서는 죽주 사람이다. 고종 18년에 서북면병마사가 되었는데, 몽고 원수인 살리 타이가 군사를 거느리고 와 철주를 짓밟고 귀주성으로 쳐들어왔다. 박서가 김중온, 김경손 장군과 더불어 정주, 삭주, 위주, 태주 등의 수령들을 지휘하여 군사를 거느리고 귀주성에 모였다. 박서는 김중온에게 성의 동쪽과 서쪽을 맡기고, 김경손은 성의 남쪽을 지키도록 하고, 도호 별초군 및 위주, 태주 별초군 2백50여 명을 나누어 삼면을 지키게 했다.

몽고 병력이 여러 겹으로 성을 포위하고 밤낮으로 서쪽과 남쪽, 북쪽 문을 공격하는데 성 안의 군사들이 갑자기 튀어나와 그들을 격퇴시켰다. 이때 몽고군이 위주 부사인 박문창을 사로잡아 성 안으로 들어가게 하여 항복할 것을 설득했다. 이에 박서는 그의 목을 베었다.

몽고는 정예기마병 3백 명을 뽑아 북문을 공격하니 박서가 그들을 격파하여 물리쳤다. 몽고군에서 지붕을 덮은 수레와 큰 평상을 만들어 소가죽으로 싸서 그 속에 병력을 숨겨 성 밑으로 밀고 들어와 땅굴을 파게 했다. 곧 박서는 성에 뚫린 굴에 끓는 쇳물을 부어 그들의 덮개 있는 수레를 불태웠다. 이때 땅이 또한 함몰되어 30여 명이 전부 압사하였다. 박서는 또 마른 풀에 불을 붙여 던져서 목상을 불타게 하니, 몽고인들이 뜻밖의 일로 크게 놀라 모두 흩어져 도망갔다.

몽고군은 커다란 대포를 실은 차 15개를 가지고 매우 급박하게 남쪽 문을 공격했다. 박서 역시 대응하여 성 위에 대를 구축하고 포를 쏘아 돌멩이를 날려 그들을 물리쳤다. 또한 몽고군이 사람 기름을 땔나무에 적셔 두텁게 쌓아서 거기에 불을 붙여 성을 공격해 왔다. 이에 박서가 성 위에서 물을 부으니 그 불꽃이 더욱 치솟기에, 진흙을 가져오게 하여 물을 섞어 던지니 그 불이 꺼졌다.

몽고군이 또 수레에 풀을 실어서 불을 붙여 성문 위의 누각을 공격하니, 누각 위에 미리 저장해두었던 물을 내려 부으니 화염이 곧 사라졌다. 몽고군이 성을 포위한 지 30일이 되었다. 이 동안 몽고군은 온갖 계책으로 성을 공격했으나, 박서는 그때마다 거기에 맞게 변화하여 계책을 써서 수비를 더욱 튼튼하게 하였다. 몽고 군사는 기어이 성을 함락시키지 못하고 물러갔다.

다시 북쪽 경계 지역 여러 성의 병력을 이끌고 와서 성을 공격하는데, 포를 쏘는 수레 30여 대를 나열해 설치하고는 공격하여 성의 낭무(廊廡) 50칸을 파괴해버렸다. 곧 박서는 허물어진 곳을 따라 보수하여 쇠사슬로 얽어매니, 몽고군은 감히 다시 공격하지 못했다. 이때 박서가 성을 나가 싸워 그들을 공격해 크게 이겼다.

몽고군이 다시 큰 대포를 실은 수레를 가지고 와서 성을 공격하는데, 박서가 또한 맞서 포거(砲車)를 쏘아 돌을 날려 격살한 적의 수를 헤아릴 수가 없었다. 몽고군이 물러나서 군사를 주둔하고 나무 울타리를 세워 방비를 튼튼히 했다. 그리고 살리타이는 우리나라에 통역사를 파견하여, 회안공[1]의 정첩을 가지고 와 항복하도록 유도했다.

박서가 듣지 않으니, 몽고군은 또한 구름사다리를 만들어 성을 공격했다. 박서가 대우포(大于浦)라는 무기를 가지고 그들을 맞아 격퇴하니, 무너지고 부서지지 않은 것이 없었으며, 사다리가 접근할 수가 없었다. 대우포라는 것은 큰 칼날과 큰 병기였다.

왕이 우간의대부인 최임수와 감찰어사인 민희를 파견하여, 몽고 군사를 거느리고 귀주성 밖에 가서 이렇게 설득하도록 했다.

"이미 회안공 정(侹)을 보내 몽고와 강화를 맺었다. 우리 삼군이 모두 항복을 했으니 가히 전쟁을 그치고 나와서 항복하라."

이렇게 설득한 것이 3, 4번이었지만 박서는 오

1) 회안공(淮安公): 고려 제8대 현종의 아들인 평양공 기(基)의 후손으로, 고려 제20대 신종의 사위가 되었다. 고종18년 몽고병이 침입했을 때 왕명으로 선물을 가지고 가서 몽고 원수 살리타이에게 전하고 그 휘하에 머물면서 고려와 몽고 사이의 화의 맺는 일을 주도했음.

히려 듣지 않았다. 민휘가 화가 나서 칼을 뽑아 자결하려 하니, 박서 등이 왕명을 어기는 것을 어렵게 생각하고 이에 항복했다.

뒷날, 몽고 사신이 도착하여, 전날 성을 굳게 지키고 항복하지 않은 박서를 문제 삼아 그를 죽이고자 했다. 이에 최이(崔怡)가 박서에게 일러,

"경은 우리 고려에 대해서는 충절을 비교할 바가 없지만, 그러나 몽고의 말은 역시 두려운 일이다. 경 자신이 스스로 그 방법을 도모하라."

이렇게 말하니, 곧 박서는 물러나 고향으로 돌아갔다.

몽고가 귀주성을 포위함에 있어서, 몽고 장수 중에 나이 70이 된 사람이 성각의 모습과 기계들을 둘러보고 탄식하여 말했다.

"내 성년이 된 이후로 전쟁에 나가서 천하의 성과 성 밑의 연못을 두루 돌아보았지만, 성이 공격을 당해 이와 같이 되어서도 끝까지 항복하지 않은 경우를 일찍이 보지 못했다. 이 성에 남아 있던 여러 장수들은 반드시 뒷날 모두 장군이나 재상이 될 것이다."

이랬는데, 뒤에 박서는 과연 문하평장사에 임명되었다.

송문주 역시 귀주 싸움에 종군한 사람으로, 이 성에서 싸운 공에 의하여 단계를 초월해 낭장에 임명되었다. 고종 23년에 송문주가 죽주 방호별감이 되었을 때, 몽고 군이 죽주성에 이르러 항복할 것을 권하자, 성 안의 군졸들이 나가 싸워 그들을 물리쳤다.

몽고군이 다시 성을 공격하며 포를 쏘니 성문이 떨어져 나갔다. 성중 군사가 역시 포를 맞받아 쏘면서 공격하니 몽고군이 감히 가까이 오지 못했다. 또 몽고군이 마른 나무에 사람 기름을 뿌리고 불을 붙여 공격하니, 송문주가 일시에 성문을 열고 나가 공격하여 몽고군을 죽인 것은 그 수를 헤아릴 수 없었다.

몽고군이 여러 방법으로 공격하여 무릇 보름이 넘었으나 끝내 함락시키지 못하고, 공격하던 무기를 불사르고 돌아갔다. 송문주가 귀주성에 있을 때, 몽고군의 공격기술 에 대해 능숙하게 알고 있어서, 그들의 계획을 먼저 알고 군사들에게 일러,

"오늘은 적들이 반드시 어떤 기계를 설치하여 공격할 것이니 우리들은 마땅히 어떤 기계를 준비했다가 대응해야 할 것이다."

라고 예언했다. 그런데 과연 그 말대로 공격해오니, 성 안의 모든 사람이 그를 귀신같이 밝다고 일컬었다. 공적을 논의하여 좌우위장군에 임명하였다.

朴犀, 宋文冑

朴犀竹州人. 高宗十八年 爲西北面兵馬使. 蒙古元帥撒禮塔 屠鐵州 至龜州. 犀與將軍
金仲溫金慶孫 靜朔渭泰州守令 率兵會龜州. 犀以仲溫軍守城東西 慶孫軍守城南 都
護別抄及渭泰州別抄 二百五十餘人 分守三面. 蒙兵圍城數重 日夜攻西南北門. 城中
軍 突出擊之. 蒙兵擒渭州副使朴文昌 令入城諭降 犀斬之. 蒙古選精騎三百 攻北門
犀擊却之. 蒙古創樓車及大床 裹以牛革 中藏兵 薄城底以穿地道. 犀穴城 注鐵液 以燒
樓車. 地且陷 蒙兵壓死者三十餘人. 又爇朽茨 以焚木床 蒙人錯愕而散. 蒙古又以大砲
車十五 攻南甚急. 犀亦築臺城上 發砲車飛石却之. 又以人膏漬薪 厚積縱火攻城. 犀灌
以水火愈熾 令取泥土 和水投之乃滅. 蒙古又車載草 爇之以攻譙樓. 犀預貯水樓上灌
之 火焰熄. 蒙古圍城三旬 百計攻之 犀輒乘機應變 守益固. 蒙古不克而退. 復驅北界
諸城兵 來攻. 列置砲車三十 攻破城廊五十間. 犀隨毀隨葺 鎖以鐵絚 蒙古不敢復攻.
犀出戰擊之 大捷. 蒙古復以大砲車 攻之. 犀又發砲車飛石 擊殺無算. 蒙古退屯 樹柵
以守. 撒禮塔遣我國通事 以淮安公侹牒 至龜州諭降 犀不聽. 蒙古又造雲梯 攻城. 犀
以大于浦迎擊之 無不糜碎 梯不得近. 大于浦者 大刃大兵也. 王遣右諫議大夫崔林壽
監察御史閔曦 率蒙人往龜州城外 諭曰 已遣淮安公侹 講和于蒙古 我三軍亦已降 可
罷戰出降. 諭之數四 猶不聽. 曦憂憤 欲拔劍自刺 犀等重違王命 乃降. 後蒙使至 以犀
固守不降 欲殺之. 崔怡謂犀曰 卿於國家忠節無比 然蒙古之言 亦可畏也 卿其圖之.
犀乃退 歸其郷. 蒙古之圍龜州也 其將有年七十者 環視城壘器械 歎曰 吾結髮從軍 歷
觀天下城池攻戰之狀 未嘗見被攻如此 而終不降者. 城中諸將 他日必皆爲將相. 後犀
果拜門下平章事. 宋文冑亦從軍龜州者也. 以功超授郎將. 二十三年 爲竹州防護別監
蒙古至竹州城 諭降. 城中士卒 出擊走之. 蒙古復以砲攻城 城門輒摧落. 城中亦以砲逆
擊之 蒙古不敢近. 又以人油灌藁 縱火攻之. 文冑一時開門 突擊之 蒙古死者 不可勝
數. 蒙古多方攻之 凡十五日竟不能拔 乃燒攻具而去. 文冑在龜州 熟知蒙古攻城之術
其計畫無不先料. 輒告衆曰 今日 賊必設某機械 我當備某器應之. 賊至果如其言 城中
皆謂之神明. 論功 拜左右衛將軍.

 김경손(金慶孫, ?~1251)

　　고려의 장군으로 본관은 경주(慶州), 평장사(平章事) 태(台瑞)의 아들이다. 용모가 아름답고 지용과 담략이 뛰어났다. 1231년(고종 18) 정주 분도장군이 되었을 때 몽고군이 침입하자 결사 12명을 거느리고 분전 격퇴했다. 이어 대군이 다시 쳐들어오자 귀주(龜州)에 가서 병마사 박서의 휘하에 들어가 우세한 병력으로 성을 포위하여 밤낮으로 공격하는 몽고군을 맞아 20여 일간 분투 끝에 격퇴하였다. 그 후 1237년 전라도 지휘사가 되어 나주성에 있을 때 백적도원수(百賊都元帥)라 자칭하며 난을 일으킨 이연년의 강한 세력으로부터 포위를 당하게 된다. 별초(別抄) 30명으로 그들과 싸워 이연년을 죽이고 패주시켰다. 추밀원부사가 되어 민심을 얻게 되자 권세를 잡았던 최항이 시기하여 1249년 백령도로 유배를 당한다. 이후 1251년(고종 38) 최항은 계모와 계모의 아들 오승적과 김경손이 인척관계가 있다하여 바다에 던져 죽여 버렸다. 『참고문헌』 고려사, 한국인명대사전, 국사대사전

김경손

김경손의 초명은 운래로 평장사 김태서(金台瑞)의 아들이다. 그의 어머니가 오색 구름 사이에서 여러 사람이 옹위한 청의동자 한 사람이 하늘에서 자기 품안으로 떨어지는 꿈을 꾸었다. 그 후 태기가 있어 김경손을 낳았는데 용모가 아름답고 머리 위에는 용의 발톱같이 솟은 뼈가 있었다.

그는 성격이 무게 있고 위엄이 있었으며 지혜와 용맹이 보통 사람을 초월하였고 담대하면서도 지략이 있었다. 노하면 수염과 머리털이 꼿꼿하게 일어서곤 하였다. 일찍이 문음(門蔭)으로 벼슬자리에 올라 귀하고 중요한 벼슬을 역임하였다. 집에 있을 때에도 반드시 조삼을 입고 마치 손님을 대하는 것처럼 조심했다.

고종 18년에 정주(靜州) 분도장군이 되었다. 그때 몽고군이 압록강을 건너 철주를 함몰하고 정주까지 침입하여, 김경손이 관아 안의 군사들 중 용감하고 죽음을 각오하는 군사 12명을 거느리고 성문을 나가 힘을 다하여 싸우니 몽고군이 물러갔다.

얼마 후 바로 대군이 몰려오자 성 안의 사람들이 능히 성을 지킬 수 없을 것이라고 생각하고 모두 도망가 숨었다. 김경손이 성 안에 들어가니 한 사람도 없기에, 홀로 12명과 더불어 산에 올라, 밤길을 걷고 익히 음식을 먹지 못한 지 7일 만에 귀주에 도착하니 삭주 수장 김중온도 성을 버리고 도망 와 있었다.

병마사 박서가 김중온에게 명령하여 성의 동서쪽을 지키게 하고 김경손은 남쪽을 지키게 하였다. 몽고의 대병이 남문을 공격하니 김경손은 자신이 거느린 12명의 군사들과 모든 성의 별초를 거느리고 성에서 나와 군사들에게 명령하기를,

"너희 중에 목숨을 돌보지 않고 죽어도 물러서지 않을 자는 우측에 서라."
라고 말하니 별초군이 모두 땅바닥에 엎드려 응하지 않았다.

김경손이 그들을 모두 성 안으로 돌려보내고 홀로 12명의 군사와 더불어 적진으로 진격하였다. 먼저 달려가면서 검은 깃발을 들고 선봉에 선 적의 기병에게 활을 쏘니 곧 넘어졌다. 12명의 군사도 나가 분을 내어 싸웠는데, 김경손의 팔에 흐르는 화살이 날아와 명중하여 피가 질펀했으나, 계속 북을 치며 싸움을 격려했다. 이렇게 싸우기를 4, 5차례 한 끝에 몽고군이 물러갔다.

김경손이 대오를 정돈한 후 쌍피리를 불면서 돌아오니, 박서가 그를 맞이하여 절하면서 눈물을 흘렸는데, 김경손도 역시 절하며 눈물을 흘렸다. 그 후 박서는 성을 지키는 일을 일체 김경손에게 위임했다.

몽고군이 성을 여러 겹으로 포위하고 밤낮으로 공격하면서 수레에 풀과 나무를 싣고 그것을 구르면서 공격했다. 이에 김경손이 대포차를 쏘고 끓는 쇳물을 흘려보내 그 수레에 쌓인 풀을 불태우니 몽고군이 퇴각했다가 다시 공격해 왔다. 김경손이 호상(胡床)에 걸터앉아 전투를 독려하는데, 적이 발사한 포탄이 김경손의 이마를 스치고 날아가 뒤에 있던 위병이 맞아 머리와 몸이 부서졌다.

좌우에 있던 군사들이 모두 호상을 옮겨 앉기를 청하였으나 김경손이 말했다.
"아니다. 만일 내가 움직이면 군사들의 마음도 모두 흔들리게 된다."
라면서 안색이 태연하였다.

큰 싸움이 20여 일이 되자 김경손은 시기에 따라 방비를 설치하고 응하여 변화하는 능력이 귀신같았으므로 몽고군이 이렇게 말하고, 포위를 풀고 물러갔다.
"이 성은 적은 병력으로 큰 병력을 대적하는데 하늘이 돕는 바이며 결코 사람의 힘이 아니로다."

김경손은 그리고 곧 대장군 지어사대사에 임명되었다.

고종 24년에 전라도 지휘사가 되었는데, 그때에 초적(草賊) 이연년 형제가 원률과 담양 등 여러 고을의 군대와 무뢰배를 모아 하주와 해양현 등 고을을 함락시켰다.

김경손이 나주에 들어왔다는 말을 듣고, 적들이 성을 포위했는데 적의 무리가 매우 왕성하였다.

　김경손이 성문에 올라 적을 바라보고,

　"적이 사람이 많기는 하나 모두 짚신이나 삼던 촌사람일 따름이다."

라고 말하고, 즉시 별초가 될 만한 사람 30여 명을 모집했다. 한편 고을의 노인들을 불러 놓고 눈물을 흘리면서 이르기를,

　"너희 고을은 어향(御鄕)이니 다른 고을들을 따라 적에게 항복해서는 안 된다."

라고 말하니, 노인들도 모두 땅바닥에 엎드려 눈물을 흘렸다.

　김경손이 출전을 독려하니 주위에서 말하기를,

　"오늘 우리는 병력이 적고, 적은 많으니 청하옵건대 주와 군의 병력이 옴을 기다려 출전하기를 바랍니다."

라고 하니, 김경손은 노하여 꾸짖고 가두에서 금성 산신에게 제사를 올리면서 친히 술잔을 두 번 올리고 말했다.

　"전쟁에서 이겨 돌아온 뒤에 마땅히 마지막 한 잔을 올리겠습니다."

　일산을 펼치고 출전하고자 하니, 또 좌우에서 나서며 말했다.

　"이와 같이 하고 나가면 적들에게 알리는 표지가 됩니다."

　이에 김경손은 또한 노하여 꾸짖어 물리쳤다. 드디어 성문을 열고 나가는데 들어 올린 현문을 속히 내리지 않았으므로, 수문장을 죽이려고 하니 곧 현문을 내렸다.

　반란적 이연년이 성문이 열리는 것을 보고 그의 부하들에게 경계하여 지시했다.

　"지휘사는 귀주 싸움에서 큰 공을 세운 대장이다. 인망이 매우 높으니 내가 그를 꼭 사로잡아 도통으로 삼을 것이니 활을 쏘지 말라. 또 혹시 지나는 화살에 부상할까 염려되니 모두 활과 화살은 사용하지 말고 짧은 병기로 싸우라."

　비로소 교전이 시작되니, 이연년은 자신의 용맹을 믿고 곧바로 앞으로 내달아 김경손의 말고삐를 잡고 나가려 했다. 이때 김경손이 검을 뽑아들고 싸움을 독려하니 별초들이 모두 몸을 생각지 않고 싸워서 이연년을 죽이고 그 기세를 몰아서 적들을

궤멸시켰다. 그래서 그 지방 일대가 다시 안정되었다.

김경손은 내직으로 들어와 추밀원지주사로 임명되었는데, 어떤 사람이 최이(崔怡)에게 이렇게 참소했다.

"김경손 부자(父子)가 상공을 은근히 해치려 하고 또한 반역의 뜻을 가지고 있습니다."

이 말을 들은 최이가 검사해 보니 근거가 없으므로, 참소한 사람을 강에 던져 죽였다. 이어 김경손은 추밀원부사가 되었는데, 고종 36년에 최항(崔沆)이 김경손의 인덕을 미워해 백령도로 유배 보냈다.

2년 후에 최항은 계모 대씨(大氏)를 죽이고, 아울러 대씨의 전남편 아들인 오승적을 강에 던져 죽였다. 그런데 김경손이 오승적의 인척이었으므로, 귀양 간 백령도에 사람을 보내어 김경손을 바닷물에 던져 죽였다.

김경손은 여러 번 큰 공적을 세워 조야가 모두 그를 중하게 여겼는데, 갑자기 간적(奸賊)에 의해 해를 입으니, 사람들이 모두 원통하고 애석하게 여겼다.

金慶孫

金慶孫初名雲來 平章事台瑞之子. 母夢五色雲間 有衆擁一靑衣童 自天墮懷中 遂有娠. 及生 美容姿 頭上有起骨龍爪. 性莊重 智勇絶人 有膽略 怒則鬚髮輒竪. 早以蔭進 歷華顯. 嘗處室 必著皁衫 如對賓. 高宗十八年 爲靜州分道將軍. 蒙古兵渡鴨綠 屠鐵州 侵及靜州. 慶孫率衙內敢死士十二人 開門出力戰 蒙古却走. 俄而大軍繼至 州人度不能守 皆奔竄. 慶孫入城 無一人在者. 獨與十二士登山 夜行不火食七日 到龜州. 朔州戍將金仲溫 亦棄城來奔. 兵馬使朴犀令仲溫 守城東西 慶孫守城南. 蒙兵大至南門 慶孫率十二士 及諸城別抄將 出城 令士卒曰 爾等不顧身命 而不退者右. 別抄皆伏地不應 慶孫悉令還入城. 獨與十二士進戰 手射先鋒黑旗一騎 卽倒之. 十二士因奮戰 流矢中慶孫臂 血淋漓 手鼓不止. 四五合蒙古退却. 慶孫整陣 吹雙小笒還 犀迎拜而泣. 慶孫亦拜泣. 犀於是 以守城事一委慶孫. 蒙古圍城數重 日夜攻之 車積草木 輾而進攻. 慶孫以砲車 鎔鐵液 以瀉之 燒其積草. 蒙兵却 復來攻. 慶孫據胡床督戰 有砲過慶孫頂中 在後衙卒身首糜碎. 左右請移床 慶孫曰 不可 我動則士心皆動 神色自若 竟不移. 大戰二十餘日 慶孫隨機設備 應變如神. 蒙古曰 此城以小敵大 天所佑 非人力也. 遂解圍而去. 尋拜大將軍 知御史臺事. 二十四年 爲全羅道指揮使. 時草賊李延年兄弟 嘯聚原栗潭陽諸軍無賴之徒 擊下海陽等州縣 聞慶孫入羅州 圍州城 賊徒甚盛. 慶孫登城門 望之曰 賊雖衆 皆芒屩村民耳. 卽募得可爲別抄者三十餘人 集父老 泣且謂曰 爾州御鄕 不可隨他郡降賊. 父老皆伏地泣. 慶孫督出戰 左右曰 今日之事 兵少賊多 請待州郡兵至 乃戰. 慶孫怒叱之 於街頭 祭錦城山神 手奠二爵曰 戰勝當畢獻. 欲張蓋而出 左右進曰 如此 恐爲賊所識. 慶孫又叱退之 遂開門出 懸門未下. 召守門者 將斬之 卽下懸門. 延年戒其徒曰 指揮使乃龜州成功大將 人望甚重. 吾當生擒之 爲都統勿射. 又恐爲流矢所中 皆不用弓矢 以短兵戰. 兵始交 延年恃其勇直前 將執慶孫馬轡以出. 慶孫拔劍督戰 別抄皆殊死戰 斬延年 乘勝逐之 賊徒大潰 一方復定. 入拜樞密院知奏事 有人譖于崔怡曰 慶孫父子欲蠱相公 且有異志. 怡檢覆無實 乃投譖者于江. 轉樞密院副使. 三十六年 崔沆忌慶孫得衆心 流白翎島. 後二年 沆弑繼母大氏 并投前夫子吳承績于江. 以慶孫爲承績姻親 遣人配所投海中. 慶孫累立大功 朝野倚重 遽爲姦賊所害 人皆痛惜.

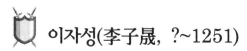 이자성(李子晟, ?~1251)

고려의 장군으로 본관은 우(牛峰), 시호는 의열(義烈)이며 병부상서(兵部尚書) 공정(公靖)의 아들이다. 1231년(고종 18) 몽고의 살리타이가 쳐들어오자 출전하여 공을 세웠다. 이듬해 조정이 강화도에 천도한 틈을 타서 이통(李通)이 개경에서 반란을 일으키자 상장군으로 후군진주가 되어 난을 평정하였다. 또 충주에서 일어난 노예반란군의 괴수인 승우본(僧牛本)을 잡아 죽여 난을 평정했다. 명성이 날로 떨쳐져 장사들이 많이 모여들었는데 권귀(權貴) 등의 모함을 꺼려 병을 핑계로 출입을 끊었다. 벼슬은 문하시랑 평장사에 이르렀으며 성품은 강렬하고 사예(射藝)와 서화(書畵)에 능했다. 『참고문헌』 고려사, 한국인명대사전, 국사대사전

이자성

이자성은 우봉군 사람이니 부친 이공정은 병부상서였다. 이자성은 성질이 강직하고 맹렬하며 용기와 힘이 있었고 활을 잘 쏘았다. 여러 번 전쟁에 나가 공을 세웠으며, 추천되어 상장군이 되었다.

고종 18년 몽고 원수 살리타이이 병사를 일으켜 침입했을 때 왕이 이자성 장군에게 명을 내려 삼군을 거느리고 나가 방어하라 했다. 아군이 동선역에 주둔하였는데, 날이 저물어 첩자가 주위에 적이 없다고 속여 보고하니, 삼군이 말안장을 내리고 편히 쉬고 있었다.

이때 어떤 사람이 산 위에서 소리쳤다.

"몽고군이 이르렀다"

이에 군대 안은 크게 놀라 모두 흩어져 대오가 무너졌다. 몽고군 8천여 명이 돌입하니, 이자성과 장군 이승자, 노탄 등 5, 6명이 특별히 죽을 각오로 맞서 싸웠다. 이때 이자성은 흐르는 화살에 맞았고, 노탄은 창에 찔려 말에서 떨어졌으나 병사들이 구제해 겨우 면했다.

삼군이 비로소 모여 적과 싸우니 몽고군이 약간 물러났다. 마산에서 떠돌며 도적질을 하다가 군에 들어온 병사 두 명이 활로 몽고군을 쏘니 적이 화살을 맞아 속속 쓰러졌다. 관군이 승리의 기세를 타서 격돌하여 적을 물리쳤다.

이듬해 수도를 강화도로 옮겼는데, 어사대의 관노 이통(李通)이 개경이 비게 된 틈을 타서 경기지방의 떠돌이 도둑과 성중의 노예들을 불러 모아 반란을 일으켰다.

곧 개성유수와 병마사를 축출하고 삼군을 편성하여, 각처 사찰에 통첩을 보내 승려들을 불러 모으고 공사(公私) 재물과 곡식을 약탈하였다.

임금은 이자성에게 후군을 거느리게 하고, 추밀부사 조염경에게 중군을 거느리게 하고, 상장군 최근에게 우군을 거느리게 하여 그들을 토벌하게 했다. 적들이 와서 임진강에서 항거하니, 관군이 맞서 승천부의 동쪽 교외에서 싸워 적들을 대패시켰다.

별장 이보와 정복수가 야별초를 거느리고 먼저 개성에 이르니, 적들이 성문을 닫고 성을 지키고 있기에 속여 말하기를,

"우리들이 이미 관군을 격파하고 돌아왔으니 빨리 성문을 열라."

라고 소리를 지르니, 성문 지키는 자가 곧이듣고 즉시 성문을 열었다.

이보와 정복수 등이 들어가 성문 지키는 자를 죽이고, 군대를 이끌고 먼저 이통의 집으로 가서 가족들을 죽였다. 이자성 등이 뒤이어 도착하니 적의 우두머리가 도망쳐서 숨어서 할 도리가 없었다. 이에 나머지 잔당들을 모두 잡아 죽였다.

애초에 충주부사 우종주가 판관 유홍익과 사이가 틀어졌는데, 장차 몽고군이 쳐들어온다는 말을 듣고, 성을 수비하는 문제를 의논[1]하면서 또 의견을 달리했다. 그래서 우종주는 양반별초를 통솔하고 유홍익은 노예와 잡류(雜類)로 편성된 별초를 통솔하였는데 서로 사이에 역시 시기하게 되었다.

몽고군이 침입하니 우종주와 유홍익, 그리고 양반 별초들은 모두 성을 버리고 도망가고, 오로지 노예와 잡류로 편성된 별초만이 지휘자도 없이 힘을 모아 싸워 적을 격퇴했다. 몽고군이 물러간 뒤에 우종주 등이 돌아와 관가와 사가에서 사용하던 은그릇이 없어져 점검하였는데, 노예 별초들이 몽고군의 약탈이라고 말했다.

그러나 호장 광립(光立) 등이 믿지 않고 비밀리에 노예 별초의 우두머리를 죽일 계책을 꾸몄다. 노예 별초들이 염탐하여 이 사실을 알고, 서로 이야기를 하였다.

"저들은 몽고군이 왔을 때는 모두 도망쳐 숨어 성을 지키지 않더니, 이제 몽고군이 약탈해 간 것을 도리어 우리들에게 죄를 덮어 씌워 죽이려 하는가? 우리들이 어찌 먼저 저들을

1) 의성수(議城守): 한문 원문에 '의(義)'로 되어 있으나 『고려사』 열전에 의해 바로잡음.

도모하지 않을 수 있겠는가?"

이렇게 의견을 모으고, 거짓으로 모여 장례를 치른다고 속이고 소라나팔을 불어 무리들을 불러 모았다. 그리고 먼저 자기들을 죽일 계책을 꾸민 우두머리 집으로 가서 불을 지르고, 무릇 권세를 누리고 횡포를 부리던 사람들 중에서 평소 그들에게 원한이 있는 자를 색출하여 남김없이 잡아 죽였다. 또한 고을 안에 명령하여,

"감히 우리가 찾는 자를 숨기는 집이 있으면 그 집을 없애버리겠다."

라고 널리 알렸다.

왕이 또한 이자성 등에게 삼군을 거느리고 토벌하라 하였다. 충주 달천에 이르러 물이 깊어서 건너지 못하고 곧 다리를 만들고 있을 때, 노비군의 적괴 몇 명이 반대편 강가에서 소리쳤다.

"우리들이 수모자를 죽이고 나가서 항복하겠다"

"좋다. 그렇다면 너희들을 반드시 다 죽이지는 않을 것이다"

이자성의 응답에 적괴들이 성으로 돌아가 주모자인 승려 우본(牛本)의 머리를 베어 왔다. 그래서 관군이 이틀간 주둔하여 머무는 사이에 노군의 힘 있고 건장한 자는 모두 도망하여 숨었다. 관군은 성에 들어가서 그 잔당을 모두 잡아 죽였다. 이어 노획한 재물과 소와 말 등을 운반하여 조정에 바쳤다.

또 이듬해에 이자성을 명하여, 중군병마사로 삼아 용문 창고의 반군을 토벌하고 그 괴수 거복과 왕심 등을 붙잡아 죽이게 했다. 또 동경에서 최산과 이유 등이 반란을 일으켰는데, 역시 이자성을 보내 격파하게 하였다.

이에 이자성이 군사를 거느리고 그날로 달음질하여 영주성을 점거하고 적을 기다리고 있었다. 적들은 이자성의 군대가 먼 거리에서 급히 왔으므로 그 틈을 타서 공격하려고 영주의 남쪽 교외에 집결하였다.

관군이 성에 올라 적들을 바라보고 이자성에게 고하기를,

"아군은 더위를 무릅쓰고 먼 곳에서 왔고 적의 기세는 왕성하고 또 날카로워서 당하기 어려우니 성문을 닫고 며칠간 쉰 후에 더불어 싸우는 것이 좋겠습니다."

라고 말했다. 이에 이자성은 단호하게 이렇게 말했다.

"불가하다. 무릇 피곤한 군사는 휴식하면 더욱 게을러지는 법이다. 만약 여러 날 끌고 지구전에 들어가면 적이 우리의 사정을 알게 되어 다른 변고가 생길 것이 두렵다. 급히 공격함만 같지 못하다."

곧 성문을 열고 빨리 나가서 적이 미처 진을 만들지 못한 틈을 타서 분을 내어 공격하여 적들을 크게 격파하였다. 적들의 시체가 수십 리에 쌓였고, 최산 등 수십 명을 죽였다. 그리고 영을 내리기를,

"협박에 못 이겨 따른 자는 죄를 다스리지 않는다."

라고 알리니 백성들이 크게 기뻐하였다.

이자성이 동경적을 평정하고 돌아온 후 장군과 병사들이 날로 그 집 문 앞에 모이니, 혹시 세도가에 의해 시기함을 당할까 염려하여 거짓으로 병을 칭하고 문을 닫고 출입하지 않았다. 이에 사람들이 그를 이렇게 칭송하였다.

"세상일의 기미를 잘 아는 사람이로다."

문하평장사로 있다가 사망하니, 시호를 의열(義烈)이라 하였다.

李子晟

李子晟牛峰郡人 父公靖兵部上書. 子晟性剛烈 有勇力善射. 屢從軍有功 遷至上將軍.
高宗十八年 蒙古元帥撒禮塔 擧兵來侵. 王命將帥三軍禦之 屯洞仙驛. 會日暮 諜者報
無賊 三軍解鞍而息. 有人登山呼曰 蒙古兵 至矣. 軍中大驚 皆潰. 蒙兵八千餘人突至
子晟及將軍李承子盧坦等五六人 殊死拒戰. 子晟中流矢 坦中槊墜馬 有兵救之 僅免.
三軍始集 而與戰 蒙兵稍却. 馬山草賊之從軍者二人 射蒙古兵 應弦而仆. 官軍乘勝
擊走之. 明年 遷都江華 御史臺皂隷李通 乘開京虛 嘯聚畿縣草賊 及城中奴隷 以反.
逐留守兵馬使 遂作三軍 移牒諸寺 招集僧徒 掠取公私錢穀. 王以子晟 爲後軍陣主 密
院副使趙廉卿 爲中軍陣主 上將軍崔瑾 爲右軍陣主 討之. 賊來拒于江 官軍與戰于昇
天府東郊 大敗之. 別將李甫鄭福綏 率夜別抄 先至開城 閉門城守. 甫紿曰 吾等已破官
軍而還 可速開門. 門者信之 卽開. 甫福綏等 斬守門者 引兵至通家 斬之. 子晟等繼之
賊魁計窮 逃匿 悉捕餘黨 誅之. 初忠州副使于宗柱與判官庾洪翼 有隙. 聞蒙兵將至
義[議]城守 有異同. 宗柱領兩班別抄 洪翼領奴軍雜類 相猜忌. 及蒙兵至 宗柱洪翼與
兩班等 皆棄城走. 惟奴軍雜類 合力擊逐之 蒙兵退. 宗柱等還州 檢官私銀器 奴軍以蒙
兵掠去爲辭. 戶長光立等密謀 殺奴軍之魁者. 奴軍知之曰 蒙兵至 則皆走匿不守. 乃以
蒙古人所掠 反歸罪吾輩 欲殺之乎 盍先圖之. 乃詐爲會葬者 吹螺集其徒. 先至首謀者
家 火之. 凡豪强之有素怨者 搜殺無遺. 且令境內曰 敢匿者滅其家. 王又遣子晟等 率
三軍討之. 至達川 水深未涉 方造橋. 奴軍賊魁數人 隔川告曰 吾等欲斬謀首 出降. 子
晟曰 如此則不必盡殺汝輩也. 賊魁等還入城 斬謀首僧牛本以來. 官軍留屯二日 奴軍
勇健者皆逃匿. 官軍入城 擒支黨 悉誅之 以所獲財物牛馬來獻. 又明年 命子晟爲中軍
兵馬使 討龍門倉賊. 獲其魁居卜往心等 誅之. 又有東京賊崔山李儒作亂 又遣子晟 往
擊之. 子晟帥師 竝日疾馳 據永州城以待. 賊以爲子晟軍自遠急來 欲乘其勞擊之 集永
州南郊. 官軍登城望之 告子晟曰 我軍冒熱遠來 賊勢盛且銳 鋒不可當 宜閉門休士數
日 而後與戰. 子晟曰 不可. 凡波卒休 則愈怠. 若曠日持久 則賊得我情 恐生他變 不如
急擊. 遂開門突出 及賊未陣 奮擊大敗之. 僵屍數十里 斬山等數十人. 令曰 脅從罔治.
民大悅. 子晟自平東京後 將士日集其門 恐爲權貴所忌 謝疾杜門 人稱知幾. 以門下平
章事卒 諡義烈.

 김방경(金方慶, 1212~1300)

고려 후기의 명장으로 자는 본연(本然), 시호는 충렬(忠烈)이며 본관은 안동(安東)이다. 신라 경순왕의 후예로 한림학사 효인(孝印)의 아들이다. 서북면병마판관에 있을 때 몽고군의 침입으로 주민들과 함께 위도에 들어가 저수지를 만들고 제방을 쌓는 등 농토를 개간하고, 농사를 짓게 하였다. 1270년에 장군 배중손 등이 삼별초의 난을 일으키자 이듬해 몽고의 장군 흔도, 홍다구 등과 함께 진도를 함락시키고 수태위, 중서시랑평장사가 되었다. 김통정 등 여당들이 탐라(耽羅:제주도)로 들어가 항거하자 1273년 행영중군병마원수로서 원나라 장군 흔도, 홍다구 와 함께 이들을 평정하였다. 1274년 원나라에서 합포(合浦:마산)에 정동행성을 두고 일본을 정벌할 때 중군장으로 출정하여 2만 5천명의 여원(麗元) 연합군과 함께 쓰시마도[對馬島]를 함락시키고 돌아왔다. 1281년 원나라가 다시 일본 정벌을 할 때 고려군 도원수로서 종군하여 일본 이키도[壹岐島]와 하카타[博多] 전투에서는 승리하였으나 이후 태풍과 적의 끈질긴 항거로 인하여 많은 손실을 보고 돌아왔다. 『참고문헌』 고려사, 원사, 한국인명대사전, 국사대사전

김방경

　김방경의 자는 본연(本然)이고 안동 출신으로, 신라 경순왕의 후손이다. 애초에 김방경의 모친이 그를 임신했을 때, 입으로 구름을 삼키는 꿈을 여러 번 꾸었다. 그래서 늘 사람들에게 이렇게 말했다.

　"구름의 기운이 항상 내 입과 코에 맴돌고 있으니, 태어나는 아이는 반드시 신선 속에서 올 것이다."

　김방경이 태어나서, 어릴 때 화가 날 때면 항상 누워서 울었는데, 거리를 지나가는 소나 말이 그 소리를 듣고 피해서 가니, 이를 보고 사람들이 기이하게 여겼다.

　김방경은 16살 때, 음보(蔭補)로 관리가 되었는데 산원(散員)과 식목록사를 겸하였다. 이때 시중 최종준이 그의 충직하고 과묵함을 높이 여겨 예의를 갖추어 대우하면서, 큰 일이 있으면 모두 그에게 맡겼다.

　김방경이 여러 번 진급하여 감찰어사에 이르렀다가 후에 서북면병마판관이 되었다. 이때 몽고군이 고려의 여러 성들을 공격하자, 그는 위도로 들어가 섬을 보전하고 있었다. 위도에는 10여리 정도의 평야가 있어서 농사를 지을 수 있는 곳이었으나, 바닷물이 들어와 개간 할 수가 없었다. 그러자 김방경이 축대를 쌓고 씨를 뿌리고 농사를 짓게 하니, 백성들이 이에 힘입어 살아갈 수 있었다.

　김방경은 원종 4년에 지어사대사가 되었고, 원종 10년에는 임연(林衍)이 원종을 폐위시키는 정변을 일으켰다. 이때 마침 세자[1]가 원나라에서 돌아오다가 의주에 이르러 변란

---

1) 세자(世子): 뒤에 충렬왕(忠烈王)이 된 세자임.

소식을 듣고 다시 원나라로 돌아가서 그 사실을 원의 황제에게 고했다.

이에 원나라 세조는 간탈아불화 등을 고려에 파견하여 고려 신하들을 설득해 훈계하게 했다. 그리고 간탈아불화가 원나라로 복귀할 때, 김방경이 왕의 명령을 받들고 그와 함께 원나라로 갔다.

그러자 세자가 세조에게 고려에 출병해 줄 것을 요청함으로써, 몽가독(蒙可篤)이 원나라 군사를 이끌고 고려로 출병하게 되었다. 군대가 출발하려 할 때, 중서성에서 세자에게 이렇게 말했다.

"몽가독의 군대가 오랫동안 서경에 주둔하여 큰 군대를 기다리게 될 때, 이미 임연은 우리 원나라를 배반하였기 때문에 군량을 공급해 주지 않을 수 있습니다. 그럴 경우 어쩔 것입니까? 세자는 임연과 관계없는 사람을 명하여 함께 가게 하십시오."

그 말을 들은 세자가 함께 보낼 사람을 선정하지 못하여 난처해 하니, 이때 시중 이장용(李藏用)이 말했다.

"김방경은 두 번씩이나 북방 국경지역에 주둔하여 신망을 얻었으니, 김방경이 아니고서는 마땅한 사람이 없습니다."

그래서 김방경을 명하여 함께 가게 하니, 김방경이 말했다.

"원나라 군대가 서경에 도착하여 대동강을 건넌다면 고려에 변란이 일어날까 두렵습니다. 그러니 원나라 군이 대동강을 건너지 못하게 하십시오."

그러자 모두 그게 좋겠다고 하여 황제에게 아뢰니 황제가 명령을 내렸다.

"우리 관군 중 대동강을 건너는 자는 처벌하라."

마침내 김방경은 군사들과 함께 행군하여 동경(東京)[2]에 이르러, 원종이 이미 복위되었다는 소식을 듣고 원나라로 돌아가 황제에게 아뢰고 원에 머물러 대기했다.

이때, 최탄과 한신이 반란을 일으켜 북방 여러 성주들을 죽였는데, 오직 박주의 태수 강빈과 연주 태수 권천만은 죽이지 않고 예를 다하여 대우하면서,

"김방경의 은덕을 우리가 어찌 감히 잊겠습니까?"

라고 했는데, 강빈과 권천은 김방경의 매부였기

2) 동경(東京): 요동에 있는 요양성(遼陽城)을 뜻함.

때문이었다.

이듬해 원종 11년, 김방경이 원나라 장수 몽가독과 함께 서경에 도착했다. 서경의 나이 많은 노인들이 다투어 김방경을 찾아와 음식을 대접하고는 울면서 말하였다.

"만약에 김공이 있었더라면 최탄이나 한신의 반란이 어찌 일어났겠습니까?"

반란을 일으킨 최탄 등은 몽고군이 주둔한 틈을 타 몰래 혼란을 일으키고자 몽가독에게 후한 선물을 주고 유혹했으나, 그때마다 김방경의 계책에 의해 저지당했다.

앞서 임연은 원나라로 불리어갔던 원종이 황제에게 병력을 요청해 돌아올 것을 염려했었다. 그래서 임연은 이를 막기 위해 지유 지보대에게 야별초(夜別抄)[3]를 거느리고 황주에 주둔하게 하고, 신의군(神義軍)은 초도에 주둔하게 하여 원나라 군에 대비했다.

최탄과 한신이 임연의 이러한 계책을 미리 알고서, 몰래 배를 준비한 뒤 날렵한 군사를 모은 다음 몽가독에게 유도하여 말하였다.

"임연 등이 관인과 대군을 죽이고 제주도로 들어가려고 하니, 관인들에게는 사냥을 간다는 소문을 내고 대동강을 건너가, 고려군의 동정을 살펴 그 상황을 서로 알려 주십시오. 그러면 우리는 수군을 이끌고 보음도와 말도로 진격을 하겠습니다. 그때 관인들이 군사를 이끌고 강화의 좁은 물길을 막으면 고려군들은 진퇴를 마음대로 하지 못하게 될 것입니다. 그렇게 하여 좋은 상황을 얻어 황제께 모두 아뢰면, 왕경을 접수할 수 있을 것이니, 왕경의 귀중한 보물과 자녀들은 모두 우리 소유가 될 것입니다."

3) 야별초(夜別抄): 고려 고종(高宗) 때 권신 최우(崔瑀)가 설치한 특별부대로 삼별초(三別抄)가 있었는데 그 안에 좌우 두 야별초(夜別抄)가 있고 또 신의군(神義軍)이 있어 합쳐 3부대임. 원종이 원나라에 복종을 하고 수도를 강화도에서 개성으로 옮겨오려 하자 반대하여 해산명령을 내리니 반란을 일으킴.

4) 최탄(崔坦): '坦'자가 한문 원문에 '但'으로 되어 있어서 『고려사』 열전에 의해 바로잡음.

이에 몽가독은 몰래 승낙을 했다. 그런데 영원별장 오계부(吳繼夫)의 아들 오득공(吳得公)이 최탄[4]의 내상(內廂)이어서, 이 사실을 알고 김방경에게 밀고했다. 다음날 이른 아침, 김방경이 몽가독의 객관으로 갔더니, 객관 앞에는 많은 군사들이 모여 있었다. 몽가독은 김방경을 보고는,

"오랫동안 객관에만 머물렀더니 너무 심심하여 사냥을 즐기고자 하는데, 공도 나를 따라 가시겠습니까?"

라고 말했다. 이에 김방경과 몽가독 사이에 승강이가 벌어졌다.

"사냥을 어디로 가시렵니까?"

"대동강을 건너 황주와 봉주를 거쳐 초도로 들어갈까 하오."

"원나라 관인들이 황제의 명령을 다 들었는데, 어찌 대동강을 건너려 합니까?"

"몽고인들은 본래 사냥하는 것을 즐기니, 황제께서도 잘 아시는 일이오. 그런데 그대가 왜 사냥을 막으려 하오?"

"내가 관인의 사냥을 막으려는 것이 아니라, 대동강을 건너는 것을 막으려는 것입니다. 내가 여기에 있는데 관인들이 어찌 대동강을 건널 수 있습니까? 대동강을 건너가려면 황제의 허락을 받아야 가능합니다."

이때 김방경은 몰래 지보대를 설득하여 병력을 물러가게 해놓았다.

곧 몽가독은 김방경의 충직함을 알고 크게 공경하여 김방경에게 사실을 고했다.

"고려 왕경을 멸망시키려는 자는 최탄 무리뿐만 아니라 다른 사람이 또한 있습니다."

이에 김방경이 다그쳐 물었다.

"그 사람이 누구입니까?"

"그것은 비밀이기 때문에 말할 수가 없습니다."

이 일 이후로는 딴마음을 가지고 참소하는 말들이 들어가지 않으니 국가가 안정되었다.

같은 해 여름, 삼별초가 반란을 일으켜 백성들을 약탈하여 배를 타고 남쪽으로 내려가려 했다. 이에 왕은 참지정사 신사전(申思佺)을 추토사로 임명한 뒤, 김방경에게 고려군을 거느리게 명령하고, 몽고의 송만호(宋萬戶) 군과 합쳐 천여 명으로 삼별초를 토벌하게 했다.

김방경이 배를 타고 바다로 나가 바라보니, 삼별초의 배가 영흥도에 정박해 있었다. 김방경이 공격하려고 하니 삼별초가 도망갔는데, 그들을 따라가던 백성 남녀 천여 명이 그들로부터 도망쳐 나왔다. 몽고 송만호가 그들을 모두 적의 무리라고 생각하고 포로로 잡아 돌아갔는데, 이들 중에 고려로 돌아오지 못한 사람이 많았다.

이후 삼별초는 진도를 점거했는데, 조정에서는 추토사 신사전이 적을 토벌할 마음이 없다고 여겨 그를 파면시키고 김방경을 대신 추토사로 임명했다. 김방경은 몽고군 원수 아해와 함께 병력 천여 명을 이끌고 삼별초를 토벌하려 나아갔다.

이때 삼별초군은 나주를 포위하고 병력을 나누어 전주를 공격했다. 이에 나주 사람들이 전주 사람들과 함께 항복할 것을 의논했는데, 전주 사람들이 결정을 미루고 있었다. 김방경이 도중에서 그 사실을 듣고, 혼자 말을 달려 이틀 동안 쉬지 않고 남쪽으로 가서 전주에 도착해 먼저 통첩을 보냈다.

"아무 날 병력 일만을 이끌고 전주성에 들어갈 것이니 빨리 군량을 준비하라."

전주사람들이 그 글을 나주 사람들에게 보여주자, 이에 놀란 삼별초군은 나주의 포위를 풀고 철수했다.

김방경은 토적사인 상장군 변윤과 장군 조자일 및 공유 등이 적군이 금성을 공격하는 것을 보고도 구원하지 않았으므로, 죄를 물어 왕에게 섬으로 유배시킬 것을 요청했다. 그러나 왕은 그들을 용서하고 파직만 시켰다.

김방경은 몽고 원수 아해와 함께 삼견원에 주둔하여 진도를 마주보고 진을 쳤다. 삼별초군은 그들이 약탈한 배에 괴상한 짐승을 그려 배의 그림자가 물에 비치는 것을 막았다. 이들의 배는 움직임이 나는 것 같아 그 형세를 당하기 힘들었다. 접전을 할 때마다 삼별초군이 먼저 북을 울리고 소란스럽게 돌진을 하여, 서로 밀고 밀리며 승부를 내지 못한 지 여러 날 되었다.

마침, 반남(潘南)사람 홍찬과 홍기 등이 원나라 원수 아해에게 참소를 했다.

"김방경과 공유 등이 몰래 적과 내통하고 있습니다."

곧 아해는 김방경을 구금한 뒤 달로가지[達魯花赤][5]에게 이첩하여 김방경을 돌려보내 홍찬

5) 달로가지[達魯花赤]: 원나라의 관직 이름으로 '총독' 또는 '감독관'의 뜻임. 고려가 원나라에 복속되니 우리나라에 파견해 감독하게 했음. 몽고 발음으로 '다로가치'인데 우리나라에서는 '달로가지'로 읽어왔음.

등과 대질시키게 하고, 참지정사 채정으로 김방경의 자리를 대신하게 했다. 아해가 김방경을 포박하여 서울로 압송하니, 보는 사람마다 모두 원통하게 여겼다.

김방경과 홍찬 등을 대질시킨 달로가지는 김방경에게 죄가 없음을 밝히고,

"홍찬 등의 고발 내용은 모두 거짓이니 그들을 하옥시키고, 김방경을 석방하시오"
라고 왕에게 알렸다. 이에 왕은 즉시 달로가지에게 요청해 김방경에게 적을 토벌하라고 명하고 상장군으로 임명해 위로하여 보냈다.

김방경이 진도에 다다르니, 삼별초군은 모두 배를 타고 깃발을 높이 세우고는 징을 치고 북을 울리며 바다를 들끓게 하고 있었다. 그리고 진도의 성 위에서도 북을 울리고 함성을 지르며 그들의 성세를 돕고 있었다.

이에 겁을 먹은 아해가 배에서 내려 나주로 물러나려고 했는데, 이를 본 김방경은 아해에게 말했다.

"원수가 물러난다면 이는 약점을 보이는 게 됩니다. 그렇게 되면 적이 승세를 타고 세차게 몰아붙일 터이니, 누가 그 날카로움을 당해 내겠습니까?"

이 말을 들은 아해는 감히 물러나지 못했다.

김방경이 군사를 이끌고 홀로 그들을 공격하니, 삼별초군은 전함으로 반격해 왔다. 이에 관군이 당해내지 못하고 모두 후퇴했다. 김방경은 전쟁의 승패는 오늘 이 한 판의 싸움에 달려 있다고 하면서 군사들을 독려하고 적중으로 달려 나가니, 삼별초군이 김방경을 포위했다.

김방경이 이끄는 군사들이 사력을 다해 싸웠지만, 화살이 떨어지고 또 모두 화살을 맞아 움직일 수가 없는 상황이었다. 그래서 김방경이 진도 연안에 배를 대니, 해안에 있던 적병 한 명이 칼을 빼어들고 김방경의 배 위로 뛰어 들어왔다. 이 순간에 배 안에 있던 김천록이 짧은 창으로 적을 찔렀다.

이때 김방경은,

"내 차라리 고기밥이 될지언정 적의 손에 죽을 수는 없다."
라고 말하고, 바다에 뛰어들어 자결하려고 하니 호위병 허송연이 붙잡아 만류했다.

화살에 맞아 쓰러져 있던 군사들이 김방경의 위급함을 보고 소리를 지르며 일어나서 다시 힘을 다해 싸웠다. 김방경은 호상(胡床)에 걸터앉아 평소와 다름없는 침착한 얼굴로 전투를 지휘했다. 이때, 장군 양동무가 몽충선(蒙衝船)을 끌고 와서 적의 전함을 들이받아 닥치는 대로 격파하니, 삼별초군이 포위를 풀고 퇴각했다. 이리하여 김방경은 포위를 헤치고 나왔다.

김방경은 장군 안세정과 공유 등이 위급한 상황에서 구원을 하지 않았다는 죄를 들어 그들의 목을 베려고 했다. 아해의 만류로 그들을 처형하지 못했지만 왕이 그들을 파직시켰다. 또한 아해가 두려워하여 싸우지 않았다는 사실을 원 세조에게 보고하자, 세조는 아해를 파면시키고 흔도를 그 후임으로 임명했다. 그리고 김방경에게 누명을 씌운 홍찬 등을 처형하라는 명을 내렸다.

김방경은 흔도와 함께 진도 공략의 계획을 세웠다. 김방경과 흔도는 중군을 이끌고 벽파정으로부터 들어가고, 영녕공의 아들 희(熙)와 옹(雍) 및 홍다구는 좌군을 이끌고 장항으로부터 들어가고, 대장군 김석과 만호 고을마는 우군을 이끌고 동면으로부터 들어가, 모두 백여 척의 배를 거느리고 진군했다.

삼별초군이 벽파정 일대에 집결하여 중군을 막는데, 홍다구의 좌군이 먼저 상륙하여 불을 지르고 협공을 가하니, 삼별초군은 놀라서 마침내 무너졌다. 앞서 관군이 자주 삼별초군과 싸울 때 매번 패하니, 적은 관군을 경시했는데 이때는 관군이 용감하게 분을 내어 공격하자, 삼별초군은 그들의 처자도 버리고 황급히 도망쳤다. 이에 삼별초군이 잡고 있던 강화도 주민과 진귀한 보물들이며 진도 거주민들을 몽고군이 많이 노획해 갔다.

김방경은 삼별초군을 추격하여 남녀 만여 명과 전함 수십 척을 나포했다. 그리고 나머지 적들은 제주도로 도망쳤다. 김방경은 진도에 들어가서 노획한 쌀 4천 석과 보물 및 무기 등을 모두 서울로 실어 보내고, 삼별초군에 의해 잡혀와 있던 양민들을 자기 집으로 돌려보내 다시 생업에 힘쓰도록 했다.

김방경이 개선하자, 왕은 사신을 보내 교외에서 그를 환영했다. 그리고 그 공적으로 수태위 중서시랑 평장사의 벼슬을 추가해주었다.

제주도로 들어간 삼별초군은 내성과 외성을 쌓고, 험한 지형을 이용해 더욱 맹렬하게 날뛰었다. 그들은 때때로 내륙으로 나와 약탈을 했는데, 안남태수 공유도 사로잡아갔다. 그러니 남해 바닷가는 인적이 드물어 쓸쓸했다. 또한 그들의 침범이 경기지역에까지 미쳐 도로가 막혀 통행이 어려웠다.

곧 왕은 그것을 매우 근심하여 김방경을 행영중군병마원수로 삼아서 그들을 토벌하게 했다. 김방경은 다시 병사를 단련시키고, 아울러 수군 만여 명과 함께 흔도 및 홍다구와 더불어 반남현 고을에 주둔했다.

또한 여러 도의 전함들을 징발하려 하니, 배들이 모두 바람에 휩쓸려 파괴되고 없어서 다만 전라도의 배 1백6십 척을 거느리고 추자도에 도착해 좋은 바람을 기다리고 있었다. 그러나 밤중에 거센 바람이 불어 어떻게 배를 조종해야 될지를 알지 못했다.

새벽 무렵에 배들이 이미 제주도에 가까워졌지만 풍파가 너무 심해 바다가 들끓는 것 같으니, 어떻게 배를 조정할 방도가 없었다. 곧 김방경이 하늘을 우러러 크게 소리쳐 탄식했다.

"국가사직의 안위가 이 한 번의 거사에 달려 있습니다."

그러자 조금 지나니 풍랑이 멈추었다.

김방경의 중군이 함덕포에서 들어가니 적의 복병이 바위 사이에 숨어 있다가 크게 함성을 지르며 뛰쳐나와 저항했다. 김방경은 큰 소리로 모든 배에게 함께 전진할 것을 재촉했다. 이때 대정 고세화가 몸을 솟구쳐 적진으로 돌입하니, 사졸들이 그 기세를 타서 서로 다투어 나아갔다. 이어서 장군 나유가 뛰어난 병사를 거느리고 이르러 적들을 매우 많이 죽였다.

좌군 전함 30척은 비양도로부터 곧 바로 적의 근거지를 공격하니, 적군은 무너져서 자성(子城)으로 피해 달아났다. 관군이 외성을 넘어 들어가면서 사방에서 불화살을 쏘아대니, 연기와 불꽃이 하늘을 가렸고, 적의 무리는 크게 혼란해졌다. 삼별초의 우두머리인 김통정은 그 무리 70여 인을 거느리고 산속으로 들어가 숨었고, 장수 이순공과 조시적 등은 어깨를 드러내고 나와 항복했다.

김방경이 여러 장수들을 지휘해 자성 안으로 들어가니, 성 안에 있던 군사들과 여인들이 통곡하여 부르짖었다. 이에 김방경이 소리쳤다.

"다만 우두머리들만 죽일 따름이니, 너희 무리는 두려워하지 말라."

그리고 괴수 김윤서 등 6명을 잡아 큰 거리에서 참수했다. 적의 주모자 35명을 사로잡고 항복한 무리 1천3백여 명을 나누어 배에 싣고 돌아왔다. 그러니 제주도의 거주민들은 옛날과 같이 평온해졌다.

이에 흔도는 몽고군 5백 명을 제주도에 머물게 했고, 김방경도 장군 송보연 등을 시켜 경군(京軍) 8백 명과 외별초 2백 명을 거느리고 진영에 머무르게 하고 군사를 돌려 돌아왔다. 나주에 이르러 적의 주모자 35명을 참수하고 나머지는 모두 석방하여 죄를 묻지 않았다. 그리고 김방경은 군사들에게 많은 음식을 먹여 위로한 다음, 그의 아들 김수와 지후 김감 및 별장 유보 등을 보내 승전을 왕에게 보고했다.

김방경이 개선하여 돌아와 왕을 알현하니, 왕은 매우 두텁게 위로하고, 특별히 붉은 가죽띠를 하사하면서 장병들에게 큰 잔치를 베풀어 주었다. 곧 임금은 도병마사와 성대로 하여금 공적을 논의하게 하여, 마침내 그를 시중으로 임명했다.

그해 가을, 김방경이 원나라 황제의 부름을 받고 원나라로 가니, 황제는 궁문을 지키는 혼자를 시켜 얼른 궁으로 들어오게 하여 승상 다음 자리에 앉게 했다. 그리고 황제의 음식을 김방경에게 내려주고 금으로 된 안장과 아름다운 비단옷을 하사하며 극진하게 은총을 베풀었다. 김방경이 고려로 돌아옴에 미쳐 황제는 그에게 개부의동 삼사의 벼슬을 첨가해주었다.

원종 15년에 원나라 황제가 일본을 정벌하고자 하여, 김방경과 홍다구에게 전함을 건조하도록 명했다. 이 해 곧 원종이 사망하고 충렬왕(忠烈王)이 즉위를 하니, 김방경과 홍다구는 각기 홀로 말을 타고 달려와 위문했다.

다시 합포로 돌아가 도원수 홀돈과 부원수 홍다구 및 유복형 등과 함께 건조된 전함을 사열했다. 김방경은 중군을 거느리고 박지량과 김흔 및 임개 등을 부관으로 삼았다. 그리고 추밀원사 김신을 좌군사로 임명하고 위득유와 손세정을 부관으로 삼게 하고, 상장군 김문비를 우군사로 삼아 나유와 박보 및 반부를 부관으로 삼게 하였으며, 이 군대를 이름하여 삼익군이라 명명했다. 그런데 김방경의 부관 김흔은 곧 그의 아들 김수였다.

몽고군 2만 5천 명과 우리군사 8천 명, 배 젓는 사공과 선원 등 6천7백 명, 전함 9백여 척을 거느리고 합포에 머물면서 여진군이 도착하기를 기다렸다. 그리고 출발하여 대마도로 쳐들어가서 많은 왜병을 죽이고, 일기도에 이르니 왜병들이 해안에서 진을 치고 있었다.

박지량과 김방경의 사위 조변이 그들을 공격하니, 왜병은 항복을 요청하다가 다시 나와 대항했다. 이에 홍다구는 박지량 및 조변과 더불어 천여 명의 왜병을 공격해 죽였다. 그리고 삼랑포에서 상륙하여 여러 갈래로 진격해 왜병을 관반이나 죽였다.

이때 왜병이 갑자기 중군을 향해 돌진해 나와 장검을 좌우에서 휘둘러댔다. 김방경이 뿌리박힌 나무처럼 똑바로 서서 물러서지 않고 효시(嚆矢)를 한 발 쏘며 큰 소리로 외치자, 왜병이 그 기세에 눌려 물러나면서 달아났다. 이어 박지량과 김흔, 조변 등이 사력을 다해 싸워 대패시키니, 쓰러진 왜병의 시체가 삼단 같았다.

이를 본 도원수 홀돈이 감탄하여 말했다.

"우리 몽고 사람들이 비록 전투에 능하지만, 어찌 이보다 더할 수 있겠는가?"

날이 저물어 전투를 멈추자, 김방경은 홀돈과 홍다구에게,

"병법에는, 천리를 달려온 결사대는 그 날카로움을 당할 수가 없다고 했습니다. 우리 병사는 수가 비록 적으나 이미 적지로 들어와 각자가 알아서 필사적으로 싸우니, 옛날 맹명[6]이 배를

6) 맹명(孟明): 춘추시대 진목공(秦穆公) 때 장군. 진(秦)이 정나라를 칠 때 진(晉) 나라에서 진(秦)을 공격해 맹명이 싸워 패해 사로잡혔다가 돌아옴. 맹명이 3번이나 크게 패했으나 목공은 자신의 잘못이라면서 다시 기용해 장군으로 임명했음. 맹명은 복수를 위해 군사를 이끌고 진(晉)을 공격해 황하를 건너서는 후퇴하여 돌아가지 않겠다는 결심으로 배를 모두 불사르고 진격했음. 그래서 크게 이겨 전 번에 잃은 땅을 다시 찾고 앞서 희생된 군사들의 시신을 거두어 매장하고 돌아왔음.

불살랐던 일과 회음후[7]의 배수진 친 것과 같습니다. 청하옵건대 다시 전투를 계속하십시오."

라고 말했다. 그러자 홀돈은 이렇게 대답하며 제지했다.

"병법에는, 작은 적은 그 강한 힘으로 대적해야 하고, 큰 적은 사로잡는 것으로 대적해야 한다고도 하였지요. 피로하고 배고픈 군사를 이끌고 날로 불어나는 적과 싸운다는 것은 완벽한 계책이 아니니, 회군하는 것만 같지 못하오."

이때, 부원수 유복형이 유시(流矢)에 맞아 먼저 배에 올랐다. 그리고 군사를 회군하게 되었는데, 밤에 큰 비바람을 만나 전함들이 바위에 부딪쳐 많이 파손되었고, 좌군사 김신은 이 풍파에 바다에 떨어져 죽었다.

김방경은 합포에 도착하여 포로와 노획한 무기들을 원나라의 황제와 고려의 왕에게 바쳤다. 왕은 추밀사 장일을 보내 위로하고, 김방경을 서울로 먼저 돌아오게 명하여 상주국판어사대사의 벼슬을 내렸다. 그리고 충렬왕 원년에 왕은 그를 첨의중찬상장군(僉議中贊上將軍)으로 바꾸어 임명했다.

충렬왕 2년, 김방경은 원나라로 가서 황제의 생일을 축하했는데, 선물을 바치고 예가 끝난 다음 전상으로 오르니 인도하는 신하가 그에게 송나라 여러 신하들 다음 자리에 앉기를 청했다. 이에 황제는 이렇게 말하고 바꾸어 앉게 했다.

"고려는 의리를 존경하여 스스로 우리에게 귀의하였으니, 어찌 힘이 모자라 항복한 송나라와 같이 대우하겠는가?"

그리고 또,

"김방경은 전공이 크니, 호두금패(虎頭金牌)를 내리노라."

라고 말하고 금패를 내리니, 고려 사람으로서 금부(金符)를 갖게 된 것은 김방경으로부터 처음 시작되었다. 그가 원나라에서 돌아오자 왕은 성 밖까지 나가서 그를 맞이했다.

충렬왕 6년에 김방경은 글을 올려 물러날 것을 청하니, 왕이 승지를 보내 간곡히 타일러 다

7) 회음후(淮陰侯): 한나라 장수 회음후(淮陰侯) 한신(韓信)이 조(趙)를 공격할 때 적은 군사로 멀리 왔기 때문에 군사들이 지쳐 있었음. 이에 한신은 강을 뒤편에 두고 배수진(背水陣)을 쳐 후퇴하면 빠져죽게 된다고 호령하니, 군사들이 필사적으로 싸워 승리했다는 이야기임.

시 나오라고 하면서 이렇게 말하고 허락하지 않았다.

"경은 비록 늙었으나, 국가를 위한 공로가 특수하니, 어찌 가볍게 물러감을 허락하겠는가? 또한 원나라 천자의 일본 정벌 명령이 내렸으니, 우리나라도 마땅히 원수를 임명해야 할 터인데 전공이 없는 사람을 원수로 추천한다면 황제께서 어떻게 생각하겠는가?"

왕은 승지 조인규를 원나라 중서성에 파견하고 글을 올려, 김방경을 원수부에 참여시켜 공무를 처리하게 해 줄 것을 청했다. 그러자 황제는 명령을 내려 김방경에게 중선대부관령고려국도원수를 제수했다.

이때, 김방경이 원나라로 가서 신년하례를 올리니, 황제는 대명전에 나와 하례를 받고, 4품 이상의 벼슬아치들을 전상에 오르게 하여 잔치를 베풀었는데, 김방경도 이 자리에 참여하게 했다. 그리고 황제는 김방경에게 따뜻한 말로 위로하고 대접하며 승상의 다음 자리에 앉게 하고 진귀한 음식을 내렸다. 그리고 쌀밥과 고깃국을 내려 주면서 말했다.

"고려 사람들은 이것을 좋아하지 않는가?"

김방경은 사흘 동안 황제의 잔치에 참석하였다가 귀국했다. 이때 황제는 김방경에게 활과 화살, 칼, 백우(白羽) 갑옷 등을 하사하고, 또 활 천 개와 갑옷과 투구 백 벌, 솜 넣은 웃옷 2백 벌을 주며, 일본을 정벌하러 가는 장병들에게 나누어 주라고 했다. 그리고는 일본 정벌 명령서인 동정조령(東征條令)을 보여 주었다.

충렬왕 7년 3월, 일본 원정길 떠남에 김방경은 먼저 의안군(義安軍)이 주둔한 곳에 도착해 병력과 무기를 검열했고, 왕도 합포에 와서 모든 군사를 사열했다. 김방경은 흔도와 홍다구, 박구, 김주정 등과 함께 출발하여 일본 세계촌 대명포에 이르렀다. 우선 격서를 보내 항복을 권하고, 김주정이 왜병과 먼저 교전하였는데 낭장 강언 등이 전사했다.

6월에 김방경, 김주정, 박구, 박지량, 형만호(荊萬戶) 등이 왜병과 싸워 3백여 명의 목을 베었는데, 왜병이 갑자기 돌진해 와서 관군이 무너져버렸다. 이에 홍다구가 말을 버리고 맨몸으로 도망을 쳤으며, 왕만호(王萬戶)가 다시 휘저어 공격하여 왜병 50여 명을 죽이니 곧 왜병들이 물러갔다.

그 다음날 다시 싸웠으나 우리 연합군은 패전했고, 마침 우리 군대 안에 전염병이 돌아 죽은 병사가 무릇 3천여 명이나 되었다. 흔도와 홍다구 등도 여러 번 싸웠으나 패하고, 지원하기로 했던 범문호(范文虎) 군이 기한 내에 도착하지 못하자, 군사를 돌려 돌아가기를 논의하게 되었다.

"남쪽 군대가 이르지 않고, 우리가 먼저 도착해 여러 차례 싸웠으나, 전함은 낡고 군량이 떨어졌으니 이를 어떻게 하면 좋겠소?"

이에 김방경은 이렇게 반대했다.

"황제의 명령으로 석 달분의 군량을 가져왔는데, 아직 한 달분의 군량이 남아 있으니, 남쪽 군대가 도착하는 것을 기다려 합공하면 반드시 왜군을 멸할 수 있습니다."

이 말을 들은 여러 장수들이 아무 말도 하지 않았다.

이리하고 있을 때 범문호가 거느린 남쪽 지역 만군(蠻軍) 10여만 명이 도착했는데, 배가 9천 척이나 되었다. 하지만 8월의 태풍을 만나 범문호의 군사들이 모두 익사하였고 밀물과 썰물을 따라 포구에 흘러든 시체 때문에 포구가 막혀, 시체를 밟고 다닐 정도였다. 그래서 마침내 회군하게 되었다.

충렬왕 9년에 김방경은 또한 관직에서 물러나고자 상소하니, 왕은 추충정난정원공신 삼중대광첨의중찬판전리사사 세자사로써 곧 치사(致仕)를 명하고, 첨의령 벼슬을 추가했으며 상락군개국공으로 봉해주었다. 그리고 식읍 1천 호를 내려 주고, 실제 관할 식읍으로 3백 호를 봉해 주었다.

하루는 김방경이 선영에 성묘 다녀올 것을 주청하니, 왕은 그의 아들 김순(金恂)에게 태백산제고사로 삼아 함께 따라가게 했다. 김방경은 고향에 돌아가 옛 친구들을 위해 여러 날을 머물다가 서울로 돌아왔다.

충렬왕 26년 김방경이 병으로 세상을 떠나니 그의 나이 89세였다.

김방경은 충직하고 믿음이 있고 인정이 두터웠으며, 몸집과 도량이 크고 넓어 조그마한 일에 구애받지 않았다. 그리고 위엄이 있고 굳세며 말이 적었고, 옛날 관행을 많이 알아 일을 처리하는데 착오가 없었다. 몸가짐은 검소하고 부지런했으며, 옛 친구를 저버리는 일이 없었다.

또한 평생토록 왕의 잘잘못을 말하지 않았고, 비록 벼슬에서 물러나 한가하게 지낼 때에도 자기 집안의 일처럼 나랏일을 걱정했다. 나라에 큰 일이 있으면 왕이 반드시 그에게 자문을 구했다.

그러나 김방경은 국가의 중요한 일을 오래 맡아 보았으며, 원나라 황제로부터 금부(金符)를 받고 도원수가 되었으므로 그 권세가 온 나라를 기울일 정도였고, 그의 재산 또한 여러 고을에 널리 퍼져 있었다. 휘하 장사들이 그를 가까이 보필한다는 구실로 날마다 그의 대문을 옹위하여, 이를 통해 권세에 아부해 중외에 위협으로 군림하는 자가 있었는데도 그것을 금하지 않았다. 그리고 그 왜적 정벌에서의 전공으로 군사들에게 내려진 벼슬과 상을 시행함에 있어 공평하게 처리하지 못했기에 많은 사람들이 서운하게 여겼다.

충선왕(忠宣王)이 그에게 선충협모정난정국공신 벽상삼한삼중대광 벼슬을 내렸고, 시호를 충렬이라 했으며, 신도비(神道碑)를 세우도록 명했다.

金方慶

金方慶字本然 安東人 新羅敬順王之遠孫也. 初方慶母有娠 屢夢餐雲霞. 嘗語人曰 雲
氣嘗在吾口鼻 兒必神仙中來矣. 及生 小有嗔恚必臥啼 街衢牛馬爲之避 人異之. 年十
六 以蔭補散員兼式目錄事. 侍中崔宗峻 愛其忠藎 待之以禮 有大務皆委之. 屢遷至監
察御史 後爲西北面兵馬判官. 蒙兵來攻諸城 入保葦島. 島有十餘里平衍可耕 患海潮
不得墾. 方慶令築堰播種 民賴而活. 元宗四年 知御史臺事. 十年林衍廢王 世子適自元
還 至義州聞難 復入朝奏之. 世祖遣斡脫兒不花等 讓在國羣臣. 及還 方慶奉表偕如元.
世子請兵 蒙哥篤領軍將發 中書省謂世子曰 今蒙哥篤若久駐西京 以待大軍 林衍旣背
命 必不給軍食奈何. 世子宜命不與衍者 偕行. 世子難其人 侍中李藏用等曰 方慶再鎭
北界 有遺愛 非此人不可. 乃命方慶行. 方慶言曰 官軍到西京 若過大同江 恐將有變
宜勿令過江. 皆曰善. 遂以聞 帝允之 詔官軍過大同江者罪之. 行至東京 聞王已復位
入朝因留待之. 時崔坦韓愼 叛 殺諸城守 惟禮待博州守姜份 延州守權闈曰 金公之德
吾豈敢忘. 以份闈方慶妹壻也. 明年 方慶與蒙哥篤至西京 父老爭來餉泣曰 如公在 豈
有坦愼之事. 坦等因蒙兵 潛欲乘虛搆亂 厚遺蒙哥篤誘之 方慶每以計沮之. 先是 林衍
慮王奏帝請兵還 欲拒之 令指諭智甫大 率夜別抄屯黃州 神義軍屯椒島 以備之. 坦愼
等 知其謀 密具舟楫 聚銳兵. 謂蒙哥篤曰 衍等將殺官人及大軍 欲入濟州. 請官人聲言
出獵 察京軍往來狀相報. 吾等以舟師 進甫音島末島 官人領兵臨窄梁 彼不能進退. 旣
得其情 具聞于帝 王京可取 子女玉帛非他有也. 蒙哥篤暗諾 寧遠別將 吳繼夫之子得
公 爲但[坦]內廂知之 密告方慶. 詰朝方慶 詣蒙哥篤館門 諸軍畢至. 蒙哥篤謂方慶曰
久客無聊 欲擊鮮爲樂 公從吾否. 曰獵何所. 曰過大同江至黃鳳州 入椒島耳. 方慶曰
官人亦聞聖旨 何以過江. 蒙哥篤曰 蒙人射獵爲事 帝所知 君何沮之. 方慶曰 我非禁獵
禁過江. 我在此 官人安得過江 須稟帝命乃可. 方慶密諭智甫大等 令退兵. 蒙哥篤知方
慶忠直 大加敬重. 以實告之曰 欲滅王京者 非獨崔坦等 亦有人焉. 曰爲誰 曰某事秘不
傳. 由是讒言不入 國家以安. 是年夏 三別抄叛 驅掠人民 航海而南. 王遣僉知政事申
思佺 爲追討使 又命方慶領兵 與蒙古宋萬戶等兵一千餘人 追討. 至海中望見 賊船泊
靈興島 方慶欲擊 賊逃去 自賊中逃來者男女千餘人. 宋萬戶以爲賊黨悉虜而歸 不還
者頗多. 賊入據珍島 侵掠州郡. 思佺不以討賊爲意 坐免 方慶代思佺. 與蒙古元帥阿海

帥兵一千討之. 賊圍羅州 分兵攻全州. 羅人與全議降 全人猶豫. 方慶在道聞之 單騎併日南行. 先牒全曰 某日當帥兵一萬 入州 宜速備軍餉. 全以牒示羅 賊遂解圍去. 方慶劾奏討賊使上將軍邊胤 將軍曹子一孔愉等 見賊攻錦城不救 請流于島. 王宥之 止削職. 方慶與阿海屯三堅院 對珍島而陣. 賊於所掠船艦 皆畫怪獸 蔽江照水 動轉如飛 勢不能當. 每戰賊軍先鼓譟突進 互勝負 曠日相持. 會潘南人洪贊洪機 譖于阿海曰 方慶孔愉等 陰與賊相通. 阿海執而囚之 移牒達魯花赤. 令方慶還 與贊等對辨 以僉知政事蔡楨代之. 阿海鎖方慶 押送于京 見者皆冤之. 達魯花赤言於王曰 贊等所言誣妄 宜繫牢獄 釋方慶. 王卽請達魯花赤 復令方慶討賊 授上將軍 慰諭遣之. 方慶至珍島 賊皆乘船 盛張旗幟 鉦鼓沸海. 又於城上鼓譟大呼 以助聲勢. 阿海怯下船 欲退屯羅州. 方慶曰 元帥若退 是示弱也 賊乘勝長驅 誰敢當鋒. 阿海不敢退. 方慶獨帥師攻之 賊以戰艦逆擊之 官軍皆退. 方慶曰 決勝在今日. 突入賊中 賊圍之 方慶士卒 殊死戰 矢石俱盡 又皆中矢 不能起. 已薄珍島 岸有賊卒 露刃跳入船中 金天祿以短矛刺之. 方慶起曰 寧葬魚腹 安可死賊乎 欲投海. 衛士許松延等 挽止之. 病創者見方慶危急 叫呼復起疾戰. 方慶據胡床指揮 顏色自若. 將軍楊東茂 以蒙衝突擊之 賊乃觧去 遂潰圍而出. 方慶數將軍安世貞孔愉等不赴救之罪 欲斬之. 阿海挽止 王削其職. 又奏阿海畏縮不戰 帝命罷阿海 以忻都代之 仍詔誅贊等. 方慶與忻都 恊謀攻珍島 方慶忻都將中軍 入自碧波亭. 永寧公之子熙雍及洪茶丘將左軍 入自獐項. 大將軍金錫 萬戶高乙麾將右軍 入東面 摠百餘艘. 賊聚碧波亭 欲拒中軍. 茶丘先登 縱火挾攻 賊驚潰. 先是官軍 數與賊戰不勝 賊輕之. 至是官軍奮擊 賊棄妻子逃. 其所擄江都士女珍寶 及珍島居民 多爲蒙兵所獲. 方慶追之 獲男女一萬餘人 戰艦數十艘 餘賊走耽羅. 方慶入珍島 得米四千石 財寶器仗 悉輸王京. 其陷賊良民 皆令復業. 凱還 王遣使郊迎 以功加守大尉中書侍郎平章事. 賊入耽羅 築內外城 恃險益猖獗. 時出擄掠 擒安南守孔愉而去 濱海蕭然 侵及京畿 道路不通. 王甚憂之 以方慶爲行營中軍兵馬元帥 往討之. 方慶更錬卒幷水軍萬餘人 與忻都茶丘 屯潘南縣. 將發諸道戰船 皆爲風簸蕩 獨以全羅道一百六十艘 次楸子島候風. 夜半風急 不知所指. 黎明已近耽羅 風濤洶湧 進退失據. 方慶仰天太息曰 社稷安危 在此一擧. 俄而風浪止 中軍入自咸德浦. 賊伏兵巖石間 踴躍大呼以拒之. 方慶厲聲趣諸船幷進 隊正高世和挺身突入賊陣 士卒乘勢爭赴 將軍羅裕將銳兵繼至 殺獲甚衆. 左軍戰艦三十艘 自飛揚島 直擣賊壘. 賊風靡 走入子城. 官軍躡外城入 火

矢四發 煙焰漲天 賊衆大亂. 賊酋金通精率其徒七十餘人 遁入山中. 賊將李順恭曹時
適等 肉袒降. 方慶麾諸將入子城 士女號哭. 方慶曰 只誅巨魁耳 汝等勿懼. 執其魁金
允敘等六人 斬于通街. 擒親黨三十五人 分載降衆一千三百餘人而還. 其居民悉安堵
如故. 於是忻都留蒙軍五百 方慶亦使將軍宋甫演等 領京軍八百外別抄二百 留鎭. 班
師至羅州 斬所擒親黨 餘悉不問. 大犒師 遣其子綏 及祗候金瑊別將俞甫等 告捷. 及方
慶凱還入謁 王慰諭甚厚 特賜紅鞓. 大宴將士 敎都兵馬使及省臺論功 遂以方慶爲侍
中. 秋被詔如元 帝勅閣者趣入 使坐丞相之次 輟御饌與之. 仍賜金鞍綵服 寵眷無比.
及還 加開府儀同三司. 十五年 帝欲征日本 詔方慶與茶丘 監造戰艦. 是年元宗薨 忠烈
卽位. 方慶與茶丘 單騎來陳慰 還到合浦 與都元帥忽敦 及副元帥茶丘劉復亨 閱戰艦.
方慶將中軍 朴之亮金忻任愷爲副. 樞密院使金侁爲左軍使 韋得儒孫世貞爲副. 上將
軍金文庇爲右軍使 羅裕朴保潘阜爲副. 號三翼軍 忻卽綏也. 以蒙軍二萬五千 我軍八
千 捎工水手六千七百 戰艦九百餘艘 留合浦 以待女眞軍. 乃發船 入對馬島 擊殺甚衆.
至一岐島 倭兵陣於岸上 之亮及方慶壻趙抃逐之. 倭請降 復來戰 茶丘與之亮抃擊殺
千餘級. 捨舟三郎浦 分道而進 所殺過當. 倭兵突至衝中軍 長劍交左右. 方慶如植不少
却 發一嚆矢 厲聲大喝 倭辟易而走. 之亮忻抃等力戰 倭兵大敗 伏屍如麻. 忽敦曰 蒙
人雖習戰 何以加此. 及暮乃觧 方慶謂忽敦茶丘曰 兵法 千里縣軍 其鋒不可當. 我師雖
少 已入賊境 人自爲戰 卽孟明焚船 淮陰背水也. 請復戰 忽敦曰 兵法 少敵之堅 大敵
之擒 策疲乏之兵. 敵日滋之衆 非完計也 不若回軍. 復亨中流矢 先登舟 遂引兵還. 會
夜大風雨 戰艦觸巖崖多敗 侁墮水死. 到合浦 以俘獲器仗 獻帝及王. 王遣樞密使張鎰
慰諭 命方慶先還 加上柱國判御史臺事. 元年 改拜僉議中贊上將軍. 二年 如元賀聖節.
方慶奉幣 禮畢上殿 有司請方慶 與宋羣臣坐次. 帝曰 高麗慕義自歸 宋力屈乃降 何可
同也. 又曰 金宰相有軍功 賜虎頭金牌. 東人帶金符 自方慶始 及還王出城以迎. 六年
上章乞退 王遣承旨 敦諭起之. 王曰 卿年雖老 勳業殊異 豈宜輕許其退. 且今天子有東
征之命 我國亦當奏置元帥 苟以無功業者請帝 以爲何如. 遂不允 遣承旨趙仁規 上書
中書省 請以陪臣金方慶 許叅元帥府 句當公事. 帝下詔 授方慶中善大夫 管領高麗國
都元帥. 時方慶如元賀正 帝御大明殿 四品以上得上殿赴宴 方慶亦與焉. 帝溫言慰籍
命坐丞相之次 賜珍饌. 又賜白飯魚羹曰 高麗人好之. 仍侍宴三日 及還 賜弓矢劍 白羽
甲. 又賜弓一千 甲冑一百 胖襖二百 令分賜東征將士 仍示東征條令. 七年三月 出師東

征 方慶先到義安軍 閱兵仗. 王至合浦 大閱諸軍. 方慶與忻都茶丘朴球金周鼎等 發至 日本世界村大明浦 檄諭之. 周鼎先與倭交鋒 郎將康彦等死之. 六月 方慶周鼎球朴之 亮荊萬戶等 與日本合戰 斬三百餘級. 日本兵突進 官軍潰 茶丘棄馬走. 王萬戶復橫擊 之 斬五十餘級 日本兵乃退. 翼日 復戰敗績 軍中有大疫 死者凡三千餘人. 忻都茶丘等 以累戰不利 且范文虎過期不至. 議回軍曰 南軍不至 我軍先到數戰 船腐糧盡奈何. 方 慶曰 奉聖旨 費三月糧 今一月糧尚在 俟南軍來 合攻必滅之. 諸將不敢復言 旣而 文虎 以蠻軍十餘萬至 船凡九千艘. 八月 值大風 蠻軍皆溺死 尸隨潮汐入浦 浦爲之塞 可踐 而行 遂還軍. 九年 又上箋乞退 以推忠靖難定遠功臣 三重大匡僉議中贊判典理司事 世子師. 乃令致仕 加僉議令 封上洛郡開國公 食邑一千戶 食實封三百戶. 一日乞告上 冢 王遣子恂 爲太白山祭告使隨之. 至鄕 爲親舊留數日還. 二十六年 以病卒 年八十 九. 方慶忠直信厚器宇弘大 不拘小節嚴毅寡言 多識典故斷事無差 檢身勤儉不遺故 舊. 平生不言君上得失 雖致仕居閒 憂國如家 有大議 王必諮之. 然當國日久 又受金符 爲都元帥權傾一國. 田園遍州郡 麾下將士號內廂 日擁其門 附勢假威者橫行中外 而 不之禁. 又第其征倭 軍功爵賞頗不均 人多觖望. 忠宣王贈宣忠恊謀定難靖國功臣 壁 上三韓三重大匡 謚忠烈 命立神道碑.

안동 김씨 김방경

고려 때 김방경 장군 알지? 모 방(方)자, 경사 경(慶)자, 김방경 장군. 내한테 이십오 대조 할아버지야, 김방경 장군이. 그 양반이 고려국 중엽이지, 중엽 조금 내려왔지. 그때 삼별초 난리가 났어. 삼별초 난이 나가지고 영 나라가 시끄럽단 말이지. 왕실에서 인제 김방경 장군이 요즘 말하면 참모총장, 대장인데,

"그 삼별초를 초탈시켜라."

그래 엄명을 받고 전국은 인제 삼별초 섭렵을 하니까, 삼별초가 또 어디로 갔냐면 저- 진도로 내려가 버렸다, 마지막에. 쫓아냈시믄 그만 했어야 하는데.

"나중에 그 세합을 또 규합해가지고 시끄럽게 난동을 일으키니 완전히 잡아 없애 부라."

그래, 진도를 공략을 했거든. 공략을 하니 갈 곳이 없으니 범선을 타고 이놈들이 탐라국으로 도망을 갔어요. 제주도가 탐라국이거든. 제주도로 도망을 가서 있는데 또 정부에서는,

"그 놈, 아주 처리해 버려라. 삼별초는 이 나라에 없도록 없애 버려라."

해가지고 제주도 가서 삼별초를 완전히 섬멸했거든. 그때는 탐라국인데. 그래 우리 이십오 대조 할아버지가 거기 가서 섬멸하고부터 그 탐라국이 우리나라로 예속이 된 거지. 그래서 고려에다가 조공도 바치고 했잖아.

그리고 삼별초를 끝낸 다음에는 왜구꺼지 침투를 하니까, 왜구를 없애가지고 이어른이 몽고군 지원을 받아가지고 연합군을 형성해가지고 일본을 공격하러 가는데, 대마도를 먹었거든. 대마도, 그때는 그거 우리 땅이라. 지금 대마도가 주택이라든가 모든 풍속이 우리하고 똑같아. 집 모양도 그렇고 그때 우리가 가서 집 지어 줬으니까.

그래 대마도에 자리를 잡아놓고 거기서 병력을 증강을 해서 일본 본토를 공격 할라고 그래보이 현해탄에 항상 물결이 세잖아. 요즘에야 뭐 기선가지고 가지만 옛날에는 목선, 돛단배 가지고 현해탄을, 노들을 헤치고 나갈 수가 없었어. 그러니까 세 번을 정복하다가 실패를 하고 많은 병력과 병기를 손실하고 철수를 했어. 그래, 대마도를 우리가 점령했던 땅인데. 요즘 정치하는 사람들, 일본 사람들은 독도를 저기라고 달라하던데 우리는 그 대마도 내놓으라는 소리를 왜 몬하는지 몰라. 참 안타까워.

출처: 신동흔 외, '안동 김씨 김방경', 『도시전승설화자료집성』 9권, 민속원, 2009, 371.

〈관련 설화 목록〉

신동흔 외, '안동김씨 김방경', 『도시전승설화자료집성』 9권, 민속원, 2009, 371.

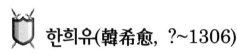 한희유(韓希愈, ?~1306)

　　고려의 대신으로 가주 한씨의 시조이며, 시호는 장렬(莊烈)이다. 가주의 이속(吏屬)으로 기사(騎射)를 잘하고 담략이 있어 대정(隊正)이 된 후 대장군(大將軍)에 올라 1271년 김방경을 따라 진도와 탐라 등지에서 삼별초 정벌에 공을 세우고, 1274년 일본 정벌 시 선봉으로 활약하였다. 1290년 좌익 만호로서 쌍성(雙城)에 주둔하여 합단(合丹)의 침입 때 원나라의 원수 설도간과 함께 이를 막아 공을 세웠으며, 강화를 수비하고 동북면 도지휘사가 되었다. 원나라 황제에 의해 회원대장군에 오르고 삼주호부(三珠虎符)와 궁시, 옥대 등을 하사받았다. 1295년 김신보의 무고로 삭직하고 조월도(祖月島)에 유배되었다 풀려나왔고, 1299년 만호 인후에 의해 모반죄로 탄핵받아 다시 해도(海島)에 유배당했다. 풀려나온 뒤 원나라에 잡혀가 재조사를 받았는데 1300년 원나라에 입조(入朝)한 충렬왕의 해명으로 석방되어 귀국하였다. 이후 중대광, 첨의중찬, 우중찬 벼슬을 지내었고 1305년 도첨의 좌중찬으로 왕을 호위하여 연경(燕京)에 가서 죽었다. 『참고문헌』 고려사, 고려사절요, 한국인명대사전, 국사대사전

한희유는 가주의 아전이었으며, 말타기와 활쏘기를 잘했고 용기가 있었다. 고을사람들과 함께 산에 불을 지르고 짐승을 몰아 사냥을 하면서, 한희유가 말을 채찍질해 불속을 나는 듯이 넘나드니, 사람들이 서로 돌아보면서 놀라고 두려워했다. 이에 한희유는 웃으면서 말했다.

"대장부가 적진에 돌진을 할 때에는 죽음도 두려워하지 않을 따름이다."

한희유는 처음에 대정(隊正)에 임명되었다가 그 후 여러 차례 승급하여 대장군이 되었다. 김방경을 따라 진도와 탐라에서 일어난 삼별초의 난을 토벌할 때 모두 공적을 세웠다.

일본을 토벌할 때에는 김방경이 한희유를 선봉장으로 삼았는데, 짧은 병기를 가지고 접전을 벌였을 때 한희유가 맨손으로 적의 칼을 빼앗고, 손에 상처를 입어 피가 흐르는데도 용감하게 공격하여 수 명의 적을 목 베었다.

충렬왕 때에 부지밀직사사로 임명되었다. 이때 원나라에서 내안[1])이 반란을 일으켰다는 말을 들은 왕은, 한희유에게 호패를 하사하고 우익만호의 벼슬을 내려 구원하려 했다. 그리하여 군사를 거느리고 보내려 하는데, 이미 내안을 사로잡았다는 말을 듣고 회군하게 하였다.

후에 원나라 황제가 한희유에게 쌍주금패를 하사하고 장전만호 벼슬을 내렸으며, 이어 한희유는 판밀직삼사사 벼슬을 역임했다. 얼마 후 내안의 잔당인 합단 무리가 고려를 침범

1) 내안(乃顔): 징기츠칸의 막내 아들 5세손.

했다. 이에 원나라에서는 설도간과 나만대 대왕을 파견하여 군사를 나누어 와서 구원했다. 우리 고려군은 먼저 설도간의 군사들과 연합하여 이틀 동안 적을 추적해 연기에 이르러 적을 격퇴시켰다.

그런데 얼마 후 적의 정예기병이 다시 쳐들어 와서 아군과 맞서 진을 쳤다. 적진에 한 용사가 있어서 아군을 향해 활을 쏘는데, 쏘는 화살마다 아군 병사를 명중시켜 쓰러뜨렸다. 곧 한희유가 창을 들고 말을 달려 적진으로 돌진하니 적들이 놀라 뒤로 물러났다.

이에 한희유가 활을 쏘던 그 용사를 잡아 끌어내 목을 벤 뒤에 그 머리를 창에 꿰어 적에게 보여주니 순식간에 적들이 넋을 잃었는데, 이를 틈타 연합군의 대병력이 공격하여 적들을 크게 격파했다. 적은 노적 부자(父子)를 비롯한 2천여 명의 기마병 들만이 간신히 포위를 뚫고 도주해 숨었다.

한희유가 곧 군사를 돌려 석파역에 주둔하고 사람을 시켜 사로잡은 포로들을 왕에게 바치니, 왕이 한희유에게 남은 도적들을 추격하여 잡으라고 명령했다. 얼마 뒤에 왕은 한희유를 소환하여 강화도에 진을 쳐 머물게 하였다.

지방으로 내보내 동북면도지휘사에 임명하니, 원나라 황제가 회원대장군으로 임명하고 삼주호부(三珠虎符)와 활과 화살, 옥대와 은 한 덩이, 안장 하나를 상으로 내려 그의 공적을 치하했다. 그리고 곧 한희유는 지첨의부사를 거쳐 진변만호가 되었다.

충선이 세자로 임명되고 원나라 연경에 있을 때, 교위 김신보가 한희유에게 겪은 원통한 일을 세자에게 이렇게 호소했다.

"나는 애초에 한희유의 사위인 홍수를 따라 원나라에 왔는데, 한희유가 나를 지목하여 자기 사위인 홍수를 배반했다고 하면서, 세자 저하를 무시하고 나의 처자들을 능욕하며 학대했습니다. 한희유는 도대체 어떤 사람이기에 오직 세자 저하의 존재도 모르고 그렇게 한단 말입니까?"

이를 들은 세자는 한희유에 대한 앙심을 가지고 있다가 충렬왕에게 한희유의 파면을 소원했다. 그러자 왕은 조인규 등에게 명령하여 한희유를 심문하라 하였고, 조인규 등이 순마(巡馬)를 시켜 한희유를 불러오게 했다.

그때 한희유는 마침 손님과 함께 술을 마시던 중이었는데 순마에게,

"나는 죄가 없는 사람인데, 어찌 순마를 보내 문초를 하려 하는가?"
라고 말하며 그대로 의젓하게 술을 마셨다.

순마가 돌아가 이 사실을 전하니, 왕이 화를 내며 순마와 군사 20여 명을 보내 한희유에게 내려준 호부를 회수하고 그를 묶어 끌어오라고 명했다.

한희유는 성품이 강직하고 청렴했는데, 스스로 생각하여 자신에게 죄가 없기에 끝까지 굴복하지 않으니 왕이 한희유를 조월도로 귀양을 보내버렸다. 한희유는 여러 번 전투에서 공적을 세웠기에 그의 이름이 원나라에까지 알려져 있어, 당시 사람들이 이를 원통하게 여겼다.

뒤에 한희유는 수사공에 임명되었고, 중경유수 개성부사가 되었다가, 상위도첨의 도감사를 거쳐 찬성사 판판도사 자리로 옮겨졌다.

만호 인후는 평소에 한희유와 사이가 좋지 않아 그가 반란을 꾀한다는 모함을 하였고, 이 일로 한희유는 섬으로 귀양을 갔다. 그랬다가 얼마 지나지 않아 소환되어 원나라에서 한희유를 붙잡아 데리고 갔다.

이때 마침 황제를 조회하러 갔던 충렬왕이 보고, 황제에게 한희유의 무죄를 잘 아뢰어 혐의가 풀리고 석방되었다. 한희유는 고려로 돌아와 첨의시량찬성사에 더하여 중대광첨의중찬에 임명되었다.

당시 충렬왕은 승려 소경을 궁중으로 불러들여 부처님 그림에 점안(點眼)하고, 화엄경을 읽도록 하여 숙창원비와 함께 보살계를 받았다. 이에 한희유는 승지 최승과 더불어 왕에게,

"비기(秘記)에 의하면, 나라의 임금이 승려를 공경하게 되면 반드시 망하게 된다는 말이 있습니다. 원하옵건대 전하께서 삼가시는 것이 좋겠습니다."
라고 간했으나 왕은 듣지 않았다.

얼마 후 벼슬이 좌중찬으로 옮겨졌고, 왕을 수행하여 황제를 뵈러 갔다가 원나라에서 사망했다.

한희유는 성격이 활달하고 정직하였으며 꾸밈이 없는 성격이었다. 그는 집이 가난하여 늘 사람들에게서 빌려 살았다. 한희유가 매번 임금을 따라 사냥을 할 때 활을 쏘면 반드시 명중했다. 이에 왕이 상으로 말을 내려주었는데, 그 말을 기르지 않고 사람들에 줘버렸다.

만호 인후는 원래 한희유를 형으로 섬겼다. 일찍이 인후가 한희유의 집에 이르러 보고는,

"아, 우리 형님이 이리도 가난하게 살고 있는가?"

라고 말하고는, 임금에게 곡식 수백 곡을 내려주도록 요청했다. 인후는 그것을 한희유에게 큰 덕을 베푼 것으로 생각하고 있었다. 어느 날 인후의 문객인 배정지가 법을 어기게 되니, 한희유가 그를 법으로 처벌하려고 했다. 이때 인후가,

"나의 은혜를 잊었느냐?"

하며 한희유에게 따졌다. 이 말을 들은 한희유는 화를 내고 차고 있던 칼을 빼들어 인후를 겨누며 앞으로 나갔다. 이때 옆에 앉아 있던 중찬 홍자번이 배정지에게 여러 번 눈짓을 하니, 배정지가 이를 알아차리고 한희유의 칼을 뺏어 도망을 갔다. 한희유가 쫓아갔지만 붙잡지 못하였다.

며칠 뒤에 배정지가 한희유에게 가서 자신의 죄를 사과하니, 한희유는 이렇게 말했다.

"지난번에 네가 아니었다면 인후를 거의 죽일 뻔 하였다."

한희유는 평상시에 비록 늙은 나이임에도 활과 화살, 갑옷과 투구를 전쟁에 나갈 때와 같이 잘 수선해 두었다. 그리고 달 밝은 밤이면 긴 창[2]을 들고 뛰어 달리며 하면서 말했다.

"아직도 내 힘이 쓸 만하구나."

충렬왕이 다시 복위된 후, 왕유소와 송인 등이

2) 원문에는 '長槍'으로 되어 있으나 문장의 흐름으로 보아 '長槍'이 적합하여 바로잡음.

일을 꾸며 충렬왕과 충선왕 부자 사이를 이간시켰다. 이때 한희유는 말단 병사로부터 시작해 스스로 노력하여 재상지위에까지 올랐기에, 왕의 은덕에 감사하며 오직 성실하게 받들어 순종하기만을 일삼고 왕에 대하여 간하는 일이 없었다.

그러나 뒤에 왕위에 오른 충선왕은 한희유를 자기를 모함한 왕유소와 송인의 당이라고 생각하고 악감정을 품고 있었다. 한희유가 사망하자, 왕이 한희유의 아들 한검을 가주로 귀양보냈다.

韓希愈

韓希愈嘉州吏 善騎射有膽略. 常與鄉人火獵 希愈策馬 出入火中如飛 人相顧驚愕. 希愈笑曰 大丈夫陷陣突敵 死且不懼耳. 初補隊正 累遷大將軍. 從金方慶討珍島耽羅 皆有功. 日本之役 方慶以希愈爲先鋒 短兵相接. 希愈赤手奪敵刃 手傷血流 遂奮擊斬數級. 忠烈時 拜副知密直司事. 王聞乃顏叛 將助征 賜希愈虎牌 爲右翼萬戶 將兵啓行. 聞帝已擒乃顏 罷兵還. 後帝賜雙珠金牌 授帳前萬戶 歷判密直三司事. 乃顏黨哈丹來侵 元遣薛闍干及那蠻歹大王 分兵來救. 我軍先與薛闍干幷日行 遂破賊于燕岐. 俄而賊精騎復來對陣 有勇士一人 射我軍 每發輒倒. 希愈擧槊躍馬 突入賊陣 賊辟易. 扼勇士 而出斬之 槊其首示賊 賊氣褫. 大軍縱擊 大敗之 賊盧的父子等 二千許騎 潰圍遁去. 遂班師 次石破驛 遣人獻俘. 王命希愈追捕餘賊 未幾召還 留鎭江都. 出拜東北面都指揮使 帝命爲懷遠大將軍 賜三珠虎符弓矢玉帶 銀一錠鞍一面 以賞戰功. 尋知僉議府事 爲鎭邊萬戶. 忠宣爲世子在燕邸 校尉金臣甫訴曰 我初從希愈壻洪綏來燕 希愈以我背綏 而投邸下 陵虐我妻子. 希愈何人 獨不知有邸下乎. 世子衛之 白王褫其職. 王命趙仁規等訊之 令巡馬召希愈. 希愈方與客飮 謂曰 吾無罪 何使巡馬問耶. 飮自若 巡馬還白. 王怒命巡馬及衞士二十餘人 縛致 收所帶虎符. 希愈性强且廉 自度無罪 終不屈 乃流祖月島. 希愈屢建軍功 知名上國 時人冤之. 後拜守司空 中京留守 開城府事 商議都僉議都監事. 尋改贊成事判版圖事. 萬戶印侯與希愈 素有隙 誣告謀叛. 流海島 未幾召還. 元執希愈以歸 會王入朝 奏希愈侯曲直. 乃釋希愈還 尋拜僉議侍郎贊成事 加重大匡僉議中贊. 王召僧紹瓊于宮中 點眼畵佛 讀華嚴經 王與淑昌院妃 受菩薩戒. 希愈與承旨崔崇言 秘記有國君敬南僧 必致覆亡之語 願殿下愼之. 不聽. 俄遷左中贊 從王入朝 卒于元. 希愈性豁達 質直少文 家貧假貸於人. 每從王畋 射命中 賜馬亦不畜 輒與人. 印侯兄事之 嘗至其家曰 嗟吾兄之貧 乃如是耶. 請王賜粟數百斛 自謂有德. 侯門客裵延芝犯法 希愈欲治 侯曰 忘我德耶. 希愈怒拔佩刀 目侯而前. 中贊洪子藩在坐 屢眴廷芝. 廷芝奪其刀走 希愈逐不及. 他日廷芝詣希愈謝 希愈曰 向非汝 吾幾殺侯矣. 平居雖老 繕治弓矢甲冑 若臨戰陣. 月夜操長搶[槍] 且走且跳曰 吾力尙可用也. 王自復位以來 王惟紹宋璘等用事 離間王父子. 希愈自以起 自行伍位至宰輔 感王德 惟務承順 略不規諫. 忠宣謂希愈黨王宋深有憾 及卒 竄其子儉于嘉州.

 원충갑(元冲甲, 1250~1321)

고려의 공신으로 본관은 원주(原州)이며, 시호는 충숙(忠肅)이다. 향공진사(鄕貢進士)로 원주의 별초(別抄)에 들어가 있다가 1291년(충렬왕 17) 합단(合丹)이 침입하여 원주성을 포위하자 전후 10차에 걸쳐 적을 무찔러 적의 예봉을 꺾음으로써 성을 고수했다. 이 공으로 추성분용광국공신(推誠奮勇匡國功臣)이 되고, 여러 벼슬을 거쳐 삼사 우윤(三司右尹)에 올랐다. 1303년 간신 오기를 홍자번과 함께 잡아 원나라로 압송했고, 충선왕 때 응양군 상호군이 되었다.

『참고문헌』 고려사, 고려사절요, 한국인명대사전

원충갑

　원충갑은 원주 사람이다. 그는 몸집이 크지는 않았으나 날쌔고 용맹했으며, 눈빛은 번갯불같이 번뜩였다. 고을 진사 시험에 급제하여 원주고을 별초군에 예속되었다.

　충렬왕 때, 합단 무리가 철령을 넘어 침입하니 여러 고을 수비병과 백성들이 적침의 소문을 듣고 달아나 무너져버렸다. 적의 무리가 원주에 주둔한 뒤, 50여 명의 적 기병대가 치악성 아래에 와서 노략질하였다. 이에 원충갑이 6명의 보병을 인솔하고 달려가 적을 쫓아버리고 8마리의 군마를 빼앗아 돌아왔다.

　이어 적군 도라도와 독어내 및 패란 등이 4백 명의 군사를 거느리고 또 다시 치악성 아래로 달려들었다. 원충갑은 결사대 중산을 비롯한 7명의 군사들과 함께 적정을 살피다가, 중산이 먼저 적진 중으로 돌진하여 적군 1명의 머리를 베었다. 그리고 추격하여 형문 밖에 이르니, 적군은 안장을 갖춘 말을 버리고 도주해 숨었다. 이에 방호별감 복규는 대단히 기뻐하며 노획한 25필의 말을 그들에게 주었다.

　적군이 또 다시 쳐들어와 수많은 깃발을 펄럭이며 성을 몇 겹으로 포위하였다. 그리고 한 사람을 시켜 편지를 가지고 와서 항복을 권고했다. 이를 본 원충갑이 단숨에 달려 나가 그 적의 목을 베어, 편지를 그 머리에 묶어 매고는 적진을 향해 던졌다. 적군이 후퇴하여 대량의 공격무기를 준비해 갖추고 있으니, 우리 성 안 사람들이 두려워하여 소란해졌다.

　적군이 또 다시 포획한 여인 2명을 우리 측에 보내 투항을 권유하니, 원충갑은 이번에도 그들의 목을 쳤다. 마침내 적군이 북을 두드리고 함성을 지르면서 달려들어, 갖은 수단과 방법을 다해 공격하는데 화살이 빗발치듯 하여 성이 거의 함락될 지경에 이르렀다.

이때 홍원창판관 조신이 성 밖으로 나가 적군과 싸웠고, 또 원충갑이 급히 말을 몰아 동쪽 봉우리로 치달아 올라가 적군 1명의 목을 베니, 적진에서는 약간의 혼란이 일어났다. 그리고 별장 강백송 등 30여 명이 달려와 지원했고, 고을 아전인 원현과 부행란 및 원종수는 국학생 안수정 등의 백여 명과 더불어 서쪽 산봉우리에서 달려 내려와 협공을 하였다.

홍원청천관 조신이 북채를 잡고 북을 치면서 기세를 올리는데, 화살이 날아와 그의 오른팔을 관통했다. 그러나 그가 치는 북소리는 여전히 줄어들지 않았다. 적의 선봉부대가 약간 패배하자, 뒤따르던 적들도 놀라 흔들려 서로 넘어지고 밟히고 하는 소란이 일어났다. 이런 틈을 타 고을의 군사들이 힘을 합쳐 일제히 공격하니 그 함성소리가 온 산을 진동했다.

전후 10차례의 전투를 벌여 적군을 대패시켰는데, 적장 도라도 등 68명의 목을 베었고, 활로 쏘아 죽인 적의 수가 태반이나 되었다. 이때부터 적군의 날카로운 기세가 꺾여 감히 다시 우리를 공략하지 못했다. 이에 여러 성들도 굳게 지켜졌으니 이는 전적으로 원충갑의 노력에 의함이었다. 그 공로로 원충갑은 6차례나 벼슬이 올라 마침내 삼사우윤에 임명되었다.

그 당시 오기[1]는 남을 헐뜯고 참소하여 임금의 총애를 얻고는 충렬왕과 충선왕 부자 사이를 이간시키고, 충직하고 어진 신하들을 모해했다. 그러나 사람들은 모두 이를 갈면서도 화가 두려워 감히 아무 말도 하지 못하고 있었다. 그런데 원충갑은 50여 명의 군사를 인솔하고 가 오기의 죄악을 극언으로 규탄하고 잡아 원나라로 압송하였다.

충선왕 때 응양군상호군으로 임명되었고, 충숙왕 6년에 식목도감에서 원충갑의 공로를 더 높여 표창해줄 것을 요청하여, 추성분 용정란광국공신 칭호를 하사받았다. 그 후 2년 이 지나 사망하니 그의 나이 72세였다.

---

1) 오기(吳祁): 한문 원문에는 2번이나 '吳祈'로 표기되었으나 『고려사』 열전에는 '祈'와 '祁'가 모두 쓰이고 있음. 그런데 '祁'가 옳아 바로잡음.

元冲甲

元冲甲原州人. 短小精悍 眼有電光. 以鄉貢進士 隷本州別抄. 忠烈時 哈丹賊踰鐵嶺關 入 州縣望風奔潰. 賊衆來屯原州 有五十騎 剽掠雉岳城下. 冲甲率步卒六人 逐之 奪賊 馬八疋還. 賊都刺闍禿於乃孛蘭等 領兵四百 又至城下. 冲甲與敢死士仲山等七人 覘 之. 仲山先入賊中 斬一人 追至荆門外 賊棄鞍馬遁走. 防護別監卜奎大喜 悉以所獲馬 二十五疋與之. 賊復來 多張旗幟 圍城數重. 使一人齎書來誘 冲甲突出斬之 繫其書於 頭擲之. 賊退 多修攻具 城中震懼. 賊又遣所俘二女來誘 冲甲又斬之. 賊鼓譟而進 百 計攻之 矢下如雨 城幾陷. 興元倉判官曹愼 出城與戰 冲甲急馳上東峯 斬一級 賊稍亂 別將康伯松等三十餘人助之. 州吏元玄傅行蘭元鍾秀 與國學生安守貞等百餘人 下西 峯夾攻. 愼援桴鼓之 矢貫右肱 鼓音不衰. 賊前鋒少北 後者驚擾 自相蹂躪. 州兵合擊 聲振山岳 前後十戰 大敗之. 斬都刺闍等六十八人 射殺者幾半. 自是 賊挫銳 不敢攻 掠. 諸城亦堅守 皆冲甲力也. 以功六轉 爲三司右尹. 吳祈[祁] 以讒佞得幸 離間王父子 陷害忠良 人皆切齒 畏禍莫有言者. 冲甲率五十餘人 極言祈[祁]罪惡 執送于元. 忠宣 時 拜鷹揚軍上護軍. 忠肅六年 式目都監 請加襃獎 賜推誠奮勇定亂匡國功臣號. 越二 年卒 年七十二.

二

安祐　金得培　李芳實

 안우(安祐, ?~1362), 김득배(金得培, 1312~1362),
이방실(李芳實, ?~1362)

➤ **안 우** | 고려 공민왕 때의 장군으로 탐진 안씨의 시조이며 아명은 발도(拔都)이다. 1358년 안주 군민 만호가 되었는데 이듬해 홍건적이 침입하여 의주, 정주, 인주 등지가 함락되자 이방실 등과 함께 적을 대파하고 퇴각하는 적을 추격하여 철주에 이르러 소수의 기병으로 분전하여 크게 적을 무찔렀다. 홍건적이 서경으로 진출하자 이를 공격하여 용강과 함종 방면으로 물리치고 도망치는 남은 적들을 이방실, 김득배 등과 추격하여 섬멸하였다. 각지의 패잔병을 소탕하고 돌아와 중서평장정사(中書平章政事)에 추충절의정란공신(推忠節義定亂功臣)이 되었다. 1361년 다시 20만의 홍건적이 쳐들어오자 상원수가 되어 김득배, 이방실 등과 박주, 개천 등지에서 적을 대파하고 도원수가 되었다. 절령에서 대패하여 개경이 함락되고 난 뒤 정세운이 총지휘하는 20만 대군의 개경 탈환전에 이방실, 김득배, 이성계, 최영, 안우경 등 여러 장수와 함께 참전하여 적을 섬멸했다. 『참고문헌』 고려사, 고려사절요, 한국인명대사전, 국사대사전

➤ **김득배** ㅣ 고려의 문신으로 호는 난계(蘭溪), 본관은 상주(尙州)이며 판전장(判典醬) 녹(祿)의 아들이다. 문과에 급제하여 예문검열이 되고 전객부령(典客副令)에 전직된 후 강릉대군(江陵大君·공민왕)을 따라 원나라에 들어가 숙위하고, 1351년 공민왕이 즉위하자 우부대언이 되었다. 1359년 겨울 홍건적이 침입하여 의주, 정주, 인주 등지를 함락하자 서북면 도지휘사로서 도원수 이암, 부원수 경천흥과 함께 이를 방어 했으나 마침내 서경(西京)이 함락되었다. 안우, 이방실 등과 함께 분전하여 서경을 탈환하고 압록강 밖으로 적을 격퇴하여 전공으로 수충보절정원공신(輸忠保節定遠功臣)에 정당문학(政堂文學)이 되었다. 1361년 다시 20만의 홍건적이 압록강을 건너와 삭주와 이성으로 침입하자 서북면 도병마사가 되어 상원수 안우, 도지휘사 이방실 등과 함께 방어하였다. 이듬해 안우, 이방실, 최영, 이성계 등과 함께 20만 정예를 거느리고 총병관 정세운의 지휘로 적 10여만을 죽이고 개경을 수복하였다. 잔적은 압록강을 건너 달아나고 난이 평정되었다. 이후 정세운과 권력을 다투던 평장사 김용의 간계로 효수되었는데 김득배의 문하생인 직한림 정몽주가 왕에게 청하여 그 시체를 거두고 조위문을 지어 장사지냈다. 『참고문헌』 고려사, 고려사절요, 한국인명대사전

➤ **이방실** ㅣ 고려의 무신으로 함안 이씨의 시조이다. 충목왕이 원나라에 내왕할 때 호종(扈從)한 공으로 왕이 즉위하자 중랑장이 되고 호군에 올랐다. 1354년에 선성에서 달로가지[達魯花赤] 노연상(魯連祥)이 모반하자 대호군(大護軍)으로 용주의 병사를 이끌고 이를 진압하였다. 1359년 모거경(毛居敬) 등이 4만의 홍건적을 이끌고 압록강을 건너 침입해 오자 안우, 이음 등과 함께 적을 격퇴하였다. 뒤에 다시 홍건적이 70여척으로 서해도에 침입하자 풍주에서 이를 물리친 공으로 옥대(玉帶)를 하사받았다. 1361년 반성, 사유, 관선생 등이 또 다시 20만명의 홍건적을 이끌고 침입하자 도지휘사로서 상원수 안우, 병마절도사 김득배 등과 함께 개주, 연주, 박주 등의 지역에서 공격하였으나 패배하였다. 1362년(공민왕 11) 총병관 정세운의 지휘 아래 김득배, 안우, 안우경, 최영, 이성계 등과 함께 출전하여 개경을 수복하고 20만 대군의 홍건적을 섬멸하였다. 『참고문헌』 고려사, 고려사절요, 한국인명대사전

안우, 김득배, 이방실

안우는 어릴 때 이름이 발도이며 탐진현 사람이다. 김득배는 상주 사람이고, 이방실은 함안현 사람이다. 안우는 공민왕 원년에 군부판서 응양군 상호군으로 임명되었고, 여러 관직을 거쳐 지추밀원사 참지중서정사를 역임하였다. 김득배의 부친 김록은 벼슬이 판전의에 이르렀다.

애초에 고을 아전 김조에게 만궁이라는 딸이 있었다. 만궁이 출생 후 7세가 되었을 때 거란적이 침입하여, 적을 피해 백화성[1]으로 달아나다가 적병이 가까이 쫓아오므로 위급한 중에 만궁을 길에 버리고 달아났다. 부친 김조가 3일 만에 숲 아래에서 딸을 찾았는데, 딸 만궁이 말했다.

"밤에는 무엇이 와서 나를 안고 있다가, 낮이 되면 곧 떠나갔습니다."

사람들이 이 말을 듣고 모두 놀라고 기이하게 여겨 흔적을 밟아 따라가 보니 곧 그것은 호랑이였다. 만궁이 자라서 고을 아전 김일에게 시집을 가서 김득배의 부친 김록을 낳았다.

김득배는 과거에 급제하여 예문검열에 임명되었고, 여러 번 벼슬을 옮겨 전객부령에 올랐다. 김득배는 공민왕이 세자 때 원나라로 따라가서 숙위(宿衛)를 했고, 공민왕이 즉위하여 우부대언을 제수했다. 공민왕 6년에 서북면도순문사 홍두왜적방어도지휘사가 되었다가 얼마 후 추밀원직학사에 임명되었다.

이방실은 충목왕이 세자 때 원나라에 따라가

1) 백화성(白華城): 원문에 '白'이 '日'로 되어 있으나 『고려사』 열전에 의거 바로잡음.

서 시종한 공로로, 충목왕 즉위에 미치어 중랑장으로 임명되었다. 이어 호군 벼슬로 옮겨졌고 토지 1백 결을 하사받았다. 공민왕 3년, 이방실은 대호군으로 전직되었다.

선성(宣城) 달로가지 노연상이 반란을 일으키자, 이방실은 용주 병사를 이끌고 은밀하게 강을 건너 곧바로 노연상 집으로 들어가, 그 부자(父子)를 찔러죽이고 머리를 베어 서울에 전했다.

공민왕 7년, 왕은 안우를 안주군민만호로 임명하고 김원봉을 부만호로 삼았으며, 경천흥을 서경군민만호로 임명하고 김득배를 부만호로 삼고, 이방실을 편비장으로 임명했다. 그리고 부임지로 떠날 때 재상들에게 수도의 성문 밖에서 조제사[2]를 지내게 했다.

그 이듬해 공민왕 8년, 홍두적[3]이 글을 보내어 말했다.

"백성들이 오랑캐들에게 오랫동안 예속됨을 분하게 여겨 의병을 일으켜 중원을 회복하려 한다. 우리는 이미 동쪽으로 제로(齊魯) 지역을 넘었고, 서쪽으로는 함진(函秦)으로 진출하였으며 남쪽으로는 민광(閩廣)을 지났고, 북쪽으로는 유연(幽燕)에 다다랐다. 백성들은 모두 우리들을 맞아들이기를 굶주린 자가 고량진미를 얻고, 병든 자가 약을 만남과 같이 하고 있다. 지금 우리는 모든 장수들에게 군사들이 백성들을 소란하게 하지 못하도록 엄한 명령을 내렸다. 그러니 우리를 따라오는 백성들은 어루만져 줄 것이고, 정신을 못 차리고 항거하는 자는 벌을 내릴 것이다."

홍두적이 세운 거짓나라인 송(宋)나라의 평장사라 칭하는 적의 괴수 모거경 등은 4만의 병력을 거느렸다고 하면서 얼어붙은 압록강을 건너와 의주를 함락시키고 부사(副使) 주영세를 살해했다. 또한 적들은 정주와 인주를 함락하고 도지휘사 김원봉을 죽인 다음, 인주 지역에 주둔했다.

이때 안우가 병사를 거느리고 나아가 공격하니 적들은 흩어져 무너졌다. 곧 안우는 적들을 추격하여 30여 명의 목을 베니, 적들은 철주로 들어가 점거했다.

안우는 또한 70여 명의 기병을 거느리고 싸움터로 행하면서 산에 올라 잠시 말들을 쉬게 했는데, 이때 졸지에 적의 장수가 병기를 휘두르며 내달아 달려들었다. 이에 장병들이 모두 두려워 실색했지만, 안우는 태연하게 웃으며 이야기를 주고받았다. 그리고 의젓하게 소변을 보고 손을 씻고 양치질까지 한 뒤에 침착하게 말에 올라 군사들을 인솔하여 곧바로 적군 앞으로 달려갔다.

적의 기병 몇몇이 긴 창을 휘두르며 용기를 뽐내니, 병마판관 정찬이 분을 내어 칼을 휘두르며 크게 소리를 지르고 선두로 나서 적장 1명의 목을 베었다. 이에 적들이 점점 물러나니 안우와 이방실 등이 용기를 내어 공격해 크게 격파했다. 곧 적들은 정주와 인주 등지로 물러나 주둔했다. 승전 소식을 아뢰니 왕은 사신을 보내 안우에게 황금 띠를 내려주었다.

선주에 속한 여러 고을 백성들은 적들이 가까이 있다는 소문을 듣고 모두 어지럽게 흩어져 숨었다. 이에 적군이 천여 명의 병사를 내보내 백성들이 버리고 간 곡식들을 거두어 가져갔다. 이를 본 안우와 김득배가 보병과 기병 천명으로 그들을 뒤쫓으니, 적들은 많은 곡식을 지고 메고 가기 때문에 빨리 달리지 못했다.

그래서 적군을 추격하여 적의 주둔지에까지 도달하니, 적군의 정예병이 모두 나와 아군을 맞아 공격했다. 이에 안우 등이 패하고, 천호 오중흥과 장군 이인우가 전사했다. 그리고 병사와 말들이 많이 희생되었다. 이에 안우는 물러나서 정주에 주둔하니, 마침내 서경이 적에 의해 함락되고 말았다.

다시 이듬해 공민왕 9년, 이방실이 철화에서 적들과 맞서 백여 명의 목을 베었다. 아군의 모든 군사들이 생양역에 주둔하니 총 2만이었다. 이때는 날이 매우 추워 손과 발에 동상을 입고 쓰러지는 군사들이 심히 많았다. 적들이 포로로 잡은 사람들을 죽였는데, 그 수가 1만을 헤아렸고 시체가 쌓여 언덕을 이루었다.

아군이 서경으로 쳐들어가니 적들은 용강과 함종 지역으로 물러나 주둔하였다. 왕은 안우를 안주군민도만호로 임명하고, 이방실을 상만호로 삼았으며, 김어진을 부만호로 임명하였다.

안우 등은 부대를 거느리고 함종 지역으로 진격했다. 이때 우리 군사들이 미처 진을 치기 전에 적들이 돌격해 나와 아군이 패하고 말았다. 적들은 정예 기병으로 아군의 뒤를 쫓아왔다. 때마침 동북면천호 정신계가 천여 명의 군사를 거느리고 이르러 적들과 특별히 죽음을 무릅쓰고 싸워 수십 명의 적을 죽였다.

적군 4백여 명이 숙주의 산골짜기에 들어가 숨었다가 서경에서 패해 달아났다는 소문을 듣고, 의주를 향하여 달아났다. 이때 중랑장 유당과 낭장 김경이 의주에 있다가, 용주 등 여러 곳의 군사를 동원하여 그 적들을 맞아 공격했다. 이에 의주로 가던 적들이 퇴각하여 정주성으로 들어가 방어하고 있었는데, 중랑장 유당 등이 나아가 힘을 다해 공격하여 이 적들을 섬멸했다.

아군이 다시 함종의 적들을 공격하니, 세력이 약화된 적들이 목책 안에 들어가 방어만 하고 있었다. 이에 아군의 보병들이 적의 목책으로 돌격해 들어가고, 기병들이 목책을 둘러싼 채 어지럽게 화살을 쏘아 죽여 2만 명을 죽였다. 그리고 홍건적의 거짓나라 원수를 사로잡았다. 이때 적들은 물러나 증산현에서 방어하여 보전하고 있었다.

이방실이 정예기병 천 명을 인솔하고 적들을 추격하여 연주강에 이르렀고, 안우와 김득배 및 김어진 역시 정예기병을 인솔하고 뒤를 이어 도착했다. 적들은 형세가 급박해지자 강물을 건너기 시작했는데, 물에 빠져 죽은 자가 거의 수천 명이나 되었다. 그리고 강을 건너 언덕으로 올라간 적들은 밤에 도망쳐 숨었다.

이방실은 새벽 일찍이 군사들에게 밥을 먹이고 적들을 추격하였다. 안주와 철주 사이에서 굶주리고 지쳐서 쓰러져 서로 베고 죽은 적들이 무수했다. 이방실이 날랜 기병을 거느리고 적의 뒤를 바싹 추격하여 수백 명을 죽였다. 나머지 적들이 필사적으로 저항하므로, 이방실은 군사들과 말이 지쳐서 추격을 중지하고 쉬게 했다.

이에 남은 적 3백 명은 하루 낮밤 사이에 의주에 이르러 압록강을 건너서 도주했다. 안우 등은 처음에 압록강으로부터 서경으로 왔다가, 다시 함종을 거쳐 돌아가 압록강에 이르는 동안에 적들과 무릇 9차례나 전투를 벌였다. 안우와 김득배는 이순과 김인언을 파견하여 왕에게 승전을 보고했다.

왕은 그들을 위로하고 군사를 수도로 돌아오게 하였다. 군사들이 개선하자 왕은 장병들에게 성대한 연회를 베풀어주고, 안우에게 추충절의정란공신 중서평장정사 벼슬을 내려주었다. 그리고 김득배에게 수충보정정원공신 정당문학 벼슬을 내려주었고, 이방실에게는 추성협보공신 추밀원부사 벼슬을 내려주었다.

홍두적이 70척의 전함으로 또다시 서해도로 쳐들어오니 왕은 이방실을 파견했다. 곧 이방실은 풍주에서 적을 맞아 공격하여 30여 명의 적을 죽이니, 적들은 숨어서 도주했다. 왕이 신하들에게 연회를 베풀고, 이방실에게 옥띠와 옥으로 만든 갓끈을 내려주었다. 그것을 본 원나라 공주인 왕비가 왕에게 말했다.

"어찌하여 그처럼 귀한 보배를 아끼지 않고 다른 사람에게 가벼이 주십니까?"

"우리 종묘사직을 폐허로 되지 않게 하고 백성들이 무참한 죽음을 당하지 않게 한 것은 실로 이방실의 헌신적인 공로 때문이다. 내가 비록 살갗을 베어 그에게 준다 하여도 오히려 그의 공로에 보답할 수 없는데, 하물며 이따위 물건이 무엇이란 말이냐?"

공민왕 10년, 홍두적의 거짓나라 평장사인 방성, 사류, 관선생, 주원수 등이 용봉(龍鳳) 연호의 기념으로 20만 명의 병력을 동원하여 압록강을 건너와 삭주 이성을 침범해 왔다. 이에 왕은 안우를 상원수로 임명하고, 김득배를 도병마사로 삼았으며, 이방실을 도지휘사로 하여 적들을 막게 하였다.

그때 숙주 관장 강려는 백성들의 살림집을 불사르고 도주하였으며 적들을 무주에 주둔하고 있었다. 이에 이방실이 적들은 수가 많고 우리는 적어, 병력을 정돈하여 대기시켜 진군하지 않고 임금에게 요청했다.

"은주, 순주, 성주 등 3개 고을과 양암현, 수덕현, 강동현, 삼등현, 상원현 등 5개 고을의 백성들과 군량을 절령책으로 옮기게 허락하여 주옵소서."

이 건의에 왕은 승낙하였다.

이방실은 판사농사 조천주와 좌승 류계조 및 대장군 최준 등을 파견하여 박주에서 적들을 공격하게 했는데, 아군이 싸워 적들을 패주시켰다. 또 예부상서 이순이 태주에서 적들을 맞아 격파하여 적 7명의 목을 베었다.

그리고 이방실은 지휘사 김경제와 함께 개주에 이르러 적군을 공격하여 1백50여 명의 목을 벴다. 한편 안우는 조천주, 정리, 장신보, 이원계 등에게 보병과 기병 4백여 명을 거느리게 하여 박주로 파견하였고, 적들을 소탕하게 하였다. 이들이 박주에 이르러 적들을 공격하여 백여 명의 적을 죽였다. 이어 이방실은 또한 백 명의 기병으로 연주에 가서 적병 20명의 목을 베었다.

안우는 전체 부대를 인솔하고 안주로 진군하여 주둔한 다음에 조정에 승전 보고를 올리니, 왕은 안우를 도원수로 임명해주었다. 이때 적들이 안주를 불의에 기습하여 아군이 패했다. 이로 인해 상장군 이음과 조천주가 전사하였다. 적들은 우리 김경제를 사로잡아 저들의 장수로 삼고 우리 진중에 통첩을 보내왔다.

"우리는 1백10만 명의 병력을 거느리고 동쪽으로 왔다. 빨리 나와 항복하라."

왕은 밀직제학 정사도와 김규[4]를 파견하여 절령책을 지키게 하였다. 그런데 적들이 밤중에 만여 명의 복병을 절령책 근처에 매복시키고 있다가 닭이 울 무렵에 정예 기병 5천명으로 공격하여 목책문을 깨뜨리고 쳐들어오니, 아군이 크게 무너졌다. 이때 안우와 김득배 등은 단신으로 말을 달려 도망해 돌아왔다.

안우는 군사를 수습하여 총병관 김용 등과 함께 금교역에 주둔했다. 김용은 좌상시 최영을 보내 수도의 군사를 보내줄 것을 요청하였다. 이에 왕은 사태가 위급하게 된 것을 알고 피난 갈 것을 계획하고 수도에 있는 부녀자들과 노약자들을 먼저 성밖으로 내보내도록 하니, 민심이 자못 흉흉해졌다.

적의 선봉부대가 흥의역에 이르자 왕과 왕비인 원나라 공주는 남쪽으로 피난 갈 준비를 서둘렀다. 김용, 안우, 이방실 등이 말을 타고 개경으로 달려와 왕에게 수도를 지키지 않을 수 없다는 것을 주장했으며, 이때 최영 또한 매우 통분하여 목청을 높여 아뢰었다.

4) 김규(金赳): 한문 원문에 '두(鈄)'로 나타나 있으나 『고려사』 열전에 의해 바로잡음.

"전하께서는 얼마간이라도 머무르십시오. 신이 장정들을 불러 모아 종묘사직을 지키겠습니다."

그러나 재상들은 서로 바라보기만 하면서 잠자코 있었다.

왕은 부득이 민천사[5]로 자리를 옮겼다. 거기서 측근 신하들을 거리로 내보내 큰소리로 호소하며 의병을 모집하게 하였으나 도성 안의 백성들이 모두 피난을 가서 응하는 사람은 겨우 몇 명뿐이었다.

안우 등이 어떻게 할 방도가 없었으므로 왕에게 청을 드렸다.

"신들이 여기에 남아서 적을 방어하겠사오니 전하께서는 피난가시기 바라옵니다."

왕은 드디어 남행길에 올랐다. 왕이 숭인문을 나서니 늙은이와 어린이들이 엎어지고 넘어지며, 어머니와 자식들이 서로 놓쳐 흩어졌다. 짓밟히고 쓰러진 사람이 들판에 가득하고 곡성이 천지를 진동하였다. 며칠 뒤에 적들이 수도를 점령하여, 몇 달 동안 주둔해있었다.

적들은 소와 말을 잡아 가죽을 벗기고 그것을 펼쳐 성벽을 둘러쌌다. 그리고 그 위에 물을 뿌려 얼게 하여 사람들이 성벽을 타고 오르지 못하게 했다. 또한 남녀를 불에 지져 죽이고, 혹은 아이 밴 부인을 태우고 젖을 먹는 등 그 잔악한 짓들을 마음대로 자행했다.

왕은 복주에 내려가 있으면서 정세운을 총병관으로 임명하여 전체 부대를 통솔하게 하였다. 공민왕 11년에 안우, 이방실, 김득배, 황상, 한방신, 이여경, 안우경, 이구수, 최영 등은 20만 병력을 거느리고 수도의 동쪽 교외 천수사 앞에 진을 쳤다.

이때 정세운이 장수들에게 진군할 것을 명령하여 모든 장수들에게 도성을 포위하게 하고, 정세운 자신은 물러나 도솔원에 주둔했다. 그때 마침 눈비가 내려 적들의 경비가 해이해졌다. 이여경이 숭인문을 맡고 있었는데, 그의 부하인 호군 권희가 적의 정세를 염탐하여 알고 와서 말했다.

"적들의 정예부대가 모두 이곳에 집결되어 있으니, 우리가 갑자기 불의에 출동하여 공격하면

5) 민천사(旻天寺): 본래 개성에 있는 수녕궁이었는데, 충선왕 때 사찰로 전환하여 고려의 역대 조선들의 명복을 비는 원찰로 삼았음.

반드시 이길 수 있습니다."

곧 이튿날 동틀 무렵, 권희가 수십 명의 기병을 인솔하고 함성을 높이 지르면서 적진으로 돌입하자 적들은 깜짝 놀라 어쩔 줄 몰랐다. 아군 장수들이 그 틈을 타서 사방에서 적들을 다급하게 공격했는데, 이때 이성계가 2천 명의 친군을 인솔하고 선두에 나서 적들을 크게 격파했다.

해질 무렵에 적의 괴수인 사류와 관선생 등의 목을 베어 죽였다. 이에 적의 무리는 서로 밟아 드러눕고 깔려 쓰러진 시체가 성 안에 가득 널렸고, 목을 잘라 죽인 적만도 무릇 10여만 명에 달하였다. 그리고 원나라 왕의 옥새 2개와 금보 1개, 옥도장 3개, 금, 은, 동으로 만든 도장들과 금은으로 만든 그릇붙이들, 패면6) 등을 빼앗았다.

이때 장수들 모두가

"궁지에 빠진 도적들을 다 죽일 수는 없다."

라고 하면서 숭인문과 탄현문 등 두 문을 열어놓았다. 적의 나머지 무리인 파두반 등 10여만 명은 그 길로 달아나 압록강을 건너 도주하니 적군은 마침내 평정되었다.

성을 공격하던 날, 적들의 형세가 비록 움츠러들었지만 성벽을 쌓아 고수하고 있었다. 이때 이태조가 길가의 한 집에 머무르고 있는데 밤중에 적들이 포위를 뚫고 달아나려 하니 태조가 곧 동문으로 달려 나갔다. 적군과 우리 군사가 성문을 잡고 다투며 뒤섞여 나갈 수가 없었는데, 뒤에서 적이 창으로 태조의 오른쪽 귀 뒷부분을 찔렀다. 사세가 급박하자 태조가 검을 뽑아 들고 앞에 있는 적 7, 8명을 베고, 말을 뛰어오르게 하여 성을 넘었는데 말이 미끄러지지 않으니, 모두가 신이하게 여겼다.

김용은 평소 정세운과 함께 왕의 총애를 다투고 있어서, 그는 안우, 김득배, 이방실 등이 큰 공을 세워 왕의 신임이 두터워질까 두려워했다. 그래서 김용은 안우 등을 시켜서 먼저 정세운을 죽이게 하고, 그로 인해 죄를 뒤집어 씌워 안우 등 3명도 함께 모두 죽일 흉계를 꾸몄다.

이에 김용은 왕이 내린 것처럼 꾸민, 정세운을 죽이라는 내용의 가짜 지시문을 만들고, 조카인

6) 패면(牌面): 원나라 때 관리 임명의 증표, 또는 훈장을 뜻하는 말.

전공부상서 김림을 시켜 은밀히 안우 등에게 전하여 정세운을 죽이도록 했다. 그리고 또한 안우 등에게 다음과 같은 말도 함께 전하게 하였다.

"정세운은 본래부터 경들을 시기하고 있었으니, 적을 물리친 후에는 반드시 경들이 죽음의 화를 면치 못할 터인데 어찌 선수를 써서 그를 처치하지 않고 있느냐?"

김림이 가져온 지시문을 받은 안우와 이방실은 김득배의 진중으로 찾아가,

"이번에 정세운이 적들을 두려워하며 진격하지 않았고, 또 김용이 준 전하의 지시문도 이러하니 집행하지 않을 수 있겠소?"

라고 말하니, 김득배는 이 말을 듣고 매우 신중했다.

"지금 겨우 적을 평정하였을 뿐인데 어째서 우리들이 서로 죽이기를 한단 말이요? 옛날 중국 양저는 기한을 어겼다고 부하인 장가를 마음대로 죽였으나, 위청은 전쟁에 패한 소건을 죽이지 않아 고금의 좋은 본보기가 되고 있소[7] 그러니 문제를 신중하게 처리해야 하오. 만일 부득이한 일이라면 그를 체포하여 전하 앞에 데리고 가서 지시를 받아 처리하는 것이 옳지 않겠소?"

이 말을 들은 안우와 이방실은 곧 물러갔다. 밤이 되자 두 사람은 다시 김득배를 찾아와 말했다.

"정세운을 처단하라는 것은 왕의 명령이요. 우리가 비록 공을 세웠다고 해도 왕의 명령을 집행하지 않으면 그 후환을 어떻게 하겠소?"

이때 김득배는 죽일 수 없다고 굳게 고집했지만, 안우 등은 명령집행을 강력하게 주장하였다. 이에 안우 등이 술자리를 마련하고 정세운을 초청했다. 정세운이 도착하자 안우 등이 장사에게 눈짓을 하니, 그 자리에서 내리쳐 죽이었다.

왕이 사변 소식을 듣고 직문하 김전을 보내 사면령을 내리고 여러 장수들로 하여금 행재소로 불러 그들의 마음을 안정시키려 했다.

얼마 지나지 않아 복주관장 박지영이 재상들

7) 양저(穰苴)・위청(衛靑): 춘추시대 제나라 장수 사마양저(司馬穰苴)는 장가(莊賈)가 지정한 기한에 늦었다고 자기 마음대로 목을 베었음. 한나라 무제 때 흉노의 침입에 대장군 위청이 출전했는데, 우장군 소건(蘇建)이 적은 군사로 많은 흉노군을 만나 종일 싸워 군사를 다 잃고 홀로 도망해 돌아왔음. 이에 위청(衛靑)은 책임을 물어 참하라는 여러 휘하 장수들의 의견을 듣지 않고 구금해 황제 앞으로 데리고 와서 처분을 요청했음.

에게 다음과 같이 말했다.

"이방실이 독단적으로 정세운을 죽였으니, 안우 등도 역시 그 화를 당할 것입니다."

이 말을 들은 왕이 다른 변란이 또 생길까 두려워서 곧 파견했던 김전을 불러들이고 군사들을 동원하여 이방실을 토벌하려고 하였다. 이때 마침 판사 김현과 상장군 홍사우가 와서, 여러 장수들이 정세운에 관해 논의한 글을 왕에게 올렸다. 이것을 본 왕은 크게 기뻐하면서 김현에게 금과 은, 베와 비단을 하사했다. 그리고 왕은 다시 김전을 파견하여 장수들에게 사면을 선포했다.

왕은 복주관장 박지영을 불러서 이렇게 책망했다.

"너는 어찌하여 나에게 망언을 했느냐? 네가 늙었으므로 내 너를 법으로 다스리지 않노라."

이렇게 말하고, 박지영을 관직에서 파면시켜 고향으로 돌려보냈다.

또한 왕은 지주사 원송수를 파견하여 여러 장수들에게 옷과 술을 하사했다. 안우가 함창현에 도착하니 왕은 대신들 중에 지략을 가지고 어떤 일을 해결할 수 있는 자를 가려내어 가서 안우를 맞이하게 하고, 비상사태를 대비해 시중 유탁을 함께 파견했다.

유탁이 안우에게 이르러 만나 꿇어앉아 술을 부어 올리면서 원수에게 서서 받아 마시기를 요청했다.

이에 안우가 감히 술잔을 받지 못하니 유탁이 말했다.

"안공은 우리 삼한(三韓)을 다시 회복하였습니다. 내 감히 벼슬자리를 가지고 하는 마음이겠습니까? 한 잔을 마신 다음에도 어찌 다시 서서 마시기를 요청하겠습니까?"

이렇게 말하고 인하여 눈물을 흘렸다.

이튿날, 안우는 개선하여 돌아와 왕을 알현하려고 행궁으로 나아갔다. 김용이 목인길을 시켜서 중문으로 인도하여, 문을 지키는 병사를 시켜 안우의 머리를 몽둥이로 내리치게 했다. 이때 안우는 얼굴빛을 변하지 않고 허리에 차고 있는 주머니를 3번 두드리면서 크게 부르짖어 말했다.

"행여 조금만 늦추어다오 전하 앞에 나아가 이 주머니 안의 글을 올리고 죽음으로 나아가겠다."

임금이 이 말을 미처 듣기 전에 몽둥이를 든 사람이 다시 내리쳐서 죽이고, 그를 마당으로 끌어내렸다.

임금은 안우의 죽음을 알지 못하고 이런 명령을 내렸다.

"너희 무리는 마음대로 정세운을 죽여 몸뚱이와 머리가 떨어지게 하였으니, 죄를 물어 처형할 것이로되 지금 너를 죽이지 않는 것은 큰 공을 이루었기 때문이니라."

안우의 주머니 속에 들었었던 글은 곧 김용이 속여 꾸민, 정세운을 죽이라는 왕의 명령서였다.

김용은 또한 조카 김림이 자신이 꾸민 그 비밀을 혹시 누설할까 두려워, 김림을 먼저 죽이었다. 김용은 그러고 마침내 임금에게 아뢰었다.

"안우 무리는 마음대로 주장인 정세운을 살해했으니, 이는 전하를 업신여기는 처사입니다. 그들의 죄는 결코 용서될 수 없사옵니다."

이러고 안우가 죽었음을 알려드렸다.

안우가 죽은 후, 왕은 안우의 어린 아들이 옷을 벗고 길가에 서서 울고 있다는 것을 알고 슬프게 여겼다. 그래서 궁중으로 불러들여 머물도록 했다가, 아이에게 돌아갈 곳을 물어 그곳으로 보내주었다.

안우의 죽음을 안 휘하병사들은 놀라서 모두 흩어졌다. 이에 왕은 그들을 다시 불러 술과 음식을 내리어 위로했다.

김용은 곧 홍언박, 유탁, 염제신, 이암, 윤환, 황상, 이춘부, 김희조 등과 함께 왕에게 품의하여 이런 내용의 방을 내걸었다.

"안우 등은 불충을 저질러 정세운을 마음대로 죽였으므로, 안우는 벌을 받아 처단되었다. 그러니 김득배와 이방실을 체포하는 사람에게는 3등급의 벼슬을 특진시켜 임용할 것이다."

이러고 나서 김용은 곧 대장군 오인택과 어사중승 정지상, 만호 박춘, 김유 등을 파견하여 김득배와 이방실을 잡도록 했다. 이방실은 이날 행재소로 가는 도중 용궁현에 이르렀는데, 왕이 이방실의 외삼촌 우산기 신순과 안렴사 성원규 등에게 명령하여 가서 이방실을 맞으라고 했다.

그런데 만호 박춘이 먼저 이방실을 찾아가 왕의 명령을 전하니, 이방실은 뜰에 내려 무릎을 꿇었다. 이때 오인택이 칼을 뽑아들고 내려쳤는데, 즉시 기절해 쓰러졌다가 얼마 후 다시 살아나 담장을 넘어 달아났다. 곧 박춘이 뒤쫓아 가서 이방실을 붙잡으니, 이방실은 박춘이 차고 있는 칼을 빼앗아 뽑으려고 했는데 정지상 등이 뒤에서 달려들어 그를 쳐서 죽였다.

김득배는 기주에 이르러 변고가 생겼다는 소문을 듣고, 수 명의 부하 기병을 인솔하여 달아나 산양현에 있는 선산 옆으로 가서 숨었다. 김득배를 체포하지 못하자 김용 무리들은 김득배의 아우 김득제를 화산으로 귀양 보내고, 그리고 김득배의 아내를 옥에 가두고 국문했다.

김득배의 아내가 고문에 고초를 당하자, 그의 사위인 직강 조운흘이 장모에게 말했다.

"일이 글렀습니다. 바른대로 일러주어 고초를 당하지 마십시오."

그러나 김득배의 아내는 고초를 참고 견디기를 오래 한 후에 할 수 없이 사실대로 알려주었다.

이에 김유, 박춘, 정지상, 성원규 등이 달려가 김득배를 체포하여 목을 잘라, 그 머리를 상주 거리에 매달아 효수했다. 이때 김득배 나이 51세였으며, 바라보는 사람들이 한탄하고 슬퍼하지 않는 사람이 없었다.

김득배의 제자 직한림 정몽주가 왕에게 청하여 그의 시신을 거두어 장례를 치르고 제문을 지어 제사지냈는데, 제문의 내용은 이러했다.

"아, 슬픕니다. 황천이시여! 이 어떠한 사람이었습니까? 대체로 듣건대, 선한 자에게는 복을 내리고 악독한 자에게는 재앙을 내리는 것이 하늘의 원리이고, 착한 행동을 하는 사람에게는 상을 주고 악한 행동에는 벌을 주는 것이 인간의 도리라고 들었습니다. 하늘과 사람이 비록 같지는 않지만 그 원칙이야 곧 동일하지 않겠습니까? 옛사람이 말했습니다. 하늘이 정한 원리는 사람을 이기지만 많은 사람의 마음은 하늘의 원리를 이길 수도 있다고 했습니다. 그런데 하늘이 정한 원리가 사람을 이긴다는 이것이 과연 무슨 이치이기에 이렇게도 힘이 없으며, 많은 사람의 마음이 하늘의 원리를 이길 수도 있다는 이 원리는 또한 무슨 원칙이기에 이다지도 허무합니까? 지난 날 홍건적이 이 강토에 난입하여 나라의 운명이 실낱에 매달린 것 같이 위태로울 때, 오직 김공이 앞장서서 대의를 부르짖으니 원근에서 호응을 했고, 자신이 직접 1만 번 죽음의 위험 속에서 계책을 수립하여 나라의 대업을 회복하였습니다. 대저 오늘날 사람들이 여기에서 편안히 밥 먹고, 이 땅에서 편안하게 잠들 수 있는 것은 이 누구의 공적이었습니까? 비록 그에게 죄가 있다고 하더라도 그 공적으로 죄를 덮음이 옳았습니다. 또 혹시 그의 죄가 공적보다 더 무겁다고 하더라도 반드시 돌아오게 하여 임금에게 아뢰어 죄를 물어 죽임이 옳았습니다. 어찌하여 그가 타고 있는 말에 젖은 땀방울이 마르기도 전에, 또 개선하는 노래 소리가 그치기도 전에, 끝내 태산 같은 공적으로 하여금 도리어 칼날에 묻은 핏자국으로 변하게 하였단 말입니까? 이것이 내가 피눈물을 흘리면서 하늘에게 물어보는 까닭이옵니다. 나는 분명히 압니다. 그의 충성스럽고 장한 혼백이 천년만년 동안 저승에서 떠돌며 눈물을 흘려 울고 있을 것을 알고 있습니다. 오호, 천명이여! 이를 어찌 하리요, 이를 어떻게 하리요?"

당시 이방실의 아들 이중문과 안우의 아들이 나이가 겨우 10살 정도였는데 그들이 길거리에 떠도니 사람들이 앞을 다투어 음식을 먹이면서,

"지금 우리들이 편안하게 먹고 자고 하는 것은 모두 이 세 원수의 공이다."
라고 말하고, 눈물을 흘리지 않는 사람이 없었다.

安祐, 金得培, 李芳實

安祐小字拔都 耽津縣人. 金得培尙州人 李芳實咸安縣人. 祐恭愍元年 拜軍簿判書 鷹揚軍上護軍. 累歷知樞密院事 僉知中書政事. 得培父祿 仕至判典醫. 初州吏金祚有女曰萬宮. 生七歲避丹賊 趣曰[白]華城 追兵近 蒼黃棄萬宮于道. 旣三日 得之林下. 萬宮言 夜有物來抱 晝則去. 人皆驚異 跡之乃虎也. 及長 適州吏金鎰生祿. 得培登第 補藝文檢閱 累遷典客副令. 從恭愍 入元宿衞. 及王卽位 授右代言. 六年 仍爲西北面都巡問使 紅頭倭賊防禦都指揮使 尋拜樞密院直學士. 芳實從忠穆入元 侍從有勞. 及卽位 補中郎將 遷護軍 賜田百結. 恭愍三年 轉大護軍. 宣城達魯花赤魯連祥叛 芳實以龍州兵潛渡江 直入連祥家 刺殺父子 傳首于京. 七年 祐爲安州軍民萬戶 金元鳳副之. 慶千興爲西京軍民萬戶 得培副之. 芳實以偏裨 行宰樞設祖都門外. 明年 紅頭賊移文曰 憫念生民久陷於胡 倡義擧兵 恢復中原 東踰齊魯 西出函秦 南過閩廣 北抵幽燕 悉皆欵附 如飢者之得膏粱 病者之遇藥石. 今令諸將 戒嚴士卒 無得擾民. 民之歸化者撫之 執迷旅拒者罪之. 賊魁僞平章毛居敬等 衆號四萬 冰渡鴨綠江 陷義州 殺副使朱永世. 又陷靜麟州 殺都指揮使金元鳳 遂據麟州. 祐率兵進擊 賊奔潰 追斬三十餘級 賊入鐵州. 祐將七十餘騎 行戰地 登山息馬. 猝値賊帥揚兵大出 將士皆失色. 祐談笑自若 便旋盥漱 從容跨馬 引兵直前. 賊數騎麾麾宵賈勇 兵馬判官丁贊 奮劍大呼先登 斬賊將一人 賊稍却. 祐與芳實等 奮擊大破之 賊退屯麟靜等州. 事聞 王遣使 賜祐金帶. 宣州支縣民 聞賊近皆潰. 賊遣兵千餘 取其穀. 祐得培領步騎一千逐之 賊擔負不能走 追至賊屯 賊盡銳迎擊之 祐等敗. 千戶吳仲興將軍李仁祐死 士馬物故者多. 退屯定州 賊遂陷西京. 又明年 芳實遇賊于鐵化 斬百餘級 諸軍次生陽驛 摠二萬. 時天寒 士卒手足凍皲 顚仆甚衆. 賊殺所虜人以萬計 積尸如丘. 我軍進攻西京 賊退屯龍岡咸從. 王以祐爲安州軍民都萬戶 芳實爲上萬戶 金於珍爲副萬戶. 祐等進咸從 賊乘我軍未陣 突擊之. 我軍敗走 賊以精騎躝之. 會東北面千戶丁臣桂 引兵一千而至 與賊殊死戰 斬數十級. 賊四百餘人屯肅州山谷間 聞其黨敗於西京 還趣義州. 中郎將柳塘郎將金景在義州 發龍州等處兵擊之. 賊入保靜州城 塘等進攻殲之. 又戰于咸從 賊勢窮 入柵自保. 我步兵入柵擊之 騎兵環柵 亂射殺二萬級 擒僞元帥 賊退保甑山縣. 芳實以精騎一千追至延州江. 祐得培於珍亦率精騎 繼至. 賊窘渡江水 陷死者殆數千 賊登岸夜遁. 芳實

蓐食追之 賊徒飢困 安鐵數州之間 死者相枕. 芳實以輕騎躡之 殺數百 賊死戰. 芳實以人馬困憊 斂兵而止. 餘賊三百 一日一夜至義州 渡鴨江而走. 祐等初從鴨綠抵西京 又自咸從 還至鴨綠 凡九戰. 祐得培遣李珣金仁彦 告捷. 王勞諭 召還師. 既旋 大饗將士. 拜祐推忠節義定亂功臣 中書平章政事. 得培輸忠保節定遠功臣 政堂文學. 芳實推誠協輔功臣 樞密院副使. 紅賊七十艘 又寇西海道. 遣芳實邀擊于豐州 斬三十餘級 賊遁去. 王宴羣臣 賜芳實玉帶玉纓. 公主曰 何不愛至寶 輕以與人. 王曰 使我宗社不爲丘墟百姓不爲魚肉 皆芳實功也. 予雖割肌膚以與之 尙不能報 況此物乎. 十年 紅賊僞平章潘誠沙劉關先生朱元帥 以龍鳳紀元 率衆二十萬 渡鴨綠江 寇朔州泥城. 祐爲上元帥 得培爲都兵馬使 芳實爲都指揮使 知肅州 康呂火民戶而逃. 賊屯撫州 芳實以彼衆我寡 按兵不進. 請移殷順成三州 陽巖樹德江東三登祥原五縣民及粟 于岊嶺柵. 從之. 芳實遣判司農事趙天柱 左丞柳繼祖 大將軍崔準等 擊賊于博州敗之. 禮部尙書李珣邀擊于泰州 斬七級. 芳實與指揮使金景磾 至价州 擊斬百五十餘級. 祐遣趙天柱鄭履張臣補李元桂等 以步騎四百 至博州 擊斬百餘級. 芳實又以百騎 斬二十級于延州. 祐領諸軍 進屯安州. 獻捷 王命祐爲都元帥. 賊襲安州 我軍敗 上將軍李蔭趙天柱死. 賊獲景磾爲元帥 移文曰 將兵百十萬而東 其速迎降. 王遣密直提學鄭思道金鈄[鈅] 守岊嶺柵. 賊夜伏兵萬餘柵旁 雞鳴以鐵騎五千 攻破柵門 我軍大潰 祐得培等單騎奔還. 祐行收兵 與摠兵官金鏞等 屯金郊驛. 鏞遣左常侍崔瑩 請遣京兵. 王知事急 遂謀避亂 使京城婦女老弱先出城 人心洶洶. 賊先鋒至興義驛 王及公主將南行. 鏞祐芳實等馳至 以爲京城不可不守. 瑩尤痛憤大叫曰 願上小留 募丁壯守宗社. 宰臣相顧默然. 駕行旻天寺 遣近臣往通衢 大呼招集義兵 都人皆散 應者纔數人 祐等無如之何. 白王曰 臣等留此禦賊 請王行. 王遂南行 出崇仁門 老幼顚仆 子母相棄 蹂藉滿野 哭聲動天地. 後數日 賊陷京城 留屯數月 殺牛馬張皮爲城 灌水成冰 人不得緣上. 又屠炙男女 或燔孕婦乳食之 恣其殘虐. 王在福州 以鄭世雲爲摠兵官 督諸軍. 十一年 祐芳實得培黃裳韓方信李餘慶安遇慶李龜壽崔瑩 率二十萬 屯東郊天壽寺前. 世雲督令進軍 諸將圍京城 世雲退屯兜率院. 時方雨雪 賊弛備. 餘慶當崇仁門 麾下護軍權僖訶知之曰 賊之精銳皆聚於此 出其不意 攻之必克. 翌日昧爽 僖率數十騎突入 鼓譟奮擊 賊衆驚駭. 諸將乘之 四面急擊. 我太祖以麾下親兵二千人 先登大敗之. 日晡時 斬賊魁沙劉關先生等 賊徒自相蹈藉 僵尸滿城. 斬首凡十餘萬 獲元帝玉璽二 金寶一 玉印三 金銀銅印 金銀

器 牌面等物. 諸將咸曰 窮寇不可盡也. 乃開崇仁炭峴二門 餘黨破頭潘等十餘萬 奔渡
鴨綠江而走 賊遂平. 攻城之日 賊雖窮蹙 築壘固守. 太祖止路傍家 半夜賊圍圍而走.
太祖馳至東門 賊及我軍 爭門雜還不可出. 有後至賊 以槍刺太祖右耳後 勢急. 太祖拔
劍 斫前七八人 躍馬踰城 馬不跌 人皆神之. 鏞素與世雲爭寵 又恐祐得培芳實等成大
功 爲王所重. 欲使祐等殺世雲 因以爲罪 而盡殺之. 乃矯旨爲書 使其姪前工部尙書金
琳 密諭祐等 令圖世雲. 且曰 世運素忌卿等 破賊之後 必不免禍 盍先圖之. 祐芳實就
得培牙帳曰 今世雲畏賊不進 鏞書如此 不可不從. 得培曰 今甫平賊 豈宜自相剪滅.
昔穰苴擅誅莊賈 衛靑不殺蘇建 古今明鑑 不可不愼. 若不獲已 執致闕下 聽上區處 不
亦可乎. 祐芳實乃退. 及夜復來言曰 誅世雲君命也. 我輩成功 而不奉命 其於後患何.
得培堅執不可 祐等强之. 於是置酒邀世雲 既至 祐等目壯士於坐 擊殺之. 王聞變 遣直
門下金瑱頒赦 令諸將赴行在 以安其心. 既而福州守朴之英言于宰相曰 芳實獨殺世雲
祐等亦遇害. 王恐生他變 卽召瑱還 將調兵討之. 判事金賢上將軍洪師禹 來獻諸將論
世雲書. 王大悅 賜賢金銀布帛 復遣瑱頒赦. 召之英責曰 汝何妄言 予念其老 不置於法
止令罷歸鄉里. 又遣知奏事元松壽 賜諸將衣酒. 祐至咸昌縣 王擇大臣有計畫者 往迎
之 以備非常. 乃遣侍中柳濯. 濯至跪進酒 請元帥立飮 祐不敢. 濯曰 今公收復三韓 僕
敢以爵位爲心 一杯之後 豈復請立飮耶. 因泣下. 明日祐凱還 詣行宮上謁 鏞令睦仁吉
引至中門 使門者搥其首. 祐辭色不變 三叩所佩囊 大呼曰 幸小緩 願至上前 獻囊書就
戮. 王未及聞 搥者更擊殺之 曳下庭. 王不知其死 傳旨曰 汝等擅殺鄭世雲 身首異處
今不斬汝 以有大功也. 囊書卽鏞給祐等殺世雲書也. 鏞恐琳洩其謨 先斬之. 遂白王曰
祐等擅殺主將 是不有殿下也 罪不可赦. 王聞祐死 其幼子裸立道旁 哀之召留禁中 問
其所歸 遣之. 麾下士驚潰 王召賜酒食勞之. 鏞與洪彦博柳濯廉悌臣李巖尹桓黃裳李
春富 金希祖稟旨揭榜云 祐等不忠 擅殺世雲. 祐已伏辜 有能捕得培芳實者 超三級錄
用. 分遣大將軍吳仁澤 御史中丞鄭之祥 萬戶朴春金庾等 捕之. 是日 芳實赴行在 至龍
宮縣. 王命芳實舅右散騎辛珣按廉成元揆往迎. 春至 稱有旨 芳實下庭跪. 仁澤拔劍擊
之 卽仆絶. 良久復蘇 踰垣走 春追執之. 芳實欲拔春劍 之祥等從後擊殺之. 得培至基
州聞變 率數騎逃匿山陽縣 先塋側. 流其弟得齊于花山 囚得培妻努鞫之. 其壻直講趙
云仡謂妻母曰 直言之 母受苦楚. 妻母隱忍久之 乃告. 庾春之祥元揆等捕斬之 梟首尙
州 年五十一 觀者莫不嗟悼. 得培門生 直翰林鄭夢周請王 收尸爲文以祭曰 嗚呼皇天

我罪伊何. 嗚呼皇天 此何人哉. 蓋聞福善禍淫者天也 賞善罰惡者人也. 天人雖殊 其理則一. 古人言曰 天定勝人 人衆勝天. 天定勝人果何理也 人衆勝天亦何理也. 往者紅寇闌入 乘輿播越 國家之命危如懸綫. 惟公首唱大義 遠近響應 身出萬死之計 克復三韓之業. 凡今之人 食於斯寢於斯 伊誰之功歟. 雖有其罪 以功掩之可也. 罪重於功 必使歸報其罪 誅之可也. 奈何汗馬未乾 凱歌未罷 遂使泰山之功 轉爲鋒刃之血歟. 此吾所以泣血 而問於天者也. 吾知其忠魂壯魄 千秋萬歲 必飮泣於九泉之下. 嗚呼命也 如之何如之何. 芳實子中文祐子 年甫十餘 遊市街. 人爭以物饋之曰 今我輩獲安寢食 三元帥之功也. 莫不爲之流涕.

사진자료

〈이방실 묘〉

〈이방실 사당〉

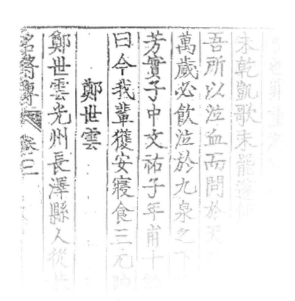

 정세운(鄭世雲, ?~1362)

　　고려의 무신으로 관은 광주(光州), 출신지는 장택현(長澤縣)이다. 공민왕이 세자 때 함께 원나라로 들어가 숙위하였고 왕으로 즉위하자 호종한 공으로 일등공신이 되어 총애를 받았다. 1354년 원나라가 고우(高郵)에 진을 치고 있던 장사성(張士誠) 토벌을 위해 연경(燕京)에 모여 공격할 것을 요청하자 군사를 이끌고 이를 지원하였다. 1359년 11월 압록강이 언 것을 이용해 홍건적이 공격해들어 왔던 다음 해 정월 서북면도순찰사로 임명되었다. 1361년 홍건적이 군사 10여만 명을 이끌고 다시 공격해오자, 서북면군용체찰사(西北面軍容體察使)에 임명되어 절령(岊嶺)의 성책을 지켰으나 성책이 무너지자 곧 왕을 호종해 복주(福州)로 남행하였다. 그는 성품이 충성스럽고 청백해, 밤낮으로 울분을 참지 못하고 적을 소탕할 것을 스스로 맹세하였다. 왕에게 빨리 조서를 내려 민심을 위로하고 제도(諸道)의 군사를 징발해 적을 칠 것을 주청(奏請)하였다. 이에 왕은 그를 총병관으로 임명해 절월(節鉞)을 주어 모든 군사를 총독하게 하였다. 이때 홍건적은 개경을 함락시키고 이 곳을 본거지로 삼아 각지를 공격하고 있었다. 이에 1362년 여러 장수와 함께 군사 20여만 명을 거느리고 나가 개경(開京)을 포위하고 공격을 가해 적들을 압록강 밖으로 몰아내 대승을 거두었다. 『참고문헌』 고려사, 고려사절요, 한국인명대사전

정세운

　정세운은 광주 장택현 사람이다. 공민왕의 세자 시절 원나라에 따라 들어가 숙위했으며, 여러 관직을 거쳐 대호군이 되었다. 공민왕이 즉위하니 그 공적을 녹훈(錄勳)하여 일등공신이 되었고, 김용과 더불어 왕의 총애를 받았다.

　양광도 안렴사 김남득이 홀치[1]인 중랑장 정곡을 매를 쳐 모욕을 준 일이 있었다. 곧 정곡의 동료 권석화 등이 이를 임금에게 상소했는데, 정세운과 김용이 김남득과 친한 사이였으므로 이들이 임금에게 요청하여 권석화 등을 매를 쳐 섬으로 유배 보내버렸다.

　그 뒤 정세운은 김용과 사이가 틀어지게 되었는데, 왕의 총애를 받던 밀직부사 임군보가 왕에게 정세운을 참소하여, 정세운은 제주로 유배를 갔다. 정세운은 곧 풀려나 군부판서 지문하성사를 역임했고, 기철[2]을 처단한 공적으로 일등공신에 녹훈되었다.

　공민왕 8년에 홍건적이 서경을 함락하자, 조정에서 정세운을 서북면도순찰사로 임명했는데, 그는 황주까지 갔다가 돌아와 아뢰었다.

　"홍건적이 서경에 들어와서 나무를 쌓아 성을 만들고 핍박을 하지 않고 머물러 있으려 하니, 원하옵건대 놀라게 하거나 동요시키지 말고 무리들의 마음을 안정시키도록 하옵소서."

　정세운은 곧 참지정사로 전임되었는데, 이때

---

1) 홀치[忽赤]: 고려 충렬왕이 태자시절 원나라에 호위로 따라간 사람들에게 붙인 관직이름. 곧 위사(衛士).
2) 기철(奇轍): 누이동생이 원나라 순제(順帝)의 황후가 되어 세력을 믿고 행패를 일삼았음. 뒤에 공민왕의 배원정책에 반대해 반란을 꾀하다가 발각되어 주살되었음.

왜적이 양광도를 침범하니 수도에 계엄이 선포되고 백관들에게 종군을 명령하였다. 간관(諫官)이 왕궁에 이르러 정세운의 말로 아뢰었다.

"간관이 종군한다는 것은 예로부터 들은 바가 없으니 국가의 체면이 어찌 되겠습니까?"

임금이 명령을 내려 간관의 종군을 면하게 하였다.

공민왕 10년에 홍건적이 수도를 함락하니 왕은 복주[3]로 피난을 갔다. 이때 정세운은 추밀과 응양군상장군을 겸하여 임금을 호위했다. 정세운은 성품이 충성스럽고 맑아, 밤낮으로 흥분하고 근심에 쌓여 적을 소탕하고 수도를 회복하는 것을 자신의 책임으로 여겼다. 임금 역시 그를 의지하여 믿었다.

정세운이 여러 번 임금에게 요청하기를,

"급히 애통한 마음을 담은 교서를 내려 민심을 위로하시고, 각 도에 사신을 보내 병사들을 독촉하여 적을 토벌토록 하옵소서."

하고 아뢰니, 왕은 드디어 정세운을 총병관으로 삼고 명령을 내렸다.

"공경하는 태조께서 나라를 여시고, 역대 임금들이 그 업적을 계승하시어 백성들을 잘 다스려 과인에게 미치었노라. 그런데 과인은 편안함에 빠져 교만을 부려 군대를 양성하여 훈련하지 않았으므로, 홍건적이 침범하도록 하여 과인이 피난하여 남으로 내려왔으니, 매양 종묘사직을 생각하여 가슴이 아프고 쓰라림을 견디기 어려웠도다. 지금 여러 장수들을 나누어 파견하니 병력을 합하여 적을 공격하도록 하라."

이에 정세운에게 절월(節鉞)을 내리면서, 각 처에 있는 장수와 병사들 중 감히 절월의 권위를 어기는 자는 군법으로써 처단토록 했다.

곧 정세운이 도당(都堂)에 나아가 분을 내며 큰소리로 말했다.

"나는 매우 한미한 사람이다. 만약 나 같은 사람이 재상이 되었으면 나라가 마땅히 다스려졌을 것이다."

정세운은 즉시 유숙을 불러 이렇게 지시했다.

"내일 군사를 출동시킬 것이니, 그대는 그 첨군(簽軍)으로 먼저 가서 살피라."

"예. 모든 군대가 이미 죽령 대원에 도착해 있

3) 복주(福州): 경상도 안동지방.

습니다."

"응, 됐다. 만약 기약에 늦는 부대가 있으면, 그대라도 책임을 면치 못할 것이다."

이에 유숙은 곧바로 가서 군대를 독려하였다.

정세운은 또 김용에게 이르기를,

"지금 두 정승이 도적을 가볍게 여겨 이처럼 되었으니 누가 본받지 않겠는가? 만약 도적을 섬멸하지 않고, 멋대로 산골짜기에 숨어들어가 생명을 구한다고 하면 나라는 어찌 되겠는가?"

라고 말하니, 이때 수시중 이암이 이렇게 격려했다.

"지금 도적들이 난입하여 임금과 신하들이 피난길에 올라 천하의 웃음거리가 된 바 우리나라의 수치입니다. 그런데 공께서 앞장서 대의를 부르짖어 절월을 가지고 군사를 진행시키니, 사직의 안정과 왕업의 중흥이 여기 한 번의 거사에 달려있습니다. 오직 공께서는 부디 힘써주시길 바랍니다."

정세운이 군사를 이끌고 떠나니, 임금은 그에게 중서평장사를 제수하였는데, 그 지위는 2정승과 3재상 사이에 해당하였다. 왕은 또 우달치[4] 권천우를 파견하여 정세운에게 옷과 술을 하사했다.

이때 정세운이 권천우를 통해 임금에게 건의했다.

"여러 장수 중 적을 잡았다고 보고하는 자가 있으면 먼저 상을 논의하지 마시옵소서. 신이 또한 비록 적을 포획하더라도 감히 자주 말을 달려 보고함으로써 역참의 기병들을 번잡하게 하지 않겠습니다. 전쟁이 크게 모두 끝난 후에 모든 상황을 갖추어 보고를 올리겠습니다."

군대가 행군하는데 서경 사람 고경이 정세운 앞에 나아와 이렇게 전했다.

"서경부의 백성 중 홍건적을 벗어나 도망 나온 자가 무려 만여 명입니다. 청하옵건대 장수를 보내어 위로해주십시오."

정세운은 크게 기뻐하며 예부상서 이순을 보내 그들을 위로하도록 하고, 부대를 독려하여 수

4) 우달치[亐達赤]: 도성의 문을 지키고 여닫는 일을 하는 군인으로 '우달치'라 했음.

도로 향하였다.

공민왕 11년, 정세운이 여러 장수들을 독려하여 수도를 포위하고 공격하여 적들을 쫓아내니, 수도의 적이 평정되었다. 대장군 김한귀와 중랑장 김경을 보내어 노포5)를 받들어 행재소에 나아가니, 왕이 기뻐하며 김한귀에게는 황금 스물다섯 냥과 비단 두 필을, 김경에게는 비단 두 필을 하사했다. 그리고 곧 내첨사 이대두리를 파견하여 정세운에게 옷과 술을 내려주었다. 이때 태후와 공주도 역시 옷과 술을 하사했다.

그러나 정세운은 곧 김용의 계책에 속은 안우 등에 의해 살해되었다. 홍언박이 정세운의 사망 사실을 듣고 의미있는 말을 했다.

"총병 정세운이 출병할 때에 그의 말과 행동이 심히 거만하였으니, 그가 죽음에 미침은 마땅한 일이로다."

임금은 정세운을 첨의정승으로 추증하고 예를 갖추어 장례토록 했다. 또한 호종한 공적과 수도를 수복한 공적을 기리어 모두 일등공신으로 녹훈하였다.

5) 노포(露布): 전승 사실을 비단 폭에 기록하여 높이 달고 와서 보고하는 것.

鄭世雲

鄭世雲光州長澤縣人. 從恭愍入元宿衛 累官大護軍. 王卽位 錄其功爲一等 與金鏞有寵於王. 楊廣道按廉金南得 答辱忽赤中郎將鄭谷. 谷同僚權石和等 訴於王. 世雲鏞與南得善 請王 杖流石和等于海島. 又與鏞忌密直副使任君輔 有寵 譖于王 流濟州. 歷軍簿判書 知門下省事. 錄誅奇轍功 爲一等. 八年 紅賊陷西京 以世雲爲西北面都巡察使. 自黃州還言 賊入西京 積柴修城 無進逼計 願勿驚擾 以安衆心. 轉參知政事. 倭寇楊廣道 京城戒嚴 令百官從軍. 諫官詣王宮 辭世雲曰 諫官從軍 古所未聞 如國體何. 命免之. 十年 紅賊陷京城 王幸福州. 世雲以樞密兼鷹揚軍上將軍 從行. 性忠清日夜憂憤 以掃蕩恢復自任 王亦倚信. 世雲累請亟下哀痛之敎 以慰民心 遣使督諸道兵討賊. 王遂以世雲爲摠兵官 敎曰 恭惟太祖 肇創鴻業 列聖相承 休養生民. 逮于寡人 狃于宴安 軍旅之事 廢以不講 以致紅賊侵犯 播越而南. 每念宗社 痛楚何堪. 今分遣諸將 合兵攻賊. 乃授鄭世雲節鉞 各處將士 敢有違節制者 聽以軍法從事. 世雲詣都堂 憤然揚言曰 吾甚寒微 如吾爲相 國家宜亂. 謂柳淑曰 吾明日出師 公其往簽軍. 淑曰 諸軍已到竹嶺大院矣. 世雲曰 軍若後期 公亦不得免責. 淑卽往督之. 又謂鏞曰 今兩相玩寇如此 孰不效耶. 若不殲賊 縱竄匿山谷 可得而生 奈國家何乎. 守侍中李嵓曰 今寇賊闌入 君臣播遷 爲天下笑 三韓之恥. 而公首唱大義 杖鉞行師 社稷之再安 王業之中興 在此一舉 惟公勉之. 世雲行 擢授中書平章事 位二相三宰之. 間王遣亏達赤權天祐賜衣酒. 世雲附奏曰 諸將有報獲賊者 勿先論賞. 臣雖捕獲 不敢數馳報以煩驛騎. 大戰之後 具狀上聞. 西京人高敬至軍前言 府民脫賊者 無慮萬人 請遣將鎭撫. 世雲大喜 遣禮部尙書李珣 往撫之 督赴京城. 十一年 世雲督諸將 圍京城 擊走之 賊平. 遣大將軍金漢貴中郎將金景 奉露布行在. 王喜 賜漢貴黃金二十五兩帛二疋 景帛二疋. 卽遣內詹事李大豆里 賜世雲衣酒 太后公主亦賜衣酒. 尋爲安祐等所害 洪彦博聞其死曰 摠兵之出師也 言貌甚慢 其及宜矣. 贈僉議政丞 葬以禮. 又追錄扈從及收復之功 俱爲一等.

 안우경(安遇慶, ?~1372)

고려 후기의 무신으로 1359년 홍건적(紅巾賊)의 침입 때 적을 물리쳤고, 1361년 홍건적의 재침입 때에는 개경을 탈환과 적을 평정한 공으로 일등공신이 되었다. 1363년 권신(權臣), 김용(金鏞)이 홍왕사(興王寺)에 침입하여 공민왕(恭愍王)을 죽이려던 사건 때 밀직사(密直使) 최영(崔瑩) 등과 함께 난을 진압하여 일등공신이 되었다. 다음 해 원나라에서 덕흥군(德興君)을 왕으로 삼고 쳐들어온 최유(崔濡)가 원나라의 1만 군사와 함께 압록강을 건너 의주(義州)를 포위하였을 때 도지휘사(都指揮使)를 역임하여 싸웠으며 이성계(李成桂) 등의 지원을 얻어 적을 모조리 소탕하였다. 4월 왜구가 강화 교동(喬桐)에 침입하여 동강(東江)과 서강(西江)에 이르자 찬성사로서 적을 방어하였다. 1371년 오로산성(五老山城)을 쳐서 함락시키고 원나라의 추밀원부사(樞密院副使) 합라불화(哈剌不花)를 사로잡는 전과를 세웠다. 『참고문헌』 고려사, 고려사절요, 태조실록, 한국인명대사전

안우경

안우경의 가계와 내력은 자세히 알 수 없다. 공민왕 8년에 안우경은 안우 등을 따라가서 홍두적을 물리쳤다. 그리고 뒤에 안우 등과 함께 수도를 수복해 임금을 복주로부터 돌아오게 하니, 두 공적이 모두 1등으로 기록되었다. 또한 안우경은 흥왕적[1]을 토벌하는 데에 공을 세워 일등공신에 올랐다.

그리고 원나라에서 홍두적을 평정한 공로로 사신을 파견하여 안우경에게 봉훈대부 광문감승 벼슬을 내려주었다.

이 무렵, 원나라에서 덕흥군[2]을 내세워 왕으로 봉하고 고려에 들여보냈다. 이때 안우경이 찬성사로서 도지휘사가 되어 의주에 주둔하고, 원나라 파사부[3]의 탈탈화손에게 공문을 보내 악당 최유 등의 반역죄상을 논의하여 경고했다.

이에 앞서, 안우경은 병마사 김지서와 옥천계에게 중요한 요새지역을 나누어 지키게 하고, 송분석에게 의주의 궁고문(弓庫門)을 지키게 했다. 그리고 10여 명의 기병을 파견하여 압록강 변을 순찰하면서 적을 살피게 했다.

한밤중에 순찰병이 보고하기를, 적들이 추도

1) 흥왕적(興王賊): 흔히 '興王寺變'이라 일컬음. 고려 공민왕 11년(1363)에 김용(金鏞) 일당이 일으킨 변란. 홍건적 침입으로 복주(福州)로 피난 갔던 왕이 수복했으나 도성이 폐허가 되어 개성 근처 흥왕사를 행궁으로 삼아 거처했음. 김용의 지시로 김수(金守)와 조련(曹連) 등이 50여명의 군사로 왕을 시해하려 흥왕사로 쳐들어갔음. 최영(崔瑩)과 안우경 등이 군사를 이끌고 가서 반란 적들을 섬멸했음.

2) 덕흥군(德興君): 고려 충선왕(忠宣王)의 제3자. 승려가 되었다가 환속하여 원나라로 들어갔음. 충렬왕이 배원 정책을 쓰니 원나라가 고려를 미워했는데, 난을 일으켜 죽음당한 기철(奇轍)의 누이 기황후(奇皇后)와 원나라에 아부하던 최유(崔濡) 김용(金鏞) 등이 모의하여 덕흥군을 고려왕으로 추대함. 그리고 고려 배반자들과 요양성(遼陽省) 병력 1만을 거느리고 공민왕13(1364)년 義州로 침입해 왔다가 최영, 안우경 등에게 패함.

3) 파사부(婆娑府): 만주 요양성(遼陽城)에 설치된 원나라 지휘본부임.

에 도착했다고 했다. 이에 안우경은 급히 사람을 보내 도순찰사 이구수, 도병마사 홍선, 순무사 지용수 등에게 이 사실을 알렸다. 그때 우리 군사들은 추위와 굶주림에 시달려 군사를 일으키기가 어려운 실정이었다.

날이 밝아오는 새벽, 적들이 압록강을 건너왔다. 곧 안우경은 관아 소속 70여 명의 기병을 거느리고 성 위에 올라가 적을 바라보니 적들이 궁고문을 포위하고 있었다. 안우경이 군사를 이끌고 급히 달려가니, 적들은 이미 성을 넘어 들어와 문을 지키던 병사를 죽이었는데, 궁고문 수비 책임자 송분석은 아직도 이 상황을 모르고 있었다.

곧 안우경은 군사들 앞으로 나서 7차례를 싸워 적들을 물리쳤다. 이때 적들이 산에 올라가 아군을 바라보니 병력이 적고 또한 구원하는 병력도 없기에, 북을 치고 함성을 지르며 일제히 진격해왔다. 이에 아군이 지탱할 수가 없어 성문으로 달려 들어가는데, 병사 최흑려가 말에서 내려 긴 창을 쥐고 문밖에 버티고 서 있으니, 적들이 감히 핍박해오지 못하고 시간을 끌고 있었다. 이 사이에 우리 군사들이 모두 성 안으로 들어오니, 최흑려는 그제야 말에 올라 천천히 들어왔다.

이구수, 홍선, 지용수 등은 불의에 적들이 엄습해오니 각각 10여 명의 기병을 인솔하고 달려왔는데, 아군은 적들과 여러 차례 싸워 불리하게 되었다. 이때 홍선은 말이 미끄러져 넘어지면서 적들에게 붙잡혔고, 아군은 크게 패하여 안주성으로 달아나 지키며 보전하니, 적들은 선주를 점거했다.

이렇게 되니 왕은 찬성사 최영을 도순위사로 임명하고, 이성계에게 명령하여 동북 방면으로부터 정예기병 천 명을 인솔하고 이성으로 나아가게 하였다. 한편 도체찰사 이순, 도병마사 우제, 박춘 등도 부대를 이끌고 와서 합세하니, 아군은 다시 위세가 떨쳐졌다.

적의 척후기병이 정주에 이르니, 안우경이 3백 명의 정예기병을 거느리고 엄습해 공격하여 패퇴시켰다. 그리고 적장 송신길을 사로잡아 목을 베어 군중에 돌려 보이니, 적군은 사기를 완전히 잃었다.

여기에서 안우경, 이구수, 지용수, 도병마사 나세 등은 좌익(左翼)이 되고, 이순, 우제,

박춘, 이성계 등은 우익이 되었으며, 최영은 중군이 되어 행군해 정주에 이르렀다.

이성계가 여러 장수들이 힘이 빠져 용기가 없는 것을 보고,

"저 나약한 겁쟁이들 힘껏 싸우지도 않는구나."

라고 말하며 비꼬니, 여러 장수들이 모두 이성계를 꺼리고 미워했다.

이때 적들이 이미 수주의 달천에 와 주둔했다. 여러 장수들이 이성계를 보고 말했다.

"내일의 전투에는 자신 있는 이장군 혼자 나가 싸워라."

이성계는 이 말을 듣고 여러 장수들이 자기를 싫어하고 있는 것을 알았다.

이튿날, 적군이 3개 부대로 나누어 공격하려 했다. 이에 이성계가 자신은 중앙 부대가 되고, 자기 수하의 늙은 장수 두 명을 각기 좌군과 우군이 되게 편성하여, 그 두 장수로 하여금 각각 적의 1개 부대씩을 감당하게 했다. 그리고 진군하여 분을 내어 맹렬하게 싸웠는데, 이성계가 탄 말이 진흙 구덩이에 빠져 매우 위태로웠다. 이때 말이 힘을 내어 껑충 뛰어올라 빠져 나오니, 보고 있던 장수들이 모두 놀라고 신이하게 여겼다.

이성계가 공격하여 적의 장수 몇 명을 쏘아 죽이니 적들은 곧 무너지고 흩어져 도망갔다. 그리고 좌우의 늙은 장수 두 사람도 검을 뽑아들고 어지럽게 공격하여 치니 적들은 모두 달아나 대오가 무너져 버렸다.

얼마 지나고 왜적이 교동에 들어와 약탈하니 수도의 민심이 소란해졌다. 곧 왕은 명령을 내려, 안우경에게 지용수와 이순 등과 함께 33명의 병마사를 거느리고, 동강 서강과 승천부에 가서 각각 분산 주둔하여 왜적의 침입에 대비하라 했다.

얼마 후 왕은 안우경에게 추성양절선력익찬공신의 칭호를 내려주었다. 그런데 안우경은 오인택 등과 함께 신돈을 제거할 계책을 꾸미고 있다가 그 일의 기밀이 누설되어 형장을 맞고 남원으로 유배되었다. 그래서 가족은 모두 노비가 되고 재산을 몰수당하게 되었다.

신돈이 처형당한 후 안우경은 다시 소환되어 회복되고 찬성사로 임명되었다가, 외직으로 나가 서경도만호 직분을 맡았다. 그때 안우경은 이순과 함께 원나라 오로산성으로 가서 공격하여 함락시키고, 원나라 추밀원부사 합라불화를 포로로 잡아 돌아왔다.

安遇慶

安遇慶世系履歷 未詳. 恭愍八年 從安祐等 擊走紅賊. 後與祐等 收復京都 錄功俱一等. 又討興王賊 錄功亦一等. 元以平紅賊功 遣使授奉訓大夫廣文監丞. 元立德興君爲王納之 遇慶以贊成事爲都指揮使. 屯義州 移書婆娑府脫脫禾孫 論本國崔濡等惡輩亂逆之罪. 初遇慶令兵馬使金之瑞玉天桂 分守要害. 宋芬碩守義州弓庫門. 十餘騎候鴨綠江邊 夜半報賊到楸島. 遇慶遣人 告急於都巡察使李龜壽 都兵馬使洪瑄 巡撫使池龍壽. 時士卒凍餒不能興 黎明賊渡江. 遇慶將官屬七十餘騎 登城望之 賊圍弓庫門. 遇慶引軍趣之 賊已踰城入 殺守門卒 芬碩尙未知也. 遇慶身先士卒 七戰却之. 賊登山覘我軍寡且無援 鼓譟齊進 我軍不能支 奔還入門. 崔黑驢下馬 執槊立門外 賊不得逼遲. 我軍畢入 上馬徐驅而入. 龜壽瑄龍壽等 不意賊奄至 各將十餘騎至 我軍屢與戰不利. 瑄馬蹶爲賊所擒 我軍大敗 走保安州 賊入遽宣州. 王命贊成事崔瑩 爲都巡慰使 又命我太祖 自東北面 率精騎一千 赴之泥城. 都體察使李珣 都兵馬使禹碑朴春等 引軍來會 我軍復振. 賊候騎至定州 遇慶將精騎三百 掩擊敗之 虜其將宋臣吉 剒以徇 賊奪氣. 於是遇慶龜壽龍壽 都兵馬使羅世 爲左翼. 珣碑春我太祖 爲右翼. 瑩爲中軍 行至定州. 太祖見諸將退北言 其㥘懦不力戰. 諸將忌之. 時賊已屯隨州之獺川 諸將謂太祖曰 明日之戰 君獨當之. 太祖知諸將忌之. 明日 賊分爲三隊 太祖居中 手下老將二人爲左右 各當其一隊 奮擊之. 太祖所乘馬 陷泥濘甚危 馬奮躍而出 衆皆驚異. 太祖射賊將數人 賊乃潰去. 二人拔劍亂擊 賊已奔崩. 已而倭屠喬桐 京城大震. 王命遇慶與龍壽珣 領三十三兵馬使 分屯東西江昇天府 以備之. 未幾 賜推誠亮節宣力翊贊功臣號. 與吳仁澤等 謀除辛旽. 事洩 杖流南原 沒爲奴籍其家. 旽誅 復召爲贊成事 出爲西京都萬戶. 與珣往擊五老山城 克之. 虜元樞密院副使哈剌不花 而還.

정지(鄭地, 1347~1391)

고려 후기의 무신으로 본관은 나주(羅州)이며, 초명은 준제(准提)이다. 1377년 순천도병마사가 되어 순천·낙안에 침입한 왜구를 격퇴하고 다음해 영광·광주·담양·화순 등지의 왜구를 물리쳐 전라도순문사가 되었다. 1383년 5월 왜선 120척이 침입해 온다는 급보를 받아 합포의 군사를 모아 정비하였는데 이때 왜구는 이미 관음포에 도달하였다. 박두양(朴頭洋)에서 왜구와 대치하였고 관음포전투에서 적을 크게 무찔렀다. 1388년 요동정벌이 추진되고 이성계의 위화도회군 때 동참하였다. 『참고문헌』 고려사, 고려사절요, 한국인명대사전

정지

정지의 처음 이름은 정준제이며 나주 사람이다. 정지는 생김새가 크고 씩씩했으며 어릴 적부터 큰 뜻을 품고 있었다. 책 읽기를 즐겨 대의(大義)를 통달하였고 출입할 때는 항상 서적을 지니고 다녔다.

공민왕 23년, 중랑장 이희가 수전(水戰)을 훈련하도록 하는 상소를 올리니, 임금이 탄식하면서 말했다.

"이희는 초야의 신하이나 오히려 이와 같은 계책을 올리는데 일찍이 백관과 위사 중에서는 이희 같은 사람이 한 명도 없단 말인가?"

이에 위사 유원정이 나아가 말했다.

"중랑장 정준제도 일찍이 외적을 평정하는 계책을 기초한 적이 있었는데 다만 올리지 못했을 따름입니다."

정지가 당시 시그루치[1] 직책으로 전각 계단에서 임금을 모시고 있었는데, 임금이 돌아보며 정말로 그러한지 묻자 정지가 즉시 주머니에서 꺼내서 바쳤다. 임금이 그것을 펼쳐보고 크게 기뻐하며 정지를 전라도안무사로 임명하고 연이어 왜인추포만호를 겸직하게 하였다.

박덕무 또한 이희 및 정지와 같은 계책을 올렸는데, 왕은 박덕무를 경기왜인추포부사로 임명하였다. 그리고 재상에게 일러 말했다.

"지금 이희 등에 벼슬을 내리는 것을 경들은 괴이하게 여기지 말라. 그들의 성공을 바라고,

1) 시그루치[速古赤]: 원나라 직책 이름으로 일종의 호위 직책임.

또한 사람들 마음을 격려하려는 것뿐이다. 뒷날 공적이 없으면 역시 마땅히 용서치 않을 것이다."

왕은 정지에게 휘하 병사 85명, 이희에게 휘하 군사 67명, 그리고 첨설직[2]을 내려 주었다. 또한 밀직사에게 명하여 정지와 이희에게 천호공명첩 20과 백호첩 2백을 주었다.

이때 정지와 이희는 2, 3번에 걸쳐 무릇 수십 가지에 달하는 계책을 올렸는데 그 대략적인 내용은 이러하다.

"내륙 깊숙이 사는 백성들은 배를 타는데 익숙하지 못하니 왜적을 막는데 어려움이 있습니다. 다만 섬에서 태어나 자란 사람들을 신들에게 거느려 지휘하게 하신다면, 5년 내에 바닷길을 깨끗이 맑힐 수 있습니다. 지금 도순문사 같은 관직은 군량만 허비하고 민생을 소란스럽게 할 뿐이니, 바라옵건대 그것을 폐하도록 하시옵소서."

임금이 순찰사 최영을 불러 의논하였다. 최영이 애초 6도를 순찰하고 전함 2천 척을 건조하여 각 도의 군사들에게 명하여 왜구를 잡도록 하고자 하였으나, 백성들이 모두 싫어하고 고통스럽게 여겨 집을 파괴하고 도망치는 자가 10에 5, 6이나 되었다. 이런 사정이어서 정지 등의 건의가 받아들여지지 않았다.

우왕[3] 3년, 여름에 왜구가 순천·낙안 등 지역을 침범했다. 이때 정지가 예의판서로써 순천병마사에 임명되어 왜구들을 격퇴하여 적의 18명을 목 베고 3명을 사로잡았다. 정지는 판사 정양기를 보내 승전보를 아뢰었는데, 우왕이 크게 기뻐하고 정양기에게 백금 50냥과 그의 어머니에게 쌀 10석을 주고, 정지에게는 안장 얹은 말과 비단을 하사했다.

또한 이 해 겨울에도 정지는 왜구를 격퇴하여 40여 인을 목 베었고 2명을 사로잡아, 판사 정룡을 보내어 승전을 알렸다. 곧 우왕은 정룡에게 베 2백 5십 필과 말 1필을 하사하였다.

우왕 4년, 왜적이 영광과 광주 및 동복 등 지역

2) 첨설직(添設職): 전쟁에서 군공(軍功)을 세운 자들에게 포상으로 실제 직책을 제수할 것이 마땅하지 않을 경우 이름만 빌어 제수하던 관직제도.
3) 우왕(禑王): 고려 제32대 왕. 공민왕이 승려 신돈(辛旽)의 집에 미행하여 신돈의 시녀 반야(般若)와 가까이 해 반야가 낳은 아들로 실제 신돈의 아들이라고 알려져 『고려사』에서 '辛禑'라 기록했는데, 본문에서도 이에 따라 '辛禑'라 표현하고 있음.

을 약탈하니, 정지는 도순문사 지용기와 더불어 원수 이림 등을 도와 싸워, 옥과현까지 추격하니 적들이 미라사(彌羅寺)로 들어갔다. 아군이 포위하고 그곳에 불을 지르고 강하게 공격하니, 적은 스스로 불에 타 거의 죽었으며 말 백여 필을 노획했다.

이 전투에서 정지의 공이 가장 컸으므로, 승전을 보고하니 정지와 지용기에게 각각 은 50냥을 하사하였다. 왜적이 다시 담양현을 침범하니 정지와 지용기가 그들을 격파하여 17명의 적을 죽였다. 곧이어 정지는 전라도순문사가 되었다.

우왕 8년, 정지는 해도(海道)원수가 되었는데, 왜선 50척이 진포로 들어오자 격퇴하여 쫓아내고 군산도까지 추격해 4척을 포획하였다. 우왕 9년에 또다시 왜적과 싸워서 크게 쳐부수니, 우왕은 황금 허리띠 한 벌과 백금 50냥을 하사했다.

정지가 전함 47척을 거느리고 나주와 목포에 주둔하고 있을 때, 왜적이 큰 배 2백 척으로 경상도를 침략해 오니 바닷가 주변의 고을들이 크게 놀라 동요했다. 합포원수 유만수가 위급함을 알리자, 정지가 밤낮으로 독려하여 이동하면서 간혹 스스로 노를 젓기까지 하니, 노젓는 군사들이 전력을 다했다.

섬진에 도착하여 합포 군사들을 징집하는데, 적들은 이미 남해의 관음포에 이르렀다. 이때 마침 비가 내려 활동에 지장이 있자 정지는 지리산 신사에 사람을 보내 축문을 읽어 기도를 하게 했다.

"나라의 존망이 이 한 거사에 달렸으니 바라옵건대 나를 도와 신령이 부끄러움을 당하는 일을 만들지 마소서."

이렇게 기도하고 나니 과연 비가 그쳤다.

적은 깃발이 하늘을 가리고 칼과 창이 바다에 반짝이며 사방으로 에워싸고 전진해 왔다. 정지는 곧 머리를 조아리면서 하늘에 절을 하니 얼마 뒤에 바람이 아군에 유리하게 바뀌었다. 바다 가운데서 돛을 올리니 배가 나는 것처럼 빨리 달려 박두양(朴頭洋)에 이르렀다.

적군은 큰 배 20척으로 선봉을 삼고 배에 강한 병졸 1백 40여 명을 태우고 있었다. 정지가 나아가 공격하여 적선을 크게 격파하자 둥둥 뜨는 시체가 바다를 뒤덮었다.

이어 화포를 쏴 적선 17척을 불태웠다.

정지가 보좌하는 장수들에게 말하였다.

"내가 말이 땀을 흘릴 정도로 많은 적을 격파하였지만 오늘같이 통쾌했던 적이 없었다."

승전보가 이르자 우왕은 크게 기뻐하며 연이어 궁중의 술을 내려주며 노고를 치하하였다.

군기윤(軍器尹) 방지용이 임금의 명을 받들어 일본에 사신으로 갔다가 돌아오는 길에 왜적을 만나 포로가 되어 목에 쇠사슬이 채워진 채 배 밑바닥에 갇혀 있었다. 적들이 이 전투를 개시하면서,

"만약에 우리가 이기지 못하면 반드시 먼저 너의 목을 벨 것이다."

라고 말했는데, 전투가 끝나자 적의 무리가 모두 섬멸되었기 때문에 방지용은 위험을 면할 수 있었다.

정지는 병이 나서 사직했다가, 얼마 지나지 않아 지문하부사가 되었고, 곧 이어 해도도원수 양광전라경상강릉도도지휘처치사로 임명되었다.

우왕 10년, 정지가 문하평리로 임명되었는데, 우왕이 환관 김실을 보내 정지의 책임을 추궁해 말하였다.

"도총사 최영은 전함을 건조하여 수전에 대비하고 또 화포를 추가하였으니 그 생각이 주도면밀하도다. 그런데 경은 해도원수로 있으면서 근래에 왜적들이 침범하여 여러 고을을 소란스럽게 하는데도 능히 소탕하여 평정하지 못하니 그 죄가 진실로 경에게 있도다."

이에 정지가 머리를 조아려 사죄하고 글을 올려 스스로 왜적 정벌을 자청하여 아뢰었다.

"근래 중국이 대의명분을 내세워 왜를 정벌한다고 합니다. 만약 그들이 우리 영토까지 아울러 전함을 분산 정박하면, 곧 물자를 대주어 지탱하기 어려울 뿐만 아니라 우리의 허와 실을 엿보게 될까 두렵습니다. 왜적은 온 나라를 중심으로 출병해 도적

질을 하는 것이 아니고, 일부 반란인들이 대마도와 일기도 등 여러 섬을 점거하고 가까운 우리 동쪽 변방을 시와 때를 가리지 않고 침범하여 약탈하는 것입니다. 만약 그 죄를 성토하고 대군을 출동시켜 먼저 여러 섬을 공격하여 그들의 소굴을 전복시킨 다음, 일본 나라에 공첩을 보내 흩어져 있는 왜적을 모두 거두어들여 귀순시키게 하면 곧 왜적의 우환은 영원히 없어질 것입니다. 그러면 중국의 군대 또한 우리나라로 올 이유가 없어질 것입니다. 지금의 우리 수군은 모두 수전에 익숙하여 신사 일본정벌[4] 때와는 비교가 안 됩니다. 만약 좋은 계절 순풍을 기다려 출동한다면 곧 쉽게 성공할 수 있을 것입니다. 오직 배가 오래되면 썩고 군사들이 오래되면 피로해지며, 또한 지금 수군들이 부역으로 인하여 날마다 도망쳐 흩어질 생각만 하고 있으니 마땅히 이 기회를 타 계책을 세워 적을 소탕해야 할 것입니다."

우왕 14년, 왕이 이태조를 보내 요동을 공격할 때, 정지는 안주도도원수로서 태조의 휘하에 있었는데 곧 태조를 따라 회군하였다. 이때, 왜적이 삼도를 침범하여 여름에서 가을까지 주와 군 여러 고을을 불사르고 사람을 죽이는데, 장수와 수령 등이 아무도 막을 자가 없었다.

왜적이 정지의 위세와 명성을 두려워했기 때문에 그를 양광전라경상도도지휘사로 임명해, 여러 장수와 함께 가서 왜적을 공격하게 하였다. 왜적들은 함양으로부터 운봉을 넘어 남원에 이르렀다. 정지는 도순문사 최운해와 부원수 김종연을 거느리고, 원수 김백흥 등을 도와 싸워 분을 내어 공격해 크게 격파하였다. 곧 왜적이 밤을 틈타 달아나 숨었다.

이에 당시 사람들이 다음과 같이 말했다.

"이번 전투를 이기지 못했다면 삼도 백성들은 거의 다 죽었을 것이다."

우왕은 정지에게 궁중의 술과 비단을 하사하였다.

공양왕 원년, 김저가 변안열 등과 함께 우왕을 복위시키려고 모의하다가 발각되었는데, 정지가 연루되었다고 알려져 외지로 유배되었다. 공양

4) 신사동정(辛巳東征): 고려 충렬왕 7년 원나라 군사와 고려군이 군사를 크게 출동시켜 일본정벌에 나섰다가 해풍을 만나 배가 침몰해 참패하고 돌아온 사실.

왕 2년에 좌헌납 함부림을 파견해 정지를 계림에서 문초하였는데, 대간들이 법에 의해 처벌할 것을 요청하자 곧 귀양지를 횡천으로 옮겼다.

이어 윤이와 이초의 옥사[5]가 일어나자 정지는 청주 옥에 구금되어 고문을 당했지만 굴복하지 않고 말했다.

"시중(侍中) 이성계가 대의를 바탕으로 위화도에서 회군할 때, 내가 이윤과 곽광의 고사[6]를 들어 비유해 말했는데 깊은 뜻이 있었다. 어찌 다시 윤이와 이초 같은 자들과 일당이 될 수 있겠는가? 이는 하늘에 맹세하고 하는 말이다."

정지의 말에 기개와 감동이 있었으므로 옥관도 능히 진술을 받아내지 못했다. 이튿날 장차 혹독한 형벌을 가하려고 작정하고 옥에 다시 가두었는데, 이날 밤 홍수가 나서 옥이 무너져 죄를 면하고 석방되었다.

공양왕 3년, 위화도 회군의 공으로 이등공신에 올라 공신녹권(錄券)과 토지 50결을 하사받았다. 대성(臺省)과 형조에서 아뢰기를,

"정지가 우왕 복위를 꾀한 변안열의 일당으로 연좌되어 죄를 받은 것은 실로 거짓으로 잘못 보고한 것에 의한 것입니다."

라고 해명하니 드디어 그의 혐의가 풀리었다.

은퇴하여 광주(光州)에서 살았는데, 그를 불러 판개성부사로 임명했으나, 부임하지 못한 채 병이 나 사망하니 그의 나이 45세였다. 시호는 경렬(景烈)이다.

5) 윤이이초지옥(尹彝李初之獄): 고려 말 윤이(尹彝)와 이초(李初)가 새로 일어난 명(明)나라에 들어가 황제에게, 이성계가 우왕과 창왕(昌王)을 폐하고 공양왕을 세웠는데, 공양왕은 고려 종실도 아닌 이성계의 인척이며, 공양왕이 이성계와 함께 명나라를 치려 한다고 무고하고, 이를 반대하는 사람들을 죽이거나 유배했다면서 그 명단을 제출함. 조반(趙胖)이 명나라 사신으로 가 그 명단을 받아오니 큰 옥사(獄事)가 일어났는데, 이때 정지는 이색 권근과 함께 청주 옥에 구금되었다가 홍수가 나서 옥이 침수되어 석방됨.

6) 이곽고사(伊霍故事): 중국 은(殷)나라 탕왕(湯王)의 훌륭한 재상 이윤(伊尹)은 탕왕 손자 태갑(太甲)이 왕위에 올라 무도한 행동을 하여 동궁(桐宮)으로 추방했다가, 태갑이 개과천선하니 다시 불러들여 왕위에 올렸음. 한(漢)나라 무제(武帝) 때 충신 곽광(霍光)은 무제 사망 후 어린 황제 소제(昭帝)를 13년 동안 보필해 태평성대를 이루었고, 다음 하(賀)가 황제에 올라 음탕한 행동을 하니 내치고 선제(宣帝)를 황제로 올렸음.

鄭地

鄭地初名准提 羅州人. 形貌魁偉 幼有大志. 好讀書 通大義 出入常以書籍自隨. 恭愍二十三年 中郎將李禧上書 請習水戰. 王慨然曰 禧草野之臣 尙獻策如此 百官衛士中曾無一人 如禧者耶. 衛士柳爰廷進曰 中郎將鄭准提 嘗草平寇策 第未獻耳. 地以速古赤 適侍殿陛. 王顧問 地卽取諸囊中 以獻. 王覽之大悅 以地爲全羅道按撫使 幷兼倭人追捕萬戶. 朴德茂亦上書 如李鄭策. 以德茂爲京畿倭人追捕副使. 謂宰相曰 今爵禧等卿等勿以爲異 冀其成功 激人心耳. 他日無功 亦當不赦. 又授地麾下士八十五人 禧六十七人 添設職. 令密直司 給地禧千戶空名牒二十 百戶牒二百. 時地與禧再三上疏 凡數十條. 其略以爲深陸之民不閑舟楫 難以禦倭. 但簽生長海島者 令臣等將之 期以五年 可淸海道. 若都巡問使 則徒費餉擾民 乞罷之. 王召巡察使崔瑩議之. 瑩初巡察六道造戰艦二千艘 欲令諸道軍 捕倭 民皆厭苦 破家逃散者十之五六. 至是 以地等建白事遂寢. 辛禑三年夏 倭寇順天樂安等處. 地以禮儀判書 爲順天道兵馬使 擊之 斬十八級擒三人. 遣判事鄭良奇 獻捷. 禑喜賜良奇白金五十兩 其母米十石 地鞍馬羅絹. 冬又擊倭 斬四十餘級 擒二人. 遣判事鄭龍 獻捷. 禑賜龍布二百五十疋 馬一疋. 四年 倭寇靈光光州同福等處. 地與都巡問使池湧奇 助戰元帥李琳等 追及玉果縣 賊入彌羅寺. 我軍圍而火之 遂縱擊 賊自焚死殆盡 獲馬百餘疋. 是戰 地之功居多. 捷至 賜地及湧奇銀各五十兩. 倭又寇潭陽縣 地與湧奇擊之 斬十七級. 尋爲全羅道巡問使. 八年 爲海道元帥. 倭舶五十艘入鎭浦 地擊走之 追至羣山島 獲四艘. 九年 又與倭戰 大破之. 禑賜金帶一腰 白金五十兩. 地率戰艦四十七艘 次羅州木浦. 賊以大船百二十艘 來慶尙道沿海州郡大震. 合浦元帥柳曼殊告急 地日夜督行 或自擢 櫂卒益盡力 到蟾津 徵集合浦士卒. 賊已至南海之觀音浦 適有雨. 地遣人 禱智異山神祠曰 國之存亡 在此一擧. 竊冀相予 無作神羞. 雨果止. 賊旗幟蔽天 劍戟耀海 四圍而前. 地叩頭拜天 俄而風利. 中流擧帆 船疾如飛 至朴頭洋. 賊以大船二十艘 爲先鋒 艘置勁卒百四十人. 地進攻大破之 浮尸蔽海. 發火砲 焚賊船十七艘. 地謂將佐曰 吾汗馬破賊多矣 未有如今日之快也. 捷音至 禑大喜 連賜宮醞 以勞之. 軍器尹房之用 奉使日本 還道遇倭賊 被獲鎖頸置船底. 及是戰 賊曰 若不勝 必先斬之. 戰罷賊徒盡殲 而之用乃免. 地以病辭 未幾知門下府使. 尋爲海道都元帥 楊廣全羅慶尙江陵道都指揮處置使. 十年 拜門下評理. 禑

遣宦者金實 責地曰 都統使崔瑩造戰艦 備水戰 加以火砲 其慮周矣. 卿爲海道元帥 比
來倭寇侵擾州郡 未能掃平 罪實在卿. 地頓首謝 上書自請東征曰 近中國聲言征倭 若
幷我境分泊戰艦 則非惟支待爲艱 亦恐覘我虛實. 倭非擧國爲盜 其叛民據對馬一岐諸
島 近我東鄙入寇無時 若聲罪大擧先攻諸島 覆其巢穴. 又移書日本 盡刷漏賊 使之歸
順 則倭患可以永除. 中國之兵 亦無因而至矣. 今之水軍 皆善水戰 非辛巳東征之比.
若順時候風而動 則易以成功. 但船久則朽 帥老則疲. 且今船卒困於賦役 日思逃散 宜
乘此機 決策盪平. 十四年 禑遣我太祖攻遼 地以安州道都元帥隸焉. 遂從太祖回軍 時
倭寇三道 自夏至秋屠燒州郡 將帥守令莫有禦者. 以地威名譬倭寇 命爲楊廣全羅慶尙
道都指揮使 與諸將往擊之. 倭自咸陽踰雲峰 至南原. 地帥都巡問使崔雲海 副元帥金
宗衍 助戰. 元帥金伯興等 奮擊大破之 賊夜遁. 時人謂非此戰 則三道民 幾盡矣. 禑賜
宮醞緞絹. 恭讓元年 金佇與邊安烈等 謀迎辛禑 事覺. 地以辭連 流于外. 二年 遣左獻
納咸傅霖 鞫地于雞林. 臺諫請論以法 乃徙橫川. 尹彝李初之獄起 地逮繫淸州拷訊. 不
服曰 李侍中仗義回軍 吾以伊霍故事諷侍中 深有意爾. 復何黨彝初歟. 言畢誓天 辭氣
感慨 獄官不能取辭. 明日 將峻刑 以水災免. 三年 錄回軍功爲二等 賜錄券及田五十
結. 臺省刑曹議奏曰 地以黨安烈坐罪 實爲誣枉. 遂釋之 退去光州. 召判開城 未赴病
卒. 年四十五 諡景烈.

〈경렬사〉

 최영(崔瑩, 1316~1388)

고려 후기의 명장으로 본관은 창원(昌原)이며 평장사(平章事) 최유청(崔惟淸)의 5세손이다. 양광도도순문사(楊廣道都巡問使) 휘하에서 왜구를 토벌하는 데 많은 공을 세웠고 1352년에 안우(安祐)·최원(崔源) 등과 함께 조일신(趙日新)의 난을 평정하였다. 당시 원나라에서 고려에 원병을 청하자 유탁(柳濯)·염제신(廉悌臣) 등 40여 명의 장수와 함께 군사 2천 명을 거느리고 원나라에 가서 원의 승상(丞相) 탈탈(脫脫) 등과 함께 싸웠다. 1355년에는 회안로(淮安路)에서 적을 막았으며 팔리장(八里莊)에서 싸워 용맹을 떨쳤다. 이듬 해부터 고려가 배원정책(排元政策)을 쓰게 되자 서북면병마부사(西北面兵馬副使)로 원나라에 속했던 압록강 서쪽의 8참(站)을 공격하여 3참을 처부수었다. 1358년 양광전라도왜구체복사(楊廣全羅道倭寇體覆使)가 되어 배 4백여 척으로 오예포(吾乂浦)에 침입한 왜구를 물리쳤다. 1359년 홍건적이 침입하여 서경(西京)을 함락시키자, 여러 장수와 함께 적을 무찔렀다. 1361년에 홍건적 10만 명이 재침입해 개성을 함락시키자, 이듬해 안우·이방실(李芳實) 등과 함께 공격하여 개성을 수복하였다. 1363년에는 김용(金鏞)이 공민왕을 시해하려 일으킨 흥왕사(興王寺)의 변(變)을 평정하였다. 1364년 원나라에 있던 최유(崔濡)가 덕흥군(德興君)을 왕으로 받들고 군사 1만 명으로 압록강을 건너 선주(宣州)에 웅거하자 이성계(李成桂) 등과 함께 수주(隨州)의 달천(獺川)에서 싸워 격퇴하였다. 이후 위화도회군을 단행하고 기세가 오른 이성계의 막강한 원정군을 막지 못하여 결국 도성을 점령당하고 말았다. 그는 이성계에게 잡혀 고향인 고봉현(高峯縣)으로 유배되었다. 그 뒤 다시 합포(合浦)·충주로 옮겨졌다가 요동을 공격한 죄로 개성에 압송되어 순군옥(巡軍獄)에 갇혔고, 그해 12월에 참수(斬首)되었다. 『참고문헌』 고려사, 고려사절요, 태조실록, 한국인명대사전

최영

최영은 평장사 최유청의 5세손이다. 풍채와 모습이 크고 위엄이 있었으며 힘이 매우 세어 남달랐다. 처음 양광도도순문사 휘하에 소속되어 여러 번 왜적을 사로잡아서, 그의 무력과 용기가 알려져 우달치[1]로 임명되었다.

공민왕 원년에 조일신이 난[2]을 일으키니, 최영은 안우와 최원 등과 함께 협력하여 반란세력을 모두 제거했다. 그 공로로 최영은 호군이 되었고, 공민왕 3년에는 대호군에 임명되었다.

그리고 최영은 유탁과 더불어 원나라 승상 탈탈 등을 따라, 원나라 고우 지역의 반란군 정벌에 나아갔다. 27번이나 싸워 곧 성을 함락시키게 되었는데, 이때 탈탈이 참소를 당하여 전쟁이 끝나고 말았다.

이듬해, 원나라 회안로에서 반란적을 막았다. 팔리장에서 여러 번 싸웠는데, 또다시 사주와 화주 등 여러 주의 전함 8천여 척이 회안로를 포위하니, 최영은 주야를 가리지 않고 힘써 싸워 그들을 물리쳤다. 적들이 다시 침입해 왔을 때에도 최영이 힘써 공격해 대파시켰다.

최영은 고려로 환국한 후, 인당과 더불어 압록강 서쪽에 있는 원나라 8개 주둔지를 공격하여 격파했다. 공민왕 6년 최영은 서해와 평양, 이성과 강계의 체복사가 되었다. 이듬해 공민왕 7년

1) 우달치[于達赤]: 도성의 문을 지키고 여닫는 일을 하는 군인으로 '우달치'라 일컬었음.
2) 조일신 직란(趙日新作亂): 고려 공민왕 세자 시절 원나라에 시종(侍從)했던 조일신이 공민왕 등극에 일등공신이 되어 온갖 전횡을 일삼았음. 공민왕이 이궁(離宮)에 있을 때 이궁을 포위하고 신하들을 죽인 뒤 왕을 협박해 자기를 우정승에, 정천기(鄭天起)를 좌정승에 임명토록 하는 변란을 일으켰음.

에 왜적이 오예포를 침범하니, 최영은 복병을 숨겨두어 적과 싸워 이겼다.

공민왕 8년, 서북변병마사가 되었는데, 이해 홍건적이 평양에 쳐들어왔다. 이에 최영은 여러 장수들과 더불어 철주와 화주 등지에서 맞서 싸웠다. 이듬해 공민왕 9년에는 평양윤에 임명되었으며 서북면순문사를 겸하였다.

이때는 외적 침입에 의한 피폐가 아직 회복되지 못하여 굶어죽은 시체가 서로 바라보고 누워있는 상황이었다. 이에 최영은 널리 구휼소를 설치하고 백성들에게 양식과 씨앗을 나누어 주고, 죽은 시체들을 거두어 묻도록 했다. 이어 최영은 좌산기상시로 전임되었다.

공민왕 11년, 최영은 안우와 이방실 등과 더불어 수도를 수복하여 그 공로로 일등 공신에 녹훈되었으며, 그의 화상이 공신들의 초상을 걸어 놓은 벽상에 오르고, 전리 판서에 제수되었다.

공민왕 12년, 왕의 총신이었던 김용이 반란을 꾀하여 그 무리를 보내 흥왕사행궁을 침범하니, 최영이 변란을 듣고 우제와 안우경 및 김장수 등과 더불어 병력을 이끌고 달려가 반란적들을 공격하여 모두 죽였다. 이에 일등공신으로 기록되고, 진충 분의좌명공신 칭호가 내려졌다. 곧 평리로 전임되었다가 다시 찬성사에 올랐다.

공민왕 13년, 반역자 최유가 원나라에서 덕흥군[3]을 앞세우고 압록강을 건너 쳐들어오니, 우리 군사들이 맞아 싸웠으나 패하게 되었다. 적이 그 승세를 몰아 선주를 점거하자 궁 안팎의 인심이 들끓어 소란스러웠다.

이에 임금이 명하여 최영을 도순위사로 삼아 정병을 거느리고 급히 안주로 나아가게 했다. 그러자 절도사들이나 여러 군대, 조정과 백성들이 최영을 믿고 적들을 두려워하지 않게 되었다.

최영은 길에서 도망가는 병졸을 만나면 목을 베어 들어 보여주고 본보기로 삼았다. 여러 장수들과 함께 군을 나누어 달천에서 적을 공격해 크게 패퇴시켰고, 병마부사 안주를 보내어 승전

3) 덕흥군(德興君): 충선왕의 제3자 혜(譓). 원나라로 쫓겨 갔다가 공민왕이 배원정책을 쓰니 원나라에서 그를 고려왕으로 책봉함. 공민왕13년 원나라에 있던 고려인과 요양성의 병력을 이끌고 고려를 침입했음.

보를 올렸다.

공민왕 14년에 왜적이 교동과 강화도에 침범하여 노략질을 하니, 최영은 동서강도 지휘사로서 병력을 거느리고 동강에 주둔하여 진을 쳤다.

최영은 일찍이, 밀직 김란이 딸을 신돈에게 첩으로 준 것을 꾸짖은 일이 있었다. 신돈이 그 일로 최영을 미워하였는데, 이때에 최영이 고봉현으로 사냥을 나가니, 신돈이 이를 계기로 임금에게 최영을 참소하였다.

곧 임금이 이순을 파견하여 이렇게 추궁하고 책임을 물었다.

"왜적이 창릉에 침입하여 원나라 세조의 초상을 훔쳐갔는데, 경은 도지휘사로서 그 사실도 알지 못하고 오히려 군사를 끌고 사냥을 나간 것은 무슨 까닭인가? 지금 경을 계림윤으로 삼으니 급히 가 부임하라."

최영이 명령을 듣고 대궐을 향하여 탄식하기를,

"오늘날 내가 임금으로부터 죄를 얻은 것은, 능히 내 생명을 보전하는 일이로다. 내가 계림윤이 된 것은 임금의 후의가 매우 두터운 바이다."

라고 말하고, 임지인 경주로 떠났다.

그러자 신돈은 다시 임금에게 이렇게 무고했다.

"최영이 이구수 등과 더불어 내시들과 결탁하여 임금과 신하들 사이를 이간질하고 있습니다."

그리고 자기와 한 통속인 이득림을 보내 최영을 국문하니, 최영이 거짓자복하고는 도리어 어서 형벌을 집행하도록 요청하였다. 이에 임금이 최영에게서 3품 이상의 벼슬을 박탈하고, 그에게 주었던 토지와 백성들을 몰수한 다음 먼 곳으로 유배시켰다.

이때 이득림이 최영을 반드시 죽이고자 했으나, 이때 합포에 주둔하고 있던 정사 도가 죽음을 무릅쓰고 최영을 죽이면 안 된다고 고집하여 그를 죽이지 못했다. 뜻을 이루지 못한 이득림이 정사도 때문에 죽이지 못한 사정을 신돈에게 보고하니, 신돈은 정사도 역시 함께 파면시키게 했다.

공민왕 20년, 왕은 최영을 소환해 관직을 회복시켜 다시 찬성사에 임명하고 육도

도순찰사로 삼았다. 이에 최영은 호구를 조사하여 군적을 작성하고 전함을 건조해 전쟁에 대비했다. 그리고 장수와 수령들의 승진과 파직에 관한 일과 죄 있는 자의 처단을 마음대로 했다. 이 과정에서 사람들은,

"최영이 평소에 조정 관리들의 어질고 어질지 못함을 잘 파악하고 있지 못했으므로 승진과 파직에 있어서 공평하게 합리적으로 처리하지 못한다."

하고 비판했다.

최영은 곧 지방으로 나가, 경상전라양광도도순문사로 임명되었다. 이에 헌사에서 임금에게 아뢰기를,

"최영이 일찍이 도순찰사가 되었을 때 여섯 도에서 소동이 일어난 바 있습니다. 다시 순문사에 임명하는 것은 옳지 못합니다."

하고 이의를 제기했다. 최영이 울면서 임금에게 호소했다.

"신은 충성심으로 온 나라를 돌아다니면서 노력했지만, 지금 이와 같은 비방이 있으니 청하옵건대 신에게 내린 직책을 거두어주시기 바랍니다."

왕은 비록 최영을 정직하다고 믿고 있었지만, 곧 대간과 도당에 명령하여 최영을 대신할 인물을 추천하도록 했다. 이러고 왕은 곧 최영에게 진충분의선위좌명정란공신의 칭호를 하사했다.

명나라 태조황제가 사신 임밀 등을 보내어 제주도의 말 2천 필을 바치도록 명령했는데, 제주도를 관리하고 있는 원나라 관리 합치[4]들인 석질리필사, 초고독불화, 관음보 등이 말 3백 필만을 보냈다. 이에 명나라 사신 임밀 등이 분노하여 꾸짖었다. 그리하여 왕은 제주도 정벌을 논의하게 되었다.

그해 7월에 최영을 양광전라경상도도통사로 삼고, 염흥방을 도병마사로 임명했다. 그리고 이희필과 변안렬을 양광도원수로 삼고, 목인길과 임견미를 전라도원수로 삼고, 지윤과 나세를 경상도원수로 삼았다. 또 김유를 삼도조전원수를 겸하여 서해교주도도순문사로 임명하였다. 이렇게 해 전함 314척과 2만 5천6백 명의 군사를 거느리고 제주도를 토벌하도록 명령했다.

4) 합치[哈赤]: 몽고의 지도자급 관직 이름.

왕은 출발에 즈음하여 이렇게 선언했다.

"탐라는 본디 우리나라에 예속되어 대대로 조공을 바쳐온 지 5백 년에 이른다. 근래 몽고 목호(牧胡)인 석질리필사 등이 우리 사신을 죽이고 우리 백성들을 잡아 노예로 부리고 있으니, 그 죄악이 넘칠 정도로 가득 차 있다. 지금 최영에게 절월(節鉞)을 주어 가서 정벌토록 하니, 전군을 독려하여 기한 내에 모두 섬멸토록 하라."

떠남에 임하여, 대신들이 전송 잔치를 베푸는 자리에서 모든 장수들이 눈물을 흘렸으나, 최영과 변안렬 만은 오직 태연하고 의젓하였다. 군대가 출발하여 나주에 이르자 최영은 영산에서 병력을 사열하고 여러 장수들과 이렇게 약속했다.

"여러 도의 배들이 서로 섞여서는 안 되므로, 마땅히 각각 돛대 위에 깃발을 세워 표시하도록 하라. 배에는 우두머리 관리를 배치하여 어지럽게 나아가지 않도록 하고, 출발한 배들은 각각 대오를 정돈하고 각자 맡은 책임을 철저히 이행하도록 하라. 만약에 왜적을 만나 적을 사로잡은 병사는 크게 벼슬과 상을 더해줄 것이다. 제주에 이르면 각각 거느린 전함들을 동시에 진격하도록 하며 혹시라도 앞서거나 뒤떨어지지 않도록 하라. 그리고 연기를 풍기어 서로 모든 군대의 동정을 통보하도록 하고, 도통사의 나팔소리를 잘 들어야 한다. 성을 공격하는 날에는 백성들 중에 적의 당이 되어 명령에 순응하지 않는 자는 모두 죽이고, 항복하는 자들도 받아들이지 말라. 적 괴수의 가산과 공적 사적인 모든 문서들, 금과 은으로 된 인장, 마적(馬籍) 같은 것을 획득하면 모두 관청으로 수송해야 한다. 그러한 물건들을 획득한 자는 상을 내릴 것이다. 사찰과 도관(道觀), 신사(神祠)를 지키고 있는 사람들은 동요시키지 않아야 한다. 재물이나 보물을 얻어 먼저 배를 돌려 도망가는 자는 군법으로 다스릴 것이니라."

그리고 이어 또 명령했다.

"나는 반란군을 정벌하라는 왕의 명령을 받았다. 따라서 나의 말이 곧 왕의 말이 된다. 나의 명령을 따르면 모든 일이 잘 해결될 것이다."

이에 모든 장수들이 투구를 벗고 사례하였다.

배가 출행하여 검산곶에 이르렀을 때 여러 장수들이,

"배가 출항한 지 오래되었고 또한 바람이 불어 파도가 점점 높아지고 있으니, 마땅히 군대의 진행을 빨리함이 좋습니다."

라고 건의하니, 최영은 이렇게 대답했다.

"오늘은 바람이 불리하게 부니 보길도에 이르러 정박해 머물고자 한다."

이때 변안렬의 휘하군사가 먼저 배를 출발시키니, 최영은 크게 노하고 그 군사를 돛대 위에 매달아 두루 본보기로 보여주었다. 그러나 모든 도의 배들이 돛을 올리고 일제히 출발하니, 최영은 어쩔 수 없이 닻을 올리게 하고 배를 출발시켰다.

이튿날 제주도에 이르러 최영의 여러 부대 장수들이 사면으로 나누어 공격하니, 석질리필사 등이 3천여 기병으로 명월포에서 항거했다. 이에 최영이 전 제주목사 박윤청을 시켜 글을 보내 깨우쳐 설득했다.

"지금 병력을 일으켜 너희 죄를 문책하는 것은 부득이한 상황이다. 적의 우두머리를 제거하는 것 외에 성주(星主)와 왕자, 지역 관원과 군사들이며 백성들은 마땅히 모두 예전과 같이 편안하게 살도록 할 것이다. 비록 적을 추종한 자라도 항복하여 들어오면 역시 관대하게 용서할 것이며, 만약에 혹시라도 어기고 거역하다가 큰 병력이 한 번 쓸어 가면 옥석(玉石)이 구분 없이 모두 해를 입을 것이니 그때에 후회해도 이미 때가 늦을 것이다."

여러 장수들이 해안에 내려 군사들이 어물거리며 진군하지 않으니, 최영이 곧 한 비장의 목을 쳐 본보기로 보여주었다. 이에 대군이 일제히 진군하여 좌우에서 용감하게 공격하여 크게 적들을 격파했다. 승세를 타서 달아나는 적들을 쫓아 30리에 이르니, 날이 저물어서 명월포로 돌아와 해안에 병영을 설치했다.

적이 안무사 이하생을 죽였다. 여러 장수들은 한라산 아래에 주둔하여 군사들을 쉬게 했는데, 이때 우리 군사들이 적의 말을 많이 획득했다.

적의 괴수 세 명이 와서 도전하는데, 거짓으로 패하여 도망쳐 효성과 오음 들판으로 아군을 유인해 기병으로 엄습하여 쓰러뜨리려고 했다. 이에 최영이 그 계책을 미리 알고, 정예병을 명령하여 급격하게 추격하도록 하니, 적의 괴수들은 숨어 달아나 한라산 남쪽의 섬 호도로 들어갔다.

최영은 전 부령 정룡에게 명령하여 빠른 배 40척으로 호도를 포위하도록 하고, 자신은 뛰어난 병사들을 인솔하여 뒤따라 가 이르렀다. 곧 적 괴수 석질리필사가 처자와 그 무리 수십 명을 거느리고 나와 항복하였다. 이렇게 되니 초고독불화와 관음보는 죽음을 면치 못할 것을 알고 절벽에 몸을 던져 자살했다.

최영은 석질리필사와 그의 세 아들을 도끼로 허리를 잘라 죽이고, 또 초고독불화와 관음보의 머리를 베어 지병마사 안주를 파견해 왕에게 바쳤다.

또한 동도의 합적 석다시만, 조장, 홀고손 등은 수백 명을 거느리고 성을 점거하여 항복하지 않았다. 이에 최영이 여러 장수를 거느리고 성을 공격하니, 적들이 괴멸되어 달아났는데 추격하여 그들을 잡았다. 그리고 남은 무리를 수색하여 모두 죽였다. 이때 금패 9개, 은패 10개, 인신(印信) 30개와 말 1천 필을 얻었는데, 인신은 만호와 안무사 및 성주와 왕자에게 주고, 말은 여러 고을에 나누어 주어 기르도록 했다.

최영은 병졸 중에 소와 말을 잡아서 먹은 사람이 있자, 어떤 사람은 머리를 베고, 어떤 사람은 팔을 잘라 여러 사람에게 돌려 보여주어 경계로 삼았다. 이렇게 하니 병사들이 두려워 다리를 떨면서 추호도 감히 어기는 자가 없었다.

10월에 최영이 군사를 돌려 돌아오니, 공민왕이 이미 사망했으므로 재궁에 나아가 개선한 것을 복명했다. 그리고 최영은 우왕 원년에 판삼사사가 되었다.

최영의 조카사위이며 판사인 안덕린이 법에 의하지 않고 마음대로 사람을 죽였다. 그런데 최영이 이때 판순위부사로 있었으므로, 도당에서는 최영의 체면을 세워 안덕린의 죄를 가볍게 해주려고 순위부로 보내 구금했다.

이에 최영은 화를 내면서,

"안덕린이 죄 없는 사람을 죽였으므로 헌사에서 처리함이 옳은데, 하물며 내가 순위부를 책임지고 있으면서 어찌 추국하란 말이냐?"

라고 말하고, 곧 사건을 헌사로 돌려보냈다.

왜적들이 연산의 개태사에 들어와 사람들을 죽이는데, 원수 박인계가 나가서 왜적들과 싸우다 패하여 전사했다. 최영이 이야기를 듣고 자진하여 나가서 격퇴하겠다고 청하니, 우왕이 그의 늙었음을 이유로 말리었다. 최영은 이렇게 말하면서 출전을 간청했다.

"조그마한 왜적들의 포악함이 이와 같으니, 지금 당장 제압해두지 않으면 반드시 뒷날에는 제거를 도모하기 어렵습니다. 그리고 만약에 병사들도 평소에 단련해놓지 않으면 유사시에 사용할 수가 없습니다. 신이 비록 늙었지만 의기는 쇠하지 않았습니다. 원하옵건대 급히 휘하 군사를 이끌고 가서 격퇴하도록 해주십시오."

이렇게 재삼 간청하니 마침내 우왕이 허락하였다.

이에 최영은 잠도 자지 않고 진격하였다. 이때 왜적들이 늙은이와 어린이를 잡아 배에 태우고 돌아가는 것처럼 보이게 해놓고, 몰래 숨어 용맹한 정예 병사 수백을 내륙 깊이 홍산으로 들여보내 학살과 노획을 자행했는데, 그 형세가 매우 왕성했다.

곧 원수 강영 등이 최영과 양광도도순문사 최공철의 도움을 받으며 홍산으로 나아가 싸움을 준비하고 있었다. 이때 최영이 먼저 험악하게 막힌 산을 점거했는데, 삼면이 모두 절벽으로 막히고 오직 한 곳 길만 통하게 되어 있었다. 여러 장수들이 두려워 진군하지 못하는데, 최영이 몸소 앞장서고 모두 예리하고 용감한 병사들이 함께 돌진하여 들어가니 적들이 흩어져 쓰러졌다.

한 왜적이 숲 덤불 속에 숨어 있다가 최영을 향해 활을 쏘았는데 입술에 맞으니, 피가 질펀하게 흘러내렸다. 그랬지만 최영은 아무렇지 않은 듯 태연하게 그 적을 향해 활을 쏘니, 화살이 활시위를 떠나는 순간 적은 넘어져 죽었다. 입술에 박힌 화살을 뽑아내고 계속 힘써 싸워 마침내 적을 크게 격파하고, 죽이거나 사로잡아 거의 모든 적을 섬멸했다.

곧 최영이 판사 박승길을 보내 승전을 아뢰니, 우왕은 크게 기뻐하고 삼사우사 석문성을 보내 최영에게 옷과 술, 안장과 말을 내려주었다. 그리고 의원을 보내 약을 가지고가서 상처를 치료하게 했다.

최영이 개선하여 돌아오니 우왕은 재상과 추밀원 관리들에게 명하여 여러 가지 놀이를 갖추어 교외에서 맞이하도록 했는데, 그 행사가 임금을 맞이하는 것과 같았다.

공적을 논의하여 최영을 시중에 비기는 벼슬에 임명하려 하였으나 최영이 고사하여 이렇게 아뢰었다.

"신이 시중이 되면 쉽게 성문 밖으로 나갈 수가 없습니다. 왜구가 모두 평정됨을 기다렸다가 그 연후에야 가능할 것입니다."

이 말에 임금은 곧 최영을 철원부원군에 봉하고 장수와 병사들에게도 공로에 따라 차등 있게 상을 내렸다. 이때 최영의 휘하 한 사람이 홍산파진도를 그려 진상했는데, 우왕이 이색을 명하여 그 그림에 찬시를 짓게 했다.

우왕 3년, 또 왜적들이 밤을 틈타 착량을 침범하여 전함 50여 척을 불태웠는데, 그 불타는 불빛의 밝기가 대낮 같았고 죽은 사람이 천여 명에 달했다. 만호 손광유는 흘러가는 화살에 맞아 검선을 타고 겨우 죽음을 면했다. 이어 왜적들이 또한 강화부를 침략하니 만호 김지서와 부사 정언룡은 마니산으로 숨어들어 갔으며, 적들이 강화부를 크게 약탈하여 김지서의 아내를 붙잡아 갔다.

이에 우왕은 나세와 이원계 등을 보내어 적을 치게 하고, 최영을 도통사로 삼아 승천부에 주둔하여 대비하도록 했다. 그러자 왜적들은 강화도를 버리고 물러나 수안, 통진, 동성 등의 고을을 약탈하여, 왜적이 지나는 곳은 하나같이 텅 빈 폐허로 변했다. 최영은 경복흥 등과 함께 경천에 주둔하여 적을 막을 계책을 논의했는데, 이때 최영이 눈물을 줄줄 흘리며 탄식하여 말했다.

"왜적들이 포악한 행동을 저지름이 이와 같으니 원수들은 어찌 얼굴을 들겠는가?"

그리고 또 화를 내며 말했다.

"손광유는 우리 절도사의 직책을 소홀히 하여 적들이 착량을 뛰어넘어 여기에 이르렀다. 그를 용서하고 죽이지 않으면 어떻게 군사들을 호령하겠는가? 하지만 내 마음대로 사람을 죽인다는 혐의 때문에 참을 따름이다."

하고 왕에게 손광유의 죄를 다스리도록 요청했다. 이에 왕은 손광유와 김지서·정언룡을 옥에 가두고, 이희춘을 강화만호에 임명하고 김인귀를 강화부사로 임명하였다.

이때 적들 속에서 도망하여 돌아온 소년이 있어서, 장수들이 이 아이를 불러 적들의 사정을 물으니 이렇게 말했다.

"왜적들이 항상 말하기를, 두려워할 만한 이는 오직 흰머리의 최만호 뿐이라고 했습니다."

최영이 우왕에게 이런 건의를 올렸다.

"교동과 강화는 실로 전략상 중요한 지역입니다. 그런데 부호와 권세가들이 다투어 토지와 농토를 점유하고 있어서 군대의 물자를 계속 조달하기가 어렵습니다. 청하옵건대 토지의 사사로운 점거를 혁파하여 군량미를 충당할 수 있도록 해주십시오."

우왕이 이 건의를 합당하게 여기고서, 교동의 노인과 어린이들을 육지로 옮기도록 하고 건장한 젊은 사람들을 머물게 하여 농사와 누에치기에 힘쓰도록 했다. 또한 여러 원수들에게 명령하여 휘하 병사 10명씩을 각각 차출하도록 하고, 또한 호위하는 위사와 궁중창고지기를 징발하여 병사(兵使)로 삼고 강화도를 지키도록 했다.

앞서 김진이 경상도원수가 되어 도내의 이름 있는 기생들을 불러 모아 부하들과 함께 밤낮으로 술자리를 벌여 놀았다. 이때 김진이 소주를 매우 좋아하여 군중에서 그를 소주도(燒酒徒)란 별명으로 불렀다. 또 그는 병사들과 비장들이 조금만 거슬리는 행동을 하면 곧장 매를 쳐 모욕을 주었으므로, 많은 사람들이 원망하고 분한 마음을 품고 있었다.

마침 왜적들이 합포를 불사르고 침략하였을 때 병영의 군사들은,

"소주도로 하여금 나가 적을 무찌르게 하라."

라고 하면서 물러나 서서 진격하지 않았다. 이때 김진은 홀로 말을 타고 도망하여 숨었고 결국은 크게 패했다. 그래서 김진을 가덕도로 유배시키고 합포도천호인 이동박과 김원곡을 참수했다.

이 일에 최영이 탄식하여 말했다.

"김진과 손광유 등이 모두 군사를 패하게 했으니 마땅히 죽여 머리를 매달아 두루

보여 경계로 삼았어야 했는데, 지난 번 김진의 경우 법을 왜곡하여 그의 사정을 들어 살려주었고, 지금 또 손광유 등을 석방하였으니, 형벌의 정사가 이래서야 어찌 나라를 다스리겠는가?"

당시 수도가 바닷가에 접해 있어 왜적에 대한 두려움 때문에 수도를 내지로 옮기려고 했다. 최영이 홀로 수도를 옮길 것이 아니라 군사를 징병하여 수도 방비를 튼튼히 할 것을 주장하였는데, 우왕은 듣지 않고 철원에 궁성을 쌓으라고 명령했다. 이에 대해 최영이 강력하게 반대했다.

"지금 천도 작업을 하면 특히 농사에 방해가 되고 백성들을 동요시키게 될 뿐만 아니라, 왜적에게 우리를 엿보도록 하는 마음을 갖도록 열어주는 것이 되니, 나라가 장차 날로 위축될 수 있으므로 좋은 계책이 아닙니다."

이 말에 우왕은 옳다고 여겨 천도계획을 그치었다.

또 최영이 말하기를,

"수도가 너무 넓어 10만 병사로도 쉽게 지킬 수 없습니다. 청하옵건대 내성을 쌓아 불의의 사태를 방비토록 하옵소서."

라고 건의하니, 이때 목인길이 내성을 쌓느라 땅을 헐면 토지신을 화나게 하는 것이니 불가하다고 하면서 반대했다. 곧 우왕은 이렇게 잘라 말했다.

"귀신에 구애되어 축성을 패함이 옳은 일이냐?"

우왕 4년, 왜적의 배가 착량에 크게 집결하여 승천부로 들어오면서, 장차 수도를 점령하겠다고 소리쳐 소문을 내니 온 나라의 민심이 크게 요동치고 경계가 강화되었다. 이에 우왕이 여러 군대에 각각 명령을 내려 동강과 서강에 나누어 주둔하도록 하고, 궁문에 병력을 둘러 세워 왜적이 이르는 것을 대비토록 했다. 또 지방군을 징발하여 성 위에 올라가 망을 보아 살피게 했다.

이때 최영[5]은 여러 군대를 독려하여 해풍에 진을 치고 찬성사 양백연이 그 부관이

되었다. 적들이 우리 군대의 주둔 사항을 엿보아 알고는, 최영의 부대만 격파하면 곧 수도를 넘볼

5) 최영(崔瑩): 한문 원문에 '瑩'자가 '쏼'자로 되어 있어 바로잡음.

수 있다고 여기고, 여러 주둔지를 지나쳐 최영이 있는 해풍으로 나아가 곧바로 최영의 중군을 향해 공격했다.

이때 최영은 왜병이 자기를 향해 온 것을 알고는

"국가 사직의 존망이 오늘 이 한 번의 싸움에서 결정될 것이다."

라고 말하고는, 양백연과 더불어 적을 맞아 싸웠다. 적이 오로지 최영만 목표로 쫓아와 달려드니 최영이 불리하여 적을 피해 달아났다. 이를 본 이성계가 정예기병을 거느리고 곧바로 진격하여 양백연과 연합해 공격하여 적들을 크게 격파했다. 최영이 적들의 무너져 흩어짐을 보고 부하들을 인솔해 적의 측면을 따라 공격하여 거의 다 섬멸시켰다. 이렇게 하여 남은 적들은 밤에 달아나 숨었다.

그런데 이날 밤 서울 성중에서는 최영이 패하여 도망쳤다는 소문을 듣고 인심이 더욱 소란해져 어찌할 바를 알지 못했다. 우왕은 피난을 나가고자 하고, 백관들은 짐을 꾸려 대궐문에 여러 겹으로 모여 대기하고 있었다.

이때 여러 원수들이 사람을 보내 승전을 아뢰니 비로소 수도가 안정되어 경계가 풀리고 백관들이 모두 하례했다. 조정에서는 최영의 공적이라고 하여 안사공신의 칭호를 내려주었다.

경복흥과 황상, 우인열 등이 적을 물리쳐준 고마움을 사례하려고 최영의 집으로 나아갔다. 바로 이때 최영은 정지 장군이 순천의 조양에서 왜적과 싸워 패했다는 연락을 받았다. 이에 최영은 집으로 온 경복흥 등에게,

"여러 재상들은 어찌 나라를 걱정하지 않습니까? 왜적이 육지와 바다로 침략하기를 이같이 하니, 정지가 비록 용맹하다고는 하나 많은 적들을 어찌 당하겠습니까?"

라고 말하니, 여러 재상들의 얼굴에 부끄러운 기색이 있었다.

우왕이 여러 장수들을 파견하여 왜적을 공격하게 하니 최영이 말했다.

"신은 비록 왜적에게 죽는다 해도 회한이 없습니다. 다만 신의 이름이 다른 나라에 조금 알려진 바로서, 만약 적병에게 죽게 되면 나라의 체면이 손상될까 두렵습니다. 그렇지만 왜적들의 침략과 포악함이 이와 같으니 신이 차마 앉아서 보고만 있지

못하겠습니다. 청하옵건대 휘하 병사들을 거느리고 나가 정벌하겠습니다."

군대가 출전하니 도당에서 군사들을 전별하는 자리를 마련했는데, 최영은 혼자 그 전별연에 나아가지 않고 이렇게 말했다.

"근래 문하부에서 나라 재정이 좋지 않아 환영과 전별의 잔치를 금했는데, 어찌 재상들이 먼저 그 명령을 어기는가?"

얼마 후에 적침을 알리는 봉화가 또 오르니 우왕은,

"외부의 적을 중히 여기고, 내부를 가벼이 여기는 것은 옳지 않다."

라고 말하고 최영을 출전하지 못하게 했다.

우왕 6년에 최영이 해도도통사를 겸하여, 여러 장수들과 함께 출정해 동강과 서강에 주둔하여 왜적을 방비하고 있었다. 이때 최영이 병에 걸리니 여러 장수들이,

"최공의 병환이 위독합니다."

라고 말하며 걱정하니, 최영은 이렇게 대답했다.

"장수가 병력을 거느리고 외부에 나와서 어찌 병에 대해 걱정하겠는가?"

당시에 새로 일어난 명나라에서 조공으로 금과 은, 말, 세포(細布)를 바치라고 독촉하니, 시중 윤환 등이 논의하여 재상으로부터 서인[6]에 이르기까지 차등을 두어 베를 염출하여 마련하도록 하였다. 이에 대해 최영은 말했다.

"지금 관리들과 백성들이 여러 가지 일로 인해 생업을 잘 경영하지 못하고 있는데, 또한 베를 내라고 명령한다면 그 폐단은 재물에 그치지 않을 것이다. 장차 명나라에서 징수하는 요구를 계속할 것이니 어찌 능히 다 따를 것인가? 마땅히 먼저 사신을 보내 감액을 요청하고 어쩔 수 없으면 연후에 시행하는 것이 좋겠다."

우왕은 최영의 공적을 기록하여 철권(鐵券)을 내려주었다.

우왕 7년에 최영은 수시중으로 임명되었다. 최영이 전함을 건조하고자 하여 여러 도에서 군사를 징발하고, 승도들을 모집하여 전함 건조를 심하게 독촉하니, 많은 이들이 원망하고 탄식하였다. 1년이 지나지 않아서 큰 전함 1백30여 척을 건조하여 요해

---

6) 서인(庶人): 한문 원문에 '人'자가 '入'자로 되어 있으나 『고려사』열전에 의거 바로잡음.

지역에 나누어 배치하니, 왜적의 침입이 조금 줄어들었다. 이에 백성들이 도리어 기뻐했다.

우왕이 앞서 최영에게 토지를 하사하였는데, 최영이 사양하고 국가의 창고가 비었음을 이유로 받지 않았다. 그리고 스스로 쌀 2백 석을 내어 군량을 보충하도록 했는데, 이때 또 다시 곡식 80석을 내어 군량을 보충하게 했다.

우왕이 최영을 문하시중으로 임명하니, 병을 이유로 사양하고 나오지 않고 도통사의 인(印)을 올리면서 자신에게 주어진 병력 통솔권을 거두어줄 것을 요청했다.

우왕 11년, 왕이 최영과 함께 해주로 사냥을 나갔는데, 소요되는 음식과 물자를 수레로 실어 나르는데 1백 리나 이어졌다. 궁중의 관리들이 임금의 총애를 믿고 이 물자를 마련하면서 안렴사와 수령, 아전과 백성들을 포악하게 억압하며 제공을 요구하니 모두 그 고통을 견디지 못하고 괴로워했다.

그럼에도 우왕은 즐기면서 돌아갈 것을 잊고 좋아했다. 이에 최영이 얼굴을 맞대고 다투듯이 극언으로 그 폐단을 말하니, 우왕도 그러리라고 수긍하였다.

돌아올 때 백주에 이르렀는데, 우왕은 연안부에 있는 큰 연못에 가서 물고기가 노는 모습을 구경하고자 했다. 이에 최영이 임금의 말 앞에 서서 간하기를,

"신의 휘하에 따라온 군사가 수천인데, 사람과 말이 많이 죽었습니다. 하물며 행차의 물자를 마련하기도 어려운데, 갑자기 산골짜기의 고을로 행차하시면 백성들의 피해가 말할 수 없을 것입니다."

라고 하니, 우왕은 이에 물고기 구경을 그만두었다.

당시 최영과 함께 이성계의 위명이 명나라에까지 알려졌는데, 명나라 사신 장부와 주탁 등이 국경지역에 이르러 이성계와 이색의 안부를 물었다. 이에 우왕은 최영에게 명령을 내려 교외에 나가 군사를 주둔하게 하고, 이성계는 동북면도원수로 있었는데도 장부 등 사신들의 눈에 띄지 않게 했다. 최영은 곧 영삼사사로 회복되었다.

우왕 13년에 한 사람이 요동으로부터 와서 우리 도당(都堂)에 이런 소식을 알렸다.

"명나라 황제가 우리나라 처녀와 수재(秀才), 그리고 환관들 각각 1천 명, 소와

말 각각 1천 필을 요구하려고 한답니다."

이에 도당의 신하들이 그 문제를 근심하니 최영이 잘라 말했다.

"그 말이 사실이라면 병사를 일으켜 명나라를 공격하는 것이 옳다."

우왕 14년, 왕은 최영과 비밀히 논의하여 권력을 남용하던 임견미와 염흥방을 처단하였다. 그 후 최영이 다시 시중으로 임명되니, 최영은 이성계와 함께 정방에 들어가 일을 보게 되었다. 이에 최영이 임견미와 염흥방이 등용했던 관리들을 모두 쫓아내고자 하니, 이성계가 이렇게 그를 설득했다.

"임견미와 염흥방은 집정한 지 오래되어 무릇 사대부들은 모두 그들에 의해 천거된 바입니다. 그러니 지금은 다만 재능의 유무를 따져야 할 것입니다. 그들의 허물은 지나간 일로 묻어두는 게 좋습니다."

그러나 최영이 그 말을 듣지 않자, 이성계가 다시 사람을 보내 말하기를,

"죄를 지은 괴수들은 이미 멸족을 당했고 흉악한 무리들도 이미 제거되었습니다. 지금부터는 마땅히 형벌과 죽이는 것을 멈추고 덕과 은혜를 베풀어야 할 것입니다." 라고 했으나, 최영은 역시 이번에도 그 말을 듣지 않았다.

이때 양광도안무사 최유경이 임견미와 염흥방의 종 8명을 잡아 죽이고, 사람을 보내 도당에 보고하였다. 최영은 문초한 내용이 명확하지 않고, 또한 그 무리를 모두 다 죽이지 않은 것에 대해 크게 화를 내고, 보고하러 온 사람의 목을 치려고 했다. 이때 이성계가 강력하게 그를 말렸다.

우왕이 최영의 딸을 왕비로 맞고 싶어 사람을 보내 설득하니 최영은,

"신의 딸은 비루하고, 또한 본처의 소생이 아니므로 결코 임금의 배필이 될 수 없습니다."
라고 말하고 울면서 굳게 거절하였다. 그러나 최영의 휘하인 정승가와 안소 등이 우왕의 뜻에 영합하여 마침내 최영의 딸을 왕비로 들여놓았다.

이튿날 우왕이 최영의 집에 이르러 말을 하사하니, 최영은 안장과 말, 그리고 임금의 의복을 헌상했다. 이에 우왕은 그의 딸을 봉하여 영비로 삼았다. 우왕은 평소에

최영이 너무 정직한 점을 꺼리어 그 집에 다니지 않았는데, 이로부터는 영비를 총애하여 자주 최영의 집에 들르게 되었다.

앞서 서북면도안무사 최원지가 보고했는데,

"요동도사가 승차(承差) 이사경 등을 보내 압록강에 이르러 방을 붙였는데 그 내용은 명나라의 호부에서 황제의 명령을 받들어 철령 이북·이동·이서 지역은 원래 요동의 개원에 소속되어 있었으므로 그 관할지역의 군인·한인(漢人)·여진인·달달인·고려인 등은 모두 요동에 소속된다고 했습니다."

라는 말을 전하였다.

이에 최영은 여러 재상들과 함께 정요위를 공격할 것인가, 또는 화의를 요청할 것인가에 대해 의논하였다. 여러 재상들은 모두 화의를 요청하길 원하였다. 그래서 조림이 요동으로 갔으나 들어가지 못하고 돌아왔다.

곧 최영이 백관을 모아 철령 이북 지역을 요동에 바칠 것인지 아닌지 하는 문제를 의논하니, 백관들이 모두 그것은 불가하다고 대답하였다.

이에 우왕이 홀로 최영과 비밀리에 의논하여 요동을 정벌하려고 하자, 최영이 그것을 찬성하여 권했다. 이때 공산부원군 이자송이 최영의 집에 나아와 요동정벌의 불가함을 역설하자, 최영은 그를 임견미의 무리라는 구실로 매를 쳐 귀양 보냈다가 곧 죽여버렸다.

서북면도안무사 최원지가 다시 와서 보고했다.

"요동도사가 두 명의 지휘관을 보내 천여 명의 병력을 거느리고 강계에 와서, 철령위(鐵嶺衛)를 설치하려고 합니다. 명나라 황제는 이미 관청을 설정하고 주둔지를 설치했습니다."

이 말을 들은 우왕은 울면서 말했다.

"여러 신하들이 나의 요동 공격 계책을 듣지 않더니 일이 여기에 이르렀다."

하고 마침내 팔도에서 군사를 징발하여, 최영이 동쪽 교외에서 군사를 훈련시켰다.

얼마 후, 요동의 후군도독부에서 요동 백호 왕득명을 파견하여 와서 고하기를,

철령위를 설치했다고 통보하였다. 이에 최영은 왕에게 고하여 요동의 기군(旗軍)으로서 앞서 방문(榜文)을 가지고 양계에 온 21명을 죽이고, 이사경을 비롯한 5명만 남겨 그 곳을 관리하게 했다.

우왕은 서쪽으로 사냥을 나간다는 구실로 영비와 최영을 데리고 서해도로 나아갔다. 그리고 봉주에 주둔하여, 최영과 이성계를 불러 말했다.

"요동을 공격하고자 하니 경들은 마땅히 힘을 다하기 바라오."

이에 이성계가 반복하여 그 불가함을 강력하게 설명하니, 우왕이 자못 옳다고 생각했는데, 그날 밤에 최영이 다시 왕 앞으로 나아가,

"원하옵건대 다른 의견을 듣지 마시옵소서."

라고 말하여 요동 공격이 확정되었다.

우왕이 평양에 주둔하여 여러 도의 병력을 징발하도록 독촉하여 압록강에 부교를 설치하고, 대호군 배구로 하여금 배로 실어 나르는 일을 감독하도록 했다. 임염 등은 서경에 개인 재물이 있어 군공에 내릴 상품을 갖추도록 했다. 또한 온 나라의 승려 무리를 징발하여 병사로 삼았다.

그리고 최영에게 팔도도통사를 제수하고, 조민수를 좌군도통사, 이성계를 우군도통사로 삼아 여러 장수들과 더불어 평양을 출발하게 하였다.

행군에 즈음하여 최영이 왕에게 아뢰었다.

"지금 대군이 행군하는 중도에서 열흘이나 한 달이 지체되면 큰일을 그르치게 되니 신이 같이 가면서 독려하기를 청합니다."

이렇게 말하고 최영이 함께 떠나려하니 왕은,

"경이 가면 누구와 정사를 의논하겠는가?"

라고 말하면서 만류했다. 그러나 최영이 고집하여 요청하니 왕이 말했다.

"경이 간다면 과인도 같이 가겠노라."

이때 어떤 사람이 이성으로부터 와서 이렇게 고했다.

"요동의 병사들이 모두 오랑캐를 정벌하러 나가고, 성중에는 단 한 사람의 지휘관

만 있을 뿐입니다. 만약 대군이 다다르면 싸우지 않고 성을 함락할 수 있습니다."

이 말을 듣고 최영은 크게 기뻐하고 그 사람에게 크게 상을 내렸다.

어떤 스님이 와서 도선(道詵)의 참서(讖書)에 있는 말임을 일컫고,

"문수법회를 열면 적병이 스스로 항복할 것입니다."

라고 말하니, 최영은 그 말을 믿고 곧 동굴 속에서 법회를 크게 열었다.

그리고 최영이 재삼 왕에게 요청하여 아뢰었다.

"전하는 수도로 돌아가십시오. 노신이 이곳에서 여러 장수를 지휘하겠습니다."

"안 되오. 선왕께서 화를 당한 것도 경이 남쪽으로 정벌을 나간 때문이었어요. 내 어찌 감히 하루라도 감히 경과 한 곳에 있지 않겠습니까?"

우왕은 기어이 최영과 함께 있겠다고 했다.

병사들이 위화도에 주둔하여, 좌우도통사가 임금에게 글을 올려 군사를 돌이킬 것을 요청했다. 그러나 우왕은 이 요청을 듣지 않고 진격을 독촉하였다.

이때 망해가는 원나라의 남은 세력이 사막으로 숨어 도망하여 다만 허울뿐인 이름만 남아 있었다. 최영이 거기에 장수 배후를 보내 후원하여 요동을 협공해 줄 것을 약속받았다. 대체로 최영의 생각하는 일이 조잡하고 깊이가 없으며, 처리하는 거동의 거칠고 경망함이 이와 같았다.

좌우군도통사가 다시 최영에게 사람을 보내어 속히 군사를 돌이키도록 허가해 달라고 요청했으나, 최영은 생각도 하지 않았다. 이에 이성계가 대의명분을 내걸고 여러 장수를 설득하여 군사를 돌이켰다.

우왕은 최영과 함께 급히 수도로 돌아왔다. 회군한 여러 군대가 개경 교외로 진군하여 주둔하고 최영을 제거할 것을 상소하였다. 우왕은 그 요청을 받아들이지 않고, 좌군도통사 조민수 등을 파면하고 최영을 좌시중으로 임명했다.

이에 회군한 군대가 마침내 성으로 쳐들어왔다. 최영이 항거하여 싸우며[7] 안소 등에게 정병을 거느리고 막도록 했는데, 상황을 보고는 곧 무너져버렸다. 최영은 형세가 궁해져

7) 거전(拒戰): 한문 원문에 '推戰'으로 되어 있으나 『고려사』 열전에 의거 바로잡음.

화원으로 도망치면서 분노를 이기지 못하고 창으로 성문지기를 무참히 찔렀다. 이에 성 안으로 들어온 군사들이 화원을 수백 겹으로 포위하고, 크게 소리쳐 최영을 나오도록 요청했으나 최영은 팔각정에 들어가 나오기를 거부했다. 그러자 군사들이 일시에 담장을 무너뜨리고 뜰 안으로 난입하였다.

곽충보 등 3, 4명이 곧장 팔각정으로 들어가 최영을 찾으니, 우왕이 최영의 손을 잡고 울며 작별하였다. 최영이 우왕에게 두 번 절하고 곽충보를 따라 나왔다.

이성계가 최영에게 일러 말했다.

"이와 같은 사변은 내 본심이 아니지만, 요동을 공격하는 거사는 대의를 거스를 뿐 아니라 나라가 위태롭게 되는 일이며, 원망하는 소리가 하늘에 이르기에 부득이한 일이었습니다. 잘 가시오, 부디 잘 가시오."

하고 서로 마주보며 울었고, 마침내 최영을 고봉으로 유배시켰다.

찬성사 송광미와 밀직부사 조규, 안소, 정승가 등은 도망하여 숨었고, 안소와 정승가는 잡혀 순군옥에 구금되었다. 후에 여러 장수들이 의논하여 최영의 유배지를 합포로 옮겼다. 아울러 송광미는 원주로, 안소는 안변으로, 정승가는 영해로, 판밀직 인원보는 함창으로, 동밀직 안주는 봉주로, 지밀직 정희계는 음죽으로 각각 유배했는데, 이들은 모구 최영과 친하여 신임이 두터운 사람들이었다.

우왕이 물러나고 창왕이 즉위하자, 최영을 다시 잡아와 순군옥에 가두고, 왕안덕, 정지, 류만수, 정몽주, 성석린, 조준 등으로 하여금 최영과 내원당의 승려 현린 등을 국문하게 했다. 현린은 처음에 최영과 더불어 승려들을 징발하여 승병을 구성하는 일을 도모했고, 군대가 회군했을 때 최영과 더불어 항거하여 싸운 사람이다.

곧 최영을 충주로 유배하고, 조규는 매를 쳐 각산으로 유배하고, 밀직사 조림은 풍주로 유배했다. 그리고 정승가, 안소, 송광미, 인원보는 유배지에서 참형되었다.

후에 다시 최영을 잡아와 순군옥에 구금하였는데, 이때 전법판서 조인옥, 이제 등과, 문하부 낭사 허응 등이 함께 상소하여 최영을 죽일 것을 요청했다. 창왕이 그들의 상소에 따르니, 마침내 최영은 참형을 당했고, 당시 73세였다.

최영은 참형을 당할 때 말소리와 얼굴색이 변하지 않았다. 그가 사망하는 날 온 수도의 사람들이 저자를 철시하고 일을 하지 않았으며, 길거리의 아이들과 부녀자들이 모두 그를 위해 눈물을 흘렸다. 시체가 길가에 버려졌는데, 지나가는 사람들이 말에서 내려 예를 표했다. 또한 조정의 도당에서는 부의로 쌀과 콩, 베, 종이를 내려 주었다.

최영은 성품이 강직하고 충성스러웠으며 청렴결백했다. 전쟁에 임하여 적을 대함에 있어서는 정신과 기운이 평온하고 의젓했다. 화살과 돌멩이가 좌우에서 교차되는데도 조금도 두려워하는 빛이 없었다. 군대를 지휘함에는 준엄하였고, 전쟁에 나감에는 반드시 이길 것을 기약하였으며, 전쟁하는 병사들이 한 걸음만 물러나도 곧바로 목을 베었다. 그런 까닭으로 크고 작은 온갖 전투에서 나아가는 싸움마다 성공하였고 일찍이 한 번도 패한 적이 없었다.

앞서 최영이 16살 때 아버지가 임종에 이르러 그에게 경계하여 말했다.

"너는 마땅히 황금 보기를 돌같이 여겨라."

최영은 부친의 그 말씀을 평생 마음 속 깊이 간직하고 재산 모으는 일을 하지 않았다. 그래서 입고 먹는 것을 검소하게 하였으므로, 여러 번 가정의 창고가 비는 일이 있었다.

비록 자신이 최고의 장수와 재상의 지위에 있었고, 오랜 동안 병권을 쥐고 있었지만 뇌물을 받는 일이 결코 없어 세상에서 그의 청렴결백함에 머리 숙여 감복했다. 큰일에만 힘을 쓰고 자잘한 처사에는 관심을 두지 않았다. 그가 일생동안 거느린 병사 중에서 얼굴을 아는 자는 불과 수십 명에 지나지 않았다.

말에 올라타 있을 때에도 자주 시를 읊어 즐거움으로 삼곤 했다. 사람들 중에 정의롭지 못한 일을 하는 이를 보면 깊이 미워하고 통렬하게 배척했다. 정방(政房)에 들어갔을 때는 반드시 공적과 능력이 뛰어난 사람을 가려 등용했으며, 만일 천거할 만한 인물이 없으면 곧 물리치고 뽑지 않았다. 간혹 사사로운 인정 때문에 기강을 떨어뜨리게 만드는 자가 있으면 최영은 모두 바로잡고자 애를 썼다.

매양 도당(都堂)에 나아가서는 얼굴색을 똑바로 하고 바른 말만을 하면서, 일찍이 사람들에게 말했다.

　"나는 나라에 어려운 일이 있을 때 밤새도록 그 일을 깊이 생각하여 이른 아침에 동료 재상들에게 말하면, 재상들 중에는 나와 같은 생각을 갖는 사람이 없더라."

　최영은 성품이 조금 고지식하고, 또한 깊은 학식이 없어서 하는 일마다 모두 단호하게 자기 마음대로만 시행하였다. 그리고 사람을 죽여 위엄을 세우기 좋아했으므로, 죽을만한 죄를 짓지 않은 사람도 죽음을 면치 못하는 경우가 많았다.

　이러한 최영의 성품에 대해 간의대부 윤소정이,

　"그의 공적은 온 나라를 덮을만하지만, 그 죄가 천하를 가득 메웠다."

라고 논평했는데, 세상 사람들이 이 말을 명언이라고 하였다. 최영의 시호는 무민이다.

사진자료

〈최영 묘〉

〈최영 신사〉

崔瑩

崔瑩平章事惟清五世孫也. 風資魁偉 膂力過人. 初隷楊廣道都巡問使麾下 屢擒倭賊
以武勇聞 補亐達赤. 恭愍元年 趙日新作亂. 瑩與安祐崔原等 協力盡誅 授護軍. 三年
拜大護軍 與柳濯從元丞相脫脫等 征高郵. 前後二十七戰 城將陷 脫脫被譖 師罷. 明年
禦賊淮安路 累戰于八里莊. 又泗和等州賊八千餘艘 圍淮安 晝夜力戰却之. 賊復至 瑩
奮擊大破之. 旣還國 與印瑼攻破鴨綠以西八站. 六年 出爲西海平壤泥城江界體覆使.
明年 倭寇吾乂浦 瑩設伏 與戰克之. 又明年 爲西北面兵馬使 紅賊入西京 瑩與諸將
戰于鐵和. 又明年 拜平壤尹 兼西北面巡問使. 時瘡痍未復 餓莩相望. 瑩廣置賑場 給
糧種 瘞死骸 轉左散騎常侍. 十一年 與安祐李芳實等 收復京都 錄勳爲一等 圖形壁上
除典理判書. 十二年 金鏞謀亂 遣其黨 犯興王行宮. 瑩聞變 與禹磎安遇慶金長壽等
率兵馳赴擊賊 盡殺之. 策勳一等 賜盡忠奮義佐命功臣號. 轉評理 尋陞贊成事. 十三年
賊臣崔濡奉德興君 渡鴨綠江. 我師與戰 敗績. 賊乘勢長驅 入據宣州 中外洶懼. 命瑩
爲都巡慰使 將精卒 急趣安州 節度諸軍 朝野恃而無恐. 瑩道遇亡卒 輒斬以徇. 與諸將
分軍擊賊于獺川 大敗之. 遣兵馬副使安柱 報捷. 十四年 倭寇喬桐江華 瑩以東西江都
指揮使 率兵鎭東江. 瑩嘗責密直金蘭 以女與辛旽 旽疾之. 至是 瑩獵高峯縣 旽譖于
王. 王遣李珣 讓之曰 倭入昌陵 取世祖眞. 卿以都指揮使 而不知 猶領兵田獵 何也.
今以卿爲雞林尹 可亟之任. 瑩聞命 向闕歎曰 今之得罪者 鮮克保全 吾得尹雞林 聖恩
厚矣. 遂行. 旽復誣以瑩與李龜壽等 交結內宦 離間上下. 遣其黨李得林鞫訊 瑩誣服曰
請速卽刑. 乃削三品以上爵 籍其田民 流于遠地. 得林必欲殺之 鄭思道時鎭合浦 死執
以爲不可. 得林訴旽 幷罷之. 二十年 召還 復拜贊成事 爲六道都巡察使. 籍軍戶 造戰
艦 黜陟將帥守令 有罪者專斷. 人謂瑩素不識朝士賢否 故黜陟未精. 旋出爲慶尙全羅
楊廣都巡問使. 憲司言 瑩嘗爲都巡察使 六道騷動 不可復爲巡問. 瑩泣訴曰 臣赤心徇
國 今乃致謗如此 請罷臣職. 王雖直瑩 猶令臺諫都堂薦可代者. 尋賜瑩盡忠奮義宣威
佐命定亂功臣號. 太祖高皇帝 遣林密等 令我取濟州馬二千疋以進. 哈赤石迭里必思
肖古禿不花觀音保等 只送三百疋. 密等怒 王遂議伐濟州. 七月 以瑩爲楊廣全羅慶尙
道都統使 廉興邦爲都兵馬使 李希泌邊安烈爲楊廣道元帥 睦仁吉林堅味爲全羅道元
帥 池奫羅世爲慶尙道元帥 金庚爲三道助戰元帥 兼西海交州道都巡問使. 領戰艦三百

十四艘 士卒二萬五千六百人 討之. 教曰 耽羅元屬本朝 世修職貢垂五百載. 近牧胡石
迭里等 殺我使臣 奴我百姓 罪惡貫盈. 今授瑩節鉞往征 其督諸軍 克期盡殲. 宰樞會餞
諸帥皆泣下 瑩與安烈 獨自若. 師至羅州 瑩閱兵于榮山. 與諸將約曰 諸道船不可相混
宜各樹幟檣上 以識之. 船置頭目官 勿亂行. 船旣發 各整部伍樵汲. 以時若遇倭寇 能
擒獲者 大加爵賞. 旣至濟州 各率戰艦 同時俱進 毋或失次. 通煙相報諸軍動靜 聽都統
使角聲. 攻城之日 民有黨賊 不順命者悉誅 降者勿迓. 賊魁家産 得公私契券 金銀印馬
籍 亦皆輸官 得者有賞. 守佛宇道殿神祠者 勿擾. 得貨寶 先回船逃者 論以軍法. 又曰
命臣伐叛 吾言卽王言 從吾命則可濟. 諸將皆免冠謝. 行至黔山串 諸將曰 發船旣久
風又漸高 宜速行師. 瑩曰 今日風不利 至普吉 泊欲留. 安烈麾下士 先發船. 瑩大怒
懸檣竿以徇. 俄而諸道船 揚帆齊發 瑩不得已 令擧錠放船. 翌日至濟州 瑩部署諸將
四面分攻. 石迭里等 以三千餘騎 拒於明月浦. 瑩遣前濟州牧使朴允淸 以書諭之曰 今
興兵問罪 勢不得已. 除賊魁外 星主王子土官軍民 宜悉安堵如故. 雖黨賊者降附 則亦
從寬恕. 如或違逆 大兵一臨 玉石俱焚 悔無及矣. 與諸將下岸 師逡巡不進 乃斬一裨將
以徇. 於是大軍齊進 左右奮擊大破之. 乘勝逐北 至三十里 暮還明月浦 沿涯爲營. 賊
殺安撫使李下生 諸將屯漢拏山下休兵. 時我師多獲賊馬. 賊魁三人來挑戰 陽敗而走
將誘致曉星五音之野 以騎兵踏之. 瑩知其謀 命銳卒急逐 賊魁遁走 入山南虎島. 瑩遣
前副令鄭龍 領輕艦四十艘圍之 自率精兵繼至. 石迭里必思率妻子 與其黨數十人 乃
出. 於是肖古禿不花觀音保 知不免 投崖而死. 瑩要斬石迭里必思 幷其三子. 又斬肖
古禿不花觀音保首 遣知兵馬使安柱以獻. 東道哈赤石多時萬趙莊忽古孫等 猶率數百
人 據城不下. 瑩率諸將攻之 賊潰走 追獲之. 搜捕餘黨 盡殺之. 得金牌九 銀牌十 印信
三十 馬一千疋. 印信付萬戶安撫使星主王子 馬分養于諸州. 卒有殺馬牛食者 或斬或
斷臂以徇 士卒股慄 秋毫無敢犯者. 十月 瑩班師 王已薨 復命于梓宮. 辛禑元年 判三
司事. 瑩姪女壻判事安德麟 擅殺人. 時瑩判巡衛府事 都堂以瑩故 欲輕德麟罪 移繫巡
衛府. 瑩怒曰 德麟殺無罪人 憲司可斷決 況我在巡衛 豈宜推鞫 遂還憲司. 倭屠連山開
泰寺 元帥朴仁桂 敗死. 瑩聞之 自請擊之 禑以老止之. 瑩曰 蕞爾倭寇 肆暴如此 今不
制 後必難圖. 若兵不素鍊 亦不可用 臣雖老 志則不衰 願亟率麾下往擊. 請之再三 禑
乃許 瑩不宿而行. 時賊使老弱乘舟 示若將還 潛遣勇銳數百 深入寇掠 至鴻山大肆殺
虜 勢甚盛. 瑩與楊廣道都巡問使崔公哲助戰 元帥康永等 趣鴻山. 將戰 瑩先據險隘

三面皆絶壁 惟一路可通. 諸將畏㥘不進 瑩身先 士卒盡鋭突進 賊披靡. 有一賊隱林薄
射瑩中脣 血淋漓 神色自若射賊 應弦而倒. 乃拔所中矢 戰益力 遂大破之 俘斬殆盡.
遣判事朴承吉 獻捷. 禑大喜 遣三司右使石文成 賜瑩衣酒鞍馬. 又遣醫 齎藥治創. 瑩
凱還 禑命宰樞郊迎 具雜戲儀衛 如迎詔禮. 論功擬拜侍中 瑩固辭曰 爲侍中 不可輕出
於外 待倭寇平 然後可. 乃封鐵原府院君 論賞將士有差. 瑩麾下進鴻山破陣圖 禑命李
穡製贊. 三年 倭乘夜入寇窄梁 焚戰艦五十餘艘 海明如晝 死者千餘人. 萬戶孫光裕
中流矢 乘舟船僅免. 賊又寇江華府 萬戶金之瑞府使鄭彥龍 遁入摩尼山. 賊大掠 虜之
瑞妻而去. 禑遣羅世李元桂等 擊賊. 瑩爲都統使 次昇天府以備之. 賊棄江華 退寇守安
通津童城等縣 所過一空. 瑩與慶復興等次敬天 議備禦之策. 瑩歎曰 倭寇肆虐如此 元
帥擧何顏乎. 遂泫然泣下. 又曰 光裕違我節度使 賊跳梁至此 釋此不誅 何以號令 吾欲
斷誅 第嫌專殺耳. 遂請禑治之 乃下光裕之瑞彥龍于獄. 以李希春爲江華萬戶 金仁貴
爲府使. 時有童子自賊中逃還 諸將召問賊狀. 曰賊常言所可畏者 惟白首崔萬戶耳. 瑩
言 喬桐江華實要害之地 豪强爭占土田 軍資不繼 請罷私田充軍食. 禑然之 乃徙喬桐
老幼於內地 留壯者治農桑. 又令諸元帥 出麾下士各十人. 又發愛馬宮司倉庫人 爲兵
使守江華. 先時 金縝爲慶尙道元帥 大集一道名妓 與麾下士 晝夜酣飲. 縝嗜燒酒 軍中
號曰 燒酒徒. 卒伍偏裨少忤其意 輒鞭辱 衆忿怨. 及倭焚掠合浦 營衆曰 可使燒酒徒
擊賊. 却立不進 縝單騎遁 遂大敗. 於是流縝于嘉德島 斬合浦都千戶李東博金元穀. 至
是 瑩歎曰 金縝孫光裕等皆敗軍 宜殺以徇 向曲法原縝. 今又釋光裕等 政刑如此 何以
爲國. 以京都濱海畏倭寇 欲遷內地 瑩獨陳徵師固守之策. 禑不聽 命築宮城于鐵原. 瑩
曰 今遷都 非特妨農擾民 且啓海寇覬覦之心 國將日蹙 非計也. 禑然之 事遂寝. 瑩又
曰 京城太廣 雖有十萬兵 未易守也. 請築內城 備不虞. 睦仁吉曰 不可動土. 禑曰 以拘
忌 廢築城可乎. 四年 倭船大集窄梁 入昇天府 聲言將寇京城. 中外大震戒嚴 禑分命諸
軍 屯東西江 兵衛列於宮門 以待賊至. 發坊里兵 登城候望. 營[瑩]督諸軍 軍于海豊
贊成事楊伯淵副之. 賊覘知之 以爲得破瑩軍 則京城可寇. 乃經諸屯 趣海豊 直向中軍.
瑩曰 社稷存亡 決此一戰. 遂與伯淵進擊之 賊逐瑩 瑩奔. 我太祖率精騎直進 與伯淵合
擊 大破之. 瑩見賊披靡 率麾下從旁擊之. 殆盡 餘黨夜遁. 夜城中聞瑩奔 益洶洶 莫知
所之. 禑欲出避 百官裝束 累重會宮門 以待之. 及諸元帥 使人來獻捷. 京城解嚴 百官
畢賀. 朝廷以爲瑩功 賜安社功臣號. 慶復興黃裳禹仁烈 詣瑩第 時鄭地與倭 戰于順天

兆陽 敗績. 瑩謂復興等曰 諸相何不憂國 倭寇陸梁至此 一鄭地雖勇 其於衆寇何. 諸相
有慙色. 禑遣諸將擊倭 瑩曰 臣雖死於賊 無所悔恨. 但臣之名 稍聞他邦 若死於賊 恐
傷國體. 然倭寇侵暴如此 臣不忍坐視. 請率麾下士出征. 都堂餞諸師 瑩獨不赴曰 近門
下府請禁迎餞 豈可以宰相先犯令乎. 俄而烽火再擧 禑曰 不可重外而輕內. 命瑩勿往.
六年 瑩兼海道都統使 與諸將出屯東西江 以備倭. 瑩得疾 諸將曰 公之疾劇矣. 瑩曰
將兵出外 豈可以疾爲念. 時大明督進歲貢 金銀馬疋細布. 侍中尹桓等議 自宰相至庶
入[人] 出布有差以辦. 瑩曰 今士民多故 生業不遂. 又令出布 其弊不貲 且徵求無厭
豈能盡從 宜先遣使 請減貢額 不得已然後爲之. 禑錄瑩功賜鐵券. 七年 拜守侍中 瑩欲
造戰艦 發諸道軍. 又募僧徒 督役甚急 人多怨咨. 不踰年 造巨艦百三十餘艘 分守要害
倭寇稍息 民反喜之. 禑嘗賜田 瑩辭 以倉廩竭不受. 乃自出米二百石 補軍餉. 至是 復
出穀八十石 以補之. 乃拜門下侍中 謝病不起 上都統使印 乞釋兵柄. 十一年 禑與瑩畋
于海州 轉輸供頓 絡繹百里. 內竪恃寵 縱橫折辱 按廉守令民 皆不堪苦. 禑樂而忘返
瑩面爭極言其弊. 禑然之 還至白州 欲觀魚于延安府大池. 瑩立馬前諫曰 臣麾下士數
千餘 人馬斃者多. 況供頓未辦 遽幸湫隘之邑 民害可勝言耶. 禑乃止. 時瑩與我太祖
威名聞于上國. 朝廷使臣張溥周倬等至境 問我太祖及李穡. 禑令瑩出屯于郊 以我太
祖爲東北面都元帥 不令溥等見之. 瑩尋復領三司事. 十三年 有人自遼東來 告都堂曰
帝將求處女秀才及宦者 各一千 牛馬各一千. 都堂憂之 瑩曰 如此則興兵擊之 可也.
十四年 禑與瑩密議 誅林堅味廉興邦. 復拜瑩爲侍中. 瑩與我太祖入政房 欲盡黜林廉
所用. 太祖曰 林廉執政日久 凡士大夫 皆其所擧 今但問才之賢否耳 惡咎其旣往. 瑩不
聽. 太祖又遣人謂瑩曰 罪魁已族 凶徒已除 自今 宜止刑殺 布德惠. 瑩又不聽. 楊廣道
安撫使崔有慶 捕誅林廉家奴八人 遣人報都堂. 瑩以獄辭不明 且誅殺不盡 大怒 欲斬
其使. 太祖固止之. 禑欲納瑩女 使人諭之. 瑩曰 臣女鄙陋 且非醮婦所生 不可配至尊.
泣且固拒. 麾下鄭承可安沼等 逢迎禑意 遂納之. 翌日 至瑩第賜馬 瑩獻鞍馬衣襨 封其
女爲寧妃. 嘗憚瑩正直 不往其第 自此 寵愛寧妃 屢往焉. 先是 西北面都安撫使崔元沚
報云 遼東都司遣承差李思敬等 到鴨綠江張榜. 戶部承聖旨 鐵嶺迆北迆東迆西 元屬
開原所管. 軍人漢人女眞達達高麗 仍屬遼東. 瑩與諸相議 攻定遼衛及請和 諸相皆欲
請和. 趙琳又至遼東 不得入而還. 瑩集百官 議獻鐵嶺迆北可否 百官皆曰 不可. 禑獨
與瑩密議 攻遼 瑩勸之. 公山府院君李子松 詣瑩第 力言不可. 瑩托以黨附堅味 杖流尋

殺之. 元沈又報 遼東都司遣指揮二人 以兵千餘 來至江界 將立鐵嶺衛 帝已設官置站.
禑泣曰 羣臣不聽吾攻遼之計 使至於此. 遂徵八道兵 瑩鍊兵于東郊. 俄而後軍都督府
遣遼東百戶王得明 來告立鐵嶺衛. 瑩告禑 令殺遼東旗軍 持榜文至兩界者二十一人
只留思敬等五人 令所在羈管. 禑托以西獵 遂與寧妃及瑩 往西海道 次鳳州. 召瑩及我
太祖曰 欲攻遼陽 卿等宜盡力. 太祖反覆極陳其不可 禑頗然之. 夜瑩復入曰 願無納他
言. 禑次平壤 督徵諸道兵 作浮橋於鴨綠江 使大護軍裵矩 督之船運. 林廉等家財于西
京 以備軍賞. 又發中外僧徒 爲兵. 於是 加瑩八道都統使 敏修爲左軍都統使 太祖爲右
軍都統使 與諸將發平壤. 瑩曰 今大軍在途 若淹旬月 大事不成 臣請往督. 禑曰 卿往
則誰與爲政. 瑩固請 禑曰 卿往寡人亦往矣. 有人自泥城來告 遼東兵悉赴征胡 城中但
有一指揮耳. 若大軍至 不戰而下. 瑩大喜 厚賞其人. 有僧稱道詵讖曰 設文殊會 則敵
兵自屈. 瑩信之 乃設會于穴洞. 瑩再三請曰 殿下還京 老臣在此 指揮諸將. 禑曰 先王
遇害 以卿南征也. 予何敢一日 不與卿共處乎. 師次威化島 左右軍都統使 上書請班師.
禑不聽 督令進兵. 時亡元餘孽 遁逃沙漠 徒立虛號. 瑩遣裵厚 約與爲援 夾攻遼東. 其
慮事粗略 舉措狂妄類此. 左右軍都統使 復遣人詣瑩 請速許班師 瑩不以爲意. 我太祖
擧大義 諭諸將回軍. 禑與瑩奔還京 諸軍進屯近郊 上書請去瑩. 禑不聽 削敏修等爵
以瑩爲左侍中. 諸軍遂入城 瑩推[拒]戰. 令安沼等率精兵禦之 望風卽潰. 瑩勢窮 走花
園 不勝憤怒 以槊洞刺守門者. 乃入諸軍 圍花園數百重 大呼請出瑩. 瑩在八角殿 不肯
出. 諸軍 一時毁垣 闌入于庭. 郭忠輔等三四人 直入殿中索瑩 禑執瑩手泣別. 瑩再拜
隨忠輔而出. 太祖謂瑩曰 若此事變 非吾本心 然攻遼之擧 非惟逆大義 國家危殆 寃怨
至天 故不得已焉 好去好去. 相對而泣 遂流于高峯. 贊成事宋光美 密直副使趙珪安沼
鄭承可等 逃匿. 沼承可被執 囚巡軍. 諸將會議 移配瑩合浦. 幷流光美于原州 沼于安
邊 承可于寧海 判密直印原寶于咸昌 同知密直安柱于鳳州 知密直鄭熙啓于陰竹 皆瑩
所親信者也. 辛昌立 復執瑩囚巡軍 令王安德鄭地柳曼殊鄭夢周成石璘趙浚 鞫瑩及內
願堂僧玄麟等. 玄麟始與瑩 謀發僧兵 及回軍 又與瑩拒戰者. 遂流瑩于忠州 杖流趙珪
于角山 密直使趙琳于豐州. 斬承可沼光美原寶于流所. 後復執瑩囚巡軍. 典法判書趙
仁沃李濟等 門下府郞舍許應等 俱上疏請誅瑩. 昌從之 遂斬瑩 年七十三. 臨刑 辭色不
變. 死之日都人罷市 街童巷婦皆爲流涕. 屍在道傍 行者下馬 都堂賻以米豆布紙. 瑩剛
直忠淸 臨陳對敵 神氣安閑. 矢石交於左右 略無懼色. 莅軍嚴峻 期以必勝 戰士却一步

便斬之. 以故大小百戰 所向有功 未嘗一敗. 初瑩年十六 父臨終戒之曰 汝當見金如石. 瑩佩服 不事産業 服食儉素 屢至空匱. 雖身都將相 久典兵權 關節不到 世服其淸. 務持大體 不究細理 終身將兵麾下士卒 識面者不過數十人. 在鞍馬間 往往賦詠爲樂. 見人不義 深惡痛斥 入政房 必擇有功能者用之 如無可擧者輒退. 或有循私隳紀綱者 瑩皆欲矯之. 每赴都堂 正色直言. 嘗語人曰 吾於國事 中夜思之 詰朝語同列 則諸相無與我同心者. 性少戇 且無學術 事皆斷以己意. 喜殺立威 罪不至死 亦多不免. 諫大夫尹紹宗論瑩曰 功蓋一國 罪滿天下. 世以爲多言. 諡武愍.

(1) 최영과 이성계가 왜장을 물리치다

최영 장군과 이성계가 고려말에 왜적들하고 전투가 벌어졌는데, 왜적의 장수가 온몸을 갑옷과 투구로 감싸고 있어서, 활을 쏘아도 어느 한 군데 뚫을 데가 없어요 그러니까 최영 장군하고 이성계하고 약속을 했죠.

"내가 먼저 투구를 맞춰서 깜짝 놀래가지고 입을 떡 벌릴 때, 입 속에다 쏘아 넣겠다."

그래가지고 최영 장군이 먼저 쏘았어요,

최영장군이 먼저 쏘아서 이마를 탁 맞추니까, 그 투구가 탁 막으니까 깜짝 놀래서 왜적이 입을 쩍 벌리니까 그 순간을 놓치지 않고 이성계가 활을 쏘아서 목구멍을 맞췄어요. 그래가지고 왜장이 죽으니까, 왜적들 다 섬멸할 수가 있었대요.

출처: 장장식, '최영과 이성계가 왜장을 물리치다', 『한국구전설화집』 8, 민속원, 2003, 35.

(2) 탐라국 정벌

최영 장군이 제주도 탐라국을 정벌을 허기 위해서 몇 번을 시도를 했다가 실패한 이유는 그 탱자나무 울타리가 있어가지고 그것 때문에 도저히 침투를 못해서. 그래서 확새라구 한 길 이상 크는 풀이 있어요. 그 풀씨를 탱자나무 울타리다가 뿌려서 그것이 큰 다음에 말라가지고, 거기다 불을 질러가지고 침공했다는 그런 얘기만 알고 있지요.

출처: 최운식, '최영 장군의 말타기와 탐라국 정벌', 『한국구전설화집』 10, 민속원, 2005, 154.

(3) 최영 장군과 금마총

최영 장군은 철마산에 와서 말을 타고, 활을 쏘면서 무술을 연마하곤 하였답니다. 하루는 최영 장군이 철마산에 와서 홍성읍 뒤에 있는 백월산을 향하여 활을 쏘면서 자기가 사랑하는 금말(金馬)에게 말했대유.

"네가 이 화살보다 더 빨리 달리면 큰 상을 주겠다. 그러나 이 화살보다 늦게 달리면 애석하지만, 너의 목을 베겠다."

최영 장군은 말 위에서 백월산을 향하여 활을 쏜 다음, 있는 힘을 다하여 금마들을 달렸답니다. 장군은 은행나무가 있는 곳까지 달려와서 화살을 찾아보았으나, 화살이 보이지 않더래유. 보이지 않으니까, 화살이 더 먼저 날아간 것으로 생각하고 눈물을 머금고 말의 목을 베었답니다. 말의 목이 땅에 떨어지는 순간, 화살이 '쉬익'소리를 내며 날아오더랍니다.

최영 장군은 자기의 실수로 사랑하던 말을 처형한 것을 애석해 하며 말의 무덤을 크게 만들어 주었다고 합니다. 이 무덤이 은행나무 있는 곳에서 홍성읍 쪽으로 약 삼백 미터쯤 떨어진 곳에 있는 '금마총'입니다.

출처: 최운식, '최영 장군과 금마총', 『한국구전설화집』 6, 민속원, 2002, 67.

(4) 최영 장군의 최후

최영 장군이 나라에 죄럴 져서. 그냥 쥑이능 게 아니고 구덩을 파놓구 거기다가 묶어서 앉혀놓고 여굿대 풀얼 동원 시켜갖구 막 쳐다가 그냥 꽉 쟁여서 덮어놨어 그냥, 죽으라구. 인제 그 눔이 썩으면 물 먹구 죽으라고.

그런디 엉간히 달포가 지나먼 썩을 거 아녀? 그 풀이. 엉간히 썩어가는디 윤씨라는 분이 거기를 지냉께,

"윤씨 아니냐?"

그러더랴. 속으서, 깜짝 놀랬지.

"내가 목이 말르니 물 좀 달라."

그라더랴. 그래서는 그냥 양철루 물을 들어다가 붓어줬랴.

그러닝께 최영 장군이 그 물얼 먹구 죽어버렸어. 그냥 물 들어가는 눔구멍. 여긋대 무엇먹구.

출처: 황인덕, '최영 장군의 최후', 『이야기꾼 구연설화-이몽득』, 박이정, 2007, 1053.

〈관련 설화 목록〉

최정여 외, '최영 장군 전설', 『한국구비문학대계』 1-7, 한국학중앙연구원, 1982, 887.

김선풍 외, '덕구리 최영 장군과 내덕리 단종신', 『한국구비문학대계』 2-8, 한국학중앙연구원, 1986, 59.

신동흔 외, '이성계의 위화도 회군과 최영의 홍묘, 퉁두란 그리고 정포은의 죽음', 『도시전승 설화자료집성』 5권, 민속원, 2009, 301.

신동흔 외, '이성계의 위화도 회군', 『도시전승설화자료집성』 9권, 민속원, 2009, 307.

최운식, '최영 장군과 금마총', 『한국구전설화집』 6, 민속원, 2002, 67.

장장식, '최영과 이성계가 왜장을 물리치다', 『한국구전설화집』 8, 민속원, 2003, 35.

최운식, '최영 장군의 말타기와 탐라국 정벌', 『한국구전설화집』 10, 민속원, 2005, 154.

이기형, '덕물산 최영 장군', 『한국구전설화집』 11, 민속원, 2005, 324.

황인덕, '최영 장군의 최후', 『이야기꾼 구연설화-이몽득』, 박이정, 2007, 1053.

五선

朝
鮮

이지란(李之蘭, 1331~1402)

고려 말, 조선 초의 장군으로 본관은 청해(靑海)이며, 초성은 퉁(佟), 초명은 쿠룬투란티무르(古論豆蘭帖木兒)이며 자는 식형(式馨), 남송 악비(岳飛)의 6대손이자 여진의 금패천호(金牌千戶) 아라부카(阿羅不花)의 아들이다. 이성계와는 결의형제를 맺었고, 출신지는 북청(北靑: 靑海)이다. 1371년 부하를 이끌고 고려에 귀화해 북청에서 거주하고, 이씨 성과 청해를 본관으로 하사받았다. 1380년 이성계의 편장으로서 황산에서 아지발도(阿只拔都)가 이끄는 왜구를 무찔렀으며, 1385년 왜구를 함주에서 격파해 선력좌명공신(宣力佐命功臣)에 봉해지고 밀직부사에 임명되었다. 1388년 위화도(威化島)의 회군에 참가해 1390년 밀직사가 되었다. 같은 해 제1차 왕자의 난에서 공을 세워 정사공신(定社功臣) 2등에 봉해지고, 1400년(정종 2) 제2차 왕자의 난 때에도 공을 세워 1401년(태종 1) 익대좌명공신(翊戴佐命功臣) 3등에 봉해졌다. 태조가 왕위에서 물러나자 그도 청해(靑海)에 은거하면서 남정·북벌에서 많은 살상을 한 것을 크게 뉘우쳐 불교에 귀의하였고 죽은 후 태조의 묘정에 배향되었다. 묘소는 함경남도 북청군 신북청읍 안곡리에 있으며 시호는 양렬(襄烈)이다. 『참고문헌』 고려사, 고려사절요, 태조실록, 한국인명대사전

이지란

이지란의 성은 동씨이고 이름은 두란이다. 여진 금패(金牌) 천호 아라부카의 아들이다. 이 무렵 큰 별이 우물 돌에 드리워 있었는데, 별을 관찰하는 사람이 말하였다.

"이것은 샛별입니다. 그 아래에서 반드시 아주 뛰어난 사람이 태어날 것입니다."

그리고서 얼마 후 이지란이 태어났다. 자라면서 용감하고 말타기와 활쏘기를 잘하였으며, 세습으로 천호의 자리를 이어받았다.

공민왕 때에 1백 호를 이끌고 와서 귀화하였고 인하여 북청에 거주하였는데, 주사(州事)였던 태조 이성계가 휘하에 귀속시켰다.

원나라 지정 연간에 태조 이성계가 고광성[1]을 정벌하였는데, 태조 서모 최씨의 꿈에 노인이 나타나 말하였다.

"개강(价江)에 활을 잘 쏘는 자가 있는데 패권을 잡는 왕을 보필할 것이다."

이때 지란이 개강 가에서 활로 사슴을 쏘고 있었는데, 태조가 한 눈에 크게 기특하게 보고는 신덕왕비 강씨의 친정 초카딸을 아내로 삼아 주었다. 그리고 매번 태조가 전쟁에 나갈 때마다 반드시 그와 함께 다녔다.

몽고 승상 나하추(納哈出)[2]가 기병 수만을 이끌고 홍긍[3]을 침입하자, 이지란은 병력을 이끌고 함관령을 넘어 합란의 큰 들판에서 싸웠다. 나하추가 창을 휘두르며 곧바로 달려들자 태조가 몸을 아래로 드리우며 말에서 떨어지는 것처

---

1) 고광성(古匡城): '지금의 경흥(慶興)'이란 주가 있음.
2) 나하추[納哈出]: 나하추 또는 납합출, 북원(北元)의 장군으로 공민왕 11년, 쌍성총관부를 탈환하기 위해 고려의 동북면을 침입했다가, 고려 동북면병마사 이성계에게 패함.
3) 홍긍(洪肯): '지금의 홍원(洪原)'이란 주가 있음.

럼 하면서 위를 향해 그의 겨드랑이를 활로 쏘았고, 이때 이지란이 옆에서 협공을 했다.

나하추가 태조를 똑바로 바라보고 방금 급히 화살을 쏘았다. 화살을 본 태조가 안장 위에 번쩍 일어서니 화살이 태조의 사타구니 아래로 지나갔다. 이지란이 돌진하여 앞으로 나아가 태조를 호위하니, 나하추는 맞설 수 없음을 알고 달아나 도망쳐 숨었다.

왜적이 밤을 틈타 강도성을 습격해 부사 김인귀를 살해하고, 좁은 물길을 따라 승천부로 들어오니 우왕은 왕비와 궁녀들을 거느리고 나가 달아나고자 했다. 이때 이지란이 태조를 따라 해풍으로부터 승천부로 빠르게 달려왔다. 왜장이 백마산을 넘어 이지란을 공격했다. 이지란이 활을 쏘아 그를 죽이니 왜적이 마침내 달아나 숨었다.

얼마 지나지 않아 왜적의 누선(樓船) 5백 척이 진포로 들어와 군과 현의 고을 사람들을 죽이고 불을 질렀다. 또한 호남으로 침입하여 운봉을 함락시키고 인월역에 주둔하였다.

이지란이 병력을 이끌고 달려가 정상(鼎上) 지역에 이르니, 왜장이 창을 휘둘러 태조의 뒤를 곧장 뒤따르고 있었다. 이지란이 말에 뛰어올라 빠르게 내달아, 태조를 향해 뒤를 돌아보라고 크게 소리쳤다. 태조가 몸을 돌려 미처 돌아볼 겨를도 없이, 이지란이 이미 화살을 뽑아 왜장을 쏘아 곧바로 그를 죽였다.

왜장 아기발도가 겨우 15살의 나이에 용기가 여러 우두머리를 압도하니 태조가 이지란에게 그를 생포하라고 명했는데, 이지란이 이렇게 대답했다.

"죽이지 않으면 반드시 누군가를 다치게 할 것입니다."

인하여 전쟁에 나가니 아기발도가 무거운 갑옷을 입고 목과 얼굴은 보이지 않았다. 태조가 이지란에게 말했다.

"내가 아기발도의 투구를 맞히면 너는 그의 얼굴을 맞혀라. 그러면 저자를 죽일 수 있을 것이다."

그리고 태조가 아기발도의 투구를 맞혀 투구가 말 아래로 떨어지니 이지란이 이내 활을 쏘아 그를 죽였다. 그러자 왜병들이 모두 통곡하면서 달아나 숨었다.

여진장군 호발도[4]가 기병 4만을 이끌고 단주에 침입했다. 당시 이지란이 모친상을 당하여 청주에 머무르고 있었는데, 태조가 사람을 시켜 그를 부르며 말했다.

"국가의 일이 위급한데 네가 상복을 입고 집에 머무르는 것은 옳지 않다."

이지란이 곧 엎드려 하늘에 곡을 하여 고하고는 활과 화살을 차고 태조를 따라갔다. 호발도와 더불어 길주평야에서 만나 싸웠는데, 이지란이 선봉이 되어 먼저 맞서 싸우다가 크게 패하고 돌아왔다. 태조가 곧이어 도착해 보니 호발도가 세 겹이나 되는 두꺼운 갑옷에 붉은 갈옷 차림으로 검은 암말을 타고는 진을 벌여 설치해 기다리고 있었다.

그가 태조를 가볍게 여기고 군사들을 머무르게 한 채 검을 뽑아들고 말을 달려 뛰쳐나왔다. 태조도 역시 단기로 달려 나아가 칼을 휘두르며 서로 부딪쳐 공격했는데, 두 사람 모두 급하게 스쳐 지나가 서로 맞힐 수가 없었다. 태조가 급히 말을 돌려 활을 당겨 그의 등을 쏘았으나 갑옷이 두꺼워 깊이 박히지 않았다. 즉시 이어 그의 말을 쏘니 말이 거꾸러지며 땅으로 떨어졌다. 그러자 호발도의 부하들이 함께 그를 구출해 갔다.

그때 아군이 또한 달려와 이르니 태조는 병사들을 풀어 적을 크게 격파하였다. 호발도는 겨우 몸만 빠져 나가 숨었다. 단주의 소란이 평온해지자 이지란은 집으로 돌아가 갑옷을 벗고 모친상을 마쳤다.

청성의 수장인 심덕부가 중문령 고개에서 왜적을 막다가 패하니, 왜적들이 마침내 토아동에 주둔했다. 이에 태조가 군사를 이끌고 합란부에 이르러 뛰어난 병사를 뽑아 산중에 매복하여 기다리고, 이지란이 조영규 등과 함께 백여 기병을 거느리고 말고삐를 늘어뜨리고서 천천히 진군했다.

왜적들이 이상하게 여기고 감히 공격하지 못했다. 이지란이 선두에 나서 유인하니, 왜인들이

4) 호발도(胡拔都): 한문 원문에 '胡拔都'로 되어 있어 바로잡음.

곧바로 태조의 진을 공격했다. 이때에 태조가 거짓으로 병력을 퇴각시키는 체하며 우리 복병이 숨어있는 곳까지 들어가서, 이내 군사를 돌려 왜적들을 쏘았다. 이지란 또한 말을 달려 왜적을 격파하니 왜적들은 모두 쓰러지고 흩어졌다.

이에 함관령 고개에서 우두산에 이르기까지 30리에 왜적의 쓰러진 시체들이 들을 덮었다. 이 무렵에 이지란의 용감함이 북방에 떨쳐지니 몽고의 여러 부족이 두려워하며 복종하였고, 왜적 역시 멀리 도망가 숨어 50년 동안 감히 변방을 엿보지 못했다.

우왕이 군사를 출동시켜 요동을 공격하려고, 태조를 우군도총사에 임명하고 이지란을 원수에 임명했다. 군사가 진군하여 대동강을 출발해 위화도에서 도착했는데, 이때 오랜 장마로 강물이 범람하여 군사들이 강을 건널 수 없었다. 태조가 이지란을 설득하며 말하였다.

"삼군이 연합하여 천자를 공격하는 것은 의를 거스르는 것이다. 온천하에 죄를 짓는 것보다는 차라리 군사를 돌려 한 나라의 백성들을 편안하게 하는 것이 좋지 않겠느냐?"

이지란이 뜻을 결정하고 찬성하니, 마침내 회군하게 되어 백성들이 크게 기뻐했다.

익양백 정몽주가 고려 사직이 장차 망할 것이라고 판단하고 김진양과 함께 모의하여 힘을 다해 고려의 사직을 붙들어 세우고자 했다. 태조 아들 이방원이 술자리를 벌여 공신에게 잔치를 열었는데, 정몽주가 슬프게 노래를 부르며 스스로 고려에 충성할 것을 맹세했다. 여러 장수들이 이지란에게 권하여 그를 죽이라고 하였으나, 이지란은 정색하며 이렇게 말했다.

"내가 어찌 차마 충신을 해칠 수 있겠는가?"

그 후, 고여와 조영규 등이 정몽주를 죽였다.

태조가 이미 개국을 한 다음 이지란에게 이지란(李之蘭)이라는 이름과 식형(式馨)이라는 자를 내려주었고, 도병마사로 삼아 북방을 진압하고 여진을 회유하여 안심하고 따르도록 명했다.

이로써 여진은 모두 조선의 백성이 되어 조세와 부역에 따르며 토지세를 내겠다고 하였고, 감히 뒷날 다시 반역함이 없었다. 이렇게 되어 수백 년 동안 머리를 풀어 헤치던 야만의 풍속을 버리고 관대를 착용하기 시작했다.

백두산에서 훈춘강 지방에 이르기까지 천여 리를 모두 조선의 국토에 편입시킨 것은 실로 이지란의 공이었다.

조선 개국 초기에 공신으로 책봉되어 철권[5]을 하사받았으나 이지란은 병을 이유로 나가지 않았다. 그 이후 태조가 가까운 신하를 보내 침실 안으로 불러, 여러 신하들과 장수들의 어질고 어질지 못함에 대해 물었다.

이때 이지란이 말하길, 정도전은 간사하니 반드시 천수(天壽)를 누리고 죽게 해서는 안 된다고 했다. 이지란이 벼슬을 사양하고 시골로 돌아간 뒤에 과연 정도전이 죄를 지어 죽임을 당하니, 사람들이 이지란의 선견지명에 탄복하였다.

태종이 그 간사함을 분별하는 능력의 총명함에 대하여 매우 아름답게 여기고, 또한 추충병의익대정사공신과 청해군에 책봉했다. 이지란은 북청으로 돌아가 10년 동안 살았는데, 태종이 여러 번 불러도 나오지 않았고, 이내 머리를 잘라 등용할 수 없음을 보였다. 그 마음은 깊고 미묘하여 그 깊은 뜻을 아는 사람이 아무도 없었다.

72세의 나이에 사망하니 유언에 의하여 화장해 부도를 세워주었다. 뒤에 명나라 종정 병자년 가을에, 큰 바람과 우레가 치니 부도가 스스로 열렸다. 고을 사람들이 놀라 달려가 보니, 곧 석회로 바른 속에 금래(金來) 두 글자가 있었다. 그 겨울에 금나라 사람[6]이 우리나라를 쳐들어오니, 이 이야기를 들은 사람들이 신이하게 여겼다.

조정에서는 북원에 사당을 세워 초상을 걸고 봄과 가을에 제를 지냈다.

『해동명장전』을 편찬한 나 홍양호(洪良浩)가 북쪽 국경지역 관장으로 나가 이지란의 사당을 찾아가 그의 초상 앞에 절을 올렸다. 그때 초상을 보니, 몸이 보통사람에 지나지 않았고 모습이 아름다운 여자와 비슷하여 두 뺨이 붉었다. 그러나 눈동자는 새벽 별같이 빛났다.

어쩌면 중국 한(漢)나라 태조의 모사인 장자방(張子房)의 부류가 아닌가 하고 의심하였다.

5) 철권(鐵券): 공신(功臣)에게 나누어 주던 훈공(勳功)을 적은 서책(書冊).
6) 금인(金人): 여진족이 세운 금나라 후손들이 청나라를 세웠음. 병자호란 때 청나라 침입을 말함.

李之蘭

李之蘭姓佟氏 名豆蘭 女眞金牌千戶阿羅不花之子也. 時有大星垂于井甃 望氣者曰 此啓明也. 其下必生魁傑人. 已而之蘭生. 及壯 勇敢善騎射 世襲爲千戶. 恭愍時 以一百戶來投 仍居北靑 州事我太祖屬麾下. 元至正中 太祖從征古匡城(今慶興). 太祖庶母崔氏夢 老人來言 价江有射者 伯王之輔也. 時之蘭射鹿价江上 太祖一見 大奇之. 以神德王妃康氏 兄女妻之. 每出師 必與俱. 蒙古丞相納哈出 率數萬騎 入洪肯(今洪原). 之蘭引兵 踰咸關嶺 戰于哈蘭大野中. 納哈出 揮矟直前. 太祖垂身 若墜馬仰射其腋 之蘭夾擊之. 納哈出望見太祖 方注矢. 太祖起立馬鞍上 矢出胯下 之蘭突前 捍衛之. 納哈出知不可敵 卽遁去. 倭人夜襲江都城 殺府使金仁貴 由窄梁入昇天府. 辛禑率妃嬪 欲出奔. 之蘭從太祖 自海豐疾趨昇天. 倭將踰白馬山 犯之蘭. 之蘭射殺之 倭遂遁.

未幾樓船五百艘 入鎮浦 屠燒郡縣. 又入湖南 陷雲峰 屯引月驛. 之蘭引兵 馳至鼎山. 倭將引矟直躡太祖後 之蘭躍馬疾馳 大呼曰 請視後. 太祖回身未及視 之蘭已抽矢 射其將 立殺之. 倭將阿其拔都 年僅十五 勇冠諸酋 太祖命之蘭 生得之. 之蘭曰 不殺必傷人. 因趣戰 阿其拔都着重甲 不見頸面. 太祖謂之蘭曰 我中其胄 爾中其面 彼可殪也. 旣而 太祖中其胄 墜之馬下 之蘭乃射殺之. 於是 倭兵皆大哭遁去. 女眞將軍胡拔[拔]都 率四萬騎入端州. 之蘭以母喪 居靑州. 太祖使人召之曰 國家事急 子不可持服在家. 之蘭乃拜哭告天 佩弓箭從行 與胡拔都遇於吉州坪. 之蘭爲前鋒 先與戰 大敗而還. 太祖尋至 胡拔都着厚鎧 三重襲紅褐衣 乘黑牝馬 橫陣以待. 意輕太祖 留其士卒拔劍挺身而出. 太祖亦單騎馳進 揮劍相擊 兩皆閃過 不能中. 太祖急回騎 引弓射其背鎧厚箭未深入. 卽又射其馬 馬倒而墜. 其麾下共救之 我軍亦至 太祖縱兵大破之 胡拔都僅以身遁. 端州旣平 釋甲以終母喪. 靑城伯沈德符 禦倭于中門嶺敗績 倭遂屯兎兒洞. 太祖率師 至哈蘭部 選精兵伏於山中. 之蘭與趙英珪等百餘騎 按轡徐行 倭怪之不敢犯. 之蘭先登引致 倭人直犯太祖陣. 於是 太祖陽退兵 入于伏中 乃反兵射殺倭. 之蘭又躍馬馳擊之 倭軍無不披靡. 自咸關 至牛頭山三十里 僵尸蔽野. 當是時 之蘭以勇敢雄朔方 蒙古諸族皆慴伏 倭亦遠遁 五十年不敢窺邊. 辛禑出師犯遼東 以太祖爲右軍都統使 之蘭爲元帥 發浿江 次于威化島. 時久潦水漲 師不得渡. 太祖諭之蘭曰 合三軍而犯天子 此悖義也. 與其得罪於天下 曷若班師 以安一國之元元乎. 之蘭決策贊成

遂回軍 國人大悅. 益陽伯鄭夢周 見王氏社稷將亡 與金震陽謀 竭力以扶王氏. 我太宗 置酒 宴功臣 夢周悲歌自誓. 諸將勸之蘭 擊殺之. 之蘭正色曰 吾何忍賊害忠臣. 其後 高呂趙英珪等殺夢周. 太祖旣開國 賜之蘭姓名李之蘭 字式馨 命爲都兵馬使 鎭朔方 風諭女眞 而綏來之. 女眞皆願爲國民 服征役納土賦 無敢後期. 數百年被髮之俗 始襲 冠帶. 由長白抵訓春江千餘里 皆入版圖 之蘭之功也. 初策功臣 賜鐵券 之蘭稱疾不出. 其後太祖遣近臣 召入于臥內 問羣臣諸將賢不肖. 之蘭言 鄭道傳姦邪 必不令終. 及之 蘭謝官歸 道傳以罪誅 人服其先見. 太宗嘉其辨姦之明 又策推忠秉義翊戴定社功臣靑 海君. 之蘭歸北靑十年 太宗屢召不來 乃斷髮 以示不可用. 其志微 人莫之識也. 年七 十二卒 遺命火葬 立浮圖. 大明崇禎丙子秋 大風雷 浮圖自開. 邑人驚往視之 則石灰中 有金來二字. 是冬 金人果東搶 聞者神之. 朝廷建祠于北 揭像春秋以祭. 良浩官北塞 往拜其眞像 體不過中人 貌類好女 兩頰紅 眸如曙星 豈張子房之流耶.

〈청해사〉

최윤덕(崔潤德, 1376~1445)

조선 전기의 무신으로 본관은 통천(通川), 자는 여화(汝和)·백수(白修), 호는 임곡(霖谷)이다. 어려서부터 힘이 세고 활을 잘 쏘았다. 그 뒤 음관(蔭官)이 되어 아버지를 따라 여러 번 전공을 세우고 부사직이 되었다. 1413년 경성등처절제사(鏡城等處節制使)가 되어 동맹가첩목아(童孟哥帖木兒)를 복속시켜서 야인들의 난동을 막았다. 1419년에 삼군도통사가 되어 체찰사 이종무(李從茂)와 함께 대마도를 정벌하였다. 1433년 파저강(婆猪江)의 야인인 이만주(李滿住)가 함길도 여연(閭延)에 침입했을 때 평안도도절제사가 되어 이만주를 대파하고, 이 공으로 우의정이 되었다. 이듬해 적이 또 변방을 침입하자 평안도도안무찰리사(平安道都安撫察理使)로 나가 이를 진압했다. 호랑이에게 잡아먹힌 남편의 원수를 갚아달라는 여인의 호소를 듣고 그 호랑이를 잡은 뒤에 배를 갈라 남편의 뼈를 찾아 장사를 지내게 해 주었던 일이 후세에 전해진다. 세종의 묘정에 배향되었고, 통천의 상렬사(尙烈祠)와 안주의 청천사(淸川祠)에 제향되었다. 시호는 정렬(貞烈)이다. 『참고문헌』 태종실록, 세종실록, 한국인명대사전

최윤덕

최윤덕의 자는 여화이고 흡곡 사람이며 양장공 최운해의 아들이다. 최운해는 명장으로서 나라에 크게 명성을 떨쳤는데, 초기에 서북면도순문사가 되어 변경에 오래 있게 되자 아들 최윤덕을 같은 마을의 양수척[1] 집에 맡겼다.

점점 자라면서 기운이 다른 사람을 능가하고 활을 당기는 힘이 굳셌다. 양수척을 따라 사냥을 다녔는데, 하루는 홀로 산중에 들어가니 호랑이가 별안간 숲속에서 나와 여러 짐승들이 놀라 흩어져 달아나는 것이었다. 이에 최윤덕이 하나의 화살을 쏘아 호랑이를 죽이고, 돌아와 양수척에게 이렇게 알렸다.

"몸에는 무늬가 있고 머리는 커다란 이 짐승이 무엇입니까? 제가 이미 활을 쏴서 죽였습니다."

이 말을 들은 양수척이 가서 보니 한 마리의 커다란 호랑이였기에, 놀라며 이를 기이하게 여겼다.

부친 최운해가 합포에서 진을 치고 있을 때, 양수척이 최윤덕을 데리고 가서 그의 부친을 뵈며 최윤덕의 씩씩함과 용맹함을 말해주었다.

최운해가 그 말을 듣고,

"내가 마땅히 시험해 봐야겠다."

라고 하면서, 최윤덕과 함께 사냥을 나섰다. 최윤덕이 좌우로 말을 달리며 활을 쏘아 명중하지 않는 것이 없으니, 최운해가 웃으며 말했다.

---

1) 양수척(揚水尺): 일정한 직업 없이 떠돌며 사냥과 기구를 만들어 팔던 유민(流民)을 말함.

"이 아이의 솜씨는 비록 강하고 민첩하긴 해도 아직 원리에 입각한 규범을 알지 못하니, 지금의 솜씨는 사냥꾼의 재주에 지나지 않는다."

곧 활쏘기와 말타는 규범을 가르치니 최윤덕은 드디어 명장이 되었다.

세종 기해년에 왜구가 비인[2]현을 침입하였다. 참찬 최윤덕이 삼군절도사가 되어 영의정 유정현과 더불어 출전해 크게 이기고 돌아왔다.

여연 사변[3]이 일어난 이후로 임금이 변방의 일을 유의하여 자주 무사를 모아 후원에서 활쏘기 행사를 벌여 참관하며 장차 야인들을 토벌하고자 했다. 여러 신하들에게 명하여 삼군을 거느릴만한 장수를 의논하게끔 하니 모든 신하들이 아뢰었다.

"최윤덕이 중군을 거느려야 합니다."

이에 최윤덕을 평안도도절도사에 임명하고 안주 판관을 겸하게 하였다. 임금이 그를 불러 보고는 안장을 갖춘 말과 활, 화살을 내려주었다.

최윤덕이 부임지에 이르러 공무 중 한가한 시간에 관청 뒤뜰의 빈 땅에 오이를 심고 손수 가꾸었다. 어느 날 송사하려는 사람이 와서 그를 알아보지 못하고 물었다.

"사또께서는 지금 어디에 계십니까?"

"아 예, 저쪽에 계십니다."

이렇게 속여 말하고는 들어가 옷을 갈아입고 나와 관청 공무를 처리했다. 또 어느 날, 한 시골 부인이 와서 눈물을 흘리며 호소했다.

"호랑이가 소첩의 남편을 죽였습니다."

"응, 그래? 내가 그 원수를 갚아 주리다."

최윤덕은 즉시 활과 칼을 차고 말을 달려, 호랑이의 종적을 따라 가서는 손수 쏘아 죽였다. 그리고 호랑이의 배를 갈라 그 남편의 뼈와 살을 꺼내고 옷으로 싸서 관을 준비해 매장해 주니, 그 부인이 감동하여 눈물을 그치지 않았다. 이를 본 고을 사람들이 우러러 보기를 부모와 같이 하였다.

2) 비인(庇仁): 지금의 충청남도 서천군 비인면 지역임.
3) 여연지변(閭延之變): 1432년 여진족들이 여연군 일대에 침입하여 약탈을 감행한 사건.

어느 날, 파저강4) 근처의 야인 이만주 등이 국경을 침입하여 군사와 백성들을 약탈하고 살해하니, 임금이 최윤덕을 보내 그들을 정벌하라고 명령했다. 최윤덕은 삼도의 군마 1만 4천을 모아 강을 건너 군사를 주둔시켰다.

이때 네 마리의 노루가 군영 안으로 들어오니, 최윤덕은 이를 보고 말하였다.

"노루는 들에서 사는 짐승이다. 지금 짐승 스스로 들어와 잡힌 것을 보니 야인을 섬멸할 좋은 징조임이 분명하다."

이에 여러 장수를 모아 몇 가지 명령을 약속한 다음 어허강(魚虛江) 변에 병사 6백을 주둔시키고 목책을 설치하게 했다.

19일 새벽에 임합자 근거지를 공격하고 이어서 그곳에 병영을 설치해 주둔하니, 타납 근거지 적들도 모두 도망쳤다. 강변의 오랑캐 10여 명이 나와 활을 쏘기에, 최윤덕은 통역하는 사람 마변을 시켜 불러 소리쳐 말하도록 했다.

"우리가 출동해 병력을 일으킨 것은 단지 홀라온(忽刺溫) 때문이지 너희 때문이 아니다. 두려워하지 말라."

이에 오랑캐 무리가 말에서 내려 머리를 조아렸다.

곧 오명의를 보내어 임금에게 글을 올려 경하드렸다. 그리고 또 박호문을 보내 다음과 같은 장계를 올렸다.

"선덕 8년에 주신 명령서를 받들어 장차 파저강의 외적을 토벌하려고 하는데, 내려주신 명령에 따라 잘 헤아려 받들어 재량으로 출동하겠습니다. 곧 기병과 보병 1만과 황해도군 5천을 출발시키겠습니다."

4월 10일, 강계부에 모여 여러 장수를 나누어 소속시키고 일곱 갈래 길로 함께 출발하였다. 같은 달 19일, 여러 장수가 몰래 군사를 이끌고 민첩하게 공격하여 남녀 2백3십6명을 사로잡고 1백3십6명을 죽였다. 그리고 소와 말 1백7십여 마리를 포획하였다.

승전을 아뢰니, 임금이 선위사 박신생을 파견했다. 그가 군에 도착해 술을 내려 여러 장수를

4) 파저강(婆猪江): 지금의 중국 통가강 일대로, 조선 세종 때 1433년 최윤덕 등 북방 장수들이 오랫동안 조선을 괴롭히던 여진족들의 근거지 파저강 유역을 전투를 벌여 소탕했음.

위로하고는 다음과 같은 임금의 명령을 널리 선포하였다.

"오늘의 승리는 실로 천지신명과 조상의 도움에 힘입은 것이다."

개선하여 돌아옴에 이르러서는 지신사에 명하여 맞아 위로하게 하고 크게 승리했다는 소식을 성 안팎에 알리도록 했다. 여러 장수에게는 상과 벼슬을 차등 있게 내려주어 영화롭게 해주었다. 이어 임금은 잔치를 베풀어 친히 잔을 들어 술을 내려주고, 세자에게 술을 돌리도록 명령하면서 일어나 잔을 받지 않도록 했다. 군관들에게 명하여 서로 일어나 마주보며 춤을 추게 했는데, 최윤덕도 술이 얼근하여 또한 일어나 춤을 추었다.

임금은 김종서에게 일렀다.

"경은 일찍이 최윤덕이 재상을 할 만한 인물이라고 말하였소. 경이 대신들과 더불어 의논하고 보고하도록 하시오."

"최윤덕은 공평하고 청렴하며 정직하니 비록 재상이 되더라도 부끄러울 것이 없습니다."

여러 대신들이 이렇게 아뢰니, 곧 최윤덕은 우의정에 임명되었다. 또한 임금이 여러 대신들에게 말하였다.

"적들을 공격한 후에는 지키는 것을 엄하게 하지 않으면 안 된다. 여연 지방의 방어가 얼음이 녹은 후에는 긴요하지 않다고 말하는 사람들이 있지만, 야인들은 마음속으로 원수를 갚을 생각을 품고 있어 어떤 계책으로 나올지 알 수 없으니 걱정하지 않을 수 없다."

이어 우의정 최윤덕을 도안무찰리사로 임명하고 서쪽 변방으로 나아가 지키도록 하였다.

최윤덕을 보내면서 임금은 경회루에 납시어 그를 전별하고는, 또한 지신사 안승선에게 홍제원까지 전송하라고 명령했다.

강계에 도착할 때에 이르러 임금이 그에게 편지를 보냈다.

"심한 괴로움이 드러나지요. 경은 나라를 받들어 충성을 다하고 나라의 일에 수고로움을 안팎으로 베풀고 있소. 경이 조정의 중신으로서 국경을 수비하여 적에게 위엄을 보이고 변방을 지켜 과인의 근심을 덜어주니 깊이 고맙게 생각하오. 무서운 추위가 닥쳐오는 때이니 일상생활을 조심하도록 하시오. 지금 내관 엄자치를 보내어 연회를 차려 위로하는 바이오. 이어 옷 한 벌을 내리니 이르거든 거두도록 하시오."

최윤덕이 돌아와서 사망하자 그에게 정렬이란 시호를 내려 주었다.

〈최윤덕 묘〉

〈최윤덕 동상〉

崔潤德

崔潤德字汝和 歙谷人 襄莊公雲海之子. 雲海以名將 顯於國. 初爲西北面都巡問使 長在鎭邊 托潤德于同鄰楊水尺家. 稍長 膂力絶人 挽强射堅 時隨水尺出獵. 一日獨 往山中 有大蟲 瞥出林莽羣獸犇散. 潤德以一箭射 斃之. 來報水尺曰 有物斑紋 其大 顯然 是何物也. 吾已射殪之. 水尺往見 乃一大虎也. 水尺驚異之. 時父雲海鎭合浦 水尺携潤德往謁 言其壯勇. 雲海曰 吾當試之. 與之行獵 潤德左右馳射 發無不中. 父 笑曰 兒手雖敏 尙未識軌範 今所爲不過山虞技耳. 乃敎射御之方 遂爲名將. 世宗已 亥 倭寇庇仁 以叅贊 爲三軍節制使 副領相柳廷顯而行 大捷而返. 自閭延之變 上留 意邊事 屢聚武士 觀射後苑 將討野人. 命羣臣 議可將三軍. 皆曰 潤德將中軍. 於是以 潤德 爲平安道都節制使 兼判安州. 上引見 賜鞍馬弓矢. 潤德至任 公務之暇 治廳後 隙地 種苽手自鋤之. 有訟者不知 問曰 相公今在何所. 紿曰 在某所 入而改服 聽決焉. 有一村婦 泣而言曰 虎殺妾夫. 潤德曰 吾爲汝報仇. 卽佩弓劍 馳往跡虎 手射之. 剖其 腹 取其骨肉 裹以衣服 備棺埋之 其婦感泣不已. 一州之人 慕之如父母. 婆猪江野人 李滿住等犯邊 掠殺軍民. 上遣崔潤德 往征之. 潤德會三道軍馬一萬四千 渡江駐師. 有四獐 自投營中. 潤德曰 獐野獸也 今自來見獲 實野人殲滅之兆也. 於是會諸將 約 束條令. 至魚虛江邊 留兵六百 設柵十九日. 昧爽攻林哈剌寨里 仍住營 吒納寨里 皆 遁去. 見江邊虜十餘輩 出射. 潤德令通事馬邊者 呼語之曰 我等行兵 只爲忽刺溫 非 爲爾也 毋恐. 虜皆下馬叩頭. 遣吳明義奉箋賀. 又遣朴好問 啓曰 宣德八年敬奉符敎 將討婆猪江寇 送至左符叅驗發兵. 敬此卽發馬步兵一萬 黃海道軍五千. 四月初十日 會江界府 分屬諸將七道俱進. 本月十九日諸將潛師 勦捕擒男婦二百三十六名 斬獲 一百七十名 得牛馬一百七十餘頭. 捷聞 上遣宣慰使朴信生. 至軍 賜酒勞諸將. 宣旨 曰 今日之事 實賴天地祖宗之靈也. 及凱還 命知申事迎慰 以捷音 布告中外. 賜諸將 職賞有差 仍設宴榮之. 上親執爵賜酒 又命世子行酒 命勿起受. 命軍官 相對起舞. 潤 德酒酣 亦起舞. 上謂金宗瑞曰 卿曾言 潤德可爲首相 卿與諸大臣 議啓. 大臣皆曰 潤德公廉正直 雖爲首相 無愧也. 遂拜右相. 上謂羣臣曰 攻戰之後 守禦不可不嚴. 閭 延防禦 解冰後雖云不緊. 然野人心懷報讎 計出不測 不可不慮. 遂以右議政 爲都按 撫察理使 出鎭西邊. 上御慶會樓 賜餞. 又命知申事安崇善 餞于洪濟院. 及到江界 賜

書曰 甚苦暴露 卿奉國忠勤 宣勞中外 以廟堂重臣 出鎭藩垣 威敵鎭邊 以紓予憂 深
用嘉之. 屬當嚴沍之時 慎興居之節. 今遣內官嚴自治 錫宴以勞 仍賜衣一襲 至可領
也. 還卒 諡貞烈.

 이종생(李從生, 1423~1495)

조선 전기의 무신으로 본관은 함평(咸平)이며 자는 계지(繼之), 시호는 장양(莊襄)이고 호군(護軍) 극명(克明)의 아들이다. 자라면서 활쏘기와 말타기에 자질을 보였다. 1460년에 별시무과에 급제하였고, 1467년 이시애(李施愛)의 반란 때 북청 만령(蔓嶺)에서 위장(衛將)으로 임명되어 반군을 토벌하는 데 공을 세웠다. 이에 적개공신(敵愾功臣) 2등에 함성군(咸城君)에 봉해졌다. 1468년 영변부사, 1467년에 영변절도사를 겸직하였고 북방지역의 여진족을 격퇴하는 데 공헌하였다. 내금위장과 충청도병사를 거치고 1479년 윤필상(尹弼商)의 건주위 정벌 때 호분위장(虎賁衛將)으로 출전하여 선봉에서 싸워 공을 세우고 부상을 입었다. 1481년 함경남도병마절도사, 1485년 경상좌도병마절도사를 거치면서 세조의 북방 진출 정책 추진에 적극적으로 기여하였다. 『참고문헌』 태종실록, 세종실록, 한국인명대사전

이종생

　이종생의 자는 계지이며 함평사람이다. 어린 시절 덕량과 재능이 있어 사람들 모두 큰 그릇으로 지목했다. 성장하여 활쏘기와 말타기를 잘하였으며, 세조 때 무과에 급제했다. 임금이 무사들을 선발하여 대궐 후원에서 활 쏘는 모습을 참관했는데, 이종생이 세 발을 쏘아 모두 과녁에 명중시키니, 임금은 크게 포장하고 등급을 넘어 동관첨사의 벼슬을 제수했다.

　정해년에 이시애(李施愛)가 북쪽의 변경 지역에서 반란을 일으키니, 임금이 이시애를 토벌하도록 명령했다. 곧 이종생이 선봉이 되어 만령(蔓嶺) 지역에 이르니, 적들의 세력이 매우 왕성하여 좌우 병사들이 모두 넋을 잃고 감히 진군하려 하지 않았으며 대군 또한 도착하지 않았다.

　이때 이종생이 말에서 내려 큰 나무를 뽑아 좌우로 흔들며 독려하니 여러 군사들이 북을 치고 소리치며 진격했다. 이종생이 말에 뛰어올라 달려 격분하여 진격하니, 적들이 모두 흩어져 쓰러졌다. 이때 마침 대군이 따라와 도착해 이 상황을 보고 물었다.

　"저기 검은 얼굴을 하고 이마에 큰 옥을 붙인 사람이 도대체 누구란 말이냐?"

　"예, 이종생 위장(衛將)입니다."

　군중에서 사기가 올라 일제히 이렇게 대답했다.

　이시애의 세력이 패하여 장차 여진의 땅으로 들어가고자 하자, 이시애는 부하에 의해 죽음을 당했다. 전쟁을 이기고 개선하니 책훈하여 적개공신을 내리고 함성군

(咸城君)에 봉했다.

같은 해 중국 황제로부터 건주위(建州衛) 정벌을 도우라는 명령이 내려오자, 이종생이 출전하여 그 소굴을 완전히 짓밟고 돌아왔다.

무자년에 영변부사로 임명되었으며, 이듬해 기축년에 진이 설치되어 절도사로서 진의 책임자를 겸하게 되었다. 또한 뒤에 평안동서중삼도절도사 직책을 겸하였으며, 을미년에는 충청도병마절도사 직을 제수받았다.

기해년, 윤필상이 건주를 정벌할 때 이종생이 위장으로 임명되어 종군했다. 강의 길이 얼고 미끄러워, 이종생이 탄 말이 넘어져서 말에서 추락해 상처를 입으니, 원수가 놀라 구제하며 말했다.

"만약에 이공이 아니고서 누가 선봉이 될 수 있겠는가?"

이종생은 즉시 말에 올라 곧바로 적의 소굴로 들어가 오랑캐의 장막을 불태우고 돌아왔다.

이에 원수가 다음과 같이 말하면서 그의 노고를 위로했다.

"이 싸움을 이긴 것은 모두 다 이공의 힘이었소."

후에 남도병사에 임명되었다가 또 이어 경상좌병사 직에 임명되었다.

을묘년, 성종 임금이 승하하자 이종생은 지나친 슬픔이 몸을 해쳐 병들어 사망하니, 그의 나이 73세였다. 시호는 장양(莊襄)이다.

이종생은 타고난 자질이 질박하고 너그러웠으며 후덕했고, 관직에 있으면서 일에 임할 때에는 힘써 근본을 따랐다. 술을 즐기어 양의 제한이 없었으나 또한 술주정이나 실수가 없었으니, 친구들이 그를 일러 주덕(酒德)이라고 하였다.

李從生

李從生 字繼之 咸平人. 少有器宇 人皆目以大器. 及長 善射御. 世祖朝 登武科. 上選武
士 觀射于禁苑 從生三發皆中鵠. 上大加褒獎 超拜潼關僉使. 丁亥 李施愛反北邊 上命
將討之. 從生爲先鋒 至蔓嶺 賊甚盛. 左右皆褫魄 不敢進 大軍 亦不至. 從生乃下馬
拔大樹 左右揮之 諸軍鼓譟而進. 從生躍馬奮擊 賊披靡. 大軍繼至 望見曰 彼黑面大頂
玉者誰. 軍中齊告曰 李衛將也. 施愛兵敗 將奔入女眞 爲麾下所殺. 凱還 策勳敵愾 封
咸城君. 是年以皇帝命 助征建州衛 擣其巢穴而還. 戊子拜寧邊府使. 明年已丑置鎭 以
節度使兼之. 後又兼平安東西中三道節度使. 乙未拜忠淸兵使. 已亥尹弼商征建州時
從生爲衛將 江路冰滑 馬顚墜傷. 元帥驚救曰 若非公誰爲先鋒乎. 從生卽上馬 直入賊
穴 焚燒廬帳而還. 元帥勞之曰 是役之捷 皆公力也. 後拜南道兵使 又拜慶尙左兵使.
乙卯當國恤 悲毁成疾卒 年七十三 諡莊襄. 從生天資質直寬厚 居官莅事 務遵大體.
嗜酒無量 亦無酒失 朋舊謂之酒德.

〈이종생 묘〉

〈이종생 공신교지〉

어유소(魚有沼, 1434~1489)

　　조선 전기의 무신으로 본관은 충주(忠州)이며 자는 자유(子游)이고, 무장 득해(得海)의 아들이다. 1456년 무과에 장원으로 급제하였고, 1460년 북방의 야인 정벌에 공을 세워 통례문통찬(通禮門通贊)으로 차례를 뛰어넘어 승진하고 이듬해 품계가 올라 절충장군(折衝將軍)이 되었다. 1463년 회령부사가 되었고, 1467년 이시애(李施愛)의 반란 때 좌대장으로 천여 명의 군사를 거느리고 북청·경성·만령 등에서 전공을 세웠다. 난이 평정된 후 적개공신(敵愾功臣) 1등에 봉해지고 평안도병마·수군절도사에 임명되었다. 그 해 명나라의 건주위(建州衛) 정벌 요청에 강순(康純)의 좌상(左廂) 대장으로 참전하여 고사리(高沙里)로부터 올미부(兀彌府)를 쳐서 건주위의 이만주(李滿住) 부자를 죽이는 등 큰 공로를 세워 이등공신에 봉해지고 명나라 황제로부터 상품을 내려 받았다. 1479년 명나라가 다시 건주위 정벌에 동참을 요청하자 서정대장(西征大將)이 되어 1만 군사를 데리고 만포진까지 가게 된다. 압록강의 물이 얼지 않아 건너기가 어렵고, 머무르다 보면 군사들의 동사피해가 속출될 것을 염려하여 조정에 통고하지 않고 자의로 회군하여 이에 탄핵을 받아 강원도 양근군(陽根郡)으로 유배된다. 성종이 무재를 아끼어 대간들의 반대에도 관직 임명장을 돌려주고 품계를 올려 임명해 주었다. 시호는 정장(貞莊)이다. 『참고문헌』 태종실록, 세종실록, 한국인명대사전

어유소

어유소의 먼 조상인 어중익은 본성이 지씨(池氏)였다. 어중익은 태어나면서부터 몸 생김새가 특이했고 겨드랑이 아래에 물고기의 비늘 같은 것이 나 있었다. 장성하여 고려 태조 때 벼슬길에 올랐는데 당시 사람들이,

"아무개 인갑(鱗甲)은 비범한 사람이다."

라고 모두 일컬었다. 이에 태조도 그를 보고,

"그대는 비늘이 있으니 바로 물고기이니라."

라고 하며, 어씨(魚氏) 성을 하사하였다.

어유소의 부친 어득해는 당시의 명장이었으며, 어유소는 태어나면서부터 영특하고 활쏘기와 말타기에 아주 뛰어난 재능이 있었다. 세조 병자년에 무과에 장원급제했고, 세조 8년에는 회령부사에 임명되었다.

북병사 이시애가 절도사 강효문을 죽이고 반란을 일으켜 고을을 점거하였다. 이에 구성군 이준을 도통사에 임명하고 찬성 조석문을 부사로 삼았다. 강순과 어유소가 대장이 되고 기복1) 허종이 병마절도사가 되어 이시애를 정벌하러 나아갔다.

강순과 허종 등이 홍원에서 크게 싸웠으며, 북청에서도 싸웠다. 또한 만령에서 전투가 벌어졌는데, 적이 높고 험한 곳을 점거한 채 아래를 향해 비 퍼붓듯 화살을 쏘니, 아군이 올라갈 수가 없었다. 이에 어유소가 작은 배에 뛰어난 병사를 싣고 푸른 옷을 입혀 초목의 색과 구별되지 않게 한 후에, 바다 굴곡으로부터 나무를 휘어잡고 낭떠

1) 기복(起復): 상중(喪中)에 벼슬에 나가던 일.

러지를 따라 뒤를 돌아 높은 봉우리에 올랐다. 그리고 적의 뒤쪽에서 북을 치고 크게 소리 지르니 적들이 크게 놀라는데, 아래에 있는 군대가 또한 기세를 타서 방패를 뒤집어쓰고 개미처럼 산에 붙어 위로 올라갔다.

마침내 적이 무너져 흩어지니, 이시애가 길주로 달아나 부녀와 재물을 거두고는 여진 땅으로 들어가고자 했다. 이때 길주 사람 허유례가 적의 무리인 이주 등을 유인하여 이시애를 사로잡아왔다. 그리고 군사들 앞에서 참수해 그 머리를 서울로 전했다.

이리하여 벼슬을 내렸는데, 이준 이하 모두에게 공훈을 책록(策錄)하고, 어유소에게는 적개공신(敵愾功臣) 칭호를 하사했다. 이어 관등을 초월하여 공조판서를 제수하였다.

정해년, 중국 황제가 건주위를 정벌하면서 우리나라에 명령하여 군사를 내어 협공하도록 했다. 곧 우리 조정에서는 어유소와 남이 등에게 명령하여 군사를 돌려 건주로 향하게 했다. 어유소가 진군하여 곧바로 적의 소굴을 공격해 이만주 부자(父子)의 목을 베고, 셀 수 없을 만큼 많은 적을 사로잡아 왔다.

그리고 서 있는 큰 나무를 쪼개어 다음과 같은 내용의 글을 크게 썼다.

"조선 대장 어유소가 건주위를 섬멸하고 돌아가노라."

중국 황제의 군대가 늦게 도착하여 나무를 깎아 하얗게 만들어 쓴 이 백서를 보고 황제에게 이 사실을 보고했다. 황제가 그를 가상히 여기고 사신을 보내 은과 비단을 보냈다.

우리 군대가 회군하여 돌아오는 도중에, 갑자기 오랑캐의 날랜 기병 수십이 나타나 부딪쳐 공격했다. 우리 군대가 불의의 습격에 놀라 흩어지고 쓰러지는데, 어유소가 두 눈을 부릅뜨고 나아가면서,

"병사들은 나를 따르지 말라."

라고 소리쳐 경계하고 혼자 말을 달렸다. 어유소가 내달으며 연달아 화살을 쏘아 그들을 죽이니, 오랑캐들은 놀라 무너져 흩어졌고 감히 핍박해오지 못했다.

어유소는 기축년에 북병사로 임명되었고, 신묘년에는 또한 좌리공신의 호가 하사되면서 예성군에 봉해졌다. 이어 임진년, 임금이 숭정대부를 첨가해주고 다시 북병사에 임명하니, 어유소는 모친의 연로함을 들어 눈물을 흘리면서 사양했다.

그러자 임금이 그에게 말했다.

"북쪽 고을을 진압하여 안정되게 하는 데는 그대만한 사람이 없다. 모친으로써 근심을 삼지 말라."

이렇게 타이르면서 특별히 옥교자[2]와 궁의(宮衣), 수라간의 음식을 하사하였다.

을미년에 적이 경성(鏡城)을 침범하였다. 어유소가 임기응변으로 적을 섬멸하니, 임금은 특별히 직제학 홍귀달을 보내어 비단 옷과 가죽신을 내려주었다. 또한 그를 불러 우참찬에 임명했다가 병조판서와 우찬성으로 전직시켜 주었다.

기해년, 또다시 황제로부터 건주를 정벌하라는 명을 받았는데, 이때 강물이 아직 얼지 않아 부득이 군사를 파하고 돌아왔다.

임인년, 북쪽 변방의 성 아래 야인들이 부락의 무리를 이끌고 몰래 다른 곳으로 이동해 갔다. 이에 조정에서는 특별히 어유소에게 명하여 가서 그들을 위로해 안정되게 하도록 했다. 어유소가 명령을 받자마자 길을 두 배로 빨리 달려가서, 먼저 사람을 시켜 교서를 보여 주었다. 그러자 야인들이 처음에는 그를 믿지 못하겠다고 하면서 교서를 땅에 던져버렸다. 교서를 가지고 간 사람이,

"어유소 영공께서 와 계시다."

라고 말하니, 야인들은 소리쳤다.

"어공은 우리의 아버지입니다. 만날 뵐 수 있겠습니까?"

어유소가 그 말을 듣고 말을 달려 그 부락으로 들어갔다. 야인들이 죽 늘어서서 절을 하고는 그 명령에 따랐다. 어유소가 진실한 마음으로 타이르고 설득하여 마침내 그 추장들을 거느리고 원래 살던 곳으로 돌아가 살게 하였다. 임금이 심히 가상히 여겨 활과 화살을 하사하였다. 얼마 되지 않아 판중추부사로 임명되었다.

기유년, 임금이 서울 근교에서 군대를 사열하

2) 옥교자(屋轎子): 위 덮개를 잘 꾸민 가마.

였는데, 어유소가 임금의 수레를 호위하여 영평현을 지날 때 호위군 안에서 갑자기 사망했다. 임금이 놀라 애도하기를 그치지 않았다.

어유소의 성품은 관대하여 사람들과 화목하였으며, 성냄이 없고 뭇사람을 널리 사랑하였다. 일을 처리하는 것이 상세하고 정밀했으며 유학자의 기질이 있었다. 군진에서 적을 대하면 편안하고 한가롭게 생각하였다. 활을 당기는 힘이 1백 균에 이르렀고 쏘면 반드시 명중시켰다. 혹시 야인들이 폐백을 들고 와서 만나면 조금도 취하지 않았다. 국경지역이 어유소에 힘입어 아무 일 없이 살았으니, 은연중 나라의 가장 중요한 위치에 있은 지 10여 년이었다. 후에 정장(貞莊)이라는 시호를 내려주었다.

〈어유소 사당〉

魚有沼

魚有沼 遠祖重翼 本姓池. 生而體貌奇異 腋下有鱗甲. 及長仕高麗王太祖 時人咸稱某
三鱗甲 非常人也. 太祖見之曰 汝有鱗甲 乃是魚也 仍賜姓魚. 父得海爲時名將 有沼生
而英特 射御絶倫. 世廟丙子 中武科第一. 八年 爲會寧府使. 北兵使李施愛 殺節度使
康孝文 據州以叛. 以龜城君浚爲都統使 贊成曺錫文爲副. 康純魚有沼爲大將 起復許
琮爲節度使 往討之. 純琮等大戰于洪原 又戰于北靑 又戰于蔓嶺. 賊乘高據險 矢下如
雨 我軍不得上. 魚有沼以小舟 載精兵 着靑衣 與草木色無別. 由海曲 攀木緣崖 繞出
上峯 俯賊背鼓噪. 賊大驚 嶺下軍亦乘勢 蒙楯蟻附以上. 賊遂潰 施愛走吉州 收婦女財
寶 欲入虜中. 吉州人許由禮 誘賊黨李珠等 擒施愛來. 斬于軍前 傳首京師. 進爵 浚以
下策功 賜敵愾功臣號 超授工曹判書. 成化丁亥 帝征建州 命我國夾攻. 遣魚有沼南怡
等 回軍赴之. 有沼直擣巢穴 斬滿住父子 擒獲無算. 乃斫樹大書曰 朝鮮大將魚有沼滅
建州而還. 天兵後到者 見其白書 聞于帝. 帝嘉之 遣使賜銀緞. 方其旋師也 虜驍騎數
十衝突 我軍披靡. 有沼瞋目而出 戒士卒 毋得相從. 單騎馳射 連發殪之 虜驚潰 不敢
逼. 已丑爲北兵使 辛卯又賜佐理功臣號 封藥城君. 壬辰加崇政 復拜北兵使. 有沼以母
老 涕泣辭. 上諭之曰 鎭安北道 無如卿者 勿以母爲憂. 特賜屋轎宮衣御厨之饌. 乙未
賊犯鏡城 有沼應機殲之. 上特遣直提學洪貴達 賜緞衣及靴. 召爲右衆贊 轉兵曹判書
右贊成. 已亥又以帝命征建州 江冰未合 不得已罷兵. 壬寅城底野人擧所部 潛移他處.
特命有沼 往慰安之. 有沼倍道而進 先使人開示敎書. 野人初不信之 投書于地. 使者曰
魚令公今來矣. 野人曰 公是我父 可得見乎. 有沼聞之 馳入其部 虜皆羅拜歸命. 有沼
開誠撫諭 遂率其酋長 使還其居. 上甚嘉賞之 賜以弓矢. 尋授判中樞府事. 已酉上閱武
京畿 有沼扈駕. 至永平縣 暴卒于圍內 上驚悼不已. 有沼性寬和 與人無忤 汎愛容衆.
處事詳密 有儒者氣 臨陣對敵 意思安閑. 弓力百鈞 射必命中. 虜或執贄來見 一毫無
取. 邊境賴以無事 隱然爲國長城十餘年. 後賜諡貞莊.

이순신(李舜臣, 1545~1598)

　　조선 중기의 명장으로, 자는 여해(汝諧)이고 본관은 덕수(德水)이다. 아버지는 정(貞)이며, 어머니는 초계 변씨(草溪卞氏)이다. 1576년(선조 9) 식년 무과(式年武科)에 병과(丙科)로 급제하여 권지훈련원봉사(權知訓鍊院奉事)로 처음 관직에 나갔다. 미관말직을 두루 거쳐 1589년 정읍현감으로 있을 때, 유성룡의 천거로 47세가 되던 해에 전라좌도수군절도사(全羅左道水軍節度使)가 되어, 왜침을 대비하여 좌수영(左水營：여수)을 근거지로 삼아 전선(戰船)을 제조하고 군비를 확충하였다. 1592년(선조 25) 임진왜란이 일어나자 옥포에서 일본 수군과 첫 해전을 벌여 30여 척을 격파하였다(옥포대첩). 이어 사천에서는 거북선을 처음 사용하여 적선 13척을 격파하였다(사천포해전). 또 당포해전과 1차 당항포해전에서 각각 적선 20척과 26척을 격파하는 등 전공을 세워 자헌대부(資憲大夫)로 품계가 올라갔다. 같은 해 7월 한산도대첩에서는 적선 70척을 대파하는 공을 세워 정헌대부에 올랐다. 또 안골포에서 가토 요시아키[加藤嘉明] 등이 이끄는 일본 수군을 격파하고(안골포해전), 9월 일본 수군의 근거지인 부산으로 진격하여 적선 100여 척을 무찔렀다(부산포해전). 1593년(선조 26) 다시 부산과 웅천(熊川)에 있던 일본군을 격파함으로써 남해안 일대의 일본 수군을 완전히 일소한 뒤 한산도로 진영을 옮겨 최초의 삼도수군통제사가 되었다. 이듬해 명나라 수군이 합세하자 진영을 죽도(竹島)로 옮긴 뒤, 장문포해전에서 육군과 합동작전으로 일본군을 격파함으로써 적의 후방을 교란하여 서해안으로 진출하려는 전략에 큰 타격을 가하였다. 1597년 원균의 모함으로 사형에 처해질 위기에까지 몰렸으나 우의정 정탁(鄭琢)의 변호로 죽음을 면하고 도원수(都元帥) 권율(權慄)의 밑에서 백의종군하였다. 후임인 원균이 칠천해전에서 일본군에 참패하고 전사하자 수군통제사로 재임명되어 13척의 함선 거느리고 명량에서 133척의 적군과 대결하여 31척을 격파하는 대승을 거두었다(명량대첩). 1598년(선조 31) 2월 고금도(古今島)로 진영을 옮긴 뒤, 11월에 명나라 제독 진린(陳璘)과 연합하여 철수하기 위해 노량에 집결한 일본군과 혼전을 벌이다가 유탄에 맞아 전사하였다(노량해전). 글에도 능하여 『난중일기』와 시조 등 뛰어난 작품을 남겼다. 1604년(선조 37) 선무공신 1등이 되고 덕풍부원군(德豊府院君)에 추봉된 데 이어 좌의정이 추증되니 시호는 충무(忠武)이다. 1613년(광해군 5) 영의정에 추증되었다. 『참고문헌』 선조실록, 선조수정실록, 징비록, 한국인명대사전

이순신

　이순신의 자는 여해이며 덕수현 사람이다. 어린 시절에는 영특하고 쾌활하였으며 작은 일에 얽매이지 않았고, 아이들과 놀 때에는 항상 전쟁의 진치는 모습을 하며 놀았다.

　그는 성장하면서 무과 과거에 힘썼고 말타기와 활쏘기가 매우 뛰어났다. 비록 무인들과 어울렸지만 고상하고 꾸밈이 없었으며 과묵하여 입으로 더러운 말을 하지 않으니. 동료들은 모두 그를 꺼렸다.

　선조 병자년에 무과 과거에 급제하였으나 권세가들을 알현하여 청하지 않았기에 임시직으로 훈련원 봉사가 되었다. 병조판서 김귀영에게 서녀가 있어서 이순신에게 첩으로 보내고자 했으나 이순신은 이렇게 말하면서 거절했다.

　"처음으로 벼슬길에 나가면서 어찌 권세 있는 가문에 의탁하는 것이 마땅하겠습니까?"

　또 문성공 율곡 이이가 이조판서로 있으면서 이순신의 이름을 듣고,

　"그와 나는 한 문중이다."

라고 하면서 사람을 시켜 이순신을 만나보고자 했다. 이에 이순신은 좋아하지 않으면서 말했다.

　"동성으로서 만나보는 것은 가능합니다. 하지만 관리를 임명하는 관직을 가지고 계시면서 만나는 것은 불가합니다."

　북쪽 변방의 관직에 임명되었다가 임기를 마치자 충청병사 군관이 되었다. 이순신은 자기 뜻을 굽히지 않으면서 다른 사람을 따르지 않았다. 발포 만호로 있을 때

수사로 있는 성박이 관사의 오동나무를 베어 거문고를 만들고자 했는데, 이순신은 이를 막으며 허락하지 않았다. 곧 수사는 크게 화를 냈지만 감히 오동나무를 베어가지 못했다.

건원보 권관으로 옮겨갔을 때 여진족의 도적 호울지내가 있어 오래 전부터 변방의 우환이 되었다. 이순신이 기묘한 꾀를 세워 그를 생포하여 바쳤는데, 병마절도사는 이 일에 대해 도리어 자기 허락 없이 병력을 마음대로 움직였다는 혐의를 씌어 죄를 물었다.

그 후 아버지가 돌아가시자 삼년상을 치르고 사복시 주부에 승급되었다가 조산만호에 뽑히어 임명되었다. 이때 관찰사가 녹둔도에 둔전¹⁾을 설치해 경작할 것을 건의하여, 그 관리를 이순신이 겸직하여 맡도록 했다. 곧 이순신은 땅이 멀리 떨어져 있고 병사가 적다는 이유를 들어 여러 번 병력 증원을 청하였지만 병마절도사인 이일은 허락하지 않았다. 이내 가을에 이전에 귀순했던 오랑캐가 과연 우리의 국경지역을 침범했다. 이순신은 곧 몸을 일으켜 쳐들어오는 적군을 막고 적의 우두머리를 쏘아 거꾸러뜨렸다. 그리고는 추격하여 포로로 잡힌 둔전의 군사 60여 명을 탈환해 왔다. 그러나 병마절도사는 이순신이 분쟁의 발단이 되었다는 이유로 그를 죽여 자기 죄를 변명하려 했다. 그리하여 형구를 벌여놓고 장차 그의 목을 베려고 했다. 군관들이 둘러서서 보고 눈물을 흘리며 영결하는 이별주를 권했다. 이때 이순신은 정색하면서 거절했다.

"사는 것과 죽는 것은 운명에 달린 일인데 술을 마시고 취해서 무엇 하겠소?"

그리고 곧 형구를 벌여놓은 뜰로 나가 항변하며 문서에 서명하는 것에 수긍하지 않았다. 병마절도사는 문초 내용이 정당하지 못하여 말이 막히니 그를 가두고 임금에게 보고했다. 임금은 그의 무죄를 살펴 종군해 스스로 공을 세우라고 명했다. 얼마 후에 이순신은 배반한 오랑캐를 쳐 그 목을 바쳐서 용서를 받고 돌아왔다.

전라순찰사 이광은 이순신을 불러 군관으로 삼으면서 말했다.

"그대 같은 재주로 어찌 머리를 감싸 안고 굽

1) 둔전(屯田): 군대 식량을 위해 개간하는 토지.

혀 이 지경에 이르렀는가?"

이렇게 한탄하면서 임금에게 아뢰어 전라도의 조방장에 임명했다.

기축년에 정읍현감으로 임명되었다. 이때 도사인 조대중이 정여립[2]의 역모에 연루되어 문초를 받았는데, 의금부 금오랑이 압수한 문건을 조사하다가 이순신과 조대중이 서로 문답한 편지를 발견했다. 금오랑이 그 편지를 없애버리자고 은밀히 이야기하니, 이순신은 다음과 같이 말하면서 그럴 필요가 없다고 하였고 결국은 연좌되지 않았다.

"나의 서신에는 다른 말이 없습니다. 이미 찾은 문건 안에 있으니 상부로 올리지 않을 수 없습니다."

처형당한 조대중의 관이 이순신이 관장으로 있는 정읍 고을 앞을 지나니, 그는 제물을 갖추어 제사하면서 울었다.

"당신이 이미 자복하지 않고 죽었으니 그 죄는 알지 못합니다. 하지만 본도 도사를 지낸 관리를 모른 체 괄시할 수는 없습니다."

당시 정언신 재상도 또한 이 반란 사건에 연루되어 하옥되었는데, 마침 이순신이 보고할 일이 있어서 서울에 왔다가, 정언신이 옛 상관이었던 까닭으로 옥문에 나아가 문안을 드렸다. 이 말을 들을 사람들이 이순신을 의로운 사람이라고 했다.

마침 비변사[3]에서 무관들 중에 뽑아쓸 만한 사람을 선발하게 되었다. 이때 문충공 유성룡이 이순신과 같은 마을 사람으로서 그의 힘과 능력을 알았기에 조정에 추천하였다. 그리하여 이순신이 고사리첨사로 승급하니, 대간들이 그의 빠른 승격에 대해 이의를 제기했다. 이어 당상관에 오르고 만포첨사에 임명됨에도, 대간들은 너무 빠른 승격을 따졌다.

신묘년, 이순신은 진도 군수로 옮겨져 가리포 첨사가 되었고, 이어 전라좌도수군절도사에 임

2) 정여립(鄭汝立): 선조 때 수찬 벼슬을 지낸 뒤 서인이었다가 동인 쪽에 붙음. 진안 죽도에 서실을 지어 불평객을 모아 대동계(大同契)를 결성하고, 정권을 노려 『정감록(鄭鑑錄)』의 참설을 퍼뜨리어 이씨가 망하고 정씨가 일어날 것이라는 소문을 전파해 민심을 혼란시켰음. 세력을 확대하다가 고변에 의해 도망해 숨었다가 자살했음. 이 사건으로 인해 일어난 옥사사건을 기축옥사(己丑獄事)라 일컬음.

3) 비변사(備邊司): 조선시대 군국의 사무를 맡아 처리하던 관아.

명되었다. 이때 왜구의 침입 조짐이 보이는데도 조정이나 항간에서는 안심하고 태연하니, 이순신은 홀로 그것을 깊이 우려하여 날마다 방어준비를 하고 쇠를 녹여 쇠사슬을 만들어 항구를 가로막았다. 그리고는 거북선을 만들었는데, 배 위에는 송곳과 칼을 박은 널빤지를 덮어 적들이 오를 수 없도록 했으며, 아래에는 병사들을 감추어 여러 방향으로 총을 쏘게 하고, 적선을 불태우거나 부딪치게 하니 항상 승리할 수 있었다.

임진년 4월, 왜구가 크게 침입했다. 먼저 부산 동래를 함락하고 영남으로부터 곧바로 서울로 향했다. 이때 이순신이 병력을 옮겨 왜적을 격퇴하려하자 휘하 장병들이,

"우리는 전라좌도에 주둔하고 있어야 합니다. 임의로 병력을 옮겨 우도로 향할 수 없습니다."

라고 반대하는데, 오직 군관 송희립, 만호 정운만이 뜻을 같이 했다.

"지금의 사정은 오직 마땅히 적을 공격하다가 죽을 따름이다. 감히 안 된다고 말하는 자는 목을 칠 것이다."

이순신은 이렇게 결심을 보이면서, 여러 진지와 주둔지의 병력을 앞바다에 모으고 단단히 준비한 후 장차 출발하려고 했다. 때마침 경상우수사 원균이 모든 해군을 잃고 사람을 보내 도움을 청했다. 이순신은 곧 군사를 이끌고 나아갔다. 옥포 만호 이운용, 영등만호 우치적이 앞장서서 나아가 옥포에 이르러 먼저 왜선 30척을 격파하고 진격하여 고성에 이르렀다.

이때 들으니 왜적이 이미 서울을 점령했고, 임금은 서쪽으로 피난을 간 상황이었다. 이순신은 곧 서쪽을 향해 통곡하고는 병력을 이끌고 본영으로 돌아왔다.

원균 등이 다시 구원을 요청해, 병력을 이끌고 노량으로 진격하여 왜선 13척을 격파한 다음 추격하여 사천에 이르렀다. 이때 이순신은 왼쪽 어깨에 총탄을 맞았으나 오히려 활을 놓지 않고 온종일 전쟁을 독려했다. 전투가 끝나서야 군중에서 이 사실을 알고는 놀라지 않는 사람이 없었다.

6월에 당포에서 적을 만났는데, 적의 우두머리는 높은 층루가 있고 아름답게 채색

한 배 위에서 금관에 비단도포를 입고 있었으며, 적들의 병기와 장신구가 심히 웅장했다. 이에 이순신이 한 번 북을 치고는 돌진하였는데, 통전을 날려 그 우두머리를 죽이고 남은 적들도 모두 섬멸했다.

그날 오후, 왜적의 배가 또 다시 크게 밀어닥쳤다. 이때 이순신은 적으로부터 포획한 누선(樓船)을, 적선들과의 거리가 1리쯤 떨어진 곳에 끌어다 두고는 그 배 속에 화약을 쌓아 폭발시켰다. 그리하니 그 소리와 불꽃이 하늘에 진동하였고 왜적들 또한 패하여 달아났다.

얼마 후, 전라우수사 이억기가 자신이 거느린 해군 모두를 이끌고 와 고성 앞바다에서 연합하여 싸웠다. 적의 우두머리는 푸른색 덮개로 덮은 3층 누선 위에서 아군을 맞아 싸우려 했다. 이에 이순신은 활을 쏘아 그 왜적의 우두머리를 죽이고, 왜적의 배 30여 척을 격파하니 남은 왜적들은 뭍으로 올라 도주했다. 이로부터 여러 번 싸워 모두 이기니, 왜적들은 남은 무리들을 거두어 멀리 숨어버렸다. 이에 이순신은 이억기와 더불어 본영으로 돌아왔다.

왜적들이 다시 양산으로부터 호남으로 향했다. 이에 이순신이 또 병력을 고성 견내량으로 진출시켰다. 바다를 덮으며 쳐들어오는 적선과 조우하여 거짓 퇴각해 적을 꾀어냈다. 한산도 앞바다에 이르러 갑자기 병력을 돌려 맹렬하게 싸우니 포연이 하늘을 뒤덮었다. 곧 적선 70여 척을 모두 격파하니 왜적 우두머리 평수가는 몸을 빼어 달아났고 죽은 장졸들이 수만에 이르렀다.

왜적의 중심부가 크게 동요하여 안골포로부터 와서 평수가의 군대를 지원했다. 이때도 이순신은 왜적들을 맞아 쳐서 불태우고 파괴한 배가 40여 척이나 되었다. 이순신이 계속하여 부산으로 나아가 숨어 있는 적을 공격해 왜적의 본거지를 소탕하고자 하니, 왜적들은 높은 곳에 올라가 목책을 세우고 스스로 방비만 하는 것이었다. 이순신은 마침내 빈 배 백여 척을 불태우고 돌아왔다.

이 무렵, 왜병들이 국내의 모든 길에 가득차서 관병과 의병들이 연달아 패하고, 아무도 감히 저항하지 못하는데 유독 이순신만이 크게 이겼다는 보고를 올렸다.

이에 임금은 매우 기뻐하며 이순신의 품계를 세 단계나 올려주어 정헌대부에 이르게 하였고 교서를 내려 표창해 찬미했다.

이순신은 좌수영의 지세가 왼쪽으로 치우쳐 있었으므로 본영을 한산도로 옮기고 양쪽을 연결하여 적을 제압하기를 요청했다. 한산도는 거제현 남쪽에 있는 섬인데 호남의 양쪽 물길이 통하는 목줄에 해당하는 곳이다.

조정에서는 드디어 한산도에 수군통제사를 설치하고 이순신에게 원래의 직책과 함께 수군통제사를 겸직하여 다스리도록 했다. 원균이 처음에 적과 싸워 한 척의 배를 잡은 것을 가지고 이순신과 연계하여 함께 승전 보고를 올렸다. 그러자 조정에서는 그 내용을 자세히 살펴어 이순신의 공적을 크게 위로 높여주었다.

이순신이 통제사에 임명되니 원균이 그 아래 소속됨을 수치로 여겨 이순신에 대한 반감을 가졌다. 이순신이 그것을 알고 그를 매번 우대하고 관용을 베풀었지만, 원균은 거친 행동을 하고 분한 마음을 나타내며 명령을 따르지 않았다.

곧 이순신은 명령을 어겨 국가의 큰일을 그르칠까 두렵게 여겨, 마침내 원균의 잘못을 지적해 교체해 줄 것을 요청했다. 조정에서 어쩔 수 없이 원균을 충청병사로 이동시키니, 원균은 격한 감정을 풀지 못하고 조정 요직의 대신들과 교제를 맺어 이순신을 무고했다.

왜장인 평행장은 일찍이 전쟁 전에 대마도 책임자가 되어 우리나라를 섬긴 적이 있었다. 임진년에 이르러 그는 먼저 부하들을 이끌고 침입하여 노략질을 일삼으면서, 한편으로는 우리나라 사람들 보기를 부끄럽게 여겼다. 그리고 마침내 거짓으로 우호를 요청했다.

조정에서는 이 말에 속아 포로로 잡혀있는 왕자들을 탈출시킬 수 있는 좋은 기회라고 생각하고, 경상병사 김응서로 하여금 적진을 오가며 의논하게 했다. 이에 평수길은 이를 이용해 김응서를 간첩으로 활용하려 했다.

평행장은 곧 부하인 요시라로 하여금 우리나라 조정에 다음과 같은 거짓 보고를 하게 했다.

"두 나라 사이에 강화가 이루어지지 못하는 것은 온전히 청정장군이 전쟁을 주장하기 때문입니다. 청정이 일본에 돌아갔다가 지금 다시 조선으로 돌아오고 있으니, 만약에 조정에서 해군에 명령하여 바다에서 오직 이 사람만 죽여주면 지금 전쟁은 저절로 끝나게 됩니다."

이렇게 말하면서 청정이 탄 배의 깃발과 표식이며 채색 등을 자세히 지적해 일러주는 것이었다.

우리 조정에서는 이 속임수를 믿고 이순신에게 진격해 청정의 배를 격파하도록 명령했다. 명령을 받은 이순신은 그 말을 헤아릴 수 없는 일이라고 의심하여, 자기 생각을 고수하면서 여러 날 머뭇거리며 출격하지 않았다.

이를 본 요시라가 조급해지니 또 와서 말하기를,

"청정이 이미 바다를 건너와서 대마도 해협에 정박하고 있으니 어찌하여 이 기회를 잃으려고 합니까?"

라고 독촉했다. 이에 대간들이 서로 글을 올려 이순신이 명령을 어기고 머뭇거린다는 죄를 들어 탄핵했다. 이때 오직 체찰사 이원익만이 그렇지 않음을 밝혔으며, 류성룡은 본래 이순신을 추천했던 사람으로서 꺼리어 감히 구제하지 못하고 있었다.

이때 조정의 의논들은 이미 가름이 나있었다. 임금이 측근 신하로 하여금 염탐하여 알아보도록 했는데, 그 역시 원균이 포섭한 무리에 속해 있는 사람이어서, 사실을 반대로 써서 임금에게 보고했다.

정유년 2월, 이순신은 드디어 체포되어 문초를 당하고 장차 무거운 형벌을 받게 되었다. 이때 정승 정탁이 그를 용서해줄 것을 요청했다.

"이순신은 명장입니다. 마땅히 죄를 용서해주고 공을 세워 그 죄를 씻게 하시옵소서."

임금 또한 그의 공적을 생각하고 있었기에, 특별히 용서하며 종군하여 스스로 공을 세우도록 명령했다.

이때 이순신의 모친이 아산에 있었는데 병이 나 사망했다. 이순신은 종군하는 길에 달려가 곡을 하고 성복한 다음 곧바로 전쟁터로 나아가며 탄식했다.

"내 오직 한결같은 마음으로 충성과 효도를 다 했는데 이 지경에 이르러 그 충과 효 두 가지를 모두 잃었구나."

이 슬픔에 군인들과 백성들이 길을 막아 붙들면서 소리쳐 울었고, 멀고 가까운 많은 사람들이 한탄하고 애석해 했다.

원균이 이순신을 대신해 통제사가 되어 앞서 이순신이 행하던 시책들을 모두 뒤집어 제 마음대로 하면서, 운주당[4])에 기생을 모아놓고 술을 마시며 군무를 살피지 않았다. 또한 부하들에게 매를 치며 잔학한 행동을 하니 모든 군사들의 마음이 이탈되었다.

때맞추어 요시라가 다시 와서 말했다.

"청정의 대군이 바야흐로 바다를 건너 조선으로 오고 있으니 가히 막아 공격할 만합니다."

이 계략에 속아 조정에서는 또 원균을 독촉하여 나가 격파할 것을 독촉했다. 원균은 이미 앞서 이순신이 취한 행동을 반대하여 뒤엎었으니 감히 출격하기 어렵다는 말을 하지 못했다. 그리하여 이 해 7월, 모든 해군을 총동원하여 전진했는데 왜선이 좌우로 유인하여 밤을 틈타 엄습했다. 마침내 원균의 함대는 무너졌고, 원균은 달아나다 사망해 한 많은 일생을 마쳤다. 이 결과 아군의 배 백여 척이 침몰했고, 한산도 또한 함락되어 왜적의 손에 들어갔다. 이순신이 저장해 놓은 군량이며 병기, 기재 등 수년 동안 모은 물자가 하루아침에 불타버렸다.

한산도가 무너지고 왜적이 서해로부터 육지에 올라 진격해 남원을 함락시키니 호남의 좌우가 가히 지켜질 수 없었다. 조정은 비로소 행장의 속임수에 빠졌다는 것을 깨닫고 다시 이순신을 통제사로 삼았다. 이순신은 10여 명의 기병과 말을 달려 순천부에 들어가 남아있는 병선 10여 척을 얻게 되었다. 그리고 점차 흩어졌던 병졸 수백 명을 거두어 어란도에서 적병을 격파했다.

조정에서는 이순신이 거느린 병사가 약하다고 여겨 육지에 올라 싸우도록 명령했다. 이에

4) 운주당(運籌堂): 군대의 여러 가지 작전계획을 수립하는 곳.

이순신이,

"신이 한 번 육지에 오르고 나면 적선들이 서해를 통해 곧바로 서울로 올라갈 수 있으니 위험해집니다."

라고 아뢰니 임금도 그 말을 따랐다.

이때 호남에서 피난 온 백성들의 배 백여 척이 여러 섬에 정박해 있었다. 이순신은 그들과 약속을 하여 선단을 조직하도록 하고 우리 군사들의 후방에 나열해 기세를 올리도록 하였다. 그리고 홀로 10여 척의 배를 이끌고 나가 진도 벽파정 아래에서 적을 맞았다. 적선 수백 척이 와서 습격하는데 그 형세가 마치 큰 산이 짓누르는 것 같았다. 그러나 이순신이 동요하지 않고 일자로 진을 정돈해 사방으로 활과 포를 쏘니 적병이 무너지기 시작했다.

이때 거제현령 안위가 배를 돌려 물러가고자 했다. 이순신이 뱃머리에 서서 작은 배를 재촉하여 사람을 보내 안위의 목을 베어 올 것을 명령했다. 안위가 결국 배를 전진시켜 죽을힘을 다해 싸워 적병을 대패시키고, 적장 마다시를 사로잡아 목을 베었다. 이에 군세가 다시 떨치게 되었다.

승전 보고를 받은 임금이 이순신의 관직을 높여주고자 하였는데, 주위에서 벼슬자리가 이미 너무 높다고 말하니, 여러 장수 이하에게 상을 주는 것으로 그쳤다. 이때 양경리[5]가 서울에 있었는데 역시 은과 비단을 보내 위로하는 상을 내렸다.

육로가 왜병들에 의해 점령당해 있었으므로 양식의 운반이 이어지지 못하여 군중에서는 이를 근심하고 있었다. 이에 이순신이 피난 온 모든 배에 격문을 보내니, 여러 배가 다투어 곡식 운반을 도왔으며 아울러 의복도 보내주었다. 그리하여 군사들이 이에 힘입어 배불리 먹고 따뜻하게 옷을 입었다.

이순신은 비록 기복[6]하여 나가 싸웠으나 상복을 입은 상태여서 오히려 고기는 입에 대지 않고, 두어 줌의 쌀로 밥을 해먹으며, 작전을 짜고 여러 가지 규칙을 정비하며 밤에 잠도 자지 않았다.

5) 양경리(楊經理): 명나라 장군으로 선조 30년 (1597) 정유재란(丁酉再亂) 때 '경략조선군무(經略朝鮮軍務)'로 우리나라에 파견되어 왔던 양호(楊鎬)를 뜻함. '경리'는 '경략조선군무'의 약칭임.

6) 기복(起復): 부모의 상복을 입고 있는 상태에서 관직에 나아가 관리가 되는 것

그리하여 그의 얼굴이 마르고 초췌해졌다. 임금이 특별히 사람을 파견하여 특명으로 임시변통에 의해 기름진 음식을 내려주었다. 이순신은 눈물을 흘리면서 억지로 그것을 받았다.

이듬해 무술년 봄, 강진의 고금도로 진을 옮기고 백성들을 모집하여 둔전을 경작하니 호남 백성들이 계속하여 그에게 모여들었다. 그러자 드디어 큰 진지가 이루어졌다.

이 해 가을에 도독 진린이 수병 5천을 거느리고 조선으로 오게 되었다. 진린은 성품이 거칠고 거만했다. 임금이 이순신과 도독의 관계가 악화될까 걱정하여 잘 대접하도록 은밀히 타일렀다. 그리하여 이순신은 환영의 대열을 크게 갖추고 먼 섬에까지 나아가 맞이했으며, 진린이 도착했을 때에는 크게 잔치를 베풀어 군인들에게 음식을 제공하니 명나라 사람들이 모두 즐거워했다. 그러나 명나라 군사들이 우리나라 사람들의 집과 창고에 들어가 약탈을 일삼아서 소요가 계속 되었다. 이에 이순신은 갑자기 군사들에게 명령을 내려 배의 옥개를 헐어서 철거하도록 하고, 옷을 넣은 보자기도 배에서 내리도록 했다. 진린이 이를 보고 놀라고 기이하게 여겨 사람을 보내 그 까닭을 물었다.

이순신의 대답은 이러했다.

"중국 구원병이 온 것은 부모를 바라보는 것과 같이 존경스러운 일입니다. 그런데 지금 포악한 일을 하고 약탈하는 것을 보게 되니 군사와 병졸들이 견디지 못해 각각 스스로 피해서 달아나버렸습니다. 내 대장이 되어 능히 홀로 이 배에 머물러 있을 수 없습니다. 장차 다른 섬으로 옮겨가 살아야겠습니다."

이 대답에 진린은 크게 부끄럽고 두려워하면서, 곧 이순신에게 나아가 간절히 사례하고 매우 정성스럽게 만류했다.

이순신은 정중하게 말했다.

"대인께서 저의 말을 들어주시면 곧 여기에 머물겠습니다."

"감히 공의 말씀을 듣지 않겠습니까?"

"구원병이 우리나라 사람을 노예로 부리기를 조금도 거리낌 없이 마음대로 하니,

대인께서 저에게 제 생각대로 금지하여 엄단하도록 허락해주시면 곧 양군이 서로 보전하여 아무 일도 없게 될 것입니다.”

그 말에 진린은 허락했다. 그 이후로 중국 사람들이 법을 어기면 문득 끈으로 묶어 그 죄를 다스리니, 드디어 섬 안이 모두 편안해졌다.

이때, 녹도만호 송여종이 중국 구원병의 배와 협력하여 적을 무찔러 노획한 적선이 6척이고 잘라 온 왜적의 머리가 70이었는데, 중국 병사들은 소득이 하나도 없었다. 송여종이 승전 보고를 하러 왔을 때 진린이 이순신과 술상을 앞에 놓고 마주하고 있었다. 진린은 구원병 군사들이 아무 소득도 없다는 소식을 듣고 부끄러워 화를 냈다.

이때 이순신이 말했다.

“대인께서 오셔서 우리 군대를 통솔하고 있으니 우리 군대의 전공이 곧 중국 병사의 전공과 같습니다. 어찌 감히 사사로운 이야기를 하십니까? 청하옵건대 이번에 거둔 전과를 다 드리겠으니, 대인께서 그 전과를 가지고 모두 중국 군사들이 거둔 전과라고 아뢰어 주십시오.”

진린은 이 말에 크게 기뻐했다.

“평소에 듣기로 공께서 조선의 명장이라 하더니 지금 과연 그렇습니다.”

이에 전공을 거둔 송여종이 실망하여 하소연을 하니, 이순신은 웃으면서

“네가 가져온 적의 머리들은 모두 썩은 고기이다. 명나라 군사들에게 주어도 무엇이 아까우냐? 너의 공적은 나의 보고문서 속에 다 들어있다.”

라고 위로했고, 송여종은 그 말을 따르면서 수긍했다.

진린은 이순신이 군대를 다스리고 통제하여 승리로 이끄는 것을 살펴보면서 절절히 감탄하고 탄복하였다. 우리나라의 큰 거북선을 빌려 타고는 크고 작은 일 모두를 출동할 때마다 반드시 내방하여 물었다.

그리고 매양 이렇게 찬양했다.

“이순신은 소국의 인물이 아니다. 만약 중국 조정에 들어가서 벼슬을 했으면 마땅히

천하의 우두머리 장수가 되었을 것이다. 애석하구나, 여기서 몸을 굽히고 있음이여!"

또 선조에게 글을 올려 말했다.

"이순신은 천지를 주름잡는 재주가 있고 하늘과 태양을 보좌하는 공적이 있으니, 정말 충성스러운 신하입니다."

이무렵 중국 육군제독 유정이 묘병[7]을 거느리고 우리나라를 도우러 왔는데, 진린과 더불어 서로 약속하고 평행장을 함께 협공하기로 했다. 이에 진린의 해군이 진격하여 항구에서 싸우는데 승부를 내지 못했다. 그때 유정은 진린과의 약속을 어기고 진격하지 않았다.

왜장인 평행장은 이미 관백인 풍신수길이 죽었다는 소식을 들었기에 빨리 병사를 거두어 후퇴하기를 꾀했는데, 우리 해군이 앞을 막고 있는 것을 두려워했다. 이에 평행장이 유정에게 선물을 가지고 가 뇌물을 주었고, 유정은 일부러 그 공격을 늦추었다. 또한 평행장은 몰래 진린과 교섭을 맺어 길을 열어줄 것을 간절히 요청했다. 이에 진린 역시 평행장의 뇌물을 받았기 때문에 길을 열어주려고 노력했다. 이런 사실을 안 이순신이 나무 조각에 밀서를 써서 그 그릇됨을 풍자하여 던져 보여주니, 진린은 얼굴을 붉히면서 부끄러워하고 그만두었다.

행장이 그 사실을 알고 또 아군에 사신을 보내 총과 칼을 선물로 주었다. 이순신은 준엄하게 그를 물리쳤다. 왜군은 양식이 끊겨 명나라 군대의 양식을 사서 먹으면서, 영문을 닫아건 채 나오지 않고 지키기만 했다.

진린은 자신이 불리하게 된 것을 부끄럽게 여겨 행장이 있는 곳은 버리고 남해도의 왜적을 치고자 하였다. 이순신에게 먼저 가서 치도록 재촉했으나 이순신은 강력하게 다투면서 따르지 않았다.

행장이 더욱 곤란해져서 사천에 주둔한 왜적에게 구원을 요청하니, 사천의 왜적들은 횃불을 켜들고 서로 응하여 행장이 있는 곳으로 행했다. 사천의 왜적은 살마주[8]의 군대였다. 강하고 무섭기가 대적할 군대가 없었고 싸움에

---

7) 묘병(苗兵): 묘족은 중국 서역에 있던 세 민족으로, 대단히 거칠고 강인했음.

8) 살마주(薩摩州): 일본의 한 지역으로 이곳에서 온 병사들은 매우 사납고 강인했음.

는 신중하여 가볍게 전쟁에 나가지 않았는데, 이때 행장의 위급함을 보고서 모든 군대를 동원하여 구원하러 나섰다.

이날 밤 큰 별이 바다 가운데로 떨어졌고 군중에서 이를 괴이하게 여겼다.

이순신은 명나라 선단과 더불어 노량에서 적을 맞아 싸웠다. 밤에서 아침에 이르기까지 수십 번을 접하여 싸우니 적병이 패하여 물러갔다. 그때 이순신이 갑자기 날아온 탄환에 맞아 사망했다. 이순신의 조카 이완(李莞)이 담용이 있어, 이순신의 시체를 안아 아무도 안 보이는 배 안방에 숨긴 채 울음소리를 내지 않았다. 그리고 깃발을 들고 전쟁을 독촉하여 이전과 같이 행동하니, 배 안의 군사들은 아무도 이순신의 사망을 알지 못했다.

이때 도독 진린의 배가 왜선에 의해 포위를 당해 아군이 이를 구했다. 한낮이 되어서야 적은 물러갔고, 행장은 이러한 동안에 틈을 타 바깥 바다로 나가 피해 도망쳤다.

진린이 사람을 보내 자신을 구원한 것에 대해 감사를 표했는데, 이때는 배안에 이미 이순신의 사망 사실이 알려진 뒤였다. 진린은 사망 소식을 듣고 스스로 의자 아래로 쓰러져 땅을 치고 통곡했으며, 양 진영 모두에서 통곡을 하는 소리로 바다를 진동시켰다.

이순신의 사망에 임금이 몹시 슬퍼하며 관리를 보내 조문을 하고 제사를 지내게 했다. 그리고 특별히 의정부 우의정 벼슬을 내려주었다.

아산의 옛날 살던 곳으로 운구행렬이 지나갔다. 온 길에 백성들이 부르짖어 울면서 제사를 올렸고, 그 통곡소리는 천릿길을 지나도록 끊어지지 않았다. 이순신이 통솔하던 부대에서는 수영에 사당을 세워달라 요청했고, 조정에서는 충민이라는 현판을 내려주었다.

거제의 병사들과 백성들은 또한 이순신의 사당을 지어 계절에 따라 제사를 올렸고, 호남 사람들은 동쪽 봉우리에 비석을 세워 전쟁의 공적을 기록하였다. 임진왜란이 평정되고 난 뒤, 이순신의 공훈을 기리어 좌의정 벼슬을 더해주고,

효충장의적의협력선무공신 칭호를 내려주었으며 덕흥부원군에 봉했다. 또한 충무공이란 시호도 내렸다.

이순신이 가정에서 생활할 때에는 돈독한 행실로 지조와 절개가 곧았으며, 군대를 다스릴 때에는 간략하게 하면서도 법에 따라 다스렸고 한 사람이라도 함부로 죽이지 않았다. 그리하여 삼군이 뜻을 하나로 같이 하여 감히 명령을 어기는 사람이 없었다. 전쟁에 나아가 적을 대하여서는 생각이 의젓하였고 될 수 있음을 보고 진격하고 어렵다는 것을 알면 물러났다. 그러므로 자신이 전쟁을 수행하는 동안에 사망했지만, 그 기율이 조금도 흩어지지 않아 마침내 승리를 취했다.

그가 진을 칠 때에는 척후를 멀리 보내 엄하게 대처했기 때문에 적이 오는 것을 반드시 미리 알고 있어서, 병졸들이 그 신명에 감명했다. 또한 밤마다 병사들을 쉬게 하면서 반드시 자기 스스로 화살을 살펴 준비했다.

군사들에게는 항상 빈 활을 활 쏘는 병사에게 주고, 반드시 적이 앞까지 핍박해 오는 것을 기다렸다가 그 뒤에 화살을 주어 쏘게 했다. 언제나 자기 스스로 활을 잡고 함께 활을 쏘니, 장수들이 팔을 붙들고 멈추길 간청하면서 말했다.

"어찌하여 자기 스스로를 사랑해 돌보지 않습니까?"

"나의 목숨은 저 하늘을 달려있다. 어찌 너희 무리들만 적을 감당하라고 하겠느냐." 이순신은 이렇게 말하면서 하늘을 가리켰다.

당시 논평하는 자들이 다음과 같이 말했다.

자기 몸에 지닌 그 절개며, 난리 통에 죽음을 무릅쓰는 그 충성, 병사들을 행진시키고 운영하는 그 묘수는, 다만 그 위대한 공을 일으켜 중흥시킨 것뿐만이 아니라, 비록 옛날의 유명한 장수라 하더라도 이보다 더 나음이 없을 것이다.

그 조카 이완은 후에 의주부윤이 되었는데, 여진족이 갑자기 쳐들어오매 항거하여 싸우다가 전사했다. 사람들은 삼촌의 풍모를 갖추었다고 말하였다.

李舜臣

李舜臣字汝諧 德水縣人. 兒時英爽不羈 與羣兒戲 常作戰陣狀. 及長從武擧 騎射絶倫.
雖遊於武人 高簡靜默 口無藝言 儕流咸憚之. 宣廟丙子中第 不事干謁. 權知訓鍊院奉
事 兵曹判書金貴榮有庶女 欲與爲妾. 舜臣辭謝曰 初出仕路 豈宜託跡權門耶. 李文成
公珥 判吏部 聞其名曰 是我同宗也 因人求見. 舜臣不肯曰 同宗則可相見 銓地則不可
見. 調北邊權管 秩滿 爲忠淸兵使軍官. 未嘗屈意徇人 爲鉢浦萬戶 水使成鑮 欲伐舘舍
桐木爲琴. 舜臣拒之不許. 水使大怒 而不敢取. 轉乾原堡權官 有賊胡亐乙只乃 久爲邊
患. 舜臣設奇誘致 生縛以獻. 兵使嫌其事不由己 反以擅兵請罪. 丁父憂服闋 陞司僕寺
主簿. 選授造山萬戶 方伯建議設鹿屯島屯田 使之兼管. 舜臣以地遠兵少 屢請添兵 兵
使李鎰不許. 及秋熟虜 果擧兵擣寨. 舜臣挺身拒戰 射仆其酋 追擊 奪被擄屯卒六十餘
人. 兵使欲以挑釁 殺以自解 陳形具 將斬之. 軍官等環視 泣訣勸之酒. 舜臣正色曰 死
生命也 飮醉何爲. 卽就庭 抗辯不肯署狀. 兵使意沮 囚而聞宣祖. 察其無罪 令從軍自
效. 俄以擊反胡獻級 宥還. 全羅巡察使李洸 辟爲軍官曰 以君之才 何抱屈至此. 奏爲
本道助防將. 己丑拜井邑縣監. 都事曹大中辭連鄭汝立逆獄 被追詣理. 金吾郞搜取文
書 見舜臣有答問書 密語欲去之. 舜臣曰 吾書無他語 且已在搜中 不可上. 竟無所
坐. 大中之柩 過邑前. 舜臣具奠哭送曰 彼旣不服而死 其罪不可知 纔經本道 使客未可
慁視也. 鄭相彦信亦繫獄 舜臣適隨牒至京 以其爲舊帥也. 詣獄門候問 聞者義之. 備局
選武臣 可合擢用者. 柳文忠成龍與之同閈 知其賢力 薦于朝. 陞高沙里僉使 臺諫論其
亟遷. 尋進階堂上 除滿浦僉使 又論其驟陞. 辛卯遷珍島郡守 除加里浦僉使 尋擢拜全
羅左道水軍節度使. 是時倭釁已啓 而朝野晏然. 舜臣獨深憂之 日修備禦 鑄鐵鎖橫截
海港. 創作龜船 上覆以板 釘以錐刀 使敵人不得登蹋. 藏兵其底 八面放銃. 燒撞賊船
常以取勝. 壬辰四月 倭寇大至. 先陷釜山東萊 由嶺南 直向京師. 舜臣欲移兵擊之 麾
下皆曰 我鎭左道 不可擅離而向右道. 惟軍官宋希立萬戶鄭運議合. 舜臣曰 今日之事
惟當擊賊而死 敢言不可者斬. 遂會諸鎭堡兵于前洋 戒期將發. 會慶尙右水使元均盡
喪舟師 遣人請援. 舜臣卽引兵往赴. 玉浦萬戶李雲龍永登萬戶禹致績 爲前導 至玉浦.
先破倭船三十艘 至固城 聞賊入京 上西行. 舜臣西向痛哭 引兵還營. 均等復請兵 進至
露梁 破倭船十三艘. 追至泗川 舜臣左肩中丸 猶不釋弓 終日督戰. 戰罷軍中始知之

莫不聳動. 六月 遇賊于唐浦 有大酋駕層樓畫船 金冠錦袍 器仗甚鮮. 舜臣一鼓薄戰
以筒箭射殪其酋 餘賊盡殲. 日午賊船又大至 舜臣以所獲樓船置前 去賊一里餘 焚之.
船中火藥暴發 響焰震天 賊又敗退. 已而全羅右水使李億祺 悉舟師來會 合戰於固城
前浦. 賊酋駕三層樓船 擁靑蓋 對戰 卽射殺之. 破三十餘船 餘賊登岸而走. 自是屢戰
皆捷 賊斂兵遠遁 遂與億祺還營. 賊復自梁山向湖南 舜臣復進兵固城見乃梁. 遇賊船
蔽海而至. 佯退誘賊 至閑山島前洋 還兵大戰. 砲煙漲天 盡破七十餘艘 賊大酋平秀家
脫身走. 將卒死者幾萬人 倭中震動. 賊又自安骨浦 來援秀家軍. 舜臣逆擊之 燒破四十
餘艘. 進擊釜山屯賊 欲覆其根本. 賊登高結寨 以自固 遂燒空船百餘艘 而還. 時倭兵
彌滿諸路 官兵義兵連敗 莫敢枝梧. 獨舜臣連奏大捷 上深嘉之. 三加階 至正憲 下敎書
褒美. 舜臣以本營地勢偏左 請移鎭閑山島 控制兩道. 島在巨濟縣南 乃兩湖水路咽喉
也. 朝廷遂置水軍統制使 以本職兼領之. 初元均以單舸 控于舜臣 聯名奏捷. 而朝廷察
舜臣功大 陞至統制. 均恥出其下 始與之貳. 舜臣每優容之 而均粗暴肆忿 不遵節制.
舜臣恐誤大事 引咎乞遞. 朝廷不得已 而移均忠淸兵使. 均積憾不釋 締交朝貴 搆誣舜
臣. 倭將平行長曾以馬島 事我國. 至是先驅入寇 憖見我人 詐請通款. 朝廷欲脫出被俘
王子 使慶尙兵使金應瑞 往復議事. 平秀吉因此行間 使行長麾下要時羅 密報曰 和事
不成 全由淸正主戰. 今方再來 若令舟師 還擊洋中 止殺此人 則兵自罷矣. 仍指言淸正
船旗牌彩色 朝廷偏信之 促舜臣進擊. 舜臣疑其言詐 而不可測. 守便宜 持難者數日.
要時羅又來言 淸正已過海泊岸 何爲失此機會. 於是臺諫交章 劾以逗遛之罪. 體察使
李元翼明其不然 柳成龍本以薦主 嫌不敢救. 蓋是時 朝論已歧矣. 上遣侍臣廉問 侍臣
亦黨於均 反實以聞. 丁酉二月 舜臣遂被逮就拷 將置重典. 相臣鄭琢白上言 舜臣名將
宜赦罪責效. 上亦念其功 特原之 命從軍自效. 時舜臣母在牙山 病沒. 舜臣便道 奔哭
成服. 卽行歎曰 吾一心忠孝 到此俱喪矣. 軍民遮擁號泣 遠近嗟惜. 元均代爲統制 盡
反前政 貯妓于運籌堂 酣飮不省事. 捶楚殘虐 一軍離心. 要時羅又來言 大軍方渡海
可遮擊也. 朝廷又諭均促戰 均旣反舜臣所爲 不敢言其難. 是年七月 悉衆前進. 倭船左
右誘引 乘夜掩襲. 軍遂潰 均走死. 舟師百餘艘皆沒 而閑山亦陷. 舜臣所儲置資糧兵械
爲數年之需者 一朝俱燼. 閑山旣破 賊由西海下陸 進陷南原 兩湖已不可守矣. 朝廷始
悟行長之詐 復以舜臣爲統制使. 舜臣以十數騎 馳入順天府境 得兵船十餘艘 稍收亡
卒數百 敗賊兵于於蘭島. 朝廷以舜臣兵弱使登陸進退. 舜臣奏曰 臣一登陸 則賊船由

西海直上 京師危矣.上從之. 時湖南避亂士民百餘艘 散泊諸島. 舜臣與之約束 團聚列
于軍後 與爲聲勢. 獨以十餘艘前 迎賊于珍島碧波亭下. 賊船數百來襲 勢若山壓. 舜臣
不爲動 一字整陣 砲矢四發 賊兵披靡. 巨濟縣令安衛回船欲退 舜臣立船頭 促遣小艓
命取安衛頭來. 衛遂進船 殊死戰 賊大敗. 擒斬其名將馬多 時軍聲復振. 捷聞 上欲陞
階崇品. 言者以爵秩已高 止賞諸將以下. 楊經理在京 亦送銀緞慰賞. 時陸路被兵 糧運
不繼 軍中患之. 舜臣爲檄告避亂諸船 諸船爭相助輸 并致依服. 士卒賴以飽煖. 舜臣雖
起復從戎 猶素食 日數溢米. 籌畫調度 夜不就寢 形容頓瘁. 上特遣使諭旨 從權仍賜滋
味 舜臣涕泣勉受. 戊戌春 移鎮康津古今島. 募民屯耕 南民繼屬歸之 遂成大鎮. 是秋
都督陳璘 領水兵五千東來. 陳爲人悍驚 上憂其失歡 密諭以善待. 舜臣盛具威儀 迎于
遠島. 至則大設宴犒 漢人皆喜. 然猶搶奪閭店 我人騷然. 舜臣忽令軍士毀撤屋蓋 搬衣
囊下船. 陳驚怪 使人問之. 舜臣對曰 天兵之來 如仰父母 今見暴掠 士卒不堪 各自逋
避. 我爲大將 不能獨留 將移他島. 陳大憫懼 卽詣舜臣推謝 挽留甚誠. 舜臣曰 大人若
聽某言 卽留耳. 陳曰 敢不一從公言. 舜臣曰 天兵奴隸我人 無所顧憚 大人幸許某便宜
禁斷 則兩軍相保 無事矣. 陳許諾. 其後漢人犯禁 輒繩治之 島中遂帖然. 鹿島萬戶宋
汝悰與漢船 俱進擊賊 獲船六 首級七十 漢人無所得. 陳方與舜臣接宴 聞之慙怒. 舜臣
曰 大人來統我軍 我軍之捷 卽天兵之捷 何敢私焉. 請盡納所獲 願大人悉以奏聞. 陳大
喜曰 素聞公東國名將 今果然矣. 宋汝悰失望自訴. 舜臣笑曰 賊首乃腐齒也 與漢人何
惜 汝功自有吾狀奏. 汝悰亦服. 自是 陳察舜臣治軍制勝 節節欽服. 借我板屋大船 自
駕 軍務大小 動必咨訪. 每言 舜臣非小國人物 若入仕中朝 當爲天下上將 惜乎 屈於
此. 上書宣廟言 李某有經天緯地之才 補天欲日之功. 蓋心服也. 陸軍提督劉綎以苗兵
來 與陳相約 夾攻行長. 舟師進戰港口 勝負未決 劉師違約不至. 蓋行長已聞關白秀吉
死 亟謀撤退. 畏我舟師阻前 啗劉以利 故緩其攻. 又潛款于陳 求假道甚切 陳亦中其賄
欲許之. 舜臣用木片密書 投示諷刺其非 陳赧然而止. 行長知之 又遣使于我 遺以銃劍
舜臣峻辭却之. 倭方絶糧 頗買漢糧 遂閉營不出. 陳慙失利 欲舍行長 往擊南海賊. 促
舜臣先發 舜臣力爭不從. 行長益困 請援于泗川屯賊 擧火相應. 泗川賊卽薩摩州軍也
强勇無敵 持重不輕戰. 見行長急 悉衆而至. 是夕大星隕海中 軍中怪之. 舜臣與漢船
迎戰于露梁 自夜至朝數十合 賊兵敗却. 忽有飛丸 中舜臣而殞. 舜臣之姪莞有膽勇 卽
抱尸入房 匿不發哭. 擧旗督戰如故 舟中皆不知. 都督爲倭船所圍 我軍救之. 日午賊敗

走. 行長以其間 出舟外洋遁去. 陳遣人來勞 舟中已發喪矣. 都督聞之 自仆于椅下 擊地大慟 兩陣皆哭聲殷海中. 上震悼 遣官弔祭 特贈議政府右議政. 柩返牙山舊居 一路士民號泣設祭 千里不絶. 部曲請于朝 立祠水營 賜額忠愍. 巨濟兵民亦建祠 以時禱祀. 湖南人立碑于東嶺 以紀戰功. 亂定 錄壬辰勳 加贈左議政. 賜效忠仗義迪毅協力宣武功臣 封德豊府院君 賜諡忠武. 舜臣居家 有篤行操守貞介. 其治軍 簡而有法 不妄殺一人 而三軍壹志 莫敢違令. 臨陣對敵 意思從容. 見可而進 知難而退. 故身死陣中 紀律猶自若 卒以取勝. 其在陣 遠斥候 嚴警衛 賊來必先知之 士卒服其神明. 每夜休士 必自理箭羽. 常以空弩與射士 必待賊船逼前 然後散箭與之. 又自操弓齊射 將士扶腋諫止曰 何不爲國自愛. 舜臣指天曰 我命在彼 豈可令汝輩 獨當賊乎. 當詩論者 以爲立身之節 死亂之忠. 行師用兵之妙 不但爲中興元功 雖古之名將無以過也. 姪莞後爲義州府尹 遇金兵猝至 拒戰而死. 人謂有乃叔之風.

〈현충사〉

〈해전도〉

(1) 이순신 장군의 출생

이순신 장군님의 선친이 어느 절간에 들어가니, 적적하고 사람이 없어. 보이, 상재한 사람 뿐이라. 그런데 상재가 늘 대성통곡을 하고 있어요. 그래 그 연유를 물었어.

"어째서 대성통곡을 하느냐?"

물으니 하는 말이,

"금년 섣달 그믐날이며는 저가 죽을 차례올시다. 그러나, 막상 죽을 몸이지마는 이 절을 비우고 내가 달리 갈 수가 없어가주고 이 절을 지키고 있습니다."

"죽다이, 어떻게 죽느냐?"

"글쎄요 섣달 그믐날마 되며는 뇌성이 울리고 이라다가는 마 사람을 물고 가는데. 어디로 갔부는지 흔적이 없입니다."

"그래? 그러며는 너가 내 말대로 하며는 그 연유를 알 수 있을 모야이까네 내 씨기는 대로 하라."

"예, 하지요."

"내일 장에 가서 비상 석 냥, 석 냥중을 사가 오너라."

그래 비상 석 냥주를 사 가 와서 그 주인이 입을 수 있는 두루막을 하나 딱 만들어 가주고 저 비상을 말이지요, 물에 개 가주고 그 두루막을 말루고, 비상을 전부 다 소비를 했그던. 그래 하는 동안에 섣달 그믐날이 됐그덩. 그래서 저 어른이 아주 질긴 명주실 그거를 인자 두루막에다 달고 그 두루막을 중인데 입혜가주고, 그날 밤에는 인제 절간 전체에다 등촉을 밝히고 경계를 하는데. 그러이 한밤중 되이께, 무슨 큰 소리가 나디마는 공중에서 뭐가 날어오는 소리가 들리그덩. 그러더니 그 중을 물고 마 어디러 갔부고 없어. 그래서 심심 심야에 찾어볼 수는 없고 익일날 그 줄을 따라 갔다 말이지. 가보이, 거게서 한 십리 여하에 있는 강 속에 그 줄이 떡 드가 있그덩.

'틀림없이 이넘 이시미가 그 사람을 잡아먹는구나.' 고 생각을 하고 얼매간 있으니 그 이시미가 먹었던 중을 토하고 밖에 나와서, 하! 강물에다 굽을 치고 이라디, 밖에 나와서 마 죽그덩. 죽는데 그 크기가 여간 크잖그덩. 그래서 인자 그 동리 사람들을 불러가주고 이시미를 여러 날 두고 태우그덩. 태우는데 보이, 거기서 나비가 세 마리 날어 나와요. 날어 나오는데 그걸 도저히 잡을 수가 없어. 그래가 마 나부를 띄아부렀다.

그래서 그 어르이 집에 돌아와가주고 내외간에 동품을 했던 모야이지. 십삭이 돼 가주고 아이가 하나 났는데, 눈을 바로 뜨고 사람이 볼 수가 없어. 첨 놓는 아이를 그래서 희생을 시켰다 말이 있어. 그래서 희생을 씨겼부리고, 그 담 또 아이가 났는데 머여보다는 덜하지마는 또 역연 정면을 볼 수 없는 그런 시력이라. 도저히 바라 볼 수가 없어 겁이 나서. 또 희생을 씨겼다는 말이 있어. 그래 세 분 만에 아이가 태어났는데 전과는 다리고, 생각에 '내가 아이를 두 날이나 희생을 씨겼는데, 셋까지 는 희생을 씨길 수가 없다.'는 이런 생각을 가지고 그 아이를 키운 결과 이순신 장군이랍니다.

출처: 조동일 외, '이순신 장군의 출생', 『한국구비문학대계』 7-2, 한국학중앙연구원, 1980, 738.

(2) 호랑이 퇴치한 결의형제

예전에 저 금강산 귀경을 갔는데, 날이 저물어서 산골에 집이 한 채 있는데, 자고 가려고 갓 주인을 찾으니께 여인이 나오는데 키가 어떻게 큰지 고개를 발딱 제껴야 얼굴이 보이는데,

"왜 찾냐?"

고.

"날이 저물어서 하룻밤을 자고 가려고 찾는다."

고.

"들어오라."

고. 방에다 앉혀놓고서 저녁을 차려서 내는데, 그 말양푼에다 밥을 한 양푼 푸고 술을 큰 양푼에다 한 양푼하구 갖다주니께루, 벌써 장산 줄 알구선 말이지. 밥은 한 반 양푼 먹고 술도 한 반양푼 먹고 상을 물린다 말야. 저 웃간에 가서 올라앉으니, 얼마 있다가 바깥에 징 박히는 소리가 척척 나더니 지침하는 소리가 나고 주인이 들어왔어. 주인은 말양푼으로 밥 한 양푼 푼 거 다 먹고, 술을 한 양푼 죄다 먹는다 말야. 마누라가 얘기를 하니께 불러 내려가서 인사를 하고,

"우리가 소싯적에 우리 아버지를 이 산꼭대기에 있는 백호가 물고 갔는데, 그 원수를 갚으려고 이렇게 나이 많이 먹도록 원수를 못 갚고 있는데, 자구서 내일 아침에 나하고 가서 내가 백호하고 건공에 올라가서 싸우면 그저 지침만 해달라고 그러면 그 호랑이를 내가 잡을 테니까."

이순신 씨도 장사데, '설마 지침이야 한 번 못하랴' 하고서 말을 하고, 아침을 먹고서 거기를 갔단 말야. 산꼭대기에 큰 굴이 있는데,

"백호야"

하고 부르니께루 산더미 같은 허연 범이 쫓아 나오더니,

"이제 미결한 싸움 또 하자."

둘이 붙더니 싸워서 건공에 올라가면서 싸운단 말야. 그것 보고서 이순신 씨가 까무러졌단 말이야. 싸움을 암만해도 지침을 안 하니께루,

"또 내일 싸우자."

하고 뚝 떨어져 호랭이는 굴로 들어가고- 이 사람이 가 보니께 이순신 씨가 까무려쳤어. 간신히 주무르고 해서 정신을 돌이켜서,

"네 소행으로 말하면 내가 오늘 너를 죽일 텐데 살리는 건 내일 와서루 네가 지침 한 마디를 해야지 안 하면 너는 죽는다."

"그락하겠다."

구. 그래 데리고 내려와서 자구서 그 이튿날도 갔단 말야. 또 가서루 불러내가지고 건공에 싸워 올라가는데, 간신히 지침 한 마디를 쿨룩 했단 말야. 지침을 하니께 호랑이가 돌려다 볼 적에 철현으로 냅다 쳐서 호랑이를 때려 잡았단 말이야. 내려와서,

"원수를 갚아줘서 대단히 고맙다."

고. 그것이 신령이요.

"나는 은공을 갚을 수가 없으니께 마누라를 데리고 가거라. 안 데리고 가면 너를 죽인다."

이순신씨가 목숨 살라고,

"데리고 가겠다."

고 허락하고서, 그 이튿날 쌀을 담궈 빻아서 설기를 지구서루는 마누라하고 오다가 배만 좀 고프면 물가에 앉아 물 좀 마수고 그 설기 좀 떼먹으면 종일 가도 배가 안 고파. 갬밭이 고향이니께 갬밭에 떡 왔어. 그래 요술을 해가지고설랑 집을 삽시간에 한 채 지어놓고서 살림을 하는데, 자구서 밥만 먹으면 넓은 진펄에를 다니면서 고쟁이로 꼭 찌르고, 종구리씨를 하나 넣고, 수수를 하나 넣고 꼭 박고. 며칠을 다니면서 그래던지 그 너른 갬밭을 죄다 다니면서 죄 그렇게 심어 놨는데. 거기서 수수남기나 박이 싹이 나서 수수나무를 감으면서 올라가. 수수가 커서 박이 열어갖구선 한 나무 하나씩은 다 열었는데, 그 너른 진펄에 수수밭이 꽉 들어찼는데, 일본에서 조선을 먹을려고 나오는데, 그 갬밭 뒷고개를 떡 올라서니께루 그 너를 들판에 아주 군대가 빽빽이 들이쟁였어. 그래 염두가 안나서 일본사람이 대구 회진을 해서 돌아갔단 말야.

그렇게 한 뒤 하룻밤을 자구서 일어나니께루 책이 한 권 있어서 책을 보니께 거북선 꾸미는 책이야요. 그 책을 가지고 거북선을 꾸며가지고는 이순신 씨가 일본 사람 많이 죽였어요. 암 많이 죽였지유.

출처: 조희웅, '호랑이 퇴치한 결의형제-이순신장군', 『이야기망태기』 2, 글누림, 2011, 463.

(3) 충무공 이순신의 일화

이 충무공이여 통영 앞에서러여 수전(水戰)할 때, 사방 돌아보니 충무공의 수전터 거개가 제일 요짜다꼬 거다 전터를 잡아여 거북선을 맨들었거던. 맨들고 수전을 하는데, 한날은 바달 이래 향해 보고 있으이, 바다 있던 기려기가 해거름에 마이 들이나는 기라. 그래가 충무공이 군사들을 불러갖고 배를 태이거던예. 술을 많이 조여 먹여가주고 칼을 다 하나씩 줘가지고,

"좌우간 아무 것도 하지 말고, 너거 술 먹고 흥나이 배 사모만 칼로 갖고 치라." 고 시기꺼던. 그래 밤새도록 그라고 나이꺼네, 배에 오르려던 왜군의 손이 잘려 손가락 감기는 기 배에 한 배더랍니더. 그래가주고 냉제에는 일본사람들 들오는 거 몰아붙이가주고, 저짜아 가여 몰살피고 마 하문시킸거던예.

출처: 최정여 외, '충무공 이순신의 일화', 『한국구비문학대계』 7-13, 한국학중앙연구원, 1985, 71.

〈관련 설화 목록〉

서대석 외, '이순신 장군 이야기', 『한국구비문학대계』 1-2, 한국학중앙연구원, 1980, 244.

이현주 외, '이순신 장군과 진도둑', 『한국구비문학대계』 6-5, 한국학중앙연구원, 1985, 532.

이현주 외, '땀 흘리는 이순신 장군의 비', 『한국구비문학대계』 6-5, 한국학중앙연구원, 1985, 580.

조동일 외, '이순신 장군의 출생', 『한국구비문학대계』 7-2, 한국학중앙연구원, 1980, 738.

최정여 외, '충무공 이순신의 일화', 『한국구비문학대계』 7-13, 한국학중앙연구원, 1985, 71.

최정여 외, '이순신 장군과 상사뱀', 『한국구비문학대계』 7-15, 한국학중앙연구원, 1987, 364.

최정여 외, '이순신 탄생 유래', 『한국구비문학대계』 7-15, 한국학중앙연구원, 1987, 501.

임재해 외, '이순신과 강강수월래의 유래', 『한국구비문학대계』 7-17, 한국학중앙연구원,

1988, 159.

정상박 외, '이순신 장군의 폰디목 싸움', 『한국구비문학대계』 8-1, 한국학중앙연구원, 1980,
        502.

최정여 외, '이순신 장군과 상사병 걸린 처녀', 『한국구비문학대계』 8-5, 한국학중앙연구원,
        1981, 316.

신동흔, '이순신과 김덕령', 『역사인물이야기연구』, 집문당, 2002, 366.

이수자, '이순신 장군이 죽은 이유', 『설화화자연구』, 박이정, 1998, 62.

이헌홍, '이순신의 어린 시절', 박이정, 『김태락 구연설화』, 2012, 300.

임석재, '이순신의 힘', 『한국구전설화』 5권, 평민사, 1989, 62.

조희웅, '호랑이 퇴치한 결의형제-이순신 장군', 『이야기망태기』 2, 글누림, 2011, 463.

 권율(權慄, 1537~1599)

조선의 명장으로, 자는 언신(彦愼), 호는 만취당(晩翠堂)·모악(暮嶽), 본관은 안동(安東)이며, 영의정 철(轍)의 아들이다. 1582년(선조 15) 식년문과(式年文科)에 병과로 급제, 요직을 두루 거쳐 1591년 의주목사(義州牧使)가 되었다. 1592년 임진왜란이 일어나 수도가 함락된 후 전라도순찰사 이광(李洸)과 방어사(防禦使) 곽영(郭嶸)이 4만여 명의 군사를 모집할 때, 광주목사로서 곽영의 휘하에 들어가 중위장(中衛將)이 되어 북진하다가 용인에서 일본군과 싸웠으나 패하였다. 그 뒤 남원에 주둔하여 1천여 명의 의용군을 모집, 금산군 이치(梨峙)싸움에서 왜장 고바야카와 다카카게[小早川隆景]의 정예부대를 대파하고 전라도순찰사로 승진하였다. 1593년에는 병력을 나누어 부사령관 선거이(宣居怡)에게 시흥 금주산(衿州山)에 진을 치게 한 후 2천8백 명의 병력을 이끌고 한강을 건너 행주산성(幸州山城)에 주둔하여, 3만 명의 대군으로 공격해온 고바야카와의 일본군을 맞아 2만 4천여 명의 사상자를 내게 하며 격퇴하였다. 그 전공으로 도원수에 올랐다가 도망병을 즉결처분한 죄로 해직되었으나, 한성부판윤으로 재기용되어 비변사당상(備邊司堂上)을 겸직하였고, 1596년 충청도순찰사에 이어 다시 도원수가 되었다. 1597년 정유재란이 일어나자 적군의 북상을 막기 위해 명나라 제독(提督) 마귀(麻貴)와 함께 울산에서 대진했으나, 명나라 사령관 양호(楊鎬)의 돌연한 퇴각령으로 철수하였다. 임진왜란 7년 간 군대를 총지휘한 장군으로 바다의 이순신과 더불어 큰 전공을 세웠다. 사후에 영의정에 추증되니 시호는 충장(忠莊)이다. 1604년(선조 37) 선무공신(宣武功臣) 1등에 영가부원군(永嘉府院君)으로 추봉되었다. 『참고문헌』 선조실록, 국조인물고, 한국인명대사전

권율은 자가 언신이고 영의정 권철의 아들이다. 가문이 빛났지만 귀한 가문의 세력을 가지고서 자부하지 않았다. 나이 사십이 되어도 오히려 과거를 보지 않았고, 어떤 사람이 음사[1]로 벼슬을 권하면 웃으면서 응하지 않았다.

선조 때 비로소 명경과의 문과에 급제하여 승문원 정자에 임명되었다. 그 후 전적 낭서로 승진되었다가 멀리 경성부판관이 되어 나갔다. 하지만 해를 넘기고 이듬해에 벼슬을 버리고 돌아왔다.

만력 신묘년, 의주목사 자리가 비니 조정에서 그의 유능함을 알아 천거하여 임명했다.

임진년 4월, 일본 관백 평수길이 60만 대군을 거느리고 휘원, 청정, 행장 등을 장수로 삼아 바다를 건너 침범해 왔다. 부산과 동래 등의 성을 계속 함락시키니 나라 안팎이 크게 놀라 들끓었다.

이때 임금이 물었다.

"내가 듣기로 권율이 가히 등용될 만한 재주를 가졌다고 하는데 지금 어디에 있느냐? 경상도와 전라도 같은 큰 고을의 책임자로 임명할 수 있으리라고 생각하노라."

이렇게 하여 곧바로 광주목사로 임명되었다.

권율은 임금의 은혜에 감사하며 즉시 광주로 출발했다. 승지인 이항복(권율의 사위)이,

"어찌 그렇게도 빨리 가려고 합니까?

1) 음사(蔭仕): 부모나 조상의 은덕으로 벼슬하는 것.

하고 물으니, 권율은 이렇게 대답했다.

"국가의 일이 매우 급하게 되었는데 이럴 때는 바로 신하가 죽음을 내보여야 할 때이니라. 어찌 감히 시각을 지체하여 세속의 아이들처럼 슬픈 울음을 울어보이겠느냐."

이 무렵 편안한 세월이 계속되다가 갑자기 왜적의 침입을 보게 되니, 조정 신하들이 경상도와 전라도 관리가 되는 것을 죽는 일로 여겼다. 그러나 권율은 기세가 강개하여 고개를 꼿꼿이 들고 길을 나서니, 그를 보고는 탄복하지 않는 사람이 없었다.

권율이 홀로 말을 달려 광주에 도착해서 그가 미처 업무를 보기도 전에 임금이 서쪽으로 피난을 떠났고, 이에 병사를 징발하여 들어가 호위하도록 했다. 곧 전라도 순찰사 이광, 방어사 곽영이 병력 4만으로 왜적과 싸우러 나가면서, 이광은 스스로 2만을 거느리고 나주목사 이경록을 중위장으로 삼고 조방장 이지시를 선봉장으로 삼아 출발했다. 그리고 곽영도 2만을 나누어 거느리고 권율을 중위장으로 삼고 조방장 백광언을 선봉으로 삼아 출정했다.

이달 12일에 양군이 길을 나누어, 이광은 용안 지역으로부터 강을 건너 임천, 온양 등의 길로 나아갔고, 곽영은 전주로부터 여산, 공주 등의 길로 나아가 직산에서 함께 만났다.

이때 경상순찰사 김수, 충청순찰사 윤국영 등이 같이 모였는데, 모두 병사 수만 명을 거느리고 있었다. 그리하여 군대의 모습이 매우 왕성했다. 마침내 수원으로 나아가 진을 쳤는데, 이광은 곽영에게 명하여 용인으로 나아가 왜적을 공격하도록 했다. 그때 권율이 의견을 제시했다.

"왜적이 이미 험한 지역을 점거해 있으니 그 기세로 보아 쳐다보고 공격하기가 매우 어렵습니다. 지금 주공(主公)께서는 관할지역 안의 모든 병력을 전부 모아 거느리고 구원하러 왔으니, 국가의 존망이 우리의 지금 한 번 거동에 달렸습니다. 출격함에 있어서 신중을 유지하여 만전을 도모해야 합니다. 우리가 적은 병력을 가지고 날카로운 왜적에 대적하여 싸우는 것은 옳지 못합니다. 마땅히 곧바로 한강을 건너 임진강에 이르러 적들이 더 이상 임진강을 건너지 못하게 막는다면, 서쪽으로의 통함이 스스로 튼튼해지고 양식을 운반하는 길도 잘 통하게 될 것입니다. 그래서 사정을 살피면서 예리한 병력을 비축하고 적의 틈을 보면서 조정의 명령을 기다리는 것이 옳습니다."

이광은 권율의 이 건의를 듣지 않고 공격을 고집했다.

곽영은 먼저 백광언에게 명령하여 가만히 앞으로 나아가 진격할 길을 살펴보고 오도록 했는데, 백광언이 돌아와 아뢰었다.

"길이 협소하고 나무가 빽빽하여 가볍게 전진할 수 없습니다."

그 말을 들은 이광이 화를 내니, 곽영은 명령에 따라 병력을 전진시켰다. 이에 이광은 선봉장 이지시를 불러서 함께 전쟁을 돕도록 명령했다.

5월 5일, 이지시와 백광언이 뛰어난 병사 1천씩을 거느리고 진격하는데, 권율이 살피니 적을 매우 가볍게 여기며 주의하지 않는 것처럼 보였다. 그러므로 권율은 그들에게 이렇게 주의를 시켰다.

"조심하여 가볍게 전진하지 마라. 중위의 군이 도착하는 것을 기다렸다가 싸우도록 하라."

그러나 백광언은 적의 수가 적음을 보고 병력을 재촉하여 맞아 싸우도록 했다. 왜적이 칼을 휘두르며 크게 소리치면서 높은 지형을 이용해 내려오며 공격을 하니, 우리 군사들은 흩어져 쓰러졌다. 적들이 그 기세를 타서 어지럽게 칼로 치니 이지시와 백광언 등이 모두 전사했다. 그러자 병사들은 싸울 마음을 잃고 말았고 아침이 되어 적들이 산골짜기를 따라 깃발을 펼치며 몰려나오니, 우리 군사 모두가 크게 무너져 버렸다.

그리하여 권율도 광주로 돌아오면서 소리쳐 탄식했다.

"종묘사직이 불타서 재로 변하고, 임금이 피난을 갔으니, 신하된 사람으로서 어찌 나라가 망하는 것을 기다리겠는가?"

드디어 권율은 분연히 일어나, 광주지역의 젊은이들 5백 명을 불러 모으고 옆의 고을에 격서를 전하니 또한 천여 명을 얻었다. 그리하여 경상도 경계에 나아가 진을 쳤다. 이때 남원에서는 백성들이 스스로 관아를 불사르고 관청 창고를 약탈했다.

곧 권율은 남원부로 이동하여 고을 인심을 어루만져 안정시켰다.

전라도순찰사 이광이 권율의 거병을 전해 듣고, 재량으로 도절제사라는 이름을 붙여주었다. 이를 계기로 여러 군에 있는 군사들을 독촉하여 거느리고 왜적의 돌격대를 차단하라고 명령했다.

권율은 이치 지역으로 가서 군사를 주둔시켰다. 그때 영남 지역에 있던 왜적들의 세력이 걷잡을 수 없이 퍼져, 곧바로 전라도로 공격해오면서 그 병력을 분산하여 진격해왔다. 권율은 왜적의 세력이 매우 맹렬하다는 소리를 듣고는 영남의 적을 튼튼하게 막고자 병력을 엄하게 하여 기다리고 있었다.

7월, 마침내 왜적을 산봉우리에서 만나게 되고, 병력을 풀어 급하게 공격하는데 동복 현감 황진이 매우 용감하게 싸웠지만, 왜적의 탄환을 맞고 후퇴해 왔다. 이를 본 군사들은 사기가 저하되어 점점 창을 거두며 머리를 안고 도망치려 했다. 저녁 무렵 왜적이 우리 군사의 어려움을 틈타 우리 막사 울타리 안으로 급하게 넘어 들어왔다. 이때 권율이 칼을 똑바로 빼 들고 크게 소리치면서 직접 날카로운 칼날을 휘두르며 전쟁을 독촉하니, 병사들이 모두 죽음을 무릅쓰고 용감하게 싸워 한 사람이 백 명의 적을 당하지 아니함이 없었다.

함성이 땅을 흔들고 화살과 포탄이 비 오듯 쏟아지니 왜적들이 감히 저항하지 못했다. 적들이 마침내 갑옷을 버리고 시체를 끌며 도망쳤다. 전쟁 물자와 버려진 무기들이 질펀하게 널려있고 흐르는 피가 땅을 덮었다.

이로부터 왜적이 다시는 호남 지역을 엿보지 못했다. 이에 호남 지역이 나라의 근본이 되었으며, 동서로 군량을 실어 날라 군대의 양식이 모자라거나 끊어지지 않게 된 것은 오로지 권율의 힘이었다.

가을에 벼슬을 옮겨 나주목사가 되었다가, 다시 벼슬이 올라 전라도순찰사에 임명되었다. 권율은 진중에서 임금의 교서를 맞이하여 머리를 조아리면서 서쪽을 향해 통곡하였다. 이 모습을 보고 병사와 장수들이 눈물을 뿌리지 않은 사람이 없었다.

권율이 주둔하고 있던 이치 지역을 방어사에게 지키도록 명령하고는 자신은 몸소 전주에 이르러, 전라도 안의 병력 1만여 명을 징발했다. 이해 9월, 권율이 임금을 만나보기 위해 서쪽으로 가려고 했다. 이때 적의 우두머리인 행장이 이미 평양을 점령하여 그 성 안에 주둔해 있었고, 왜장 장정은 황해도를 점령하고 있었으며, 왜장 융경은 개성을 점령해 있었다. 그리고 평수가가 여러 우두머리를 감독하여 거느리고 한양에 주둔해 있으면서 사방으로 병력을 보내 약탈을 일삼으니 서쪽으로 가는 길이 막히어 임금을 만나러 가는 길은 이미 끊어져 있었다.

이렇게 되니 우리나라의 여러 장수들은 강화도로 피난하여 중간의 물을 이용해 튼튼하게 지켜 왜적들의 예리한 공격을 피했다. 권율은 임금이 의주에 있다는 소식을 듣고 여러 장수를 불러 계책을 세워 말했다.

"지금 평양 이남 지역은 모두 적들의 근거지가 되었고 경성이 적들의 본거지가 되어 있다. 그러니 경성을 먼저 회복하는 것이 급선무이다. 경성에 있는 평수가가 평양에 있는 행장과 서로 연계하고 있으니, 서쪽으로 추격해 오겠다는 생각을 하지 못하게 한다면 곧 왜적들은 아무 일도 할 수 없게 될 것이다."

곧 군대를 진격시켜 수원의 독성에 가서 주둔했다. 임금이 권율의 독성 주둔 소식을 듣고, 자신이 차고 있던 칼을 풀어 병사에게 주면서 권율에게 다음의 말과 함께 전하라고 명했다.

"여러 장수들 중에 그대의 명령에 복종하지 않는 자가 있거든 이 칼로 처단하여라."

평수가가 권율 병력의 기세가 심히 예리한 것에 겁을 먹고 수만의 병력을 오산 인근으로 보내 세 개의 진으로 나누어 병영을 설치하고 서로 오가면서 권율에게 대항하게 했다.

권율이 이를 알고 성을 굳게 지키면서 적들과 교전하지 않았다. 간혹 날랜 군사들을 보내 적이 향하는 바에 대응하여 그 예리한 기세를 꺾어 놓았다. 왜적들이 오산 인근의 백성들을 협박하여 약탈했지만 아무것도 얻지 못하자, 여러 날이 지나 병영을 불사르고 야밤을 틈타 경기도 안쪽 지역으로 가 숨어 버렸다.

여러 왜적이 차례로 경성으로 들어오니 이때부터 서쪽으로 통하는 길이 통하게 되었다. 이때 여러 고을 의병들이 영향을 입어 벌떼처럼 일어나 서로 호응하였다.

계사년 2월, 권율은 휘하 정병 4천을 전라병사 선거이에게 나누어 주면서 금천에 주둔하여 병영을 구축하고 먼 후방에서 성원하도록 명령했다. 그리고 권율 자신은 정예 병사 2천 3백을 거느리고 양천강을 건너 고양의 행주산성에 가서 진을 쳤다. 서쪽 통로를 움켜쥐고 경성 탈환을 꾀하고자 함이었다.

이때 명나라 대장군 이여송이 큰 병력을 거느리고 평양을 수복하여 그 위명을 크게 떨쳤다. 이에 왜적의 우두머리인 청정은 함경도로부터 물러나 서울로 군사를 돌렸다. 왜장 융경, 장정 등도 역시 서울로 달려왔고, 행장과 의지, 조신 등도 역시 흩어져 있는 왜적을 불러 모두 서울로 집결했다. 이렇게 되니 적의 세력이 다시 왕성해졌다.

권율이 결사대를 이끌고 적 깊숙이 침공하여 곧바로 수도 가까이 육박해 들어갔다. 왜적들이 아군의 병력이 얼마 되지 않는 것을 보고, 마음속으로 한 번에 모두 섬멸하고자 하여 모든 병력을 이끌고 나아왔다.

2월 12일 새벽, 척후병이 아뢰었다.

"왜적이 좌우로 나누어 빨간 색과 하얀 색 깃발을 들고 행주산성을 향해 오고 있습니다."

권율은 군중에 명령하여 움직이지 말고 대비하라 하고, 자신은 높은 곳에 올라 바라보니 행주산성과의 거리가 5리쯤 되는 곳에 적의 무리가 이미 가득 차 있었다. 얼마 지나지 않아 수만 병이 행주산성을 포위해 공격을 개시했다. 우리 군사들이 성 안에서 특별히 죽을 각오로 맞서 싸우는데, 적들은 병력을 세 부대로 나누어 교대로 병력을 쉬게 하면서 연속 공격을 해왔다. 묘시(卯時)부터 유시(酉時)까지 무릇 도합 세 번을 크게 접전했으나 왜적들은 모두 이득을 얻지 못했다. 그러자 왜적들은 사람들을 시켜 마른풀을 묶어 가지고 와서 바람을 이용해 우리 성 목책에 불을 질렀다. 이에 우리 성 안 사람들은 물을 계속 내리부어 불을 껐다.

애초에 권율이 스님으로 편성된 승군으로 하여금 성의 서북 방면을 지키게 했는데,

전투가 치열해지면서 그쪽이 약간 밀리게 되자 왜적이 큰소리를 지르며 난입했다. 이어 그 곳을 지키던 한 무리의 우리 군대가 무너지니, 권율은 스스로 칼을 들고 왕래하며 소리쳐 전쟁을 독려했다. 그러자 모든 장수들이 적의 칼날을 무릅쓰고 육박해 힘껏 싸우니, 마침내 왜적들이 물러나기 시작했다.

왜적이 퇴각 후, 그들 시체를 네 개의 무더기로 만들어서 풀을 모아 불에 태우니 그 냄새가 10리까지 코를 찔렀다. 우리 군대가 남은 시체들을 수습하고, 머리를 자른 것이 1백 30여 급이었으며 획득한 물자와 갑옷, 깃발, 칼, 창 등이 수없이 많았다.

이때 이여송 제독이 개성에 주둔해 있으면서, 앞서 유격장군 사대수를 시켜 임진강을 건너 오가며 순찰하도록 했었다. 이에 권율이 크게 이겼다는 소식을 듣고, 이튿날 그의 부하를 파견하여 어제 싸운 곳을 살펴보게 하고는 예물을 보내 축하해 주었다.

며칠 지나 이여송제독이 서로 만나보고자 청했다. 곧 권율이 진을 정돈하고 그를 기다렸는데, 깃발들이 선명하고 기계들이 뛰어나고 예리했으며 명령이 엄명하니, 이여송은 권율을 극진히 공경하여 대접하면서 칭찬했다.

"권씨 군대는 다른 군대의 전진과 구별이 된다. 진실로 중국 외에 참된 장수가 있었도다."

뒷날 3월에 명나라 경략으로 온 송응창이 자기 나라에 이렇게 보고했다.

"왜적들이 조선을 꺾어 함락시켜 국왕과 세 도읍지며 여러 군현들이 모두 바람을 맞은 것처럼 달아나고 무너졌는데, 일찍이 정의를 부르짖고 일어나서 큰 난리를 막아 나라를 지키고 회복하기를 도모하는 자가 한 사람도 없었습니다. 오직 전라관찰사 권율만이 아주 위험한 상황에 처한 나라를 움켜잡아 지키고, 많은 무리들을 불러 모아 여러 번 기이한 꾀를 써서 때때로 큰 왜적에게 저항했으니, 진정 나라를 온통 쓸어 정돈하는 충신이고 다시 일으키는 명장입니다."

인하여 송응창은 붉은 비단 4필과 백은 50냥을 상으로 내려 충성스럽고 용맹함을 장려했다. 그리고 명나라 병부상서 석성도 황제에게 문서를 올려 말했다.

"임금의 신하 권율은 위태롭게 된 나라를 홀로 지켜서 아주 강하고 굳센 왜적에 항거했습니다."

이글을 본 황제가 그것을 아름답게 여겨 칭찬했다. 같은 해 3월에 병부상서 석성이 황제의 성지를 받들어 가져왔는데, 다음과 같은 내용이었다.

"조선은 평소에 강한 나라라고 일컫더니 지금 전라도관찰사가 적을 무찔러 목을 벤 것이 무수히 많음을 보도다. 조선의 인민들이 오직 힘이 솟아오르겠노라."

그리하고 홍로시(鴻臚寺) 관원을 사신으로 보내 우리나라를 격려했다. 명나라 관리들은 매양 권율이라는 이름을 들으면 다음과 같이 말했다.

"앞서 행주에서 크게 이겼다는 보고를 올린 사람이 아니냐?"

이후로 행주산성의 큰 승리는 중국에까지 들리어 나라를 중흥시키는데 으뜸의 공헌을 하였다.

권율은 행주성이 적의 주둔지와 밀접하다고 생각해서 파주산성으로 진지를 옮기었다. 이에 왜적이 많은 무리를 이끌고 서쪽의 이 성을 공격하면서, 행주에서의 패배를 보복하려고 했다. 왜적들이 몰려와 파주산성을 바라보니 성의 주둔지가 높은 산 깊은 골짜기에 있으므로 무리들을 거두어서 물러갔다. 왜적들이 이렇게 왔다가기를 세 번이나 했다.

4월에 평수가 아래의 여러 장수들이 스스로 자기들 형세가 매우 쇠퇴해졌음을 알고 이여송 제독에게 화의를 요청해 성립시켰다. 그래서 모든 병력을 이끌고 숨어 돌아갔다.

권율이 그 소식을 듣고 아주 빠른 병사를 거느리고 밤새 말을 달려 서울로 들어왔다. 그때는 왜적들이 이미 한강을 건넌 뒤였다. 곧 선봉을 재촉해 명령하여 빨리 달려 그 뒤를 쫓도록 했다.

이여송 제독이 이 사실을 알고 여러 장수들과 꾀하여 말했다.

"전라도순찰사 권율은 아주 용감하고 전쟁을 잘 하며 그 병사들도 명령을 잘 따르는데, 지금 모든 무리들을 거느리고 후퇴하는 왜적을 쫓고 있으니 우리와 맺은 화평을 무너뜨릴 것이 틀림없다."

이에 한밤중에 유격장군 척금을 급히 파견해, 노량진으로 말을 달려 한강을 건너는 배들을 모두 거두어 숨겨서 건너지 못하도록 했다. 곧 중국 유격장군 척금은 그 심복을 권율에게 보내어, 의론할 일이 있으니 급히 만나자고 했다. 곧 권율이 나아가자 척금은 꾸짖었다.

"공은 이여송 장군의 분부를 기다리지 않고 급히 추격하고자 하니 무슨 까닭이냐?"

그리고 나서 그 부하를 보내 동정을 살펴 은밀히 추격을 막으니, 권율은 부득이 병사를 이끌고 전라도로 돌아갔다.

6월에 관직이 높아져 도원수에 임명되었고, 모든 군사를 독촉하여 영남으로 이동해 주둔했다.

갑오년, 권율이 병으로 관직의 해임을 요청하니, 임금은 특별히 궁중 어의를 보내 병을 간병하도록 했다.

이때 한 무관이 싸움에 나아가는 것을 꺼려 전주로 달아나 숨어버렸다. 그리고 명나라 장수에게로 가서 의탁해 있었다. 권율이 전라도에 순찰을 가서 그 무관을 잡아오도록 했다. 이에 그 명나라 장수가 간곡하게 살려줄 것을 요청했다. 하지만 권율은 들어주지 않고 마침내 무관의 목을 베었다. 얼마 지나고 우리나라 재상이 남방의 군사를 시찰하려고 내려왔는데, 처형당한 무관 가족이 재상에게 뇌물을 주고 억울함을 호소했다. 권율이 마침내 도원수 직에서 면직을 당하게 되니, 권율은 웃으며 사람들에게 말했다.

"내가 대장이 된 지 3년인데 도망간 군사 한 명을 베었다고 면직을 당하는구나."

그리고 돌아와 한성부판윤, 비변사당상, 호조판서에 임명되었다가 얼마 후 충청도 관찰사가 되었다.

이때 왜적들이 남부지방에서 오랫동안 물러가지 않고 있으니 임금이 권율을 다시 원수에 임명했다. 이에 권율이 상소하여 면직해 줄 것을 요청하니, 임금은 이렇게 만류하면서 궁중 말 한 필을 하사했다.

"경의 충성스러운 노력이 무성하게 나타나 있고, 용기와 전략을 짜는 능력이 특출하여 명성이 천하에 들리고 있다. 또한 적국에 두려움의 대상이 되고 있으니, 경을 버려두고 누가 원수의 책임을 맡겠는가?"

권율이 임명되어 임금에게 사례하니, 임금은 다시 그를 위로했다.

"번거롭게 경을 다시 나가게 했구려. 흉한 왜적을 모두 무찔러 국가를 편안하게 안정시키는 것이 내 날마다 희망하는 바이다."

이때 중국 황제는 일본에 사신을 보내 평수길을 일본 국왕으로 봉했다. 그리고 우리나라 변방에 남아서 주둔하고 있는 왜병들과 우리나라의 여러 장수들에게 각각 병력을 잘 다스려 대기하고 있도록 했다. 권율이 주둔지로 돌아가 군사업무와 관련한 7가지 조항을 만들어 임금에게 올렸는데, 왜적들이 강한 힘으로 다시 쳐들어올 것 같아 매우 걱정된다는 내용이었다.

병신년 겨울, 우리나라 사람이 일본에서 돌아와 하는 말을 듣고서, 비로소 일본이 우리나라 사신을 받아들이지 않았다는 사실을 알았다. 곧 청정이 장차 바다를 건너 다시 쳐들어오려는 것 같아, 조정과 세상 인심이 들끓어 안정되지 못했다. 권율이 이를 듣고 사람들에게 말했다.

"가령 청정이 다시와도 이전의 청정에 지나지 않는다. 조정과 바깥의 장수들은 서로 앉아 걱정만 할 것이냐? 청정이 비록 다시 온다고 해도 나는 청정을 상대하는 방법이 있도다."

인하여 병력을 나누어 배치하고 동서로 목책을 늘어놓아 구원하는 방책으로 삼았다. 임금이 아름답게 여겨 그 말을 받아들였다.

정유년 가을, 왜적이 공격해 와 길을 나누어 서쪽으로 상륙하여, 선봉이 충청도에 이르렀다. 조정에서는 한강을 막아 북상을 저지하고자 하여, 권율에게 빨리 달려와 입조하라 명하고, 체찰사 유성룡과 더불어 협력하여 방어하도록 했다.

왜적이 직산까지 와서는 우리 군사와 싸워 패하여 후퇴해 물러갔다. 조정에서는 또한 서북지역 병력을 징병하여 그들을 추격하도록 하고, 권율을 재촉하여 남쪽으로 내려가 남아있는 불길을 수습하도록 했다. 그리고 명나라 병사와 협조하여 재침을 방어할 계책을 세우라 했다.

겨울에 중국 황제의 명을 받은 경리 양호가 제독의 총병인 마귀와 더불어 4만 병력을 거느리고 세 갈래로 나누어 바다와 육지로 함께 진격했다. 이때 권율은 부하 여러 장수들에게 중국 병사를 따라 협력하도록 명령하고, 권율 자신은 날랜 기병을 거느리고 아주 뛰어난 장수를 뽑아서 직접 제독 군영을 따라 갔다. 제독이 문경에 이르러서 세 길로 나눈 대장들을 불러 은밀히 군대 관련 사항을 의론하면서, 권율에게 말했다.

"중국 군사가 울산에 도달하면 원수는 수군에게 명령하여, 배들을 잘 정비하고 포수들을 많이 실어 앞바다에서 병력을 시위해 성원이 되어 돕도록 하시오."

제독이 울산의 왜적을 공격했으나 상황이 불리하자, 경리 양호가 권율에게 명령하여 오직 우리 군사만 거느리고 홀로 신속하게 공격하라고 했다. 권율이 여러 장수들과 돌진하면서, 뒤처진 두 군사의 목을 베어 들어 보이며 독촉하니, 모든 군사들이 용감하게 뛰어 환호하며 진격하지 않는 사람이 없었다. 우리의 대장, 병사, 방어사 이하 모두가 납작 붙어 올라가서 모두 함께 적이 쳐놓은 울타리 안으로 넘어 들어갔다. 그리고 성 아래까지 육박해 들어가니, 제독이 장막 앞에서 바라보고 책상을 치면서 신기해 했다.

"원수야 말로 정말 올바른 호령을 행하고 있구나!"

권율이 항상 도산 공격에 대해 중국 경리에게 일렀다.

"지금 울산의 도산을 공격함에 있어서 오른쪽 길은 바다에 연해 있고 적들이 촘촘히 나열하여 진을 치고 있으니, 도산이 위험하다는 말을 들으면 그 세력이 반드시 연합하여 구원을 할 것입니다. 마땅히 한 부대의 병력을 따로 분리 배치했다가 구원하기 위해 오는 적을 막아주면 왜장 청정의 머리를 휘하에 가져다 바칠 수 있습니다."

중국 군사들이 도산을 포위하여 12일이 경과되었으나, 성이 작고 견고하며 적들이 역시 왕성하게 방비하고 있어서, 온갖 방법으로 성을 공격했지만 마침내 점령할 수 없었다. 그랬는데 왜적의 구원병이 크게 이르게 되니 중국 병사들은 공격을 멈추고 편안히 머물러 안전을 도모하였다.

무술년, 공격에 투입되었던 모든 군대가 드디어 후퇴해 회군하게 되었다. 그리고 가을에는 총독 휘하의 대사마 형개가 세 명의 대장군을 거느리고 세 길로 나누어 다시 남부지방의 왜적을 향해 진격했다. 제독 마귀는 울산을 향해 진격했고, 제독 동일원은 사천 쪽으로 진격했으며, 제독 유정은 순천 쪽으로 진격해 갔다. 이때 세 장수가 모두 우리 권율 원수를 함께 데려가기 원하니, 임금은 마침내 유정 휘하에 속하여 가게 했다.

중국 군대가 순천에 이르러 왜교를 포위했지만 점령할 수가 없었다. 유정은 원래 싸울 마음이 없었기 때문이었다. 이에 권율은 화를 내고 분을 참지 못하여 스스로 각 주둔지에서 죽음을 무릅쓰고 싸울 수 있는 군사를 모집해 크게 소리치면서 먼저 전진했다. 그리고 중국 군사들과 함께 협력하여 전진할 것을 요청하자, 제독은 이렇게 말했다.

"여러 장수들을 불러 논의를 시도해 보겠소."

그러나 오직 거부할 따름이었다.

제독이 포위한지 9일에 끝내 아무런 공과도 얻지 못했다. 권율은 손을 묶인 채 성공을 바라면서 명령만 받고 감히 주장할 수 있는 것이 아무 것도 없었으니, 이는 어쩌면 하늘의 운명이 아니겠는가?

조정에서는 스님인 유정을 사신으로 삼아 왜병 본영에 보냈다. 그때 청정은 먼저 원수 권율의 안부를 물었다. 우리나라 사신이 중국에 갔을 때 병부상서 석성이 사신 들에게 이렇게 말했다.

"당신의 나라 군신 중에 권율 같은 사람을 몇 명만 얻었다면 내가 무슨 걱정을 하겠는가?"

기해년 여름, 권율이 영남에 주둔하고 있는데 숨이 가빠지는 담질이 걸렸다. 곧 사직하고 고향으로 돌아갈 것을 요청하니 임금이 이를 허락했다. 이 해 7월에 사망하니, 그의 나이 63세였다.

임진왜란 이후 국가의 저장된 재물이 허비되고 바닥이 나, 무릇 재상의 사망에도

부의를 보내지 않았는데, 권율의 사망에는 임금이 낭관을 보내 조문을 표하고 특별히 부의를 보내 제사를 모시도록 했다.

숭정대부, 의정부 좌찬성을 하사하고, 효충장의적의협력선무공신의 책훈을 내렸다. 또한 의정부 영의정을 더해 주었다. 권율은 아들이 없었으며, 사위 오성부원군 이항복이 묘비를 지었는데, 세상에 전한다.

⟨권율 묘⟩　　　　　　⟨행주대첩도⟩

權慄

權慄字彥愼 領議政澈之子也. 門闌煇爀 不以貴勢自挾. 年四十猶不試 或勸以蔭仕 笑不應. 宣祖朝始以明經 中文科. 補承文院正字 陞典籍郞署. 出爲鏡城府判官 踰年棄官歸. 萬曆辛卯 義州牧使缺 朝廷知其有器局 薦授之. 壬辰四月 日本關白平秀吉擧大兵號六十萬. 以輝元淸正行長等爲將 渡海來 連陷釜山東萊等城 中外大震. 上曰 予聞權慄有可用之才 今在何處 可授兩南巨鎭. 卽日拜光州牧使 慄謝恩輒行. 承旨問曰 何行之遽. 慄曰 國家事急 此正臣子效死之秋 何敢徘徊晷刻 效俗兒悲啼耶. 時昇平日久 猝聞兵至 朝臣視兩南爲死地. 慄辭氣慷 慨昂然就道 見者無不歎服. 慄單騎馳至州 未及莅事 大駕西巡 徵兵入衛. 全羅巡察使李洸防禦使郭嶸 發兵四萬. 洸自領二萬 以羅州牧使李慶祿爲中衛將 助防將李之詩爲先鋒. 嶸分領二萬 以慄爲中衛將 助防將白光彥爲先鋒. 以是月二十日 兩軍分路而進. 洸自龍安渡江 由林川溫陽等路. 嶸自全州 由礪山公州等路 俱會于稷山. 時慶尙巡察使金睟 忠淸巡察使尹國馨 皆來會. 兵皆數萬 軍容甚盛 遂進 陣水原. 洸令嶸 進擊龍仁賊. 慄曰 賊已據險 勢難仰攻. 今主公掃境內入援 國家存亡在此一擧 務在持重以圖萬全. 不可與小敵爭鋒 當直渡漢江 以塞臨津則西路自固糧道亦通. 得其形便 畜銳伺釁 以待朝廷之命可也. 洸不聽. 嶸先使光彥 往觀前路. 還曰 道挾樹密 不可輕進. 洸有慍色 嶸遂進兵. 洸令李之詩 來助戰. 五月五日之時光彥各領精兵一千 意甚輕賊. 慄戒之曰 愼勿輕進 俟中衛軍至 乃戰. 光彥見賊小 促兵逆戰 賊揮劍大呼 乘高而下. 我師披靡 賊乘勝亂斫. 之詩光彥皆死 戰士莫有鬪志. 朝日賊從山谷 張旗而出 諸軍大潰. 慄遂還光州 歎曰 宗社灰燼 鑾輿播越 人臣豈可坐待亡國. 遂聚境內子弟五百人 傳檄傍郡 又得千餘名 進陣於慶尙界. 南原之民自焚廬舍 劫掠官倉. 慄移陣本府 撫定人心. 李洸聞慄起兵 權稱都節制 仍令督率諸郡 以遏奔衝. 慄進駐梨峙 時嶺南諸賊勢甚猖獗 直擣全羅 分兵來向. 慄聞賊勢張甚 阻嶺爲固 嚴兵以待. 七月與賊遇於嶺上 縱兵急擊. 同福縣監黃進勇冠諸軍 中丸而退. 一軍沮喪 稍稍韜戈 抱頭而走. 晡時賊乘我困 跳入砦內. 慄乃挺劍大呼 親冒鋒刃 責戰益力 人皆死戰 無不一當百. 於是呼聲震地 矢石如雨 賊不能抵敵 遂棄甲曳尸以走. 軍資器械委棄狼藉 血流被道. 自是賊不能再窺湖南 爲國根本. 東西飛輓以供軍儲 未嘗乏絶者慄之力也. 秋移除羅州牧使 陞拜本道巡察使. 慄迎敎書于陣中 稽首西向而哭 軍校將

士無不揮涕. 憷令防禦使代守梨峙 親到全州 發道內兵萬餘. 以是年九月 西向勤王. 時
賊酋行長已拔平壤 入據其城. 長政據黃海道 隆景在開城府. 平秀嘉督率諸酋 屯京城.
放兵四劫西路 已絶勤王. 諸將皆入江華 阻江爲固 以避其銳. 憷聞上在義州 召諸將計
曰 今平壤以南皆賊壘 京城爲根本之也 不如先復. 京城連綴行長 使不得一意西追 則
諸賊無能爲也. 遂進駐水原之禿城. 上聞憷駐禿城 解劒馳賜曰 諸將有不從令者 以此
劒從事. 秀嘉憚憷兵勢甚銳 以兵數萬分爲三陣 聯營烏山等處 往來挑戰. 憷堅壁固守
不與交鋒 間出輕師 應敵所向 以挫其銳. 賊剽掠無所得 居數日 燒營夜遁畿內. 諸賊次
第入城 自此西路得通 列郡義兵望風蜂起 一時響應. 癸巳二月 分麾下精兵四千 令全
羅兵使宣居怡 結營于衿川 遙爲聲援. 憷自領精銳二千三百 渡自陽川江 進陣於高陽
之幸州山城. 欲以扼西路 而覘京城也. 于時 天朝大將軍李如松統領大兵 克復平壤 威
名大震. 賊酋淸正自咸鏡道 回軍京城. 隆景長正亦奔還 行長與義智調信等收散卒 咸
聚京城 賊勢更熾. 憷懸軍深入 直迫肘腋. 賊見兵少 意欲一踢殲盡 悉衆而出. 二月十
二日黎明 候吏白 賊分左右翼 持紅白旗 向本營而來. 憷令軍中無動 登臺而望 則去本
營五里 賊徒已彌漫矣. 俄而數萬餘兵 圍抱本營 我軍皆殊死戰. 賊分兵爲三營 休兵迭
進. 自卯至酉 凡三合 皆不利. 賊令人持束芻 因風縱火 焚我城柵 城中以水灌之. 初令
僧軍守西北面 至是少却 賊大呼亂入 一軍披靡. 憷自用劒督戰 諸將無不冒刃搏戰 賊
始退. 仍積尸爲四堆 聚芻焚之臭聞十里. 我軍收拾餘尸 斬一百三十餘級 得軍資鎧甲
旗幟刀槍無數. 時李提督駐兵開城 先遣遊擊將軍査大受 渡臨津江往來巡哨. 聞憷大
捷 翌日遣其褊裨 視昨戰處 致禮物爲賀. 後數日 請與相見. 憷整陣以待 旗幟鮮明 器
械精利 號令嚴明. 天將待之加敬 相謂曰 權家軍與他陣別 信外國有眞將也. 後三月
天朝經略宋應昌 移咨本國曰 倭奴摧陷朝鮮 國王三都諸郡縣 悉皆望風奔潰 曾無一傑
士. 倡義排大亂 守封彊 以圖灰復者 獨全羅觀察使權憷 扼守孤懸 招集衆庶 屢出奇謀
時抗大敵 此正王國之板蕩忠臣 中興名將. 仍賞紅緞絹四端 白銀五十兩 以爲忠勇之
勸. 兵部尙書石星上本 以爲陪臣權憷 獨守孤危 以抗强勁. 天子嘉之. 是年三月 兵部
欽奉聖旨 以爲朝鮮素稱强國 今觀全羅道 斬獲數多 該國人民尙可振作. 因差鴻臚寺
官 宣諭本國. 天朝大小官每聞憷名 必曰 莫是前日幸州奏捷者耶. 自是幸州之捷聞於
中國 爲中興第一元功. 憷以其密邇賊藪 移陣于坡州山城. 賊擧衆而西 欲報幸州之敗.
望見 壁壘高深 歛衆而退 如是者三. 四月 秀嘉諸酋自知兵勢益衰 乞和於提督 悉兵遁

還. 慄聞之 輕兵達夜馳入城 則賊已渡漢江矣. 促令先鋒 疾馳追躡其後. 提督與諸將謀曰 全羅布政慷慨善戰 士卒用命 今若悉衆而追 敗我和事必矣. 夜半急遣遊擊將軍戚金 馳至露梁津 盡收津船 使不得渡. 金遣其腹心 抵慄邀與計事. 及到 金詰之曰 公不待李爺分付 徑欲追擊何耶. 日遣其下 覘動靜 密爲之防. 慄不得已 引兵還本道. 六月陞拜都元帥 督諸軍 移駐嶺南. 甲午以病乞鮮 上特遣內醫看病. 有一武官 憚於赴戰逃匿全州 自託於天將. 慄巡到本州 發吏捕之. 天將苦請貸命 慄不聽 竟斬之. 居無何國相有視師南方者 武官之家搆訴於國相. 慄竟坐免 笑謂人曰 爲大將三年 斬一逃兵至於解官耶. 歸拜漢城府判尹 備邊司堂上 戶曹判書. 尋拜忠淸道觀察使. 時賊久不退復拜元帥 慄上疏乞免. 上曰 卿忠勞茂著 勇略超世 名聞天下 威摺敵國 元帥之任舍卿伊誰. 特賜內廐馬一匹. 及拜辭 上召見 勞之曰 煩卿再出 殄滅凶賊 奠安國家 予日望之. 時天朝方遣使日本 封秀吉爲日本國王. 倭酋之屯據我邊者與本國諸將 俱各按兵以待. 慄到鎭 條上軍務七事 深以賊鋒再搶爲憂. 丙申冬 我人回自日本 始知不納 我使. 淸正將再渡 中外人情洶洶靡定. 慄聞之 謂人曰 假令淸正再來 不過前日之淸正中外將相但坐愁耶. 淸正雖來 吾自有待之之術矣. 仍陳分兵列柵 東西應援之策. 上嘉納焉. 丁酉秋 賊分道西上 先鋒至忠淸道 朝廷欲遮絶漢江 令慄疾馳入朝 與都體察使柳成龍恊力守禦. 賊到稷山 戰敗而走. 朝廷亦徵西北兵追之 促慄南下 收拾餘燼 恊同天兵 以圖再擧. 冬欽差經理都御史楊鎬與提督總兵麻貴 領兵四萬 分爲三道 水陸幷進. 慄部署諸將恊隨天兵. 自領輕騎 選梟將 親隨提督營下. 提督至聞慶 召三路大將密議軍務. 提督語慄曰 天兵到蔚山 元帥亦令水軍 整備戰船 多載砲手 耀兵於前洋 以助聲勢. 及提督攻蔚山不利 經理令慄 獨領本國士兵 爲火攻. 慄督諸將突進 斬後進者二人以徇 諸軍無不勇躍驩呼而進. 本國大將兵使防禦使以下 蟻附而上 俱入柵內 進薄城下. 提督於帳前望見 擊案稱奇曰 元帥能行號令矣. 慄常言於經理曰 今攻島山 右道沿海 賊陣星列. 聞島山之急 其勢必合兵來援. 宜分一枝兵馬 以遏來賊 則淸正之頭可致麾下. 及天兵圍島山十二日 城小而堅 賊亦盛爲之備 百道攻之 終不能拔. 已而賊援大至 天兵爲之左次. 戊戌大軍遂回. 秋總督軍門大司馬邢玠統三大將 三路再進. 提督麻貴趨蔚山之路 提督董一元趨泗川之路 提督劉綎趨順天之路. 大軍將發 皆願得權元帥 上竟以屬之劉綎. 天兵至順天 圍倭橋不能拔. 劉提督本無戰心 慄愼恚 自募各營敢死士 大呼先登 請與天兵恊力齊進. 則提督曰 試召諸將議之. 但依違而已. 提督攻圍

九日 軍竟無功. 慄閣手仰成 受其覊靮 不敢有所主張 豈非天耶. 朝廷差山人惟政 入倭
營 清正先問權元帥起居. 本國使臣朝京 兵部尙書石星語之曰 爾國羣臣若得如權慄者
數人 吾何憂哉. 己亥夏在嶺南 得痰疾 乞歸死田里. 上許之. 是年七月卒 壽六十三.
兵興以後 國儲虛耗 凡宰相之死 皆免致賻. 上遣郎官 吊其家 特賜賻祭. 贈崇政大夫
議政府左贊成. 策勳效忠仗義迪毅協力宣武功臣. 加贈議政府領議政. 慄無子 女壻鰲
城府院君李恒福撰墓碑 傳于世.

권율 설화

(1) 권율 장군 이야기

송해면에 권율 선생의 비가 있어요. 그러니까 거기 지붕이 있었대요. 근데 옛날에 천화일이면 지붕을 못 이게 했어요. 초가집은 화재가 난다고 해서. 근데 천화일에 지붕을 이면 내려올 때 오줌을 ...... 천화일에 지붕을 이니까 풍신수길이 사십 리 지나가다가,

"선생님, 오늘이 천화일인데, 어찌 지붕을 잇습니까?"

그랬대요. 그러니까 권율 선생이,

"천화일에 지붕을 이면 풍신수길이 만난다구 해서 내가 잇는다."

하니까 깜짝 놀라서 강화섬을 달아났다는 그런 전설이 있어요.

출처: 최정여 외, '권율 장군 이야기', 『한국구비문학대계』 1-7, 한국학중앙연구원, 1980, 75.

(2) 권율 장군과 둔남면

임진왜란이 났는디 권율 장군이 그때 난을 평정할라고, 상감님 명령을 맡아갖고 시방 하방으로 내려오는 판이라. 친병을 해갖고 왜병을 막을라고, 전주 와서 가만히 생각해 본게 저놈들이 전주를 칠라면 금산으로 해서 진산으로 해서 올 수도 있고, 순천으로도 들어올 수 있고, 남원그런께 그놈이 바로는 안 들어오거든. 바로 들어오면 복병할 줄 알고 전쟁을 할라면 그전에도 그랬지만, 인재를 하나 얻을라야, 이를 말하는 사람이 없는디 전주서 말을 들은 게, 남원 둔덕 방향을 가면 탁골김씨, 순천김씨가 사는디, 그거 참말로 아주 세상일을 훤히 아는 양반이 계신다 그런 말이 들리드랴. 그래서 그 말을 듣고서 귀를 펀뜩해갖고서는 군인을 출동을 해갖고 거길 당도해

서 탁골동네를 찾아본게, 대처 오막삼간에 공부를 허고 앉았는디, 참 인품도 좋고 아는 것이 많어. 이야기를 하는 동안에 탁골김씨 그 양반한테 가서 권율 장군이 인사를 한 게,

"장군은 벌써 임난이 이렇게 일어나서 우리 민생을 구출 할라고 수고하신다고 장군이 암만 나이를 많이 먹었지만, 전적을 세우시라."

고 말씀을 하면서,

"나는 아무것도 모르고 이 전시가 되드래도 이러고 앉았다."

고 한 게,

"아이고 무슨 말씀이냐?"

고 권율 장군 말이,

"그건 무슨 말씀이냐고 선생을 찾을라고 내가 여까징 내려왔다고 내가 아무 것도 아는 것도 없는데 내가 아는 대로만 일러 달라서."

자꾸 권율 장군이 사과를 드려. 사과를 드린 게, 인제는 권율장군을 알아, 김씨 그 양반이.

'아하, 이 사람이 사람을 알아보는구나!' 하고는 그제 말을 했어.

"당신이 물론 왜적을 칠라고 나왔는디, 전주를 칠라면"

계곡 말이,

"순창으로도 안 들어오고, 남원 이쪽 바로는 안 온다. 안 오고, 금산으로 온다. 금산으로 오니께 금산 무슨 산 밑에 가서 여기다가 주둔을 시키라. 그러면은 틀림없이 왜적이 그리 넘어온다. 그때에 거기서 하면 전멸 할 수 있다."

그렇게 말씀을 한단 말이여. 그런게 권율 장군이 계곡 그 양반 손을 딱 잡고,

"인제 선생님을 만났다."

고. 권율 장군은 그걸 몰랐어. 장군은 장군이라도.

"참 선생님 뵈옵니다."

하고.

"그나저나 거시기 이렇게 되었으니 내가 장력은 세고 부하 수백 명을 데리고 오지만은……."

이 계교를 못 세우면 전쟁을 못하거든.

"선생님을 모시겠습니다."

"아이고, 무슨 말씀이냐고. 당신이 보다시피 구십 노모가 계셔. 신병으로 오늘 돌아가실지 내일 돌아가실지 모르는디, 내가 저 부모를 두고 암만 백리 이백 리 가야 하지만 그것 참 거시기하다."

한게, 자기 어머니가 병중에 있다가 아들네 보고,

"아야, 나는 니 부모지만 나 생각 말고, 니가 나가서, 전쟁을 치러야지, 네 부모 니 어미 때문에 안 나가서야 되겠느냐?"

그러면서,

"잔말 말고 나가거라."

훌륭하지. 그래 대인이 대인을 난 것이여.

"나는 오늘 죽어도 괜찮고, 내일 죽어도 괜찮고, 아이 니가 나가서 우리 조선 백성을 구조해야지, 니가 나가서."

그래가지고 자기 어머니 말을 듣고서는,

"갑시다."

그래서 권율 장군이 계곡 그 양반을 모시고 가서, 그 양반이 시키는 대로 한게 틀림없이 왜적을 그냥 전멸시키고, 전주를 넘어서질 못했어. 그런 전적이 있으신 양반이여.

최래옥 외, '권율 장군과 둔남면', 『한국구비문학대계』 5-1, 한국학중앙연구원, 1980, 583.

〈관련 설화 목록〉

최정여 외, '권율 장군 이야기', 『한국구비문학대계』 1-7, 한국학중앙연구원, 1982, 75.

서대석 외, '권율과 그의 사위 신립, 오성, 정충신', 『한국구비문학대계』 4-3, 한국학중앙연구원, 1982, 183.

최래옥 외, '권율 장군과 둔남면', 『한국구비문학대계』 5-1, 한국학중앙연구원, 1980, 583.

최정여 외, '중국서 보낸 문제 푸는 권율', 『한국구비문학대계』 7-11, 한국학중앙연구원, 1984, 577.

최운식, '권율 장군 패하게 한 처녀원혼', 『한국구전설화집』 10, 민속원, 2005, 156.

 곽재우(郭再祐, 1552~1617)

　　조선 임진왜란 때의 의병장으로 자는 계수(季綏), 호는 망우당(忘憂堂), 본관은 현풍(玄風)
이다. 아버지는 관찰사 월(越)이며, 경상도 의령(宜寧)출생으로, 남명 조식의 문인이다. 1585년
(선조 18) 별시(別試) 문과에 급제하였으나 답안지에 왕의 뜻에 거슬린 글귀가 있었기 때문에
파방(罷榜)되었다. 이 일로 은거하다가 1592년 임진왜란이 일어나 왕이 의주(義州)로 피난하자
의령에서 수십 명의 사람들을 모아 의병을 일으켰다. 의병의 군세는 더욱 커져 2천에 달하였고,
함안군을 수복하고 정암진(鼎巖津) 도하작전을 전개한 왜병을 맞아 싸워 대승을 거두었다.
이때 홍의(紅衣)를 입고 선두에서 많은 왜적을 무찔렀으므로 홍의장군이라고도 불렀다. 조정에
서는 이 공을 인정하여 그해 7월 유곡찰방(幽谷察訪)에 임명하였다가 다시 형조정랑을 제수하
였다. 10월에는 절충장군(折衝將軍)으로 승진하여 조방장(助防將)을 겸임하다가 성주목사(星
州牧使)에 임명되어 악견산성(岳堅山城) 등 성지를 수축하였다. 또한 1차 진주성전투에 휘하
의 병사들을 보내어 김시민(金時敏) 장군이 승리하는데 조력하였다. 1595년 진주목사에 임명되
었으나 벼슬을 버리고 낙향하였다가 1597년 정유재란 때 경상좌도방어사(慶尙左道防禦使)로
임명되어 다시 벼슬길에 나아가 화왕산성(火旺山城)을 수비하면서 왜장 가토[加藤淸正]군을
맞아 싸웠다. 1709년(숙종 35) 병조판서 겸 지의금부사에 추증되었으며 시호는 충익(忠翼)이다.
『참고문헌』 선조실록, 광해군일기, 징비록, 한국인명대사전

곽재우

곽재우는 자가 계수이고 스스로 호를 지어 망우당이라 했다. 현풍 사람으로 감사 곽월의 아들이다. 곽재우는 기상과 마음가짐이 크고 원대하며, 의협심이 강하고 의로운 것을 좋아했다.

부친 곽월이 일찍이 의주목사로 있을 때, 곽재우가 그 옆에서 3년 동안 있었지만 한 번도 여색을 가까이 하지 않았다. 그래서 사람들이 그의 지조에 감탄했다.

뒤에 곽재우는 사신으로 가는 부친 곽월을 따라 명나라에 갔는데, 한 관상인이 곽재우의 상을 보고 말했다.

"반드시 큰 인물이 될 것이며 이름을 천하에 떨칠 것이다."

곽재우는 과거공부를 포기하고 40여 년을 가난하게 살았다. 대껍질로 엮은 삿갓을 쓰고 짚신을 신으며 물고기 잡기를 스스로 즐겼다.

거리낌 없는 성품을 가졌으며 기이한 기상이 있었다. 평시엔 온화하고 공손하여 아무 재능이 없는 사람 같이 보여, 당시의 사람들이 그를 모르고 있었다.

선조 임진년, 왜란이 일어날 당시 곽재우는 의령고을의 시골에 있었다. 전쟁이 터지니 관찰사, 병사, 수사 등이 다투어 진을 버리고 새나 짐승같이 엎드려 숨어버리는 것을 보고 분연히 소리쳤다.

"관찰사는 중요한 임무를 맡은 사람인데 욕되게 살아남기만을 바라며 나라의 존망을 생각지 않으니, 초야에 있는 사람들이 죽을 수밖에 없구나."

곧 집안의 노비와 시골 고을 병사들을 모아 의병을 조직하고 떨치고 일어나 왜적을 토벌하기로 결심했다. 이에 집안 재물을 모두 내어 군비로 흩어버리니, 이를 본 사람들이 그를 미쳤다고 했다. 마침 왜병이 의령, 삼가, 합천 등지를 함락하니, 곽재우는 장사 10여 인으로 말을 달려 오가며 왜적을 쳤는데, 왜적들이 휩쓸려 쓰러지며 도망쳐 숨어버렸다. 정암나루[1]까지 추격하여 함안에 이르러 왜적을 모두 격파하고, 왜적 50급을 베었다. 이때부터 의병 모집에 응하는 사람들이 많이 모여들었다.

곽재우는 항상 붉은 옷을 입고 병사들을 이끌고 앞장서서 나아가니, 왜적들이 보고는 두려워하면서 말했다.

"하늘에서 내려온 붉은 옷을 입은 홍의장군이다."

곽재우는 언제나 의리로써 격려하니, 의병무리들이 모두 감격하여 분을 내면서 따르기를 자원했다. 이에 소를 잡아 병사들을 크게 먹이고 격려했다.

초계고을의 병사들을 취하였고, 신창에 있는 나라의 곳간을 열어 곡식을 취해 무리들을 먹였다.

우병사 조대곤이 왜적을 피해 산 속에 숨었다가, 곽재우가 병력을 일으켰다는 소식을 듣고, 곽재우를 시골 도적으로 지목해 체포하라는 명령을 내렸다. 이 소문이 퍼지니 휘하 병사들이 모두 의심하고 두렵게 여겨 흩어져 달아나고자 했다. 곧 곽재우는 아무 것도 할 수 없음을 알고 두류산으로 들어가 몸을 숨기려고 마음먹었다.

때마침 초유사 김성일이 내려와 그의 이름을 듣고 그를 격려하여 병력을 일으킬 것을 권했다. 곧 군대의 사기가 다시 떨쳐졌고 따르는 무리가 1천여 명에 이르렀다.

이 무렵 왜병이 탄 배 30여 척이 다시 낙동강으로 올라오자 곽재우가 북을 두드리며 병력을 과시하니 적들이 그 풍모를 보고 달아나버렸다.

왜적의 장수에 안국사의 승려인 모리라는 자가 있는데 조선 침공의 기초를 수립한 중심인물로서 평소 책략에 대해 자부하고 있었다. 이때에 이르러 자신이 호남을 취하겠다고 공언하면서 날마다 병력을 이끌고 서쪽으로 행했다. 마침 그들의 선봉부대가 정암나루에 이르렀을 때 곽재우의 군대가 정암나루

---

1) 정진(鼎津): 의령(宜寧)과 함안(咸安) 사이를 흐르는 남강 하류로 강 가운데 정암(鼎巖)이란 바위가 솟아있음. 여기는 배로 건너는 나루가 있어 '정암나루'란 뜻으로 쓴 것임.

로부터 수십 리 밖에 진을 치고 있었다. 그런데 그들이 통과할 길에 물이 괸 진창이 있어서 발이 빠져 다닐 수가 없었다. 왜장은 선발대를 시켜 진창을 피해 높고 마른 곳으로 가는 길에 나무를 박아 표시를 해놓아 이튿날 새벽에 통과할 수 있게 해놓으라 명령했다.

곽재우가 이를 미리 살피어 그것을 알고 한밤중에 휘하 장사를 거느리고 가서 그 표시된 나무를 뽑아 반대로 진창으로 통하는 길에 꽂아 두었다. 그리고 매복하여 왜적들이 나타나기를 기다렸다. 왜적들이 과연 표시를 보고 통과하다가 진창에 빠져 나오지 못하니, 곽재우는 매복해놓은 군사들을 풀어 일제히 공격해 거의 다 섬멸했다.

얼마 지나지 않아 많은 왜적들이 쳐들어왔다. 곽재우는 그 세력을 헤아려 맞설 수 없음을 알고 날랜 장수 10여 명과 더불어 붉은 옷을 입고 하얀 말을 탔다. 그리고 따르는 10여 명 모두 그와 똑같은 복장을 했다. 북을 쳐 출진하여 곧바로 적의 진영으로 핍박해 들어가, 좌우로 말을 달려 적들을 유인했다. 왜적들은 그가 장수라고 생각하고 군대를 출동시켜 그를 쫓았다. 적들은 10여 리를 따라와 산 속의 좁은 길로 들어갔고 곽재우가 있는 곳을 놓치고 말았다. 왜적들이 놀라 의아해할 때, 갑자기 앞의 언덕에서 10여 명의 장사가 모두 붉은 옷에 백마를 타고 서있는 것을 목격했다.

왜적들은 크게 놀라 그를 쫓았으나 잠깐 사이에 그만 놓치고 말았다. 그저 북과 피리 소리만 온 산에 진동하고 깃발이 언덕을 온통 뒤덮으면서 동서로 나타났다 사라졌다 했다. 왜적들은 더욱 놀라 모두 귀신의 짓으로 생각했으며 병력의 많고 적음을 헤아리지 못하여 감히 쫓아오지 못했다.

이때 곽재우는 도중에 강한 기계 활을 가진 병사들을 매복해 두었다가 숲속에 숨어 덤불 사이로 난사하게 했고, 이에 왜적이 견디지 못하고 무너져 달아나니 곧 병력을 풀어 그들을 온통 뒤엎어버렸다. 강 언덕에는 왜적의 시체가 쌓여 강물이 막혀 흐르지 못했다. 용기를 자랑하던 안국사 승려 모리는 모든 병력을 거느리고 철수하여 달아났다.

이로부터 적들이 쳐들어오면 곧 맞아 싸웠고, 싸우면 반드시 획득하는 것이 있었다. 타고 있는 백마는 나는 것 같이 빨라 포탄과 화살이 함께 쏟아져도 끝내 맞지 않으니 왜적들은 더욱 귀신의 조화라고 여겼다. 어떨 때는 말에 올라 북을 치며 천천히 다니고, 어떨 때는 저와 피리를 불며 적을 미혹시키니, 왜적들은 끝내 감히 핍박해 오지 못했다.

곽재우는 군영으로부터 적과의 거리가 2~3식정[2] 되는 곳마다 척후병을 연결해 배치하여 살피게 하고 왜적이 백 리 밖에 이르면 군영 안에서 먼저 알고 대비했다. 그런 까닭에 항상 편안하고 힘들지 않았으며 조용하고 요란하지 않았다. 혹시 적이 크게 쳐들어와도 산과 숲 사이 곳곳에 혼란시키는 병사를 숨겨놓아 나팔을 불고 북을 울리면서 혼란에 빠뜨렸다.

또한 손잡이 하나에 다섯 개의 횃불을 매달아 밤을 틈타 높이 들어 올리게 하고 사면에서 함께 호응하여 횃불을 들면서 소리쳐 기세등등하게 하니, 왜적들이 크게 놀라 싸우지 않고 도망쳐 숨었다.

휘하 병사가 적을 만나 비록 10리 밖에서 포위되었더라도 반드시 말을 달려 내달아 구출하여 병졸들은 상처를 입지 않았다. 이 때문에 죽을힘을 다하여 싸우는 병졸을 얻을 수 있었고, 병사들은 자진하여 스스로 전투를 하기에 향하는 곳마다 승리가 있었다.

곽재우는 드디어 광범위하게 병사와 병마를 모집하고 7개의 주둔지를 설치했는데, 좌로는 낙동강, 우로는 정암나루에 이르렀고 그 사이 거리가 60여 리였다. 자신은 그 중앙에 자리 잡고 있으면서 이들을 통제하여 동서로 책략에 호응하면서 왕래하여 적을 치도록 했다. 뒤에 도착한 왜적들은 그 형세를 보고 모두 병력을 이끌고 물러갔다.

고을 사람들 중 넉넉한 집에서는 모두 나와 소를 잡아 날을 번갈아 가면서 군사들을 먹였다. 낙동강 서쪽 여러 고을에서는 안전하게 농사를 지을 수 있었고 그 의로운 소리가 크게 떨치었다.

곽재우가 처음 의병을 일으켰을 때였다. 길을 가다가 이마 위에 옥 풍잠을 붙인 한 장부를 만

<hr>

2) 식정(息程): 말을 타고 가면서 한 번 쉬는 만큼의 거리, 곧 한 나절 가는 거리로 약 40~50리정도의 거리임.

났는데, 그는 가덕첨사 전응린이었다. 곽재우가 말을 세우고 활시위를 당겨 그를 쏘려고 하면서 꾸짖었다.

"너는 반드시 전투에 패하여 달아나는 장수이다. 나라를 등지고 목숨을 부지하려는 죄는 죽어도 용서받을 수 없다."

"뭐? 내가 패하여 달아나는 것이 당신과 무슨 상관이 있느냐?"

전응린 역시 화를 내면서 활을 당겨 곽재우를 향하니, 곽재우는 그를 설득시키면서 말했다.

"너는 이미 지켜야 할 진영을 잃었고 나는 지금 의병을 일으키고 있으니, 나를 따르면 의로운 일이며, 나에게 대항한다면 어긋나는 일이 된다."

이 말에 전응린은 슬퍼하면서 부끄러워하고 사과하여 말했다.

"진실로 공의 말과 같으니 감히 명령에 따르지 않을 수 있겠습니까?"

이렇게 하여 전응린은 곽재우의 비장이 되었고, 따르며 출전하여 용감히 싸우다가 전사했다. 함안 군수 유숭인 또한 곽재우[3]의 진중으로 들어왔는데 뒤에 다시 함안 고을 병사를 거두어 왜적과 싸워 뚜렷한 전공을 세웠다.

왜장인 안국사 중은 연이어 낙동강 오른쪽 지역을 노략질하였는데 18척의 배에 유격대를 싣고 가야로 향한다는 목표를 내걸고 전진하다가 갑자기 정암나루로 들어왔다. 곽재우가 그를 쳐 물리치니, 안국사 중은 침입할 수 없음을 알고 이내 다시 병력을 첨가하여 영산, 창녕으로 방향을 바꾸어 장차 기강(岐江)을 건너려고 했다. 낙동강 동쪽 고을이 두려워 떠니 곽재우는 먼저 말을 달려 그 곳을 점령하고 창고를 열어 병사들을 배불리 먹이고는 엄하게 진을 쳐 대비하고 있었다.

안국사 중이 낙동강 동쪽 언덕에 이르러, 곽재우의 대오가 정연하고 엄숙한 것을 바라보고는 크게 놀라 소리쳤다.

"이 사람은 반드시 정암나루의 홍의장군이다."

그리하여 곧 강가를 따라 피하여 물러갔다. 곽재우는 역시 강을 사이에 두고 몰래 그 뒤를 밟았다. 성주 안언역에 이르러 갑자기 돌격하여 왜적을 쳤으나 우리 병사들의 숫자가 적어 이기지 못하고 병력을 거두어 본영으로 돌아왔다.

안국사 중이 다시 지례 고을을 통해 거창으로 들어가 약탈하니, 거창에 주둔한 장수 이형이 싸우다 사망했다. 의병장 김면이 고령에 있다가 이 소식을 듣고 여러 장수들에게 경계하여 말했다.

"거창은 진주 위쪽의 두뇌와 같은 곳이다. 거창을 지키지 못하면 영남의 10여 군 또한 와해될 것이다."

곧 달려가 우척령에 진을 치고 이웃 고을의 병력을 불러 모으니, 김성일이 또한 진주로부터 급히 말을 몰아 이곳에 이르렀다. 서로 힘을 합쳐 죽기를 각오하고 싸우니 안국사 중은 영남 서쪽을 침범할 수 없음을 알았다. 그래서 군사를 돌려 지례를 지나 빠르게 전라도 접경 지역으로 들어가 금산을 습격하여 점령했다. 그러한 후에 호서지역에 주둔한 병력과 연합해 무주에 나누어 주둔하고, 여러 고을을 침략하면서 전주를 엿보았다. 우리 방어사 곽영 등이 그 세력을 보고는 달아났고 우리 진영이 무너지니 호남이 크게 진동했다.

김덕령 장군이 호남에 있다가 곽재우와 서신을 교환했다.

"곽 장군의 뛰어난 계책에 대해 이미 오래전부터 들어서 잘 알고 있으며 우러러 존경한지도 이미 오래 되었습니다. 장군은 국가의 중요한 사람이 되어 요충지를 움켜잡아 강의 서쪽지역을 끝까지 보장토록 하였습니다. 거듭 성업을 넓히시면 생각하건대 반드시 뛰어난 장수 중에 으뜸이 될 수 있을 것입니다."

"이 곽재우는 장군의 위세를 듣고 기뻐서 잠을 이루지 못했습니다. 이제 먼 곳에서 장군의 편지를 받고 보니 감격과 두려움이 번갈아 일어납니다. 장군께서는 신출귀몰한 지혜와 하늘을 흔들고 땅을 구르는 힘을 가지고 있습니다. 삼전(三箭)[4] 장군 설인귀와 천산(天山)[5]도 장군을 당하는 데는 충분치 못합니다."

4) 삼전(三箭): 당나라 장수 설인귀가 공격해오는 적 10여 만의 기병 앞에서 세 화살을 쏘아 세 명의 선봉장을 죽여 기세를 꺾은 사실을 뜻함. '三矢'라고도 함.

5) 천산(天山): 중국의 높은 산맥인 천산산맥, 곧 높고 험한 산맥이 막아도 못 당한다는 뜻.

한편, 경상감사 김수가 경상도로 달아났다는 소식을 들은 곽재우는,

"김수가 왜적을 토벌하러 서울로 갔다가 지금 또한 왜적을 보지도 못하고 먼저 도망쳤으니 적이 왜놈들에만 있는 것이 아니다. 내 마땅히 병력을 옮겨 김수를 먼저 치겠다."

라고 소리치며 격분하니, 김성일이 간절히 책망하여 그만 그쳤다. 하지만 곽재우는 김수에게 격문을 보내 그의 일곱 가지 죄를 나열하여 기록했다. 또한 김수의 죄를 적어 조정에 보고해 그의 목을 벨 것을 요청했다. 이 격문이 도 안의 의병들에게 보내지니 한 목소리로 김수를 죽일 것을 약속했다.

김수가 이를 듣고 두려워하며 스스로 죽고자 했으나 군관들에 의해 저지되었다. 그리고 말을 달려 함양으로 들어가 병력을 모아 경계를 엄하게 하였다. 또한 군관 김경로를 시켜 곽재우에게 격서를 보내 이르길, 거짓 의병을 칭탁하여 반역 음모를 꾸미고 있다고 했다. 곽재우는 격서를 초안하여,

"충의와 반역의 구분은 하늘과 땅이 알고 옳고 그름의 판단은 공론에 달려 있다."

라고 답하니, 김수는 곧바로 말을 달려 곽재우의 모반사실을 조정에 무고했다. 조정 대신들이 크게 놀랐는데, 김성일이 서울로 달려가면서 말했다.

"나는 마땅히 1백 사람의 입을 빌어 곽재우를 보호할 것이다."

마침내 임금 앞에 나아가, 곽재우는 충의로 인한 흥분만 있을 뿐 다른 것은 아무것도 없다고 아뢰니, 조정 대신들의 의심이 풀렸다.

당시 이호민이 다음과 같은 시를 지어 곽재우에게 주었다.

들으니 홍의장군은,
왜적 쫓기를 노루 쫓듯 한다네.
그대에게 이르노니, 끝까지 힘을 다해,
반드시 곽분양[6]같이 되소서.

6) 곽분양(郭汾陽): 중국 당나라 장군으로 20여 년 동안 나리의 안정을 지킨 충신 곽자의를 일컬으며, 분양왕에 봉해졌으므로 그렇게 부름. 숙종 때 안록산의 난을 평정했고, 대종 때는 침입한 토번과 회흘의 대군을 물리쳐 큰 공을 세웠음.

체찰사 이원익이 중국의 구원병 총사령관인 양호에게 영남으로 주둔지를 옮길 것을 요청했다. 이에 대해 곽재우가 글을 써서 이원익에게 보냈다.

"범은 산에 있을 때 그 위세가 진중한 것이고 용은 연못에 있을 때 그 신비함이 헤아릴 수 없는 것입니다. 범이 산을 떠나면 어린아이라도 그를 쫓고, 용이 뭍으로 올라오면 수달이 그를 비웃습니다. 중국 군대가 호서지방에 있는 것은 범이 산에 있는 것이고 용이 연못에 있는 것입니다. 만약 영남으로 옮겨가게 되면 이는 마땅히 범이 산에서 나오고 용이 뭍으로 올라오는 것과 같습니다."

이원익은 그것을 보고 감탄해 말했다.

"지금 부서[7]를 보고 모르는 사이 탁자 아래로 떨어져 무릎을 꿇고 있습니다. 그대와 같은 장군이 있는데 무슨 걱정이 있겠습니까?"

이 무렵 왜병이 현풍, 창녕, 영산에 많이 주둔해 있으면서 아래로는 김해의 왜적들과 통하고 위로는 성주 왜적과 접촉하고 있었다. 그때 무계에 주둔한 왜적의 장막이 매우 가까워 곽재우의 병력과는 강을 사이에 두고 서로 맞서 대치해 있었다. 곽재우가 기이한 모습을 해보이면서 여기저기 나타났다가 사라졌다가 하며 혼란시켜 어수선하게 하니, 적이 끝내 감히 핍박하지 못했다.

전 목사 오운 등이 또다시 병력 3천을 모아 곽재우에게로 귀속되어 들어오니 곽재우의 군세는 점점 더 커졌다. 이에 곽재우는 낙동강 동쪽 고을들을 수복하고자 하여 군대를 강하게 독려해 강을 건넜다. 그리고 정예병 수백을 뽑아 현풍성 밖으로 곧바로 들어가 기이한 술책으로 싸움을 돋우었다. 그러나 적[8]들은 끝내 성 밖으로 나오지 않았다.

밤이 되어 곽재우는 사람들에게 비파산에 올라 북을 치고 소리 질러 군세를 떨치게 하였다. 대포소리 뿔피리 소리가 함께 진동하면서 수만 개의 횃불이 일제히 밝혀지니, 그 아름다운 불빛이 10여 리에 뻗쳤다. 그리고는 곧바로 모든 횃불을 일시에 끄고 아무도 없는 것처럼 조용하게 했다. 잠시 후 또다시 성 뒤의 산등성이에 올라가 역시 똑

7) 부서(覆書): 반대의 뜻을 은밀하게 설명해 쓴 편지.
8) 적(賊): 원문에 '賦'자로 되어 있으나 오자임.

같은 모습으로 횃불을 밝히니 불빛이 성 안을 환하게 비추었다. 사람들을 시켜 성 안을 내려다보고 함께 큰소리로 외치게 했다.

"홍의장군이 내일 새벽에 성을 공격해 모두 무찌를 것이다. 너희들은 후회 없도록 하라."

그리한 후에 일제히 횃불을 끄고 물러났다. 왜적들이 크게 놀라 성을 포기하고 밤중에 달아나 숨으니, 창녕의 왜적도 그 소문을 듣고 흩어져 달아나 버렸다. 오직 영산의 왜적만이 병력이 많음을 믿고 물러나지 않았다.

곽재우는 김성일에게 요청하여, 세 고을의 병력을 더하여 일으켜 영산성 밖으로 진격하였는데, 별장 윤탁이 싸우지 않고 물러났다.

곽재우는 천천히 군대를 거두어 산으로 올라갔다. 비장 주몽룡이 말을 달려 적진으로 부딪혀 들어가, 갔다 왔다 하기를 두세 차례 거듭하니 왜적이 드디어 물러갔다. 무릇 큰 싸움이 사흘 동안 계속되자 적들이 지탱하지 못하고 밤중에 달아났다. 무계에 주둔한 왜적 역시 지원군을 잃고 성주로 돌아갔다. 이렇게 하여 적의 오른쪽 길이 드디어 끊어졌다.

김성일이 격서를 써서 피란 중인 병사와 백성들을 설득했다.

"경상 우도 의병들이 보병과 기병 2만으로 날마다 왜적을 공격해 고령 이하의 고을이 거의 회복되었고, 군사들의 사기도 떨쳐졌으며 나라의 형세 역시 확장되었다. 우리 병사와 백성들은 산속에서 구차하게 살지 말고 모두 나와 힘을 합쳐 우리의 위세와 무력을 도와라."

이때 고경명, 김천일이 선비 곽현과 양산숙을 바다를 통해 관서지방으로 보내 임금에게 여러 일들을 아뢰게 했다. 임금은 두 통의 교서를 보내어 호남과 영남으로 나눠 장수와 병사들을 격려했다. 그리고 또한,

"듣기로 곽재우가 군사 배치를 기이하게 하여 일찍이 적들을 많이 죽었다고 하였는데, 그러면서도 그가 자신의 공적을 스스로 아뢰지 않으니 과인은 심히 기특하게 생각한다. 과인은 그의 이름을 늦게 들은 것을 한스럽게 여기노라."

라고 감격해 하고, 곽재우에게 관직을 제수했다.

임진년 10월, 우병사 유숭인이 왜장 우시등원랑과 창원에서 싸워 여러 번 패했다. '우시'는 평수길의 본성이고 '원랑'은 평수길의 종제였다. 유숭인이 단신으로 말을 달려 진주성 아래에 이르러, 진주목사 김시민에게 성문을 열어 들여보내달라고 소리쳤다. 이 소리를 들은 김시민은 그 부하들에게 이렇게 이르면서 들여보내주지 않고 성 밖에서 후원해주는 것이 좋겠다고 했다.

"만약 지위가 높은 우병사를 성 안으로 들이면 이는 지휘관이 바뀌게 되는 것이다."

김시민이 유숭인을 성 안으로 들이지 않았다는 말을 듣고 곽재우는 이렇게 감탄했다.

"이 계책은 성을 지키는데 만족할 만한 일이다. 이렇게 된 것은 진주 사람들의 복이다."

계사년 6월, 평수길이 평수가로 하여금 여러 장수들의 병력을 모은 30만을 거느리고 동래로부터 곧바로 진주로 향하게 하니 그 기세가 바람을 만난 불 같았다.

도원수 김명원, 순찰사 이빈, 병사 선거이 등은 퇴각하여 호남으로 들어가고, 감사 권율이 기강을 건너 전진하고자 하니 곽재우와 고언백이 말렸다.

"적이 지금 합쳐서 주둔하고 있으며 아군은 많다고 하나 오합지졸입니다. 또한 군량도 덜어졌는데 마땅히 가볍게 전진해서는 안 됩니다."

권율은 이 말을 듣지 않고 이빈, 선거이 등과 함께 강을 건너 텅 빈 함안성 안으로 들어가, 먹을 것이 없어 덜 익은 풋감을 따먹으니 모두 싸울 마음이 없어졌다. 그리고 왜적이 들을 덮고 하천이 막힐 정도로 육로와 수로를 통해 들어온다는 소식을 듣고 여러 군사들이 달아나 흩어졌다. 이때 이빈이 곽재우에게 정암나루에서 왜적을 맞으라고 명령했으나, 병력이 적어 싸우지 못하고 퇴각했다.

김천일과 최경회, 황진이 무너진 병력을 거두어 진주성으로 들어가니, 곽재우가 황진을 만나 이렇게 만류했다.

"진주는 강을 끼고 있는 성입니다. 왜적이 만약에 요충지를 끊어 외부의 지원병을 단절시키면 곧 위태롭습니다. 더구나 공은 충청도를 책임진 사람으로 또한 조정의 명령 없이 국가의 중요한 인물로서 어찌 반드시 죽을 땅에 나아가려 합니까?"

"창의사 김천일과 더불어 약속을 해놓았으니 그를 배반하는 것이 됩니다. 내 전란에 임하여 구차하게 면하여 피하는 것은 할 수 없습니다."

황진이 듣지 않자 곽재우는 술잔을 들어 서로 작별했다.

뒷날 곽재우가 김덕령, 홍계남 등과 함께 거제의 왜적을 공격하다가, 타고 있던 배가 대포 탄을 맞아 파도가 들끓는 바다로 떨어졌다. 그러나 얼마 후 곽재우는 웃으면서 얘기를 하고 아무 일도 없었다는 듯이 태연했다.

8월에 왜장 청정이 서생포로부터 빙 돌아 낙동강 동편으로 향했는데 병력이 10만이라고 했다. 방어사 곽재우가 곧 네 개 군의 병력을 강력하게 지휘하여 말을 달려 창녕 대왕성으로 들어갔다. 그리고 죽음을 무릅쓰고 지키기를 기약하였다.

왜장 청정이 대왕성의 형세를 바라보니 벼랑처럼 험준하고 성 안이 고요하고 엄숙하여, 하루 낮밤을 서로 맞서 대치했다가 공격하지 않고 물러갔다.

그리고는 마침내 안양, 남원을 함락시키니 호남과 영남의 성과 고을이 곳곳에서 무너졌다. 원수 이하 장수들이 그 기세를 보고는 병력을 이끌고 물러갔는데, 오직 곽재우만 홀로 성을 굳게 지키고 동요하지 않았다.

체찰사 이원익이 외로이 남은 성을 보전하기 어려우니 재촉하여 병력을 해산하라고 명령했다. 곽재우는 이렇게 보고했다.

"옛날 중국 전국시대 제나라의 성이 70이나 무너졌지만 즉묵[9] 성만이 홀로 남았었고, 당나라 군사 1백만이 쳐들어왔지만 안시성은 항거하여 함락되지 않았습니다. 많은 고을이 바람에 쓰러지듯 해도 홀로 우리 성을 보존하지 못하겠습니까?"

뒷날 곽재우가 모친상을 당하여 관직을 버리고 울진으로 피해나가 있었다. 아주 외진 곳에서 바깥출입을 하지 않고 자제들과 함께 패랭이를 만들어 팔아서 생계를 유지했다. 임금이 여러 번

9) 즉묵(卽墨): 전국시대 제(齊)를 제외한 6국이 연합하여 제를 공격하니 제 민왕(潛王)은 거(莒)로 피했음. 이때 초(楚)에서 구원 온 요치(淖齒)가 민왕을 죽이고 제의 실권을 잡고 있는데, 연(燕)나라가 제나라 성 중 유일하게 남아 있는 즉묵성을 공격했음. 즉묵을 지키는 전단(田單) 장군은 여러 가지 계책을 쓰고 속임수를 써서 공격을 막으니 연나라 군은 패하여 돌아갔음.

기복10) 명령을 내렸지만 끝내 나오지 않았다.

후에 곽재우는 찰리사가 되어 남쪽 해변을 다스려 지켰다. 경자(1600)년, 경상 우병사에 임명되었을 때, 임금에게 앞서 왜장이 오랫동안 점거하고 있던 울산의 도산 성을 고쳐서 다시 산성으로 구축하고 반드시 지켜야 하는 요새지로 만들 것을 요청했다. 하지만 조정에서 허락하지 않으니, 곽재우는 항의하는 글을 올리고 물러날 것을 요청해 임지를 떠나 집으로 돌아갔다.

그 상소문은 대략 다음과 같은 내용이었다.

"오늘날 우리나라의 형편은 매우 위태롭습니다. 임금께서는 뉘우치고 분발하셔서 어진 사람을 가까이 하고 간신을 멀리하시어 회복하기를 도모하십시오. 여러 신하들도 역시 마땅히 한 가지로 죽을 힘을 다하여 중흥을 도모해야 합니다.

그러나 조정에는 붕당이 있어 동서남북의 이름이 있으니 큰 벼슬아치나 작은 벼슬아치나 무리를 나누어 당을 만들어, 당에 들어오는 사람은 출세시켜주고 당에서 나가는 사람은 배척을 하여 날마다 헐뜯어 비난하기를 일삼으니 장차 전하의 나라로 하여금 위태롭게 망하게 한 후에야 그칠 것 같습니다. 가히 통곡하고 눈물을 흘리고 탄식을 해야 할 일이라 하겠습니다.

옛날 송나라 왕실의 망함은 적과 화평조약을 잘못 맺어 그르친 것입니다. 그때의 화의를 주장한 사람은 진회와 왕륜의 무리인데 그들의 죄가 하늘에까지 통하고 있습니다. 그때 가령 그 당시에 종택과 악비의 무리로 하여금 그 마음과 힘을 펼칠 수 있는 기회를 얻게 했다면 송나라 왕실의 융성해짐은 가히 날짜를 정하여 기다릴 만 했습니다. 오직 그 화의에 잘못이 있어 마침내 송나라는 망함에 이르렀으니 어찌 통탄치 않겠습니까.

오늘날의 왜적은 송나라를 침입한 금나라에 해당되며, 그 화의를 말하는 사람은 송나라의 진회라고 할 수 있습니다. 비록 그러나 제갈량도 이르기를 '전쟁에 있어서는 속이는 것을 싫어하지 않는다.'라고 하였습니다. 옛날 정나라 임금은 한쪽 어깨를 드러내어 항복하고는 양을 끌고 가서 잡아

10) 기복(起復): 상중(喪中)에 벼슬에 나가던 일

반찬을 만드는 종살이를 하겠다고 하여 그 나라를 보전하였습니다.[11] 또한 구천도 항복을 하면서 부차의 신하가 되고 그의 아내는 부차의 첩이 되겠다고 빌어 마침내 패왕이 되었습니다.[12]

상황에 따라 대처하는 그 꾀함은 진실로 폐해서는 안 되는 것입니다. 그 화평이라고 하는 이름은 한 가지로 같지만, 그러나 화평을 맺는 내용은 결코 같지 않습니다. 화평을 믿고 방비하는 것을 잊는 사람은 망하게 되고, 말로만 화평이라고 하면서 자기 몸을 온전히 숨기고 있는 자는 살아남는 법입니다. 대저 적국을 고삐로 얽어매어 분함을 풀어내고 재앙을 느슨하게 하는 것은 화평만한 것이 없습니다. 또한 적을 게으르게 만들고 적을 그르게 인도하여 우리 병력을 쉬게 하고 백성들에게 숨 돌릴 틈을 갖게 하는 것은 화평만한 것이 없습니다. 만일 이러한 화평을 폐하고자 한다면, 거문고나 비파의 기러기발을 아교로 붙이고 연주하는 것 같은, 융통성 없는 일이 될 따름입니다. 마음속으로는 화평을 맺지 않는다는 마음을 굳게 하고, 밖으로 화평을 하고자 한다는 말을 하는 것이 어찌 의리에 옳지 않음이 있겠습니까?

옛날 송나라에는 지원병이 없었는데 우리는 중국의 지원병이 있습니다. 적들이 화평을 요구하면 그에 응하여, 중국 조정에서 화평을 허락하면 우리가 어찌 화평을 원하지 않겠는가? 라고 말하고, 또한 명나라 조정에서 화평을 허락하지 않는데 우리가 어찌 감히 화평을 하겠는가? 라고 말합니다.

화평을 교섭하러 온 사신이 그 중간에 있는데 왜적의 사신이 잡혀 구금을 당했다고 들었습니다. 신은, 강한 도적을 싸우도록 돋우어 위태롭고 어려운 화를 재촉하는 데도, 한 사람도 전하를 위해 아뢰는 사람이 없는 것이 두렵습니다. 신은 몰래 그것을 통탄스럽게 여기면서도 나라에 대해 도울 방법이 없습니다. 이것이 신이 물러가는 이유에 해당합니다.

11) 정백육단건양(鄭伯肉袒牽羊): 중국 춘추시대 정나라가 초나라의 포위를 당하여 패해, 임금이 한쪽 어깨를 벗고 항복을 한 내용임. 건양(牽羊)이라는 말은 양을 끌고 가서 잡아 반찬을 만들어드린다는 뜻으로 종살이를 하겠다는 뜻임. 이렇게 항복을 하여 빌어 초나라 임금과 화평을 맺어 나라를 보전했음.

12) 구천청위신첩(句踐請爲臣妾): 춘추시대 월나라 왕 구천은 오나라와의 전쟁에서 져서 오왕 부차 앞에서 항복하면서, '나는 당신의 신하가 되고 나의 아내는 당신의 첩이 되겠다'고 했음. 이렇게 하여 오왕의 용서를 받은 다음, 돌아가 국력을 길러 마침내 구천은 오나라를 쳐서 이겨 부차를 사로잡았음.

지난 날 이원익을 영의정으로 삼았을 때 온 나라 사람들이 모두 전하의 올바른 사람 얻음을 감탄하였습니다. 하지만 얼마 지나지 않아 급히 영의정을 교체하였으니, 신은 어진 재상이 시대에 용납되지 못함을 몰래 한탄합니다. 신은 이원익의 말과 논의를 들었고, 그 시행하여 조처하는 일을 살펴보았습니다. 이원익은 나라를 걱정하고 백성을 사랑하는 마음이 지성에서 나오고 있으며, 공평하고 청렴하고 삼가는 행동은 하늘에서 타고난 것이었습니다. 진정으로 국가 사직을 위하는 신하입니다만, 전하께서 믿고 가까이 하지 않으셔서 조정의 윗자리에서 안정을 얻지 못했으니, 신은 가만히 그런 점을 민망하게 여깁니다. 이것이 신이 물러가는 이유입니다.

엎드려 원하옵니다. 벼슬을 가지고 신을 묶어두지 마시고 직분으로써 동여매지 마시어, 마음대로 시골 자연 속에서 한적하게 살도록 버려두시옵소서."

벼슬에서 물러난 곽재우가 비록 국가에 도움이 되는 것이 없는 것 같지만, 붕당을 만들어 나라의 존망을 잊어버리고 다만 자기 자신만을 위해 꾀하는 신하들을 보는 것과는 역시 거리가 있다.

대간 홍여순 등이 곽재우가 뇌물을 받았다고 탄핵하여, 영암으로 귀양을 갔다가 얼마 되지 않아 풀려났다. 전쟁의 공로로써 우윤, 통제사, 함경감사 등의 벼슬에 제수되었지만 모두 사양하고 나아가지 않았다.

이에 대해 사람들은 다음과 같이 말했다.

"벼슬을 주어 제 뜻대로 처리하게 하지 못했기 때문에 능히 그 재능을 충분히 발휘하지 못했다."

벼슬하는 동안 서울에 있으면서도 오직 소나무 잎만 먹었다. 그리고 사람들에게,

"고양이를 기르는 것은 쥐를 잡기 위한 것이다. 지금 왜적이 물러가 평정되었으니 내 할 일이 없어 떠나야만 한다."

라고 자신의 소회를 밝혔다.

마침내 신선술을 배워 비슬산에 들어가서 소나무 잎을 먹고 곡식을 먹지 않았다. 어떤 때는 1년 동안 먹지 않아도 배고프지 않았고, 몸이 건장하고 신체가 가벼웠다.

뒤에 취산의 바위 창암으로 가서 영원히 음식을 사절했다.

광해군 시절에 영창대군을 구제하는 상소를 올렸는데, 그 내용의 개략은 다음과 같다.

"대군의 나이 겨우 여덟 살인데, 여덟 살 먹은 아이가 어찌 역모를 알았으리오? 대군은 털끝만큼도 그를 죽여야 하는 죄가 없습니다. 다만 온 나라의 백성들만 그 사실을 알고 있을 뿐만 아니라, 천지 귀신도 역시 반드시 알고 있을 것입니다. 만약 대군을 죽이게 되면 자전께서도 참을 수 없을 것입니다. 만약에 이 사실이 숨겨지지 않는다면, 곧 전하는 장차 천하와 후세에 무슨 말로 설명을 하겠습니까?"

박수홍 승지가 급제하기 전에 곽재우를 방문했다. 곽재우가 무슨 일로 가는 길이냐고 물으니 박수홍이,

"과거를 보러 가고 있습니다."

라고 대답했다. 그러자 곽재우는 좋아하지 않았다.

"무슨, 지금이 어찌 과거 보러 갈 때이냐?"

라고 하며 술자리를 베풀어 네댓 잔을 함께 마셨다. 조금 지나 술에 의해 피곤을 느끼면서 불편해 하더니 그릇을 가져오라고 했다. 곧 귀를 기울여 그 그릇에 대니 마신 술이 모두 귓구멍을 통해 쏟아져 나왔다.

인조 때, 여러 번 그를 불렀으나 나오지 않다가 마침내 사망했다. 많은 기이한 일들이 있었고, 세상 사람들이 전하기를 신선이 되어 갔다고 했다.

사진자료

〈곽재우 묘〉　　　〈곽재우 동상〉

郭再祐

郭再祐字李綏 自號忘憂堂 玄風人監司越之子也. 再祐氣宇宏遠 豪俠好義. 越嘗牧義州 再祐在側三年 一不近色 人服其操. 後隨越奉使朝京 相者異之曰 必爲大人 名滿天下. 棄擧子業 年四十餘窮居 籧笠芒鞋 漁釣自娛. 性偶儻有奇氣 平居恂恂然 若無能者 時人莫之識也. 當宣廟壬辰之變 再祐在宜寧田間 見方伯閫帥爭棄鎭堡 鳥竄獸伏. 奮然倡言曰 方伯重寄 惟務偸生 不念國之存亡 在野者可以死矣. 聚家奴及鄕兵 奮義討賊. 盡散家財 以供軍費 見者皆以爲狂. 會倭兵陷宜寧三嘉陜川. 再祐以壯士十餘人 往來馳擊. 賊風靡而遁 追擊于鼎津 及咸安皆破之 斬首五十級 自是應募者坌集. 嘗着紅衣 挺身先之 賊號曰 天降紅衣將軍. 再祐激勵以義 衆皆感奮願從 遂椎牛大饗士. 取草溪之兵 發新倉之粟. 右兵使曹大坤 避兵山中 聞再祐起兵 指爲土賊. 下令捕之 士皆疑懼欲散. 再祐知無可爲 將入頭流山. 會招諭使金誠一下來 聞其名 激以勸起 軍聲復振至千餘人. 賊兵三十餘艘 又上歧江. 再祐鼓噪揚兵 賊望風走. 倭酋安國寺僧毛利者 輝元之謀主也. 素負機略 至是聲言取湖南. 日引兵西 前鋒到鼎津 距再祐軍數十里. 傍有淖不可行 賊使先導擇高燥 揷木識之 將以晨朝渡. 再祐詗知之 夜半率麾下壯士 馳至其所 拔其木 易置淖中 因伏以俟. 賊果至 陷淖中不能脫 伏發幾殲之. 未幾賊大至 再祐度勢不敵. 與驍壯者十數 衣紅衣騎白馬 從者皆如之. 鼓噪出直薄賊營 左右馳以誘之. 賊知其爲將也 擧軍逐之 行十餘里 入山蹊 失再祐所在. 賊方疑疑 忽見前崖 有數十壯士 又皆紅衣白馬. 賊乃大驚追之 俄頃失之. 但聞鼓角殷山 旗幟蔽阿 出沒東西. 賊益駭 咸以爲神 莫測多少 不敢追. 再祐伏强弩於中路 從樹木叢薄間 亂射之 賊奔潰 仍縱兵覆之 江岸賊尸 塞江水爲不流. 安國僧將遂撤去而走. 自是賊來則戰 戰必有獲. 所騎白馬倏忽如飛 砲矢齊發 終莫能中 賊尤以爲神. 或於馬上 擊鼓徐行 或吹笛鳴笳 以迷賊 賊卒莫敢逼. 自軍營距賊二三息程 遍置候瞭 賊到百里外 營中先已預備 故常逸而不勞 靜而不擾. 賊或大至 多設疑兵於山藪中 處處吹角鳴鼓. 又製五頭炬 乘夜大擧 四面相應 聲勢甚壯. 賊大駭 不戰而遁. 麾下士遇賊 雖在十里圍中 必馳入救出 卒無所傷. 以是能得人死力 人自爲戰 所向有功. 再祐遂廣募士馬 分設七屯. 左洛東右鼎津 盤居六十餘里 自居中以統之. 東西策應 往來馳擊. 賊後至者 皆望風引却. 鄕人饒戶皆出來 擊牛輪日餉軍. 江右下道獲安農作 義聲大彰. 再祐之初起也 路遇頂玉一丈

夫 乃加德僉使田應麟也. 再祐駐馬呼曰 汝必奔北之將也. 負國偸生 罪死無赦 引滿欲
射之. 應麟怒曰 我之奔北何與於汝. 亦彎弓而向之. 再祐諭之曰 汝旣棄鎭 吾方倡義
從我義抗我悖也. 應麟惕然愧謝曰 誠若公言 敢不從命. 遂爲褊裨從戰 竟殉於陣. 咸安
郡守柳崇仁 亦投屬耳[再]祐陣中 後更收郡兵 以戰功著. 安國寺僧連寇江右 率遊擊十
八艘 聲言欲向伽倻 猝入鼎津. 再祐擊却之 安國僧知不可入. 乃復添兵 移向靈山昌寧
將渡歧江 江右震蕩. 再祐先馳據之 發帑饗士 嚴陣設備. 安國僧至江東岸 望見郭兵
部伍整肅. 驚曰 此必鼎津紅衣將軍也. 遂沿江避去 再祐亦隔水潛踵 至星州安彦驛 突
出擊之. 衆寡不敵 均解而還. 安國僧復由智禮 入寇居昌 屯將李亨戰死. 義兵將金沔方
在高靈 聞警謂諸將曰 居昌卽晉州以上頭腦也. 居昌不保 則嶺右十餘郡亦瓦解矣. 遂
馳據牛脊嶺 呼召隣邑兵. 金誠一又自晉州疾馳赴之 幷力殊死戰. 安國僧知嶺右不可
犯 還從智禮 徑入全羅界. 襲取錦山 與湖西屯賊連兵 分屯茂朱 侵掠諸郡 以窺全州.
防禦使郭嶸等望風奔潰 湖南大震. 金將軍德齡在湖南 眙書再祐曰 將軍壯猷 聞之已
熟 仰之亦久. 身作長城 控扼喉吭 使江淮以西 終始保障. 重恢盛業 想必第一於凌煙.
再祐答書曰 再祐自聞將軍威聲 喜不能寐. 遠承辱書 感懼交極. 將軍有神出鬼沒之智
旋乾轉坤之力 三箭天山不足定也. 再祐聞慶尙監司金睟奔還本道 憤奮曰 睟討倭赴京
今又不見賊而先逃 賊非在倭矣. 我當移兵先討之. 金誠一切責乃止. 再祐遂移檄於睟
數其七罪. 又狀睟罪惡 聞於朝 請斬之. 檄通一道義兵 約以同聲誅睟 睟聞之恐懼 欲自
殞 爲軍校所止. 遂馳入咸陽 聚兵戒嚴. 又使軍官金敬老 迎檄再祐. 謂以假托義兵 陰
謀不軌. 再祐草檄以答曰 義賊之分 天地知之. 是非之判 公論在焉. 睟乃馳啓誣再祐謀
反 朝議大駭. 誠一曰 吾當百口保之. 遂馳奏 力言再祐忠憤無他 朝議始釋. 李好閔寄
詩曰 聞道紅衣將 逐倭如逐獐 爲言終戮力 須似郭汾陽. 體察使李元翼請楊總兵 將欲
移駐嶺南. 再祐言 虎在於山 其威自重 龍在於淵 其神不測. 虎出於山 童稚逐之 龍在
於陸 獼猵笑之. 天兵之在湖西 虎在山也 龍在淵也. 若來嶺南 是猶出山之虎 在陸之
龍. 元翼曰今見覆書 不覺下床屈膝. 有將如此 何憂之有. 是時倭兵大屯玄風昌寧靈山
下通金海 上接星州. 茂溪屯幕連雲 與再祐兵隔江相持. 再祐幻出奇形 隱隱紛紛 賊終
不敢逼. 前牧使吳澐等又募兵三千 以屬再祐 軍聲漸張. 再祐仍欲進復江左州郡 勒兵
渡江 抄精兵數百 直至玄風城外 設奇挑戰. 賦[賊]終不出 再祐夜令人登琵琶山 鼓噪
揚兵 砲角並震 萬炬齊明 綿亘十餘里. 忽焉火滅 寂若無人. 頃之又登城後嶺 亦如之

火光照城中. 使人合聲大呼曰 紅衣將軍明將屠城 汝其無悔 遂一齊滅火而退. 賊震駭
棄城夜遁. 昌寧之賊 聞風撤走. 惟靈山賊恃衆多不去. 再祐請金誠一 益發三郡兵 進薄
靈山城外 別將尹鐸不戰而退. 再祐徐收軍登山 裨將朱夢龍躍馬衝賊陣 出入再三 賊
遂却. 凡大戰三日 賊不支夜遁. 茂溪之賊亦失援 遁歸星州. 於是賊之右路遂斷. 金誠
一草檄諭避亂士民曰 右道義兵步馬二萬 逐日擊賊 高靈以下 幾盡恢復士氣振矣 國勢
張矣. 惟我士民 勿復草間苟活 勉出合力 助我威武. 時高敬命金千鎰遣儒生郭玄梁山
璹 泛海入關西 秦事行朝. 以敎書二通付送 分諭湖嶺將士. 又曰 聞郭再祐布置異常
殺賊尤多 而不以功自達 予甚奇之 恨予聞名之晚也. 除再祐官. 壬辰十月 右兵使柳崇
仁與羽柴藤元郎 戰于昌原數敗. 羽柴卽秀吉之本姓 元郎秀吉之從弟也. 崇仁以單騎
馳至晉州城下 呼牧使金時敏開門. 時敏謂其下曰 若納兵使 是易主將也. 遂答以在外
爲援可也. 再祐聞時敏不納崇人 歎曰 此計足以完城 晉人之福也. 癸巳六月 秀吉使秀
家 合諸酋兵三十萬 自東萊直向晉州 勢如風火. 都元帥金命元 巡邊使李薲 兵使宣居
怡退入湖南 監司權慄欲渡岐江前進. 郭再祐高彦伯曰 賊方合屯 我軍多烏合 又無糧
餉 不宜輕進. 慄不聽 與李薲宣居怡等 入咸安空城. 摘靑柿實以食 皆無鬪心. 聞賊從
水陸蔽野塞川 諸軍奔散. 李薲令郭再祐 遮遏鼎津 兵少不敵而退. 金千鎰崔慶會黃進
收潰兵入晉州. 再祐謂進曰 晉州臨水爲城 賊若截其要衝 而斷其外援 則危矣. 且公職
主他道 又無朝命 以此干城之身 何必就必死之地乎. 進曰 與倡義約而背之 吾不可臨
亂而苟免也. 再祐取酒相訣. 後與金德齡洪季男等 攻巨濟賊 大砲穿船 而墜於海沸鳴
移時再祐談笑自若. 八月 淸正自西生捕 轉向江左 兵號十萬. 防禦使郭再祐卽勒四郡
兵 馳入昌寧大旺城 期以守死. 淸正仰見 形勢斗絶 城中靜肅. 相對一晝夜 不攻而去.
遂陷咸安陽南原 湖嶺城邑處處崩潰. 元帥以下望風引却 而獨再祐堅守不動. 體相李
元翼慮孤城難保 促令解兵. 再祐報曰 齊城七十 卽墨獨存. 唐師百萬 安市能抗. 列郡
風靡 此獨不可保耶. 後再祐以內艱 去避地蔚珍 僻處杜門 與子弟共造蔽陽子 賣以爲
資. 累命起復 終不就. 後以察理使 按南邊. 庚子又拜慶尙左兵使 請大繕島山 以作山
城必守之地 而朝廷不許. 再祐抗章乞退 棄鎭歸家. 疏略曰 今日國勢 岌岌乎殆哉. 殿
下宣悔悟奮發 親賢遠奸 以圖恢復. 羣臣亦當同心戮力 以營中興. 而朝廷朋黨有東西
南北之名 大小羣臣分朋立黨 入者進之 出者斥之 日以詆訐爲務. 將使殿下之國 至於
危亡而後已 可謂痛哭流涕 長太息者也. 宋室之亡 和議誤之. 其時主和者如秦檜王倫

之輩 罪通于天. 使宗澤岳飛之徒 得展其心力 宋室之隆 可指日而待. 惟其誤於和議 竟至於亡 豈不痛哉. 今之倭賊 卽宋之金兵也. 其有言和者 卽宋之秦檜也. 雖然 諸葛 亮曰 兵不厭詐. 鄭伯肉袒牽羊 卒保其國. 句踐請爲臣妾 終成伯業. 權時之謀 誠不可 廢也. 夫和者爲名雖一 而所以爲和者 有不同焉. 恃和而忘備者亡 言和而盡己者存也. 夫羈縻敵國 舒念緩禍 莫如和 怠敵誤寇 休兵息民 莫如和. 如欲廢之 膠柱而鼓瑟耳. 內堅不和之心 外發欲和之言 有何不可於義. 宋無大援 而我有天朝之援. 賊求和應之 日 皇朝許和 我豈不和之 皇朝不和 我豈敢和兵. 交使在其間 而聞倭使見囚. 臣恐挑强 寇 速危難之禍 而無一人爲殿下言之. 臣竊痛之 無補於國. 此臣所以退去者也. 頃者以 李元翼爲領相 一國之人咸歎殿下之得人. 未幾遞遷 臣竊恨良相之不容於時也. 臣聞 其言論 見其施措 憂國愛民之心 出於之誠 公平廉謹之行 得於天性 眞社稷之臣也. 殿 下不能信之親之 使不得安於朝廷之上 臣竊悶之 此臣之退去者也. 伏願勿縛以爵 勿 縶以職 任其閑適於江湖. 雖若無補於國家 其視各立朋黨 忘國家之存亡 而只爲身謀 者 亦有間矣. 臺諫洪汝諄等以瀆漫劾之 謫靈巖 未幾召還 以軍功 官至右尹統制使咸 鏡監司 皆辭不赴. 人謂任之不專 故未能盡其才也. 從仕京中 惟食松葉 而語人曰 養猫 所以捕鼠. 今賊已平 余無所事 可以去矣. 遂學方術 入琵琶山 餐松辟穀 或經年不飢 身健體輕. 後歸鵝山滄巖 永謝煙火. 光海朝救永昌疏 略曰 大君年才八歲 八歲兒豈有 預知逆謀乎. 大君無一毫可殺之罪 非但一國人民皆知之 天地鬼神亦必知也. 大君若誅 慈殿必不能忍. 如或不諱 則殿下將何有辭於天下後世乎. 朴承旨守弘未弟時 往訪之. 問將何往. 曰赴擧耳. 再祐曰 此豈赴擧時耶. 仍設酌 飮四五杯. 俄頃爲酒所困 氣甚不 平. 命取器來 傾耳而瀉之 酒從耳孔盡出. 仁廟累徵 不起而卒. 多有異事 世傳仙去云.

사진자료

〈충익사〉　　　　〈정암나루〉

(1) 망우당 곽재우와 이인

곽망우당이라 카는 선생이 있었는데, 젊어서 글을 배울 때 가야산 밑에 어느 큰절이 있어요. 그 절에서 공부를 하는데, 절 변소는 거리가 멀어요. 새벽녘에 변소를 간께, 눈은 와서 이렇기 있는데 호랑이가 달려든단 말이라. 그때 목신을 신고 갔더래요. 고만 달라드는 걸 양귀를 거머지고 고만 태기질을 해서 호랭이를 때리 잡았뿌리. 죽이놓고 자기 방에 와가지고 공부를 하고 있는데, 공양중이 나가다가 호래일 보고 혼이 났어. 그래 내려다 본께, 곽망우당이 쥑였거덩. 보이 기운이 세고 장산지 알지.

그런데 전에 없던 불이 그 만대이에 있어. 곽망우당이 본께 '저게 뭔고 전에 없던 불이 저게 있다.' 굽나막신을 신고 작지를 짚고 눈이 이렇기 오는데도 고만 성큼성큼 올라서 그 만대이를 올라가. 그 만대이를 보이께 느리편편하이 그런 장손데, 거게 각중에 전에 없던 띠집이 하나 있어. 띠집 속엘 보인께 아주 다 큰 처녀가 안에 들어 앉아거덩. 처녀가 보고,

"어데서 왔소?"

"이 밑 절에서 공부하는 사람이요."

그카자, 또 사람 하나가 나타나는데 키가 팔 척이나 되는 사람이 온다 말이지.

"어데서 왔느냐?"

고.

"이 밑에 절에서 공부하다 왔다."

"여게를 어째 왔느냐?"

카인께,

"작지를 지고 왔다."

카거든. 이 설중에 험악한 산을 작지 짚고 굽이 높은 목신 신고 올 때는 보통 장정이 아이라.

"아, 그렇습니까? 그런데 우리는 다른 사람이 아이라 호래이를 잡으러 왔소. 우리 아버지가 이 호랑이한테 호식을 당했는데……."

호랭이를 따라 댕기느라고 강원도 금강산 일대를 다 댕깄어. 처녀하고 둘이 댕길 때는 물론 내우간도 됐겠지. 댕기는데, 이 호랑이가 가야산으로 왔어. 잡을라고 하는데, 호랭이가 시방 어느 굴에 들어앉았는데 내외간이 싸움을 해가 서로 승부가 결단이 안 나여.

"봐한즉은 보통 장정이 아닌데, 절에 가서 자고 내일 일찍 오시가지고 내 철봉을 줄 터이께, 이걸 가지고 옆에 바우를 치민서로, '네이놈 백호야.'고 말만 한 말 해주면은 그 호래이 잡겠소."

칸께, 뭐 호래이야 그전에 한 마리 태기질도 해놨는데, 까짓 거 문제도 없단 말이라. 그래 절에서 자고 와서 그 사람이 호랭이 이름을 백호라고 부르더래요 고함을,

"백호야!"

감을 지르이께 나오는데, 큰 황소만 하대요 아주 커요 고마. 어만증이 난단 말이야 둘이 싸우는데,

"백호야"

감 소리커녕 기가 죽어서 그만 언기지 뭐.

"안죽꺼정 기운이 없는데, 사람이 기운이 세야만 담력도 커지고 용기도 더하는데. 저거 돌을 한 분 들어보라."

카거든. 든께, 지발 땅밑에 이래 들겠더래요 곽망우당이. 이 사람이 오디만 버쩍 들어서가 한 십 보나 집어 떤진단 말여. 그 기운이 어데라. 천하장사지. 그래 약을 주더래요, 남의 기운을 채우는 차력 약이 있어. 차력이 신차력이 있고 약차력이 있는데 약차력을 주노이 먹었다. 한 열흘 먹고 나이께, 땅심하든 기 번쩍 들겄거든. 열흘 더 먹고 난께 떤지는데 그 사람 반쯤은 따라 가여. 한 달 먹고 나이께 같이

떤짔어. 같이 떤지도 그 사람만 용맹이라든지 기운이 모지래.

"그래 이제 됐으니 잡자."

인자 기운을 다 채리가주고 철봉을 주는데,

"이거 가지고 우째든가 내가 싸울테닌께 바우를 때리미 '예 이놈 백호야!' 감을 지르면은 내가 잡는다."

그래 약속을 하고 갔다 말이라.

간께,

"백호야!"

감을 지르거덩. 그래 호래이가 털털털 나오디만, 고만 둘이 싸우는데 산천이 짓뚜러 호래이 소리고 사람소리고 카다가, 곽망우당이 때리 주민서,

"백호야!"

카는데 지와 모구소리만침 났더래요. 그때 이놈 백호가 전에 없던 소리가 나이, 옆을 돌아보거덩. 옆을 돌아볼 때 시방 말하마 권투하듯이 고만 때렸다. 때리서 고만 막 호래이를 잡았어. 잡아가지고 그날 호필해서 곽마우당을 주고 인제 원수 갚아서 간을 내서 먹고 갔단 말아라. 이별할 때,

"우리가 만날 때가 있오. 만날 시기가 얼매 안 남았으인께 그때 만내자."

그카고 갔단 말이라. 그때 이인(異人)이라 그래.

곽망우당이 그 호필 갖다가 저리 주고 상도 탔어. 매도 맞고. 호래이를 두 바리 잡았으니 말이라.

그러구로 임란 난리가 나서 곽망우당이 군사를 칠천 명을 거느리고 하는데, 후봉 장이 없어. 그때 찾아왔더래. 와가지고 후봉장이 되고, 곽망우당은 선봉장이 됐다말이라. 하황산에서 첫 싸움을 할 때 왜놈 마이 죽있어. 말도 못해요. 그래 성공을 했거덩. 나라서 큰 공로가 있고, 낸주 그 사람이 계속 곽마우당 뒤에 따라댕기미 도와서 곽마우당은 전사 안했지요. 시방도 곽망우당 동상이 대구에 있는데, 그런 일이 있었다고. 곽망우당이 내중에 고령 앞에 낙동강 연변에서 막 댕길 때 본께

사람이 비호 걸더래여. 날라댕기더래여. 그렇기 용맹있는 양반.

출처: 최정여 외, '망우당 곽재우와 이인', 『한국구비문학대계』 7-15, 한국학중앙연구원, 1987, 382.

(2) 곽재우 장군 일화

곽재우 장군은 솥바위를 한발로 디디고 바로 강을 뛰어 넘을 정도로 굉장한 장수였다. 솥바위하고 저 쪽 함안쪽에 밤에 새끼줄을 쳐 놓고 거기에다가 사람 두루마기를 걸어서, 말하자면 허수아비를 주렁주렁 달아 가아 흔드는 거죠. 새꾸를. 그럼 저 남지(南旨)쪽이나 함안(咸安)쪽 강변에서 일본놈이 밤에 볼 때는 불을 피아 놓고 새끼줄로 흔들어 재치니까 불빛에 그 허수아비가 사람으로 보이는 건 당연하거든. 수백 명이 강을 막아 서가지고 있다쿠는 식으로 유격 전술을 썼다는 거지요. 순전하 이 기만 전술이제. 소위 이야기는 기강나루하고 정암나루 두 군데에서는 또 줄을 쳐가지고 허수아비를 달아 매가지고 밤에 불을 놓고 적군에게 위장전술을 썼다쿠는 거는 전해 내려오고 있습니다.

이 어른이 칠십 리를 장악을 하고 군사 요새로 삼아가지고 했는데, 주로 이 어른이 축지법을 썼다. 그래가지고 칠십 리를 하루 몇 번을 왕래를 하면서 독전을 하고 했는데, 홍의장군(紅衣將軍)은 사실상 그 강변 칠십 리에 없는 데가 없습니다. 다 자기와 똑같은 옷을 입고 장군이 다 있는데, 이 어른이 변복을 해가 또 독전을 하고 또 돌아오시고 주로 이 어른이 가장 중심적으로 본거지로 삼은 데가 서쪽은 정암진이고 동쪽은 기강나루였어요.

'거기에서 적을 못 막으몬 곤란하다.'고 그 사이에는 자기 휘하 장병들을 자기처럼 가장시켜 배치 해놓고 독전을 하고 용전을 했다. 정암진에서는 좌우간 아주 혈전이 있었는데, 여기에서 자기 영장(令將) 여러 사람을 잃었지요. 가장 대표적인 사람이 이운장(李雲長)이라는 영장을 여기에서 잃었십니다. 정암진에서.

출처: 정상박 외, '곽재우 장군 일화(2)', 『한국구비문학대계』 8-10, 한국학중앙연구원, 1984, 47.

(3) 임란시 화왕산 전투

화왕산에다가 홍의장군, 곽망우당(郭忘憂堂)이 진을 치고 성을 쌓아 있었거든예. 창녕 읍내 뒤에 가면, 화왕산 몬댕이에 옛날 임란 때 홍의장군이 성 싸 놓은 성터도 있고, 말발굽 자리도 있답니다. 왜놈들이 묘한 기라요. 이쪽 창녕읍에서 보면, 화왕산이 아주 경사가 심합니다. 심하는데, 왜놈들이 인자,

"산 이름이 뭐고?"

"화왕산이다."

황새가 앉은 형용이다. 황새라는 것은 앞이 높으고, 뒤가 낮거든요. 황새 삣삣이 모가지를 들면 앞이 안 높아예? 그래 인자 왜놈들도 용해논께네, 화암산 앞으로, 정면으로 공격해서는 저거가 실패하는 기라. 그래서 왜놈들이 저 영산(靈山)을 둘러 가지고, 밀양(密陽) 쪽으로 둘러가지고 황새 뒤 꼬랑대기부터 능선을 타고 올라가서 공격을 하는 기라. 정면 공격은 안 하고 왜놈들도 홍의장군한테는 저놈들이 식겁을 해가지고 정면 공격을 못 하고. 그래서 인자 화왕산 성을 밀양(密陽) 무안(武安) 쪽에서 올라 가면은 등선이 쭉 경사가 지고, 비슴하이 올라갔다. 그래서 왜놈이 홍의 장군의 화왕산의 성을 갖다가 함락시킬라고 공격을 갖다가 정면 뒤에서 했다. 공격한 이유는 황새라는 것은 앞은 높고, 뒤는 낮기 때문에 뒤에서 공격해 올라갔다.

출처: 정상박 외, '임란시 화왕산 전투', 『한국구비문학대계』 8-10, 한국학중앙연구원, 1984, 350.

〈관련 설화 목록〉

김선풍 외, '곽재우 장군', 『한국구비문학대계』 2-3, 한국학중앙연구원, 1981, 535.

김선풍 외, '곽재우 장군과 독고씨의 우정', 『한국구비문학대계』 2-9, 한국학중앙연구원, 1986, 797.

김영진 외, '곽재우의 효심', 『한국구비문학대계』 3-1, 한국학중앙연구원, 1980, 61.

최정여 외, '망우당 곽재우와 이인', 『한국구비문학대계』 7-15, 한국학중앙연구원, 1987, 382.

최정여 외, '미득바위와 곽재우 장군', 『한국구비문학대계』 7-16, 한국학중앙연구원, 1987, 481.

최정여 외, '천생산성과 곽재우 장군', 『한국구비문학대계』 7-16, 한국학중앙연구원, 1987, 545.

정상박 외, '곽재우 장군 일화(1)', 『한국구비문학대계』 8-10, 한국학중앙연구원, 1984, 46.

정상박 외, '곽재우 장군 일화(2)', 『한국구비문학대계』 8-10, 한국학중앙연구원, 1984, 47.

정상박 외, '곽재우 장군 일화(3)', 『한국구비문학대계』 8-10, 한국학중앙연구원, 1984, 76.

정상박 외, '곽재우 장군 일화(1)', 『한국구비문학대계』 8-10, 한국학중앙연구원, 1984, 348.

정상박 외, '곽재우 장군 일화(2)', 『한국구비문학대계』 8-10, 한국학중앙연구원, 1984, 349.

정상박 외, '임란시 화왕산 전투', 『한국구비문학대계』 8-10, 한국학중앙연구원, 1984, 350.

정상박 외, '곽재우 장군 일화(1)', 『한국구비문학대계』 8-11, 한국학중앙연구원, 1984, 23.

정상박 외, '곽재우 장군 일화(2)', 『한국구비문학대계』 8-11, 한국학중앙연구원, 1984, 25.

정상박 외, '곽재우 장군 일화(3)', 『한국구비문학대계』 8-11, 한국학중앙연구원, 1984, 27.

정상박 외, '곽재우 장군 일화(1)', 『한국구비문학대계』 8-11, 한국학중앙연구원, 1984, 382.

정상박 외, '곽재우 장군 일화(2)', 『한국구비문학대계』 8-11, 한국학중앙연구원, 1984, 384.

정상박 외, '곽재우 장군과 말무덤', 『한국구비문학대계』 8-11, 한국학중앙연구원, 1984, 404.

정상박 외, '곽재우 장군 일화(3)', 『한국구비문학대계』 8-11, 한국학중앙연구원, 1984, 405.

정상박 외, '곽재우 장군 일화(4)', 『한국구비문학대계』 8-11, 한국학중앙연구원, 1984, 407.

정상박 외, '곽재우 장군 일화(5)', 『한국구비문학대계』 8-11, 한국학중앙연구원, 1984, 431.

정상박 외, '곽재우 장군이 기른 임장군', 『한국구비문학대계』 8-11, 한국학중앙연구원, 1984, 596.

신동흔, '곽재우·이삼·영규', 『역사인물이야기연구』, 집문당, 2002, 336.

이수자, '홍의장군 곽재우', 『설화화자연구』, 박이정, 1998, 298.

조희웅, '곽재우 장군의 지혜', 『영남구전자료집』 7, 박이정, 2003, 159.

 정문부(鄭文孚, 1565~1624)

조선 중기의 문신이자 의병장이다. 본관은 해주(海州)이며 자는 자허(子虛), 호는 농포(農圃)이다. 서울 출신으로 1591년 함경북도병마평사가 되었고 1592년 행영(行營)에서 임진왜란을 당하였을 때 회령의 반민(叛民) 국경인(鞠景仁)이 임해군(臨海君)·순화군(順和君) 두 왕자와 이들을 호종한 김귀영(金貴榮)·황정욱(黃廷彧)·황혁(黃赫) 등을 잡아 왜장 가토[加藤淸正]에게 넘기고 항복하였다. 이에 격분하여 최배천과 이붕수와 함께 의병을 일으킬 것을 논의하고, 각 진의 수장(守將)·조사(朝士)들과 합세하여 의병을 조직하여 공격하였다. 국경인·국세필(鞠世弼)을 참수하고, 명천과 길주에 있던 왜적과 싸워 대승을 거두고, 쌍포(雙浦) 전투와 다음해 백탑교(白塔郊) 전투에서 크게 이기어 관북지방을 완전히 탈환하였다. 경성의 창렬사(彰烈祠)와 부령의 청암사(靑巖祠)에 배향되었고, 『농포집』을 남겼다. 시호는 충의(忠毅)이다. 『참고문헌』 선조실록, 한국인명대사전

정문부

정문부의 자는 자허이며 해주사람이다. 젊었을 때 독서를 좋아했고 문장을 잘 썼다. 선조 무자년 문과에 급제하여 괴원[1]에 소속되었다가 지방으로 나가 북도병마평사가 되었을 때 임진왜란이 일어났다.

왜장 소서행장과 가등청정이 임진강을 건너, 우리 임금의 피난 수레가 혹시 북관[2]으로 들어갈지도 모른다고 생각하고 서로 약속하여 길을 나누었다. 행장은 서쪽 평안도로 향하고, 청정은 함경도 쪽으로 향했다. 청정은 용기가 여러 왜장 중에서 으뜸이었고, 거느린 병력도 매우 뛰어나고 무서웠다. 청정이 곡산을 따라 노리현 고개를 넘어 철령 북쪽으로 출격해 들어가니 우리나라 수비 병력이 모두 무너져, 청정은 하루 수백 리를 행군했다. 그 세력이 바람과 비 같아서 지나가는 곳마다 모두 피난을 가 빈 땅이 되었고, 닭이며 개 같은 짐승도 남는 것이 없었다.

함경감사 유영립이 피해 산골짜기로 들어가니 우리 반란민들이 왜적의 병사들을 인도해 습격하여 그를 사로잡았다. 이때 북청고을 사람 김응전이 감가의 종이라고 거짓으로 속이고 적중에 잠입하여, 밤을 틈타 몰래 잡혀있는 유영립을 들쳐업고 도망쳐 행재소[3]로 돌아왔다.

또 판관 유희진은 우리 반민에게 잡혀 항복했고, 병사로 있던 이혼도 갑산으로 달아났다가 역시 반민에게 죽음을 당했다. 갑산 사람들은 또한 갑산부사를 죽이고 적에게 항복했다.

1) 괴원(槐院): 승문원(承文院)의 별칭으로 외국과 교섭하는 문서를 맡아보던 관청임.
2) 북관(北關): 함경남북도 지방의 다른 이름으로 북도(北道)라고 하기도 함.
3) 행재소(行在所): 임금이 궁궐을 떠나 멀리 거동할 때에 임시로 머무르는 곳.

이 무렵 왕자 순화군이 철원으로 피난을 들어갔는데, 왜적이 강원도로 침입했다는 말을 듣고 곧 철령을 넘어 함경도 남쪽으로 들어가 피난 가고 있는 임해군을 따라 함께 갔다.

이때에 이르러 또 두 왕자는 함경도의 남부로부터 왜병을 피해 함경도 북부로 들어갔다. 왜장 청정이 함경도 북쪽으로 들어가니 병사(兵使)로 있던 한극성이 왜적과 싸워 패해 사로잡혔고, 남병사(南兵使) 이영도 역시 마천령에서 패해 함경도의 모든 주와 군의 고을이 왜적에 의해 함락되었다.

앞서, 두 왕자가 자기를 모시고 간 건장한 종들을 풀어 민간을 수탈하고 괴롭혀 크게 인심을 잃었었다. 이때 마침, 회령 고을의 향리 국경인과 경성 고을 관노인 국세필, 명천 고을의 절에서 일하던 종 정말수 등이 각각 그 고을 성을 점거하고 왜적을 맞아들여 항복했다. 이에 두 왕자와 모시고 간 신하 김기영, 황전욱 등 수십 인이 왜적에게 잡혔다.

왜장 청정이 계속 전진하여 두만강에 이르러 육진(六鎭)의 성과 주둔지를 모두 다 점령했다. 그래서 왜장은 국경인을 그들의 관직인 판형에 임명하고, 국세필을 체백 겸 함경도 병사로 임명했으며, 정말수는 대장으로 임명하여 함경도를 나누어 다스리도록 했다.

이때 정문부는 평사 직으로 경성에 있었는데 왜란을 만나 몸을 피해 도망쳐 산중에 가서 숨었다. 그러자 경성 유생 이붕수와 최배천이 정문부가 도망 와 있는 것을 보고, 의병을 일으켜 왜적을 토벌하자고 요청하였다. 이에 정문부는 기뻐하며 그 말을 따랐고, 드디어 정문부가 장수로 추대되었다. 그 지역의 군인과 힘센 장사들을 불러 모으니 수백 명에 이르렀고, 그 지역 고을에 있던 수령들과 국경을 지키던 장수들이 모두 와서 호응해 따랐다.

마침 북쪽 두만강 건너편의 여진족들이 혼란한 기회를 틈타 여러 번 국경지역을 넘어와 약탈해갔다. 이에 왜장으로부터 함경도 병사로 임명받은 국세필은 자못 근심하고 두려워하고 있었다. 최배천이 평소에 국세필과 아는 사이여서 눈치를 채고,

가만히 혼자 말을 타고 가서 거짓으로 속여 그 휘하에 들어갔다. 이때 국세필의 어머니가 아들을 불러 말했다.

"최배천은 보통 사람이 아닌 듯 보인다. 가히 소홀히 여길 수 없는 사람이니 조심하라."

그러나 국세필은 그 말을 따르지 않았다. 곧 최배천은 틈을 타 이렇게 국세필을 설득했다.

"북쪽 오랑캐인 여진족이 만약에 크게 침입해 쳐들어오면 진실로 더불어 맞서 싸우기가 어렵다. 정문부 평사가 아주 위엄이 있고, 신망을 받고 있으니 진실로 그를 맞이해 휘하에 들어오게 하면 오랑캐를 함께 막는데 있어서 족히 염려할 것이 못될 것이다."

국세필이 마음속으로 그렇게 할 것으로 여기자, 최배천은 정문부에게 돌아와 그의 허락을 전했다. 정문부가 곧 말을 달려가서 격서를 보내 그를 설득 하니 국세필이 의심을 하고 병력을 엄하게 하여 기다리고 있었다.

이때 정문부가 병력을 거느리고 성 아래에 이르러, 국세필을 보고 직접 잘 설득하여 달랬다. 이에 비로소 국세필은 성문을 열어 정문부를 맞이하였고 왜장으로부터 받은 병사 임명장을 정문부에게 주었다. 곧 정문부가 명령을 내렸다.

"벼슬이 높거나 낮거나, 어떤 백성들이나 병사 할 것 없이 지난 날에 범죄를 저질렀던 것은 문책하지 말라."

국세필로 하여금 이전과 같이 병력을 거느리도록 하니, 정문부 밑의 여러 장수들이 국세필의 목을 베고자 하였으나 정문부는 허락하지 않았다. 또한 반란 병사들을 뽑아 등용하고, 앞서 활을 쏘아 자신에게 상처를 입혔던 사람을 임명하여 비장으로 삼았다. 국세필은 그래도 방심하지 않고, 자신의 심복 부하로 하여금 정문부 주위에서 모시도록 하고 그의 행동을 살피도록 했다.

정문부는 그 부하들을 시켜 함께 아울러 성에 올라가 전투연습을 하게 하고는 밤이 되면 그치게 했는데 날마다 모두 함께 이와 같이 하였다. 그리하던 중에 왜적의 날랜 병사들이 엄습해 와서 성을 공격했다. 그때 정문부는 국세필로 하여금 왜장을 유인해 성문 안으로 들어오게 해 그를 사로잡았다. 그리하고 안원 고을 권관 강문우를 시켜 그 따라온 군사를 추격하여 쫓아버렸다.

곧 여러 고을 관아에 격서를 보내 항복했거나 반란을 일으킨 병사들을 불러들이니, 6진 지역 사람들은 정문부가 배반했던 측근들을 불러준다는 말을 듣고, 점차 좋은 관계를 갖겠다는 뜻을 전하며 장사호걸들이 다투어 응모해 왔다. 이에 국경 근처의 성과 주군지가 모두 회복되어 인심이 자못 안정되었다.

정문부가 회령에 격서를 보내 국경인에게 와서 항복하라 설득하니 국경인은 따르지 않고, 길주에 주둔하고 있는 왜적과 힘을 합쳐 경성을 공격하려 하였다. 이때 회령 사람 오윤적 등이 향교에 모여 국경인을 치고는 정문부에게 호응하려 했다.

국경인이 첩자를 통해 이 사실을 알고는 급하게 오윤적이 있는 향교를 포위하여, 자기를 치려고 한 주모자를 나오라고 위협했다. 곧 오윤적이 몸을 일으켜 자수하니 국경인은 그를 구금시켰다.

이때 고을 아전 신세준이 몰래, 국경인이 명령을 내릴 때마다 이용하던 꽹과리와 나팔을 훔쳐내어, 객사 문밖에서 울리어 치고 불었다. 이에 반란 병들이 국경인이 모이라 명령한 것으로 알고 모두 숲같이 모여들었다. 신세준 등이 이를 이용하여 그들을 거느리고는 그의 명령에 따르지 않는 사람의 목을 베었다. 그리고 북을 치면서 무리를 이끌고 전진하여 나아가 국경인에게 일렀다.

"성 중의 병력이 이미 모두 다 내 밑으로 돌아왔다. 네가 잡아가두고 있는 오윤적을 내놓아라. 그리고 마땅히 너의 병력을 전부 해산시켜라."

그러자 국경인이 놀라 두려워하면서 그 말에 따랐다. 신세준은 마침내 국경인의 목을 베어 경성에 있는 정문부에게로 전했다. 오윤적은 병력을 거느리고 계속 정문부에게로 나아왔다.

뒤에 명천 사람이 자제들을 단결시켜 정말수를 공격하고 정문부와 호응하고자 했는데 정말수에게 패하고 말았다. 정문부가 알고 오촌 고을의 권관 구황과 안원 고을 권관 강문우를 보내어, 60여 기병을 거느리고 밤낮으로 달려가서 갑자기 명천으로 들어가게 했다. 정말수는 두려워하며 어찌할 바를 모르고 성을 버린 채 도망을 갔는데, 관군들이 추격해 사로잡아 그의 목을 베었다. 이에 영북 지역의 성과 고을이 모두 회복되었다.

그런데 오직 길주만 왜적에 의하여 점령되어 있었다. 정문부가 이에 군인들과 백성들을 안정시켜 병사를 모집하니 모인 병력이 3천여 명에 이르렀다. 그 모인 무리들이 모두 적을 무찔러 자기의 힘을 나타내고자 하였다. 이때 정문부가 남문 누각 위에 대장기를 세우고 여러 장수들로부터 예를 받았다. 모인 장수들이 이렇게 진언하였다.

"지금 장차 왜적을 토벌하려 하는데 나라를 배반한 도적이 오히려 우리 군중에 남아있으니, 가히 먼저 그들을 토벌하지 않을 수 없습니다."

곧 모두 앉은 자리에서 국세필을 잡아내어 그의 무리 13명과 함께 목을 베어 높이 매달아 보여주었다. 이를 보고 많은 군사들이 당초에 앞장서서 반역을 부르짖은 사람은 이들 무리뿐이므로 나머지는 문책할 필요가 없다고 말했다.

이렇게 한 것은 정문부가 본래부터 계획하고 있던 것이었다. 군대의 성원이 크게 일어나 사기가 열배나 더 높아졌다. 곧 이 사실을 갖추어 임금에게 아뢰고자 하여, 최배천을 파견해 말을 달려 임금이 임시로 머무르고 있는 행재소에 보고 드렸다. 임금이 아름답게 여기고 정문부에게 옷과 신, 그리고 환약을 내려주었다.

부사 정견룡이 경성에 머무른 채 틈을 살피며 기다리고 있었다. 이에 정문부가 말했다.

"본래 의병을 일으킨 것은 나라를 위해 싸우고자 한 것인데 지금 다만 스스로 이 지역을 지키고 있으면서 병력을 진격하여 적을 무찌르지 아니하니 반란을 일으킨 무리들을 위하고자 하는 것이냐?"

이렇게 말하면서 사람들의 여론을 들어보자고 청했다.

이튿날 이른 아침에 남문 밖에 많은 사람을 모아 두고, 두 사람이 의견 차이로

다툰 바에 대해 누가 옳고 그른지 물었다. 많은 무리들이 모두 정문부의 말이 옳다고 찬성했다.

이때 왜장 직정거도문과 도관여문 등이 길주를 점거하고 있었다. 또 영동에 울타리를 설치하여 병력을 주둔시키고 남북의 길을 통해 왕래하면서 우리나라 각 지역을 불사르고 겁탈하였다. 이에 정문부는 자신이 거느린 부하를 진격시켜 명천에 주둔하게 하고, 고령첨사 유경천, 방원만호 한인제, 종사관 원충서를 몰래 파견하여 길주성 밖에 세 개의 잠복처를 설치해 적의 동정을 살펴보도록 했다.

그러던 중 병진일 새벽에 왜적들의 병력 6백 명이 출동하여 가피 고을을 불사르고 약탈하여 돌아왔다. 이때 원충서가 2백 기병을 거느리고 먼저 달려가 그들을 맞이하여 적의 선도를 무찌르니 적들이 놀라 달아났다.

마침 적의 많은 군사가 성중으로부터 계속하여 구원하러 나왔다. 원충서는 산의 험악한 곳으로 후퇴하여 지키고 있었는데, 이때 한인제, 구황, 강문우 등이 3백여 명의 기병과 함께 달려 나와 원충서와 더불어 병력을 연합해 크게 싸웠다. 직정거도문과 도관여문이 전봉이 되어 예리한 병력 4백 명으로 먼저 올라오니, 관군은 돌격하는 기병으로 이리저리 출몰하며 공격했다.

전쟁이 계속되어 날이 저물자 적의 전진과 후진이 모두 다 무너졌다. 유경천이 병력을 파견하여 그들의 돌아가는 길을 끊고 관군들이 양면으로 협격을 해 크게 그들을 파하고, 직정과 도관여문 등 다섯 장수의 목을 베었다. 그리고 적을 무찔러 목을 벤 것이 8백 명이나 되었고, 버리고 간 군대의 장비, 전쟁 기계를 1천여 점이나 빼앗았으며, 그들이 약탈해간 것을 모두 탈취해 돌아왔다. 구황과 강문우가 북방 장수 중 가장 날래고 용감했다.

정문부는 그 승리를 이용해 진격하여 길주의 적을 공격했으나 여러 날이 지나도록 함락시키지 못했다. 이때 영동 쪽에 있던 왜적들이 크게 구원하러 왔는데 정문부가 쌍개포에서 맞아 싸워 패퇴시켰다. 그리고 병력을 이동시켜 영동지역에 주둔한 적을 공격하였지만 또한 이기지 못했다. 이후 정문부는 병력을 길주성 아래에 벌여 주둔시

커 그들이 성을 나와 약탈해가는 것을 단절시키고 적의 양식 후원을 막으면서, 오랜 시간을 버티는 지구책을 수립했다.

앞서, 재상으로 있던 윤탁연이 왕자들을 보호하여 함경도 북쪽으로 피난해 들어갔었다. 중도에서 악한 계책으로 왕자들을 속이고 따로 떨어져 머물다가 갑산으로 돌아 들어갔는데, 별해보에 이르러 행조의 임금이 그의 말만 믿고 함경도감사로 임명했다.

이때 윤탁연이 정문부의 성공을 듣고 그를 질투해 정문부의 공적을 반대로 꾸며 왕에게 보고했다. 그리고 정문부의 병권을 빼앗아 종성 고을 부사로 임명하고는, 종성부사로 있던 정견룡을 정문부 대신 북병장으로 삼았다. 이에 군중이 분하게 여기고 원망하여 많이 흩어져 도망을 갔다.

정문부는 드디어 병권을 놓아버리고 북쪽의 6진 지역을 순행하여 군인과 백성들을 어루만져 모았다. 이때 북방 오랑캐가 자주 변방지역을 침범했는데 정문부가 복병을 설치하여 그들을 격파하니 오랑캐들이 모두 다 돌아와 항복했다. 이 사실을 납지[4]에 써서 말을 달려 임금에게 아뢰었다.

유생 이희록, 김응복 등이 윤탁연에게 요청하여 의병을 일으킬 것을 임금에게 아뢰도록 했다. 이에 임금이 행조에서 무과시험을 실시하여 1백여 명의 무사들을 선발했다. 무과 출신인 유응수, 이유일, 박중립, 정해택과 생원 한경상이 의병을 모집하여 함경도 지역에서 3천여 명을 모았는데, 왜적과 여러 번 싸워 모두 다 이기니 윤탁연이 말했다.

"이런 무리들이 아름답게 능히 적을 토벌하고 있으니 적들을 걱정 안 해도 충분하겠다."

그리고 갑산 부사 성윤문을 대장으로 삼고, 묘파 고을 관장 백응상을 함흥지역 판관으로 삼아, 여러 군대를 통솔해 독산 아래로 진격했는데 왜적들이 밤에 갑자기 관군을 습격하니 성윤문은 어찌할 바를 몰라 자신만 이탈하여 도주했고 부대가 모두 함락되었다.

4) 납지(蠟紙): 밀을 먹인 종이로 방수기능이 있음.

오직 백응상과 이유일, 유응수, 박중립, 정해택 등이 따로 주둔해서 적을 무찔러, 혹은 적에게 돌격하기도 하고 적의 목을 베어오기도 했다. 한인제, 유응수, 이유일은 모두 함흥지역 사람으로 이 전공으로 이름이 알려지면서 지목하여 함흥의 훌륭한 세 걸인이라 일컬어졌다. 한인제는 전공으로 북쪽 지방의 우후가 되었고, 백응상은 함경도 연안 지역 사람인데 용감하고 과감하게 전투를 하여 마침내 전진에서 순직했다.

당시 북방 함경도 지역을 지키던 신하들은 퇴각하여 도망갈 계책을 세우지 않은 사람이 없었는데, 단천 군수 강찬은 함경도의 남쪽과 북쪽사이에 끼어서 사방을 돌아보아도 원조해주는 군사가 없었음에도 능히 병사를 모아 왜적을 토벌했다. 당시 많은 사람들이 그를 아름답게 여겼다.

윤탁연이 정문부의 병권을 빼앗고 장수를 자주 바꾸어 전쟁 기틀을 많이 그릇되게 하였다. 이에 죄를 얻을까 두려워 다시 정문부를 기용하여 장수로 삼았다. 정문부가 직책에 나아가 병졸들을 잘 먹이고, 구황에게 명하여 2백 기병을 가리도록 해, 단천 군수 강찬에게 가서 전쟁을 도와 성 아래에서 2백 명의 적을 죽이고 돌아왔다. 그리고 원충서도 또 길주성 아래에서 적장을 쳐서 죽였다.

왜장 청정이 행장의 패전 소식을 듣고 경기로 들어와서 장차 군대를 거두어 돌아가기를 꾀했는데, 길주 지역이 정문부에 의해서 점령되자 능히 자기의 힘으로는 군사를 거느리고 후퇴할 수가 없었다. 곧 그 부하 2만 명을 거느리고 마천령 고개를 넘어 영동에 주둔한 왜적과 함께 병력을 연합해 와서 구원을 하였다.

정문부가 그 사실을 미리 알고 모든 병력을 동원해 3천여 명을 거느리고 먼저 임명 지역을 점거해 복병을 설치해놓고 기다렸다. 계미일 새벽, 왜적이 정문부가 거느린 병사가 적다는 것을 알고 돌아보지도 않고 통과하였다. 곧 숨겨놓은 병력들을 출동시켜 그 뒤를 끊어서 막고, 좌우로 빙 둘러싸고 아주 민첩한 기마병을 풀어 달리며 활을 쏘도록 하니, 살상이 매우 많아 왜적들이 흘린 피가 온 들판을 뒤덮었다. 우리 쪽은 이붕수, 이희당이 탄환을 맞고 전사했다. 왜장 청정은 혈전을 하면서 길을 여는데 우리 관군과 더불어 60여 리를 달리면서 전환하며 싸웠다.

이때는 황해도와 평안도의 길이 막혀서 소식이 완전히 끊어져 있었다. 정문부 등이 적의 형세가 다시 왕성해지는 것을 보고, 그들이 또한 힘을 쓸 것을 의심해 물러나 명천에 주둔하고 있었다.

이날 밤, 청정은 그들의 죽은 시체를 모아 불을 지르고, 몰래 병력을 철수하며 밤을 틈타 성을 뛰어넘어 밥을 지어 먹을 겨를도 없이 달아났다. 그는 남쪽에 있는 우리 병력들이 빨리 길을 끊을까 두려워 함관령을 감히 넘지 못하고, 바다를 따라 도망쳤다. 이유일이 병력을 강하게 호령하여 그들을 추격하니, 청정이 또한 왜병 장수 길성, 중웅 등과 함께 모두 강원도를 철수했다. 이후 모든 왜병들이 우리 수도 서울로 함께 모여들었다.

정문부가 또한 임금에게 달려가서 보고를 올려 장군과 병사들에게 상을 내려줄 것을 요청 하려는데 윤탁연이 중간에서 막아 억제했다. 이유일은 군공으로 겨우 볼하 첨사가 되었고, 유응수는 삼수 고을의 군수에 임명되었으며, 정문부는 통정대부 에 승격되어 길주 목사를 임명받았다. 함경도 북부의 여러 곳에서 함께 싸우던 장군 과 병사들은 모두 해체되어 뿔뿔이 흩어졌다. 임진왜란이 끝나고 서는 아무도 정문부 가 용감하게 싸운 일에 대하여 말해주는 사람이 없었기에, 여러 지역으로 떠돌면서 살았다.

인조 때에 이르러 북방에서 경계할 일이 생기자, 임금이 장수가 될 만한 재주 있는 사람을 천거하라고 명령했는데, 어떤 사람이 정문부를 추천하였다. 원수가 정문 부를 천거하니, 정문부는 그 소식을 듣고 탄식하여,

"내가 이제 죽겠구나."

라고 말했다. 그랬는데 얼마 있지 않아 정문부가 지은 시를 문제 삼아 죄목이 만들어 져 투옥되었고 고문을 당하여 죽었다. 그때 함경도 사람들이 그에 대하여 원통하게 여기지 않는 사람이 없었다.

후에 택당 이식이 북평사로 가서 북쪽 사람들이 말하는 것을 채록하여 임금에게

보고했다. 조정에서 비로소 공적이 논의되어 그 원통함을 씻게 되었고, 그 공적에 대해 포상을 받았다. 북방 사람들이 경성으로 나아가서 어랑사에 사당을 지었는데, 임금이 현판을 내려 창렬사라 했다.

〈정문부 묘〉

〈북관대첩비〉

鄭文孚

鄭文孚字子虛 海州人也. 少好讀書 善屬文. 中宣廟戊子文科 隷槐院. 出爲北道兵馬評事. 壬辰之亂 行長與淸正渡臨津 慮車駕或入北關 約分路 行長向西 淸正向北. 淸正勇冠諸倭 所領兵尤精悍. 從谷山 踰老里峴 出鐵嶺北 守兵潰. 淸正日行數百里 勢如風雨所過赤地 雞犬不遺. 監司柳永立避入山峽 叛民引賊兵 襲執之. 北青府人金應田 詐稱監司奴 入賊中 乘夜竊負逃歸行在. 判官柳希津 爲叛民所執降. 兵使李渾 奔入甲山爲叛民所殺. 甲山人又斬府使 而降賊. 王子順和君 入鐵原 聞賊入江原道 遂踰鐵嶺入咸鏡南道 隨臨海君. 至是兩王子 又自南道 避兵入北道. 淸正入咸鏡北道 兵使韓克誠戰敗被擒 南兵使李瑛亦敗於磨天嶺 州郡皆陷. 先是兩王子 縱豪奴擾民間 大失人心. 會寧鄕吏鞠敬仁 鏡城官奴鞠世弼 明川寺奴鄭末守等 各據城迎降. 兩王子及陪臣金貴榮黃廷彧等 數十人被執. 淸正長驅 至豆滿江 盡取六鎭城堡 以鞠敬仁爲倭官判刑 鞠世弼爲體白 兼本道兵事 末守爲大將 分統北關. 是時文孚以評事 在鏡城 遭亂脫身 匿於山中. 鏡城儒生李鵬壽崔配天 見文孚 請起兵討賊 文孚欣然從之. 遂推文孚爲將 團集土兵壯士 至數百人. 所在守令邊將 皆附之. 北虜乘機 累掠邊境 世弼頗憂懼. 配天素與世弼善 單騎佯投之. 弼母戒曰 崔生非凡人 不可押也. 世弼不從. 配天遂乘間說曰 北虜若大至 誠難與敵 鄭評事有威望 苟能延入 共守虜 不足慮也. 世弼心然之 配天歸告. 文孚卽馳檄諭之 世弼持疑 嚴兵以待. 文孚率兵 至城下 見世弼 親自說諭. 世弼始迎入 納兵事符信. 文孚下令曰 大小民兵 勿問舊犯. 令世弼領兵如故. 諸將欲斬世弼 文孚不許. 又擢用叛兵 嘗射傷己者 爲裨將. 世弼猶未放心 使其腹心 夾侍文孚左右 伺察動靜. 文孚乃使其屬 幷士卒 登城習戰 至夜乃罷 逐日皆如之. 倭人以輕兵 奄至叩城. 文孚令世弼 誘倭將入門 擒之. 令安原權管姜文祐 擊走餘兵. 遂移檄州郡 招降叛兵. 六鎭聞文孚已釋反側 次第送欵 將士豪傑爭先應募. 於是悉復緣邊城堡 北道人心稍定. 文孚移檄會寧 諭敬仁來降. 敬仁不從 與吉州屯賊 謀夾攻鏡城. 會寧人吳允迪等 聚鄕校 謀伐敬仁 以應文孚. 敬仁諜知 急圍鄕校 脅出首唱. 允迪挺身自首 敬仁囚之. 府吏申世俊 潛偸敬仁鏡角 吹於客舍門外 叛兵疑敬仁出令 齊會如林. 世俊等仍領之 斬其不從令者 鼓衆而前. 謂敬仁曰 城中兵已盡歸我 爾出吳允迪 當罷兵. 敬仁駭慄從之 遂斬敬仁 傳首鏡城 允迪領兵繼赴. 後明川人團結子弟 攻末守 欲應文孚 爲末

守所敗. 文孚潛遣吾村權管具淲 安原權管姜文祐 率六十餘騎 晝夜幷行 猝入明川. 末
守惶怵 棄城走 官軍追擒 斬之. 於是嶺北城邑盡復 惟吉州爲倭所據. 文孚乃安集軍民
募兵至三千餘人. 衆咸欲擊賊自效 文孚乃建大將旗 上南門樓 受諸將禮. 諸將齊進曰
今將討賊 而國之叛賊 尙在軍中 不可不先討之. 遂於坐席 執世弼 幷其黨十三人 斬以
徇衆曰 當初首唱止此輩 餘無問 此文孚本謀也. 軍聲大振 士氣十倍. 卽具啓 遣崔配天
馳聞行在. 上嘉之 賜文孚衣履丸藥. 府使鄭見龍欲駐鏡城 以俟釁. 文孚曰 本興義兵
爲國耳 今但自守 不進兵擊賊 欲效叛徒爲耶. 請聽于興人 詰朝集衆南門外 諭以兩人
所爭 孰可孰不可 衆皆是文孚. 是時倭將 直正巨道文都關汝文等 屯據吉州. 又置兵設
柵於嶺東 以通南北路 往來焚劫. 文孚率所部 進屯明川. 潛遣高嶺僉使柳擎天 防垣萬
戶韓仁濟 從事官元忠恕 設三覆於吉州城外 以覘之. 丙辰昧爽 賊出兵六百 焚掠加陂
驅所掠而還. 忠恕率二百騎 先馳邀之 擊賊先導. 賊驚北 會賊大陣 自城中繼援. 忠恕
退保山險 仁濟以具淲文祐等 三百餘騎馳至 與忠恕連兵大戰. 直正都關汝文以前鋒
銳卒四百先登. 官軍以突騎 出没擊之 戰至日昏 賊前後陣皆潰. 擎天遣兵 截其歸路
官軍兩面夾擊 大破之. 斬直正都關汝文等五將 獲首級八百 軍裝器械千餘計 盡奪所
掠而歸. 具淲姜文祐 北將中最驍勇者. 文孚乘勝進攻吉州 數日不克 嶺東賊大至 文孚
邀于雙介浦 敗之. 移兵攻嶺東柵 又不克. 遂列屯吉州城下 絶其剽掠 阻其糧援 以爲支
久之計. 先是宰臣尹卓然 陪王子入北 以詭計 落留中途 轉入甲山 至別害堡行朝 以卓
然爲本道監司. 至是卓然 聞文孚成功嫉之 反其功以聞. 又奪文孚兵權 以鍾城府使鄭
見龍 代爲北兵將. 軍中憤惋 多散去. 文孚遂釋兵 北巡六鎭 撫集軍民. 蕃胡屢寇邊 文
孚設伏破之 蕃胡皆歸順 又以蠟紙馳啓. 儒生李希祿金應福 請卓然起義兵馳啓. 行朝
設武科試 取百餘人. 武出身柳應秀李惟一朴中立鄭海澤 生員韓敬商 募兵得三千餘人
屢戰皆捷. 卓然曰 此輩尙能討賊 賊不足憂也. 以甲山府使成允文爲大將 廟破權管白
應祥爲咸興判官 統諸軍 進于獨山下. 賊夜襲官軍 允文不知所爲 脫身逃走 一軍盡陷.
惟應祥惟一應秀中立海澤等 別屯勦賊 或突擊斬馘. 韓仁濟柳應秀李惟一 皆咸興人
也. 以戰功知名 目爲咸興三傑 仁濟以功爲北虞侯. 應祥延安人 勇果善戰 竟殉於陣.
當時北道守土之臣 莫不以退避爲得計 而端川郡守姜璨 介於南北之間 四顧無援 而能
募兵討賊 時論嘉之. 尹卓然奪文孚兵 數易將帥 多誤戰機 懼其得罪 復起文孚爲將.
就職 犒饗士卒 使具淲簡二百騎 往助端川郡守姜璨 殺賊二百於城下 而還. 元忠恕又

擊殺賊將於吉州城下 淸正聞行長敗報 入京畿 將謀撤還. 吉州方爲文孚所扼 不能自
拔. 遂以二萬人 踰磨天嶺 與嶺東賊 合兵來援. 文孚諜知之 悉兵三千餘人 先據臨溟
設伏以待. 癸未黎明 賊兵見文孚兵少 不顧而過. 文孚發伏兵 截其尾 繞左右 縱輕騎馳
射 殺傷甚衆 流血被野. 李鵬壽李希唐 中丸而死. 淸正血戰開路 與官軍轉鬪六十餘里.
時道梗兩西 消息隔絶. 文孚等見賊勢更盛 疑其再逞 退屯明川. 是夜淸正積尸燒之 潛
撤兵 乘夜跳城 不暇炊爨而走. 恐南兵勦截 不敢踰咸關嶺 循海而走 李惟一勒兵追之.
淸正又與吉盛重隆等 盡撤江原道諸屯 俱聚于京城. 文孚又馳啓 請賞將士 而卓然從
中沮抑. 李惟一以軍功 僅爲豊下僉使. 應秀得拜三水郡守 文孚陞通政 拜吉州牧使. 北
路將士無不解體 亂平 無人言文孚事者 優遊散地. 至仁祖朝 有北警 命擧將才 有以文
孚應 元帥薦文孚. 聞之嘆曰 吾其死矣. 未幾有撫文孚詩句 成案逮獄拷死 北人無不冤
之. 後澤堂李植爲北評事 採北人之誦 聞于朝 公議始行 雪其冤 而襃其功. 北人就鏡城
建祠於漁郞社 賜額曰彰烈.

 황진(黃進, 1550~1593)

조선 중기의 무신으로 본관은 장수(長水)이며 자는 명보(明甫)이다. 희(喜)의 5세손이며, 중좌의정 윤공(允恭)의 아들이다. 1576년 무과에 급제하였고, 선전관이 되어 통신사 황윤길 일행을 따라 일본에 다녀왔다. 시찰 후 일본이 전쟁이 일으키리란 황윤길의 예상에 뜻을 같이 하여 동복현감에 임명되면서 장차 임진왜란이 발발할 것을 대비하여 무예를 단련하며, 전쟁을 준비하였다. 1492년 임진왜란이 일어나자 전라도관찰사 이광을 따라 군사를 거느리고 용인에서 왜군과 대적하여 싸웠으나 패하였다. 남하하며 진안을 침입한 왜적 선봉장을 죽이고, 안덕원에 침입한 왜적을 격퇴하였다. 훈련원판관으로 이현전투(梨峴戰鬪)에 참전하여 왜적을 물리치고, 이 공으로 익산군수로 충청도조방장을 겸하게 되었다. 1593년 2월에는 전라병사 선거이와 함께 수원에서 왜군과 대적하였다. 3월에 충청도병마절도사가 되어 진을 안성으로 옮기고 군대를 훈련시켜 대오를 정비한 뒤 죽산성에 주둔하고 있던 왜적과 맞서 싸웠다. 적장 후쿠시마[福島正則]가 안산성을 탈취하려고 죽산부성(竹山府城)을 나와 안성으로 진군하자 군사를 이끌고 접전하여 죽산성을 점령하고, 후퇴하는 왜적을 상주까지 추격해 크게 무찔렀다. 6월 큰 왜군이 진주를 공격할 때 창의사(倡義使) 김천일(金千鎰)과 병마절도사 최경회(崔慶會)와 함께 진주성으로 들어가 성을 고수하며 9일 간이나 분전하다가 장렬히 전사하였다. 뒤에 좌찬성에 추증되고, 진주의 창렬사(彰烈祠)와 남원의 민충사(愍忠祠)에 제향되었다. 시호는 무민(武愍)이다. 『참고문헌』 선조실록, 한국인명대사전

황진은 자가 명보이며, 장수 사람으로 익성공 황희의 5세손이다. 사람 됨됨이가 엄격하고 신중했고 기개와 절개를 숭상하며 몸이 굉장히 크고 수염이 아름다웠다. 그 모습이 매우 거룩하게 생겼고 어릴 때부터 활쏘기와 말타기를 일삼았으며, 힘이 다른 사람을 능가했고 나는 듯이 민첩하고 빨랐다.

선조 임금 병자년에 무과에 급제하였고 경인년에 종숙인 황윤길을 따라 일본에 사신으로 갔다. 일본 추장 풍신수길이 난리 일으킬 계책을 강구하고 있어서 우리 사신들을 위협하고 굴욕을 주어 못하는 짓이 없었다. 사신으로 간 일행들이 두려움을 많이 가졌지만, 황진만은 그 기개가 점점 씩씩해져서 조금도 꺾이지를 않았다.

왜인들이 그 재주를 뽐내려고 길가에 활 쏘는 과녁을 만들어놓고 맞추는데 그 떨어진 거리가 겨우 50보 정도였다. 황진이 곧 과녁 옆에다가 조그마한 과녁을 설치하고 화살을 쏘니 모두 명중하였다. 또한 두 개의 화살을 연하여 쏘아 두 마리의 새를 함께 떨어뜨리니 왜인들이 놀라 굽혔다.

장차 돌아오려고 할 때에 황진이 주머니의 돈을 모두 꺼내 보배로운 일본 칼 두 자루를 사며 말했다.

"얼마 있지 않아 이 오랑캐들이 반드시 활동을 개시할 것이니, 그때 내 이 칼을 사용하겠노라."

사신들이 돌아옴에 미치어, 사신으로 갔던 사람 상하 모두 적이 반드시 크게 일어나 침입해 올 것이라 하였다. 부사인 김성일만은 임금 앞에서 큰소리 쳐 왜적이 침범할 이유가 만무하다고 하였고, 조정에서는 오로지 그 말만 믿어 전쟁에 대한 방비를 모두 없애버렸다. 황진이 분하고 원통함을 그치지 못하여, 임금에게 상소를 올려 김성일의 목을 베라고 요청하였고 겸하여 전쟁을 막을 방책을 진술하고자 했다. 그러나 친척들이 강력하게 만류하여 마침내 상소를 올리지 못했다.

황진이 동복현감에 임명 되어 장차 임지로 나아가려 하는데 마침 매우 약하고 병들어 뼈가 앙상한 한 마리의 말을 보았다. 그 말이 아주 훌륭한 말임을 알고, 매우 높은 값을 주고 샀다. 그리고 동복현 관부에 도착하여 잘 먹여 살찌게 길러서 매양 관청의 일이 끝나고 나면 갑옷을 입고 이 말을 타고서 10리쯤을 달리며 훈련을 시켰다. 그리고 돌아올 때는 반드시 협선루로 말을 채찍질 하여 뛰어오르게 했다. 곧 왜적이 반드시 쳐들어 올 것을 알고 그 난리에 다다라 자기 몸을 바칠 것을 스스로 기약한 것이다. 그리하여 그가 적을 물리칠 때 처음부터 끝까지 이 말만 타고 싸웠다.

임진년, 왜적이 온 나라를 기울여 총 출동하여 우리나라로 쳐들어왔을 때, 황진은 동복현감으로서 관찰사 이광을 따라 임금을 모시는 군사를 이끌고 올라왔다. 이때 병사인 최원과, 경상감사인 김수가 모두 올라와서 모였는데 용인에 이르러 왜적과 싸워 병사들이 크게 무너졌다. 이때 황진이 거느린 군사만 홀로 온전하여 병사들이 하나의 활촉도 잃지 않았다.

어떤 편장[1] 한 사람이 그가 거느린 무리들을 모두 다 잃고, 혼자 걸어 나와 황진에게 장차 어찌하면 좋을지 물었다. 황진은 그를 위하여 도망간 병졸들에게 직접 쓴 편지를 보냈고 숨어 잠복해 있는 곳에서 두루두루 나오도록 설득하였으며 뿔 나팔한 소리를 크게 부니 도망갔던 병졸들이 자못 모여들었다. 그 편장이 황진의 손을 잡고 진정한 장군이라고 탄복하면서 병졸을 거느리고 떠났다.

왜적들이 처음에 진안 지역에 이르렀을 때 도내의 여러 장수들이 모두 다 웅치에 주둔하여 방비를 하고 있었는데 황진도 여기에 함께 했다. 일찍이 병력을 이끌고 진안지역의 적을 염탐하는데 길에서 적병을 만났다. 말을 달려 나아가서 그 적들의 선봉을 활

---

1) 편장(偏將): 비장, 부하장수. 일부 군대를 거느리며 대장을 보좌하는 장수.

로 쏘아 죽이니 진안에 왔던 적들이 곧 후퇴하여 물러갔다.

왜적이 남원을 침범하려는 모습을 보인다는 소문을 듣고, 황진이 병력을 거느리고 남원의 경계로 이동하여 지키고 있었고, 또 적들이 전주를 침범하고자 한다는 말을 듣고 병력을 이끌고 웅치로 돌아와 급하게 전주로 나아가니 곧 적병이 안덕원의 강을 건너고 있었다. 그곳을 지키던 여러 장수들이 모두 다 피했는데, 황진이 곧바로 안덕원으로 달려가서 적을 맞아 공격하여 크게 파괴했다. 공적에 의하여 훈련판관으로 승격되었다.

이때 마침 재상 정철이 남쪽 지역의 체찰사가 되어 내려왔다가 황진이 용감하게 싸우고 있다는 명성을 듣고서 격문을 보내어 임시로 익산군의 관장과 겸하도록 조방장으로 임명하였고, 임금에게 그 사실이 보고되어 정식 관직이 되었다.

절도사 선거이를 따라 병력을 이끌고 북쪽으로 수원에 주둔했는데, 척후를 맡아 전방에 나가 적을 만나서 힘써 싸워 말을 뺏어 왔다. 절충장군으로 승급하여 충청도 조방장이 되었다가, 계사년 봄에 특별히 충청병사에 임명이 되었다.

경성에 있던 왜적들이 물러갈 때 황진이 그 왜적들을 뒤쫓아 갔고 상주의 적암에 이르자, 왜적과 더불어 싸웠으며 계속하여 이겼다. 이해 6월, 왜장 청정이 크게 군사를 일으켜 장차 진주성을 침범하려고 하는데, 황진과 창의사 김천일, 절도사 최경회, 여러 장수 및 이종인 등이 진주에 모였다.

황진이 말하기를,

"우리 여러 군대가 모두 위축되었는데 하나 남은 진주성에 들어가서 왜병에게 포위를 당하게 될 때 바깥의 구원병이 아무도 없으면 곧 성이 반드시 위태롭게 된다. 내 스스로 하나의 군대를 이끌고 진주성 바깥에 진을 치고, 겉과 속이 서로 호응하여 왜적들의 세력을 분산시켜 싸우고자 한다."

라고 의견을 제시하니, 창의사 김천일이 그것에 대해 난색을 표했다.

그래서 황진이 부득이 함께 진주성으로 들어가 죽도록 이 성을 지킬 계책을 세웠다. 황진이 처음에 진주성에 들어갈 때 의병장 곽재우가 창원에 있으면서 황진과 만나 얘기했다.

"진주성은 물을 앞에 두고 산을 등지고 있으니 왜적이 만약에 그 요충지를 점거하게 되고 구원병이 이르지 아니하면 진주성의 형세가 심히 위태로워진다. 또한 당신은 이에 충청 병사가 아닌가? 조정의 명으로 진주성을 반드시 지키라는 책임을 맡김이 있지 아니한데, 오직 들어가지 않는 것이 옳다. 나라가 온통 다 초췌해 있어 왜적을 토벌함으로써 자기 책임으로 삼는 공 같은 사람이 없는데, 스스로 위태로운 성에 들어갈 필요가 없다."

"이미 창의사 김천일과 약속을 했는데 어찌 가히 어려움에 다다라 신임을 저버리겠는가. 비록 죽어도 가히 배반하지를 못하겠노라."

이러자 곽재우는 황진에 대해 가히 돌이킬 수 없음을 알고 곧 술잔을 들어 작별을 하였다.

앞서 황진이 왜적의 포위를 당함에 미치어 적은 그가 명장임을 알고 살아있는 채로 그를 얻고자 하였다. 이에 자기 병사들로 하여금 탄환을 쏘지 못하게 하고 포위하여 지키라고만 했다. 시일이 오래 되어 황진이 갑자기 말에서 내리니 장수들과 병사들이 그 까닭을 알지 못해 모두 두렵게 여겼다. 황진이 그리 한 것은 왜적들의 포위를 치고 나가기 위해 말을 좀 쉬게 하려는 것이었다.

얼마 지나 말을 타고서 채찍을 휘둘러 한번 뛰어 날면서 긴 칼로 좌우를 무찌르니, 칼에 맞은 왜적들의 피가 뿌려져 수염을 적시고 엉기어 고드름이 주렁주렁 달린 것 같았다. 그것을 바라보는 사람들이 다리를 떨었다.

이 달 15일에 왜장 청정이 모든 진의 병력을 합쳐 30만이라 일컫고 곧바로 진주성을 향하였다. 왜적 2백여 명의 말 탄 병사들이 동북쪽 산 위에서 왔다 갔다 하더니, 22일 진시에 왜적 5백여 기병이 북쪽 산으로 올라와 나열하여 진을 치고 내려다보면서 시위만 하고 다른 활동은 하지 않았다. 사시에는 더 많은 숫자가 계속하여 이르러, 두 개의 부대로 나누어 한 무리는 문경원의 산허리에 진을 치고, 한 무리는 향교 앞길에 진을 쳤다.

처음에 한번 교전하였는데 성 중에서 맞서 싸워 활을 쏘아 죽인 것이 자못 많았다. 그러므로 적이 병력을 거두어 후퇴하였다. 초경에 다시 진격을 해 와 크게 전쟁이 벌어졌는데 오랜 시간이 지나 2경에 이르러 후퇴했다. 3경에 다시 진격해와 5경이 되어서 비로소 또 후퇴를 했다.

앞서 성중 사람들이 적들이 장차 올 것이라는 얘기를 듣고 성 남쪽에 있는 촉석루의 남북 근처가 가장 험한 곳이어서 적들이 감히 촉석루 근처는 침범하지 못할 것이고, 오직 서북쪽만 적의 공격을 받을 것으로 여겨 땅을 파서 물을 채워 놓았다. 그런데 이에 이르니 적들이 흙을 지고 와서 그 구덩이를 메워버렸다.

이튿날 23일, 세 번을 공격하여 세 번을 후퇴하여 갔다. 그 밤에 또 네 번을 싸워 네 번 물러갔다. 적이 한번 공격할 때 마다 늘 큰 소리를 질러 천지를 뒤흔들었고 성중에서도 역시 어지럽게 활을 쏘아 맞아 죽은 적들의 수를 다 기록하지 못할 정도였다.

그 다음날 적이 병력을 첨가하여 공격하며 마현 고개 및 성 동쪽에 진을 쳤다. 또 다음날 왜적이 동쪽 성문 바깥에 사람들을 시켜 흙을 쌓아 산을 만들어 놓고 그 산 위에 굴을 만들어 성중을 내려다보고 공격하며 비가 오듯이 탄환을 쏘았다.

황진이 역시 거기에 맞서 성 안에 높은 등성이를 구축하는데, 입고 있던 옷과 갓을 벗고 직접 자기가 흙과 돌을 짊어지고 다니며 쌓으니, 성중의 남녀들이 감격하여 눈물을 흘리며 있는 힘을 다해 흙을 져 날라 도왔다. 곧 하룻밤 사이에 완성했다. 그 위에서 대포를 쏘아 적들의 굴을 명중하여 파괴하니, 적들은 곧바로 고쳐 만들어 놓았다. 이날 세 번 싸우고 세 번 후퇴했고, 또 네 번 싸워 네 번을 후퇴하였다.

또 다음날 적군이 나무상자를 만들어 소와 말의 가죽으로 싸서 각각 짊어지고 상자 안에 몸을 숨겨 탄환과 화살을 막으면서 성 앞으로 걸어와 성을 부수고 헐었다. 성중에서는 큰 돌을 가지고서 아래로 흘려보내니 적들이 이에 물러갔다.

적이 또한 동쪽 성문 바깥에 크고 높은 나무 두 개를 세워 연결시켜 그 높이가 수십 길이나 되는데, 그 나무 위에 판자 집을 지어 그 안에 병력을 감추어 놓고 성 안으로 불을 던지니, 성 안의 집들이 모두 불타 연기와 불꽃이 하늘을 뒤덮었다.

사람과 사물을 구별하지 못할 정도였는데 황진은 더욱 군사를 정비하여 날카롭게 하였다.

이때 큰 비가 내려 활과 화살이 서로 이탈되니, 적들은 병력이 이미 피곤해진 것을 알고 글을 써서 성중에 던졌다.

"중국에서 온 구원병 역시 또한 항복을 했다. 너희들 감히 항거를 하겠느냐?"

황진이 거기에 대답했다.

"우리들은 싸워서 죽을 따름이다. 하물며 중국의 구원병 30만이 금방 진격을 해오고 있다. 너희들을 모두 죽여 남김이 없을 것이다."

이 말에 왜적들은 팔뚝을 걷고 두들기며 말했다.

"중국의 병사들은 이미 모두 다 물러갔다."

이날 낮과 밤으로 일곱 번을 맞서 싸웠다. 또한 이튿날 적이 동문과 서문 두문 바깥에 다섯 무더기로 흙을 쌓아 산을 만들고 대나무 울타리를 만들어 성보다 높이 쌓아 성 안을 내려다보며 탄환을 비 오듯이 쏘니, 성중에 죽은 사람이 3백여 명이었다. 적이 또한 나무상자에 병력을 숨기고 네 개의 바퀴가 달린 수레에 싣고는 갑옷을 입은 사람 수십 명이 그 수레를 밀고 나오면서 날카로운 쇠를 가지고 뚫고 부수었다. 이종인이 그 갑옷 입은 사람 5, 6명을 활을 쏘아 죽이니 모두다 궤짝을 버리고 도망갔다. 성 안에서 어지러이 큰 횃불을 던지자 상자 안에 들어있던 적들이 모두 불에 타 죽었다.

또한 다음날 적들이 모든 예리한 병사들을 전진시켜 성 아래로 핍박해 들어왔다. 황진이 공시억 등 세 사람과 자기집 종 수이와 더불어 특별히 죽음을 무릅쓰고 싸웠다. 황진이 탄환을 맞아 다리에 상처가 나서 피가 흘러 가죽신 안에 가득 찼는데, 오히려 깨닫지 못하고 분을 내어 공격하기를 더욱 급하게 하였다. 화살을 앞뒤로 이어 연속으로 쏘는데 그 뒤에서 화살을 공급해주는 사람이 서너 명이 있어도 오히려 미치지 못했다. 황진이 죽인 적의 수는 그 몇 백 명이 되는지 알지 못했다. 엄지손가락이 상하여 파괴됨에 이르렀는데 오히려 그 아픔을 느끼지도 못하고, 화살을 쏘아 잠시도 그치지 않았다. 하나의 화살이 능히 수 명의 적을 꿰뚫었고 화살에 맞은

자 모두가 곧바로 죽었다. 적이 크게 패해서 도망하여 달아났다. 엎어진 적의 시체가 2, 3리까지 연결되었지만 우리 군대는 죽고 상한 자가 없었다.

한 적병이 잠복하여 탄환을 쏘았는데 황진의 이마에 맞았다. 황진이 이마를 움켜쥐고 넘어져 기절하니, 적들이 그 형세를 이용해 다시 진격했는데 공시억 등이 힘써 싸워 그들을 물리쳤다. 황진의 부하 군사가 황진을 들것에 실어 메고 동복으로 돌아갔다. 가는 길에 전주를 지났는데 남녀가 다투어 마실 것을 가지고 나와 그 말 앞에서 맞이해 절하며 말했다.

"오직 우리 공께서 힘을 다해 싸워 적을 꺾지 아니하였다면 우리 전주 지역에 살아있는 사람들의 간과 뇌가 진흙땅이 되었을 것입니다."

진주성이 함락되었을 때 왜적들이 싹 쓸어 평지로 만드니 성중에 죽은 사람이 6만 명에 달했다. 성중으로부터 탈출하여 돌아온 자들이 모두 황공이 만약에 성 안에 있었더라면 반드시 함락에 이르지 않았을 것이라고 하였다.

공께서 비록 사망했고 진주성도 함락이 되었지만 그러나 적의 정예부대들이 여기에서 크게 꺾이었다. 그러므로 왜적들이 호남 쪽으로 향하여 진격하고자 했지만 주춧돌 같은 진주성에 이르러서 철회를 하고 돌아갔다. 그 적들이 호남으로 가는 것을 가리고 막아 다시 호남이 보전됨을 얻은 것은 모두 황진의 힘이다.

그 뒤에 순찰사로 온 이상신이 제사에 제문을 지어 올렸다.

"공께서 이 성 안에 계실 때 성이 존재했는데 공께서 가시고 나니 성이 망했습니다. 죽음을 잠깐만 늦추어 주었던들 가히 진양성은 보전될 수 있었을 것입니다."

백사 이항복 재상이 의논을 수집하여 표창하며 말했다.

"진주성을 지킨 일에는 황모가 제일 우두머리가 된다는 것이 세상 사람들의 공통된 여론입니다."

황진이 평생 동안 탄 애마가 그 무덤 앞을 지나갈 때마다 슬피 울면서 머뭇거려 오랫동안 차마 떠나가지 못하니, 사람들이 그 잘 길러준 바에 감동이 되어서 그런다고 하였다.

黃進

黃進字明甫 長水人 翼成公喜之五世孫也. 爲人嚴重 尙氣節 長身美鬚髥 形貌甚偉. 自幼業弓馬 膂力絶人 趫捷如飛 宣廟丙子登武科. 庚寅從從叔黃允吉使倭 倭酋秀吉 已有搆亂計 威脅屈辱 無所不至. 一行多攝慄 而進氣彌壯 不少挫. 倭人欲誇示其藝能 射帿於路傍 相去僅五十步. 進卽設小的於帿傍 發無不中 又連發二矢 並落雙鳥 倭人 驚伏. 將歸 進傾橐 買寶劒二口曰 非久此虜必動 吾將用此矣. 及使還 上下皆以爲賊必 大擧而來. 獨副使金誠一於榻前 大言賊萬無來犯之理. 廟堂專信之 悉罷戎備 進憤惋 不已. 欲上疏請斬金誠一 兼陳禦侮之策 宗族力止之 竟不果. 除同福縣監 將赴任 見一 馬羸瘠骨露 而知其爲良馬 以高價買之 到官肥養之. 每衙罷輒擐甲 騎此馬 馳騁十餘 里 而其回 必馳上挾仙樓. 盖知賊必來 而以臨難致身自期也. 其終始擊賊 乘此馬. 壬 辰倭傾國入寇 以同福縣監 從道臣李洸 勤王北上. 時兵使崔遠 慶尙監司金睟 皆來會 至龍仁. 師大潰 公獨全 所部兵不亡一鏃. 有偏將 盡亡其從屬 步詣曰 將奈何. 公爲遣 親信 遍諭亡卒於竄伏處 吹角一聲 亡者頗集. 其偏將握手歎曰 公眞將軍也. 賊之初至 鎭安也. 道內諸將 皆屯守熊峙 進與馬. 嘗率兵探賊鎭安 路逢賊兵 馳進射殺先鋒 賊卽 退. 聞有犯南原之形 移守南原界. 又聞賊欲犯全州 還熊峙 急赴全州 則賊兵已渡安德 院. 諸將皆退避 進直赴安德院 邀擊大破 以其功爲訓練判官. 鄭相澈體察南服 聞進名 檄召 權守益山郡 兼助防將 事聞爲眞. 從節度使宣居怡 引兵北屯水原 以斥候在前 遇 賊力戰 奪其馬而來. 陞折衝 爲忠淸道助防將. 癸巳春特援忠淸兵使 京城賊退 進躡賊 至尙州赤巖 與賊戰連捷. 是歲六月 賊將淸正大擧將犯晉州 進與倡義使金千鎰 節度 使崔慶會 諸將李宗仁等 會于晉州. 進言 諸軍俱麾 入一城 被圍而無外援 則城必危矣. 欲自引一軍 壁城外 表裏相應 以分賊勢. 倡義使難之 進不得已遂同入城 爲死守計. 進之初入晉陽也 義兵將郭再祐在昌原 語公曰 晉城臨水背山 賊若據其腰 而援兵不至 勢甚危矣. 且公乃忠淸兵使 非有朝廷命令必守之責 雖不入可也. 盡瘁邦家 以討賊爲 已任者莫如公 不必自沒於危城也. 進曰 旣與倡義相約 豈可臨難 而負信乎. 雖死不可 背. 郭公知公不可回 遂取酒爲別. 及遇賊被圍也 賊知其爲名將 欲生得之 令兵不放丸 圍守而已. 久之忽下馬 將士莫知其由 皆惶怖. 盖欲突圍 且休馬也. 俄而乘馬 揮鞭一 躍飛出 用長劒 左右斬斫 灑血染鬚 凝如懸冰 觀者股慄. 是月十五日 淸正合諸陣兵

號三十萬 直向晉州 賊二百餘騎 出没于東北山上. 二十二日辰時 賊五百餘騎 登北山
列陣耀兵不爲動. 已時大衆繼至 分爲二起 一起陣於聞慶院山腰 一起陣於鄉校前路.
初一交戰 城中射殺頗多 賊斂兵而退. 初更更進 大戰良久 至二更乃退. 三更更進 五更
始退. 先是城中聞賊將至 以爲城南矗石南北 最爲險絶 賊必不敢犯 而惟西北可以受
敵 遂鑿濠儲水 至是賊負土壙濠. 二十三日 三戰三退 其夜又四戰四退. 賊每一時 大呼
聲振天地 城中亦亂射 死者不記其數. 明日賊添兵而來 陣於馬峴及城東. 又明日 賊於
東門外積土爲山 作窟於其上 俯視城中 放丸如雨. 進亦於城中 對築高陵 脱去衣笠 親
負土石 城中男女感激涕泣 竭力擔戴以助之 一夜而成. 於是放大砲 中破賊窟 賊旋改
造. 是日 又三戰三退 又四戰四退. 又明日賊作櫃 裹以牛馬皮 各負載以防丸矢 來毁
城. 城中以大石滾下 賊乃退. 賊又連二大木於東門外 其高數十丈. 上設板屋 藏兵其內
投火於城 屋宇盡爇 煙焰漲天 不辨人物 而進愈益整暇. 時天大雨 弓矢解脱 賊知兵力
已困 以書投城中曰 大明之兵 亦且投降 爾等敢爲抗拒乎. 進答之曰 我等死戰而已 況
天兵三十萬 今方進擊 汝等盡勦無遺. 賊褰臂叩之曰 大明兵已盡退矣. 是日 晝夜七戰.
又明日 賊築土 爲五堆於東西兩門之外 結竹柵 俯臨城中 放丸如雨 城中死者三百餘
人. 賊又以木櫃藏兵 載四輪車 穿甲者數十人推而進 以鐵錐鑿賊. 李宗仁殪其穿甲者
五六輩 皆棄櫃而走. 城中亂投大炬 櫃中賊皆燒死. 又明日 賊悉銳進迫城下 進與孔時
億等三人 及家奴壽伊 殊死戰. 進中丸傷脚 流血滿靴猶不覺 奮擊愈急. 矢前後相續不
絶 給矢三四人猶不及 所殺不知其幾百人. 至母指傷破 猶不省其痛 發矢不暫已 一矢
能貫數賊 賊中矢者皆立死. 賊大敗遁走 伏屍數里 而我軍無死傷者. 有一賊 潛伏放丸
中進額 頓仆氣絶. 賊乘勢更進 孔時億等 力戰却之. 麾下士昇公 還同福. 路經全州 士
女爭持壺漿 迎拜馬前曰 倘非我公力戰摧賊 此地生靈肝腦塗地矣. 城陷 賊夷爲平地
城中死者六萬人. 自城中得脱歸者皆云 黃公若在城 必不至陷矣. 公雖死 城雖陷 而賊
之精銳大挫於此. 故欲向湖南 至石柱 而撤回 其蔽遮湖南 再得保全 皆公之力也. 其後
巡察使李尙信祭文曰 公在城存 公去城亡 死緩須臾 可保晉陽. 白沙李相公襃崇收議
曰 守城之事 黃某爲首 公論也. 平生有愛馬 每過其墓前 悲鳴躑躅 久不忍去 人謂感於
其所畜云.

 휴정(休靜, 1520~1604), 유정(惟政, 1544~1610),
영규(靈圭, ?~1592)

➺ 휴 정 | 조선 중기의 승려이자 승군장이다. 완산 최씨이며 이름은 여신(汝信)이고 아명은
운학(雲鶴), 자는 현응(玄應)이다. 호는 청허(淸虛)이며 별호로 백화도인(白華道人)·서산대
사(西山大師)·풍악산인(楓岳山人)·두류산인(頭流山人)·묘향산인(妙香山人)·조계퇴
은(曹溪退隱)·병로(病老) 등이 있으며 법명은 휴정이다. 평안도 안주에서 태어났는데 어머니
가 꿈에 한 노파가 찾아와 아들을 잉태하였음을 축하해주는 태몽을 꾸고 이듬해 낳았다. 1592년
임진왜란이 일어나 선조가 평양으로 피난하였다 의주로 다시 피난을 가면서 묘향산에 사신을
보내어 휴정에게 나라의 위급함을 알렸다. 노구를 이끌고 좇아온 휴정은 전국에 격문을 돌려
승려들이 구국에 앞장서도록 장려하여 제자 처영은 지리산에서 권율의 휘하에서 싸웠고, 유정은
금강산에서 천여 명의 승군을 모아 평양으로 집결하였다. 휴정은 문도 천오백 명의 의승을
순안 법흥사에 모으고 평나라 군사와 함께 통솔하여 평양을 탈환하였다. 선조는 '국일도 대선사
선교도총섭 부종수교 보제등계존자(國一都大禪師禪敎都摠攝 扶宗樹敎 普濟登階尊者)'라
는 최고의 존칭을 내리며 정2품의 당상관 직위를 하사하고 구국의 공과 불교에 있어서의 높은
덕을 치하하였다. 『참고문헌』 선조실록, 인조실록, 한국인명대사전

➤ **유 정** | 조선 중기의 승려이며 승병장이다. 본관은 풍천이고 경상남도 밀양 출신으로 속명은 임응규(任應奎)이다. 자는 이환(離幻), 호는 사명당(四溟堂) 또는 송운(松雲)이며 별호는 종봉(鍾峯)이다. 법명은 유정(惟政)이다. 1592년 임진왜란을 당하여 유점사(榆岾寺) 인근의 아홉 고을의 백성들을 구출한 뒤 스승 휴정의 격문을 받아 의승병을 모으고 순안으로 가서 휴정과 합류한다. 의승도대장으로 승병 2천 여명을 거느리고 평양성 탈환에 전초역할을 담당하였고, 1593년 1월 평양성 탈환 혈전에서 큰 공을 세우고 3월 삼각산 노원평 및 우관동 전투에서 큰 전공을 세워 선조로부터 선교양종판사를 제수받았다. 그 후 네 번 적진에서 대표로 가토 기요마사[加藤淸正]와 회담하여 논리적인 담판으로 일본의 일방적 요구를 모두 물리쳤다. 이후 선조에게 상소를 올려 산성을 수축하고 군수 무기를 준비하여 방어책을 세우고, 농업을 장려하고 탐관오리를 소탕할 것을 요청하였다. 1604년 선조의 명을 받아 일본에 가서 외교성과를 거두고 전란 때 포로로 잡힌 3천여 명의 동포를 되찾아 1605년 4월에 귀국하였다. 『참고문헌』 사명당대사집, 한국인명대사전

➤ **영 규** | 조선 선조 때의 승려이자 승병장으로 밀양 박씨이며 호는 기허(騎虛)이다. 충청남도 공주 출신으로 출가하여 계룡산 갑사에 들어갔고 후에 휴정(休靜) 아래에서 불법을 깨우치고 제자가 되었다. 임진왜란이 발발하자 분을 이기지 못하고 3일 동안 통곡한 뒤 스스로 승장이 되어 의승 수백 명을 모아 관군과 더불어 청주성의 왜적과 대전하였다. 패하여 관군은 달아났으나 영규와 승병은 다시 분전하여 청주성을 수복하였다. 의병장 조헌이 전라도로 향하는 고바야가와[小早川隆景]의 왜군을 공격하고자 할 때 영규는 관군과 연합하여 작전을 맞추기 위해 늦추자하였다. 조헌이 듣지 않자 혼자서 죽게 할 수 없다 하며 금산전투에 함께 참전하였다. 영규와 조헌이 이끄는 승군과 의병들은 1592년 8월 18일 금산전투에서 최후의 일인까지 전력으로 싸워 왜군의 호남지역 침입을 저지하였다. 이에 선조는 영규에게 당상의 벼슬과 옷을 내렸는데, 이것이 도착하기 전에 부상을 입고 금산전투에서 전사하였다. 임진왜란을 당하여 승병으로 가장 먼저 일어난 영규의 승군은 전국의 승병 궐기의 도화선이 되었다. 금산의 종용사(從容祠)에 제향되었으며, 진락산(進樂山) 기슭에 영정을 안치한 진영각(眞影閣)과 비를 세워졌다. 『참고문헌』 해동불조원류, 한국인명대사전

휴정, 유정, 영규

휴정의 자는 현응이며 자기가 호를 지어 청허자라 했다. 묘향산에 많이 거주하고 있어서 또한 호를 서산대사라고도 한다. 속성(俗姓)은 완산 최씨이고, 어릴 때 이름은 여신이다. 외할아버지가 현윤 벼슬을 한 김우인데 연산군에게 죄를 입고 귀양을 가 평안도 안릉에 가서 살게 되어 안주 사람이 되었다. 아버지 최세창은 향시에 급제하여 기자전(箕子殿) 참봉이 되었으나 벼슬자리에는 나아가지 않고, 시 짓기와 술 마시기로 스스로 기쁨을 삼아 살았다.

어머니 김씨는 늙도록 자식이 없었는데 하루는 꿈에 한 노파가 와서 말하였다.

"대장부가 될 아들을 임신한 부인을 위해 축하를 올립니다."

이듬해 경진[1] 3월 과연 휴정 스님을 낳았다. 3살이 되었을 때 그 아버지가 4월 초파일날 밤에 술에 취해 누웠는데 어떤 늙은 노인이 와서,

"작은 스님을 아름답게 방문하러 왔습니다."

라고 말하고, 두 손으로 아이를 들어 올려 몇 마디 주문을 외우고는 이마를 어루만지면서 일렀다.

"이 아이 이름을 운학(雲鶴)으로 지어주어라."

말을 마치고 대문을 나갔는데 갑자기 사라져 간 곳을 알지 못했다. 이 꿈으로 연유하여 젊었을 때 자를 운학이라 지었다.

자라면서 여러 아이들과 놀이할 때 돌을 세워 부처님이라 하며 절을 하였고, 또 혹은 모래를

1) 경진년(庚辰年): 곧 1520년(중종 15)임.

모아 탑 모양을 만들면서 놀았다. 점점 자라매 풍채와 정신이 아주 영특하게 뛰어났으며 학문에 힘쓰고 게으르지 않았으며, 어버이를 섬기는 데에도 **효도**를 지극히 하였다.

9살에 모친이 사망하고, 10살 때에 부친이 사망하니 정녕 외롭게 홀로 되어 의지할 곳이 없었다. 그러자 안주 고을 관장이 그를 가엾게 여겨 서울로 데리고 와서 서당에 입학시켰지만, 항상 답답하게 여기고 마음의 안정을 이루지 못했다. 그러다가 같이 공부하는 몇 사람과 더불어 남쪽의 지리산으로 유람하여 아름다운 경치를 모두 관람하고, 여러 불교 경전의 깊은 뜻을 탐구했다. 매양 일찍이 부모 잃음을 슬퍼하면서 죽고 사는 것에 대한 의미에 대하여 더욱 깊은 느낌을 가졌다. 그러다 문득 불교의 돈오법[2]을 얻게 되어 영관대사에게서 불법을 들었다. 곧 숭인 장로에게서 머리를 깎아 스님이 되었으며, 이후 7, 8년 동안 유명한 산을 두루 답사하였다.

나이 서른이 되어 선과 과거에 합격하고 대선으로 시작하여 점점 직급이 올라 선교양종판사[3]에 이르렀다. 하루는 탄식하며 말했다.

"내가 집을 나와 승려가 된 본래의 뜻이 어찌 관직에 있었겠는가?"

곧 사직하고 대막대기 하나를 짚고 금강산으로 들어가 '삼몽사(三夢詞)'를 지었다.

주인이 손님에게 꿈 이야기를 해주니,
손님도 주인에게 꿈 얘기를 들려주는구나.
지금 꿈 이야기를 하고 있는 두 손님은,
또한 모두 이 꿈 속 사람들이로다.

또한 금강산의 향로봉에 올라 다음과 같은 시를 지었다.

---

2) 돈오법(頓悟法): 불교의 참뜻과 진리를 문득 깨닫는 방법.
3) 선교양종판사(禪敎兩宗判事): 우리나라 불교의 총책임자.

온 나라 번화한 도성이란 개미 언덕과 같구려.
일천 가정의 내로라하는 호걸들도 모두 곰팡이와 같도다.
한 창문에 비친 밝은 달을 허공의 베개 삼아 베고 누우니,
한없이 많은 소나무를 스쳐가는 바람 소리 제 각각 다르구나.

이로부터 흔적을 숨기고 빛을 감추어 산에 있는 절문을 나오지 않았고, 그의 도를 듣는 사람이 날로 더욱 많아졌다.

기축옥사[4]에 무업이라고 하는 요사스런 중이 휴정도 정여립의 난에 가담되었다고 끌어들여 무고해 체포됨에 이르렀다. 그러나 심문에 대한 휴정의 답변이 명확하니, 선조 임금은 그의 원통함을 알고 곧바로 석방하면서 휴정이 지어놓은 시의 원고를 가지고 오라고 명했다.

시를 펼쳐본 임금은 아름답다고 칭찬하고, 자신이 그린 묵죽 그림을 그에게 내려 주면서, 이 그림에 대한 시를 지으라고 명했다. 휴정이 곧 절구(絕句) 시를 지어 바치니, 임금도 역시 자신이 지은 절구 한 수를 내려주었다. 그리고 상을 매우 두텁게 내려 위로하면서 산으로 돌아가라고 했다.

임진년에 왜적이 삼경(三京)을 함락시켜 임금이 서쪽의 용만[5]으로 피난을 가게 되니, 휴정이 칼을 짚고 지나는 길가에 서서 맞아 알현하였다. 이에 임금이 그를 보고 일러 말했다.

"나라의 일이 매우 위급하게 되었도다. 네가 능히 자비보제[6]를 발휘하려고 하느냐?"

휴정이 울면서 절을 올리고,

"신은 늙고 병들어 군대에 출정하는 것을 견디지 못합니다. 하지만 신의 제자들이 여러 곳에 흩어져 있으니 당연히 의병을 일으키라고 격려하겠습니다. 그리고 산중의 승려들에게도 마땅히 자기가 머물고 있는 곳에서 부처님께 향을 피우고 수도하여, 신의 도움이 있기를 빌도록 하겠습니다."

4) 기축지옥(己丑之獄): 1589년(선조 22) 정여립(鄭汝立)의 난으로 많은 사람이 연루되어 크게 옥사가 일어났음.
5) 용만(龍灣): 평안북도 의주(義州)의 별호. 중국 사신들을 접대하던 객관(客館)이 있었음.
6) 자비보제(慈悲普濟): 중생에게 자선을 베풀어 어려움에서 구원하여 극락으로 인도함.

라고 아뢰니, 임금은 그를 정의롭게 여기고 곧 명하여 8도에 있는 불교 16종파의 총섭[7]이 되도록 했다. 또 사방의 절에 명령하여, 그의 호령과 부름에 따르도록 하는 임무를 맡기었다.

이에 유정(惟政)은 7백여 명의 스님을 거느리고 관동에서 일어나고, 처영(處英)은 1천여 스님을 거느리고 호남에서 일어났으며, 휴정은 자기의 제자 및 스스로 모집한 승도 1천5백을 거느렸는데, 합쳐 모인 5천여 명이 순안의 법흥사에 모여 싸울 준비를 했다.

관아에서는 승병들에게 전쟁 무기와 군량미를 보급했다. 곧 휴정이 지휘하고 호령하여 적의 목구멍을 꽉 틀어쥐고, 중국의 구원병과 호응하여 힘을 합쳐 싸우니, 승려들이 감격하고 분을 내어 죽을 각오를 하지 않는 사람이 없었다. 마침내 중국 구원병과 더불어 후방과 선봉에서 기세를 올려 성원하며 도와, 평양 모란봉 아래 전투에서 적의 목을 매우 많이 베었다.

또한 계사년 정월에 중국 구원병과 더불어 평양성 북쪽에서 적을 크게 격파하니, 적들이 무기를 거두어 밤에 숨어 도망쳤다. 이후 삼경이 모두 회복이 되었다.

휴정이 용사 1백 명을 거느리고 의주로 가서 임금의 수레를 맞이하여 수도 서울로 돌아오게 되었다. 중국 제독 이여송(李如松)이 편지를 보내 아름다움을 장려하여,

"나라를 위해 적을 토벌한 충성과 업적이 태양을 꿰뚫을 만하니 크게 추앙함을 이기지 못합니다."

라고 찬양하여 말하고 또한 이런 시를 지어 보냈다.

> 공명을 세우고 이익을 취함에 도모할 뜻이 없어,
> 오로지 마음속으로 도선만을 공부하고 있었도다.
> 지금 나라 일이 위급하다는 말을 듣고,
> 총사령관이 되어 산마루를 내려와 싸웠도다.

7) 총섭(摠攝): 승려들의 군대인 승군의 총사령관.

그리고 우리나라의 여러 문무 관원과 장수들

도 앞을 다투어 글을 보내고 선물을 끼쳐주었다. 적들이 이미 물러나니 휴정이 말씀을 올려 아뢰었다.

"신의 나이 80이 되어 몸에 힘이 모두 쇠잔하였습니다. 청하옵건대 군대의 일을 제자인 유정과 처영에게 맡겨 붙여주고자 하옵니다. 또한 총섭 직분을 사직하고 묘향산의 옛 살던 곳으로 돌아가기를 원하옵니다."

선조 임금이 그 뜻을 가상하게 여기고 그 연로함을 민망하게 여기어, 일국도대선사 교도총섭부종수 교보제등계존자 칭호를 내렸다. 이로부터 뜻이 더욱 고상해지고 더 중요한 명성을 얻었다. 두류산과 풍악산이며 묘향산 등 여러 산으로 왕래를 하니, 항상 제자 천여 명이 따라다녔고, 그 속에서 출세한 사람도 70여 명이나 되었다.

갑진 정월 23일, 묘향산 원적암에서 제자들을 모아놓고 부처님 앞에 향을 피우고 설법하며, 영정을 가져오라고 하여 그 뒤쪽에 글을 썼다.

"80년 전 그 사람이 바로 지금 나인데, 80년 후에도 내가 곧 그 사람이로구나."

이렇게 쓴 글을 유정에게 내려준 다음 다리를 꼬고 앉아 사망했다. 나이 85세였고 스님이 된 지 77년이 지났다. 기이한 향기가 방안에 가득 찼다가 21일이 지난 후에 사라졌다. 제자 원준과 인영 등이 장례를 치러 화장했는데, 타지 않은 신령스러운 뼈 한 조각과 사리 세 개를 얻었다. 이를 보현의 안심사에 부도를 세워 안장했다. 또 한편으로 유정 등이 금강산의 절에서 신성한 구슬 몇 개를 얻어 유점사의 북쪽에 돌을 세워 묻었다.

유정은 자가 송운이며 서산대사의 수제자이다. 정유년에 왜병들이 다시 쳐들어와 패하고 화평을 요청하니 조정에서는 유정에게 사신 명령을 임시로 부여해 일본으로 보내고자 했다. 이는 일본 사람들이 불교를 중요하게 여겨서 유정의 이름을 평소에 듣고 있었던 까닭이었다. 유정이 긴 칼을 차고 바다를 건너가자, 뜻과 기개가 꼿꼿하여 위엄이 있으니, 왜인들이 공경하고 꺼리지 아니함이 없었다.

강호[8]에 도착하니 수길이 유정과 더불어 얘기하면서 크게 기뻐하고 말마다 모두 굴복했다. 이

8) 강호(江戶): 에도라고 부르던 일본 지역으로 동경(東京, 도쿄)의 옛날 지명.

어 수길이 조용히 물었다.

"당신 나라에 보배롭고 기이한 것들이 많다고 들었는데 어떤 물건이 가장 중요한 보물이 되느냐?"

"왜인의 머리를 가장 중요한 보물로 삼습니다."

유정의 대답에 수길이 크게 웃었다. 숙소에서의 대접이 매우 융숭했으며, 마침내 일을 잘 성사시키고 돌아왔다. 선조 임금이 그 일을 아름답게 여겨 특별히 사명대사라는 호칭을 하사했다.

유정 제자 영규는 임진왜란 때 승려로 구성된 군대를 거느리고 청주에서 의병을 일으켰다. 문열공 조헌(趙憲)과 함께 서로 양립해 왜적에 대항했는데, 금산의 전쟁에서 조헌이 패하여 사망하고, 영규도 역시 힘써 싸워 거기에서 전사했다.

정조 임금 갑인 해, 서쪽의 묘향산과 남쪽의 진주에 사당을 지어 휴정과 유정의 제사를 지내게 했다. 임금이 사당 명칭을 내려, 서쪽 묘향산 사당에는 수충사라는 이름을, 남쪽 진주 사당에는 표충사라는 이름을 하사했다.

임금이 묘향산 영당에 당명(堂銘)을 지어 내렸는데 다음과 같다.[9]

"불교 신봉자를 통칭하여 가로되 사미라고 한다. 사미라는 것은 식자[10]이다. 곧 자비를 베푸는 땅에서 얻는 안식을 말한다. 고로 불교에는 삼장[11]이 있는데 그 속에서 수다라 곧 경문이 우두머리가 된다. 또 불교에는 10가지의 회향[12]이 있으니, 그 속에서 중생을 어려움에서 구제하는 것이 가장 우두머리가 된다. 대체로 불교에서 계율[13], 선정[14], 지혜[15]라 하는 것들은 구승[16]에

9) 이 영당명(影堂銘)을 「해동명장전」찬술자인 홍양호(洪良浩) 자신이 지었음.

10) 식자(息慈): 악행을 멈추고 자비를 베푸는 것.

11) 삼장(三藏): 불교의 세 가지 귀중한 가치를 삼보(三寶)라 하는데 이는 '부처님(佛)'과 '부처님의 설법(法)', 설법을 수행·실천하는 '스님(僧)'에 해당함. 이중 가장 중요한 불교의 깨달음과 진리를 적은 불교의 경전은 그 성격에 따라 경장(經藏)·율장(律藏) 및 논장(論藏)으로 나누어지고 이를 통칭 삼장이라고 함.

12) 회향(回向): 불교에서 자신이 닦은 공덕을 남에게 돌려 자기와 남이 함께 불과(佛果), 열반을 성취하는 것.

13) 계율(戒律): 불교에서 불자가 지켜야 할 계와 율을 일컬어 말함.

14) 선정(禪定): 좌선하고 기도하여 삼매경(三昧境)에 이르는 마음의 안정을 취하는 것.

15) 지혜(智慧): 세상의 실상을 바로보아 미혹(迷惑)을 끊어내고 보리(菩提)를 성취하여 진리를 깨닫는 것.

16) 구승(究乘): 불교에서 중생을 반야의 피안으로 인도하는 방편.

있어서 하나도 자비 아닌 것이 없다. 그러니 불교 세계의 공덕을 쌓는 것도 여기 자비에 있고, 항사[17]처럼 수없이 많은 복전[18]도 이 자비가 근본으로 되어 있다. 이보다 더 높은 것은 없느니, 자비의 근본됨이여!

그런데 오늘날의 사미는 그렇지 아니하다. 저 운천 수병이 우리들이 접하는 이 세상의 바깥에서 마음을 떠 놀리고, 또 취죽 황화가 사람의 정이 없는 물질에 자신을 비유한다. 그래서 우리 유학자들이 결국 저 스님들을 마른 나무와 잿더미라는 말로 그들을 비꼬고 있다. 우리 유학자들이 그를 비꼬아 조롱하는 것이 아니라, 후세의 사미들이 스스로 그 조롱을 불러들인 것이다.

서산대사 휴정 같은 분의 사미됨은 대저 식자의 뜻에서도 그 역시 부끄러움이 없다. 처음 스님이 될 무렵에는 허리에 주석 지팡이를 짚고 두루 여러 지역의 불법 수행에 참여했고, 깃발이 되어 사람과 하늘의 안목이 되었다. 이어 임금으로부터 아름답고 보배로운 하사품의 은혜가 더욱 특별하였으니, 지금에 이르기까지 정관과 영락[19] 황제가 절에 내려준 그 글과 더불어 하늘과 사찰 사이에서 찬란한 빛을 다툴 만한 것이로다!

중반에 와서는 종교의 영향을 펼쳐 드러내고, 나라의 위태롭고 어려운 전쟁을 널리 구제하였으며, 의병을 일으켜 임금을 모시고 충성을 다하는 일에 으뜸가는 공훈을 수립했다. 곧 왜적들의 피비린내 나는 전쟁과 요사스런 기운에 맞서 크게 휘둘러 깨끗하게 맑히었다. 지금에 이르도록 중생을 구제하여 열반으로 인도하는 방편도세[20] 공적은 우리 사는 이 세상에 무량겁까지 오래도록 도움을 입게 하였다.

마지막으로 전쟁이 끝나고 나서는 인연을 따

17) 항사(恒沙): 불교에서 수없이 많은 것을 뜻함. 항하(恒河)라는 강이 있는데 이 강의 모래 같이 많다는 뜻임.

18) 복전(福田): 불교에서 '복이 만들어지는 밭'이란 의미임. 곧 삼보[三寶, 경ㆍ율ㆍ론(經ㆍ律ㆍ論)]에 대하여 열심히 공양하고, 부모의 은혜에 보답하고, 가난한 사람을 불쌍히 여겨 돕는, 이 3가지 선행(善行)을 베풀면 복덕(福德)이 충만해진다는 뜻으로, 이 복덕을 받는 원인의 대상인 삼보와 부모와 가난한 사람 3가지를 일컬음.

19) 정관(貞觀)ㆍ영락(永樂): 정관(貞觀)은 중국 당(唐)나라 태종황제(太宗皇帝)의 연호이며, 영락(永樂)은 명(明)나라 성조황제(成祖皇帝)의 연호임.

20) 방편도세(方便度世): 불교에서 '방편(方便)'은 중생(衆生)을 구제하여 열반(涅槃)으로 인도하는 방법을 뜻하며, '도세(度世)'는 생사(生死)의 고해(苦海)를 뛰어넘어 열반의 경지에 이르는 것을 뜻함. '도세(度世)'는 세상 사람들을 구제한다는 뜻도 있음.

라 몸을 나타내었다가, 인연이 지나가고 나서는 몸을 사리어 인과를 찾아서 상승교주가 되었다. 즉 매화가 익고 연꽃이 향기를 품는 것처럼 늙어서는 곧 피안에 도달하였다. 지금 오늘날에 이르기까지 그 모셔놓은 영정의 존엄하고 온화한 형상이 서쪽 묘향산과 남쪽 진주의 사당에서 이마가 닿도록 으뜸가는 제례를 받고 있도다.

이러한 연후에라야 대천세계[21]를 구제하고 사람 사는 세상에 은혜를 베풀었다는 말에 거의 부합됨이 있는 것이로다. 어찌 벽을 향해 돌아앉아 염주만을 만져 세고, 벽돌을 갈아 거울을 만든다는 환술을 일컬어 자비라고 말하겠는가? 또한 어찌 널리 탑과 사당을 세우고 불경과 율법을 많이 베껴 쓰는 것을 자비라고 할 수 있겠는가?

내 서쪽의 평안도와 남쪽의 경상도 관찰사들의 요청에 의하여, 그 영정을 모신 집에 판액을 내려서 남쪽 사당을 표충사, 서쪽 사당은 수충사라고 하였다. 그리고 관아에 명령하여 제사 지내는 비용을 내려주어 해마다 거기에서 제사를 모시게 하였노라.

금년이 갑인해로서 홍무 갑인[22]에 태조가 선세 스님에게 시를 하사하였던 고사를 추억하여, 서(序)와 명(銘)을 내려 두 사당에 걸어놓게 하노라. 내 비록 불교의 깊은 뜻을 익히지 못했지만 일찍이 법화경의 의미를 들었기에 풀어썼노라. 불교에서 말하는 게(偈)의 의미는 학문하는 사람들의 서(序) 뒤에 붙은 명(銘)과 같은 것이니, 곧 여기에서의 명은 진실로 불교에서의 게에 해당이 된다.

명에 이르노라.

"부처님께서 처음에 조림했을 때, 자비를 펼치는 것이 중심이 되었도다. 수없이 많은 겁에서 자비가 단전(單傳)[23]으로 전해져서, 부탁하여 내려옴이 간절하였도다. 자비에 대한 부처님의 맹세와 소원을 묻고서는, 누가 시주하여 베푸는 것을 아니하리오. 넓고 넓은 자비의 뜻이 너무나 아득하여, 나루에 미치는 것처럼 결과를 이루는 자 적었도다. 복전에서의 도움이 많아서, 위대한 스님이 그 때를 응하여

21) 대천(大千): 불교에서는 삼천세계(三千世界)가 있는데, 그 세 번째가 대천세계(大千世界)임. 곧 중천세계(中千世界)의 1천 갑절임.
22) 홍무(洪武)는 명나라 태조의 연호로, 갑인해는 1374년(명 태조 7년)임.
23) 단전(單傳): 불교에서 말이나 글이 아닌 순전히 마음에서 마음으로 전해지는 것.

태어났도다. 주석 지팡이를 높이 들고 한 마디 크게 소리쳐 의병들을 거느리고 전쟁을 하니, 마귀 같은 왜군들이 떠나고 헤쳐져 도망쳤도다. 하늘은 수정 같이 맑고 달빛은 명랑하게 비치고, 물결은 고요하게 자고 파도는 평평하여 전쟁이 끝이 났도다. 우담발화[24] 같은 위대한 유정 스님이, 일본 땅에 솟아올라 나타나셨도다. 돌아와서는 우리 적현[25]에 경사가 되었는데, 세상을 뜬 뒤에는 영정만 사찰로 돌아왔도다. 절에 달린 종과 목어 엄숙하고 그윽한데, 불가의 등불만 외로이 달려있구나. 그의 명성은 책으로 기록되어 전하고, 그가 닦아 남긴 위대한 도는 패엽[26]에 남아 전하도다. 한적한 고을 절에, 그 영정의 눈빛만 서로 빛나는구나. 보답하는 제사 누가 모시는고? 차리는 음식 관아로부터 나오도다. 오직 신령한 도움을 길이길이 내려주어, 우리나라에 음덕을 끼쳐주심이여. 삼이며 벼며 대나무와 갈대 등 생활용품 재료가, 모든 지역에 무성하게 자라도다. 두루두루 온 세상 서민들을 넉넉하게 해주니, 옛날 밭 갈고 우물 파서 먹는다고 노래한 요임금의 태평성대[27]에 비유될 만도 하도다. 이에 8만4천 명, 자손들이 모두 함께 즐거워하도다.

내 즉위한지 18년 갑인해 4월 초파일에 표충사와 수충사 안에 이 글을 봉안하게 하노라.

대제학 신 홍양호가 명령을 받들어 쓰노라.

〈표충사 편액〉

24) 우담발화(優曇鉢華): 우발담화(優鉢曇花)라고도 하며 불교(佛敎)나 불승(佛僧)을 상징하는 꽃임. 여기서는 일본에 사신으로 갔던 사명당 스님을 뜻함.

25) 적현(赤縣): 수도 서울이란 뜻임. 곧 우리나라 조정을 뜻함.

26) 패엽(貝葉): 패다라엽(貝多羅葉), 옛날 인도에서는 다라수(多羅樹)라는 나무의 잎에 바늘로 경문(經文)을 새겼기 때문에 불경(佛經)을 뜻하는 말로 되었음. 넓은 뜻으로 불교(佛敎)에 관한 전적(典籍)을 일컬음.

27) 당경착(唐耕鑿): 당(唐)은 중국 고대 성군(聖君)인 요(堯) 임금을 뜻함. 경착(耕鑿)은 요임금 때 백성들이 태평성대를 표현하여 부른 동요인 격양가(擊壤歌)의 내용 중, "鑿井而飮 耕田而食(내 스스로 우물 파서 물 마시고 밭 갈아 농사지어 밥을 먹는다)"이란 구절에서 인용한 말임.

休靜, 惟政, 靈圭

休靜字玄應 自號淸虛子 以多在香山 故又號西山. 俗姓完山崔氏 名汝信 外祖縣尹金
禹 得罪燕山朝 謫居安陵 遂爲安州人. 父世昌鄕擧 爲箕子殿參奉 不就 詩酒自娛. 母
金氏老無子 一日 夢一婆來曰 胚胎丈夫子 故爲婀孃來賀云. 明年庚辰三月 果誕師.
三歲 父於燈夕醉臥 有老翁來謂曰 委訪小沙門耳. 遂以兩手擧兒 呪數聲. 摩其頂曰
以雲鶴名此兒. 言訖出門 莫知所之. 以故小字稱雲鶴. 與羣兒遊戲 或立石爲佛 或聚沙
成塔. 稍長風神英秀 力學不懈 事親至孝. 九歲母亡 十歲父没 伶俜無所依. 主倅憐之
携至京 就學泮齋 鬱鬱不適意. 與同學數人 南遊智異山 窮覽形勝 探賾諸經. 每愴早失
怙恃 益感死生之義 忽得禪家頓悟法. 遂聽法於靈觀大師 剃髮於崇仁長老. 七八年間
遍踏名山 年三十中禪科. 自大選 陞至禪敎兩宗判事. 一日歎曰 吾出家本意 豈在此乎.
卽解綬 以一節還金剛. 作三夢詞曰 主人夢說客 客夢說主人 今說二夢客 亦是夢中人.
登香爐峯 作詩曰 萬國都城如蟻垤 千家豪傑若醯雞 一窓明月淸虛枕 無限松風韻不
齊. 自此韜光鏟彩 不出山門 問道者日益衆. 己丑之獄 妖僧無業誣引休靜被逮 供辭明
剴 宣廟知其寃 立釋之. 徵詩稿 覽之嘉歎 御畵墨竹賜之 命賦詩以進. 休靜卽進絶句
宣廟亦賜 御製一絶 賞賚甚厚 慰遣還山. 壬辰倭賊陷三京 車駕西狩龍灣 休靜仗劍迎
謁道左. 上諭之曰 國事棘矣 爾能發慈悲普濟耶 休靜泣而拜曰 臣老病 不堪從戎 臣之
弟子 散在諸路 謹當激倡義旅 山中緇徒 當令在地 焚修以祈神助. 上義之 卽命爲八道
十六宗摠攝 諭方岳 任其號召. 於是惟政率七百餘僧 起關東 處英率一千餘僧 起湖南.
休靜率門徒 及自募僧一千五百 合五千餘名 會于順安法興寺 官給兵仗軍糧. 休靜指
揮號令 扼賊咽喉 以應天兵 緇徒莫不感憤願死. 遂與天兵 爲後先以助聲勢 戰牧丹峯
下 斬獲甚多. 癸巳正月 又與天兵 大破賊於平壤城北 賊捲甲宵遁 三京皆復. 休靜以勇
士百人 迎駕還都. 天朝提督李如松 送帖嘉奬曰 爲國討賊 忠實貫日 不勝景仰. 又贈之
以詩曰 無意圖功利 專心學道禪 今聞王事急 摠攝下山巓. 文武諸將官 爭先送帖贈遺.
賊旣退 休靜上言曰 臣年垂八十 筋力盡矣. 請以軍事屬於弟子惟政及處英 願納摠攝
印 還香山舊棲. 宣廟嘉其志 憫其老 賜號一國都大禪師敎都摠攝扶宗樹敎普濟登階尊
者. 自是義益高 名益重. 往來頭流楓岳妙香諸山 常隨弟子千餘人 出世者七十餘人. 甲
辰正月二十三日 會弟子於妙香圓寂庵 焚香說法. 取影幀 書其背曰 八十年前渠是我

八十年後我是渠. 作書付惟政訖 趺坐而逝. 年八十五 法臘七十七 異香滿室 三七日後
始歇. 弟子圓峻印英等 闍維得靈骨一片 舍利三枚 樹浮圖於普賢安心寺. 又一片 惟政
等自蓬山 得神珠數枚 窆石於楡岾之北. 惟政字松雲 西山高足也. 丁酉倭人再擧 兵敗
請成 朝廷以惟政 假使命以送. 蓋倭人重佛敎 素聞惟政之名故也. 惟政仗劒渡海 意氣
軒昂 倭人莫不敬憚. 及到江戶 秀吉與語大悅 言言屈服. 秀吉從容問 貴國聞多珍異
何物爲最寶耶. 惟政曰 以倭人之頭爲上寶. 秀吉大笑 舘接甚厚 遂竣事而還. 上嘉之
特賜禪號曰 四溟大師. 惟政之徒有靈圭者 壬辰率僧軍 擧義于淸州 與趙文烈憲相與
猗角. 錦山之戰 文烈敗死 靈圭亦力戰死之. 正宗甲寅 建祠於西之香山南之晉州 以祀
休靜惟政 賜額于西曰酬忠 南曰表忠. 御製西山影堂銘曰 釋家之通稱曰沙彌者 息慈
也 謂安息於慈悲之地也. 故佛有三藏 而修多羅爲首 佛有十迴向 而救衆生爲首. 禁戒
律也禪定也智慧也 無一不慈悲乎究乘. 而法界之功德在此 恒沙之福田在此 無上哉慈
悲之爲敎也. 後世之沙彌 則不然. 雲天水瓶遊心於實相之外 翠竹黃花比身於無情之
物 而吾儒遂以枯木死灰譏之. 非吾儒譏之也 後世沙彌 自詒其譏也. 若西山大師休靜
之爲沙彌也 其亦不愧夫息慈之義乎. 始焉 腰包杖錫 徧參諸方樹法 幢爲人天眼目 則
雲章寶墨寵賚優異. 至今與貞觀永樂之序 爭耀於兜率蘭若間. 中焉 顯發宗風 弘濟國
難 倡義旅爲勤 王元勳 則腥羶妖氣 應手廓淸. 至今使方便度世之功 永賴於閻浮提無
量劫. 終焉 隨緣現身 緣過攝身 尋因果爲上乘敎主 則梅熟蓮香 倐到彼岸. 至今有望儼
卽溫之像 受頂禮於西南香火之所. 如此然後 方庶幾乎 濟大千惠塵境. 曾面壁數珠 磨
磚作鏡之謂慈悲乎. 曾廣建塔廟 多寫經律之謂慈悲乎. 予因西南道臣之請 其影堂額
賜 南曰表忠 西曰酬忠. 命官給祭需 歲祀之. 以今歲甲寅 追洪武甲寅 賜詩善世禪師之
故事 爲之序若銘 俾揭諸堂. 予雖未習佛諦 而嘗聞法華之義解矣. 曰偈之義 如此方之
序後銘 則此之銘 固梵之偈也. 銘曰 佛日初照 慈雲爲經. 浩刦單傳 囑付丁寧. 問其誓
願 孰非施舍. 義海茫茫 津逮者寡. 福國多佑 高僧應期. 卓錫一喝 魔軍離披. 天晶月朗
波恬浪平. 優曇鉢華 涌現東瀛. 歸慶赤縣 返眞靑蓮. 肅穆鍾魚 禪燈孤懸. 名流竹簡
道存貝葉. 寂鄕鉢寺 交映眉睫. 報祀伊何 蒲饌自官. 倘布靈貺 長蔭旃檀. 麻稻竹葦
匝域葱苾. 匹周富庶 媲唐耕鑿. 八萬四千 子孫同樂. 予卽阼之十有八年 甲寅四月初八
日 安于表忠酬忠之祠中. 大提學臣洪良浩 奉敎書.

(1) 서산대사와 사명당

사명당이 물줄기를 쫓아서 한없이 가니데니껜 조그만 절간이 하나 있는데 서산대사야. 처음엔 몰랐지. 그래 올라가니껜 딱 혼자 절에 있는 분인데,

"귀댁이 올지 알았다."

그러면서 앉아서 인사를 하고 나서, 나가서 밥상을 차려가지구 들여 왔는데, 사명당도 아마 이런 재주가 있었던 모양이야, 비상헌. 서산대사하구 앉아서 통상을 해가지고 수문수답을 하구서 세상에 못헐 짓을 하고 죄를 많이 져서 산중에 수도나 하러 올라 왔다 하니,

"그러냐"

하고,

"참 잘 만났다"

고.

밥상에 밥을 들여왔는데, 밥은 백미밥인데 바늘이 하얗게 꽂혔어, 밥에. 사명당이 그 밥상을 안고 앉아서 눈치만 보는 거야. 근데 서산대사가 먼저, 진지 드시라고 그러더니 한 숟갈 뚝 떠서 이렇게 깨물어 먹는데 바늘이 우드둑 부러지는 게, 입안에서, 그냥 그래서 꿀떡꿀떡 삼키고 그러는데. 사명당은 이걸 떠서, 맘대로 겁이 나서 먹질 못하더라, 이거야. 그래 껄껄 웃어.

"어째 그렇게 식사가 뜨냐."

그러니껜 우물우물할 수밖에.

"어서 잡셔 보라."

마지못해서 먹으니껜 정말 바늘이 뜨금뜨금 부러지는데 목구녕에 넘어가긴 넘어

가는데, 이게 걸리지 않고 넘어가드라 이거야.

그래, '이상하다.' 그러더니 서산대사가 나가서 냇가에서 용달치를 한 통 잡아서 갖고 왔는데, 모두 살아서 펄펄펄펄 뛰어. 사명당더러 생선을 주며 먹어 보라고 하면서, 뚝 던져 주는데. 서산대사가 넣고서 씹으니까, 사명당도 넣고서 씹는 거야. 서산대사는 이를 뽀드득 갈면서 실컷 씹다 딱 뱉았는데 비늘 하나 안 떨어지고, 수십 마리가 나와서 고대로 팔짝팔짝 하는데. 사명당은 뱉으니, 중둥이 잘라지고, 대가리 잘라지고. 씹으니 뭐 어떻갔어요? 재주가 없으니까 차이가 뵈야.

사명당이 서산대사를, 올라가서 인제 얕본 거야. 지가 주지 행세를 할려고 거길 찾아갔다가 저 사람 재주를 봐 가지구선…….

서산대사가 달걀 한 꾸러미를 소반에 쏙 받쳐가지고 오더니,

"우리 심심하니, 장난이나 한 번 해 볼까?"

그러더니 이 달걀을 한 번에 싸 보라고 그러는데, 사명당이 외줄로다가 소반에다 달걀을 쌓았어. 서산대사가 껄껄 웃더니 이렇게 소반을 뒤집어 치더니 손잔등에다 놓고서 쌓더니 손을 탁 치니 공중에 열 개가 쌓이네. 그러니께 재주가 이렇게 차이져.

사명당이 그째,

"도승을 몰라보고 그저 죽을 죄를 졌다."

그러면선 "제 선생이 돼 달라."

고 비는 거야. 그래가지고 인제 서산대사한테서 공부를 했어요.

(2) 서산대사와 사명당 - 신통력

사명당의 선상이 서산대산데, 서산대사랑 비득비득허지. 근데 밥도 안 먹고 그냥 산중에서 상식하면서 이렇게 있을 적에, 그러니껜 일본놈이 한국을 칠라고 들어올려는 순간에 사명당이 그러니껜 도술을 그만치 배웠으니께 서산대사가 자기 제자를 일본 건너보낼 적에, 그런 말을 타고서 달려갔던 모양이야.

평풍을 백 구비씩인가 맨들어가지구 평풍을 죽 쳐놓고, 말타고 획 지나가면서 그걸 힐끗 다 봤어. 평풍 굿이 몇이고 글이 만 자고, 천 자고 적힌 거를 무슨 귀 무슨 귀를 한 번 획 보고 다 알았어. 그러다 일본 조정에 들어가서 일본 황제 앞에 앉아서 지금 한국 얘기하고, 이곳을 얘기하고 할 적에 그 방석은 그 서산대사가 사명당더러 뭐라 그런고 하니,

"비단 방석을 주면 깔고 앉지를 말고, 목화로 짠 무명 방석, 흰 방석을 주면 깔고 앉으라."

고. 그러고,

"정 죽게 되면 제자더러 펴 보라."

그러고 빨간 엽낭에다가 부적을 하나 써서 줬어. 죽을 때 펴 보라고 들어갔는데 임금이 앉아서 뭐라 그러는고 하니, 그 일본에 사신, 그런 거겠지.

"들어올 적에 한국서 명인이 온다고 그래서 평풍을 쳤는데, 그 평풍에 굿이 몇 굿이며, 글은 무슨 자를 어떻게 쓰고, 글귀는 어드랬오?"

그러니껜 줄줄 외우는데, 평풍 굿을 구십 구 굿 밖에 안된다고 그러드란 말야.

"백 굿인데, 한 굿이 틀렸오."

그래가지고 가보니껜 바람에 그 한 굿이 접혀 있드랴. 그래가지구선 거기 앉아서 정말 이 얘기 저 얘기 하다가 비단 방석에다간 뭐 깔고 앉으면 터져 죽게 만들어서 자부동을 줄 적에,

"우리 한국 사람은 똥글똥글 나온 건 안 앉고, 목화로 짠 게 좋다."

그러고 깔고 앉고.

그래 거기서 아마 이 얘기 저 얘기 헐 적에. 이건 뭐 죄 없이 억울하게 죽일 수도 없고 하니껜 연못으로 끌고가지구선,

"낚시나 하자."

그러다가, 배를 타구선 있는 거를, 화살루다 냅다 싸서 사명당을 죽일려고 그럴 적에. 그 연못이 상당히 깊은 연못이고, 도가 넓은 모냥이여. 죽게 되니껜 뭐 살

길은 없고 하니껜 선상 일러 준 대로 생각이 나서 빨간 엽낭을 꺼내서 보니깐 그 부적이 바람 풍(風)자, 비 우(雨)자, 딱 두 자야. 엽낭에서 부적을 꺼내서 본즉 물로 딱누껜 물에 떨어지면선 서산대사가 밥 먹고 숭능 마시는데 기별이 왔어. 그 떨어질 동안에 기별이 왔어.

한국에서 일본 쪽으로다가 그 물었는 걸 확 뿌렸는데 일본서 태풍이 불고 비가 많이 와가지구선 일본이 아주 죽게 되니껜 서산대사의 일인 줄 알구선, 그 일본서 빌어가지구…….

출처: 성기열 외, '서산대사와 사명당', 『한국구비문학대계』 1-7, 한국학중앙연구원, 1982, 962.

〈관련 설화 목록〉

성기열 외, '사명대사와 서산대사', 『한국구비문학대계』 1-7, 한국학중앙연구원, 1982, 847.

성기열 외, '왕건과 서산대사', 『한국구비문학대계』 1-7, 한국학중앙연구원, 1982, 921.

성기열 외, '서산대사와 사명당', 『한국구비문학대계』 1-7, 한국학중앙연구원, 1982, 962.

서대석 외, '서산대사와 사명당의 문답', 『한국구비문학대계』 2-7, 한국학중앙연구원, 1984, 175.

김선풍 외, '서산대사가 얻은 연적의 신통력', 『한국구비문학대계』 2-8, 한국학중앙연구원, 1986, 496.

김영진 외, '서산대사 일화', 『한국구비문학대계』 3-1, 한국학중앙연구원, 1980, 222.

박순호 외, '서산대사와 사명당', 『한국구비문학대계』 5-5, 한국학중앙연구원, 1987, 487.

박순호 외, '서산대사와 사명당', 『한국구비문학대계』 6-4, 한국학중앙연구원, 1985, 844.

이현주 외, '서산대사와 대흥사', 『한국구비문학대계』 6-5, 한국학중앙연구원, 1985, 203.

조동일 외, '서산대사와 사명당의 점괘', 『한국구비문학대계』 7-2, 한국학중앙연구원, 1980, 225.

최정화 외, '석숭과 서산대사', 『한국구비문학대계』 7-8, 한국학중앙연구원, 1983, 1197.

임재해 외, '서산대사와 중국부자 석숭이', 『한국구비문학대계』 7-9, 한국학중앙연구원,

1982, 908.

최정여 외, '서산대사와 제자', 『한국구비문학대계』 7-11, 한국학중앙연구원, 1984, 729.

최정화 외, '용궁에서 얻은 해인과 서산대사', 『한국구비문학대계』 7-13, 한국학중앙연구원, 1985, 133.

최정화 외, '서산대사이야기', 『한국구비문학대계』 7-13, 한국학중앙연구원, 1985, 622.

최정여 외, '서산대사와 사명당', 『한국구비문학대계』 7-14, 한국학중앙연구원, 1985, 301.

임재해 외, '서산대사와 사명당의 육효 겨루기', 『한국구비문학대계』 7-18, 한국학중앙연구원, 1988, 308.

임석재, '서산대사와 사명당', 『한국구전설화』 6권, 평민사, 1990, 47.

사진자료

〈포로송환문서〉

(1) 사명당의 출가

무안면 고나리라 카는 마을에서 사명당이 나시가지고 진사 벼슬까지 해가지고 안락한 가정을 이랐는데. 사명당의 맏아들을 장개를 들여가지고, 미느리로 삼을 찰나, 아들을 데리고 장개질을 갔는데, 그 첫날밤에 아들이 목을 베이었다 카거등. 왜 그러나 하면, '신부 될 사람의 간부가 있다.' 이렇게 소문이 퍼지고 있었는데, 결국 알고 보이까네, 사명당의 본마느래가 죽고 재취를 들있는데, 후처 그 마느래가 종을 시키가지고 전처의 자슥을 죽일라꼬, 종한테 돈을 많이 주가지고,

"우리 아이 아무개가 장개질을 가는데, 우쨌기나 첫날밤에 목을 비 오마 돈을 얼마 주꾸마."

이렇게 약속이 돼가지고, 그 종이 따라가가지고 첫날밤에 목을 쳤다 카거등. 목을 쳐가지고, 가져와 감찼는데, 어데 감찼느냐 하면, 그 두(頭)를 다락 우에 밀가루 쪼만 한 단지에 안에 옇어가지고 밀가루통에 숨가 났다카는 기라. 그래놓고 나이끼네 그 신부 신랑 자는 방이 날이 새이끼네, 신부 신랑 백년가약 하겠다고 말이지, 첫날밤 자기도 모르고 자고 나이께 신랑의 두가 없더라 이기라. 그때 거어서 기절로 했다 카거등, 그 각시가.

이래가지고 결국 난리가 돼가지고, 삼일 잔치를 몬하고 사명당이 마 하인을 시키서 가매를 타고 바로 돌아왔다 카거등. 와가지고 자기가 사랑방문을 쳐닫고, '인자 나는 굶어죽는다.' 말이지. 기식(饑食)을 해서 죽는다고 밥도 안 묵고 물도 안 묵고 이래 들앉았다 카거등. 그때 결국에 가장이 그 변을 당하고 보인끼네, 목 없는 시체일망정 행상(喪輿) 꾸미가지고 본가에 왔는데, 각시는 백골신랑이 가는데, 자기도 백골신랑을 따라서 같이 죽겠다고 말이지 따라서 시갓집에 완 기라.

각시가 억지 누명을 쓰고 하는데, 각시 자기가 한 일이 아이란 말이여. 이래서, '난 억울하다. 언제까지나 이 누명을 벗고 죽는다.' 말이여. 이래가지고 따라와서 아적, 저녁으로 밥을 지어서 시부모한테 봉양을 한들, 그 시부모 마음에는, '니는 내 자슥을 죽인 원수이니까, 니 손에 지은 밥은 내가 묵을 수 없다. 안 묵는다.'

이래도 신부의 생각은, '아무리, 시아버님이 저렇게 거절을 해도 나는 여어서 죽어 나간다 말이다. 이 집에서 썩어 나간다.' 굳은 결의를 해가지고, 거어서 하다가 결국 전부 거절을 하인끼네 그 부지를 못 하고, 자기가 원수 갚기 위해서 방물장사라 해가지고, 총총 마실을 갖다가 탐정을 해가지고, 및 날 및 달로 댕깄던지 간에 진주까지 갔더라 이기라. 인자 한 마실에 떡 드가서, 해가 저문 관계로써 주인을 떡 정했는데, 그 주인이 호불할마이라.

"좀 자고 가자."

"자고 가라."

그래 자면서 이런 저런 얘기를 하다가, 그렇게 자이끼네 마음을 놓고 몬 자는 기라. '원수를 갚는다.' 이런 포부가 있는 때민에 잠이 안 오는데, 잠결에 들으이끼네, 그 옆에 누운 할마씨가 말이지, 잠꼬대로 말이지, 꿈꾸는 기라.

"아이구, 영감, 이런 짓을 우찌 했느냐 말이요."

이리 된 기라.

그래가지고 깨가지고 속으로, '옳다, 무슨 원인이 있은끼네 알아보겠다.' 그래 마 주인 할마이한테 '엄마'카고 말이지, 의딸 의엄마로 정했는 기라. 그래가지고 인자 내내 붙어 가 있듯이 있고, 이래 세월 흘렀는데, 난중에는 이얘기로 꺼내는 기라.

수양딸이 파고 물으이까 마 답을 피하는 기라. 그제서는 마 자꾸 파고드는 기라.

"어머이가 진작 내 말을 갖다가 진정을 안 해 준다면 나는 이 자리서 죽고 맙니더."

나가디이마는 자기의 방물 장사 속에 요만한 단도칼로 꺼집어 내놓고,

"자, 인자는 바로 말하시오."

이라거등. 그때서는 인자 마,

"니가 정 그렇다면 실정 이야기해 주꾸마."

그래 얘기하는 기,

"내가 밀양군 무안면 고나리에 사던 사명당, 임 아무 집에 종인데, 그 영감이 인자 아들 하나 남기고 본처는 죽고 난 뒤에, 후처로 들어가 살림살다가, 후처 몸에서 아들 둘이 나고 이래가지고 살림을 사는데. 맏아들 장개 행례차(行禮次)가, 첫날 밤에 목 비이 오라꼬 후처가 시킨 관계로, 그래 돈에 팔리가지고 목을 쳐 왔다 말이여. 쳐 온 사람이 바로 우리 영감이다 말이여."

이리 된 기라. 그때사 인자 신부가 말이지,

"아, 그러냐?"

꼬 말이여. 그래 대번에 그 칼로 가지고 그 영감으 목을 쳤어. 이내 그 할마씨도 목을 치고. 단봇짐을 사가지고 고나리 집에 와가지고, 사랑방 시부모 앞에 문 닫아 놨는데,

"아버님요."

답을 안 하는 거라. 그래 인자 마 꺼적대기 피 놓고 답할 때까지 비는 거라. 이래도 답 안 하는 거라.

"저 말 한 마디만 들어 주십사."

"아이다. 니는 내 아들의 원수인데, 도저히 니캉 상대할 수가 없다. 어서 썩 가거라."

"그기 아입니더. 저 말 한 마디만 들어주시면 이어서 얘기하겠습니더."

"꼭 그렇거등 얘기해라."

그래 인자,

"무슨 얘기고?"

지 당한 일을 갖다가 쭉 이야기 한 기라. 하인끼네,

"그 두(頭)는 어데 있다 카더노?"

"그 두를 비이다가 우리 집 다락 우에 거어 들었답니더."

그때사 버선발로 문을 박차미 나와가지고 다락에 인자 올라가 가지고 보인끼네, 조그만한 단지가 있는데 말이지, 끄잡아 내어 보인끼네, 목 빈 시체가 말이지, 및및 달 됐는데, 원혼이 맺히가지고 눈도 함 깜짝거리지도 안 하고 그냥 가만이 떠 가 있어. 그래 가 마 시체를 아듬고 사명당이 참 분연히 통곡을 하고 말이지 나왔다.

그래 말이지, 재촛댁하고, 재추 몸에서 여자 아들 둘 난 거하고, 정침에다, 방에다 가돠 놓고 못을 치고, 그 주위에다가 나무짝을 때리 시아 놓고 불로 질러뺐어.

그래 태아 죽이 삐고, 그 질로 어디로 갔느냐 하믄, 충청도 묘향산, 무슨 절에 드가 가지고 자기가 일생을 마칠라꼬 드는데, 그때 자기가 서산대사를 만났다 카는 기라, 서산대사. 중을 만내가지고 그래 공부를 했다는 기라. 서산대사 만내가지고 도학을 배우면서, 무술 겉은 거, 술수법을 비아가지고, 임진왜란 때, 왜국까지 갔더라 는 이런 말이 있어.

출처: 최정여 외, '사명당의 출가 사연과 표충사의 유래', 『한국구비문학대계』 8-7, 한국학중 앙연구원, 1983, 333.

(2) 일본 항복시킨 사명당

임진년에 십 삼 년 만에 갑진년이라카만 그때 인제 일본에서 인제 그 재기병을 해가 임란 원수를 갚을라꼬, 우리나라를 떡 들올라꼬 마음을 먹었는데. 사명당이 어명을 받고 궐내에 떡 드가이께네,

"그래 너의 스승의 말을 들으이, 너가 신출귀몰한 재주가 있다카이 일본을 들어가 항복받겠느냐?"

"예, 그저 저를 사신으로 보내주만 일본을 항복받겠다꼬."

이라이, 그래 일본 사신으로 떡 보내는데. 일본을 떡 드가 통문을 놓고 조선사신 생불이 들온다 이라이, 일본 왜왕이,

"조선사신 생불이 들온다카만 이걸 어떻기 해야 되느냐?"

일본대신들이 모두 모여가주고,

"조선사신 생불이면은 그 사신이 들올 때, 천리마를 태와가 들올 때 팔만대장경을 병풍을 갖다 탁 박아놓고 들올 때 와가주고 팔만대장경을 외우라 카마 그걸 다 외우만 생불이 확실하고 그렇지 못하면 요물이니 죽입시다."

사신 들오는데 막 장막을 치고 병풍을 갖다가 팔만대장경을 깨 박듯이 박아가주고 죽 펴놔놓이 천리마를 타고 들와. 왜왕이 그래,

"그대가 조선사신 생불이라 카이 들올 때 거 병풍에 글을 봤느냐?"

"생불이 그만한 글을 못 볼 리가 있소."

"그러면은 그 글을 외와라."

그날 저녁 마, 몇 시부터 그 이튿날 오시까지 외우는데 한 칸을 못 외와여.

"한 편은 왜 못 외우느냐?"

카인께,

"그 보지 못한 걸 어째 외운단 말이요?"

가보이 바람에 해가 딱 붙었는 기라. 그래가 못 외왔다.

"이놈이 생불이 확실하니 이걸 어떻금 해야 되느냐?"

"그러면 생불이 확실하면은 백목방석과 비단방석 두 가지를 장막을 쳐가 사신을 청해가주고 앉이라 캐놓면은 알 수가 있다."

그래가 하루는 장막을 쳐놓고 사신을 청해가 들오라꼬 백목방석을 펴놓고 비단방석 갖다 펴놓고 대분에 들와 떡 앉는데, 백목방석에 떡 앉거던.

"부처는 사치품을 좋아하는데 어예가 백목을 취하느냐?"

카이,

"백목은 나무꽃이라. 비단은 잡초에 실이라."

"그래 생불이 확실하다. 그러면 이 사람을 어예야 되노? 생불을 어떻금 해야 되느냐?"

그 앞에 일본에 천질못이 있었는데,

"천질 못에다 쇠방석을 띄와놓고 못둑에다 장막을 치고 사신을 청해가주고 쇠방석

을 타고 이 못에 댕기라카만, 생불 아이라 아무라도 구리 쇠방석에 대분 깔아 앉으만 죽을 모양이니 천질 못에 그래하라꼬."

그래 임금이 구리 방석을 내놔, 그 못에다 딱 갖다 대놓고 그래가 사신을 청해가주고,

"그대가 조선사신 생불이라카이 쇠방석을 타고 이 못에 한 분 댕기라."

이라이, 조선을 향해가주 팔만대장경을 디리 외우디, 고마 턱 새 날아 앉듯이 탁 올라 앉으이 만경창파 팔랑개비 떠 댕기듯이 바람이 이리 불만 이리 스르륵 가고 저리 부이 저리가고 마음대로 돌아댕기.

"어떻금 해야 되노? 어예야 되노?"

"그런 기 아이고 부처라도 죽는 수가 있다."

"어예 하마 죽노?"

이기라. 대신이라 카는 기,

"어옛기나 무쇠집 일간을 짓골랑 사방 거 대불메를 대놓고 사신을 청해가주 거 무쇠집에다 방안에 앉히고 문을 잠근 뒤에는 돌아가민서 불메를 불어 쇠가 전부 물이 흐르도록 달구면 생불 아이라 아무라도 그거 다 녹을 터이니."

"그거 참 좋은 묘책이다."

그래가 인제 무쇠집을 한 칸 떡 지어가주골랑 그래 그 안에다 사명당을 청해가주 앉히고, 자리 피가주고 사방 대불메를 고마 대고 부이, 무쇠가 뚝뚝뚝 고드름 빠지듯이 흘러 녹아내린다 말이라. 그래가 문을 열라카이 뜨겁어 열수도 없고, 무쇠라 놓이. 그래 이튿날 식은 뒤에 문을 떡 여이, 이마에 허연 고드름이 달려가주고 어예됐기나 마 땅에 얼음 빙(氷)자를 써놓고 또 천장에 눈 설(雪)자를 써붙이놓고 이래가,

"너어 일본, 남방에 있어 따시다더이 어예 이다지 춥게 하노?"

호령을 하이 마 진땀이 난다 말이라. 그래서 인제 왜왕이,

"이 일을 우예야 되노?"

조정대신을 떡 모와놓고,

"무신 묘책을 해야 이 생불을 제하느냐?"

"쇠말을 만들어 대불메에 대고 쇠말을 벌겋게 달군 뒤에 사신을 청해 대분에 앉이라카만 무슨 재주라도 안 되이, 대분 타 죽으이 그 수로 하라."

이래.

왜왕이 물팍을 치며,

"그거 묘책 중에 으뜸이라꼬."

그래가 쇠말을 만들어가주 대불메에 대고 벌겋게 달가놓고 사신을 청해가주.

"그래 조선사신 생불이 왔다카이 저 말을 타고 한바탕 다니라."

그래 사명당이 안다 말이라. 조선을 향해 팔만대장경을 디리 외우디 각중에 뇌성백력이 하미 쏘내기가 들어붓는데, 곧 다 죽을 지경이라. 이러이 일본국, 섬나라가 지레 마 바다가 돼, 궁성에 물이 철렁. 이거 전부 항복하로 나와. 그래,

"너리 어떤 항복을 할래. 이런 항복은 안된다."

"그 어떤 항복을 해야 되노?"

"너어 일 년에 인피 삼백 장썩, 사람을 삼백 장썩 빗기가 바칠 그 황서를 써 올리야 비를 그치지, 그래 안하면은 비를 못 그친다."

"그래, 소인이 죽사와도 그 황서는 못하겠소. 백성없는 임금이 있어야 뭐하며 그거는 안한다꼬."

"그라라꼬."

고만에 이놈을 불러다가 궁궐에 갖다 드리대놓이 궁궐이 따장따장, 사방 뜨디리 정신이, 귀문이 캄캄하다. 궁성에. 그러이 그 백성들이 이칸다.

"억조창생이 물에 잠기가 전부 다 죽게 되이 어예 항복을 합시다."

그래가 이 비가 와도 마침 사명당 앉인 자리는 고마 비 한 방울 안 오고 이런 기라. 그래 내중 할 수 있나. 일 년 인피 삼백 장썩 바칠 형제지국 황서를 떡 써가주고 올리이,

"너어 일본에, 소이를 보면은 너어 씨를 말룰라 캤디이 인명을 생각해서 이만한다꼬."

그래가주 참말로 항복을 받고,

"우리 조선은 인제국이다. 어옛기나 한 도(道)에 생불이 천 명씩 난다."

캤거던.

'만일에, 이 뒤에 또 그런 소행을 본다면 일천 부처님이 다 올라와가주고 너에 일본을 바다를 맨들어. 다시는 이런 일이 없도록 하라.'

이래 써가주고, 나와가 일본놈이 그때 말로 여여 인피 삼백 장 일 년에 꼭 갖다 빗기 바치고 동래 왜관 카는 그거. 인피 그거 우리나라 합방시대에 나온 말로 인피가 죽 빗기가주고 거따 글을 말카 써 놓이 대조 빗기났는 거 보고 울고 머 이랬다카는 말이 있거던요. 조선 왕이 말이지, 일본을 항복받아 조공을 받는다카이 '아, 그거 장하다꼬.' 중국꺼정 그때 명예를 떨쳤다. 그 이야기라.

출처: 최정여 외, '일본을 항복시킨 사명당',『한국구비문학대계』7-12, 한국학중앙연구원, 1984, 609.

〈관련 설화 목록〉

성기열 외, '사명당의 전리품',『한국구비문학대계』1-7, 한국학중앙연구원, 1982, 775.

성기열 외, '사명대사와 서산대사',『한국구비문학대계』1-7, 한국학중앙연구원, 1982, 847.

성기열 외, '서산대사와 사명당',『한국구비문학대계』1-7, 한국학중앙연구원, 1982, 962.

성기열 외, '사명당이야기',『한국구비문학대계』1-8, 한국학중앙연구원, 1984, 96.

성기열 외, '사명당 일화',『한국구비문학대계』1-8, 한국학중앙연구원, 1984, 448.

서대석 외, '사명당',『한국구비문학대계』2-7, 한국학중앙연구원, 1984, 154.

서대석 외, '서산대사와 사명당의 문답',『한국구비문학대계』2-7, 한국학중앙연구원, 1984, 175.

김선풍 외, '사명당의 출가',『한국구비문학대계』2-9, 한국학중앙연구원, 1986, 801.

서대석 외, '사명당의 복수',『한국구비문학대계』4-3, 한국학중앙연구원, 1982, 500.

박규홍 외, '사명당이 출가한 내력',『한국구비문학대계』4-6, 한국학중앙연구원, 1984, 513.

최래옥 외, '사명당이야기',『한국구비문학대계』5-1, 한국학중앙연구원, 1980, 181.

최래옥 외, '원효대사와 사명당의 벼슬', 『한국구비문학대계』 5-1, 한국학중앙연구원, 1980, 321.

최래옥 외, '사명당의 입산과정', 『한국구비문학대계』 5-1, 한국학중앙연구원, 1980, 568.

최래옥 외, '사명당 일화', 『한국구비문학대계』 5-2, 한국학중앙연구원, 1981, 451.

박순호 외, '서산대사와 사명당', 『한국구비문학대계』 5-5, 한국학중앙연구원, 1987, 487.

지춘상 외, '사명당은 임진사', 『한국구비문학대계』 6-2, 한국학중앙연구원, 1981, 143.

박순호 외, '서산대사와 사명당', 『한국구비문학대계』 6-4, 한국학중앙연구원, 1985, 844.

조동일 외, '사명당과 세 여자', 『한국구비문학대계』 7-1, 한국학중앙연구원, 1980, 587.

조동일 외, '서산대사와 사명당의 점괘', 『한국구비문학대계』 7-2, 한국학중앙연구원, 1980, 225.

조동일 외, '사명당이 용을 물리치고 무덤을 쓴 이야기', 『한국구비문학대계』 7-3, 한국학중앙연구원, 1980, 133.

최정화 외, '사명당과 통도사 통로기', 『한국구비문학대계』 7-8, 한국학중앙연구원, 1983, 1027.

임재해 외, '사명당이 꽂아둔 지팡이', 『한국구비문학대계』 7-9, 한국학중앙연구원, 1982, 676.

임재해 외, '사명당이 꽂아 놓은 지팡이', 『한국구비문학대계』 7-9, 한국학중앙연구원, 1982, 907.

임재해 외, '일본의 침략을 막은 사명당', 『한국구비문학대계』 7-10, 한국학중앙연구원, 1984, 571.

최정여 외, '사명당이야기', 『한국구비문학대계』 7-11, 한국학중앙연구원, 1984, 422.

최정여 외, '일본을 항복시킨 사명당', 『한국구비문학대계』 7-12, 한국학중앙연구원, 1984, 609.

최정여 외, '서산대사와 사명당', 『한국구비문학대계』 7-14, 한국학중앙연구원, 1985, 301.

임재해 외, '사명당의 수염', 『한국구비문학대계』 7-18, 한국학중앙연구원, 1988, 295.

임재해 외, '서산대사와 사명당의 육효 겨루기', 『한국구비문학대계』 7-18, 한국학중앙연구원, 1988, 308.

정상박 외, '사명당', 『한국구비문학대계』 8-3, 한국학중앙연구원, 1981, 484.

최정여 외, '사명당이야기(1)', 『한국구비문학대계』 8-5, 한국학중앙연구원, 1981, 244.

최정여 외, '사명당이야기(2)', 『한국구비문학대계』 8-5, 한국학중앙연구원, 1981, 364.

최정여 외, '사명당의 출가 사연과 표충사의 유래', 『한국구비문학대계』 8-7, 한국학중앙연구원, 1983, 333.

최정여 외, '사명대사 일화(1)', 『한국구비문학대계』 8-7, 한국학중앙연구원, 1983, 491.

최정여 외, '사명대사비의 땀', 『한국구비문학대계』 8-7, 한국학중앙연구원, 1983, 495.

최정여 외, '사명대사 일화(2)', 『한국구비문학대계』 8-7, 한국학중앙연구원, 1983, 497.

최정여 외, '사명대사와 이산해의 시문답', 『한국구비문학대계』 8-7, 한국학중앙연구원, 1983, 498.

최정여 외, '사명대사 비의 땀', 『한국구비문학대계』 8-7, 한국학중앙연구원, 1983, 517.

최정여 외, '사명대사 일화(3)', 『한국구비문학대계』 8-7, 한국학중앙연구원, 1983, 533.

최정여 외, '사명대사 일화(4)', 『한국구비문학대계』 8-7, 한국학중앙연구원, 1983, 536.

정상박 외, '사명당', 『한국구비문학대계』 8-8, 한국학중앙연구원, 1983, 627.

정상박 외, '사명대사 일화', 『한국구비문학대계』 8-11, 한국학중앙연구원, 1984, 211.

서대석 외, '사명당 출가 동기', 『한국구비문학대계』 8-14, 한국학중앙연구원, 1986, 523.

황루시 외, '사명당이 중이 된 이유', 『증편 한국구비문학대계』 2-10, 역락, 2013, 370.

신동흔 외, '사명당이야기', 『도시전승설화자료집성』 4권, 민속원, 2009, 18.

신동흔 외, '생불 사명당의 비석', 『도시전승설화자료집성』 9권, 민속원, 2009, 255.

신동흔 외, '일본을 굴복시킨 사명당', 『도시전승설화자료집성』 9권, 민속원, 2009, 257.

임석재, '사명당과 왜장청정', 『한국구전설화』 5권, 평민사, 1989, 56.

임석재, '서산대사와 사명당', 『한국구전설화』 6권, 평민사, 1990, 47.

임석재, '용담한 사명대사', 『한국구전설화』 7권, 평민사, 1990, 79.

임석재, '사명당 일화', 『한국구전설화』 10권, 평민사, 1993, 68.

임석재, '사명당', 『한국구전설화』 10권, 평민사, 1993, 69.

(1) 영규대사의 신통력

옛날에 갑사, 영규대사라구 살았었어. 영규대사가 머슴을 살았어. 거기서, 나무 해다 인저 불을 때구 이래. 그런데 중들이 아주 해라를 했어. 너라구 그라구.

그게 임진왜란 때 일여. 주지랑 영규대사랑, 영규대사 방이서루 겨울인디 밤이 오래 되더락 놀았어. 열두 시경쯤 그냥 문 앞에서, 주진 인저 자러 들어가구, 영규대사가 천기를 보닝게시루 저 경상도 해인 합천사 절이서 불이 났어. 그래 거기를 쫓어내려가서루, 천 리 길을 가서루 불을 끄구서루 오는디, 우리 갑사 절이 오닝게시루 날이 다 샐 것 아녀? 주지가 변소를 보구 나오다보닝게시루 영규대사 머리가 서리에 하얗게 맞었거든.

"하, 위디 갔다 와?"

"저 해인 합천사 절에 불이 나서루 거기 가 끄구 오는 길이라."

구.

이게 당최 곧이가 안 들켜. 그래 사흘을 있으닝게시루 거기서 봉생이 그냥... 옛날 지게루 져 날를 적이여. 지게루다 그냥 몇 짐이 사흘 두구서 오드랴.

"영규대사님 아니머는 절을 다 태웠을 낀디, 그 대사님께서 오셔서 불을 꺼주셔서 참말루 여간 은혜를 갚을 수가 읎다"

구.

그때서 중들이 이젠 생각을 항게 말을 함부로 못하겠거든.

(2) 영규대사의 풍채

갑사 짐대가 높은디... 영규대사 키가, 지럭지는 요만큼씩 한디, 아름으루 한 아름이 넘우. 그걸 가맣게 쌌어. 쌓구서루 그 위다 갓을 해서 덮었거든. 그런디 부러졌어, 위가. 그래 중덜을 전부 불르더니, 영규대사가 이렇게 쪼글치구 앉아서루 걔 무릎을 탁 팅겨서루 그 짐대를 그냥 홀랑 떠넘었다능겨. 그러니 큰 장수지.

(3) 영규대사의 의병활동

임진왜란 때 금산서 일본눔들이 와서루 막 한국사람을 죽인단 말여. 영규대사가 가서루 공주, 시방 말하면 군수지. 거기 가서루, 강홍립이란 사람 있다구.

"나를 선두를 주슈, 선봉을 줄 것 같으머는 그 왜적을 물리치겠습니다."

그런데 중이라 선봉을 안 줬어. 안 주구 강홍립이를 줬어. 그래 둘이 군대를 이끌구 거기를 가서루 영규대사는 산날맹이다 진을 치자커니 강홍립이는 산 고라당이다 진을 치자커니... 그 선봉이구 그라니까 할수읎이 가운데, 짚은 산골이다가 진을 쳤어.

왜적들이 그걸보구서루 소가죽으루다가 치아를, 몇 백 마리를 했는디, 치알루다가 내리 덮구서루 창으로 찔러서 다 죽였어. 다 죽이구, 영규대사는 옆구리 창에 맞었단 말여. 그래 칼루다 이걸 푸장 찢구서 틀켜쥐구서루 막 칼을 내둘르면서루 공주를 가는겨, 원 죽일라구.

(4) 영규대사의 죽음

가다가 계룡이라구 있어. 고기 갈라먼 개울 있잖어? 아이 느닷읎이 비가 막 내려퍼벼서서루 황톳물이 꽉 차게 나간단 말여. 그래 그리 근너가다가 옆구리 창 맞은데에 황톳물이 들어갔어. 그래 계룡서 공주 저 물 넘어라구. 거기 가다 그만 죽었어.

그래 갑사 절이서루 계룡에 면사무소 내려가는 데 사당 졌잖여. 사당두 짓구 영규 대사 이름까지 다 씨구, 그이 무덤은 그 학교 아래 버들미라는 데에 썼어. 때면 중덜 이 와서 꼭 지사를 지내야. 영규대사라는 사람 이름이 박호허, 박호허.

출처: 신동흔, '영규의 기행과 죽음', 『역사인물이야기연구』, 집문당, 2002, 327.

〈관련 설화 목록〉

신동흔, 『역사인물이야기연구』, 집문당, 2002, 325~364.

'의승 영규대사'(325), '갑사 장수에 진 구룡사 장수'(326), '영규의 기행과 죽 음'(327), '영규와 여장수'(328), '짐대 옮긴 여장수'(329), '정철·조헌·정여립·영 규'(329), '영규의 싸움과 죽음'(333), '영규의 싸움과 죽음'(334), '영규의 죽 음'(335), '곽재우·이삼·영규'(336), '영규의 죽음'(341), '영규의 죽음'(342) '영규의 기행과 죽음'(343), '영규의 기행과 죽음'(344), '영규의 죽음'(345), '영규와 조 헌'(346), '영규의 싸움과 죽음'(346), '영규의 싸움과 죽음'(347), '영규의 죽 음'(348), '영규의 출전과 죽음'(349), '영규의 출전과 죽음'(352), '영규와 여장 군'(354), '영규의 출전과 죽음'(355), '영규와 당간지주'(356), '영규의 죽음'(357), '영규의 죽음'(357), '영규의 죽음과 후일담'(358), '짐대 찾은 영규'(361), '무네미고 개 내력'(362), '영규의 신력'(362)

 정기룡(鄭起龍, 1562~1622)

조선 중기의 무신으로 곤양 정씨(昆陽鄭氏)의 시조. 본관은 진주(晉州)이며 자는 경운(景雲)이고 호는 매헌(梅軒)이다. 1580년 고성에서 향시에 합격하고, 1586년 무과에 급제한 뒤 왕명에 따라 기룡으로 이름을 고쳤다. 임진왜란이 일어나자 거창싸움에서 왜군 5백여 명을 물리치고, 김산(金山)싸움에서 포로가 된 조경을 구출했으며, 곤양 수성장(守城將)이 되어 왜군의 호남 진출을 막아냈다. 이후 상주목사 김해(金澥)의 요청으로 상주판관이 되어 왜군과 대치, 격전 끝에 물리치고 상주성을 탈환하였다. 1597년 정유재란 때에는 토왜대장(討倭大將)으로서 고령에서 왜군을 대파하고, 적장을 생포하였다. 이어 성주 · 합천 · 초계 · 의령 등 여러 성을 탈환하고 절충장군으로 경상우도병마절도사에 승진해 경주 · 울산을 되찾았다. 1598년 명나라 군대의 총병(摠兵)직을 대행하여 경상도 방면에 있던 왜군의 잔적을 소탕하였고 용양위 부호군(龍驤衛副護軍)에 오르고, 이듬해 다시 경상우도병마절도사가 되었다. 1610년 상호군에 승진하고, 그 뒤 보국숭록대부(輔國崇祿大夫)로서 삼도수군통제사 겸 경상우도수군절도사의 직을 맡다가 1622년 통영 진중에서 죽었다. 상주 충렬사(忠烈祠)에 제향되었으며, 시호는 충의(忠毅)이다. 『참고문헌』 선조실록, 한국인명대사전

정기룡

정기룡의 자는 경운이며 초명은 무수다. 기룡이 무과급제를 하여 합격자를 발표할 때, 선조 임금이 잠깐 졸아 꿈을 꾸니 용이 종로 거리에서 일어나 하늘로 날아올라갔다. 임금이 사람을 시켜 종로 거리에 나가 살펴보라 했는데, 곧 거기 있던 사람을 데리고 왔다. 임금이 기이하게 여기고 기룡이란 이름을 하사해, 그의 이름이 기룡으로 바뀌었다.

젊을 때에 소를 잡아먹는 기개가 있었고, 위협으로 여러 아이를 복종시켜도 감히 명령을 어기지 못했다. 사람됨이 청백하고 강개하여 항상 남의 곤란한 상황을 구제함에 있어 자신의 사사로움을 돌아보지 않았다.

임진년에 왜적이 동래부터 우리나라의 크고 작은 고을을 연속 함락시키자, 관찰사 김수와 장수 박홍, 이각 등이 그 세력을 보고 도망쳐 모두 무너져 버렸다. 조정에서 의논하여, 이일 장군을 순변사로 삼아 중도(中道)로 내려가라고 명령하고, 성응길 장군을 좌방어사로 삼아 좌도로 내려가라고 하였으며, 조경 장군을 우방어사로 삼아 서도로 내려가라고 했다. 그리고 유극량과 변기를 조방장으로 삼아 조령과 죽령 두 고개를 나누어 지키라고 명령했다.

당시 조경이 영남으로 내려갈 때 정기룡이 무과급제한 사람으로서 스스로 따라 내려가기를 요청하였다. 조경이 여러 장수들에게 싸울 계책을 물었는데 정기룡이 나서서 이런 의견을 제시했다.

"왜적은 계책을 쌓아온 지가 이미 오래되었고, 날카로운 병력과 뛰어난 무기들

가지고 있습니다. 우리나라는 계속 되어 온 오랜 평화 속에 병졸들이 훈련되지 않아 결전을 하여 승리를 쟁취하기가 어려우니, 먼저 아주 뛰어난 말과 기마에 능통한 재주를 가진 사람을 뽑아 기병[1]을 만들어 맨 앞에 배치하는 것이 좋습니다. 곧 적을 만나면 이 기병들로 하여금 적들이 미처 생각지 못하는 사이에 충격을 가하게 하고, 이어 보병이 그것을 틈타 소리치고 기세를 올려 도와서 공격하면 반드시 그들을 이기게 됩니다. 이리하여 한 번이라도 이기게 되면 이내 적들이 두려워하는 마음을 가지게 되고, 우리 군사들도 역시 적들의 장단점을 알게 되어 예리한 기운이 생기게 됩니다. 이 방법 외에는 다른 기이한 방책이 없습니다."

조경이 이 계책을 아주 훌륭하게 여겨 정기룡을 돌격장으로 삼았다.

이 무렵, 적병이 김해를 거쳐 우도로 들어왔다. 정기룡이 홀로 10명의 기병을 거느리고 앞서서 진격하여, 거창의 신창에서 적의 선봉군 5백 명을 만났다. 여러 부하들이 웅성거리며 두려워하는데, 이때 정기룡이 말에 껑충 뛰어올라 앞서 내달아 몸소 칼을 휘둘러 백여 명의 적을 무찌르니, 드디어 이를 본 군사들이 다투어 진격하여 적을 격파했다.

그리고 적들이 계속하여 성주와 개령을 함락시키고 금산에 이르렀는데 조경이 추풍령에 도달하여 적과 싸워 패하여 달아나다가 왜병에게 사로잡혔다. 이에 정기룡이 껑충 뛰어 쫓아 들어가 그 왜병의 목을 베고 조경을 빼앗아 겨드랑이에 껴안고 돌아왔다.

적들이 그 모습을 바라보고 모두 다 흩어져 쓰러졌다. 정기룡은 담력과 용기가 남보다 뛰어나고, 눈의 광채가 횃불과 같았다. 적진으로 뛰어 들어가서 막 헤쳐 쓸어버릴 때는 마치 평평한 땅을 밟는 것 같았다. 적들이 비록 여러 개 총을 묶어[2] 한꺼번에 쏘는데도 끝내 총알을 맞지 않았다. 치열한 전투 뒤 배가 고프고 목이 마르면 죽은 왜놈의 배를 갈라서 그 간을 끄집어내어 씹고 내뱉았으며 용기가 더욱더 강해졌다.

정기룡이 타고 다니는 신령스러운 말은 사람

1) 기병(奇兵): 기이한 병력. 적을 기습하는 특공대.
2) 속총(束銃): 여러 개의 총을 묶어 함께 쏘는 것. 본문에서 '銃'자를 '銳'자로 표기해 놓았으나 誤字임.

키의 여섯 배나 되는 성가 못을 능히 뛰어넘었으며, 가파른 돌 언덕과 높이 솟은 절벽을 올라감에 있어 매가 사뿐히 날아오르는 것처럼 뛰어올랐다.

일찍이 여덟 기마병을 따라가서 거창객사에서 하룻밤 자는데, 한밤중에 왜적이 많이 몰려와 객사를 포위해 버렸다. 함께 온 기마병들이 놀라고 두려워하며 벌벌 떨어 사람의 얼굴빛을 잃고는 새파랗게 질렸는데, 정기룡은 혼자 편안하게 앉아 움직이지 않았다. 날이 새니 곧 기마병을 거느리고 말을 껑충 뛰어 달려 높은 계단을 넘어 겹겹이 포위하고 있는 적들을 완전히 쓸어서 결단을 내버렸다. 그리고 왜병 몇 사람의 목을 베어 안장에 달아매고 나가니, 적들은 숫자의 많음을 믿고 전투태세로 전환하여 따라왔다. 이때 정기룡이 달리며 몸을 뒤집어 활을 쏘아 10여 명의 왜적을 거꾸러뜨리니 왜적들이 감히 다시 쫓아오지 못했다. 이리하여 우리 기마병들은 모두 함께 온전히 무사했다.

이로부터 휘하 병사들이 모두 다 정기룡을 믿고 적을 두려워함이 없었다. 그리고 획득한 적의 머리를 부하 사졸에게 나누어 주니, 모두 즐거워하며 그의 부림을 기쁘게 따랐다.

상관인 조경이 종기병을 앓아서 산속 절에 누워 있게 되니, 정기룡은 해야 할 일이 없음을 알고, 조경을 하직하고 떠나 곤양으로 돌아가 모친을 받들고 있었다. 앞서 기룡이 금산전투에서 아군이 함락되었을 때 곤양군수 이광악에게 의지하여 있었다. 그 인연으로 이광악이 정기룡에게 부탁하여 곤양군을 지키게 해놓고, 자기는 진주로 나아갔다.

진주에서 김성일이 이광악을 만나 정기룡 얘기를 듣고 그를 불러보고는 매우 기이하게 여기며 중얼거렸다.

"정기룡의 앞길은 가히 헤아릴 수 없다. 훗날 국가는 반드시 이 사람의 힘을 입을 것이다."

왜적이 진주성을 포위했을 때 정기룡을 시켜 후방 방비 장군인 한후장을 삼았다. 그랬다가 임금에게 보고하여 상주가판관(假判官)으로 임명되었다. 이때 왜적 원수 모리휘원이 마침 상주성을 점거하고 근처 일대에 주둔한 왜적들과 연결하여 세력을 넓히고 있었다. 그 고을 사람으로 앞서 봉교 벼슬을 했던 정경세 등이 병력을 모아 왜적들을 공격했지만 패하여, 봉사 직위에 있던 윤식, 선비 정벌과 그 아우 정월 등이 모두 싸우다 전사했다.

그리고 상주목사 김해는 도망쳐 고을 서쪽 용화동으로 숨어 들어갔는데, 백성들도 험난하게 막혀 있는 산악지대를 믿고 모두 함께 피난하여 의지하고 있었다. 이때 정기룡이 두 배로 재촉하여 빨리 달려 곧바로 갑장산 안에 있는 절로 들어가서 관병과 의병들을 불러 모았다.

마침 표략하는 적들이 용화동으로 향하고 있다하는 말을 듣고 급하게 말을 몰아 그쪽으로 달려갔다. 그런데 이미 적들이 용화동으로 들어가서 장차 도살과 표략을 개시하려고 하는 중이어서 정기룡은 숨어 있는 백성들을 걱정했다.

"급히 공격하게 되면 반드시 숨어있는 우리 백성들도 함께 손상을 입게 될 것이다."

이에 적진과 서로 보이는 곳에 말을 세워놓고 길게 휘파람을 불었다. 이어 말 위에 올라 혹은 서 있다가 또 문득 누웠다가 하다가는 곧바로 숨어버리고, 금방 또 나타나 말 위에서 펄쩍 뛰고 오르락내리락하며 온갖 형태의 재주를 보여주었다. 적이 서로 다투어 모여 바라보고 있다가 기이하게 여겨, 산채로 사로잡을 것을 꾀하여 총력을 기울여 그를 쫓아왔다.

곧 정기룡은 달아나다 멈추다 하면서 적을 유도하여 평지로 나오게 이끌어냈다. 그런 뒤에 분을 내어 칼을 휘둘러 그들을 공격하여 참살해 거의 다 죽였다. 이 까닭으로 용화동 속에 숨어 있던 백성들이 죽고 상한 사람이 하나도 없었다. 고을 사람들이 정기룡에게 일러 말했다.

"한나절만 늦게 도착하였더라면 곧 상주에는 남은 사람이 하나도 없었을 것입니다."

전쟁이 끝난 뒤 용화동 속으로 들어가 목사 김해를 만나니 김해는 크게 기뻐하고, 그 뒤로 큰 일 작은 일 할 것 없이 모두 다 정기룡에게 물어 행하였다. 곧 정기룡은 날마다 홀로 말을 타고 두 개의 칼을 쥐고 출격해 나가 엄습해 3백여 명의 적을 베어오니 적들이 그를 두려워하고 모두 성 안에 모여 감히 가벼이 나다니지 못했다. 그래서 다니는 길이 비로소 소통되었다.

정기룡이 목사 김해와 더불어 피난해 있는 산속에서 점차 그 고을 병정 천여 명을 불러 모아 상주성 회복을 꾀했다. 밤마다 북을 울리고 경계를 엄하게 하여 출격 준비를 해 곧 습격하려는 것처럼 하니, 적들이 크게 놀라 방비를 단단히 하다가 오랜 시일이 지난 다음에야 안정을 했다. 이때 정기룡은 적들이 피곤하고 나태해져서 가히 공격할 만하다는 것을 알고 행동을 개시했다.

마을 사람들을 모두 동원해 횃불이 될 수 있는 송진이 밴 소나무가지를 수집하여, 한밤중에 몰래 성을 뼁 둘러 긴 나무 막대기를 나열해 꽂아 세우고, 막대기마다 송진 밴 소나무가지를 3, 4개씩 묶어 횃불이 되게 해놓았다. 한편 곳곳에다 땔나무를 무더기로 쌓아 불로 공격하는 것을 갖추어 놓았다. 이어 여러 장군들과 약속하여 성의 서남북 3개 방향의 성문으로만 공격하게 하고, 오직 동쪽 문만을 비워두어 적들이 도망갈 길을 열어놓게 했다. 그리고 몰래 아주 뛰어난 병사들을 숲 속에 복병으로 묻어두었다. 또한 노약자들을 나누어 파견하여 성 바깥에 나열해 있다가 소리를 질러 성원하여 돕도록 했다.

군대가 모두 다 자기의 공격할 위치에 도달하니 곧 만 개의 횃불에 일제히 불을 밝히게 하고, 정기룡 자신은 직접 큰 횃불을 들고 적들의 막사 속으로 말을 달려 껑충 뛰어넘어 들어가 사방으로 헤치며 불을 지르니 맹렬한 불꽃이 하늘에 솟아올랐다. 이에 호응하여 북을 치고 소리치는 소리가 땅을 진동시키니, 적들이 놀라고 당황하여 내달아 살아나갈 길을 찾다가 모두 동쪽 문을 좇아 뛰어나갔다. 이때 복병이 막 거칠게 내달아 그들을 엄습하여 분을 내어 어지럽게 공격하니 엎어진 시체들이 늪혀놓은 삼단 같았다. 이에 왜적 원수 모리휘원이 크게 패해 달아나 개령성에 들어가 자리를 잡고 보전했다.

그 후 왜적들이 함창의 당교에 주둔하여 점거하고 있었는데 지형이 전쟁에 편리하고 이로웠다. 병력이 가장 왕성하였는데 위로는 조령에 주둔한 군사들과 연접해 있었고, 아래로는 좌도와 우도의 길목을 잡아 쥐는 중요한 지역이었다.

좌감사 한효순과 병사 박진이 안동에 병력을 합해 주둔해 있으면서 여러 달 동안 적의 틈만 살피고 병력을 출동시키지 못했다. 먼저 좌도의 여러 의병들을 명령하여 왜병들을 공격하게 했는데 당교에 이르러 곧 모두 크게 패했다. 함창고을 의병장 이봉 등이 상주 의병장 정경세 등과 더불어 병력을 모아 공격했으나 역시 이길 수가 없었다.

이에 정기룡에게 구원을 요청했다. 정기룡이 진군하여 연합해 공격하니 곧 그들을 크게 격파했다. 곧 나머지 적들이 숨어서 대승산으로 들어갔는데, 이때 정기룡이 추격하여 거의 다 죽였다. 이어 건장한 장수 수십 명을 나누어 파견하여, 이웃 고을의 군대 요충지역에 흩어 주둔하게 하여 적을 만나면 급격하게 출동시켜 수십 수백의 적을 죽이니, 곧 적들은 서로 경계하여 감히 접근하지 못했다.

이리하여 상주를 중심으로 한 일대 지역이 비로소 평정을 얻게 되었다. 이에 전쟁에서 죽은 해골들을 거두어 묻고, 잘라온 적의 머리를 팔아 일본 돈으로 바꾸어 곡식을 사서 배고픈 사람을 구제했다. 그러니까 원근지역 사람들이 모여들어 모두 온전하게 살아남았으며, 한편으로 용감하고 건장한 사람을 모집하여 군인으로 만드니 모두 감격하여 울면서 죽음을 맹세하였다. 그리고 군대의 식량을 조달하는 둔전을 개간하고 부서진 언덕을 잘 수리하여 군대의 식량을 공급하게 하고, 밭을 갈아 씨 뿌리기를 권장하니 온 지경이 편안하게 안정을 찾았다.

계사년 5월, 조정에서 정기룡을 상주판관으로 임명했다. 이때에 호남의 좌우 지역 토적들이 떼를 지어 일어나니 무리가 수천에 이르렀다. 선현산 골짜기를 점거하고 사방으로 출몰하여 위협해 약탈하더니 방향을 돌려 영산강 왼쪽 경상도로 향하였다. 경상감사 김륵이 여러 고을 병력을 정기룡에게 붙여주어 반란군을 토벌 평정했다.

승지인 윤승훈이 임금의 명을 받고 남쪽으로 내려와 방문하여 정기룡의 공적이 크다는 것을 알고 조정에 보고하였고, 재량으로 상주목사 대행으로 임명했다가 얼마 후에 정식으로 진급해 상주목사가 되었다.

왜적들이 또한 병력을 나누어 의령 삼가에서 성주로 진격하여 압박을 가하고, 또 일부 왜적은 낙동강부터 거슬러 올라와서 고령으로 들어와 병영을 구축하고 진을 쳐 매우 왕성했다. 이때 정기룡이 상주진에 소속된 9개 군의 병력을 거느리고 금오성의 장수 이수일과 더불어 금오성을 협력하여 지켰다.

이때 체찰사 이원익이 권율과 곽재우에게 장수로 임명될 재능을 가진 사람이 있느냐 물었는데 두 사람 모두 정기룡이 아니고서는 될 수 없다고 했다. 이에 이원익이 격문을 보내 불러 정기룡을 장수로 삼고 28군의 병력을 소속시켜 적을 격퇴하게 하였다.

정기룡이 고령의 녹가전에 진격하여 주둔하고 밤에 척후장 이희춘과 황치원을 파견하여 병사 4백을 거느리고 가서 적의 정세를 살피라 했다. 이들이 관죽전에서 왜적의 복병을 만나 싸워 왜적 백여 명의 머리를 베었다. 이튿날 새벽에 온 군사를 모두 통틀어 일으켜 진격하니 적병 수만 명이 용담천 냇가에 진을 치고 물을 사이에 두고 상대하여 싸울 태세를 하니 번갈아 서로 진격하여 일진일퇴를 거듭했다.

정기룡이 이동현 고개 옆에 복병을 매설해두고 병력을 후퇴하여 적병을 유인하니 적들이 쫓아와 이동현 고개 아래에 이르렀다. 정기룡이 갑자기 깃발과 함께 북을 울리면서 큰 칼을 내두르며 말을 뛰어 그 진중으로 들어가니 붉은 옷을 입고 흰 말을 탄 한 장수가 칼을 휘두르며 앞으로 내달았다. 정기룡이 곧 말 위에서 그를 사로잡아 묶어 큰 깃발 위에 달아매고 적들에게 보여주었다.

이어 다시 북을 쳐서 관군을 진격시키니 그 예리함을 타서 다투어 분을 내 싸웠다. 복병들도 또한 발동하여 모두 붉은 옷을 입고 붉은 갓을 쓴 채 분을 내 떨치어 적진을 함락시켰다. 적의 무리들이 크게 혼란을 일으키니 정기룡이 병력을 놓아 사면으로 남아있는 적들을 짓밟아 무찔렀다. 벗어나 탈출하여 도망간 적들은 불과 천명도 채 못 되었다. 이 전쟁이 끝나고 왜적의 목을 베어 쌓아놓은 것이 커다란 토담집 같은 무더기가 6개나 되었다.

여기에서 성주와 고령 이하의 6개 고을에 주둔했던 왜적들이 그 위풍을 바라보고 달아났다. 정기룡이 고령현으로 들어가서 활쏘기 대회를 하며 큰 위로잔치를 베풀자 장수와 사병들이 고무되어 그 위엄이 크게 떨치어졌다. 사대부들이 다투어 군문에 나아와서 사례하며 말했다.

"공이 아니었으면 나는 어육처럼 죽음을 당했을 것이다."

이겼다는 소식이 전해지니 이원익이 크게 기뻐하며 말했다.

"정기룡 장군은 과연 유명한 장수이구나."

앞서 정기룡이 전쟁에 나아가려고 할 때 이원익의 보좌관들을 만나 예의를 베풀지 않으니 그의 여러 종사들이 모두 정기룡을 지목하여 비난했다. 이에 이원익이 이렇게 말하면서 달랬다.

"갑옷을 입은 병사가 어찌 작은 예절에 구애 받겠는가. 그대들은 화내지 말고 장차 크게 전쟁에 승리하는 것을 살펴보아라."

그랬는데 정기룡이 베어 온 왜적의 머리를 여러 필의 말에 가득 채워 실어와 바치니, 이원익의 종사들이 서로 돌아보며 부끄러이 여기고 비로소 복종했다.

이때 우병사 김응서가 전쟁에 패하여 죄를 논의하게 되니, 이원익은 정기룡에게 우병사의 일을 대행하도록 했다. 또 충청병사 이시언이 병력 2천을 거느리고 이동원에 주둔하고 적을 관망하면서 싸우지 않고 있었다. 그런데 정기룡이 크게 이겼다는 소식을 들은 이시언은 항복한 왜병을 몰래 보내 정기룡이 잡은 적병의 머리를 약탈해 오라 시켰다. 이에 정기룡은 칼을 가지고 쫓아가 그 왜병을 죽이고 이 사실을 체찰사 부서에 보고하고자 했다. 이를 안 이시언이 급히 와서 간절하게 사죄하니, 보고하는 일을 그대로 멈추었다.

정기룡이 유격대 4백 명으로 보은의 적암으로 들어갔는데, 마침 왜장 청정이 소사에서 패전해 군사를 온통 이끌고 도망해 달아나다가 별안간 큰 안개를 만나 길을 잃었다. 정기룡이 굳센 용기로 꼿꼿하게 하여 앞을 막아 말을 세우고 활을 쏘아 수십 명 적을 맞춰 쓰러뜨렸다. 청정이 그 위엄에 놀라 주위에 방비가 있음을 의심하고 감히 활동하지 못했다. 정기룡이 일부러 맞서 버티고 있으면서 잘 달리는 말을 보내 그 앞길의 백성들에게 속히 피하여 숨게 했다. 그런 후에 서서히 병력을 이끌고 사라지니, 호남과 영남의 피난민들 중 모면함을 힘입은 자 수십 만이었다. 정기룡은 고령에서의 전공으로 경상우병사로 승격 되었고, 마침내 성주에 우병사 영을 개설하였다.

정유해 12월에 중국의 구원병 장수 양호와 마귀가 우리나라와 중국의 장수 여럿을 거느리고 울산에 머무르던 청정을 공격했다. 권율이 고언백과 정기룡을 거느리고 나아갔는데, 따라간 기룡이 선봉이 되어 중국 장수 파새와 함께 선발대가 되었다. 새벽에 적의 진지를 압박해 큰 화살을 쏘며 전쟁을 돋우니 적이 나와 공격을 하는데, 파새가 거짓으로 후퇴하여 양등산으로 적을 유인했다. 이어 2천 명의 기병이 도착하니 연합해 공격하여 크게 그들을 격파했다.

울산의 도산(島山) 전투에서 중국 대장의 병사들이 불리하게 되어 정기룡이 적에게 포위당했다. 곧 말을 몰아치고 칼을 휘두르며 탈출해 나오자 칼로 자른 듯 적진의 중간이 열렸고, 정기룡은 천천히 흩어진 사졸을 수습하여 돌아오는데 적이 감히 핍박하지 못했다. 중국 장수 부총병 이절이 함양 주둔 왜적을 연합해 공격하여 적의 머리 3백을 베었지만, 이절은 왜적의 탄환을 맞아 전사했다. 이절이 거느린 남은 병력이 정기룡에게 소속되기를 원하니 이 사실을 황제에게 고하였고, 황제는 특별히 그것을 허락했다.

정기룡이 결국 중국 조정의 부총관이 거느렸던 병력을 겸하여 거느리게 되니 당시 사람들이 그를 영화롭게 되었다고 했다. 이때 왜적들이 여러 군에 분포하여 나누어 주둔하고 있었는데 정기룡이 유격대를 거느리고 왔다 갔다 하면서 빠르게 섬멸하고는, 획득한 왜적의 머리를 자기에게 소속된 중국 병사들에게 나누어 주었다.

중국 황제가 패한 조승훈에게 명령하여 마귀의 병사로 예속되어 공적을 세워 속죄하라고 책임을 지웠다. 정기룡이 또한 베어 온 왜적의 머리를 조승훈에게 양보하였는데 받지 않았다. 또 중국의 부총병 해생이 합천에 주둔했고, 정기룡은 삼가에 주둔하였다. 적병이 쳐들어와 고을 근처를 점거하니, 정기룡이 협력해 공격하여 포로가 된 우리 백성 백여 명을 빼앗아오고, 획득한 왜적의 머리는 모두 중국 병사들에게 돌려주었다.

왜장 도진의홍이 병력 천여 명을 보내 산음 지역에 침입해 노략질 하니, 정기룡이 나가 맞서 싸워 크게 격파했다. 중국 총사령관 마귀가 경상도 좌도에 주둔하고 있으면서 우리나라 여러 도에 있는 장수들을 끌어들여 자기를 호위하게 하고 정기룡 혼자 우도를 감당하게 했는데 그 형세가 심히 외롭고 약했다.

적이 온다는 보고가 매일 이르는데, 감영에서는 중국 병사를 먹이는 양식도 부족하여 정기룡의 군대에는 양식을 공급하지 않았다. 정기룡이 조정에 청하였으나 또한 얻지 못했다. 그래서 군병을 내어 보내고 다만 휘하에 4백 명을 남기었다. 그랬지만 오히려 몸을 떨쳐 적과 마주해 싸우면서 일찍이 한 번도 위축되지 않아, 우뚝하게 영남 오른쪽을 지키는 장성(長城)이 되었다.

사천에 주둔한 도진위홍이 오랫동안 주둔하고 해를 넘기면서 전투를 하고 방비하니, 그 중에 피로하고 병들고 늙고 약한 사람은 모두다 포로 된 우리나라 사람들이었다. 정기룡이 보고하여 아뢰었다.

"지금 적군 중에서 도망쳐 온 많은 사람들의 말에 의하면 적장이 7월 이후에 병력을 첨가하여 다시 총 공격을 한다고 합니다. 진실로 이때에 먼저 병력을 발동하여 그들을 제압해 치면, 곧 작은 힘으로 큰 공을 이루게 됩니다. 청하옵건대 도원수에게 명령하여 신의 군사와 합병해 속히 진격하여 기회를 타서 빨리 제압하는 것이 좋겠습니다. 신은 마땅히 눈을 부릅뜨고 제일 앞서 죽음으로써 이 일을 이루어 내겠습니다."

조정에서 의논해보고는 허락하지 않았다.

무술년에 왜장 의홍이 또한 병력 5백을 거느리고 영산을 습격해 왔는데, 정기룡이 맞아 싸워 그들을 격퇴하니 의홍은 다시 장수 석안도를 명령하여 진주지역에 주둔하게 했다. 정기룡이 첩자를 보내 가히 공격할 수 있음을 알았는데도 자신의 병력이 적어 홀로 진격할 수가 없었다. 그래서 말을 달려 성주에 이르러, 중국 장수 제국기와 노득공을 만나 여러 번 진주를 함께 공격하자고 요청했다. 중국 두 장수는 구원병

총책임자인 경리의 명령이 없음을 들어 사양했다.

정기룡은 군대를 돌리고 화가 나서 칼을 뽑아 땅을 쳤다. 얼마 지나지 않아 두 장수는 왜장 의홍과 비밀리에 화평을 논의하고 있었는데 정기룡이 강력하게 항의하여, 왜적은 교활하고 속이는 일이 많아 반드시 화평을 이루기 어렵다고 말하니, 두 장수는 화를 내면서 정기룡을 협박했다.

정기룡은 정색하며 소리쳤다.

"소장은 직책이 오로지 나라를 지키는 장수입니다. 오직 싸워야 한다는 것을 말할 뿐이며 화평을 말하는 것은 온당치 않습니다. 하물며 왜적은 우리나라와 더불어 같은 하늘을 함께 하지 못할 원수입니다. 맹세코 왜적들의 가죽을 벗겨 베개로 삼고 고기를 먹어야 하는데, 화평을 의논하는 것을 더욱 차마 듣고 있을 수 없습니다."

두 장수가 이에 그치고 더 꾸짖지 않았다.

정기룡은 병력이 작고 구원병도 없는 까닭에 홀로 한쪽 방면을 담당하고 있으면서 날마다 유격을 일삼아 적을 죽이고 목을 베어온 것이 수천이었다. 정기룡이 단성에 이르자 중국 장수가 격서를 보내 불러 올려서 고령에 주둔하게 되었다.

왜장 의홍이 매양 정기룡에 대해 이를 갈면서 반드시 먼저 정기룡을 파괴한 다음에 중국의 구원병을 습격하고, 경성을 침범하고자 하였다. 드디어 의홍이 진주에서 병력을 모아 몰래 예리한 병사 천여 명을 보내어 선봉을 삼아 두 배의 빠르기로 습격을 해왔다. 초 6일 저녁에 엄습하여 정기룡이 주둔하고 있는 고을 지경에 이르렀는데 정기룡 군대와의 거리가 30리도 채 못 되었다.

정기룡이 첩자를 통하여 이 사실을 미리 알고는 엄하게 방비하여 기다리고 있었다. 적이 와서 보고 방비가 엄함을 알고 감히 핍박해 오지 못하는데, 이튿날 정기룡이 말을 달려 고령현 북쪽에 이르러 불의에 뛰어나가 엄습해 공격하니 적들이 물러가 덕산에 주둔했다. 나아가 진격해 싸워 계속 이기니 적이 밤새 모두 도망쳤다. 얼마 지나지 않아 왜장 의홍의 비장 이로사모가 와서 항복했다.

정기룡은 크고 작은 전쟁 60여 전을 치렀는데 항상 적은 군사를 가지고 많은 적을 공격했으며 일찍이 꺾이거나 패함이 없었다. 또한 50의 기병으로 수천 명의 적을 파괴했는데, 전쟁을 할 때마다 반드시 적의 예리한 선봉에 부딪혀 앞서서 달렸지만 창에 찔린 흔적이 하나도 없었다. 군대를 다스리는 일을 잘 했기 때문에 도착하는 곳의 도시와 마을이 편안했으며, 사람들이 매우 두려워하면서도 그를 사랑했다.

세상에 전하는 얘기에 의하면 왜놈들의 풍속에 어린 아이가 우는 것을 그치게 하려면 반드시 정기룡이 온다고 했는데, 그의 이름을 부름으로써 아이를 두렵게 하여 울음을 그치도록 했다고 한다.

왜장 도진의홍은 용기와 무력이 여러 왜장들의 우두머리라 할만 했는데 거느린 군사들도 모두 잔인한 병사들이었다. 사천의 동양창에 점거해 있을 때 중국 장수 동일원이 기병과 보병 3천을 가지고 정기룡 군사를 후원하게 하고는, 동일원 스스로 정예 군사 4천을 거느리고 공격해 크게 그들을 격파했다. 그리고 왜장의 부장수 목을 베었다.

이 해 10월, 동일원은 정기룡의 말을 듣지 않아 사천에서 패해 여러 장수들이 모두 달아나 무너졌는데, 조승훈과 정기룡만 군사를 온전히 하여 돌아왔다.

앞서 정기룡이 성주목사가 되었을 때 예천 권씨에게 재취 장가를 들었는데, 결혼식 날 저녁에 정기룡이 갑자기 사라져 집안 사람들이 간 곳을 알지 못하였다. 그런데 이튿날 왜적의 목을 여러 개 베어오니 크게 놀라지 않는 사람이 없었다.

정기룡의 전처 강씨는 진주 본가에 있었는데, 성이 장차 함락되려 할 때 손가락에 피를 내어 옷에 혈서를 써서 종에게 주어 정기룡에게 전하게 하고는, 그 어머니와 더불어 시누이와 함께 서로 붙잡고 촉석루에 이르러 강물에 몸을 던져 죽었다.

鄭起龍

鄭起龍字景雲 初名茂樹. 捷武科唱名 宣廟夢 龍起於鍾樓街 飛上天衢. 以物色 求起龍 異之賜今名. 少有食牛氣 威伏輩兒 莫敢違令. 爲人淸白慷慨 常急人之困 不顧己私. 壬辰倭寇 自東萊連陷州郡. 道臣金睟帥臣朴泓李珏等 望風奔潰. 廷議以李鎰爲巡邊 使 下中道 成應吉爲左防禦使 下左道 趙儆爲右防禦使 下西道 劉克良邊磯爲助防將 分守鳥竹二嶺. 當趙儆之下嶺南也 起龍以武出身 自請從軍. 儆問計於諸將 起龍對曰 倭賊畜謀已久 卒銳器精 以我昇平未鍊之卒 決難取勝. 不如選壯馬騎才 爲奇兵 置之 前行. 遇賊 以奇兵出其不意 而衝之 步軍乘之以助聲勢 則勝之必矣. 得一勝 則賊有懼 心 我亦知賊之長短 而銳氣生矣. 此外無奇策矣. 儆壯其言 以爲突擊將. 是時 賊兵由 金海入右路. 起龍獨率所部十騎先進 遇賊前鋒五百於居昌新倉 衆洶懼. 起龍躍馬先 登 手斬百餘級 士遂爭進破之. 已而賊連陷星州開寧 至金山. 趙儆到秋風驛 兵敗而走 爲賊所獲. 起龍躍入斬其倭 奪儆脇之以歸 賊望之皆披靡. 起龍膽勇絶人 目光如炬 跳 蕩賊陣 若履平地. 賊雖束銳[銃]齊放 而終不中. 方酣戰飢渴 則剖倭抽肝 大嚼而出 勇 氣彌厲. 所騎神馬 能超六丈壕 騰起絶磴危岸 如鷹鸇. 嘗從八騎 宿居昌客舍 夜半賊大 至圍抱 從騎驚恐 無人色. 起龍安坐不動 天明乃率騎 躍馬越壇 蕩決重圍 斬數人首 懸鞍而出. 賊恃衆 轉戰逐之. 起龍飜身 射倒十餘人 倭不敢復追 從騎俱全. 自是麾下 皆恃 而無恐. 以所獲首級 分與麾下士卒 皆樂爲之用. 儆病創 臥山寺 起龍知無可爲 辭儆歸昆陽省母. 初起龍自金山軍潰 往依昆陽郡守李光岳 光岳托起龍 使守本郡 而 身赴晉州. 金誠一聞其名召見 大奇之曰 鄭君前途未可量也. 他日國家之得力 未必非 此. 晉州之圍 使爲捍後將. 遂啓 差尙州假判官. 時賊元帥毛利輝元 方據州城 倭屯絡 繹一境. 州人前奉敎鄭經世等 聚兵擊之 敗績. 前奉事尹湜士人鄭橃及其弟樴 皆死之. 牧使金澥 竄入州西龍華洞 民恃險阻 皆往倚. 於是起龍倍道而進 直入甲長山中僧庵 招集官義兵. 適聞剽賊向龍華洞 急馳赴之 賊已入洞 將肆屠掠矣. 起龍曰 急擊則必傷 我民. 乃於賊陣相望處 立馬長嘯 仍於馬上 或立或臥 倏隱倏現 跳騰百態. 賊爭聚觀 而奇之 謀欲生擒 幷力追之. 起龍且奔且止 誘出平地. 然後奮劍擊之 斬殺殆盡. 以故 洞中人民 無一死傷. 人謂起龍半日不至 則尙人無遺云矣. 戰罷入見金澥於洞中 澥大 喜 事無巨細悉咨焉. 於是起龍 日以單騎雙劍出擊 抄斬三百餘級. 賊畏之 咸聚城中

不敢輕出 行路始通. 起龍與牧使金澥 稍集州兵千餘於山中 謀復州城. 每夜鳴鼓申嚴若將出襲者. 賊大驚 久而後乃定. 起龍知賊疲懈可攻 悉發村民 大收松明炬. 夜半環城列植長木 各束三四炬 處處堆積柴 以備火攻. 約束諸將 令攻西南北三門 惟舍東門 以開走路 而陰伏精兵於林藪中. 分遣老弱 列屯城外 俾助聲勢. 軍已畢到 萬炬齊明 起龍手把大炬 躍入賊幕 四面縱火 烈焰漲天 鼓噪震地. 賊驚駭奔迸 只覓生路 悉從東門而走. 伏兵橫出掩之 奮挺亂擊 伏尸如麻 輝元大敗 走保開寧. 其後倭屯據咸昌之唐橋 地形便利 兵力最盛 上接鳥嶺屯 下扼左右道咽喉. 左監司韓孝純兵使朴晉 合兵屯安東 數月伺釁 而不得發. 先令左道諸義兵當之 至則皆大敗. 本縣義兵將李逢等 與尙州義兵將鄭經世等 會兵擊之 又不能克. 乃請援於起龍 起龍進軍 合擊大破之. 餘賊遁歸大乘山 起龍追擊 殺之略盡. 於是分遣健將數十人 散屯隣邑要害 遇賊輒擊勦 得數十百級. 賊相戒莫敢近 尙州一境 始得奠居焉. 乃收瘞戰骸 賣賊級易倭貨 貿穀賑飢 遠近輻輳 全活甚衆. 仍募其驍健者爲兵 皆感泣效死. 乃開屯田 修破堰 給饋餉 勸耕種 一境晏然. 癸巳五月 朝廷以起龍爲尙州判官. 時兩湖土賊羣起 衆至數千人 據扇峴山谷間 出沒奴掠 轉向江左. 慶尙監司金玏 以列邑兵付起龍 討平之. 承旨尹承勳 奉命南下 訪知起龍功大 聞于朝 權行牧使.已而進拜尙州牧. 賊又分兵 自宜寧三嘉進薄星州. 又自洛東江泝流而上 入高靈 營陣瀰漫. 起龍率尙州鎭屬九郡兵 與金烏城將李守一 恊守金烏城. 李元翼問將才於權慄及郭再祐 皆以爲非起龍不可. 乃檄召爲將 屬以二十八郡兵 使擊賊. 起龍進屯高靈綠櫃田 夜遣斥堠將李希春黃致遠 給四百人觇賊 遇伏於官竹田 斬首百餘. 翌曉乃擧軍而進 賊兵數萬出陣於龍膽川邊 與起龍隔水相對 迭相進退. 起龍設伏於李同峴側 退師誘之 賊追之峴下. 起龍忽及旗鳴鼓 揮大刀躍入其陣. 有一賊紅衣白馬 舞劍而前 起龍卽馬上擒之 出縛懸於大旗上 以示賊. 乃復鼓進官軍 乘銳爭奮 伏兵又發兵 皆紅衣絳笠 奮挺陷陣 賊衆大亂. 起龍縱兵四面 蹂躪餘賊 脫歸者不滿千人. 戰罷積級如大土屋者六. 於是星州高靈以下五邑屯賊 望風遁走. 起龍入高靈縣 大射高會 將士鼓舞 威聲大振. 士大夫爭詣軍門 謝曰 微公吾其魚肉矣. 捷至 元翼大喜曰 鄭君果名將也. 初起龍赴戰 遇元翼幕佐不爲禮 諸從事皆短之. 元翼曰 介胄之士 豈拘小禮耶. 公等休嗔 且看大捷. 起龍獻馘滿馱數馬 諸從事相顧慴服. 時右兵使金應瑞 坐敗軍論罪 元翼乃使起龍行兵使事. 忠淸兵使李時言以兵二千 屯李同院 觀望不戰. 及聞起龍勝捷 潛遣降倭 掠首級而去. 起龍自持劍 追殺之. 欲報體府

時言亟來懇謝 乃止. 起龍以遊兵四百 入保恩赤巖 適淸正敗於素沙 擧軍遁走. 猝値大
霧 起龍意氣整暇 當前立馬 射倒數十賊 淸正疑有備 不敢動. 起龍故與相持 而使快馬
奔告前路士民 速使避匿. 然後徐引而去 湖嶺避亂之人 賴免者數十萬. 以高靈戰功 陞
慶尙右兵使 遂開營於星州. 丁酉十二月 天將楊鎬麻貴領諸將 攻淸正于蔚山. 權慄率
高彥伯 鄭起龍從之. 先鋒擺賽與起龍先進. 曉薄賊壘 射大箭挑之 賊出擊之 賽陽退
以誘賊楊登山. 又以二千騎繼至 合擊大破之. 島山之戰 天兵不利. 起龍爲賊所圍 縱馬
揮劍而出 賊陣劃然中開 徐收散卒而歸 賊不敢逼. 副摠兵李梲 合攻咸陽賊屯 斬首三
百. 梲中丸而死 餘兵願屬起龍 事聞 帝特許之. 起龍遂兼領天朝副摠兵 時人榮之. 時
賊屯分布諸郡 起龍以遊兵往來勦滅 所獲首級 分與天兵之來屬者. 帝令祖承訓隷麻貴
兵 責立功贖罪. 起龍又以首級讓承訓 不受. 時副摠兵解生屯陜川 起龍屯三嘉 賊兵入
據縣境. 夾擊破之 奪虜民百餘 以所獲首級 盡歸天兵. 倭將島津義弘遣兵千餘人 入寇
山陰 起龍邀擊大破之. 麻貴在左道 多引本道諸將自衛 而起龍獨當右道 勢甚孤弱 賊
報日至. 監營以饋餉天兵不足 全不給糧. 起龍請於朝 又不得. 放送軍兵 只餘麾下四百
人 猶奮身當敵 未嘗一縮 屹然爲嶺右長城. 泗川賊島津義弘 久屯經年戰戍 其中疲病
老弱 皆是我國被虜人. 起龍啓曰 賊中來人多言 賊將於七月以後 添兵再擧云. 誠以此
時 先發制之 以伐其謀 則用力小 而成功大矣. 請令都元帥 合兵速進 乘機勦除 臣當張
目先登 以死效之. 朝議不許. 戊戌 義弘又遣兵五百 襲靈山. 起龍邀擊走之. 義弘使其
將析安道 屯晉州. 起龍諜知其可擊 兵寡不能獨進. 馳至星州 見天將茅國器盧得功 屢
請合攻晉州. 二將辭以無經理命. 起龍還軍 憤惋爲之拔劍擊地. 未幾二將 密與義弘議
和. 起龍力言 倭情狡詐 和必難成. 二將怒 脅迫之. 起龍正色曰 小將職專閫鉞 當言戰
不當言和 況我與倭賊 有不共一天之讎 矢以寢皮食肉 和議尤非所忍聞也. 二將乃止.
起龍兵小無援 獨當一面 日事遊擊 殺獲數千. 至丹城 天將檄召 乃還屯高靈. 義弘每切
齒於起龍 必欲先破起龍 仍襲天兵 以犯京城. 遂聚兵晉州 密發精銳千餘爲先鋒 倍道
襲之. 初六日黃昏 奄至縣境 距起龍軍不滿三十里. 起龍諜知之 預嚴以待 賊知有備
不敢逼. 翌日起龍馳至縣北 出不意掩擊 賊退屯德山 進戰連勝 賊夜遁. 未幾 義弘禆將
里老沙毛來降. 起龍大小六十餘戰 常以少擊衆 未嘗挫衄. 又以五十騎破賊數千 每戰
必衝鋒先登 而無一鎗瘢. 善於馭軍 所至市里晏如 人甚畏而愛之. 世傳 倭俗止兒啼
必呼其名以怖之. 島津義弘勇武冠諸倭 所領皆薩摩州兵也. 據泗川東洋倉 天將董一

元 以騎步三千援起龍 自領精銳四千 大破之 斬其副將. 冬十月 董一元不聽起龍之言
敗績於泗川 諸將皆奔潰 獨祖承訓鄭起龍 全軍而還. 初起龍爲星州牧時 繼娶於醴泉
權氏 委擒之夕 家人忽失所在. 翌日大獲賊馘而來 人莫不大驚. 前配姜氏 嘗在晉州本
家. 城將陷 血指書衫 付其奴 使報起龍 與其母及小姑 相携至矗石樓 投江而死.

〈충의사〉

〈정기룡 시호교지〉

(1) 정기룡 장군의 임란전투 일화

정기룡 장군이 그 당시에 왜적들이 볼 때에 큰 투구 덩어리 겉은 돌을 들고 줄공개를 받으미, 막 쳐들고 들어 와요. 그기 뭘로 맨들었나 하만 채독을 투구 덩어리그치 맹글어가지고 먹지로 싹 발랐어. 발라가주고 줄공개를 받았다 말이라.

이 양반이 원래 탄생지는 남해 사람들이라요. 진주 사람들이라. 어릴 때에도 얘길 들어 보만 골목대장 노릇을 하고, 만날 모이 가주고 궁놀이나 하고 말타기나 하고 저기 연습이었어. 그래가주고 결석을 하고 하만 엄한 큰 벌을 주고 하다본께로 아를 하나 뚜드리가주고 죽이뿌맀어. 그래 거서도 한 군데 또 옮기 살았는데.

여름철에 들에 가니까네로 말이라. 요새 웃웃을 벗고 장수싸움 놀이나 하고 결석하고 하만 큰 벌을 주고 저랬는데, 각중에 하늘에 먹구름이 새카맣게 찌이디이 뇌성벽력을 하는데, 막 비가 사정도 없었는데 갈 때가 없어.

그래 거게 동굴그치 굴이 있는데, 갈 데가 없어 거스러 은신해 가이고 있었어. 은신해 가이고 있단께네로 크은 여산 대호가 와스러 말이라. 앞발을 응크렇게 들고 이를 응크러이 해가 으르렁 소릴 내미 물어 먹을겉이 그래여. 그래 '틀림없이 여게 호상해 갈 팔자가 있는가 보다' 싶어서러 아들을 씨기가주고,

"너 적삼 벗어라 보자."

하이께네로, 벗어가 휙 던진께네로 손으로 턱 탈씨내고 하거든. 그래 기룡 장군이 열한 번짼가 열두 번짼가 자기 옷을 벗어, '그머 내가 다른 사람들 다 그러한께네로 내 적삼을 벗어가이 던져 보자.' 했거덩. 정기룡 장군 적삼을 벗어가이 던진께로 넝큼 받아스러 고만 안 준다 말이라. '아하! 내가 호상에 갈 팔자구나. 내 팔자가 도런 모양이구나' 그때 하매 배포가 컸어.

"나 아무 죄도 없는 사람이다. 날 잡아 먹어라."

벌거숭이 어깨로 입에 쑥 들어민께네로 손으로 턱 탈씨내거든. 고만 불끈 껀안아여. 한 십 메다(m) 쩍 껀안아 가주고 놓거든. 그래자 배락이 냅다 그 산을 치는데 열 한 명이, 고서 몰살해 죽었어. 그래 정기룡 장군 혼자만 남아 있었다 카는 거라요.

그래 만날 활놀이를 하고 이래 사는데 애를 하나 살인을 내고, 인제 홀어머이가 아들을 델고요 피신왔다 카는 격이라요. 그래 여스러 자기가 진놀이를 하고 이래 커가주고 말이라요. 임금의 명령도 없이 영남의 난을 막았어요.

듣기에는 배운 글이 없다 카는 말이 있어요. 그걸 우린 모르지마는 그래 하여가지고 선조 대왕한데 상소를 못했어. 이 우산에 있는 마을이다 정우복선생이 키웠다 카는 말이 있어요, 자기 앞으로. 정기룡 장군이 참 역사상에도 크게 안 올랐어요. 요새와서는 인제 마이 알게 됐지만.

그래가주고 추풍령 고개 거서 싸우는데, 말도 못하게 고생도 했지요. 시기가 바로 음력 유월 그믐껜게.

장마는 지고 하늘이 먹물을 들이논듯이 새까맣게 내리놀리는 끝고 한데, 적은 막 쳐들어오지 한데, 하다하다 안돼가주고 황우를 말이라요. 황배기 소를요. 스무 바리고 서른 바리고 그 주위에 있는 소를 전부 모집을 했어요.

소꼬리다가 전부 기름칠을 했어요. 뿔에다가 솜을 감아 가이고 지름칠을 하고, 그따가 불을 쏴질러 놨어. 뒤로 택족으로 사방팔방으로 막 꼬리를 젖으며, 소가 엥! 소리를 하며 막 적있는 데로 가이께네로 왜놈들이 보고, 소를 훈련씨켜 저렇기 막 진에 쳐들어 온께, 왜놈들이 멸망을 하다시피 해서 대성과를 올린 적이 있어요 주로 추풍령서 마이 했지요. 그건 저 하동 진주스러 올라 왔은께 거스러 있겠지요.

출처: 최정화 외, '정기룡 장군의 임란전투 일화', 『한국구비문학대계』 7-8, 한국학중앙연구원, 1983, 531.

(2) 정기룡 장군

그 분이 인자 과거 보러 갔거든요 임금이 누워자니, 뜻밖에 용이 하늘로 올라간다 말요. '이상하다' 그래 낮잠을 깼거든. 깨 가 신하로 불러 가,

"지금 무슨 거석한 일이 없느냐?"

조정에서 무슨 일이 없느냐 말이다.

"마악 과거 발표로 했습니다."

이리 되거든.

"그라모 누가 됐느냐?"

한께, 정가라 쿠는 사람이, 정기룡이. 그래 그 사람 불러 가이고, 정기룡이라 카는 이름이 임금이 진 이름이라. '옳지, 용이 돼 가 하늘로 날라갔다.' 그래 지인 이름인데. 그 분이 지금 이름이 많이 안 났어요. 실제하기는 이순신 장군만큼 무공을 세왔다 쿠거든. 진짜 무공을 세왔어. 거룩한 장군입니다. 그래서 그 분의 사당이 저어 있지요.

정기룡 장군이 우째 있느냐 카면, 그건 또 지리학입니다

어느 중이 지나감서 상좌를 델고 가면서,

"네가 봤느냐?"

이리 물은께 보리 밭에서 밭매던 노인이 그걸 들었다 말이다. 그래 저 놈의 중이 묫자리로 두고 말하는 기다 싶어 이 놈의 중을 잡아가지고 가르키 돌라 캐야지.

"내가 들었는데도 와 안 갈카 주느냐?"

대기 캐고 물은께 갈카 주는 기라. 그래, 정기룡 장군의 저거 할아부지가 묻히가 있지요. 보몬 좀 더럽어 뵈거만. 그래도 실제로 지리(地理) 아는 사람 가서 보몬 잘 썼거든. 그래서 우째 이 장군이 났느냐 이기라. 앞에 말로 두 마리 몰아 낸 형국 이거마는. 몰아 내 가 매 놓은께 정기룡 장군 같은 장군이 났지요.

출처: 정상박 외, '정기룡 장군', 『한국구비문학대계』 8-3, 한국학중앙연구원, 1981, 135.

〈관련 설화 목록〉

최래옥 외, '정기룡 장군과 이율곡선생', 『한국구비문학대계』 5-1, 한국학중앙연구원, 1980, 588.

최정화 외, '죽은 아기장수와 용마 얻은 정기룡 장군', 『한국구비문학대계』 7-8, 한국학중앙연구원, 1983, 528.

최정화 외, '정기룡 장군의 임란전투 일화', 『한국구비문학대계』 7-8, 한국학중앙연구원, 1983, 531.

정상박 외, '정기룡 장군', 『한국구비문학대계』 8-3, 한국학중앙연구원, 1981, 135.

정상박 외, '정기룡', 『한국구비문학대계』 8-4, 한국학중앙연구원, 1981, 96.

현용준 외, '진주 강씨와 정기룡', 『한국구비문학대계』 9-2, 한국학중앙연구원, 1981, 202.

김시민(金時敏, 1554∼1592)

　　조선 중기의 무신으로 본관은 안동(安東)이며 자는 면오(勉吾)이다. 목천(木川) 출신이며 김방경(方慶)의 후손이다. 1578년 무과에 급제하였고 1583년 이탕개(尼湯介)의 난 때 도순찰사 정언신(鄭彦信)의 막하 장수로 출정해 공을 세웠다. 1591년 진주판관이 되어 이듬해 임진왜란이 일어나자 목사 이경(李璥)과 함께 지리산으로 피했다가 목사가 병으로 죽자 그 직을 대리하였다. 10월에 왜군이 대대적으로 진주성을 공격해오자, 3천8백여 명의 군대를 이끌고 탁월한 용병술과 전략전술로 2만의 군대를 맞아 대승을 거두었다. 6일간 계속된 이 전투에서 마지막 날 적의 대대적인 총공세를 맞아 적의 세력을 제압한 후 성 안을 순회하던 중 쓰러진 적군이 쏜 탄환을 이마에 맞아 부상을 당해 치료를 하였으나, 10월 18일 39세를 일기로 사망하였다. 1604년 선무(宣武)공신 2등에 올랐고, 1709년에는 상락부원군(上洛府院君)으로 추봉되고 영의정이 추증(追贈)되었다. 진주성(晉州城)에 사당을 짓고 창렬사(彰烈祠)의 사액을 내려 김시민을 중심으로 전몰자 제신을 배향(配享)토록 하였다. 1711년에 충무(忠武)의 시호가 내려졌다. 『참고문헌』 선조실록, 한국인명대사전

김시민

김시민은 목천현 사람이다. 젊어서 무엇에 얽매이지 않고, 학문도 하지 않았다. 자라면서 몸이 웅장하여 매우 컸으며 용감하고 뛰어났다. 무과에 합격하여 선조 임진년에 진주 통판으로 임명되었다. 왜적들이 크게 쳐들어와 진해와 고성을 침입해 들어왔다. 이때 우수사로 해군을 지위하던 원균이 후퇴하여 남해로 달아나니, 여러 장수들이 성을 버리고 도망가고자 했다. 이에 김시민은 군중에게 소리쳤다.

"감히 도망간다고 말하는 자는 목을 베겠다."

그리고 그 지역 내의 병사들과 백성들을 소집하여 진주성 안으로 들어오게 했다. 남자와 여자 가릴 것 없이 함께 군대 대열을 편성해 싸워 성을 지킬 계책을 세웠다. 처음 병력을 일으키려 할 때 미리 초석 1백5십여 근을 끓여 일본 제도를 모방해 조총 70여 자루를 주조했다. 그리고 지역 안에 있는 사람으로서 주관할 수 있는 자를 특별히 가려 항상 그 총 쏘는 훈련을 시켰다. 왜적이 진주성을 함락시키겠다는 명분을 걸고 쳐들어오자, 진주목사 이경은 지리산으로 도망가 숨어버렸다.

영남 초유사 김성일이 이경의 도주보고를 받고 말을 달려 진주에 도착하여 김시민에게 진주 고을 일을 대행하라고 명령했다. 병기를 수선하는 한편 성과 못을 보수하여 군사들을 모아 진주성을 지키라 했다. 그리고 김성일은 김대명을 소모관으로 임명하고 책임부서를 나누어 각각 거느리게 하여, 고성으로 가서 적들을 격파했다. 그 후에 적들이 다시 쳐들어와 고성, 진해, 사천을 함락시키고, 장차 진주성 함락을 위해 진주성으로 향하고 있었다.

앞서 김시민이 순찰을 나가라는 명을 받고 뛰어난 기마병 50여 명을 거느리고 영산으로 가서 적을 맞아 싸우려 할 때, 윤탁 장수가 후퇴하여 숨는 것을 보고 그의 목을 베었다.

함안 군수 유숭인이 적을 만나 패해 그가 거느린 백여 명의 군사가 모두 죽자, 그는 혼자 강에 몸을 던졌는데 죽지 않고 헤엄쳐 나와 김시민에게 왔다. 이때 김시민이 자기 옷을 벗어 그에게 입혀주고 함께 성으로 돌아왔다.

경상감사 김수가 군관을 시켜 김시민에게 명령을 전했다.

"적들이 이미 고성 길로 향하고 있으니 빨리 쫓아가 막아서 진격하는 통로를 끊으라."

김시민이 곧 말을 달려 고성으로 가니 적들이 이미 고성을 점거하였기에 더 이상 나아갈 수 없어 마침내 본주인 진주로 돌아왔다. 그가 돌아와 보니 성중의 병사들이 대부분 흩어져 도망가고 없기에, 조금씩 돌아오도록 불러 모아 군대의 세력이 점점 떨쳐졌다. 이때 김시민은 병졸들과 쉬운 일이며 어려운 일을 가리지 않고 함께 하면서 죽음으로써 진주성을 지키겠다고 맹세했다.

그때 곽재우가 김시민이 진주성을 튼튼하게 하여 뭉쳐있다는 말을 듣고 병력을 이끌고 와서 후원했다. 김성일 또한 여러 근처 고을에 독촉하여 그 진주성을 구제토록 하니, 군대의 형세가 자못 왕성해졌다. 왜적들이 남강가까지 이르렀다가 감히 강을 건너지 못하고 달아났다.

김성일도 계속하여 전투를 독촉하니, 김시민이 조대곤과 더불어 아주 뛰어난 병사 천여 명을 거느리고 곧바로 가까이 있는 사천성 아래에 이르러 공격하니 왜적들은 성문을 닫고 나오지 않았다. 이튿날 또 병력을 전진시켜 십수교에서 적을 만났는데 사천현과의 거리가 5리쯤 되는 곳이었다. 우리 군사들이 특별히 죽음을 무릅쓰고 싸워 적의 목을 여럿 베었으며 활을 쏘아 죽인 적도 매우 많았다. 물러나 도망가는 적들을 추격하여 사천성 아래에 이르러 크게 격파하니, 왜적들이 성을 버리고 밤에 도망하여 고성에 주둔하고 있는 적들과 합쳐 주둔했다.

김시민이 고성의 왜적들을 습격하고자 아주 뛰어난 병력을 뽑아 고성 고을 남쪽에 진을 쳤다. 한밤중에 군인들에게 전부 막대기를 입에 물리고 소리 없이 몰래 숨어 대진령을 넘어 새벽에 성 아래로 압박해 들어갔다. 곧 북을 치고 소리를 지르며 병력이 많은 것처럼 시위하여 공격하니 왜적들이 두려움에 위축되어 여러 날 숨어있 었다. 그러다가 밤에 몰래 숨어 도망쳐 진해 왜적과 함께 병력을 합쳐 달아났다.

김시민이 적들을 추격하여 격파하고, 계책을 써서 유인하여 진해에 있던 왜장 평소대를 사로잡아 행재소로 압송했다. 김시민이 연속하여 사천, 고성, 진해 세 성을 수복하니 그 군대의 형세가 크게 떨쳐졌다. 그 공으로써 승격되어 정식 진주목사가 되었다.

이때 금산과 개령 등지에 왜적의 세력이 크게 일어나니 우감사 김성일이 세 고을 을 병력을 첨가 발동하여 김면에게 소속시켰다. 김면은 김시민이 장군과 병사들의 신임을 얻고 있다는 말을 듣고 격문을 보내 병력을 요청하니, 김시민이 곧 뛰어난 병사 천여 명을 거느리고 거창으로 달려 나아갔다. 김면 부대와 더불어 사랑암 바위 앞에서 연합해 싸우는데, 이때 김면이 칼을 휘두르고 말을 달리면서 김시민에게 소리쳐 말했다.

"국가 조정에서 그대에게 빛나는 벼슬로 대접한 것은 바로 오늘을 위한 것이요. 남자가 차라리 죽을지언정 가히 후퇴는 없는 것이오!"

김시민이 연속하여 활을 쏘며 적진으로 돌입하면서 연거푸 두 도적을 쓰러뜨리니 왜적들의 여러 군사가 무너졌다. 그 후 며칠 지나 김시민이 또 적들과 싸워 그 머리를 벤 것이 역시 많았다. 김시민이 싸우다 왜적의 칼에 발을 상하니 김면이 그를 위해 눈물을 흘렸다. 김시민은 마침내 진주로 돌아오게 되었다.

이때 금산에 머물고 있는 적장 우시등원랑의 병력이 가장 강했는데, 동래와 김해 에 주둔한 3만여 명의 병력과 연합하여 영남의 오른쪽 길로 진주를 향했다. 또 해군 을 발동시켜 웅천 항구를 점거하고 호남의 우리 해군을 막았다. 우병사 유숭인이 창원에서 왜적과 싸웠으나 형세가 불리하자, 흩어진 병졸들을 다시 거두어서 적들과 싸웠지만 크게 패했다.

10월 무자일, 왜장 등원랑이 승리를 타고 함안으로 쳐들어왔다. 함안 근처 6개 고을 병력들이 다 무너지고 전후 전투에서 싸우다 죽은 우리 군사가 천여 명에 달했다. 그리고 경인 날, 왜적들이 세 길로 나누어 곧바로 쳐들어 와 진주성을 공격했다. 선봉으로 온 천여 명의 기마병이 말을 달려 진주 동쪽 산봉우리 위에 올랐다.

이때 우병사 유숭인이 병사를 다 잃고 혼자 말을 달려 진주성 아래에 이르러 빨리 성문을 열어달라고 소리쳤다. 김시민이 부하들에게 말했다.

"만일 우병사를 성 안으로 들여놓게 되면 진주성을 총괄하는 지휘관 대장이 바뀌게 될 것이다. 명령과 지휘의 체제가 무너지고 흩어져, 둘 다 서로 잘 하지 못할 것이니 곧 성을 지키는 큰일이 실패로 돌아가게 될 것이다."

그리고 유숭인에게 대답했다.

"적의 형세가 한창 급해 성을 엄격하게 지켜야 하니 마땅히 성문을 가벼이 열지 못합니다. 공께서는 성 바깥에서 후원해주는 것이 옳습니다."

유숭인이 거절당하고 돌아가다가 적을 만나, 사천현감 정득열 및 의금부 소속 병사 권관과 주대청 등이 함께 적들과 싸우다 패하여 전사했다.

김시민이 유숭인을 성 안으로 들여놓지 않았다는 소문을 듣고 곽재우가 감탄하여 말했다.

"이런 계획으로 충분히 성을 완전하게 지킬 수 있다. 진주 사람들의 큰 복이다."

임진날, 왜장 등원랑이 진주성을 포위했는데, 성 중에는 겨우 3천8백 명의 군사밖에 없었다. 김시민은 군사들을 나누어서 각각 성가퀴를 지키게 하고 조용히 기다리게 했다. 김시민은 항상 자기와 병사들이 한 마음으로 싸우다 죽기를 맹세하였고, 여러 병사들에게 힘쓰라 권장하고, 몸소 물과 음료수를 가지고 다니면서 배고프고 목마름을 구제했다. 적의 포탄과 탄환이 비 오듯이 쏟아져도 무릅쓰고 서서 움직이지 않았다. 이때 스스로 눈물을 흘리면서 군사들을 설득하여 말했다.

"진주성이 만약에 지켜지지 못 하면 성 안의 천백 명 백성들이 모두 다 적들의 창칼 아래에서 귀신이 될 것이다."

이에 병졸들이 죽음을 무릅쓰고 적들과 싸우지 않는 사람이 없었는데, 여러 날 전쟁이 계속되니 성 안에 화살이 다 떨어지게 되었다.

김시민이 성에 끈을 매달아 내려가서 감사에게 달려가 이 사실을 급히 보고하고자 하였으나 그 합당한 사람을 구하기가 어려웠다. 많은 상을 내걸고 합당한 사람을 사려고 하니, 진주 관아의 관리 하경해가 나서기에 그에게 부탁을 했다. 하경해가 밤을 타 성곽에 줄을 매달아 내려간 뒤 감사에게 은밀히 달려가 긴 화살 백여 개를 얻어가지고 돌아오니, 계속하여 사용하게 되었다.

진주성이 적들에게 포위 당한지 며칠이 지나도록 구원병이 도착하지 않았으나 성 안에서는 오히려 동요하지 않고 가만히 있었다. 김시민은 그 아내와 더불어 친히 술과 음식을 가지고 다니며 병사들을 먹여 주고 밤낮으로 애쓰니, 감동하여 울지 않는 사람이 없었고 죽도록 싸우겠다고 결심했다.

이때 왜적들이 많은 깃발과 덮개를 매달아 세우고 시위하면서, 얼굴에는 황금색 가면을 쓰고 머리의 관에는 깃으로 장식하여, 의복을 기이하고 이상야릇하게 꾸며 태양에 번쩍이고 바람에 펄럭이게 했다. 이렇듯 온갖 모습으로 정신을 어지럽혔다. 또 왜장 6명이 진을 나누어 전투를 감독하고, 총 쏘는 병사 수천 명이 항상 산위로부터 일제히 총을 쏘아 그 세력이 번개와 우박이 쏟아지는 듯 하고, 성원하는 소리가 천지를 진동시켰다.

김시민이 병사들에게 절대로 움직이지 말 것을 명령했다가, 그 성세가 쇠퇴해짐을 기다려 곧 포를 쏘면서 북을 치고 함성을 질러 대응하게 했다. 또 밤에 악공을 시켜 그 성 문루에 올라가 피리를 불게 함으로써 한가로운 성 안의 모습을 보여주었다.

이때 의병장 최강과 이달이 고성으로부터 와서 구원했는데 밤에 망진산에 올라가 횃불을 나열하고 소리쳐 성원하며 우레처럼 북을 쳐 산을 진동시켰다. 또 곽재우가 부하장수 심대승을 보내, 2백 명의 병력으로 밤을 틈 타 몰래 진주 북쪽 산으로 나아가 뿔 나팔을 불고 횃불을 휘두르며 성 안에 있는 병사들과 더불어 서로 호응했다. 그리고 사람을 시켜 크게 소리치게 했다.

"홍의장군이 남쪽에 있는 병사들과 연계하여 지금 바로 큰 군대가 도착할 것이다."

이에 진주성을 포위하고 있던 왜적들이 크게 놀라 흔들렸다.

의병장 최경회도 2천 명의 병사로 달려와 후원했다. 김준민 역시 병력을 거느리고 와서 단성에서 힘써 싸워 왜적들을 격파했고, 한후장 정기룡도 또한 살천에서 왜적을 무찔렀다.

왜장 등원랑이 부대를 나누어 우리 군사의 구원병을 막고 길을 끊었다. 왜적들이 대나무와 소나무가지를 엮어 가리개를 만들어 둘러친 다음, 그 안에서 몰래 보루를 구축하면서 우리 병사들이 알지 못하게 했다. 새벽에 보니 커다란 보루를 쌓아 이미 진지가 만들어져 있었다. 또한 대나무 사다리를 수십 개 만들어 고기 비늘처럼 차례로 연결해 배치하고, 그물자리로 그 위를 덮어 많은 무리가 함께 올라갈 수 있는 길을 만들었다. 그리고 3층의 산으로 된 축대를 쌓아 우리 성의 성가퀴를 내려다볼 수 있게 하고, 병력이 올라가서 우리 성 안을 내려다보고 조총을 쏘았다.

김시민은 미리 불로 공격하는 기구를 준비해 놓았는데 종이에 화약을 싸서 땔나무 묶음 속에 감추어 놓았다. 또 성 위에는 대포와 큰 돌을 여러 곳에 나누어 설치하고, 성 위 성가퀴에는 가마에 끓는 물과 불에 달군 쇠 조각이며 마름쇠 등을 비치하여 대기했다. 그리고 현자총(玄字銃)을 설치하여 쌓아 만든 산위 축대의 적들을 쏘아 떨어뜨리니, 적들이 감히 다시 축대에 오르지 못했다.

병신일 4경에, 왜장 등원랑이 명령하여 각 병영에 횃불을 밝히고 산더미 같은 짐을 실어 거짓으로 후퇴하여 돌아가는 것처럼 보이게 했다. 그런 뒤에 횃불을 꺼버리고 조용히 몰래 병력을 진주성 동쪽 문으로 육박해 들어왔다. 적병들이 각각 긴사다리를 가지고, 방패로 머리를 둘러싼 채 한꺼번에 기어 올라왔다. 그리고 후진에서는 천여 총수들이 함께 총을 쏘아 성 안 사람들이 성위에 서 있을 수 없게 했다.

이에 김시민이 많은 사람들을 지휘하여 혈전을 벌였는데, 연속하여 활과 기계활, 조총과 진천뢰, 질려포[1]를 쏘면서 번갈아 큰 돌과 불에 달

> 1) 질려포(疾藜砲): '疾藜(질려)'는 찔레, 납가새 같이 줄기에 가시가 많이 돋아 있는 식물을 뜻함. 그래서 마름쇠처럼 둘레에 찌르는 못이 많이 솟아있게 만든 포탄.

군 철, 불 붙인 땔나무, 가마에서 끓인 물, 마름쇠를 내려 던졌다. 곧 모든 공격하는 적의 도구들을 다 파괴하니, 이르는 적병들마다 따라 죽어 쓰러진 시체가 삼대같이 많았다.

방금 전쟁이 치열해지고 있을 때, 또 한 왜적의 큰 군대가 어두움을 틈 타 갑자기 북쪽 성문을 핍박해왔다. 그 성위에서 담장을 지키던 병사들이 놀라 후퇴했는데, 그때 만호 최덕량 등이 죽음을 무릅쓰고 항거하여 싸우니 도망가던 병졸들이 따라와 모여 방비해 막았다. 날이 밝자 전쟁이 조금 소강상태가 되었는데, 성 안에 있던 나무와 돌, 지붕을 덮은 물건들이 모두 다 없어져 있었다.

이 싸움에서 김시민이 탄환을 맞아 드러눕게 되었다. 곤양군수 이광악이 김시민을 교대하여 장대에 올라 전투를 독촉하면서 활을 쏘아 왜적 장수 한 명을 죽였다. 한낮이 되자 왜장 등원랑이 비로소 포위를 풀고 병력을 후퇴 시켰는데, 왜적들이 빼앗은 부녀자들과 소, 말을 모두 내버려두고 몸만 숨겨 도망을 쳤다.

김준민이 단성으로부터 달려서 추격하여 진주에 이르니 곧 왜적들의 포위가 풀어진 뒤였다. 최강은 도망하는 왜적을 추격하여 목을 베어 돌아왔다.

김시민은 종기가 생겨 앓아누워 있으면서도 오히려 나라를 근심하여 때때로 머리 들어 임금 있는 북쪽을 향해 눈물을 흘렸는데 마침내 일어나지 못하고 사망했다. 성 안에서는 김시민의 사망을 적들이 알까 두려워 숨기고 발설하지 않았다. 군사들과 부녀자들이 부모의 상을 당한 듯 슬퍼하였으며 어떤 사람은 1년이나 고기반찬을 먹지 않았다.

진주성에서의 승전보고가 임금에게 아뢰어지니 김시민을 승급하여 우병사로 임명했는데, 그 임명 명령이 진주에 도착하기 전에 명이 끊어졌다. 조정에서는 서예원을 진주목사로 대신 임명하였다.

대체로 이 무렵, 온 나라가 무너지고 흩어지는 상황에 한 사람도 감히 성을 지키려는 계책을 세우는 사람이 없었는데, 김시민은 홀로 능히 외로운 성을 굳게 지키면서 외부의 구원을 입지도 않았다. 특별히 경상도를 온전하게 보전했을 뿐만 아니라 나아가 또한 호남지역을 막음으로써, 적으로 하여금 내부 육지 깊숙한 곳으로 몰아가지 못하게 한 것은 이에 김시민의 공이 매우 컸다.

왜적들이 스스로 진주에서 패해 매양 김목사를 일컬었다. 왜장 등원랑은 진주에서 물러가 거창에 주둔했다가 분을 내고 한탄하다 병이 들어 죽었다. 왜적의 우두머리 등이 일본 평수길에게 더욱 많은 병력을 요청해, 이듬해 봄에 다시 크게 쳐들어와 진격하여 호남지방을 공격했다.

〈충민사〉

〈김시민 묘〉

金時敏

金時敏木川縣人也. 少而落拓不學 及長壯偉魁傑 登武科. 宣廟壬辰 爲晉州通判. 倭奴大擧而至 入鎭海固城. 右水使元均退走 南海諸將欲棄城去. 時敏令軍中曰 敢言去者斬. 收境內士民入城 男女雜編行伍 爲戰守計. 當兵起之初 預煮焰硝百五十餘斤 倣倭制 鑄銃七十餘柄. 別抄境內能幹之人 常時習放. 賊聲言取晉州 牧使李璥竄伏智異山. 嶺南招諭使金誠一聞之 馳到本州 令時敏攝州事 修器械 繕城池 聚兵守城. 誠一以金大鳴爲召募官 分署將領 破賊於固城. 後賊復陷固城鎭海泗川 將向晉州. 初時敏以巡察之令 率輕騎五十餘人 赴靈山時 斬退將尹鐸. 咸安郡守柳崇仁軍 遇賊皆潰 所領百餘名盡死. 崇仁獨投江 泳出而來 時敏解衣衣之 與之同還. 金睟使軍官傳令曰 賊已向固城之路 從速遏絶. 時敏卽馳向固城 則賊已入據 不得進前 遂還本州. 城中士卒已皆潰散 稍稍還集 軍聲漸振. 時敏與士卒 同甘苦 誓以死守. 郭再祐聞堅壁不出 引兵來援. 誠一又促列邑 以救之 軍勢頗張. 賊至江岸 不敢渡而去. 誠一繼至督戰 時敏與曹大坤 領精兵千餘 直到城下 賊不出. 明日又進兵 遇賊十水橋 距縣五里許. 人皆殊死戰 斬賊數級 射殺甚衆. 賊退走 追至城下 大破之 賊棄城宵遁 合于固城屯. 時敏欲襲擊固城之賊 抄精兵 陣于州南. 夜半令軍啣枚 潛踰大陣嶺 曉薄城下 鼓喊耀兵. 賊畏縮 居數日 又夜遁 與鎭海賊合兵而走. 時敏追擊破之 用計誘擒鎭海賊將平小大 送行在. 連復三城 軍聲大振 以其功 陞爲牧使. 時金山開寧等地 賊勢大熾. 右監司金誠一 益發三郡兵 以屬金沔. 沔聞時敏得將士心 移檄請兵. 時敏卽率精兵千餘人 馳赴居昌 與沔合戰于沙郞巖前 沔揮劒躍馬 而呼時敏曰 國家之待公以華秩者 正爲今日也 男兒寧死不可退也. 時敏鳴弓突陣 連踣兩賊 諸軍崩之. 後數日又戰 斬級亦多. 時敏中劒傷足 沔爲之泣下. 時敏遂還晉州. 賊將羽柴藤元郞留金山 兵力最强 合東萊金海之倭三萬餘人 右路. 又發水軍 屯據熊川海港 以遏湖南舟師. 右兵使柳崇仁 戰于昌原不利 收散卒 又戰大敗. 十月戊子 藤元郞乘勝入咸安 六邑兵皆潰 前後死者千餘人. 庚寅分三道直擣晉陽 先鋒千餘騎 馳到州東峯上. 崇仁單騎馳詣城下 呼速開門. 時敏謂其下曰 若納兵使入城 是易主將也. 節制乖張 兩不相能 則大事去矣. 遂答曰 賊勢方急 嚴城不宜輕開 公在外爲援可也. 崇仁還出遇賊 與泗川縣監鄭得悅 吾背梁權管朱大淸等 敗沒於陣. 郭再祐聞 時敏不納崇仁 歎曰 此計足以完城 晉人之福也. 壬辰藤元郞圍晉州

城中兵纔三千八百人 時敏分守各堞 靜以待之. 常以一心同死 勸勉諸軍 躬持水漿 奔救飢渴 砲丸如雨 冒立不動. 時自泣諭曰 城若不保 城中千百人 盡爲刀槊之鬼. 士卒莫不死戰. 戰久矢竭 時敏欲縋城 走報監司 而難其人. 以重賞購之 得營吏河景海 以付之. 景海乘夜潛行 得長箭百餘部以至 繼用. 晉州受圍累日 援兵不至 城中猶寂然不動. 時敏與其妻 親持酒食 餉士卒晝夜不懈 無不感泣 以死戰爲心. 賊多張旗幟蓋翠 金面羽冠 服飾奇詭 日耀風翻 眩暈萬狀. 倭將六人分陣督戰 銃手數千 常從山上齊放 勢如電雹 聲動天地. 時敏令軍士勿動 竢彼聲衰 卽放砲鼓噪應之. 夜令樂工 吹笛門樓 以示閑暇. 義兵將崔堈李達 自固城來援 夜登網陣山 列炬呼噪 雷鼓震山. 郭再祐遣其將沈大承 以二百人 乘夜潛進州北山 吹角擧火 與城中相應. 使人大呼曰 紅衣將軍連絡南兵 今將大至矣. 賊大驚擾. 義兵將崔慶會 以二千人馳援. 金俊民亦領兵至 力戰破賊於丹城 捍後將鄭起龍 又破賊於薩川. 藤元郎分軍 遮截援兵. 賊乃大伐竹木松枝 編作障蔽 而潛築壘其內 使軍兵不知 平明視之 壘已成矣. 又造竹梯數十 鱗次連排 覆以網席 以爲大衆齊登之路. 作三層山臺 臨壓城堞 登兵其上 以放鳥銃. 時敏豫備火具 紙裹火藥 藏束薪中. 城上分設大砲大石 女墻內置鑊湯灼鐵菱鐵 以待之. 又設玄字銃 射山臺賊墜之 賊不敢更登. 丙申四更 藤元郎令明炬各營 載山輜重 佯示退歸. 然後滅火 潛兵肉薄東門 賊兵各持長梯 防牌裹頭 一擁而上. 後陣千銃齊發 使人不得立城上. 時敏麾衆血戰 連放弓弩鳥銃震天雷蒺藜砲 迭投大石灼鐵薪大鑊湯菱鐵 盡破諸攻具. 賊兵隨至隨殪 僵尸如麻. 方戰酣 又一大陣乘暗猝薄北城 守陣者驚却. 萬戶崔德良等冒死拒戰 潰卒隨集備禦. 達明少休 城中木石蓋茇殆盡. 時敏中丸臥 昆陽郡守李光岳 替上將臺督戰 射殪一倭將. 日中 藤元郎始解圍退兵 盡棄所掠婦女牛馬而遁. 金俊民自丹城追至晉州 則圍已解矣. 崔堈追擊 斬獲而還. 時敏患瘡 猶以國爲念 時時擧頭 北向流涕 竟不起. 城中恐賊知之 秘不發喪 士女如喪父母 或素食一暮. 捷奏擢拜右兵使 命未下而卒. 朝廷以徐禮元代之. 蓋於是時 一國崩潰之餘 無一人敢爲守城之計 而時敏獨能堅守孤城 不藉外援. 不特保全本道 抑又捍蔽湖南 使賊不得長驅內地 時敏之功於是爲大. 倭人自敗於晉州 每稱金牧使. 羽柴藤元郎退屯居昌 憤恨成疾而死. 倭酋等 益請兵于秀吉 將於明春 再擧進攻湖南矣.

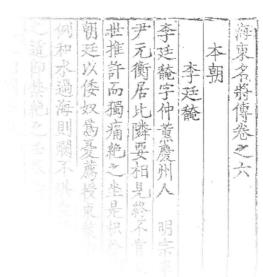

 이정암(李廷馣, 1541~1600)

조선 중기의 문신으로 본관은 경주(慶州), 자는 중훈(仲薰)이다. 1558년 사마시에 합격해 진사가 되고, 1561년 식년 문과에 병과로 급제했다. 1565년 승정원주서를 거쳐 1567년 성균관전적·공조좌랑·예조좌랑·병조좌랑 등을 역임하였다. 1592년 임진왜란이 일어날 때 이조참의로 있었는데, 선조가 평안도로 피난하자 뒤늦게 호종(扈從)하였으나 시기를 놓쳐 소임이 없었다. 아우인 개성유수 정형과 함께 개성을 수비하려 했으나 임진강의 방어선이 무너져 실패하였다. 이후 황해도로 들어가 초토사(招討使)가 되어 의병을 모아 연안성(延安城)을 지킬 준비 작업을 서두르던 중 도내에 주둔한 왜장 구로다 나가마새(黑田長政)가 6천 명의 장졸을 이끌고 침입했을 때 4일간에 걸친 치열한 싸움 끝에 승리했고 그 공으로 황해도관찰사 겸 순찰사가 되었다. 1596년 충청도관찰사가 되어 이몽학(李夢鶴)의 난을 평정하였다. 그러나 죄수를 임의로 처벌했다는 누명을 쓰고 파직되었다가 다시 지중추부사가 되고, 황해도관찰사 겸 도순찰사가 되었다. 이듬해 정유재란이 일어났을 때는 해서초토사(海西招討使)로 해주의 수양산성(首陽山城)을 지켜냈다. 난이 끝나자 풍덕에 은퇴해 시문으로 소일하다가 몇 년 뒤에 죽었으며 연안 현충사(顯忠祠)에 제향되었다. 『참고문헌』 선조실록, 한국인명대사전

이정암의 자는 중훈이고 경주 사람이다. 명종 신유년에 과거에 급제하여 사국[1]에 선발되어 들어갔다. 그 당시 큰 세력을 누리던 윤원형이 이정암의 집 가까이에 이웃하여 살았는데 이정암을 맞이하여 만나보고자 하였지만 이정암은 끝까지 허락하지 않았다. 또한 이정암은 세상 사람들이 정여립을 모두 받들었을 때에도 그가 흉악하고 어긋난 사람임을 알고 홀로 매섭게 관계를 끊었다.

그러한 행동에 연계되어 출세에 방해가 되었다. 이후 지방으로 나가 황해도 연안부사의 보직을 받았다. 이정암이 연안부사로 가 있을 당시 조정에서는 왜적들을 근심거리로 여겼고 이정암은 일본과 제일 가까운 동래부사로 추천받아 임명되었다.

이정암이 동래로 가기에 앞서 우리나라는 해마다 세금으로 받은 쌀을 일본사람들에게 지급했는데, 전례를 따라 언제나 쌀에 물을 섞었다. 곧 바다를 지나가는 동안에 썩어 문드러져 능히 먹을 수가 없었다. 이에 이정암은 정성과 신임을 바탕으로 하는 이웃나라와의 교제 도리에 벗어난다 하여, 곧 물 섞는 일을 금하여 못하게 막았다.

임진년에 왜적이 갑자기 쳐들어 올 때 이정암은 이조참의로 있었다. 이정암은 부인에게 나라의 일이 여기까지 이르렀으니 자살을 하는 것만 같지 못하다 하고 방중에 혼자 들어가 목을 매었다. 그러나 사람들의 구제를 입어 죽지 않았다.

이때 임금의 수레가 이미 서쪽으로 피난한 뒤였다. 임금이 송도에 머물 때 이정암이 따라가 이르렀다. 송도 유수 이정형이 이정암의 아우였는데, 형님의 사정을 안타깝게 여겨 임

1) 사국(史局): 사관(史官)이 사초(史草)를 꾸미던 곳.

금에게 요청하기를,

"신의 형이 맡은 일이 없사오니 원하옵건대 송도 유수 일을 함께 맡아보도록 해주십시오."

라고 아뢰자, 임금은 승낙했다.

임금의 피난행렬이 이미 관서지방을 향하게 되자, 이정암은 송도가 지켜지기 어려움을 알고 어머니를 모시고 연안지역을 지나갔다. 이때 연안 사람들이 그를 기쁘게 맞이하며 말했다.

"이 분은 우리 고을의 옛 관장이시다."

이때 왜적들이 해서 지역으로 침입하여 들어오며 여러 고을에 설득하는 글을 보내 이렇게 말했다.

"우리를 맞이하는 자는 상을 줄 것이고, 우리에게서 도망가는 자는 목을 벨 것이다."

이것을 본 백성과 관리들은 너나 할 것 없이 소를 잡고 술을 빚어 몰려갔다. 이에 이정암은 주위에 격서를 보내 잘못된 것에 순종하지 말 것을 설득하고, 의병 무리들을 불러 모았다. 이정암의 말을 듣고 김덕성과 조정견 등이 찾아와 만났다. 드디어 수천 명의 흩어진 관병이 모이니, 대장의 깃발을 내걸고 '분충토적(奮忠討賊)' 네 글자를 크게 써 높이 세웠다.

연안성이 아직 방비가 제대로 안된 틈을 타서 왜적들이 모든 군사주둔지의 힘을 모아 연안으로 공격해오니, 연기와 불꽃이 하늘에 치솟아 번졌다. 사람들은 모두 이정암에게 피해 달아날 것을 권고하였으나, 이정암은 분을 내면서 말했다.

"경연(經筵) 자리에 있었던 늙은 신하로서 이미 말머리를 잡고 임금을 따라가지 못하였기에 곧 중요한 전투에서 죽음으로 충성을 다하고자 하는데 어찌 구차하게 살기를 바라겠느냐? 하물며 백성들을 설득하여 성 안으로 들어오게 해놓고서 어찌 차마 그들을 버리고 도망을 가겠느냐?"

그리고 곧 명령을 내렸다.

"성 안에 남아있기를 원치 않는 사람들은 떠나가도 좋다."

성 안의 사람들이 모두 감격하여 분을 내어 따랐다. 드디어 4백 명의 무사를 모집해, 성 안의 사람 대략 수천 명과 함께 밤낮을 가리지 않고 성을 정비하여 방비할 계책을 세웠다. 계책의 일이 대강 끝냈을 때, 왜적이 병사를 이끌고 성에 이르렀다.

성 안의 사람들이 이정암에게 말했다.

"우리들이 죽을힘을 다하는 것은 훌륭한 이공을 위해서입니다. 이공이 성을 떠나지 않는 것도 우리들을 위함일 것입니다. 지금 적들이 핍박해 왔는데 이공의 마음이 조금이라도 견고하지 못하면 성 안의 수천 명 생명이 어떻게 되겠습니까?"

"그대들은 아직도 나를 믿지 못하는가?"

곧 이정암은 사람들에게 명령하여 한 초가집을 성 안 높고 외진 곳에 세워 놓고 사면으로 땔나무를 쌓게 하였다. 그리고 사람들에게 말했다.

"만약에 성이 적들에게 함락된다면 지체없이 이 집에 불을 질러라. 나는 마땅히 이 속에서 죽을 것이다."

그러자 백성들이 모두 말했다.

"훌륭하신 공께서 이와 같으신데 우리들도 마땅히 죽겠습니다."

적들이 병력을 나누어 진격하여 성 아래까지 육박했다. 적이 성위를 향해 공격하자 아군은 화살과 돌을 비 오듯 쏟아 부었고, 늙은 사람들은 돌을 날라 던졌으며, 부인들은 물을 길어 들이부었다. 적들 중 어떤 자는 운제[2]를 타고 성벽을 오르거나 나무 판을 방패삼아 성벽을 올라왔다. 또 어떤 자는 시체를 머리에 이고 성으로 기어올랐고, 어떤 적들은 흙을 쌓아올려 개미처럼 성에 달라붙어 기어올랐다.

성 안의 사람들이 묶은 나무에 불을 붙여 성 아래로 던지니 연기가 크게 솟아올라 적들이 능히 성을 타고 오르지 못했다. 적은 성 밖에 3층짜리 집을 짓고 성 안을 위에서 내려다보면서 철환을 쏘았다. 이때 성 안에서도 나무로 된 집을 사방에 세우고 응전했다. 적들이 밤낮을 가리지 않고 순번을 나누어 교대하며 수단과 방법을 다하여 공격하였으나 성 안에서는 그때마다 적절히 대응하여 크게 물리쳤다. 닷새동안이나 싸

2) 운제(雲梯): 성을 공격할 때 사용하던 높은 사닥다리.

우다 적은 포위를 풀고 퇴각했다.

이에 성 안의 사람들이 모두들 이렇게 말했다.

"적들은 숫자가 많아 교대로 순번을 나누어 싸우니 휴식시간이 있었는데, 우리 군사들은 밤낮으로 고통스럽게 싸워 눈을 붙일 새가 없었습니다. 우리들의 힘이 거의 다하여 하루라도 적이 퇴각을 늦추었으면 어떻게 그 공격을 당해 낼 수 있었겠습니까? 영공의 충성과 의리에 찬 용기에 감동을 받아 싸우지 않았다면 우리들은 이미 총알 아래에서 귀신이 되었을 것입니다."

이때 적들은 배천(白川)에 주둔해 있었다. 배천에서 연안까지는 하루 정도 걸리는 거리였으나 다시는 적들이 연안 지경을 넘보지 못했다. 이로써 강화도에서 연안 서쪽으로 배를 타고 건너 임금이 있는 곳에 도달할 수가 있었다. 행재소에서 영호남으로의 길이 통하게 된 것은 모두 연안성을 보호하여 막아낸 힘 덕분이었다. 조정에서는 특별히 이정암의 품계를 가선대부로 승급하여 주었고, 세자도 교서를 내려 그에게 초토사의 칭호를 하사했다. 얼마 지나 이정암은 순찰사로 임명되었다.

이때에 왜장 융경은 아주 많은 병사들을 거느리고 개성을 점거하여, 황해도의 황주와 봉산 등지에 나열해 주둔하면서, 임진강 남쪽까지 연계를 시키며 관서지역으로 활동하여 위태롭게 했다. 왜장 장정은 바닷가로 멋대로 돌아다니면서[3] 병력을 놓아 사방으로 겁탈을 일삼았다. 이 둘로 인해 남쪽으로 통하는 길이 멀어지고 단절되었는데, 연안성 전투 이후에는 날짐승의 부리와 발톱이 부러지듯 힘이 꺾이었다. 이때부터 왜적들은 숨을 헐떡거리고 땀을 흘리며 스스로 숨어버렸고, 말을 먹이는 사람들도 감히 연안성 아래에는 접근하지 못했다.

연안성을 막아냄으로서 황해도 13개 주가 모두 회복되었으니 호남과 영남 지방에서 임금을 만나보려는 사람들이 아산과 용강을 거쳐 행재소에 도달할 수 있었고, 배나 수레로 군량미를 운반하는 것도 막힘이 없었다.

또한 이정암은 승전 보고의 글에 한마디도 과장 없이 다만 이렇게 썼다.

3) 창양(倡佯): 멋대로 떠돌며 노는 것. 원문에 '佀'자를 'イ'변에 썼으나 그런 글자는 없으므로 오자임. 상양(徜佯)과 같은 뜻임.

"적들이 어느 날 성 아래에 이르렀다가 어느 날에 포위를 풀고 도망을 갔으며 관군은 사망한 사람이 없습니다."

어른들이 이 일을 논의하면서 말했다.

"성을 지키고 적을 물리치는 것은 오히려 누구나 할 수 있는 일이지만, 공적이 있으면서도 자랑하지 않는 것은 보통 사람은 미치기 어려운 일이다. 이것은 옛날 송나라의 조국화4)가 남쪽에 사신으로 가서 나라의 어려운 일을 잘 처리하고 돌아와 판어5)로 보고한 것과 다를 바 없는 것이다."

조정에서는 이정암에게 선무훈장을 내리고 월천부원군으로 봉하였으며, 자헌대부로 승급했다. 나이 60에 사망하였다.

---

4) 조국화(曹國華): 중국 송(宋)나라 때의 노국공(魯國公) 조빈(曹彬)이란 어진 신하임.

5) 판어(版語): 임금 앞에서 손에 든 홀(笏)에 간략하게 적어 보면서 아뢰는 것.

李廷馣

李廷馣字仲薰慶州人. 明宗辛酉登第 選入史局 尹元衡居比隣 要相見 終不肯. 又知鄭汝
立凶悖 舉世推許 而獨痛絶之 坐是枳於仕道. 出補延安府使 朝廷以倭奴爲憂 薦授東萊
府使. 先是給倭人稅米 例和水 過海則爛不堪食. 廷馣以爲此非誠信交隣之道 卽禁絶之.
壬辰倭寇猝至 廷馣爲吏曹參議 語夫人曰 國事至此 不如自盡. 遂經于房中 賴救者不死.
時大駕已西幸 廷馣追及於松都 廷馣弟廷馨 爲松都留守. 請曰 臣兄無職事 願與同事.
許之. 大駕旣向關西 廷馣知松都難守 護母夫人過延安. 延安人喜迎曰 是我舊使君也.
時賊入海西 遍誘列邑曰 迎者賞逃者斬. 以是吏民 牛酒市歸. 公遂傳檄遠近 諭以逆順
仍招集義旅. 金公德誠趙公廷堅等來會 遂得數千官兵. 建大將旗 書奮忠討賊四字. 賊乘
未備 悉收諸屯來攻 煙焰漲天 人皆勸之避去. 廷馣奮曰 經幄老臣 旣不能執勒從君 則當
乘一障以效死 豈可苟活. 況諭民入城 何忍棄之. 遂下令曰 不願留者皆去. 城中皆感奮.
遂得武士四百餘人 共城中人約數千 晝夜治城 爲防守計. 事粗完 賊引兵至. 城中人謂廷
馣曰 我等之盡死力 爲令公也. 令公之不出去 爲我等也. 今賊已迫 公心若一毫不堅 其
奈城中數千命何. 廷馣曰 爾等尙猶未信我耶. 遂令人 建一草屋於城中高絶處 四面積薪.
令曰 城若不守 爾等速火之 我當死於此. 民咸曰 令公若如此 我等亦當死. 賊分兵進薄
城下 仰攻城上 矢石如雨 老者運石以投之 婦人汲水以灌之. 賊或乘雲梯 或冒木板 或頂
屍攀城 築土蟻附而上. 城中人束火投之 煙氣大漲 賊不能登. 乃於城外 起三重屋 俯視
城中 放鐵丸. 城中又建板屋 四面對起. 賊晝夜分番迭入 百計攻之 城中亦隨機應之. 大
戰五日 賊解圍而去. 城中人曰 賊衆 分番而戰 有休息之時 而我軍晝夜苦戰 目不交睫
氣力垂盡. 少遲一晝夜 安得抵當乎. 非令公忠義所感 我輩已爲丸下鬼矣. 自此賊據白川
一日程 更不躡延安之境. 由江華渡延安西 達于行在 南通于湖嶺 皆延安保障之力也. 朝
廷特陞廷馣嘉善 世子賜敎書 稱以招討使 尋拜巡察使. 當是時 隆景握重兵 據松京 列營
黃鳳 連綴江陰 危動關西. 長政倡[倡]佯海濱 放兵四刼 南路阻絶. 及延安一戰 而剪其嘴
距. 賊喘汗自戢 芻牧不敢近城下 海西十三州皆復. 爲我有二南勤王之士 由牙山渡龍岡
達行在 奔問有路 漕輓無碍. 且其報捷之啓 無一夸張 語只曰 賊以某日至城下 某日解去
官軍無死亡者. 先輩長老論此事曰 守城却賊 猶可爲也. 有功不伐 人所難及. 髯髭曹國
華奉使南中 幹當公事 回版語矣. 錄宣武勳 封月川君 陞資憲階 卒年六十.

 임중량(林仲樑, 생몰년 미상)

조선 중기의 의병장으로 본관은 울진(蔚珍)이며 자는 중임(仲任)이다. 기골이 장대하고 무용에 뛰어나 역사(力士)로 유명하였고 1592년 임진왜란이 일어나자 장사(壯士) 윤붕(尹鵬)·윤린(尹麟) 등의 추대로 의병대장이 되었다. 평안도지방에 들어온 왜군을 방어하려하였으나 패하고, 안주·정주로 철수한 후 관군과 의병을 규합하여 적과 싸웠다. 이듬해 안주목사 겸 안주방어사로 발탁되어 의병을 거느리고 평양탈환전에 참여하였고, 1594년 윤근수(尹根壽)의 천거로 천총(千摠)이 되었다. 난이 끝나자 향리로 은퇴하여 여생을 보냈으며 죽은 뒤에는 고을 백성들이 해마다 한식 때 제사를 지내주었다. 『참고문헌』 선조실록, 한국인명대사전

임중량

임중량은 자가 중임이고 그의 선조들은 경상도 울진 사람이며 중화에 살았다. 임중량은 키가 8척이며, 생긴 모습이 아름답고 농담을 잘했다.

선조 임진왜란 때 중화군수 김요립이 군대를 버리고 도망치니, 왜적들이 평양을 점거하고 사방으로 병사들을 보내 약탈을 일삼았는데, 우리 관군 중에는 그 예리한 왜적을 감히 당하지 못했다.

그때 임중량은 상복을 입고 집에 있었는데, 마을의 기운 센 장사 윤봉과 윤인, 김득겸 등이 의병을 일으켜 왜적을 토벌하고자 하여, 임중량을 추천해 대장으로 삼으려했다. 이에 임중량은 상복을 입고 있는 상태임을 들어 사양하니, 사람들이 강요하여 그치지 않으니 임중량은 이렇게 말했다.

"국가의 일이 이 지경에 이르렀는데, 내 어찌 고집스럽게 개인적인 상제만을 지키며, 옛 사람이 상주로서 전쟁에 나간 그 의리를 생각지 않겠는가?"

그리하고 소를 잡아 병사들을 대접하여 먹이고, 고을에서 따르기를 원하는 사람 4백여 명을 모았다. 그러고 중화군 서쪽 진(鎭)에 성을 쌓고, 체찰사 부서[1]에 의병을 일으켰다는 보고를 했다. 그리고 중화군 관청 보관 무기를 나누어 줄 것을 요청하여, 싸워 지킬 무기를 갖추었다. 또한 민간에 흩어져 있는 기와 조각이나 돌멩이, 깨진 독과 물동이 등을 실어 날라 성 안에 가득 쌓아 놓고, 성 밖으로는 호를 둘러 파서 물을 끌어들여 채워 놓았다.

1) 체찰부(體察府): 임금이 직접 살펴 의병을 독려 하라는 임무를 준 행정기관.

그때 왜적들은 들판 가운데 솟아있는 노출된 꼭대기에 진을 치고 있어서, 사방 10리까지 보여 적의 수를 모두 셀 수도 있었다. 의병들은 적들이 바깥으로 나오면 성 안으로 들어가 방어하고, 적들이 성 안으로 들어가면 엄습해 공격하여 적의 목을 벤 것이 매우 많았다.

중화군 서쪽의 이 진은 평양으로부터 40리 정도 떨어져 있었는데, 평양에 주둔한 왜적들이 임중량의 의병대를 큰 근심거리로 여겼다. 왜적이 매양 기이한 꾀를 내어 무찌르고자 했으나 임중량이 기회를 따라 잘 대처하여 그들을 모두 꺾어버리고 격파했다.

이때 강동으로 귀양살이 온, 앞서 도사였던 조호익이 소모관[2]이 되어 성천에서 의병대를 조직하고, 중화군과 상원군 사이에서 적을 공격하고 있었다. 임중량과 조호익의 기습공격을 받은 적들은 두 사람의 가짜 형상을 만들어 놓고 머리에 칼날을 대며,

"너는 조호익이 아니냐? 너는 임중량이 아니냐?"
라고 했는데, 왜적들이 두려워하고 꺼리는 바가 이와 같았다.

임중량이 하루는 커다란 나무를 깎아 다음과 같은 글씨를 써서 대동강 연안에 세웠다.

"내일 내가 마땅히 너희들의 소굴을 부숴버릴 것이니 너희들이 싸울 수 있으면 나와 싸우고, 싸울 수 없으면 속히 성을 버리고 도망가라."

이글을 보고 적이 크게 화를 내어 그 무리를 모두 다 출동시켜 북을 치고 소리 지르며 공격을 해왔다. 임중량은 싸우다 후퇴하다 하며 적들을 서진까지 유인해 끌고 와, 군사를 시켜 적들에게 크게 외치게 했다.

"너희들이 왔으니 죽여주겠다. 이 서진성의 동북쪽 모퉁이에서 너희들을 무찔러 멸망시킬 것이다."

"뭐라고? 우리들이 수천 리를 몰아 올라오는 동안 항거하는 사람이 한 명도 없었는데, 너는

2) 소모관(召募官): 조선시대 지방에 병란이 터졌을 때 그 지방의 향병(鄕兵)을 모집하기 위해 임금이 임시로 임명한 관직.

어떤 사람이기에 감히 우리에게 항거하느냐? 성을 격파한 뒤에 너를 죽여 살을 발라 낼 것이다."

왜적들의 항거하는 말에 임중량은 웃으면서 꾸짖었다.

"개와 양 같이 더러운 너희들이 네 임금을 죽이고[3], 우리나라의 방비가 없는 것을 틈타 이 땅까지 깊이 침입해 들어왔으니, 너희와 같은 대역 죄인을 마땅히 죽여 남김이 없도록 하겠노라. 오늘 진실로 싸움을 결판 지으리라. 너희들이 죽으면 우리가 살 것이고, 우리가 죽으면 너희가 살 것이다."

곧, 임중량이 진격하여 여러 번 맞서 싸우다가 거짓으로 패하는 척 하면서 성 안으로 들어와 숨어 버렸다. 그리고 깃발을 내리고 북소리를 멈추고는, 기와 조각과 돌멩이만 던졌다. 왜적들은 그것을 보고 가볍게 여기어 사다리를 이용해 성으로 기어 올라왔다.

앞서 임중량은 이미 성중사람들로 하여금 찰흙을 쪄서 꿀벌처럼 허리가 잘록하게 만들어, 여기에 긴 노끈을 매어 막대기 끝에 매달아 놓았다. 또한 많은 가마솥을 나열해 물을 담아 채워놓고 땔나무를 쌓아 기다리고 있었다.

적들이 성위로 올라왔지만 성이 높고 깎아 세운 듯이 가팔라 뛰어내리기가 어려웠다. 적이 내려다보며 내려오려 할 때에 성중 사람들이 긴 자루가 달린 바가지에 끓는 물을 담아 일시에 뿌려 부으니, 적들은 얼굴이 익어 문드러지며 쓰러졌다.

계속하여 막대기 끝에 끈을 달아 만들어놓은 것을 적들에게 휘둘러 그들의 목을 감아 당겨, 참새를 가리로 낚아채 잡듯이 끌어내리고 막대기와 칼로 쳐 죽였다. 죽은 적들의 시체가 쌓여 성과 같이 평평해지고 흘린 피가 개울을 이루니 성 바깥 해자의 물이 막혀 흐르지 못했다. 남은 적들이 그 상황을 바라보고는 도망을 치니, 임중량이 분을 내어 쫓아가 공격해 그들을 크게 격파하고, 적의 목을 벤 것이 수없이 많았다.

이 전투가 있은 후로부터 왜적들이 서진에는 감히 얼씬거리지 못하였다.

그때 명나라 장수 이여송 제독이 4만 명의 병

3) 장시기군(弑其君): 일본에서 임진왜란을 일으키기 전 풍신수길이 임금을 죽이고 실권을 잡은 것을 빗대어 하는 말.

사를 거느리고 만주의 요양 지역에 와서 주둔하고 있었다. 중국 경략[4] 송응창이 공문서로 제독에게 보고했는데 간략한 내용은 다음과 같다.

"왜적들이 중화군을 공격했는데 토성이 크게 무찔러 예리한 기세를 꺾었습니다."

임중량의 그 잘 싸운 전투가 명나라 장수에게까지 알려짐이 이와 같았다.

그 후 임중량이 말에서 떨어져 발을 다쳐 성 밖 가까운 가정집에 가서 치료를 받게 되자, 그 동안 부장 윤붕에게 시켜 성을 지키게 했다. 그랬는데, 왜적들이 안개 낀 날을 이용해 불시에 성을 습격하여 함락시켰다.

이에 임중량이 말을 달려 행궁에 이르러 죄에 대한 처벌을 기다리니, 임금은 그에게 대죄하지 말라고 명령하고 연하여 오위장과 내금위장에 임명했다. 또 다음날 안주 방어사로 임명하고, 다음과 같은 교지를 내렸다.

"중화군의 백성들이 의병을 일으켜 왜적을 토벌했으니 그들의 충성과 의리가 아름답도다. 그 중화군을 부(府)로 승격시키도록 하라."

그리하고 또 이렇게 명령했다.

"중화군 서쪽 진에서 싸우다 전사한 의병들을 가려내어 모두에게 관직을 내리도록 하라."

뒷날, 임금이 영유 지역을 떠나 강서 지역으로 가던 중, 임금의 가마가 진흙에 빠져 거의 위태로운 상태였다. 임중량이 임금이 탄 가마를 겨드랑이에 끼고 번쩍 높이 들어 끌어냈다. 임금이 신하들을 돌아보며,

"저 사람이 누구냐?

하고 묻자, 신하들이 이렇게 아뢰었다.

"전날 서진의 의병장 임중량입니다."

"오, 그래? 이 사람이 아니었다면 나는 거의 위태롭게 될 뻔했도다."

이러면서 명령하여, 임중량의 아들과 사위, 동생 및 조카들에게 실제의 벼슬을 내리라고 했다.

4) 경략(經略): 자사(刺史)나 현령(縣令)의 보좌관으로 문서를 담당함.

임진왜란이 평정된 뒤에 임중량은 영만지계[5]의 깨우침을 지키어, 벼슬을 사양하고 고향으로 돌아와 들녘 별장에서 여유롭게 놀며 지냈다. 그에게는 서호에서 나귀를 타고 유유히 거닐던 옛사람과 같은 취미[6]가 있어 강가에 지은 정자에 올라 배회하며 노니는 것을 스스로 즐기었다.

황해도 감사가 일찍이 그의 집을 방문하여 시를 지어 읊었다.

서진 성의 장군이 이미 백발이 되었구려,
공을 이루고는 물가 고향으로 돌아와 노닐도다.
한 폭의 기린그림[7] 지니기가 어려워,
이 가을 1천 이랑 누런 벼와 바꾸었구나.

병자년에 사망하였는데 나이 65세였다. 고을 사람들이 그를 추모하여 매년 한식날에 서진에서 제사를 모신다.

〈평양성탈환도〉

5) 영만지계(盈滿之戒): 그릇이 가득차면 넘치는 것을 경계해야 한다는 뜻. 욕심을 내어 높은 벼슬을 지나치게 길게 하면 어떤 문제가 생길 수 있음을 비유해 경계하는 말.
6) 유과려서호지취(有跨驢西湖之趣): 당나라 시인 맹호연이 서호에서 나귀를 타고 거닐며 즐기던 취미를 말함.
7) 기린화(麒麟畫): 벼슬자리에 있는 것을 뜻함. 관복에 그려진 기린그림을 빗대어 하는 말.

林仲樑

林仲樑字仲任 其先蔚珍人 居中和. 身長八尺 美容儀 善談笑. 宣廟壬辰之亂 郡守金堯立棄郡走. 賊據平壤 四出剽掠 官軍無敢當其鋒. 仲樑時居禫服 鄉里壯士尹鵬尹麟金德謙等 欲起義討賊 而推仲樑爲將. 仲樑辭以制未闋 衆强之不已. 仲樑乃曰 國事至此 吾豈膠守私制 而不思古人墨縗之義乎. 乃椎牛饗士 招集鄉里之願從者四百餘人. 乃築城于郡西鎭 報于體府 請本郡軍器 以爲戰守之具. 又輸民間瓦石 及甕盎等物 積置城內. 環城掘壕引潮灌之. 賊在平野中凸露之處 四望十里 賊皆歷數. 賊來則入保 賊去則抄擊 斬馘甚多. 西鎭距平壤四十里 賊患之 每出奇以鏖之. 仲樑隨機應變 靡不摧破. 時江東謫客 前都事曹好益 爲召募官 起兵成川 擊賊中和祥原之間. 賊作假像二 加刃於其上曰 汝非曹好益乎 汝非林仲樑乎 其所畏憚如此. 仲樑一日 斫大木 書立于大同江岸曰 明日吾當碎爾巢穴 爾能戰則來 不能戰則速棄城去. 賊大怒 悉其衆 鼓噪而來. 仲樑且戰且退 至于西鎭. 使人大呼曰 爾來送死 宜於城東北隅鏖滅. 賊曰 吾長驅數千里 無一相拒者 汝是何人 敢抗我. 城破後 屠汝而剚之. 仲樑笑曰 汝犬羊之醜 戕弒其君 乘我無備 深入此地. 然如汝大逆 終當殄滅無遺. 今日固決戰 吾死爾生 汝死吾生. 遂進戰數合 佯敗入城 偃旗息鼓以瓦石投之. 賊易之 以雲梯攀登于城. 仲樑先已使城中人 蒸土作蜂腰形 繫以長繩 而懸之於鞭末. 又多列釜鼎儲水 積薪以待之. 及賊登城 城高而削 卒難跳下. 賊方俯臨欲下之時 城中人以長柄瓢 所煮沸湯 一時灑灌. 賊皆爛面而仆. 繼以鞭繩揮掣 繫其頸 如罩鳥雛而下 仍以挺刃擊殺之. 於是尸與城平 流血成溝 壕水爲之不流. 賊望風而走 仲樑奮擊大破之 斬賊無數. 自此賊不敢近. 天將李提督如松 擁四萬兵 屯于遼陽. 經略宋應昌牌文略曰 賊侵攻中和 土城大挫其鋒. 其善戰之聞於天將如此. 仲樑墮馬傷足 調治於城外隣家 使副將尹鵬守城. 賊乘大霧 襲城陷之 仲樑馳詣行宮 待罪. 宣廟勿令待罪 連除五衛將內禁衛將. 又明日 除安州防禦使. 下敎曰 中和民人起義討賊 其忠義可嘉 以其郡陞號爲府. 又敎中和西鎭 戰亡義士抄出 其皆贈職. 後上自永柔向江西 輦陷於淖幾危. 仲樑手腋輦 而掀出之. 上顧問曰 誰也. 左右對曰 西鎭義兵將林仲樑也. 上曰 微斯人 予幾危也. 命除其子㙔弟侄實職. 亂定後 仲樑持盈滿之戒 謝仕還鄉 優遊田社. 有跨驢西湖之趣 臨江治亭 徜徉自娛. 本道監司嘗至其家 題詩曰 西鎭將軍已白頭 功成還向水鄉遊 難將一幅麒麟畵 換此千畦穩稼秋. 丙子卒 年六十五. 邑人追慕之 每寒食設祭于西鎭.

 김덕령(金德齡, 1567~1596)

　　조선 중기의 의병장으로 본관은 광산(光山)이며 자는 경수(景樹), 광주 출신이다. 1592년 임진왜란이 일어나자 형 덕홍(德弘)과 함께 의병을 일으켰다. 고경명(高敬命)의 막하에서 전라도 경내로 침입하는 왜적을 물리치기 위해 전주에 이르렀을 때 돌아가 어머니를 봉양하라는 형의 권고를 따라 귀향하였다. 1593년 어머니 상중에 담양부사 이경린(李景麟), 장성현감 이귀(李貴) 등의 권유로 담양에서 의병을 일으켜 세력을 크게 떨치자, 선조로부터 형조좌랑의 직함과 군호로 충용장(忠勇將)을 받았다. 1594년 지략과 용맹이 알려져 세자로부터 익호장군(翼虎將軍)의 칭호를 받고, 선조로부터 재차 초승장군(超乘將軍)이라는 군호를 받았다. 그 뒤 남원에 머물다가 다시 진주로 옮겼는데, 작전상의 통솔과 군량 조달 문제를 해결하기 위한 조정의 명으로 각처의 의병을 통합한 충용군에 들어가게 되었다. 이로써 의병장이 되어 곽재우(郭再祐)와 함께 권율(權慄)의 막하에서 영남 서부 지역의 방어 임무를 맡아 활약하였다. 그 해 10월 거제도의 왜적을 수륙 양면으로 공격할 때 선봉장으로 활약해 적을 크게 무찌르고 이어서 1595년 고성에 상륙하려는 왜적을 기습하여 물리쳤다. 1596년에는 도체찰사 윤근수(尹根壽)의 노복을 장살한 죄로 투옥되었으나 영남 유생들의 상소와 정탁(鄭琢)의 변호로 곧 석방되었다. 그 해 7월 홍산(鴻山)에서 이몽학(李夢鶴)이 반란을 일으키자 도원수 권율의 명을 받아 진주에서 운봉(雲峯)까지 진군했을 때 난이 평정되어 하여 광주로 돌아가고자 하였으나 허락받지 못해 진주로 돌아왔다. 이때 이몽학과 내통했다는 무고로 체포되어 혹독한 고문을 받고 옥사하였다. 이후 신원(伸寃)되어 관직이 복구되고, 정부좌참찬에 추증되고 부조특명까지 받았다. 1678년 광주의 벽진서원(碧津書院)에 제향되었으며, 이듬해 의열사(義烈祠)로 사액되었다. 시호는 충장(忠壯)이다. 『참고문헌』 선조실록, 한국인명대사전

김덕령

　김덕령은 광주 석저촌(石底村) 사람이다. 몸이 작고 정신과 용기가 매우 뛰어났다. 화를 내면 눈에서 불빛이 나오는데 비록 어두운 밤이라도 그 불빛이 몇 리를 비추었다. 여러 길이나 되는 집을 뛰어넘고 혹은 말을 타고 달려 방문 안으로 들어와서는 곧 말을 돌려서 뛰어 나가고 누각과 집의 꼭대기에 올라가서 옆으로 드러누워 빙글빙글 돌아 처마를 스치고 누각 안으로 떨어져 들어왔다.

　또 혹은 산언덕에서 긴 칼을 가지고 좌우로 휘둘러서 나무를 자르면, 지나가는 수목들이 흩어져 떨어지는데 바람에 날리는 비와 같았다. 또 스스로 말하기를 능히 둔갑술을 통한다고 했다.

　이귀만 홀로 그 말을 믿고 말하기를,

　"용과 호랑이를 쫓아가서 잡고 공중으로 날아 다녔다. 지혜는 제갈공명과 같고 용기는 관운장과 같았다."

라고 칭찬했다.

　김덕령은 평소에 기개와 용기가 있어서 스스로 자부함을 심히 중요하게 여겼다. 가정이 본래 가난하고 미천하였지만, 유교의 학업을 학습하여 몸을 단정히 하고 우아하게 가져서 겸손하였으며 자신의 몸을 숨기고 살았다. 그래서 사람들이 그를 아는 이가 없었다.

　선조 임진해 왜란에 형 김덕홍이 일찍이 고경명의 참모가 되어 금산 전투에 참여했다가 고경명과 함께 전사했다. 김덕령은 드디어 세상에 뜻이 없었고 어머니가 돌아가시자 상복을 입고 가정에 머물러 있었다. 이때 관군과 의병들이 적을 보고는 문득 무너져버렸고, 명나라 구원병도 역시 모두 싸우지 않고 바라보고만 있었다. 제부 김응회는 용기 있고 정의로운 사람이었는데, 여러 번 김덕령에게 의병을 일으키자고 권했으나 김덕령은 의문을 품고 결정하지 못하였다. 마침 담양부사인 이경린과 장성현감인 이귀가 교대로 그를 조정에 천거하였다. 또한 전라감사가 전쟁 무기를 공급해 주면서, 어려운 세상에 분연히 일어나 나와야한다고 권했다.

이때 세자(뒤에 광해군)가 군대를 독려하러 남쪽으로 내려 와 또한 왕명으로써 깨우쳐 회유하니, 김덕령이 이에 사이좋게 지내던 장사 최담령 등 수십 명과 더불어 일어나 의병을 일으켰다. 자신의 토지와 집을 팔아서 무기로 삼아 격서를 사방에 보내어 의병을 모집하니, 응모자가 모여들었는데 아주 뛰어난 장사 오천여 명을 얻게 되었다.

김덕령은 스스로 지휘봉을 쥐고 명령하여 행진했다. 세자가 불러 보고는 그 용기를 시험해 본 후, 익호장군이라는 호를 내려 주었다. 이때 나이가 스물여섯 살이었고, 항상 허리 양편에 철추를 차고 있었는데 그 철추 무게가 각각 1백 근이었다. 그때 진주 목장에 악한 말이 있어서 아주 높이 뛰고 또 험한 산도 나는 것 같이 뛰어넘어 사람들이 감히 그 말 앞으로 나아가지 못했다. 곧 김덕령이 그 얘기를 듣고 나아가 천천히 말이 있는 곳에 이르러 재갈을 물리고 굴레를 씌워서 그 말에 올라탔다. 그렇게 하자 그 악한 말이 길들여져 익숙하게 된 것처럼 움직이지 않고 가만히 있었다.

갑오년 정월, 임금이 사신을 보내어 의병장 김덕령에게 칭찬을 베풀고 군호를 내려 충용이라 일컬었다. 이월에 충용의병장 김덕령은 영남으로 군대를 진격시키면서 본부 사인인 최담령을 얻어 별장으로 삼았다. 이에 적군들이 그 이름을 듣고는 두려워하여 석저장군이라 불렀다. 본래 김덕령은 석저촌이란 마을 사람인데도 왜적들이 오인하여 글자를 풀이해 '돌 밑에서 나온' 것으로 생각했다. 장차 군대를 출발시키려 하면서 먼저 포고한 글에서 행군할 길을 지적하여, 담양·순천·김해·동래

· 부산 · 동해 대마도 · 일본 대판성이라고 하고 격서를 영남으로 보냈는데, 그 격서의 내용은 다음과 같다.

"나는 본래 뜻이 학문에 있었고 활 쏘고 말 타는 것을 일삼지 않았다. 어머니께서 이미 연세가 많으시고 형이 또한 전쟁에서 돌아가셨으니 잠깐 군대를 따라 나갔다가 곧바로 사퇴를 하고 돌아오려 했다. 위로는 나라의 부끄러움을 생각하며 거의 한밤중까지 칼을 어루만졌고, 아래로는 형님의 원수를 분하게 여겨 매번 음식을 먹을 때마다 눈물을 떨어뜨렸다. 사적인 재화가 고쳐지지 않았고 어머니께서는 지금 돌아가시고 계시지 않으니 개인의 사정이 거의 끝이 나, 가히 이 몸 전쟁에 나가 죽는 것을 허락하노라."
라고 하였다.

김덕령이 권율을 찾아가 만나 보고는 지령 받기를 요청하였다. 또한 곽재우에게 편지를 보내 친구가 되기를 약속했다. 왜장 청정이 병력을 보내 경주를 약탈했는데, 고언백이 여러 장수를 거느리고 가서 맞서 싸워 그들을 물리쳤다. 이때 청정은 김덕령이 산 고개를 넘어온다는 말을 듣고 몰래 화공을 보내 그 형상을 그려오라고 시켰다. 그리고 청정은 그 모습을 보고는 놀라,

"이 사람은 진실로 참된 장군이다."
라고 말하고는, 곧 병력을 거두어들이고 침략을 금지했다. 그리고 여러 작은 주둔지를 철거하여 합쳐서 세 개의 주둔지로 만들어 김덕령을 기다렸다. 이로부터 왜놈들의 흉악한 칼날이 오래도록 거두어지고 변방의 소란이 멈추었다.

이 해 4월, 조정에서는 여러 의병들에게 물자를 공급하는데 폐단이 있어서, 이에 의병들을 해산하라 명령하고 남아 있는 의병들은 충용장군 휘하에 소속되도록 하였다. 이때 정인홍 · 임계영 · 심사정 등은 병력을 해산시키고 돌아갔다. 김덕령은 최강이 용감하고 결단성이 있는 것을 좋아하여 그를 이끌어서 별장으로 삼으니 군대의 세력이 더욱 진작되었다. 이에 병력을 이끌어 나가면서 일본에 격서를 전하니, 주위에서 소문을 듣고 응하는 사람이 많아 장졸들 용기가 백배로 상승되었고 흥분하여

뛰면서 싸우고자 했다.

때 마침 조정에서는 일본과 화의가 이루어져, 여러 장수들에게 병력이 서로 부딪쳐 싸우지 말 것을 명령하니, 김덕령은 부득이 진주로 물러나 머물러 진을 쳤다. 그리고는 크게 병력을 모아 공격하여 싸울 방비를 더욱더 잘 다스리고, 널리 둔전을 설치하여 전쟁을 하고 또 방비할 계책으로 삼았다. 이후 김덕령은 여러 번 싸울 것을 주청했지만 조정에서는 또한 허락하지 않았다.

이때 김덕령의 위엄 있는 명성을 시기하는 사람이 있어서, 그의 성공을 미워하여 온갖 방법으로 무고하였다. 김덕령은 큰 공적을 이루지 못함과 재앙이 장차 헤아리지 못할 정도로 많을 것을 알고, 격분하여 울화를 참지 못하면서 밤낮으로 술을 마시며 그 아우 덕보에게 일러 말했다.

"네가 나의 용기를 가졌고 내가 네 지혜를 소유했었더라면 어찌 곧 이 지경에 이르렀겠느냐?"

이로부터 마음의 병이 깊어졌다.

이에 앞서, 윤두수는 매번 왜구와의 화의를 배격하고 공격해 싸울 계책을 유지하였었다. 그런데 이무렵 도체찰사가 되어, 먼저 거제에 주둔하고 있는 왜적을 토벌할 것을 요청하니 임금은 그것을 허락하였다. 윤두수는 남원에 이르러 휘하 병력 수천을 선거이에게 붙여주고 고성으로 나아가 주둔하게 하고는 권율, 이순신, 김덕령에게 선거이와 병력을 합쳐 협동으로 거제를 공격하라고 명령했다. 권율은 또한 곽재우와 홍계남을 시켜 이 전투를 돕도록 했다.

곽재우가 김덕령에게 말하기를,

"듣건대 이번 거사의 핵심은 장군의 용기를 시험해 보려고 하는 것이라 한다. 그런 사실이 있느냐?"

김덕령이 말하기를,

"그렇습니다."

곽재우는 다시 물었다.

"장군은 바다를 건너 왜적들을 멸망시킬 능력이 능히 있다고 생각하는가?"

"자신이 없습니다."

라는 김덕령의 대답에 곽재우는 이렇게 말했다.

"국가가 당신에 의지하여 일을 거행하고, 군사와 병졸들도 장군을 믿고 적 앞으로 나아가고 있는데 지금 장군의 말이 이와 같으니 어찌 되겠느냐?"

이에 김덕령의 대답은 이러했다.

"바다 가운데를 점령하고 있는 적은 실로 제압하기가 쉽지 않은데, 다만 조정에서 명령하니 어기지 못할 따름입니다."

곽재우는 길게 탄식하며,

"이 일을 가히 알 만하구나. 장군의 명성이 왜놈들에게 떨쳐 있어서 왜적들이 바야흐로 두려워하고 위축되어 활동하지 못하는데, 지금 문득 경솔하게 진격하면 오직 위엄 있는 명성만 손상시킬 따름이다. 장차 어찌 그 뒷일을 잘 할 수 있겠느냐?"

라고 말하고, 곧 달려가 권율에게 보고하고는 그 편안하게 되지 못할 것을 이야기했다. 하루에 세 번이나 이 내용의 보고를 올렸는데도 권율은 듣지 않았다. 김덕령 등이 부득이 바다로 내려가서 이순신과 함께 병력을 연합하여 거제로 향했다. 군대의 위엄이 심히 왕성했는데 선거이가 김덕령에게 이렇게 일렀다.

"장군의 용기를 오늘 가히 시험해 볼 만하다."

김덕령은 배 위에 충용익호의 깃발을 양쪽으로 세우고 풍악을 울리며 북을 치고 진격을 하니, 적군들이 급히 성문을 닫고 오직 성 위에 병력을 왕성하게 모아 놓고 기다리고만 있었다. 김덕령이 홍계남과 더불어 해안에 상륙하여 말을 달리면서 칼을 휘둘러 전쟁을 돋우었다. 적이 끝까지 움직이지 않고 대포를 연이어 쏘니, 성으로 접근했던 사졸들이 문득 상처를 입고 모두 피해 들어왔다. 여러 장수들이 가히 쉽게 공격하지 못할 것을 알고 각각 군사를 이끌고 돌아왔다. 이로 말미암아 김덕령의 위엄 있는 명성이 조금 손상되었다.

이 틈을 타서 김덕령을 헐뜯어 무고하는 사람들이 더욱 많아졌다. 9월에 윤근수가 군사들을 모집하러 호남으로 갔는데, 김덕령이 부하들에게 형벌과 살상을 남용하여 가혹하게 하고 있다는 말을 듣고 김덕령을 진주에 구금했다. 그리고는 조정에 보고하니, 잡아 와서 감옥에 가두고 국문하라 하였다.

병신년 2월에 남도 백성들이 임금에게 상소를 올려 용서해 줄 것을 요청하고, 우의정 정탁이 강력하게 진언했다.

"원수의 왜적들을 아직 제압하지 못했는데, 먼저 장수를 죽여 적들로 하여금 듣게 하는 것은 옳지 않습니다."

이에 임금은 급히 명령을 내려 석방하라 했다. 얼마 지나지 않아 홍산 사람 이몽학이 반란을 일으키니, 도원수 권율과 전라감사 박홍로가 김덕령과 더불어 병력을 이끌고 가서 토벌하게 되었다. 이때 유언비어가 있어 이르기를 김·최·홍이 함께 힘을 합친 것이라고 하였다. 대체로 이 말은 김덕령과 최담령, 홍계남을 지적하는 말이었다. 반란을 일으켰던 적당이 체포되자 상황을 물으니 또한 그 말이 사실이라 하면서, 곽재우와 고언백도 모두 자신의 심복이라고 무고하는 것이었다. 이시언과 김응서는 평소에 더욱 김덕령을 싫어하는 사람이어서 이때를 틈타 그를 죽이고자 하여, 김덕령의 배반사실 있음을 밀고하기에 이르렀다.

임금은 크게 놀라서 말하였다.

"김덕령은 용기가 삼군에서 우두머리이고 또한 많은 병사를 거느리고 있으니 만약 체포하지 않으면 어찌 되겠느냐?"

영의정 유성룡이,

"반드시 그와 같은 염려는 없습니다."

라고 말하니, 이어 승지 서성이 아뢰었다.

"김덕령은 반란을 일으킬 사람이 아닙니다. 한 사람의 사신만 파견하면 족히 그를 체포할 수 있습니다. 어찌 반드시 계책을 세워 속임을 행해 체포하겠습니까?"

곧 임금은 서성에게 화를 내면서 소리쳤다.

"그러면 네가 가서 그를 잡아오라."

서성이 진주에 도착하기 전, 권율이 목사인 성윤문과 더불어 밀지를 보내 군사 업무를 의논할 것이 있으니 와 달라고 청하였다. 김덕령은 혼자 말을 타고 달려왔다. 성윤문이 그의 손을 잡고 말하기를,

"조정에서 그대를 체포하라는 명령이 내려왔네."

라는 말에 김덕령이 꿇어앉으면서 말하는 것이었다.

"임금의 명령이 있었다면 어찌하여 나를 체포하지 않고 대접합니까?"

성윤문이 그의 원통함을 슬퍼하면서 다만 그 손만을 쇠사슬로 묶었다. 이에 여러 장수들이 차마 그 모습을 바라보지 못하고 서로 돌아보면서 아무 말도 하지 않았다.

김덕령이 성윤문에게 이렇게 말했다.

"내 허공에 뜬 명성으로 화를 만난 것이니 공은 마땅히 엄하게 기계를 씌워 행렬을 연속 전하며 압송해야 하는데, 공이 그렇게 하지 않으면 또한 공에게 해가 미칠까 두렵습니다."

주위의 모든 사람들이 그를 위해 눈물을 흘리고 백성들이 체찰부에 원통함을 호소하는데 늘 수백 인이나 되었다. 조정에서는 더욱 그를 의심하여 쇠사슬로 결박하여 거대한 나무에 묶어 놓았다.

김덕령이 웃으면서 말하기를,

"내가 반역을 하고자 했다면 어찌 이것으로 나를 금지시킬 수 있겠느냐?"

라고 하며 화를 내고 몸을 떨치니 쇠사슬이 모두 끊어졌다.

이어 국문에 나아가 이렇게 아뢰었다.

"신은 나라의 두터운 은혜를 받아 왜적을 물리치고자 맹세하였는데 어찌 역적의 무리를 따라 배반함이 있겠습니까? 신이 만약 반역할 마음이 있었다면 처음에 이미 원수의 명령을 받들어 적군을 토벌하고, 몽학이 잡혀 처단될 때에 또한 어찌 병력을 거느리고 주둔지로 돌아올 수 있었겠습니까? 다만 모친상을 당한 슬픔도 잊고 의병을 일으켰으나 작은 공도 세우지 못했으니 나라에는 충성을 다하지 못하였고 부모에게는 도리어 효를 행하지 못한 것이 되었습니다. 이것이 다만 신의 죽을 죄입니다.

그런즉 신은 죽어 마땅합니다만, 최담령은 죄가 없으니 신과 함께 죽이지 마십시오."

임금이 여러 대신에게 묻자 정탁과 김응남 등은 김덕령은 반드시 배반할 사람이 아니라고 일치하여 말했으나 유성룡은 홀로 대답하지 않았다. 드디어 혹독한 고문에 마침내 옥중에서 죽었다. 죽음에 다다랐을 때 다리뼈가 모두 부스러지고 몸은 성한 곳이 없었으나 행동거지와 말의 기운은 평소 같았다. 곽재우와 최담령, 최강 등도 투옥되었다가 후에 풀려났다. 김덕령은 유학자다운 기풍이 있어서 일찍이 시를 지어 그의 뜻을 보였다.

음률과 노래는 본래 영웅의 일이 아니라오,
칼춤을 모름지기 장군막사에서 추리라.
전쟁이 끝난 훗날 고향으로 돌아간 뒤에,
강호에서 낚시질 외에 다시 무엇을 구하리오.

김덕령이 스스로 의병을 일으킨 후에 나라 사람들은 그를 신령스러운 장수라 불렀지만, 진루를 쌓은 삼년 동안 드러나는 공적이 없었고 꺼리고 미워하는 자들이 매우 많아, 마침내 억울한 죽음을 면치 못했으니 나라 사람들이 그것을 애통해 했다. 이로부터 호남과 영남에서는 드디어 부자형제가 의병이 되는 것을 서로 경계하게 되었다. 또한 서로 슬퍼하고 눈물을 흘리면서 우리들은 모두 죽임을 당할 것이라 했다.

왜적들은 김덕령이 죽었다는 소문을 듣고 뛸 듯이 서로 기뻐하며,

"호서 호남은 취하는데 문제가 없다."

라고 하면서 좋아하였다. 이것은 마치 금나라 사람들이 악비의 죽음 소식을 듣고 술을 들며 서로 축하한 것과 같았다. 그 아우 덕보는 형이 비명에 죽은 것을 통탄해하며 지리산에 들어가 은거했는데, 조정에서 여러 차례 불렀으나 응하지 않았다. 김덕령의 아내 이씨는 정유왜란을 당하여 왜적을 꾸짖어 굴하지 않고 죽음을 맞았다.

해평 윤근수는 그를 이렇게 평했다.

"김덕령은 비록 절인의 용기를 가졌으나 무고한 사람을 함부로 죽였으니 어진 사람이 아니었고, 더불어 사람의 약속을 저버려 믿음이 있는 자가 아니었으니, 뛰어난 장수의 재능을 갖추지 못했었다."

김덕령은 일찍이 갑오년 10월 진주성 전투에서 희생된 장수와 병사들을 제사 지내면서 그 제문에 다음과 같이 썼다.

오호! 하늘을 보니 아득하고 땅을 굽어보니 움츠렸구나.
한 조각의 싸움터가 영원히 의로운 지역이 되었도다.
영전에서 눈물을 씻고 피를 토하며 말을 펼치노라.
전쟁에서 변고가 생기는 것이 어느 시대인들 없겠는가,
아, 우리나라에 어찌 오늘과 같은 날이 있는고?
흉악한 칼끝이 닿는 곳마다 건괵1)이 넘쳐났구려.
금탕2)은 튼튼하지 못했고 함곡3)은 열렸었네.
그럼에도 이 진주성에는 백만 군이 합세를 하여,
사람들은 장순 허원4)이었고 성은 휴양5)이었다네.
산천은 색채를 담았고 일월은 빛을 머금었도다.
오호, 원통하구나!
덕령은 국사의 인재가 아니면서 외람되게 천거에 응하여,
의병을 모아 떨쳐 일어섰지만 이 한 고을에 머물렀도다.
앉으나 서나 소리쳐 땅이 쪼개지도록 길게 한탄하기를,
오히려 충신의 넋을 저버리고 장부에게 부끄럽다 했네.
아아, 그 뼈 백골이 되어도 그 영혼 사라지기 어려워라.
응당 사나운 귀신 되어 모두 함께 황천 병사로 변하여,
혹은 쇠와 돌덩어리 던지고 혹은 벼락을 휘둘러서,
그 끝까지 몰래 도와 왜적들 소굴을 소탕할 것이로다.
오호라, 높고 높은 진주 산성이여 넘실대는 진주 강물이여,
아득하고 아득한 이 원한 산처럼 높고 강처럼 길도다.

1) 巾幗(건괵): '괵(幗)'은 여인 머리 덮는 수건으로, '건괵'은 여자들이 바깥 출입할 때 둘러쓰던 수건인데, 이에서 뜻이 확대되어 전투에서 적들이 두려워 나오지 못할 때 비겁하고 무능하다고 놀리면서 이것을 전해주었음. 곧 겁을 먹고 몸을 도사리는 장수를 비꼬는 말.

2) 금탕(金湯): 금성탕지(金城湯池)의 준말. 매우 튼튼한 성과, 성곽 주위의 물이 가득 찬 깊은 참호라는 뜻.

3) 함곡(函谷): 중국 진(秦)나라의 국경에 있던 관문(關門) 이름으로, 곧 튼튼한 국경 지대의 성문.

4) 순원(巡遠): 당(唐)나라 현종(玄宗) 때 안록산(安祿山)이 난을 일으켜 수도로 진격해 오는데, 장순(張巡)과 허원(許遠) 두 장수가 휴양현(睢陽縣)에서 진격을 못하게 막아 공을 세웠음.

5) 휴양(睢陽): 당나라 때 장순과 허원이 공을 세웠던 곳이므로 휴양현과 같은 고을이라고 비유했음.

김덕령이 의병을 일으킬 즈음에 무등산에 들어가 장검을 날카롭게 만들었는데, 밤이면 곧 청백의 기운이 한 고을에 가득 찼고 또 5, 6일 동안 산의 울림소리가 났다. 사람들이 그것을 많이 기이하게 여겼고, 식자들은 모두 이것을 길하지 않은 징조로 여겼는데, 이것이 증명된 것이었다.

김덕령이 사망한 뒤 150년 동안 영호남 사람들은 그를 슬프고 애석하게 여기지 않은 사람이 없었으나, 조정에서는 마침내 사리를 펼쳐 밝히는 자가 없었다. 백헌 이경석이 이런 뜻을 의논하여 펼치기를 주청했으나 조정의 의견은 일치하지 않았다. 영조 초년에 이르러 이광덕이 호남관찰사가 되어 무고로 원통하게 죽은 사실을 가려 아뢰게 되었다. 그래서 사당을 세우고 영혼을 편히 쉬게 하니, 백성들이 대단히 기뻐하였다.

사진자료

〈김덕령 묘〉　　　　　　〈충장사〉

金德齡

金德齡光州石底村人也. 體短小神勇絶倫 怒則目出火光 雖暗夜通照數里. 超越數仞閣 惑馳馬入房闥 卽回馬躍出. 登樓屋之上 橫臥而輾 由簷而墜 入於樓中. 或於山坂揮長劍 左右斫所過樹木 散落如風雨. 自言能通遁甲. 李貴獨信之曰 捕逐龍虎 飛走空中. 智如孔明 勇如雲長. 德齡素有氣節 自負甚重. 然家本寒微 習儒業 端雅謙晦 故人無知者. 宣廟壬辰之亂 兄德弘嘗爲高敬命參謨 死於錦山. 德齡遂無意於世 持母服在家. 官軍義兵見賊輒潰 天兵亦皆觀望. 娣夫金應會慷慨士也. 屢勸起兵 德齡疑未決. 適潭陽府使李景麟 長城縣監李貴 交薦于朝. 監司又給戰具 勸起赴難. 時世子撫軍南下 又諭以令旨 德齡乃與所善壯士崔聃齡等 數十人俱起. 賣田宅爲器仗 傳檄募兵 應者坌集 得精壯五千餘人. 德齡手自指畫 敎以行陣. 世子招見 以試其勇 賜號翼虎將軍 時年二十六. 常佩兩鐵椎 重各百斤. 晉州牧場有惡馬 超高越險如飛 人莫敢前. 德齡聞之 徐至馬所 鉗勒騎之 馴熟不敢動. 甲午正月 遣使宣諭義兵將金德齡 賜軍號曰忠勇. 二月忠勇義兵將金德齡 進軍嶺南 得本府士人崔聃齡 爲別將. 賊聞其名恐懼 稱以石底將軍. 盖德齡石底村人 而誤認爲出自石底也. 將發 其先文云 自潭陽淳昌金海東萊釜山東海對馬島日本大坂城 指路移檄嶺南. 有曰 志存章句 業非弓馬 母旣臨年 兄又戰死. 乍隨行伍 旋卽辭歸. 上念國恥 幾撫中夜之劍 下憤兄讐 每墜沾食之淚. 私禍未悔 母今見背 情事粗畢 身可許死. 德齡往見權慄 請受節度. 且移書郭再祐 約以同仇. 清正遣兵寇慶州 高彦伯率諸將 逆擊敗之. 時清正聞德齡踰嶺 潛遣畫工圖其像. 而見之驚曰 此眞將軍也. 乃斂兵 禁侵掠 撤諸小屯 合爲三屯 以待之. 自是凶鋒久戢 邊徼不警. 是年四月 朝廷以諸義兵供饋有弊 乃命盡罷義兵 屬于忠勇軍. 於是鄭仁弘任啓英沈士貞等 釋兵而歸. 德齡愛崔堈驍果 引爲別將 軍勢益振. 乃引兵而進 傳檄日本 遠近響應 將卒勇氣百倍 踴躍欲戰. 會朝廷以和議 戒諸將毋得交兵 德齡不得已留屯晉州. 大集兵益治攻戰之備 廣置屯田 爲戰守計. 屢請戰 朝廷又不許. 時有忌德齡威名 而疾其成功者 沮擾百端. 德齡知大功不成 禍且不測 感激憂憤 日夜飮酒. 謂其弟德普曰 汝有我勇 我有汝智 則豈至於此乎. 自是成心疾. 先是尹斗壽每斥和議 持攻戰計. 至是拜都體察使 請先討巨濟屯賊 上許之. 斗壽至南原 以麾下兵數千 付宣居怡 進屯固城. 令權慄李舜臣金德齡 合兵協攻巨濟. 權慄又使郭再祐洪季男助戰. 再祐語德齡曰 聞此一擧

要試將軍之勇 有諸. 曰然. 曰將軍能料跨海滅醜之勢耶. 曰否. 再佑曰 國家倚將軍而
舉事 士卒恃將軍而赴敵 今將軍之言 如是何耶. 曰據海之賊 實未易制 而但朝命不敢
違耳. 再祐長吁曰 事可知矣. 將軍名振蠻中 賊方畏縮不動 而今忽輕進 徒損威名. 將
何以善其後乎. 卽馳報于慄 言其不便. 至日三飛狀 而慄不聽. 德齡等不得已下海 與李
舜臣連兵 向巨濟. 軍威甚盛 宣居怡語德齡曰 將軍之勇 可試今日. 德齡雙竪忠武翼虎
旗于船上 張樂鼓進. 賊亟閉城不出 惟於城上 盛兵以待之. 德齡與洪季男上岸 躍馬舞
劍以挑之 賊終不動 連放大砲. 士卒近城者輒傷 皆避入. 諸將知不可易攻 各引軍還.
由是德齡威名稍損 乘此構誣者尤衆. 九月 尹根壽採訪湖南 聞德齡刑殺濫酷 逮械晉
州. 仍聞于朝 拏來囚鞫. 丙申二月 南道士民上疏請宥. 右相鄭琢力言 讐賊未除 先殺
壯士 不可令敵國聞. 上亟命原釋. 未幾 鴻山人李夢鶴叛. 都元帥權慄全羅監司朴弘老
與金德齡等 引兵來討. 有飛語云 金崔洪同叛. 蓋指德齡崔聃齡洪季男也. 及賊黨就捕
問狀 又實其語 誣稱郭再祐高彦伯 皆我心腹也. 李時言金應瑞平日尤忌德齡者也. 欲
乘時殺之 密啓德齡有叛狀. 上大驚曰 德齡勇冠三軍 且有親兵 若不就捕奈何. 領議政
柳成龍曰 必無是慮. 承旨徐渚曰 德齡非叛者. 遣一使足可捕之 何必設計行詐. 上怒渚
曰 汝往捕之. 渚未至晉州 權慄與牧使成允文 依密旨請議軍務. 德齡單騎來詣. 允文執
其手曰 朝命捕君. 德齡卽跪曰 上有命 何乃接我. 允文哀其寃 但鎖其手. 諸將不忍見
相顧默然. 德齡謂允文曰 我以虛名遇禍 公宜嚴器械 以次傳詣. 不者 又恐貽害. 滿座
爲之泣下. 士民訴寃於體府 常數百人. 朝廷猶益疑之 以鐵鎖巨木縛束之. 德齡笑曰 我
若欲叛 是奚足禁我哉. 怒而奮身 鐵鎖皆絶. 遂就供曰 臣受國厚恩 誓欲滅賊 豈肯從逆
雛叛耶. 且臣若有異心 初旣承元帥令討賊 及夢鶴就誅 亦豈肯按兵還屯耶. 但忘哀起
義 未有寸功 不伸於忠 而反屈於孝 此臣之死罪也. 然臣則當死 崔聃齡無罪 勿以臣故
並殺之. 上問諸大臣. 鄭琢金應男等 齊言德齡必不叛 柳成龍獨不對. 遂嚴訊 卒死於
獄. 臨死脛骨皆碎 體無完膚 動止辭氣如常. 郭再祐崔聃齡崔堈等 繫獄俊皆得釋. 德齡
有儒者風 嘗作詩見志曰 絃歌不是英雄事 劍舞要須玉帳遊 他日洗兵歸去後 江湖漁釣
更何求. 自倡義之後 國人謂以神將 而對壘三年未有顯功. 忌嫉者甚多 竟不免於枉死
國人痛之. 自是湖嶺之間 父子兄弟遂以義兵相戒. 亦相吊出涕曰 吾屬皆魚肉矣. 倭聞
德齡死 跳踉相慶曰 兩湖不足取也. 如金人聞岳飛死 而擧酒相賀矣. 其弟德普 痛兄非
命 隱居智異山 累徵不起. 德齡妻李氏 當丁酉之亂 罵賊不屈而死. 尹海平根壽曰 德齡

雖有絶人之勇 濫殺無辜非仁 與人背約非信 非良將之才也. 德齡嘗於甲午十月 祭晉州戰亡將士. 文曰 嗚呼視天茫茫 俯地夔夔. 一片戰塲 萬古義域. 拭淚奠椒 瀝血陳辭. 干戈生變 何代無之. 嗟我震方 寧有今日. 凶鋒所至 滔滔巾幗. 金湯不固 函谷未閉. 矧兹晉陽 百萬合勢. 人有巡遠 城有睢陽. 山川動色 日月含光. 嗚呼痛哉 德齡才非國士 猥膺推轂. 招衆激仰 住兹一曲. 興言起坐 斫地長吁. 尙負忠魂 有靦丈夫. 嗚呼 可白其骨 難泯其靈. 應爲厲鬼 共作陰兵. 或下金石 或上雷霆. 其極默祐 掃蕩醜窟. 嗚呼 晉山峩峩 晉水洋洋. 悠悠此恨 山高水長. 德齡起兵初 入無等山鑄長劒 夜則有靑白氣彌滿一洞 山鳴又五六日. 人多奇之 識者皆以爲不吉之兆 至是果險. 德齡死後 一百五十年之間 嶺湖之人 莫不痛惜 朝廷終無伸理者. 白軒李景奭 獻議請伸 朝議不咸. 至英廟初年 李匡德按湖南 啓聞辨其冤誣. 立祠妥靈 士民大悅.

김덕령 설화

(1) 대국명사가 잡은 명당자리

중국 명사가 우리 한국으로 묘자리를 잡으러 나왔어. 대명당을 잡을라고 한국 산세를 다 돌았는데, 광주 무등산까지 갔어. 광주 무등산을 가가지고는, 주인을 정해 갖고 주인을 누구집을 정했냐 허면 김덕령 즈그아버지를 만났단 말이여. 그 집에서 자게 되었어. 자게 되었는디, 계란 하나 돌라고 했어. 기란을 하나 돌라고 하니게는 곤 달걀을 주었단 말이여. 닭 울 시간이 되었는데, 꽤꽤 안 울거든. 그러니께 그 대국명사가요 자다가 군담을 혀.

"내가 잘못 보지 않았는디, 잘못 보지 않았는디."
헌다 말이여.

그 이튿날 저녁에 또 하나 돌라고 혀. 그래 인자 그제는 좋은 달걀을 주었는디, 김덕령 즈그 아버지가 첫날 저녁에도 보고, 그날 저녁에도 가서 보고서 뒤를 쫓아서

어디에가 파 넣는가? 본다 말이여. 김덕령 즈그아버지가 봐가지고, 산 중트막이 가더니만 거기를 파고는 달걀을 묻어. 거기다가 파묻어 놓고 내려와서 잠을 자는디, 대체로 닭 울 때가 된 게 쪽지를 털털 떨고 거기서 닭소리가 난다 말이여.

달걀 묻은 디서 그러니께, 물팍을 탁 치면서,
"그러면 그렇지, 내가 그렇게 보든 아는디."
이랬단 말이여. 이러고는 인자 대국으로 묘소를 파러 갔어. 묘소 파다 묻을라고 김덕령 지그아버지가 발동거리를 해 버렸네. 파러 간 절에 딱 파고는 가서 인자 부모묘를 파묻은 거여. 깔짝거린 자리도 있고, 그 산밑에도 살고 있은 때라 들락달락 만날 보고 있는데 환하지 뭐. 인자 파 제치고는 본께, 이렇게 하나 들어갈 자리 앞뒤에 석회암이 들었는디, 그놈을 들어내고 썼단 말이여.

와서 보니께 묘소를 써 버렸거든. 그래 명사가 물었어.

"아 어찌 알고 묘를 썼냐?"

한께,

"내가 썼다"

고.

"그 자리는 당신 자리요. 그런디 그 석회암은 들어냈소? 안 들어냈소?"

"그 석회암을 들어냈다."

그랬거든.

"허허, 잘못 묘 썼는디."

그래서 거기 묘소를 쓰고, 뫼 바람에 첫놈에 딸을 낳고, 둘째 김덕령을 낳았단 말이여. 김덕령 장군은 낳았는디, 인자 그놈이 장성해 갖고, 참 볼록볼록 했겠지. 힘이 항우 장사라더니, 무엇이든지 가면은 다 이겨.

(2) 오뉘 힘내기

김덕령 누이는 여자니께 집에 가 있지만은 김덕령이 너무 나가싸. 나다니고 어디가 머스매 맞을만헌 게 씨름판이 있었어. 그곳으로 간다고 했싸.

"어라! 너 가지 말아라. 너만한 기운이 어디가 없으랴?"

그 적이 열 한 일곱 살 먹어서 볼록볼록 했지, 나는 기운으로. 그러니 씨름판에 가서 큰 씨름을 허려고 갈라고 허는디, 누이가 못 가게 막었어. 그런데 고집을 세워서 가. 가가지고 씨름을 허는디, 대체 그놈을 이길 놈이 없어. 김덕령 장군 이길 사람이 없단 말이여. 그래서 모딜매를 맞게 생겨서 손을 까고 이런디, 즈그누가 남복을 차리고 들어가서, 그냥 살짝 비우면서 버벅씨름을 했어. 김덕령은 지그누인지도 모르지. 남복을 차리고 왔으니 알 수가 어디 있어? 그래서 어득막 하니 지그누와 버쩍 져 버린 거여. 씨름판에 갔다 왔어.

"하! 상시름 했나?"

그러니께,

"긴 놈 위에 난 놈 있다고. 나보다 더 센 놈이 있는가, 상시름 못 허고서 왔다."

고 그러거든.

"봐라, 내가 가지 말라고 안 하데?"

지그 누가 그랬단 말이여. 그래서 참 지그누 말허고 맞았어.

"니가 정 내 말을 안 듣고 그러면은 너허고 나허고 내기를 허자. 나는 삼 똥구먹을 뽑아서 그 삼 쪄가면서, 똥구먹을 뽑아서 쪼개 가지고, 도복을 만들테니께, 너는 거기서 억새를 뜯어 엮어 갖고 광주 무등산을 이어라."

그런디 삼 똥꾸녁을 톱칼로 똑 파가지고 그놈을 이어서 도복을 만든단께, 그놈으 것이 어떻게 시간이 걸리더라고 그렇게 해서 도복을 다 맨들어서, 인제 동정을 달면 다 허는데, 다 해놓고 광주 무등산을 처다 본께 이자 중트막 이어 올라가. 새를 뜯어서 엮어가고, 중트막 이어 가는디, 그래 놓고는 냅다 두었지. 다 이드락 냅다 두었더니 다 이고 와서,

"누님 누님, 우리 내기 한 것이 어떻게 되었고?"

그러거든.

"아이, 동정을 못달았다."

그런게,

"그러면 나한테 죽어야지."

그리고 누이를 죽여 버렸단 말이여.

(3) 의병활동

죽여 버리고는 인자 일본서, 일본군이 우리 한국을 침노하려 나왔는디, 김덕령이 나라에 상소를 허고, 입궐을 해 갖고, 거시기를 쳤으면 아무 문제가 없었는디, 참

젊은 혈기에 아무런 거시기없이 저것들이 쳐 들어온게, 아! 그건 개밥의 도토리라. 그 같은 것 수백 명이 쳐들어 와도 김덕령이 한 번 움찔거리면 그냥 천백만이라도 그냥 막 쳐뿌수울 용기가 있단 말이여. 그렇게 말을 타고 나서서 그냥 왜군을 시켜 버렸다는 말이여. 이 말이 나라에 올라갔네. 나라로 올라 가갖고, 상소 없이 여기서 이렇게 해서 일본군을 거기서 보내고 보니께, 이걸 모두 신하들이 역적으로 몰아서 죽일라고 역적로 몬단 말이여. 그러니께 할일없이 역적으로 몰렸다! 김덕령이 역적으로 몰려갖고 죽게 생겼어.

(4) 억울한 죽음

그러니께 아! 장작을 수복이 쳐 질러 놓고, 석유를 부서 놓고, 그 위에 올려놓고 불을 대도 타지도 안 해. 김덕령이 물 수(水)자를 딱 써 놓으면 타지도 안 허고 그냥 나무만 붙지. 김덕령 옆에는 불이 가지도 않고, 불 붙지 안 허고 그냥 있고, 칼로 쳐도 소용이 없고, 창으로 찔러도 소용이 없고, 전부 몸둥이가 쇠덩어리라 아무 상관이 없어. 안된단 그 말이여. 그런게 김덕령이 한단 말이, 나라 임금님 앞에서 그랬어.

"내가 죽기는 한나도 안 서운헌디, 나를 죽일라거든 만고 충신 김덕령(萬古忠臣金德齡)이란 선판을 올려주면 제가 죽겠습니다."

그러거든. 그래 모든 신하들이, 선판에다 '만고 충신 김덕령'이라 써갖고 죽여 버리고는 그까지 것 태워 버리던지 대패로 깎아 버리던지 하면 문제가 없을 줄 알고,

"그러면 그래라."

하고 '만고 충신 김덕령'이라 선판을 써서 붙였어. 딱 써서 붙여 놓고 김덕령을 보고,

"자, 너를 '만고 충신 김덕령'이라 선판을 붙여서 울렸으니, 인자 죽어야 할 것 아니냐?"

"그러면 죽어야지."

하고, 앞 발바닥 장심(掌心)을 요리 떠든게, 괴기비늘마냥으로 비늘이 일어나.

"여기 밖에 숨통이 없어. 요기를 부셔야지 죽지, 그렇잖으면 안 죽는단 말이여. 복상 나뭇가지를 쪄다가 여기를 시 번만 때리라."

고 해. 복상 나뭇가지로 세 번을 때리니께 김덕령이 죽었어. 죽은 뒤에 그 선판을 없앨라고 해야. 타지도 안 하고, 대패로 깎아야 깎아 지지도 안 하고. 오늘날까지도 시방 김덕령 장군 이름이 있다고.

출처: 최래옥 외, '김덕령 장군 일화',『한국구비문학대계』5-1, 한국학중앙연구원, 1981, 254.

〈관련 설화 목록〉

조희웅 외, '김덕령 일화',『한국구비문학대계』1-4, 한국학중앙연구원, 1981, 896.

성기열 외, '김덕령 장군 일화',『한국구비문학대계』1-7, 한국학중앙연구원, 1982, 835.

김선풍 외, '김덕령 장군을 죽인 간신',『한국구비문학대계』2-5, 한국학중앙연구원, 1983, 389.

서대석 외, '김덕령의 죽음',『한국구비문학대계』2-6, 한국학중앙연구원, 1984, 121.

서대석 외, '만고충신 김덕령',『한국구비문학대계』2-7, 한국학중앙연구원, 1984, 114.

최래옥 외, '김덕령 장군 일화',『한국구비문학대계』5-1, 한국학중앙연구원, 1981, 254.

최래옥 외, '만고충신 김덕령',『한국구비문학대계』5-1, 한국학중앙연구원, 1981, 319.

최래옥 외, '김덕령 일화(1)',『한국구비문학대계』5-2, 한국학중앙연구원, 1981, 337.

최래옥 외, '김덕령 일화(2)',『한국구비문학대계』5-2, 한국학중앙연구원, 1981, 339.

최래옥 외, '김덕령 장군의 오뉘 힘내기',『한국구비문학대계』5-3, 한국학중앙연구원, 1983, 116.

최래옥 외, '김덕령 남매의 힘내기',『한국구비문학대계』5-3, 한국학중앙연구원, 1983, 120.

지춘상 외, '유성룡과 김덕령',『한국구비문학대계』6-2, 한국학중앙연구원, 1981, 1.

김승찬 외, '김덕령 장군 전설',『한국구비문학대계』6-3, 한국학중앙연구원, 1984, 645.

최래옥 외, '김덕령 장군 오뉘 힘내기',『한국구비문학대계』6-8, 한국학중앙연구원, 1986, 196.

최래옥 외, '김덕령을 얻게 된 묘터',『한국구비문학대계』6-8, 한국학중앙연구원, 1986, 373.

최래옥 외, '만고충신 김덕령',『한국구비문학대계』6-8, 한국학중앙연구원, 1986, 883.

최래옥 외, '김덕령 오뉘 힘내기',『한국구비문학대계』6-9, 한국학중앙연구원, 1987, 38.

최래옥 외, '김덕령 장군의 일화', 『한국구비문학대계』 6-9, 한국학중앙연구원, 1987, 41.

최래옥 외, '김덕령이야기', 『한국구비문학대계』 6-9, 한국학중앙연구원, 1987, 433.

최래옥 외, '김덕령과 누나', 『한국구비문학대계』 6-9, 한국학중앙연구원, 1987, 445.

최래옥 외, '김덕령과 별', 『한국구비문학대계』 6-9, 한국학중앙연구원, 1987, 447.

최래옥 외, '김덕령과 굽나막신 석자세치', 『한국구비문학대계』 6-9, 한국학중앙연구원, 1987, 451.

최래옥 외, '김덕령의 친구 데려오기', 『한국구비문학대계』 6-9, 한국학중앙연구원, 1987, 452.

최래옥 외, '김덕령과 힘자랑', 『한국구비문학대계』 6-9, 한국학중앙연구원, 1987, 455.

최래옥 외, '김덕령 장군', 『한국구비문학대계』 6-9, 한국학중앙연구원, 1987, 495.

최래옥 외, '김덕령과 누나와 용마', 『한국구비문학대계』 6-9, 한국학중앙연구원, 1987, 496.

최래옥 외, '김덕령 장군 일화(1)', 『한국구비문학대계』 6-9, 한국학중앙연구원, 1987, 567.

최래옥 외, '김덕령 장군 일화(2)', 『한국구비문학대계』 6-9, 한국학중앙연구원, 1987, 582.

최래옥 외, '김덕령 오뉘 힘내기', 『한국구비문학대계』 6-10, 한국학중앙연구원, 1987, 90.

최래옥 외, '영룡대(靈龍臺:김덕령 장군)', 『한국구비문학대계』 6-11, 한국학중앙연구원, 1987, 468.

최래옥 외, '김덕령과 오뉘 힘내기', 『한국구비문학대계』 6-11, 한국학중앙연구원, 1987, 606.

최래옥 외, '김덕령 전설', 『한국구비문학대계』 6-11, 한국학중앙연구원, 1987, 608.

조동일 외, '이여송과 김덕령', 『한국구비문학대계』 7-2, 한국학중앙연구원, 1980, 653.

최정여 외, '김덕령과 이여송', 『한국구비문학대계』 7-14, 한국학중앙연구원, 1985, 163.

신동흔, 『역사인물이야기연구』, 집문당, 2002, 364~377.

　　　　'만고충신 김덕령'(364), '김덕령의 죽음'(364), '김덕령 오뉘 힘내기'(365), '김덕령의 죽음'(365), '이순신과 김덕령'(366), '만고충신 김덕령'(367), '인재 안 쓴 조선왕조'(368), '김덕령의 고난'(369), '김덕령 전설'(369), '청군 벌한 김덕령'(369), '만고충신 김덕령'(371), '악한 중을 징치한 김덕령'(373), '만고충신 김덕령'(374)

신동흔 외, '김덕령이야기', 『도시전승설화자료집성』 10권, 민속원, 2009, 265.

이수자, '김덕령을 이긴 누이', 『설화화자연구』, 박이정, 1998, 390.

이수자, '만고충신 김덕령', 『설화화자연구』, 박이정, 1998, 391.

이헌홍, '김덕령이야기', 『김태락 구연설화』, 박이정, 2012, 314.

임석재, '김덕령의 용력', 『한국구전설화』 7권, 평민사, 1990, 78.

 정충신(鄭忠信, 1576~1636)

조선 중기의 무신으로 본관은 하동(河東), 자는 가행(可行), 호는 만운(晩雲)이다. 1592년 임진왜란이 일어나자 광주목사(光州牧使) 권율(權慄)의 휘하에서 종군했다. 권율이 장계를 행재소에 전달할 사람을 모집하였으나 응하는 사람이 없었는데 17세의 정충신이 자청하여 왜군으로 가득한 길을 단신으로 뚫고 행재소에 도착하였다. 병조판서 이항복에게 총애를 받아 사서를 배웠고 무과에 응시하여 합격하였다. 1623년 안주목사로 방어사를 겸임하였고, 다음해 이괄(李适)의 난 때는 도원수 장만(張晩)의 휘하에서 전부대장(前部大將)으로 활약하여 이괄의 군사를 황주와 서울 안산(鞍山)에서 무찌르고 진무공신(振武功臣) 1등으로 금남군(錦南君)에 봉해졌다. 1627년 정묘호란 때는 부원수를 지냈고, 1633년 조정에서 후금(後金)에 대한 세폐의 증가에 반대, 후금과의 단교를 위하여 사신을 보내게 되었는데 김시양(金時讓)과 함께 이를 반대하여 당진에 유배되었고 이후 다시 장연으로 이배되었다가 풀려 나와 이듬해 포도대장·경상도병마절도사를 지냈다. 천문·지리·복서·의술 등 다방면에 걸쳐서 정통했으며, 청렴하기로 이름이 높았다. 광주(光州) 경렬사(景烈祠)에 제향되었으며 시호는 충무(忠武)이다. 『참고문헌』 선조실록, 광해군일기, 인조실록, 한국인명대사전

정충신

정충신은 호남 광주 사람으로, 자는 가행이고 고려 명장 정지의 후손이다. 충신은 출신이 미천하여 어려서 절도사 영의 정병에 속해 있으면서 예부 지인[1]을 겸하고 있었다. 선조 임진년 왜적이 크게 쳐들어왔을 때, 그때 권율이 광주목사가 되어 병사를 일으켜 왜적을 토벌했는데, 정충신이 지인으로서 항상 곁에 있었으며 권공이 그를 특별히 총애했다.

하루는 권공이 일찍이 적진을 정탐하기 위해 병사를 보내려는데 충신이 함께 가기를 청하였다. 권공이 꾸짖으며 만류했다.

"너와 같은 어린 아이가 가서 장차 무엇을 하려느냐?"

그러나 충신이 간곡히 청하자 드디어 그를 허락하여 보내주었다.

말을 달려 적진에 도착하니 적은 이미 물러난 상태였다. 그래서 충신은 촌가를 두루 살펴보다가 깨진 독이 뒤집혀 있는 것을 보고 장난삼아 활을 쏘았다. 그랬더니 한 병든 왜적이 독 밑에 숨어 있다가 화살에 맞아 죽었고, 곧 그 머리를 베어 깃발 끝에 매달아 돌아오니 권공이 크게 기이하게 여겼다.

임금이 의주로 피난 갔을 때 권율은 순찰사로 승급되어 군사를 일으켜 적을 토벌하고 있었는데, 장차 군사 문제로 임금에게 보고할 일이 있어서 부하 중에 능히 임금이 머물고 있는 곳에 문서를 전달할 자가 있는지를 물었다. 이에 응하는 자가 없으니 충신이 분연히 자신이 가겠노라고 청하였다. 이때 그

1) 지인(知印): 지방관장을 몸 가까이 붙어 여러 가지 심부름을 하며 받드는 직책.

의 나이 17세였다.

이 무렵 적병이 모든 길에 가득했는데, 충신이 칼을 차고 홀로 길을 나서 밤낮으로 수천 리를 달려 행조에 도달했다. 당시 오성 이항복이 병조판서로 있었는데 그 부하에게,

"이 아이는 먼 곳에서 왔기에 숙소가 없으니 나의 숙소에 함께 있도록 하라."

라고 말했다. 인하여 머물도록 하고는 옷과 음식을 주고 또 역사서적을 읽게 하였다.

충신에게 깨달음이 뛰어난 사람이어서 학문이 나날이 늘었고 일을 만나도 어려움이 없었다. 이항복이 크게 기뻐하여 친애함이 부자지간 같았고, 그 문하의 이름 있는 명사 연양 이시백·신풍 장유·완성 최명길 등이 모두 서열이나 지위와 상관없이 함께 사귀었다.

백사가 일찍이 이렇게 말해 칭찬했다.

"만약 칼을 내려놓고 책을 잡아 글공부를 한다 해도, 한 세대에 고명한 선비가 되는 데에 거리낌이 없을 것이다."

가을에 행조에서 시행한 과거에 무과 급제하였다. 임금이 오성에게,

"경이 일찍이 정충신의 재능을 말해 왔는데 지금 급제를 했으니 와서 만나도록 하라"

라고 일렀다. 그리고 만났을 때 임금은 그를 권장하여 말했다.

"나이가 아직 어리니 좀 자라면 가히 크게 쓰일 것이로다."

그 후 정충신은 여러 차례 장만의 비장이 되어 도왔는데, 장공 또한 그를 각별히 사랑하였다. 또한 오윤겸을 따라 일본에 들어갔었는데, 돌아와 여러 관직을 거쳐 창주첨사에 이르렀으며, 재직하는 곳마다 이름을 드날렸다.

광해군 때에 이르러서 이항복이 인목대비 폐위[2]에 항거하다가 북청으로 귀양을 가게 되었고, 정충신이 함께 쫓아가면서 산과 물의 험한 길에 힘들고 고생스러웠으나 하나같이 마음에

2) 폐모(廢母): 광해군(光海君)은 즉위 6년(1614)에 선조(宣祖)의 적자인 영창대군(永昌大君)을 죽이고, 9년(1617)에 선조 계비 인목대비(仁穆大妃-영창대군의 生母)를 폐위(廢位)하여 서인(庶人)으로 만들었음. 이항복(李恒福)이 이를 강력하게 반대해 북청으로 귀양 가게 되었던 사건.

나태함을 느끼지 않았다. 그리고 그 시대의 변고에 대한 개요와 귀양살이에 관한 처음부터 끝까지의 내력, 또한 출발하여 가는 동안의 험하고 어려웠던 사정이며 지나는 마을의 후하고 박한 인정에 이르기까지 세세히 모두 기록하여 『북천록』을 저술했다.

이항복이 사망하고 3년 동안 심상³⁾ 복을 입었다. 충신의 사람됨은 몸집이 작았으나 눈은 빛나는 별과 같았고 얼굴이 잘 생겼으며 말솜씨가 뛰어났다. 영특하고 과감하였고 정의로웠으며, 미리 헤아려 일을 처리하면 잘 들어맞는 경우가 많았다.

신유년 조정에서는 장차 충신을 건주⁴⁾에 보내 금나라의 사정을 정탐하고자 했다. 이때 명나라 장수 모문룡은 우리 평안도 서쪽 바다에 있는 단도에 진을 치고 있으면서,⁵⁾ 명나라 황제를 빙자해 백성들을 심하게 죽이고 약탈하여 법도가 없었다. 그리고 우리나라의 동정을 살피어 해치려 하니, 우리 조정에서는 건주로 사람 보내는 것에 대해 그의 의심을 살까 두려워하였기에, 먼저 충신으로 하여금 비밀히 건주로 가도록 명령했다. 이에 정충신이 말했다.

"이는 의심을 사지 않으려다 마침내 사실이 발각되어 도리어 의심을 받고 무고를 당하게 될 것이로다."

그리고는 곧 임금에게 상소를 올렸다.

"지금 신이 그 곳에 가면 자객이나 간첩이 아니기에 이미 몸을 숨기기 어렵습니다. 모든 요동의 많은 사람들 중에 어찌 한 두 사람이 달려가서 모문룡에게 알려주는 자가 없겠습니까? 또 모문룡은 거리낌 없이 요구하면서 우리나라를 깊숙이 들여다보고 있습니다. 만약에 건주에 가는 사실을 거짓되게 반대로 꾸며 명나라에 무고한다면, 명나라는 3번까지 무고한 다음에야 믿었

3) 심상(心喪): 부모의 사망이 아니기 때문에, 상복은 입지 않고 상주 같은 마음으로 몸을 근신하는 것. 보통 스승의 사망에 제자가 이렇게 했음.

4) 건주(建州): 건주위(建州衛)를 말함. 건주위는 만주 길림성(吉林省)에 두었던 군사진지인데, 이 무렵에는 명(明)나라가 힘이 약화되어 이 지역을 여진족이 세운 후금(後金-뒤에 淸나라)이 차지하고 있으면서 우리나라와 명(明)나라를 괴롭히고 있었음. 건주노정(建州虜情)은 이들의 정세를 비밀히 살피고자 했던 일임.

5) 모문룡(毛文龍): 명(明)나라 장수 모문룡(毛文龍)이 황제의 명을 받아 평안도 서쪽 섬 가도(椵島)에 동강진(東江鎭)이란 진을 치고 청(淸)나라를 감시하면서 우리나라를 수탈했음. 이 섬의 명칭에 대하여 한때 '가도(椵島)'가 아니고 '단도(椴島)'라고 해야 한다는 이론이 제기되었으나, 많은 전적에서는 '가도(椵島)'로 표기하고 있음. 본문에는 단도(椴島)로 썼음.

다는 삼모지서[6]의 예를 벗어나 세 번까지 기다리지 않고 바로 그 무고를 믿을 것입니다. 그러니 명나라 황제에게 보고하여 모문룡에게 통첩이 내려가 사태가 분명해진 뒤에라야 후회가 없을 것입니다. 그렇게 되지 않으면 신은 비록 죽임을 당할지라도 감히 명을 받들지 않겠습니다."

조정에서 논의한 결과 옳다고 여기고 명나라 경리부에 보고하여 모문룡 진영에 통첩이 전달된 뒤에 떠나게 되었다.

그리하여 오랑캐들의 진중에 들어가 여러 추장들과 함께 이야기를 하니 여러 추장들이 모두 감복했다. 또한 추장들이 정충신에게 물었다.

"너희 나라는 매번 우리를 도적이라 말하는데 어찌된 일인가?"

"아, 너희는 천하를 도둑질하려는 마음을 갖고 있으니 도적이 아니고 무엇이냐?"

정충신의 대답에 여러 추장들이 크게 웃었다. 이에 그들에 관한 필요한 정보를 다 얻고 모문룡도 살펴본 다음, 적진의 사정을 모두 탐구하여 귀국했다. 또한 사람들에게 고하기를,

"이 오랑캐 장수들은 천하의 우환거리로서 어찌 다만 우리나라의 근심거리만 되겠는가?"

라고 하였다. 발탁되어 만포첨사가 되었고, 평안도 병마우후로 옮겨졌다가 인조 계해년에 안주목사 겸 방어사로 임명되었다.

얼마 지나지 않아 이괄이 반란을 일으켰다. 당시 장만은 도원수로 평양에 주둔해 있었고 이괄은 부원수가 되어 영변에 주둔하고 있으면서 북쪽의 외적을 방비했었다. 그는 날랜 장수로서 본디 병사를 잘 다룬다고 일컬어졌고 수만 명의 뛰어난 병사들과 항복한 일본 검사들을 모두 부렸다. 이괄은 인조반정 후 공신들을 책훈하는 과정에서 벼슬과 상에 분노하여 음모를 꾸몄는데, 그 무리인 문회가 변란을 고발하여

6) 삼모지저(參母之杼): 공자(孔子) 제자 증삼(曾參·曾子)과 이름 같은 사람이 살인을 했음. 증자를 아는 사람이 증자 모친에게 달려가 아들이 살인 했다고 알렸음. 증자 모친은 "내 아들이 살인을 했을 리가 없다"라고 말하고 짜던 베를 계속 짜고 있었음. 얼마 후에 또 와서 말했지만 증자 모친은 역시 믿지 않았음. 조금 후 또 와서 증자가 분명히 살인을 했다고 말하니, 이때는 증자 모친이 손에 쥐고 있던 북을 내던지고 베틀에서 급히 내려와 담장을 넘어 아들에게로 달려갔다는 고사임.

체포명령이 내렸다. 이때 이괄은 체포명령을 받고 온 선전관 금부도사의 목을 베고 구성부사인 한명련과 약속해 병력을 일으켜 모반했다.

어떤 사람이 원수 장만에게 말하기를,

"정충신은 이들과 더불어 친한데 적에게 이용당하지 않겠습니까?"

하고 물으니, 원수는 이렇게 대답했다.

"이 사람이 어찌 임금을 배반하고 역적을 따르겠는가?"

이런 얘기가 끝나자 정충신이 도착했다. 원수는 멋대로 성을 비우고 온 정충신에게 문책하여 매를 치려했다. 이에 정충신은 아뢰었다.

"적의 뜻은 빠르게 달려 내려갈 생각이니 반드시 안주를 거치지 않을 것입니다. 또 안주에는 병사가 없어도 가히 성을 지킬 수가 있으니, 아무 것도 하지 않고 가만히 앉아 죽는 것 외는 할 일이 없습니다. 그러므로 휘하에서 조정하는 일을 들으려고 왔습니다만 돌아가고 머무는 것은 명령에 따르겠습니다."

이에 원수가 이끌어 함께 앉아 물었다.

"지금 적의 계책은 어디로 진출할 것 같은가?"

"이괄의 계책은 상, 중, 하 세 가지 계책이 있습니다."

이 말에 원수가 다시 그 내용을 물으니 정충신은 이렇게 설명했다.

"적들로 하여금 새로 일어난 기세를 타서 곧바로 한강을 건너 피난 가는 임금을 핍박하면 나라의 안위는 알 수 없을 것이니 이것이 상책입니다. 관서와 호서 지역을 점거하여 모문룡과 결탁해 세력을 떨치면 우리 조정이 역시 제압하기 어려울 것이니 이것이 중책입니다. 사이 길로 빠르게 달려 서울에 들어가 텅 빈 성 안에 앉아 지키고만 있으면 할 일이 없을 것이니 이것이 하책이 됩니다."

"그렇다면 그대의 생각엔 마땅히 어떤 책략으로 나올 것 같은가?"

"이괄은 날래고 용맹하지만 지략이 없어 반드시 하책으로 나올 것입니다."

논의를 끝낸 정충신이 돌아가 안주에 이르기도 전에 적들이 이미 샛길로 재빠르게 달려 내려간다는 말을 들었다. 장만 원수에게 편지를 보내, 안주는 이미 적들의 뒤에 있으므로 진지를 지키는데 문제가 없으니, 막부로 나아가 원수의 지시를 받아 출전할 것을 요청했다. 원수가 허락하니, 이괄은 정충신이 원수를 따르게 되었다는 말을 듣고 멍하니 두려워하는 빛을 내보였다.

원수 장만이 장차 군사를 출동시키려 하자 누군가가 말하였다.

"이 날은 직성칠살[7]날이므로 군대에서는 꺼리는 날입니다."

이에 정충신이 소리쳤다.

"어찌 부모님이 병났다는 말을 듣고 날짜를 골라 가야한다는 것인가? 그리고 군대는 강직하고 씩씩해야 하거늘 어찌 점술에 구애받는단 말인가?"

이 말에 사람들이 감복하니, 곧 원수는 정충신을 선봉대장으로 삼고 남이흥을 계원대장으로 하였다. 남이흥은 당시 명장이었고, 담력과 지략이 뛰어난 사람이었다. 그의 사위 유효걸도 용맹함이 삼군에서 으뜸이었는데, 두 사람이 함께 죄를 지어 옥에 갇혀 있었다.

원수 서쪽지역으로 출전할 때 그의 능력에 대해 많은 사람들이 말했다.

"나라의 위험이 이와 같은데 어찌 가히 조그마한 죄로 나라를 지키는 장수를 버리고 있느냐?"

임금이 그 말들을 중히 여겨 석방하고 함께 그 날로 출전하게 했다.

남이흥은 명가의 자손으로 자부심이 있고 스스로를 호걸이라 여겨, 평소에 정충신의 미천한 신분을 멸시하여 더불어 짝이 되는 것을 수치스럽게 생각했다. 이로 말미암아 두 사람은 사이가 좋지 않았고 같은 자리에서는 함께 말을 하지 않았다. 원수가 두 사람을 불러 앉히고는 먼저 나라의 일을 생각하고 사사로운 원한은 뒤로 하여 충의로써 떨쳐 일어나라고 깨우쳐 주었다.

두 장수는 감동하여 깨닫자 악수하였고 기쁘게 술을 마시며 형제가 되기를 약속하였으며 마침내 큰 공을 세웠다. 모든 사람들이 원수가 사람을 알아보는 능력에 감복하면서도 두 장수가

7) 직성칠살(直星七殺): 직성('直星'은 돌고 있으면서 사람의 운명을 결정짓는다는 9개의 별임. '칠살(七殺)'은 '칠살(七煞)'과 같은 말인데, 금신(金神)의 방위인 서쪽을 뜻하며 흉신(凶神)으로서 살기(殺氣)가 시작되는 방위로 알려져 있음.

원한을 풀게 된 것에 더 많은 찬사를 보냈다. 이에 적을 추격하여 황주 신교에서 만나 싸웠으나 불리했다. 그리고 추격하여 파주에 이르렀다.

이때는 인조 임금이 이미 남쪽 공주에 가 있을 때였다. 이괄은 서울로 들어와 경복궁을 점령하고 홍안군 제[8]를 임금으로 추대하고, 이충길을 대장으로 임명하여 서울을 지키게 했다. 장만 원수가 여러 장군을 모아 계획을 논의하는데 말이 많아 의견이 일치하지 않았다. 충신이 이에 크게 소리쳤다.

"이미 죽을힘을 다했지만 능히 적들을 격파하지 못하여, 적이 서울을 점령하고 임금이 피난을 가셨으니 우리들의 죄는 죽어 마땅합니다. 승패에 대해 논하지 말고 오직 한 번의 전투로 끝내야 따름입니다. 또한 먼저 북산을 점령하는 자가 승리하는 것이니, 지금 안령을 점거하여 진을 쳐서 도성을 눌러 굽어보면 적들이 싸우지 않을 수 없게 됩니다. 이렇게 싸우면 곧 쳐다보며 공격해야 하고 우리는 높은 곳을 이용해 싸우니 편리하여 그들을 반드시 격퇴할 수 있습니다."

"정충신의 책략이 매우 좋다."

하고 남이홍이 크게 찬성하니, 원수는 그 계책을 따르기로 결정했다.

정충신이 먼저 떠나고 여러 군사들이 그들을 따라 진군했다. 이때 장만 원수가 천천히 달리면서 편리한 방법을 찾아 진군하라 했다. 곧 정충신은 그 명령을 반대로 하여 병사들에게 호령해 원수가 빨리 달려 나아가라고 명령했다면서, 채찍을 쳐 빠르게 달려 나갔다.

경기 순찰사 이서가 원수에게 편지를 써서 말하기를,

"적은 이미 도성을 점령했으니 격파하는 것이 쉽지 않습니다. 공은 서쪽에 저는 동쪽에 있으면서 그 군량 운반 길을 끊어 버리면 적은 반드시 궁색해질 것입니다. 남쪽 구원병이 도착하길 기다렸다가 협동으로 토벌하면 일이 완벽하게 될 것입니다."

라고 했다. 모든 사람들이 그렇게 하자고 하였으나, 연양 이시백이 반대했다.

"그렇지 않습니다. 적이 하루라도 성에 머물

8) 홍안군 제(興安君瑅): 선조(宣祖)의 10번째 서자로, 이괄(李适)이 한성을 점령했을 때 왕으로 추대되었다가 반란이 평정되고 잡혀 죽었음.

면 사람들이 모여 더욱 많아질 것이니 어찌 오래 기다리는 것에 이득이 있겠습니까? 이미 그들은 순리를 거역하는 나쁜 마음 때문에 군사들이 적개심으로 가득하니, 마땅히 안정되기 전 예리한 기운을 이용해 빨리 격파해야 합니다."

"그렇다. 나는 정충신의 사람됨을 안다. 반드시 이미 안령에 올라갔을 것이다."

장만 원수가 이렇게 찬성하는데, 갑자기 앞서 간 군대가 이미 안령에 도달했다는 보고가 왔다. 원수가 놀라 기뻐하면서 이시백을 돌아보고 말했다.

"용감하구나, 정충신! 그대가 가히 정충신을 잘 안다고 할 수 있소."

정충신은 먼저 날랜 기병 수십 명을 몰래 안령 위로 올려 보내 봉화 병졸을 낚아채고 봉화를 보통 날과 다름없이 올리게 했다. 날이 저물 무렵 모든 병사들이 차례로 올라와 드디어 진지 구축을 마쳤다.

정충신과 더불어 이희건 등은 남쪽에 진을 쳐 전영이 되고, 남이흥과 변흡 등은 동쪽에서 동영이 되었다. 김완 등은 서영이 되고 신경원 등은 후영이 되었으며, 황익 등은 중군으로 배치되었다. 별도로 뛰어난 병사 수백 명을 파견하여 치마바위에 숨어 창의문을 방어하게 하였다.

아침 일찍 적이 그것을 깨달았는데, 어떤 사람이 이괄에게 설득하여 말하기를,

"정부군의 뛰어난 병력은 모두 정충신에 속해 있고 장만 원수만 고립된 군대로써 벽제에 머무르고 있으니 한번 북소리를 울려 사로잡으면, 곧 원수가 패하게 되니 앞에 나와 있는 군사들은 달아날 것입니다."

라고 했다. 이괄은 앞에 있는 정충신의 군사가 많지 않은 것을 보고 말했다.

"저들을 멸망시키는 것은 쉬울 따름이다. 여러 말 하지 마라."

인하여 적을 격파한 뒤에 아침밥을 먹을 것이라고 말하면서 성문을 열어 출격하라고 명령해, 군사를 두 길로 나누어 안현산을 포위하여 올라왔다.

한명련이 전봉이 되어 곧바로 정충신의 전영을 압박했다. 이때 동쪽 바람이 급하게 부니 적이 바람을 타고 빠르게 공격하는데, 화살과 탄환이 비가 쏟아지듯 날아왔다. 아군은 이미 산꼭대기에 자리를 잡고 있어 모두 특별히 죽음을 무릅쓰고 싸웠다.

그런데 갑자기 바람이 서풍으로 전환되어, 이괄의 군사가 아래에 있으니 먼지와 모래 바람이 불어 얼굴을 내리쳤다. 관군은 기세가 더욱 올라 묘시에서 사시에 이르기까지 크게 싸워서, 적장 이양은 탄환을 맞아 죽었고 명련은 화살이 적중되어 물러났다.

그 때 마침 이괄이 진군을 바꾸는 깃발을 올리니, 남이흥이 바라보고 크게 소리쳤다.

"이괄이 패해서 후퇴한다."

이에 적병들이 크게 달아나니, 스스로 서로 밟아서 깔리고 골짜기에 떨어져 죽은 사람이 가히 수를 헤아리지 못할 정도였다. 또 어떤 적들은 흩어져 달아나서 서강 마포로 달아났다. 관군이 승리를 타서 요란하게 소리를 치고 펄펄 뛰면서 격퇴하며 따라가는데 한 사람이 열 사람의 적을 당하지 않음이 없었다. 적이 드디어 크게 패했으니, 곧 갑자년 인조 2월 11일이었다.

이때 서울의 백성들은 모여서 서쪽 성에 올라가서 두 진영의 승패를 바라보고 있다가 이괄이 도망치는 것을 보고는 소의문과 돈의문을 닫아, 적을 막아 항거했다. 이괄이 달아나며 남대문으로 들어갔는데 정충신이 그를 추적하고자 하니, 남이흥이 말렸다.

"오늘 이긴 것은 하늘의 운수이다. 수일이 지나지 않아 두 반란적의 머리가 당연히 오게 될 것이다. 어찌 반드시 끝까지 추격하겠는가? 성중에는 좁은 거리가 많아 적이 복병을 설치하면 탈출하는데 이득이 있게 되니 어찌 하겠는가?"

"빠른 우레 소리에는 귀를 막을 겨를이 없는 법이니, 이괄과 한명련은 이미 간담이 떨어졌는데 어느 겨를에 계획을 세우겠는가? 빨리 추격하면 광통교를 지나지 않아 사로잡힐 것이다."

정충신의 자신감 넘치는 말에 남이흥은 강력하게 붙잡아 만류했다. 그래서 박진영을 보내 서울 동쪽 교외에 매복해 도망쳐 나오는 적을 맞게 했다. 적이 밤중에 몰래 병력을 숨겨 수구문에서 나와 남쪽으로 달아나니, 정충신은 유효걸 등 장수를 거느리고 경안역까지 추격해갔다. 적들은 형세를 바라보고 모두 흩어져 달아났다.

이튿날 적의 부하가 이괄과 한명련의 머리를 베어 가지고 임금이 있는 곳으로 달려가 바쳤다. 흥안군 제 또한 잡혀 죽임을 당하니, 정충신이 병력을 일으킨 때부터 무릇 17일 만에 적의 반란이 평정되었다. 여러 장수들이 임금의 돌아오는 수레를 맞이하기 위해 서울에 머물고 있었는데, 정충신은 홀로 안주로 돌아가면서 말했다.

"나는 변방 고을을 지키는 장수로서, 신하로서 빨리 반란 적을 죽이지 못하여 임금을 피난가게 하였으니 장수로서 죄가 작지 않다. 오직 마땅히 임무를 맡은 곳으로 돌아가 명령을 기다리겠노라."

임금이 서울로 돌아오니 역마로 그를 불러 만나보고는 금과 비단을 상으로 내려주었다. 그리고 일등공신으로 책봉하고 '갈성분위출기효력진무공신'이라는 호를 하사하면서 금남군에 봉하니, 벼슬이 정헌대부에 해당했다. 평안도 병마절도사로 발탁되었는데 정충신이 글을 올려 굳게 사양을 했다. 임금이 만류하여 일렀다.

"경은 재주가 있고 지혜가 뛰어났으니 오랑캐의 우두머리들이 침범해 오면 마땅히 농담을 하고 웃으면서 그들을 막아낼 것이다. 마땅히 사양하지 마라."

뒤에 병으로 벼슬을 면하여 서울 조정으로 돌아왔다. 정묘호란이 일어났을 때 정충신이 별장이 되어 장만 장군의 막부로 나아가니, 막부에서 대신의 말에 의해 즉시 군중에서 부원수로 임명했다. 거기에서 여러 지역의 병력과 말들을 조절하여 방비 계책을 세우고 있는데, 때마침 침입한 금나라 병력이 강화조약으로 물러났다. 정충신은 일찍이 장유에게,

"오랑캐들이 쳐들어와도 마땅히 화의를 맺고 물러갈 것이니 근심할 것이 못됩니다."
라고 말했는데 과연 그러했다. 그 뒤로 서쪽 국경지역에서는 적침의 경보가 없었다.

모문룡이 병력을 움직여 진을 치니 임금이 놀라 그 사정을 물었을 때도 정충신은,

"반드시 그렇지 않을 것입니다."
라고 대답했다. 경오 해에 후금의 많은 병력이 의주에 와서 주둔했다. 금나라 장수 영아아대가 날랜 기병을 거느리고 안주에 이르니 조정 안팎에서 놀라고 두려워하였지만, 이때도 정충신은 다음과 같이 말했다.

"저들이 반드시 큰 군사를 거느리고 서쪽 관문으로 들어왔는데 아마도 우리들이 그 배후의 일을 의논할까 두려워하는 것입니다. 다른 근심이 없을 따름입니다."

이런 예측 모두가 정충신의 말과 같이 되었다. 여러 번 도총관을 겸하여 비변사제조의 벼슬을 했다. 정충신이 자주 병에 걸리니 임금이 문득 의원을 보내어 살피도록 하고 선물을 내림이 계속 이어졌다.

모문룡이 죽자 진계성이 이어받았으나, 유흥치가 진계성을 제멋대로 죽이고 청나라와 더불어 내통했다. 인조가 장차 군사를 일으켜 토벌해 죄를 묻고자 하여 신하들에게 합당한 장수를 물으니 정충신이 자기가 가겠노라고 청했다. 임금이 기뻐하며,

"그대는 능히 힘써 빨리 행동하면서 자신을 잊고 나라를 생각하니 내가 다시 무슨 걱정이 있겠느냐?"

이렇게 말하고 정충신을 명하여 해군을 거느리게 하고 총융사[9] 이서는 보병과 기병을 거느리게 하여, 바다로 육지로 함께 진격하게 했다. 섬에 이르러 바다 위에서 병력을 동원해 시위하니 섬의 사람들이 크게 놀라고 두려워했다. 이때 마침 유흥치가 황제의 칙서를 받았다고 일컫고 좋은 관계를 갖자고 빌었다. 경략인 손승종도 역시 편지를 보내 그들을 용서해 줄 것을 청했다. 임금이 이에 군대의 복귀를 명령했다.

이 군대 출동은 병력이 서로 날카롭게 부딪쳐 싸우지 않았지만 정의를 위해 출동했다는 소문이 명나라 황실에 들렸다. 후에 명나라 병부에서 글을 보내 포상하면서 말했다.

"전날 귀국이 유흥치를 꺾어 버리려고 도모하지 않았다면 중국 서부 해안지역이 평안하지 못했을 것이다."

정충신은 서쪽 변방에 오래 있으면서 금나라의 세력이 점점 왕성해지는 것을 보고 그를 깊이 근심하여 몇 번 상소를 올렸는데, 합당한 방법을 논의한 이야기를 보면 다음과 같다.

"정묘호란에서 동맹을 맺은 것은 우리나라가 능히 그들의 명령을 제압할 수 있는 것이 아니었

9) 총융사(摠戎使): 본문에 '융(戎)'자를 '계(戒)'자로 썼으나 오자임. 관직이름으로 '총사령관'의 뜻.

습니다. 특히 그 의도는 명나라 황실을 침범하려고 꾀한 것입니다. 비유하면 큰 사슴을 쫓는 개는 뒤를 돌아보지 않는 것과 같습니다. 저들은 이미 그와 같은 일을 베풀어 두려워함이 없으니, 진실로 병력을 다스리고 말을 길러 훈련시켜서 떨치어 놀라게 해주지 않으면, 명나라 황실도 반드시 요동지역을 정복하여 접수하지 아니하고 세월만 보낼 것인 즉, 이런 상황은 우리나라의 근심거리가 됩니다. 급히 마땅히 정벌을 위한 준비를 꺼리지 말고 근심이 없도록 경계해 주십시오. 어찌 가히 모든 것을 머뭇거리기만 하겠습니까? 청하옵건대 두 서쪽 지역의 큰 고을에 모두 산성을 쌓아서 비치하고, 그 곁에 가까이 있는 고을을 부서로 나누어 함께 성을 쌓아서 협력하여 지키도록 하십시오. 아무 일이 없을 때에는 들에 나가서 농사를 짓게 하고, 무슨 일이 생기면 들을 깨끗이 비우고 성 안으로 들어가서 성을 보존하여 진을 설치하도록 하십시오. 초도 섬에도 다시 광량진을 설치하여 바다 방비를 착실하게 해야 합니다. 안주는 요새 지역이니 지킬 수 있어야 하며, 영변의 형세가 서로 입술과 이와 같은 관계입니다. 각각 장수를 비치하여 방비를 넓히고, 한 사람의 우두머리 장수를 임명하여 양서(평안도와 황해도)의 요충에다 본부를 설치해 두 도의 병력을 뽑아 지키는 일에 전념하게 한다면, 곧 여섯 도는 편안하게 될 것입니다. 백성들이 즐겁게 밭 갈고 누에치고 하면 어찌 국경의 봉화가 한번 올라옴에 전국의 길에 소란함이 있겠습니까? 늘 전쟁이 있을 때마다 삼남의 병력을 크게 징발하여 멀리 서쪽 국경까지 나아가게 하니 구원에는 미치지 못하고 왕래로 인하여 오직 백성들에게 폐만 끼치고 있습니다. 마땅히 여러 도에 명령을 내려 해마다 병력 삼천 만을 조달해 번갈아 안주를 지키게 하고 5년마다 다시 바꾸도록 하십시오."

또 말하기를.

"저들이 우리나라를 가지고 사신을 보내지 않는다고 심하게 화를 내고 있습니다. 이미 더불어 동맹을 맺었으니 개와 양 같은 것의 반역에 어찌 족히 죄를 묻겠습니까? 마땅히 빨리 말재간이 있는 사람을 파견하여 말을 잘 해서 원망을 식히도록 해 주십시오." 라고 아뢰었는데 조정에서는 모두 다 그대로 하지 않았다.

앞서, 금나라 장수 소도리가 와서 해마다 조공을 바치라고 요청했는데, 임금이 여러 신하들을 불러 의논한 결과 신하들이 모두 다 허락할 수 없다고 했다. 오직 김시양과 이서만,

"옛날부터 적과 더불어 조약을 맺었으면 일찍이 선물을 바치는 것이 없지 않았습니다."

하고 찬성했지만 임금은 받아들이지 않았다. 이에 금나라 장수가 화를 내고 돌아갔는데, 보답하는 사신 신득연이 심양으로 들어가니 금나라 추장은 만나 주지도 않고 편지도 받지 않았다.

이때 나라에는 근심이 없었고, 저들이 바야흐로 관계개선을 요구했지만 조정 대신들이 다투어 강화를 단절해야 한다고 주장했고, 청나라를 위해 논의하는 대신들을 굽혀 복종하는 자라고 일컬었다. 이에 이르자 김대건을 파견해 편지를 전달했는데, 조공 바치는 일을 거절한다는 내용이었고, 팔도의 병력을 징발해 강화도를 보전하여 변란에 대비케 했다.

정충신과 체찰사 김시양이 안주에 있으면서 그 처치를 듣고 탄식하기를,

"이것은 재앙을 불러들이는 방술이다. 어찌 적들은 쳐들어 올 뜻이 없는데 스스로 우리들이 그들을 불러들이는가? 적병이 김대건을 뒤쫓아 쳐들어 올 것이다."

라고 말하고, 이에 김대건을 국경에 머무르게 하고 함께 상소를 올렸다.

"청하옵니다. 편지 내용을 고쳐 격변이 없게 하소서."

임금은 화를 내고 엄명을 내리었다.

"김시양과 정충신은 제 멋대로 사신을 머물게 하고 조정을 지휘하고 있으니 목을 베어서 뭇사람들에게 경계하지 않으면 위엄이 떨쳐지지 못할 것이다."

그리하고 두 사람을 죽여 효시할 것을 의논하니 여러 신하들이 아뢰었다.

"이 일은 전쟁에 나아가 잘못을 저지른 것이 아니니 마땅히 먼저 국문으로 처리하소서."

임금은 비록 그 말을 따랐지만, 편지의 내용을 다시 고쳐 써서 적을 화나게 하지 않도록 하라고 명령했다. 그런데 김대건이 심양으로 들어가 편지를 전하니 적은

오히려 화를 내었고, 답장을 얻지 못하고 돌아왔다. 임금은 두려워하면서 비로소 해마다 선물 바치는 것을 허락했다.

정충신은 나라의 힘이 약하여 능히 강한 적을 당할 수 없음을 깊이 알고 있었지만, 논의하는 사람들은 족히 두려워할 것이 못된다고 다투어 주장했다. 병자란이 일어난 후에 임금이 김시양의 상소에 대답하여 말하기를,

"지난날 남한산성에 있을 때 매양 그대의 말을 생각했노라."

라고 했는데, 대체로 두 사람의 상소로 논의한 것을 기억한 것이었다.

이때 정충신이 문초를 당하고 당진으로 귀양을 갔다가, 얼마 지나지 않아 사면되어 광주로 돌아갔다. 정충신은 비록 무장이었지만 속으로 수양을 행하고, 『춘추좌씨전』과 『사기』 읽기를 좋아했다. 이미 큰 공을 세워 지위가 상장군에 올랐지만 집에 있을 때는 청렴하고 검소하여 옷 입는 것이 서생과 같았다. 여러 장수들이 전쟁 작전을 세우는 것을 보고 항상 국가를 위하여 충성을 다한다고 하면서 모두 중요하게 여겨 의지하였다. 포도대장과 내섬시제조로 단계를 초월해 임명되었고, 경상우도절도사로 옮겨졌다가 병이 나서 교체되어 돌아왔다.

병자년 여름 병이 깊어지니, 임금이 의원을 명령하여 그를 구원하라 하면서 한 달이나 음식을 보내 주었다. 의원이 마땅히 인삼 여러 근을 써야 하겠는데 계속 요청하는 것에 부담을 느낀다고 말하니, 임금은 이렇게 말했다.

"가히 이 사람을 치료할 수만 있다면 나라의 국력을 온통 다해도 아깝지 않은데 하물며 두 세근의 인삼이 문제겠는가?"

죽음에 미치어 임금이 명령하였다.

"정충신은 그 사람이 대대로 녹을 먹은 가문이 아닌데도 황실에 대하여 충성을 다하였고 국가의 사직을 편안하게 하였다. 힘이 들어 병들고 초췌하게 죽었으니 내 심히 애석하게 여기노라."

그 책임부서에 명령하여 예의를 갖추어 장례를 치르라 하고, 또 궁중 관원을 명하여 호상하게 하고는 수의를 임금의 도포로 하라고 하명했다.

이 해 봄, 서울에 왜적들이 쳐들어온다는 유언비어가 도니 정충신은 안타까워했다.

"왜적들은 오라고 불러 들여도 오지 않는다. 나라의 큰 근심거리는 곧 금나라 사람이다."

조정에서 의논을 하여 또한 강화조약을 배척한다는 일을 가지고 사신을 보내 단절을 고했다. 정충신이 바야흐로 병이 나서 힘들었는데 그것을 듣고 탄식하여 말했다.

"우리나라가 망하느냐 살아남느냐 하는 것은 금년에 결정이 날 것이다."

그랬는데 이 해 12월 금나라 사람들이 과연 크게 침입하여 드디어 임금이 피난해 있는 남한산성이 포위되었다.

애초에, 정충신이 정병이 되어 절도사가 있는 감영에 일하러 갔을 때 늙은 기생집에서 기숙하고 있었다. 하루는 늙은 기생이 절도사의 잔치에서 남은 음식을 가져와 주었다. 정충신이 음식을 물리치면서 먹지 않고 말했다.

"대장부는 마땅히 자신이 절도사가 되어 자기의 남은 것을 남에게 먹여주어야지 어찌 남이 남긴 물건을 먹는단 말인가?"

그 뜻과 기개가 높고 높음이 어릴 때부터 이와 같았다. 볼하첨사가 되어 갔을 때 지역을 돌아보고 시를 지었다.

천년동안 지나간 흔적 나는 새 사이에 묻혔으며,
문숙공의 비석[10]에는 푸른 이끼만 아롱졌도다.
가소롭구나, 임금님께서 돌아와 안정되기 아득하니,
몇 년이나 고생해야 살아서 돌아감을 얻겠는고?

평일에 자부하던 마음을 역시 가히 볼 만하다. 그가 가난하고 미천한 집안에서 분을 내서 일어나 우뚝하게 나라를 일으켜 세운 명장이 된 것은 대체로 이런 까닭이 있어서였다.

10) 문숙공비(文肅公碑): 문숙공은 고려 예종 때 장수 윤관(尹瓘)의 시호(諡號). 윤관은 여진정벌에 나서 우리나라 동북방 지역을 개척, 9성을 쌓아 공적을 세웠음. 이 9성 중 하나인 공험진(公嶮鎭)의 선춘령(先春嶺) 위에 비석을 세우고 '고려의 국경'이라 새겼음.

鄭忠信

鄭忠信湖南光州人. 字可行 高麗名將鄭地之後也. 忠信生地微 幼屬節度營正兵 兼隷府知印. 宣廟壬辰 倭寇大至 時權慄爲光州牧使 起兵討賊. 忠信以知印 常在左右 權公絶愛幸之. 一日權公嘗送兵 偵探于賊陣 忠信請同往. 權公呵之曰 汝小兒往將何爲. 忠信固請 遂遣之. 馳到賊陣 賊已退去. 忠信周視村家 有破甕倒覆 戲而射之. 有一病倭隱伏中箭而死. 遂斬其首 懸旌竿而來 權公大奇之. 上西幸義州 權慄陞爲巡察. 起兵討賊 將以兵事聞 募能以狀達行在者 莫有應. 忠信奮身請行 時年十七. 是時賊兵滿路 忠信杖劍獨行 晝夜數千里 達于行朝. 當是時 李鰲城恒福爲兵曹判書. 謂從者曰 是兒遠來 無所投止 其以舍諸我. 因留與衣食 授之史書. 忠信警悟絶人 文義日進 遇事無難. 李公大悅親愛如父子. 其門下名士 如李延陽時白張新豐維崔完城鳴吉 皆折輩行屛人地爲交. 白沙嘗曰 若投劍挾冊 不害爲一世之高士. 秋登行朝武科. 上語鰲城曰 卿嘗謂忠信才 今出身矣. 其以來見 及見 上獎之曰 年尙少 稍長可大用. 累從張公晩爲裨佐 張公亦奇愛之. 又隨吳公允謙入日本 還歷官 至昌洲僉使 所在著名. 及光海君時 白沙抗義爭廢母 竄北靑. 忠信從行 間關嶺海 一意匪懈. 記其時變梗槩 遷謫終始 以至道路跋涉之艱 人情厚薄之際 纖悉畢載 爲北遷錄. 仍服心喪三年. 忠信爲人短小 目如曙星 美容姿有口辯. 英果好氣義 善料事多懸中. 辛酉 朝廷將遣忠信 探建州虜情. 時毛文龍鎭椵島 藉皇朝 重誅索無度 候我動靜以甚之. 朝廷恐見疑 先使忠信潛往. 忠信曰 此欲無見疑 而事終發反被疑誣. 乃上疏曰 今臣之行 非刺客奸人 旣不可匿跡. 全遼之衆 豈無一二人走通於文龍者. 且文龍以不厭所求 望我方深. 若反其實 而誣我於中朝 臣恐參母之杼不待三至而投也. 莫如奏聞天朝 移帖毛鎭 事明白乃無悔. 否者臣雖戮死 不敢奉命. 朝議然之 移咨經略府 帖告毛鎭 然後乃行. 旣入虜中 與諸酋言 諸酋皆服. 又問忠信曰 爾國每謂我爲賊 何也. 答曰 爾有盜天下心 非賊而何. 諸酋大笑. 於是盡得其要領 歷見毛文龍 悉陳賊情而歸. 且告人曰 是虜將爲天下患 何但我國憂也. 擢滿浦僉使 移平安道兵馬虞侯. 仁祖癸亥 拜安州牧使兼防禦使. 未幾李适反. 當是時張晩爲都元帥鎭平壤 适爲副元帥鎭寧邊 以備北虜. 适驍將也. 素稱善兵 精卒數萬 及降倭劍士悉隷之. 适新策元功 忿爵賞不滿意 有陰謀. 其黨文晦上變 發捕. 适遂斬奉命者宣傳官禁府都事 約龜城府使韓明璉擧兵反. 或謂張元帥曰 忠信與适善 其無爲賊用乎. 元帥曰 此子豈背君父從賊者. 言終 忠

信至. 元帥以擅棄城 數忠信 將傍之. 忠信曰 賊意在疾趣 必不由安州. 且安州無兵可守
城 徒死無爲也. 故來聽調麾下 去留惟命. 於是元帥引與坐 問曰 今賊計將安出. 忠信曰
有上中下三策. 曰何謂也. 曰使賊乘新起之銳 直渡漢江 追逼乘輿 安危未可知. 此上策
也. 跨據兩西 結毛將爲聲勢 朝廷亦未易制. 此中策也. 從間途 疾趣京都 坐守空城 無能
爲耳. 此下策也. 曰以君計之 當出何策. 忠信曰 适銳而無謀 必出下策. 忠信還未到安州
聞賊已趣間路. 牒請曰 安州已在賊後 無事於守鎮. 願赴幕受指 元帥許之. 适聞忠信從
元帥 憮然有憚色. 元帥將出兵 或言 是日直星七殺 兵家忌之. 忠信曰 焉有聞父母之病
而擇日而行者. 且師直爲壯 奚拘於術家. 衆乃服. 於是元帥以忠信爲先鋒大將 南以興爲
繼援大將. 南以興者亦當時名將也 膽略過人. 其女壻柳孝傑 勇冠三軍 俱以罪繫獄. 元
帥之西出也 盛言其能曰 國危如此 何可以數尺之朽 棄干城之將乎. 上重釋之 幷卽日從
軍. 以興名家子 負氣自豪 素輕忠信賤微 羞與爲儔. 由是兩人有隙 不與同席語. 元帥招
兩人坐 諭以先國家後私怨 激以忠義. 兩將感悟 握手驩飮 約爲兄弟 卒成大功. 諸公皆
服元帥知人 而多兩將之釋怨也. 於是行追賊 遇于黃州之薪橋 戰不利 又追至坡州. 當是
時 仁祖已南幸公州. 适入京城 屯景福宮 推興安君瑅僭號. 李忠吉爲大將 以衛之. 元帥
會諸將計事 言多異同. 忠信大言曰 旣不能戮力破賊 賊犯京都 君父播越 吾屬罪當死.
毋論勝敗 一戰烏可已. 且先據北山者勝 今據鞍嶺而陣 俯壓都城 賊不得不戰. 戰卽仰攻
我乘高得便 破之必矣. 南以興曰 忠信之策善 元帥從之. 忠信先行 諸軍繼之. 元帥令徐
驅視便 忠信反呼于衆曰 元帥有令促進兵. 揚鞭疾馳以進. 京畿巡察使李曙 與元帥書曰
賊已據都城 未易擊. 公在西 我在東 絶其饟道 賊必窘. 待南軍至協討 事萬全. 諸公以爲
然. 李延陽時白曰 不然. 賊在城一日 聚衆益多 何益於持久. 今逆順異形 士心咸憤 宜及
其未定 乘銳疾擊. 元帥曰 然. 我知忠信爲人 必已登鞍嶺矣. 俄報前軍已到鞍嶺. 元帥驚
喜 謂延陽曰 勇哉忠信. 君可謂知忠信矣. 忠信先令輕騎數十 潛行上嶺 獲烽卒 擧火如
他日. 昏暮諸軍以次至 遂布陣. 忠信與李希建等 陣其南 爲前營. 南以興邊潝等 爲東營.
金完等爲西營 申景瑗等爲後營 黃瀗等爲中堅. 別遣精卒數百 伏裳巖 以防彰義門. 朝日
賊覺之. 或說适曰 精銳皆屬忠信 元帥以孤軍 在碧蹄 一鼓可擒 卽元帥敗 前軍走矣. 适
見前軍少曰 滅之易耳 毋多言. 因令曰 破此後食. 卽開門出兵 分兩路 包山而上. 明璉爲
前鋒 直薄前營. 時東風急 賊乘風疾攻 矢丸如雨. 我軍旣處山頂 皆殊死戰. 風忽轉而西
北賊在下 風塵沙撲面. 官軍氣益奮大戰 自卯至巳. 賊將李壤中丸死 明璉中箭却. 會适

易次旗動 南以興望見大呼曰 李适敗矣. 於是賊兵大奔 自相蹂藉 墜澗谷死者 不可勝數.
或散走西江麻浦 官軍乘勝追擊 叫噪踴躍 無不一以當十. 賊遂大敗 卽甲子二月十一日
也. 時都民屯聚登西城 觀望勝敗 遂閉昭義門敦義門 以拒賊. 适走入南大門 忠信慾追
之. 以興曰 今日之捷 天也. 不出數日 兩賊之頭當至 何必窮追. 城中多陜巷 使賊設伏
脫有得失奈何. 忠信曰 疾雷不及俺耳 适明璉已破膽矣 奚暇爲謀. 疾追 不過廣通橋 就
擒耳. 以興力止之. 遂遣朴震英 伏東郊以邀賊. 賊夜潛兵出水口門 南走. 忠信率柳孝傑
等 追及於慶安驛 賊望風而潰. 明日賊麾下 斬适明璉首 走獻行營 珵亦捕誅. 自起兵凡
十七日而賊平 諸將爲迎車駕留京. 忠信獨還安州曰 吾以邊邑將 臣 不亟誅叛賊 使乘輿
蒙塵 罪不小矣. 惟當還任 以俟命. 上還都 驛召之引見 賞金帛. 遂策勳一等 賜竭誠奮威
出氣效力振武功臣號 封錦南君 秩正憲大夫. 擢平安道兵馬節度使. 忠信上章固辭. 上答
曰 卿有才有智 奴酋雖來 宜可談笑當之 宜勿辭. 病免還朝. 丁卯之亂 忠信爲別將 赴張
晚體府幕 用大臣言 卽軍中拜副元帥. 方調諸道兵馬 爲備禦計 會金人講和退. 忠信嘗語
張新豐維曰 賊來 當得和乃去 不足憂. 果然. 其後 西邊虛警報. 毛鎭動兵 上驚問之. 忠
信曰 必不然. 庚午 金大兵來屯義州. 金將英俄兒岱 率輕騎 至安州 中外震恐. 忠信曰
彼必大擧西入關 此恐我議其後耳 無他憂而已. 皆如忠信言. 累兼都摠管備邊司提調. 忠
信數被病 上輒遣醫視 賜予相續. 毛文龍死 陳繼盛代之. 劉興治擅殺繼盛 與淸通. 仁祖
將興師討罪 問誰可將者. 忠信請行. 上說曰 卿能力疾忘身 予復何憂. 命忠信領舟師 而
摠戎[戎]使李曙率步騎 水陸幷進 旣至揚兵于海上 島衆震讋. 會興治稱受皇勅 乞欵. 經
略孫承宗 亦移咨請釋之. 上乃命班師. 是役也 兵未交鋒 然義聲聞于中國矣. 後兵部移
咨褒之曰 向非貴國圖剪興治 齊魯幾不寧矣. 忠信在西邊久 見金人勢浸盛 深憂之 數上
書. 論便宜言 丁卯之受盟 非吾能制其命. 特其意規犯皇朝 比如逐麋之狗 不狼顧耳. 彼
旣肆然無畏 苟不治兵秣馬震驚. 皇朝必不帖伏遼左 以送餘年 此東國之憂也. 亟宜不憚
征繕 以戒不虞 何可一切娿婀爲也. 請於兩西大州邑 皆置山城 部分旁近邑同築而協守.
無事則出耕 有事則淸野 入保設鎭. 椒島復設廣梁鎭 以實海防. 安州要害可守 寧邊勢相
脣齒 各置將增備. 命一上將 開府兩西之衝 捐兩道之力 專於守禦 則六道晏然 民樂耕
桑. 孰與邊烽一擧 八路騷然者哉. 每有事 大發三南兵 遠赴西邊 無及於援 往來徒擾弊
民. 宜令諸道 歲調止三千 遞戍安州 五歲而更. 又言 彼以我不送使怒甚 旣與修盟 犬羊
之逆 何足與數乎. 宜疾遣有口辯者 善辭而息怨. 朝廷不能盡用. 先是 金將所道里來請

歲幣 上召諸臣議 皆曰 不可許. 獨金時讓李曙曰 自古與敵和 未嘗無幣. 上不從 金將怒
還回. 答使申得淵入瀋 金酋不見不受書. 是時國無虞 彼方求釁 而朝臣爭言絶和 謂爲淸
議大臣 撓而從焉. 至是遣金大乾爲書 拒歲幣 告絶議. 徵八道兵保江都 以待變. 忠信與
體察使金時讓在安州 聞之歎曰 此趣禍之術也. 焉有敵無意來 自我召之者. 兵踵大乾來
矣. 於是留大乾境上 同上疏曰 請改爲書 無激變. 上怒下敎曰 金時讓鄭忠信 擅留使臣
指麾朝廷 不斬首警衆 無以震肅 其議梟示. 諸大臣言 此非臨陣失誤 宜先逮鞫. 上從之.
雖然命改書 辭毋怒敵. 大乾入瀋 敵猶怒 不得報還. 上懼 始許歲幣. 忠信深知國力弱
不能當强敵 而論者爭言不足畏. 及丙子亂後 上答金時讓疏曰 曩在南漢 每思卿言. 盖追
記兩人疏論也. 是時忠信下吏 配唐津 未幾赦還光州. 忠信雖武將也 內行修好 讀左氏傳
太史公書. 旣建大功 位上將 居家廉儉 被服如書生. 諸公見忠信籌略 常爲國家盡忠 咸
倚重焉. 超授捕盜大將內贍寺提調 遷慶尙右道節度使 病作遞還. 丙子夏病甚 上命醫救
之 月致食物. 醫言當用人蔘數斤 而重於續請. 上曰 可療此人 竭國力無惜 況數斤人蔘
乎. 及卒 上下敎曰 鄭忠信人非世祿 盡忠王室以安宗社. 病勞瘁以歿 予甚悼焉. 其令有
司禮葬. 又命中官護喪 襚以御袍. 是年春 京都訛言倭寇至. 忠信曰 倭人召之不來 國之
大憂乃金人耳. 及廷議 又以斥和事 送使告絶. 忠信方病困 聞之太息曰 國家存亡 決於
今歲矣. 是歲十二月 金人果大入 遂有南漢之圍. 始忠信爲正兵也 嘗繇赴節度營. 舍於
老妓 老妓以節度宴餘物饋之. 忠信却不食曰 大丈夫當身爲節度使 以己餘食人 焉能啖
人領下物乎. 其志氣之高亢 自少已如此. 爲虋下僉使時 有詩曰 千年往迹鳥飛間 文肅公
碑碧蘚斑 可笑玉門班定遠 幾年辛苦乞生還. 平日自負亦可相見矣. 其奮起寒逖 傑然爲
中興名將 蓋有以也.

〈정충신 묘〉 〈진충사〉

(1) 정충신의 출생

정충신 아버지가 대낮에 꿈을 꾸었는데, 용꿈을 꾸었어.

'옳지. 내가 큰 자식을 하나 낳을란가부다.' 싶어서 대낮에 집으로 막 달음질을 쳤어요. 근데 부인이 방에서 일을 하고 있다가, 남편이 가자고 하니까, 부인이 핀잔을 줘버렸어. 꿈이야기를 해도 소용이 없게 생겼응게 낙심을 허고 되돌아 왔어.

광주 감영 문 앞에서 관노 여자가 노처녀여. 시집도 못가고 얼굴도 아주 추녀여. 관노 여자가 낮잠을 자고 있어. 그래서 사람은 아무도 없겠다, 처녀를 덮쳤어. 그 여자를 동품을 해갖고 태어난 것이 정충신이여.

(2) 정충신의 지략

즈그 모자간에 살아요. 즈그 아버지란 것은 있어봐야 본처가 있으니 모자 간에 사는데, 권율 장군이 광주 목사로 왔을 적에 임진왜란을 만났거든요. 그때가 정충신이 아홉 살인가 먹었거든요.

권율 장군이 이놈이 하도 영리하니까 심부름도 시키고 그런데 임진왜란이 일어나 갖고 경상도 일대가 적들에 짓밟힐라고 할 때 한숨을 쉬고 걱정을 하는 거여. 정충신, 아홉 살 먹는 것이. 권목사한테,

"소인이 뭘 압니까마는 의견이 있으니 참고하시라."

고

"뭔 말인가 이야기 해보라."

하도 영리한게.

"왜군이 이리 쳐들어오면, 병력으로 맞선다면 절망적입니다. 희생자만 내고 이길 가능성은 전혀 없습니다. 우리가 항복을 하고 흰 기를 꽂아 놓는 것은 있을 수가 없습니다. 그러니 제 생각으로는 쌀하고 소를 좀 많이 수집을 해서 길거리에다가 솥을 걸어놓고 쇠고기 국, 하얀 쌀밥을 거리거리에다가 해 놓으면, 왜놈들이 자기들에게 환영의 뜻을 보인 것으로 알고 여기 와서 사람을 해치지 않을 것 아닙니까? 그리고 우리는 항복을 하지 않았으니께 수치스러울 것은 없지요."

가만히 생각해 본게 그럴 듯혀서 그 의견을 좇아서 그렇게 했어요. 그래서 광주에 왜군이 들어왔으되 관민은 일체 희생자가 안났어요.

선조가 의주로 피신을 한 때, 권율 사우 오성 이항복이 도승지를 했거든요. 의주에서 직접 모시고 있었단 말이요. 그런데 전라도 광주는 무사하다는 장계를 써서 보내야겠는데, 이미 적군이 전국을 점령해 버렸으니까, 누가 갈 사람이 없어. 그런데 이놈이,

"제가 가져갈테니 편지를 나 주시오."

이거여.

"네가 어떻게 갈래?"

"아이 염려 마시오. 제게 써 주시오."

그래서 장계하고 권율 장군이 자기 사우에게 쓴 사신(私信)허고 다 써서 주었어요, 정충신이를. 그런데 그놈을 전부 칼로 오려가지고 노끈매끼를 꼬아갖고 짚세기를 삼은 그 뒤꿈치에다가 삼이나 백지를 넣는 거기다가 그눔을 해갖고 딱 짊어져. 그 아홉 살 먹은 놈을 세상 사람이 누가 의심할 사람이 없고 짚세기야 그거 옛날 사람이 다 끌고 다닌 것이고 그렇게 해가지고 의주까지 한 달 이상을 걸려서, 주로 왜늠들 군진에 가서 밥을 얻어먹고 그리저리 찾아갔거든.

(3) 천민 출신 정충신, 무인이 되다.

의주를 처음에 안 넣어 주어서 참 욕봤어요. 그렇게 해서 들어가서 오성대감을 만났어. 만나서 전하는데, 오성대감이 편지를 뜯어보니까,

"이 아이가 비록 나이는 어리고 천민 출신이지만은, 네 밑에 두고 쓰면은 장래에 국가에 도움이 될 인재가 될 것이다. 그런게 네 밑에 두고 써라."

그렇게 소개 편지를 했어. 그래서 오성이 옆에다 그 놈을 놓아두고 심부름을 시키고 그러는데, 거기서 어깨너머로 다 배우고, 그래갖고는 오성이 달리는 출세시킬 수가 없으니까 상놈이라 무과로 보냈어. 그래가지고 무인으로 발탁해서 거기서 성공을 해서 크게 되었지요.

출처: 최래옥 외, '노끈으로 만든 장계를 전달한 정충신', 『한국구비문학대계』 5-3, 한국학중앙연구원, 1983, 204.

〈관련 설화 목록〉

조희웅 외, '정충신의 임기응변', 『한국구비문학대계』 1-6, 한국학중앙연구원, 1982, 810.
서대석 외, '권율과 그의 사위 신립, 오성, 정충신', 『한국구비문학대계』 4-3, 한국학중앙연구원, 1982, 183.
최래옥 외, '노끈으로 만든 장계를 전달한 정충신', 『한국구비문학대계』 5-3, 한국학중앙연구원, 1983, 204.
임석재, '정충신 일화', 『한국구전설화』 5권, 평민사, 1989, 63.
임석재, '정충신', 『한국구전설화』 7권, 평민사, 1990, 97.

 김응하(金應河, 1580~1619),
김응해(金應海, 1588~1666)

➤ **김응하** | 조선 중기의 무신으로 본관은 안동(安東), 자는 경희(景義)이다. 철원 출신이며 고려의 명장 방경(方慶)의 후손이다. 1604년 무과에 발탁되었고 평소부터 그의 재능을 아끼던 박승종(朴承宗)이 병조판서가 되어 선전관에 제수되었으나, 이듬해 여러 사람의 질시를 받아 파직당했다. 1608년 박승종이 전라관찰사로 나가자 다시 기용되어 비장(神將)이 되었다. 1610년에 재차 선전관에 임명되었다. 1618년(광해군 10) 명나라가 후금을 칠 때 조선에 원병을 청해오자, 부원수 김경서(金景瑞)의 휘하에 좌영장(左營將)으로 있다가 이듬해 2월 도원수 강홍립(姜弘立)을 따라 압록강을 건너 후금정벌에 나섰으나 명나라 군사가 대패하자, 3천 명의 휘하군사로 수만 명의 후금군을 맞아 고군분투하다가 중과부적으로 패배하고 전사하였다. 이듬해 명나라 신종(神宗)은 그가 용전분투하다가 장렬한 죽음을 당한 데 대한 보답으로 특별히 조서를 내려 요동백(遼東伯)에 봉하였고 백금을 하사하였다. 조정에서도 그의 전사를 가상히 여겨 영의정을 추증하였으며, 시호는 충무(忠武)이다. 『참고문헌』 선조실록, 광해군일기, 한국인명대사전

➤ **김응해** | 조선 중기의 무신으로 본관은 안동(安東), 자는 군서(君瑞)이며 김응하의 동생이다. 1616년(광해군 8) 무과에 급제하여, 선전관(宣傳官)·도총부도사(都摠府都事)·희천군수(熙川郡守) 등을 역임하였다. 1619년 명나라의 요청으로 후금(後金) 정벌에 도원수 강홍립(姜弘立) 등을 파견하자, 형 응하와 함께 출정하기를 청하였으나 뜻을 이루지 못하였고 1636년 병자호란 때 별장으로 정방산성(正方山城)을 지켰다. 그러나 적병이 곧장 서울을 공격하자 그는 3백 명의 기병을 이끌고 진로를 막고 고군분투하였으나, 이기지 못하고 적에게 포위되었고 자결하려 하였으나 살아났다. 그 뒤 1647년 어영대장(御營大將)에 올랐다. 『참고문헌』 인조실록, 한국인명대사전

김웅하, 김웅해

김웅하의 자는 경의이고 철원 사람이다. 몸이 커서 팔척이 넘었고 풍채와 거동이 준수하고 거룩했다. 기개와 영웅다운 기상이 높아 우러러볼 만하였다. 술을 두 서너 말 마셔도 정신이 혼란하지 않았다. 25세에 무과 급제했고, 선조임금 승하 때 술과 여색을 가까이 하지 않았다. 백사 이항복이 그를 한 번 보고는 기이하게 여겨 단계를 초월해 경원판관으로 추천했는데, 얼마 지나지 않아 선천군수 겸 조방장으로 옮겨 졌다. 군수로 도임한 첫 날 인재들을 수습하여 급한 업무를 처리했고, 효도하고 우애 있는 의로운 자들이 있다고 들으면 반드시 친근하게 맞이해 예를 갖추어 대접 했으며, 지혜 있고 용감하고 힘 센 자들은 곧 불러 보고는 신임했다. 고을 선비들과 백성들이 감격하여 울고 고무되지 않은 사람이 없었으며, 모두 김웅하를 위해 한번 죽고자 하였다.

일찍이 오랑캐의 말을 얻었는데 사납고 무섭게 날뛰었다. 그 말을 타고 달리면서 말 위에서 자신의 투구와 동개를 벗어 땅에 던지고는 뛰어내려 그것을 집어 다시 말 위에 뛰어올라 탔다. 그 용맹함과 빠름이 이와 같았다. 그렇지만 성품이 너그럽고 두터워 사람을 접할 때 공손하게 하고 군사들을 예의로써 사랑했다. 사건의 판결은 물이 흐르는 것과 같이 하여 문 앞에는 해결해야 할 문서가 쌓여 있지 않았다. 이에 영변의 이계방·이명달과 철산에 사는 정기남·정사검·백붕경·임동검 그리고 곽 산의 탁송민·성천의 황이충·나여취 등 수백 인이 그의 호위병이 되었다.

당시 기미년 심하의 원정 때[1] 좌영장으로써 강홍립의 명령을 받았다. 떠날 때에 그 아우 김응해가 따라 가려고 하자, 김응하는 이렇게 말하며 강력하게 만류했다.

"형제가 함께 죽는 것은 이로움이 없다."

가족과 작별 인사를 하면서, 관직 임명 증표인 인신을 봉하여 관아의 관리에게 주면서,

"나는 반드시 싸워서 죽을 것이니 이것을 차고 가는 것은 옳지 않다."

라고 했는데, 나라를 위하여 한 번 죽겠다는 것을 그 스스로 맹세한 것이었다.

무오년, 강홍립은 의주에서 머뭇거리다가 창성으로 나가서 주둔하고, 겨울을 다 지나도록 출발하지 않았다. 섣달 그믐이 임박하여, 김응하를 받드는 지인인 철현이 나이 19세였는데, 결혼한 지 몇 개월 되지 않아 부모님을 뵈러 가기를 청하니 김응하가 허락해 주었다. 압록강을 건너는 날에 이르러 철현은 기한을 어기고 돌아오지 않았다. 사람들이 오지 않을 것이라고 말했는데, 수일이 경과한 후 철현이 길을 달려 압록강 밖 2백 리쯤에 나타난 것이 보였다.

"어찌하여 늦었느냐?"

김응하의 물음에 이렇게 대답했다.

"나쁜 병이 갑자기 악화되어 말을 탈 수 없었습니다."

철현은 항상 좌우에 있으면서 명령을 받들었다.

정월에 이르러 명나라 경략의 출격 독촉 격서가 또 도착했다. 2월 24일 명나라와 우리나라의 양국 병사들이 경마전에 모두 모이자고 하였다. 좌영군이 먼저 도착하니 명나라 군사가 이미 모두 도착해 있었다. 김응하가 가서 도독 유정을 방문하니 유정이 물었다.

"어떤 이유로 기일이 지나 왔습니까? 원수는 어디 있습니까?"

"보병으로 진군하다보니 말을 타고 달리는 것

1) 심하지역(深河之役): 광해군11년 여진족의 후금(後金: 뒤에 淸나라) 군대가 명나라 동부 요동(遼東) 지역을 공격하자 명나라가 우리나라에 구원병을 요청했음. 이에 강홍립(姜弘立)이 도원수, 김경서(金景瑞)가 부원수로 출정하는데 김응하가 좌영장으로 함께 갔음. 우리 구원병은 명나라 도독 유정(劉綎)의 휘하가 되었는데, 명나라 군대가 크게 패하니, 우리 구원병도 큰 손실을 입어 김응하는 전사하고 강홍립과 김경서는 후금 군에 항복했음. 이때 포로가 된 우리 군사들 대부분은 이듬해 석방되어 돌아왔으나 강홍립과 김경서 등 10여명은 계속 억류되어 있다가, 뒤에 인조5년 정묘호란 때 후금군이 강홍립을 선도로 해 쳐들어왔음.

과 달라 조금 뒤짐을 면할 수가 없었습니다. 원수의 대군도 곧 당도할 것입니다."

도독이 김응하의 응하여 대하는 것이 거침이 없고 군대의 모습이 엄숙하고 정연한 것을 보고 감탄하여 말했다.

"동방에도 이와 같은 인물이 있었던가!"

날이 저물자 강홍립이 또한 도착했다. 도독이 밤에 막사로 불러 서로 진격할 계책을 상의하는데, 강홍립이 말했다.

"군의 식량은 뒤에 있고 병사들은 굶주려 있으니 형세로 보아 장차 기다려야 합니다. 또한 적군의 땅은 깊숙하고 멀어 후원군이 없는 단독 군대가 깊이 들어가면 나아가기는 쉽지만 물러날 때는 어려우니 어떻게 하겠습니까?"

"대군이 이르는 곳마다 썩은 나무가 부러지듯이 꺾일 것이고 장수들은 이미 시기가 결정되어 빠르게 나아감에 의심이 없습니다."

도독의 대답에 강홍립이 말없이 물러나자 도독은 화를 냈다.

"조선에서 사람을 기용하는 것이 이와 같으니 어찌 패하지 않을 수 있단 말인가? 영웅이 다만 눈앞에 있는데 교활한 어린 아이를 임용하여 중요한 임무를 맡긴단 말인가?"

강홍립은 혹은 임금의 비밀지시를 받았다 하고 혹은 군량이 떨어졌다고 둘러대면서 오로지 머뭇거림만 일삼았다. 김응하는 강홍립이 싸울 뜻이 없는 것을 알고 한 부대를 이끌고 앞으로 나아가겠다고 청하니, 강홍립은 그것을 허락하면서 보병 5천 명을 주었다.

행군하여 마가채에 이르렀을 때 강홍립은 명령했다.

"만약 멋대로 한 명의 적군이라도 죽인다면 목숨을 바쳐야 할 것이다."

이 명령에 여러 장수들이 어이가 없어 했는데, 김응하만 홀로 응하지 않았다.

"전쟁 중에는 임금의 명령이라도 오히려 받지 않을 수 있는데 하물며 적을 만나 칼을 거두란 말이냐?"

심하에 이르는 40, 50리 사이에 청나라 군사들이 곳곳에 주둔해 있었고, 명나라 병사들과 좌영군은 잡은 적군이 매우 많았다. 앞으로 20리를 행군하니 기름지고 평평한 땅이 보이고, 산을 등진 부락이 즐비하여 마을을 이루고 있었다.

명나라 장수가 말을 달려 들어가 노략질을 했다. 군대가 흩어져 대오를 갖추지 못하였는데, 적장 영아아대가 산골짜기에 숨겨두었던 3만 기병으로 갑자기 내달아 부딪쳐 돌진했다. 명나라 군사가 일시에 무너지고 흩어지니, 김응하가 적의 세력이 장대한 것을 보고 급히 사람을 보내 강홍립에게 지원을 요청했다. 강홍립은,

"너는 전쟁의 임무를 알지도 못하고 제멋대로 사람을 죽이면서 어찌 구원을 바란단 말이냐?"

라고 말하고, 곧 중영군과 우영군이 병력을 합하여 산마루에 진을 치고는 전쟁의 승부를 내려다보고 있으라고 명령했다.

청나라 병력의 대군이 곧바로 좌영군에게 덤벼들었다. 김응하는 병졸들을 책동 격려하여 혈전으로 그들과 맞서면서 명령했다.

"포수들은 화약을 장착하고 궁수들은 활을 당기고 있다가 나의 북소리가 들리면 곧 쏴라."

적의 선봉이 화살과 탄환을 맞아 시체가 마치 삼대가 쓰러지는 것 같이 쌓였다. 그런데 갑자기 날씨가 북풍이 불면서 모래가 날고 돌멩이가 달려와 화약이 회오리바람처럼 날려 흩어지고 화살과 탄환이 날아가지 못하여 힘없어 떨어졌다. 적들이 이 틈을 타서 진영을 공격하니 아군은 기운이 모자라 한 쪽 방어진이 무너졌다. 사람들이 모두 칼끝을 밀어내고 칼날을 막으며 싸우니 한 사람도 헛되이 죽은 자가 없었다.

김응하는 대세가 기울어졌음을 알고, 버드나무에 의지하여 기계 활인 대황을 당기어 적을 향해 쏘니 화살을 맞으면 반드시 겹쳐 쌍으로 맞아 넘겨졌다. 그러나 아군은 거의 모두 죽었는데, 오직 철현만이 홀로 가지 않고 갑옷 속에 엎드려 화살 3백 개를 전해 주었다. 화살이 또한 다 떨어지니 철현은 소리쳐 부르짖었다.

"화살통이 비었습니다."

김응하는 장검을 가지고 육박하여 격파했고 자신 또한 수십 군데 창을 맞았다. 철현을 돌아보고 탄식하며 말했다.

"너 달아나고자 하느냐?"

"소인은 장군과 함께 죽기를 원하옵니다."

김응하는 기운이 다하여 나무에 의지한 채 전사했다. 손에는 칼자루를 잡아 쥐고 꼿꼿하게 서 있는 모습이 마치 살아있는 것 같았고, 성난 눈방울이 힘차게 쏘아보니 적들이 감히 범접하지 못했다. 이때는 기미년 4월 초나흗날이었다. 대체로 전투가 한낮에 시작해 해가 질 무렵까지 계속되었는데, 강홍립은 수수방관하였으며 부장수를 굳게 제지하여 구원하지 않았기에 이로써 대패에 이르렀다.

청나라 장수 영아아대는 전투가 끝나자 병사를 수습하고 헐떡거리는 숨을 비로소 안정하며 말했다.

"내 사막 북방을 횡행할 때 향하는 곳마다 대적할 상대가 없었는데 조선 병사들이 이 같이 용맹하고 사나울 줄은 생각지도 못했다. 만약에 산꼭대기 병사들로 하여금 힘을 모아 합세하여 싸우게 했다면 곧 내 앞뒤에서 적을 만나 반드시 죽었을 것이다."

명나라 유격장군 교개도 동국의 병기들이 정예하고 장수들은 용맹하다고 칭찬했다.

청나라 사람들이 매번 그 버드나무 밑을 지날 때마다 반드시,

"버드나무 아래 장군이 역전을 하여 가히 두렵도다."

라고 말하고, 시신을 거두어 매장하라 명하며 이렇게 말했다.

"아름다운 남자여, 다른 날 다시 태어난다면 우리가 그대를 얻을 수 있기를 바랍니다."

조정에서는 영의정 벼슬을 하사하고 시호를 내려 충무공이라 했으며, 의주에 사당을 짓고 비석을 세웠다. 명나라 조정에서는 또한 요동백이란 작위를 내리고, 국고에서 백금 만여 냥을 우리나라에 주어 장군의 가족들을 돕도록 했다.

조정에서는 철현의 후손 10대에 이르기까지 벼슬하게 하고, 철현의 화상을 그려 김응하의 초상 밑에 걸고는 봄과 가을에 함께 제사를 지냈는데, 병자년 청나라가 침입하여 사당을 불살라 버렸다.

뒤에 청나라에서 문서를 보내 화의를 요청하면서, 우리의 무인 종사관 정응정과 이장배 등을 돌려보냈는데, 이들이 돌아와 청나라 사람들의 이야기를 이렇게 전했다.

"좌영의 한 장수가 검을 들고 수 없이 많은 병사들을 격살하는데, 몸에 두터운 갑옷을 입어서 화살을 맞아 마치 고슴도치 같았다. 한 병사가 창을 가지고 뒤에서 그를 찌르니 손에 큰 칼을 쥐고 쓰러졌지만 끝까지 칼을 놓지 않았다."

이 곧 김응하의 이야기였다.

이장배 역시 한 청나라 사람이 말한 것을 듣고 전하는데,

"나는 장수의 명령을 받고 명나라 병사와 조선의 죽은 병사들 시체를 수습하였는데, 시체들이 모두 부패한 상태였으나 오직 한 시체는 얼굴색이 산 사람과 같았고 손에는 칼자루를 쥐고 있었다."

라고 했다. 이도 곧 김응하였다.

같은 시기 계강이란 사람이 있었는데 또한 선천 사람이었다. 용맹이 매우 뛰어났으며 힘이 견줄 만한 사람이 없었다. 고을에서 멋대로 행동했으나 감히 누구도 어쩌지 못하니 마을 사람들이 그를 근심거리로 여겨 제거하고자 했다. 이에 깊은 못이 있는 층층 바위 위에 술을 준비하여 연회를 열었다. 술이 반쯤 취했을 때 계강을 바위 아래로 밀어 떨어뜨렸으나 몸이 못에 이르기 전에 뛰어 올라오니 모든 사람들이 넋을 잃고 어쩔 줄을 몰라 했다.

계강이 말하기를,

"겁내지 마십시오. 이는 내가 착하지 못한 까닭입니다."

하고, 이후로 마음을 수양하고 행실을 바로 잡았다. 요동원정 때 김응하와 더불어 출전하여 수많은 적을 죽이고 최후까지 힘을 다하다가 죽었다.

김응하에게는 아우가 있으니 김응해이다. 기미년 요동원정 때 희천군수로 있었는데 강개하여 종군하기를 청하니, 김응하가 그를 만류하며 말했다.

"형제가 함께 죽는 것은 무익하다."

심하에서 형이 패하자 김응해는 가슴 아파하고 한탄하며 밤낮으로 애를 태웠다.

병자년에 원수의 추천으로 별장이 되어 정방산성을 지켰다.

12월에 청나라 병력이 곧바로 서울로 직행하였다. 김응해는 날랜 기마병 3백을 인솔하여 대로를 차단하고 수십 차례의 전투를 벌이면서 승부를 다투었다. 말이 문득 화살에 맞아 쓰러지니 걸어서 동선암으로 가 바위에 의지하여 활을 당기고 서서 세 명의 적을 쏘아 죽였다. 적들이 점점 많아져 그를 여러 겹으로 둘러싸니, 스스로 벗어날 수 없음을 헤아리고 크게 소리쳤다.

"심하 전투에서 버드나무 아래 서서 눈을 부릅뜨고 활을 가지고 죽은 사람이 곧 나의 형이다. 지금 내가 힘을 다해 너희를 소멸하지 못한다면 무슨 면목으로 살아 우리 임금에게 보답하며, 무슨 면목으로 죽어 나의 형을 보겠는가!"

이렇게 말하고는 곧 검을 뽑아 휘두르며 적진으로 돌격하여 많은 적을 죽였다. 인하여 스스로 목을 베어 쓰러지니 적들이 보고 공이 죽었다고 말하면서 물러났다. 그의 비장이 어지럽게 널린 시체 속에서 공을 찾아내었는데, 성난 눈이 아직 감기지 않았고 기운이 차고 넘치는 듯하였다. 그래서 업고 성 안으로 들어와서 값비싼 좋은 약을 써서 그를 구해내었다. 갑옷에는 9개의 화살을 맞았는데 거의 가슴을 관통할 뻔 했다. 소생하였을 때 이미 적병이 물러갔다. 임금이 그를 포상하면서 김응해의 충절은 곧 형 못지않다고 하였다. 누차 승진하여 관직이 어영대장에 이르렀다.

70세 때 글을 올려 물러나기를 청하였고, 인하여 철원으로 돌아와 문밖으로 나가지 않고 일생을 마쳤다. 대체로 처음에 몸을 희생하여 나라를 위해 몸을 바치는 것에 정성을 다하였으니 충성을 한 것이고, 마지막에는 곧 관직을 그만두고 끝까지 절조를 온전하게 하였으니 용기가 있는 것이다. 충성과 용기를 갖췄으니 김응하의 아우됨에 부끄럽지 않도다.

金應河, 金應海

金應河字景義 鐵原人. 身長八尺餘 風儀俊偉 氣岸軒昂 飮酒數斗不亂. 二十五中武科. 宣廟昇遐 不近酒色. 白沙李恒福 一見奇之 超薦慶源判官. 未幾移拜宣川郡守 兼助防將. 到任之日 以收拾人才 爲急務. 聞有孝友行誼者 必傾蓋而禮待之. 智勇膂力者 輒招見而信任之. 本郡士庶莫不感泣鼓舞 皆欲爲應河一死. 嘗得胡馬鷙悍者 騎而馳之. 自於馬上 脫其兜鍪櫜鞬 而投之地 跳下取之 復跳而上 其勇捷如此. 然性寬厚 接人以恭 愛士以禮. 剖決如流 門無停牒. 於是寧邊之李繼芳李命達 鐵山之鄭奇男鄭思儉白鵬京林東儉 郭山之卓松敏 成川之黃以忠羅汝就 數百人等爲爪牙焉. 當已未 深河之役 以左營將 受弘立節制. 臨行 其弟應海欲隨去. 應河曰 兄第俱死無益. 力止之. 與家人訣 封緘印信 授郡吏曰 我必戰死 不可佩往. 爲國一死 盖其自矢也. 戊午 弘立逗遛義州 進住昌成 經冬不發 除夕旣迫. 應河之知印鐵賢年十九 新娶數月 以覲親請由 許之. 及其渡江之日 違期不進 人謂其不來. 過數日 賢趲程來現於江外二百里. 應河曰 何遲也. 對曰 賤疾猝劇 不得跨馬故也. 常在左右 供使令. 至正月 經略促檄又到. 以二月二十四 兩國兵皆會暎馬田. 左營軍先到 則天兵已齊到矣. 應河往見劉都督綎 縱問曰 何故後期 元帥安在. 答曰 步軍不堪馳驟 未免差後 元帥大軍卽當至矣. 都督見應河 應對如流 軍容肅整. 歎曰 東方有如此人物也. 日暮弘立又到 都督夜招至帳下 相議進兵之策. 弘立曰 軍餉在後 士卒飢餒 勢將等待. 且胡地深遠 懸軍深入 易進難退奈何. 都督曰 大軍所到 摧枯拉朽 師期已定 速進無疑. 弘立無言而退. 都督怒曰 朝鮮用人如此 安得不敗. 英雄只在眼前 乃用狡黠小兒 付司命耶. 弘立或稱有密旨 或托以絶餉 專事逗遛. 應河知弘立無戰志 請得一隊前行 弘立許之 給步卒五千人. 行至馬家寨 弘立令曰 如妄殺一虜者償命. 諸將失色. 應河獨不應曰 軍中君命尙不可受 況臨敵斂刃耶. 至深河四五十里 清兵處處屯聚. 天兵及左營軍所獲頗多. 前行二十里 見富平地面 依山部落櫛比成村. 天將馳入抄掠 無復隊伍. 清將英俄兒岱 伏三萬騎於山谷 忽地衝突 天兵一時潰散. 應河見敵勢張大 急遣人請救. 弘立曰 爾不知兵 任自斬殺 奚爲望救耶. 卽令中右營合兵 結陣山頂 下瞰勝負. 清兵大隊直犯左營. 應河策勵士卒 血戰當之. 令曰 砲者築藥 弓者持滿 聞吾鼓聲乃放. 敵之前鋒中丸矢 僵尸如麻. 天忽北風 飛沙走石 火藥飄蕩 矢丸無力. 敵乘勝衝陣 我軍氣乏 陣一角亂. 人皆推鋒冒刃 無一空死

者. 應河知大勢去 依柳樹彎大黃射敵 中必疊雙. 而我軍幾盡殱 獨鐵賢不去 伏在甲裏 傳矢三百. 矢且盡 鐵賢呼曰 矢房空矣. 應河持長劒搏擊 而身亦中數十槍. 顧鐵賢歎曰 汝欲走乎. 鐵賢曰 小人願與將軍同死. 應河氣盡 倚樹而死. 手劒柄 植立如生 怒目勃 勃 虜不敢犯. 時已未四月初四日也. 蓋自日中 戰至日仄. 弘立袖手旁觀 鉗制副帥 使 不得救 以至大衂. 英俄兒岱罷戰收兵 喘息始定曰 吾橫行漠北 所向無敵 不料鮮兵勇 悍至此. 如使山頂之兵 齊力合戰 則吾背腹受敵 必作魚肉矣. 喬遊擊蓋稱 東國兵利將 勇. 淸人每過柳下 必曰 柳下將力戰可畏. 令收尸瘞之曰 好男兒 異日再生 願我得之 云. 朝廷贈領議政 謚忠武 建祠立碑於義州. 皇朝亦贈遼東伯 出天府白金萬餘兩 大賚 我國俾恤將軍家屬. 朝家復鐵賢孫十代 畫鐵賢於應河像下 春秋配食. 丙子 淸人焚之. 後淸貽書請和 出送我武從事官鄭應井李長培等. 來傳淸人言 左營一將 手劒擊殺無數 身被重鎧 矢集如蝟. 有一卒 以鎗從後刺之 手把大刀而仆 終不捨 卽是金應河也. 李長 培亦言 有一淸人曰 我以將令 收瘞天兵及朝鮮軍死者 尸皆腐爛 惟一尸顏色如生 手 握刀柄 乃應河也. 同時有桂杠者 亦宣川人也. 勇猛絶倫 膂力過人. 橫行州里 莫敢誰 何. 邑人患之 乃欲除去. 設會於深潭上層巖 酒半酣 推杠巖下. 身未及潭 踊躍而上 諸 人裭魄. 杠曰 勿怯也 此我不善之故. 仍治心操行. 渡遼之役 與應河殺賊無數 最後力 盡而死. 忠武有弟曰應海. 已未渡遼之役 以熙川郡守 慷慨請從. 忠武止之曰 兄弟俱死 無益也. 及深河敗 應海通恨 日夜腐心. 丙子以元帥薦爲別將 守正方山城. 十二月 淸 兵直走漢京. 應海帥輕騎三百 截大路 與戰數十合. 勝負相當 馬忽中箭而蹶. 徒步倚洞 仙巖 彎弓而立 射殺三人. 敵來益滋 圍之數重. 自度不能脫 大呼曰 深河之戰 立柳下 張目執弓死者 乃吾兄也. 今吾力盡不能殲汝 何面目生報吾君 何面目死見吾兄也. 遂 拔劒橫突敵陣 所擊殺甚衆 仍自刎. 敵謂公死乃退. 褊裨尋公 於亂屍中 怒目猶不瞑 氣勃勃然. 擔入城 用萬金良藥以救之 甲中九箭 幾洞胸 旣甦而兵解. 上襃之. 以應海 忠節 不減乃兄. 屢官 至御營大將. 七十上章乞退 仍歸鐵原 杜門以終. 盖始也 戕身而 忠於殉國 忠也. 終則辭官 而全其晚節 勇也. 忠且勇 不愧爲忠武之弟也.

 임경업(林慶業, 1594~1646)

조선 후기의 무장으로 본관은 평택(平澤), 자는 영백(英伯), 호는 고송(孤松)이다. 1618년(광해군 10) 동생 임사업(林嗣業)과 함께 무과에 급제하여 함경도 갑산(甲山)에서 근무하였고 1620년 소농보권관(小農堡權管), 1622년 중추부첨지사를 거쳐 1624년(인조 2) 정충신(鄭忠信) 휘하에서 이괄(李适)의 난을 평정하는 데 공을 세웠다. 1633년 평안도 청천강(淸川江) 북쪽을 방어를 담당하며 백마산성(白馬山城)과 의주성(義州城)을 수축하고, 명나라에 반역하며 후금과 내통한 세력을 토벌하였다. 1636년 병자호란때 청군은 임경업이 지키고 있는 백마산성을 피해 서울로 곧바로 진격하여 함락시켰다. 임경업은 압록강에서 철군하는 청나라의 배후를 공격하여 적의 기병 약 삼백 기를 섬멸하고 포로로 끌려가던 양민 백여 명을 구출하였다. 그 후 청나라가 명나라 군대를 치기 위해 병력을 요청할때마다 명나라와 내통하여 피해를 줄이게 했다. 명나라 장수 홍승주가 대패하여 청나라 군에 생포되자 임경업의 이런 행적이 모두 알려졌고 1642년 체포되어 심양으로 압송되었으나 압송 중 심기원(沈器遠)의 도움으로 금교역(金郊驛)에서 탈출했다. 이후 승려로 위장하여 양주 회암사에 숨어 지내다 1643년 명나라에 망명하였다. 청태종 홍타이지[皇太極]가 산해관을 넘어 북경을 함락시키자 명의 위세는 급격히 위축되었고 1645년 임경업은 명 나라 장수 마홍주(馬弘周)의 군영에 남았다가 생포되어 북경으로 압송, 감옥에 갇히고 말았다. 이때 국내에서 좌의정 심기원(沈器遠)의 모반에 임경업 연루설이 나돌았고, 1646년 인조(仁祖)는 임경업 처단을 위한 송환을 요청하였고, 결국 친국(親鞫)을 받다가 김자점의 밀명을 받은 형리(刑吏)에게 장살(杖殺)되고 말았다. 1697년(숙종 23) 복관(復官), 충주 충렬사(忠烈祠) 등에 배향되었다. 『참고문헌』 인조실록, 한국인명대사전

임경업

임경업의 자는 영백이고 충주 달천벌에서 태어났다. 어릴 때 군대의 여러 모습을 만들어 놀이를 했다. 이웃 마을의 나무하는 아이들과 풀베는 아이들을 모아 들 가운데에 무기를 배치하고 군대의 진 모양을 펼쳐, 그곳으로 사람들을 지나가지 못하게 했다. 앉아서 군대가 나오고 물러가는 모습을 행하게 하는데 아무도 그 곳을 어기어 넘어가는 사람이 없었다.

마침 영남의 관리 행차가 지나서 진을 철거하고 지나가고자 했는데 임경업이,

"이 진은 결코 파괴하지 못합니다."

라고 말하면서 굳게 지켜 허락하지 않으니, 그 관원이 옆으로 돌아 말을 달려 지나갔다.

임경업은 성장하면서 '대장부'라고 쓴 세 글자를 써서 차고 다녔다. 일찍이 무과에 급제하여 여러 부서에 출입하면서 각각의 직책을 잘 수행하니 사대부들이 모두 그를 인재라고 일컬었다.

인조 계유년에 부친상을 당해 집에 있는데, 평안도관찰사 민성휘가 임금에게 요청하였다.

"서쪽 지역의 방비는 임경업이 아니고는 가히 논의할 사람이 없습니다."

이에 임금이 특별히 기복[1]을 명하여 영변부사로 임명했다. 2월에 임지에 도착하니, 명나라 반란적 공유덕과 경중명이 천가장에 와서 살고 있었다. 임경업이 병력을 일으켜 그들을 격퇴하니, 방어사로 승격되어 찰변 지역 근처

1) 기복: 부모의 상중에 있는 사람을 관직에 나오도록 함.

에 주둔했다. 그때 명나라 장수 주문욱과 소무소 등도 역시 와서 임경업을 만나 계책을 세우니 적들이 도망쳐 달아나 버렸다.

명나라 장수 주문욱 등이 황제에게 그의 공적을 아뢰니, 황제가 그를 아름답게 여겨 특별히 총병으로 임명하고 많은 물품을 상으로 내려주었다.

갑술년 의주부윤이 되어 의주부에 도착해 상평창 창고를 지어 백성들의 자산에 큰 도움을 주었다. 또한 송골산과 봉황산 등에 봉수를 설치하고, 성중으로 양식을 실어들이고 못을 파서 물을 끌어들여 방비를 튼튼하게 했다. 목숨을 아끼지 않는 용사 정대기·문사립·한경생·박희복 등을 모집하여, 머리를 깎고 승려로 위장해 심양으로 들어가 정세를 살피도록 했다.

임경업은 또한 임금에게 글을 올려 황해도 군사 2만 명을 요청했는데, 간관(諫官)들이 의심하여 많은 병력을 국경변방에 있는 신하에게 소속시키는 것은 옳지 못하다고 반대했다. 그래서 이 일은 실행되지 못하였다.

병자년 12월 12일, 송골산과 봉황산의 두 봉화가 한꺼번에 올라왔다. 임경업이 곧바로 적의 침입을 조정에 보고하고, 성 안을 점검해 살펴보니 이때 겨우 정묘호란을 지난 시기여서 남녀노소를 다 합쳐도 천 명이 안되므로 실제로 적과 싸워 막을 방도가 없었다. 그래서 성을 빙 둘러 굳게 지키면서 동쪽을 바라보고 눈물을 흘리고는, 편지를 써 밀랍 종이에 싸서 병사 유림에게 이렇게 보고했다.

"적들이 반드시 오래 머물 계책을 가지고 있습니다. 임금의 행재소가 포위를 당할 터인데 적을 격퇴할 계책이 없습니다. 원하옵건대 1만 병력을 거느리고 나와 더불어 곧바로 적의 본거지인 심양으로 쳐들어가면 저들이 온 나라를 기울여 우리나라로 쳐들어왔으니, 한 번의 거동으로 텅 빈 그들의 근본을 뒤집어엎을 수 있을 것입니다. 옛날 손빈[2]이 곧바로 위나라 수도로 쳐들어가서 한나라

2) 손빈(孫臏): 중국 전국시대 제(齊)나라 전략가(戰略家)로 손무(孫武, 『孫子兵法』을 쓴 사람)의 후손임. 처음에 방연(龐涓)과 함께 귀곡선생(鬼谷先生)에게서 병법을 배웠는데, 방연이 위(魏)나라 장수가 되어 손빈이 자기보다 능력이 앞섬을 질시하여 손빈의 다리를 자르고 얼굴에 문신을 했음. 곧 제나라에서 구제해 와 왕이 스승으로 삼았음. 뒤에 위(魏)나라가 한(韓)나라를 공격하니 위급한 한(韓)나라가 제(齊)나라에 구원을 요청해, 손빈이 수레에 앉아 출병하여 계책을 써서 방연(龐涓)의 군사를 패하게 했음.

를 구제한 것과 같은 계책입니다."

유림이 임금을 호위하는 일 때문에 그 계책을 사용할 수 없다고 하면서 거절했다.

이때 청나라의 예리한 군대가 곧바로 경성을 침범하니 남한산성이 포위를 당했다. 이에 청나라 장수 요퇴가 3백 명의 뛰어난 기병을 거느리고 심양으로 돌아가 급히 보고하고, 돌아와 압록강 근처에 이르렀다. 임경업이 이들을 추격하여 그 병졸들을 거의 다 섬멸하고, 또한 약탈당해 끌려간 우리 사람 1백여 명과 말 60여 필을 빼앗았다.

정축년, 삼학사[3]가 화의를 배척했던 일로 체포되어 북쪽 청나라로 잡혀가게 되었다. 이 무렵 백성들의 여론이 이 세 사람 때문에 청나라 병력을 불러들여 재앙을 가속시켰다고 주장했다. 그래서 삼학사가 지나는 고을의 관장들이 두려워하며 감히 그들에게 말 한마디 하지 않았다. 그런데 임경업은 혼연히 그들을 맞이해 손을 굳게 잡고 말했다.

"사대부는 죽음에 있어서 그 장소를 잘 얻는 것이 어렵고, 명장은 태산과 북두칠성과 더불어 높이를 다툽니다."

이렇게 말하며 그들을 잘 대접하고 떠날 때에 노자도 후하게 주어 보냈다.

정축년 3월, 자기 나라로 돌아가던 청나라 장수 고산이 영유의 덕지동에 주둔하고, 또 청나라 장수 한윤이 거느린 부대는 문화의 담이진에 주둔했다. 그리고 가도에 주둔한 명나라 군사를 공격하면서 우리나라에 지원병을 요청했다. 이때 임경업이 수군장으로 파견되었는데, 의리상 우리와 좋은 관계에 있는 명나라를 차마 범할 수 없어, 몰래 척후장인 철산 사람 김여기를 파견하여 먼저 가도 사령관 심세괴에게 통지하여 일렀다.

"나라가 약하고 지탱하기가 어려워 이미 화의를 맺었고, 돌아가는 병력이 가도를 공격하려 하니 그 형세가 위태롭습니다. 미리 변화에 잘 대응하면 재앙을 면하게 될 것입니다."

그런 다음 임경업이 가도로 진군하니 섬이 온통 비어 있었으며 명나라 군사들은 이미 등주로

3) 삼학사(三學士): 병자호란 때 청나라와의 화의를 반대하여 청나라로 잡혀가서 끝까지 굴복하지 않다가 죽음을 당한 홍익한(洪翼漢), 윤집(尹集), 오달제(吳達濟) 세 충신을 일컬음.

돌아갔었다.

　정축년 이후부터 매양 적의 동정을 명나라 조정에 알리고자 하나 그 일을 할 수 있는 합당한 사람을 구하기 어려웠다. 그러던 차 묘향산 절에 신헐 스님이 있었고 법명이 독보[4]였는데, 의기심이 강해 보낼 만하다고 했다. 그래서 임경업이 그 스님을 불러 잘 대접하고 명나라와 편지로 연락하는 일을 부탁하니 신헐이 가겠다고 요청했다. 그리하여 임경업이 완성부원군 최명길, 연양부원군 이시백 등과 의논하여 신헐을 명나라로 보내니, 신헐은 곧 석성도에 이르러 편지를 전하고 돌아왔다.

　이때 임경업은 명나라 포로를 우대해준 일 때문에 철산부로 귀양을 갔다. 경진 봄에 청나라가 다시 명나라 금주위를 공격하려 하면서 우리나라에 수군을 요청했다. 조정에서는 곧 귀양살이 하던 임경업을 석방하고 수군상장군으로 삼아 출전하게 했다. 출발에 앞서 청나라 역관이 자기의 종사관을 배치해 달라고 요청하니, 비변사 당상관 이면이 임금에게 아뢰었다.

　"지난번에 허관이 병을 핑계로 명령을 어기고 가지 않았는데 그 사건이 심히 무엄한 일입니다. 이번에 그를 보내되 전번처럼 핑계하여 피한다면, 죄를 한층 더하여 엄중하게 처벌해야 할 것입니다."

　이 말에 임경업이 즉시 아뢰었다.

　"배는 작고 군사들은 많은데 청나라 역관이 요청을 한다고 하여 반드시 종사관을 갖추어 줄 필요는 없습니다. 또 통역관을 위한 배 한 척을 더 꾸며주는 것은 폐단이 매우 많습니다."

　이렇게 임경업은 요청을 버려두고 곧 떠났다. 그는 또다시 신헐을 등주로 파견하여 출동하게 된 사연을 전했는데, 신헐은 그 곳에 머물러 있으면서 돌아오지 않았다.

　4월에 임경업은 부장 이완과 함께 수군을 거느리고 석성도[5]에 이르렀는데 높은 파도를 만났다고 거짓말을 하고는, 그곳에 머물면서 통사 김영철을 등주로 보내 정황에 맞게 응하여 대처할 것을 통지해주었다.

---

4) 독보(獨步): 본문에 이름을 '신헐(申歇)'로 쓰고 있는데, 다른 기록에 '中歇'로 표기한 것도 있음.
5) 석성도(石城島): 한문 원문에 '石域島'로 나타나 있으나 바로잡음.

6월 개주에 도착하여 40척의 명나라 선박과 만나 양쪽 모두 서로 탄알 없는 총과 촉 없는 화살을 쏘며 싸우는 척하다 거짓으로 패하는 척하며 돌아왔다. 청나라 장수는 임경업의 이러한 행동에 의심을 품고, 자기 부대의 일부를 나누어 먼 바다에서 진을 치고 명나라 병사 모습으로 보이게 하여 임경업에게 가서 공격하라 했다. 임경업이 그 계책을 알고 아주 튼튼한 활과 맹렬한 탄환으로 그들을 어지럽게 쏘아댔다.

이에 청나라 장수는 명나라와 연합하여 계책을 꾸민 것을 의심하고 본국으로 돌아가라고 명령했다.

임경업이 헤엄 잘 치는 사람을 모집하여 명나라로 보내, 우리나라의 병력이 청나라 침입을 받아 협박 당한 사실을 낱낱이 진술하고, 명나라를 잊지 못하는 뜻을 전달했다.

애초에 청나라 사람들이 전부터 임경업의 뛰어난 지략을 들어 알고 있었으므로, 그를 특별히 지명하여 보내달라고 한 것은 그의 도움을 받아 명나라를 침범하려는 계책을 꾸미고자 한 것이었다. 그런데 임경업은 명나라군과 싸우기만 하면 패하므로 청나라도 어쩌지 못하여 병력을 퇴각시켰다.

청나라 장수는 우리 군사를 돌려보내면서 임경업에게 바닷길로 돌아가라고 했다. 그러나 임경업은 배가 낡고 군량마저 떨어졌으니 육로로 가겠다고 해, 청나라 장수는 할 수 없이 그의 요구를 허락했다.

처음에 금주위로 원정을 떠나올 때 임경업은 담배를 많이 싣고 갔는데, 그가 돌아올 때 그 담배를 팔아 수천 금을 얻었다. 그리고 그 돈으로 군량을 구입해 군사들에게 먹이고, 사망한 군졸을 표시하여 가매장해 두었다가 수레와 말을 사서 그 시체를 전부 싣고 와 고향으로 돌려보내 주었다.

임경업은 임오년에 평안도병사로 임명되었다. 그 무렵 명나라 총독 홍승주가 청나라에 항복하여, 임경업이 명나라와 밀통한 전후 사실을 고발했다. 그리고 선천부사 이계 또한 임경업이 묘향산 승려 독보를 명나라로 파견했던 사실을 청나라에게 알려주었다.

청나라 장수는 임경업에게 지금껏 속은 것을 추적하여 알았다. 청나라 황제가 보고를 듣고 그 사실을 알게 되자 대노하여 우리나라로 하여금 급히 임경업을 청음 김상헌과 함께 체포하여 압송하라고 명령했다. 김상헌은 굴욕적인 항복서를 찢어버리고 화의를 배척했다는 이유에서였다.

임경업은 장검을 차고 떠나면서 이렇게 탄식했다.

"남아로는 헛되게 살지 않는 것인데, 어찌 까닭 없이 저 나라 조정으로 죽으러 간단 말인가? 차라리 명나라로 달아나서 죽을힘을 다해 원수를 제거하느니만 못하다."

일행이 금교역에 도착하자 임경업은 밤중을 틈타 도망했다. 곧 청나라 사신 방오가 꾸짖어 책임을 추궁하여, 우리나라 조정에서도 역시 큰 규모로 사람들을 시켜 찾았지만 찾지 못했다. 임경업은 머리를 깎고 스님이 되어 강과 호수로 다니면서 자신의 흔적을 숨기고, 혹은 아는 친구에게 몸을 의탁해 숨기도 했다.

마침내 수안에 사는 전날 자신이 의주 관장으로 있을 당시 군관이었던 이씨 집에 이르렀다. 임경업 장군이 밤을 틈타 이씨의 손을 잡고 탄식하여 말했다.

"우리나라 조정이 청나라에 핍박을 당하고 또한 나를 싫어하는 사람이 많아 이 지경에까지 이르렀다. 그러나 내 어찌 손을 묶어놓고 죽음으로 나아가겠느냐? 만약에 한번 큰 바다인 황해를 건너가게 되면 곧 커다란 명나라의 천지가 있다. 그대가 이 일을 나와 함께 추진하여 저 비린내 나는 세상을 싹 쓸어 제거해버리고, 다시 황제의 나라를 조성하여 임진왜란 때 우리를 도와주었던 망극한 은혜에 보답하고, 천자의 뜰에서 벼슬을 하면 이름이 역사에 드리워질 것이다. 이 어찌 풀이나 쑥밭에 떨어져 썩어가는 것과 비교가 되겠느냐?"

"장군의 의지는 위대하고 충성도 지극하옵니다만 큰 명나라는 반드시 망할 운명에 놓여 있습니다. 사대부들이 재물을 욕심내는 풍조가 지극히 성하고 내관들이 정치에 참여하는 일은 한나라·당나라 말기와 다름이 없습니다. 또한 세상의 여론은 한쪽으로 치우쳐 남부와 북부로 갈리어 서로 싸우던 남북조 시대보다도 더 심하고, 신종 황제의 50년 신임도 모두 떨어져 어진 사람은 모두 자취를 감추었습니다.

또한 임진왜란 때 우리나라를 도와준 일 역시 천하가 온통 시끄럽게 비판하고 있습니다. 또한 근래 몇 년 이래로 가뭄과 해충이 서로 계속 되고 도적이 사방에서 일어나니 이때를 틈타 금나라 사람들이 철기로 침입하여 마른 나무를 꺾어버리고 썩은 나무를 잘라버리듯 하여, 향하는 바에 가로막는 적이 없습니다. 이런 상황인데 장군은 한 자루의 칼로써 무엇을 하려 하십니까? 못난 이 사람은 가난한 시골의 자식으로서 천하와 관계된 일에는 상관하지 않겠으니 원하옵건대 장군께서는 스스로 혼자 그 일을 하십시오."

얼마 지나지 않아 포도청 기찰에서 임경업과의 만남을 알고 이씨를 불러가 문초했다. 이때 이씨는 이렇게 대답했다.

"장군이 주둔하고 있는 막사에는 아버지와 아들의 의리가 존재하여 명령에서 벗어나지를 못하는 법입니다. 하물며 존재도 없는 저와 같은 자에게서는 더 말할 것이 있겠습니까?"

계미년 2월에 임경업은 고양 행주에 가서 마포의 뱃사람 이소원을 시켜, 상인인 해미 · 박수원 · 차재룡 · 이성남 등에게 속여 말했다.

"어떤 화주승이 평안도에 쌀을 팔러 가려 한다. 만약 너희들이 배에 실어 운반해주면 반드시 그 값을 많이 받게 될 것이다."

이 말에 상인들이 모두 그 말을 믿어, 드디어 임경업이 그들과 함께 배를 탔다. 그리고 배가 해주 지역인 연평도에 이르렀을 때, 임경업은 입고 있던 스님 옷을 벗어던지고 칼을 휘둘러 배전을 내리치면서,

"내가 바로 임병사다."

라고 말하니, 배 안의 사람들은 모두 깜짝 놀라며 절을 했다.

이에 임경업은 돛을 올리라 명령하고 가도를 지나 삼산도에 이르러 등주를 바라보며 가고 있었다. 그때 갑자기 모진 바람을 만나 표류하여 그 건너 해풍현에 가 닿았다. 그곳 사람들이 청나라 사람들로 의심하여 해치고자 하니, 임경업이 글을 써서 자기 이름을 보여주고 또 여기에 오게 된 이유를 함께 써서 보여주었다.

그것을 본 해풍 관장이 그를 옥에 가두고 포정사에 급히 보고를 올렸다. 포정사에서 말하기를,

"이 사람이 어쩌면 우리 명나라를 위해서 공유덕과 경중명을 토벌해준 사람이 아닌가? 이 사람은 홀로 중국을 존경하는 의리를 알고 있는 사람이다."
라고 하며, 구속을 완화시켜주고 음식을 풍부하게 잘 대접하라 했다. 그리고는 즉시 조정에 이 사실을 알렸다.

이때 명나라 수군 총사령관 황종예가 등주에 진을 치고 있었는데, 조선에서 도망 온 장수가 해풍현에 구금되어 있다는 말을 듣고, 부하 해차관을 보내 살펴보도록 했다. 임경업을 확인하고는 곧 옥문을 열고서 맞이하여 함께 등주로 돌아갔다. 그날 밤 임경업은 황종예와 더불어 공격하여 토벌할 일을 논의했다. 황제는 또 임경업을 등주에 머물러 있으라는 지시를 내렸다.

갑신년 4월, 츰적[6] 이자성이 명나라 수도 황성을 함락시키니, 황종예는 중군 책임자 마홍주에게 대신 부대의 통솔을 맡기고, 자기는 몸을 빼어내 구원하러 달려갔다. 그러는 동안 산해관을 지키던 청나라 장수 오삼계가 군사를 이끌고 황성을 점거한 도적 이자성을 공격해 격파하니, 청나라 임금은 드디어 북경을 점거하게 되었다.

이때 임경업은 마홍주의 진에 머물러 있었는데 마홍주가 임경업을 데리고 청나라에 투항할 생각을 품고 있다는 것을 알고 탈출하려 했으나 방법이 없었다. 그 무렵 마침 남경으로부터 배를 타고 온 상인이 있어서, 임경업은 밤을 틈타 그 배를 타고 도망하고자 했는데, 마홍주가 그것을 알고 경계를 엄하게 하여 지켰다. 이것은 중 독보가 계획을 누설해 탈출하지 못했던 것이다.

을유[7]년 4월, 5척의 배가 남경에서 왔다고 하면서 이런 말을 전했다.

"적들이 등주성 가까이까지 와서 오래 머물지 못합니다. 중군장과 임경업 어른을 함께 태워가려고 왔습니다."

6) 츰적(闖賊): 중국 명나라 말기의 떠돌던 유적(流賊)인데, 그 우두머리 고영상(高迎祥)이 츰왕(闖王)이라 자칭했음. 뒤에 고영상(高迎祥)이 사망하고 그 사위 이자성(李自成)이 다시 츰왕(闖王)으로 추대되었음.
7) 을유(乙酉): 한문 원문에 '己酉'로 돼있으나 오류임.

중군장 마홍주가 곧 식량을 배에 싣고 남쪽으로 내려가려고 하는데, 갑자기 철갑옷을 입은 기마병 수백 명이 강을 따라 쳐들어오니, 마홍주는 즉시 배를 돌려 쫓아온 청나라 장수들을 영접해 맞이했다. 쫓아온 청나라 군사들이 먼저 마홍주와 장수들의 머리를 깎았다.

청군이 이어 임경업의 관을 벗기려고 하니, 임경업은 큰 소리로 꾸짖어 물리쳐버렸다. 마침내 임경업은 형벌기구에 구금되어 끌려가 연경에 이르렀다. 구금을 당하고도 끝까지 굽히지 않았지만 수년 동안 청나라 사람들이 죽이지 않은 것은, 그의 굳은 의지를 청나라 사람들이 고상하게 여겼기 때문이었다.

청나라 임금은 스스로 의젓하게 연경에 거주하면서 천하를 호령하고 남경을 석권하였으며, 이어 우리나라에 대해서도 칙서를 반포하였다.

병술년 3월에 우리 조정에서 청나라로 사은사를 보내면서, 정사로 백헌 이경석을 삼고, 잠곡 김육을 부사로 하여 연경으로 파견했다. 그때 임경업을 본국으로 돌려보내 줄 것을 여러 번 요구하니, 섭정 왕 다이곤이 압송해 가는 것을 허가했다.

임경업은 비록 청나라 옷을 입고 있었으나 머리는 끝까지 깎지 않고 있었다. 임오년에 망명했던 임경업이 죄인이 되어 평양을 지나가게 되니, 이를 보는 평양 사람들이 눈물을 흘리지 않는 사람이 없었다.

당시 김자점은 영의정으로서 나라를 다스리고 있으면서 몰래 불충을 할 다른 뜻을 품고 있어서, 충직하고 의리 있는 신하들을 미리 제거하고 있었다. 또한 그는 오래 전부터 임경업과 나쁜 감정을 갖고 있는 사이었다. 곧 김자점이 이전 갑신년에 일어난 심기원의 반란사건에 협력했다는 일을 거짓으로 꾸며 임경업에게 달군 쇠를 써서 엄한 고문을 가하니, 임경업은 그때 큰 소리로 이렇게 부르짖었다.

"나라의 일들이 오히려 안정되지 못한 상태인데 어찌 빨리 나를 죽이려 하느냐?"

마침내 임경업은 옥중에서 고문으로 사망했다.

그가 사망한 날 풀과 나무들이 많은 물방울을 뒤집어쓴 것처럼 되었는데, 사람들은 그것을 보고 충신이 원통하게 죽었기 때문에 초목들이 그를 위하여 슬픔을 느껴 눈물을 흘리는 것이라고 했다.

앞서 장군이 타고 다니던 날랜 준마가 있어, 하루에 5백 리를 달리고 두서너 길이나 되는 구덩이도 뛰어넘었다. 임경업 장군이 단신으로 탈출할 때에 말굴레를 벗겨 말하기를,

"아아 슬프구나, 이 아름다운 말이여! 너를 어찌하면 좋겠느냐?"

라고 말하고 말을 쫓으니, 그 말이 말굽을 굽혀 꿇고는 눈물을 흘렸다. 그 후 몇 사람의 손을 거쳐 사복시로 들어가 궁중의 내구마에 충당되었다.

임경업이 죽었을 때 말 관리하는 사람이 그 말 앞에 서서,

"너의 옛 주인이 죽었느니라."

라고 말하였더니, 말은 곧 먹이를 먹지 않고 하늘을 우러러 길게 세 번 울부짖고는 죽었다. 그 준마는 과연 옛날 중국 관운장이 타던 적토마와 다름없는 것이었다. 이 이야기를 듣는 사람들은 모두 슬퍼했다.

같은 시기에 성주 사람 이사룡(李士龍)이 있었다. 숭정 무인년에 청나라 사람이 명나라를 침범했을 때 우리나라에 병력 징발을 위협했는데, 훈련국에서 정예 군사를 보내면서 이사룡을 함께 보냈다.

이사룡이 금주위 송산보에 이르렀을 때, 청나라 군사들이 명나라 조대수 장군과 맞서 진을 설치하고 전투가 개시되었다. 청나라 군사들이 우리나라 사람들의 정교한 기능을 아깝게 여겨, 방패 속에 숨겨 화살과 돌을 피하게 하고는 화약을 쏘아 적을 명중시키면 많은 상을 주겠다고 했다.

이사룡이 처음에 쏘면서 탄환을 제거하고 쏘았는데, 청나라 군사들이 이 사실을 알고 끌어내 목에다 칼을 겨누었으나, 이사룡은 얼굴빛을 조금도 변하지 않았다. 이에 청나라 군사가 놓아주면서 노려보고 말했다.

"다시 이와 같이 하면 반드시 죽일 것이고, 만약에 적을 명중시키면 내 큰 상을 주겠노라."

그랬지만 이사룡은 연해서 세 발을 역시 헛되게 쏘니, 청나라 군사는 크게 화를

내고 칼로 어지럽게 찔러 죽여, 여러 사람들에게 둘러 보였다. 첩보를 통해 이를 알게 된 명나라 장수 조대수는 커다란 깃발하나를 내걸었는데, 큰 글씨로 '조선국의 사이사룡'이란 여덟 글자를 써 걸었다. 청나라 병사들도 그를 의롭게 여겨 전쟁이 끝나고 그의 시체를 거두어 고국으로 돌아가 장사지내라고 명령하였다.

이때 청나라에 징발된 사람은 매우 많았다. 무인년 이시영과 경진년 임경업, 신사년 유림 등이 상장군으로 임명되어, 일국의 뛰어난 포수들인데도 모두 적을 돕고 우리와 관계가 좋은 명나라를 침범하는 일에 동원되었다. 그러나 모두 탄환과 활촉을 제거한 채 쏘았으니, 중국 사람들이 지금까지 조선의 의사라고 일컫고 있다.

사진자료

〈임경업 별묘사당〉　　　　　　〈충렬사〉

林慶業

林慶業字英伯 生于蓬川坪. 兒時以軍容嬉戲. 聚隣里樵牧 以其負機 排陣形於野中 令
行禁止 坐作進退 無所違越者. 嶺南官行當路 欲撤去. 將軍曰 陣不可破也. 堅守不許
官行橫驅而去. 及長 書佩大丈夫三字. 早登武科 出入諸司 各當其職 士大夫咸稱人才.
仁祖癸酉 丁父憂時 關西伯閔聖徽啓請 西事非慶業莫可議. 特命起復 拜寧邊府使. 二
月莅任 時中朝叛賊孔有德耿仲明 來居千家庄 慶業起兵擊之. 陞防禦使 駐扎邊上. 中
朝將朱文郁蕭九韶等亦來會 賊遂遁去. 朱文郁等上其功 皇帝嘉之 特拜摠兵 賞賚甚
優. 甲戌爲義州府尹 至府設常平倉 以資民産. 又設烽燧於松鶻鳳凰等山. 輸糧城中 鑿
池貯水. 募得死士丁大器文士立韓景生朴希福 剃頭變服 入瀋探情. 啓請黃海軍二萬
諫官以爲重兵不可屬邊臣 事遂已. 丙子十二月十二日 松鳳兩烽幷擧報警. 慶業卽地
馳啓 又點視城中. 時纔經丁卯 人民老弱男女不滿千口 實無戰禦之策. 遂嬰城固守 東
望灑涕 以蠟書 告兵使柳琳曰 敵必有久留之計 行在受圍 退敵無計 願將一萬兵與我
直搗瀋陽 彼必傾國而來 一擧覆其根本 此孫臏直走魏都 而救韓之計也. 琳以勤王不
用. 時淸鋒直犯京城 南漢被圍. 淸將要貛 率精騎三百 急報瀋陽 回至灣上. 慶業追擊
幾殲其卒. 又奪所掠男女百餘人 馬六十餘疋. 丁丑三學士以斥和 被執北行. 時論以謂
三人招兵速禍 沿路守宰莫敢與語. 慶業出迎 執手曰 士大夫死得其所難矣 名將與泰
山北斗爭高. 俸供甚豐 資送亦厚. 丁丑三月 回軍將高山屯永柔德池洞 韓潤軍文化淡
伊津. 仍攻椵島 請兵我國 以慶業爲水軍將. 慶業義不忍犯順 潛遣斥候將鐵山人金礪
器 先通椵島都督沈世魁曰 國弱難支 今旣修和 回軍攻島 其勢危矣. 預爲應變 則庶可
免禍. 乃進兵 島中一空 已還登州矣. 自丁丑以後 每欲以賊情 仰暴於天朝 難其人. 聞
香山僧申歜釋名獨步 有義氣可使. 招致歜待 告以通信之事 申歜請行. 與崔完城鳴吉
李延陽時白議 送申歜 至石城島 致書而還. 時慶業以濫馱越給事 命配於鐵山府. 庚辰
春 淸國復徵舟師 攻錦州衛. 朝廷卽解配 爲舟師上將 淸譯請備從事官. 備堂李溟啓曰
前者許璹托病不起 事甚無嚴 今若如前嫌避 請加罪一層. 慶業卽啓曰 船小軍多 淸譯
雖請 不必具從事官. 且別粧一船 事甚有弊 遂棄去. 慶業又遣申歜 通信于登州 歜仍留
不還. 四月 慶業與副將李浣領舟師 至石域[城]島 佯爲飄風 送通事金英哲及將官李秀
南于登州 通其應變之意. 六月 次蓋州 遇唐船四十隻 彼此去丸放銃 去鏃放矢. 良久相

戰 佯敗而還. 淸將疑之 分其軍 自遠布陣 爲唐兵狀. 使慶業擊之 慶業知其謀 以勁矢
猛丸亂射之. 於是淸將疑與中朝合謀 令還本國. 慶業募得善泅者 歷陳本國受兵被脅
之狀 以致不忝天朝之意. 初淸人慣聞慶業智略 指名請遣者 欲爲西犯之計也. 至是屢
戰屢却 淸人仍爲退兵 欲使海路回軍. 慶業船弊糧盡 請以陸路行 淸人不得已許之. 錦
州之役 多載南草而去 及歸 換得累千金 以繼軍餉. 死亡軍卒先令標殯 雇得車馬 載以
歸鄕. 壬午 爲平安兵使. 皇朝摠督洪承疇降淸 輸慶業前後密通之狀. 宣川府使李烓又
告裝送獨步事 淸將追覺見欺. 淸主大怒 使我國急令執送慶業 並及淸陰金尙憲 以其
裂降書 斥和故也. 慶業杖劍就途 歎曰 男兒不虛生 豈可無端就死於彼庭乎. 莫若奔入
上國 戮力除讎. 行至金郊驛 乘夜而逃. 淸使旁午責詰 本朝亦大索不得. 慶業遂落髮爲
僧 或晦跡江湖 或隱身知舊. 最後至遂安李某家 卽前日義州時軍官也. 將軍乘夜握手
歎曰 我朝迫於彼 人且忌我者多 至於此地 我豈速手就死. 若涉一海 則大明天地. 君與
我同事 掃除腥氛 再造皇家 報壬辰罔極之恩 曳履於天子之庭 名垂靑史 孰與朽落於
草萊耶. 李曰 將軍之志大矣 將軍之忠至矣 大明必當亡國之運. 士大夫貪風極盛 窅寺
之用事 無異漢唐 黨論偏僻甚於南北部. 而神宗皇帝五十年 信任奸回 賢人屛跡. 且東
征之役 天下騷動 比年以來 旱蝗相仍 盜賊四起. 乘此之時 金人以鐵騎長驅 如摧枯拉
朽 所向無前 將軍以尺劍何爲哉. 鄙人蓬蓽之子 無與於天下事 願將軍自爲之. 未幾李
入於譏察 推問 供曰 將幕卽父子之義在 固不出 況無影形者乎. 癸未二月 到高陽幸州
使麻浦船人李小元 紿商人海美朴守元車再龍李成南曰 有化主僧販米於平安道 若載
而輸 價必多得. 諸商皆信之 遂同舟 至海州延平島. 慶業去僧服 杖劍斫舷曰 我林兵使
也. 衆皆驚拜 仍令擧帆 由椵島 至三山島 望登州而去. 忽遇狂風 飄泊于海豐縣 縣人
疑淸人 欲害之. 慶業書示姓名 及來到之由. 海豐守囚之獄 馳報布政司. 布政司曰 此
豈非爲天朝討孔耿者乎. 此人獨知尊周之義 姑緩其囚 豐其供給. 卽爲奏聞. 時舟師摠
兵黃宗裔鎭登州 聞朝鮮亡將囚繫海豐. 海差官往探 卽破獄門 迎接而歸. 夜與議攻討
之事 皇帝又命留登州. 甲申四月 闖賊李自成陷皇城 宗裔使中軍馬弘周代領其兵 脫
身赴援. 未幾山海關將吳三桂 引淸兵擊賊 淸主遂據北京. 時慶業在馬弘周鎭 知弘周
挾降淸之意 脫身無計. 適有船商 自南京來. 慶業欲乘夜逃 弘周覺而守之 因獨步之漏
通 不得脫. 己[乙]酉四月 有船五隻 稱自南京而來曰 敵近城不可久留. 中軍與林老爺
同舟而來. 弘周卽載糇糧 若將南下. 忽有鐵騎數百 沿江而來 弘周卽回船 泊岸迎接.

追騎清兵先削弘周及將士之髮 又欲脫公之冠. 公厲聲叱退 遂械至燕京. 被拘不屈 而
數年不死者 清人高其義也. 清主自居燕京 號令天下 席倦南京. 以是頒勅我國. 丙戌三
月 遣謝恩正使白軒李景奭副使潛谷金堉入燕 屢請慶業還國 攝政王多爾袞許令押送.
慶業雖衣胡服 而髮卽不剃矣. 以壬午亡命 縲過西京 西京之人莫不流涕. 時金自點當
國 陰畜異志 剪除忠義之人. 且與慶業有宿憾 以前甲申沈器遠誣引事 鍛鍊嚴訊. 慶業
大呼曰 國事尙未定 何徑殺我也. 竟死於獄 其日草木如被重霖 人言忠臣枉死 草木爲
之感泣云. 先時將軍所騎馬 日行半千里 能超數丈坑. 當將軍單身逃出時 脫勒棄之曰
嗟呼駿驄奚爲. 馬蹉跎垂涕. 後轉入於司僕寺 充內廐. 至是御者立前曰 汝舊主死矣.
馬掇豆食 仰天長鳴者數三 而斃 無異於雲長之赤兎也. 聞者悲之. 同時有李士龍者 星
州人. 崇禎戊寅 清人西犯天朝 脅我徵兵 訓局送精銳 士龍與焉. 至錦州衛松山堡 清人
與天將祖大壽對陳交鋒 清人惜我人之技精 俾伏馬障內 以防矢石 而有發砲中之者 則
重賞. 士龍初放無丸 清人覺之 猝出擬刃頸上 士龍少不色動. 清人釋而囑曰 復敢如此
必死 如中之 吾其厚賚. 士龍連三虛發 清人大怒 亂斫徇之. 祖將牒知 揭示一大旗 大
書朝鮮國義士李士龍八字 清人亦義之. 戰罷 許令收尸 歸葬故國. 是時清人徵兵非一.
戊寅李時英 庚辰林慶業 辛巳柳琳 幷爲上將 一國精砲 盡入於助敵犯順 而皆去丸與
鏃. 華人至今 稱朝鮮之義士.

(1) 임경업의 행적과 김자점

임경업 장군이 한 여덟 살 먹어서부텀, 클 때도 아주 동네 아를 데루고서, 전장하는 군대 노릇을 하고 자칭 '내가 장수'라 그고 이래. 그래가주고 한 스물 댓 살 먹어서러, 고마 나라에 올라가서는 비슬을 했어. 군대서러 총무대장을 해가주고. 그뒤는 다른드러 경업 장군이 이주부원 있었는데, 호병이 이주는 건너 올라그이 경업 장군 때문에 못건너 와가주고서러 다른 데로, 저 동해 바다로 이리이리 들와서러 고만에 서울 점령을 했어. 점령을 해가주고, 서울 임금한테 항복을 받아가주고, 고마 세자 서이 삼 형제를 붙잡아 갔부렀어. 그제는 조선하고 한 나라이 됐으이께네, 붙잡아 갔는데 경업 장군이 고만에 호국에 가서러 임금하고 디리 싸웠어.

"아이, 너 나를 뭐 몇 수만 명이 대들어도 내 한 칼에 직일라면 직일 모양이니 직일라믄 직이라."

그러이 고마 그짜서 겁을 내가 고마,

"아이고, 그르만 워에든동 원대로 해줄 모야이 원대로 말하라."

"그머 세자를 조선에 도로 내보내라."

그이,

"내보낸다."

그러. 그래 그 뒤는 세자 같이 있는 걸 사신을 시켜서

"데려 오라."

그래. 삼 형제 다 나왔어. 그래 나와가주고, 그 뒤는 머식이,

"같이 가자."

그이,

"아, 워에튼 가라꼬. 나는 내주 이짜 임금 모가지를 끊어 가주 간다꼬."

이르면서 내보냈어. 내보내코 그뒤 저는 오도록 기다렸는데, 그제는 올 때가 돼나 오는데. 고마 자점이가 역적 모의를 먹고서는, 그 사람 때문에 맘대로 못한다 말에. 나오만 안되이 저 사람이 고마 저-짜 백두산 만주 건너오는데, 거게 고만 가서러, 저짜 사자가 오는데 가서러, 이짜 사신을 씨겨서러 고마 동그르 묶어가주고 고만 온다 말에.

허허! 저 사람들이 데루 온 사람들이 가마 보이,

"이 조선 충시인데, 세자꺼짐 데루 내려와가 충시인데, 이 사람 묶어가주 가이 어쩐 일이로."

그래. 저짜 가서러,

"그 사람이 충시인데, 뭐 때무로 묶어가주 가노. 그 사람 내노라꼬."

내중에는 편지가 오고 이랬는데. 그래 와가주고, 고만에 자점이가 서울 옥에다 가다 놓고는, 임금한테도 이야기 아하고, 글 때는 다른 사람은 막카 자점이 겁을 내가 꼼짝 못해. 그래 꼼짝 못하고 가다 났는데. 세자 삼 형제가 경업 장군 오도록 바랬는데, 한날은 누가 가 세자한테 소개를 해가주고 자점이 경업 장군을 불러내 가주고 저녁에 가서 임금 앞에 이야기 하고,

"나는 자점이가 그런 줄 모르고, 임금 명령이라 그러서, 내가 묶이고 있었디마는, 그놈 자점이 때문에 죽을 고생했다고 고만 내일 아칙에는 자점이를 불러다가 고만에 벌을 주고 내가 항복을 받는다꼬."

이런 얘기를 하고 있었는데,

"욕을 봤으이 쉬고서러 내일 아칙에 이야기하자."

나오다이마는, 고만 엉겁절에 나가이 자점이가 고만에 군대를 세워 났다가 만에, 곽주에 목 치러 들어오거든. 아무것도 모르고 곽주에 나가다 때리이 뭐 도리가 있어 야지. 그래 고마 때려 직여가주설랑, 또 옥에 갖다 집어넣어 났어. 죽은 사람을 옥에 갖다 주여 났어. 그래 누가 가 또 소개를 했어.

"이 사람은 어젯밤에 나가다가 맞아 죽었다. 죽은 사람을 갖다 묶어다 넣었다."

그래 신체를 가주 나와서러, 아들이 삼 형젠데, 삼 형제를 불러다 놓고는,

"자점이가 경업 장군, 장군을 직였으이 아들네 불러서 맘대로 해라."

그러이 경업 장군 아들 삼 형제가 고만에 자점 배를 찔러 간을 내가 주제사를 지냈어, 제사를. 그래 거 놔두이, 서울 장안에 백성들이 자점이 때무로 사람이 난리를 만내가주고 이토록 죽었으이, 자점이 살을 띠가주 점점이 사방 내삐리이 자점이가 점점이 됐다. 고마 끝이래.

출처: 임재해 외, '임경업 장군의 행적과 김자점', 『한국구비문학대계』 7-18, 한국학중앙연구원, 1988, 291.

(2) 임경업 장군 전설

명나라서 자꾸 여길 침범허니까. 임경업 장군이 무서운 장수에요. 의주 목사로 가 있었는데. 자꾸 명나라가 치니까두루. 나라에 상고를 하니까 불러 들였어요, 임경업 장군을. 근데 그이가 천기를 못 봐요. 무식해서, 무서운 장산데.

근데 명나라를 치러 들어가는 거야. 여기서 떠나가즈구성, 한강물로 내려가지구성, 이조 때니까. 연평 바다로 가는 거야. 군사를 수천 명 데리구 나가는데, 배를 수십 척 가지구 나가겠지.

목이 말라 견딜 수가 있어야지. 그리구 수천 명이 먹을 반찬이 없단 말야. 반찬이 없으니까 '가만 있어라' 허니 삿대란 넣어 물에 엿다 휘이 저었단 말야. 조기가 물에 둥둥 다 뜨니까 글루 반찬을 했고.

또 얼마 가다 물이 떨어지니까, 그 넓은 바다에 물이 떨어져 목이 말라 죽겠다 한단 말야.

"목이 말라 못 견디겠다."

허구.

"그러냐구. 가만 있으라."

구. 또 삿대로다 냇다 휘 저으니까. 웬 물이 떠올라. 허옇게 물이 나온단 말야. 그래서 연평에는 임경업 장군을 모시구 있어.

그런 풍파요, 막대기루다가 생선을 잡았으니 그런 고명헌 분이 없구. 짠물에서 저으니까두루 맑은 물이 솟아 나왔으니 그것두 참 희귀한 일이구. 그래서 임경업 장군을 연평서 모신 거야. 고기잡이 나갈 때. 배에서는 으레, 나갈 때면 가령 조기 잡으로 나가던지, 생선을 잡으러 나갈 것 같으면 앞에다가 임경업 장군을 제를 지내지.

출처: 성기열 외, '임경업 장군 전설', 『한국구비문학대계』 1-7, 한국학중앙연구원, 1982, 873.

〈관련 설화 목록〉

성기열 외, '임경업이야기', 『한국구비문학대계』 1-7, 한국학중앙연구원, 1982, 183.
성기열 외, '임경업 장군', 『한국구비문학대계』 1-7, 한국학중앙연구원, 1982, 440.
성기열 외, '임경업 장군 전설', 『한국구비문학대계』 1-7, 한국학중앙연구원, 1982, 873.
성기열 외, '임경업 장군 일화', 『한국구비문학대계』 1-8, 한국학중앙연구원, 1984, 310.
성기열 외, '임경업 장군 일화', 『한국구비문학대계』 1-8, 한국학중앙연구원, 1984, 454.
성기열 외, '임경업 장군', 『한국구비문학대계』 1-8, 한국학중앙연구원, 1984, 594.
김선풍 외, '임경업의 혼이 아버지 구출', 『한국구비문학대계』 2-4, 한국학중앙연구원, 1983, 704.
김선풍 외, '양반에게 본때 보인 임경업 장군', 『한국구비문학대계』 2-8, 한국학중앙연구원, 1986, 524.
김영진 외, '담이 컸던 어린 임경업', 『한국구비문학대계』 3-2, 한국학중앙연구원, 1981, 701.
김영진 외, '담력이 센 어린 임경업', 『한국구비문학대계』 3-4, 한국학중앙연구원, 1984, 862.
박규홍 외, '천기를 못 보는 임경업 장군', 『한국구비문학대계』 4-2, 한국학중앙연구원, 1981, 128.

박규홍 외, '천기 못 보는 임경업', 『한국구비문학대계』 4-5, 한국학중앙연구원, 1984, 341.

박순호 외, '임경업 장군의 명판결', 『한국구비문학대계』 6-4, 한국학중앙연구원, 1985, 936.

임재해 외, '임경업 장군의 어린시절', 『한국구비문학대계』 7-9, 한국학중앙연구원, 1982, 411.

최정여 외, '임경업 장군', 『한국구비문학대계』 7-11, 한국학중앙연구원, 1984, 173.

최정화 외, '임경업 장군 난 명당', 『한국구비문학대계』 7-13, 한국학중앙연구원, 1985, 445.

최정여 외, '임경업이야기(1)', 『한국구비문학대계』 7-14, 한국학중앙연구원, 1985, 146.

최정여 외, '임경업이야기(2)', 『한국구비문학대계』 7-14, 한국학중앙연구원, 1985, 155.

최정여 외, '박부인과 임경업 장군', 『한국구비문학대계』 7-16, 한국학중앙연구원, 1987, 401.

임재해 외, '임경업 장군의 행적과 김자점', 『한국구비문학대계』 7-18, 한국학중앙연구원, 1988, 291.

현용준 외, '임경업 장군', 『한국구비문학대계』 9-2, 한국학중앙연구원, 1981, 225.

신동흔 외, '박씨부인과 임경업', 『도시전승설화자료집성』 4권, 민속원, 2009, 238.

신동흔 외, '병자호란과 임경업', 『도시전승설화자료집성』 5권, 민속원, 2009, 179.

신동흔 외, '임경업이야기', 『도시전승설화자료집성』 6권, 민속원, 2009, 83.

이수자, '임경업 장군', 『설화화자연구』, 박이정, 1998, 102.

이헌홍, '임경업의 일화', 『김태락 구연설화』, 박이정, 2012, 302.

임석재, '임경업', 『한국구전설화』 6권, 평민사, 1990, 270.

조희웅, '임경업', 『이야기망태기』 1, 글누림, 2011, 162.

業辛巳柳琳并為

順而皆去尢與鏃華人

鄭鳳壽

鄭鳳壽字祥曳其先河東人

學經史有膽量所居里有

吳敢近鳳壽謀諸鄰童

文寵引如飛雖比

 정봉수(鄭鳳壽, 1572~1645)

조선 후기의 무신이자 의병장으로 본관은 하동(河東), 자는 상수(祥叟)이다. 임진왜란이 일어나자 하던 공부를 포기하고 무과에 급제, 선전관이 되어 왕을 호종(扈從)하여 부장(部將)이 되었다. 1605년 무안현대장으로 흑산도 앞 바다에 침입한 왜구를 참획하였다. 1627년 정묘호란이 일어나자 의병장에 추대되어 4천여 명의 의병을 모집하였다. 이때 용골산성(龍骨山城)에는 철산(鐵山)·의주 등지의 피난민이 모여 있었다. 조정에서는 고립된 이 성을 지킬 수 없다 하여 평안도관찰사에게 난민들을 산 속으로 피신하게 하고 전멸의 화를 입지 않게 종용하고 있었다. 그러나 정봉수 등이 이 성을 고수할 것을 결의하자 조정에서 그에게 당상계(堂上階)를 주어 전군을 지휘하게 하였다. 그리하여 용골산성에서 많은 후금군을 살해하고 포로가 된 수천 명의 백성을 구출, 그 공으로 철산부사가 되었다. 적이 철수한 뒤에는 구성부사·개천군수·오위장이 되었다. 철산의 충무사(忠武祠)에 제향되었으며, 시호는 양무(襄武)이다. 『참고문헌』 선조실록, 광해군일기, 인조실록, 한국인명대사전

정봉수

정봉수의 자는 상수이고 그 선조는 하동사람인데 근세에 평안도 철산지방에서 번성한 성씨가 되었다. 어릴 때 경서와 역사를 공부하였으며 간이 크고 용감한 행동을 하였다.

그가 사는 마을에 큰 뱀이 있어서 사람을 보기만 하면 발꿈치 뒤로 쫓아와 물려고 했다. 그래서 사람이 감히 접근하지 못했는데, 정봉수가 이웃 아이들과 이런 계책을 이야기했다.

"이 뱀을 당장 죽여 사람들에게 방해됨이 없도록 하자."

"무슨 소리냐? 저 뱀은 숨고 달리는 것이 나는 듯해 비록 건장한 남자라도 피해서 도망가는데 하물며 우리 같은 아이들이 어떻게 한단 말이냐?"

"응, 그건 나와 약속한 것을 그대로 하면 어려움이 없을 것이다."

이렇게 말하며 드디어 풀을 묶어 10여 개의 막사를 만들고, 막사마다 3면을 막고 오직 앞면만 열어두었다. 아이들로 하여금 막대기를 가지고 막사 속에 매복하게 해놓고, 정봉수는 홀로 뱀이 있는 곳에 이르러 돌멩이를 던지니 뱀이 과연 머리를 들고 혀를 날름거리면서 곧바로 정봉수를 쫓아왔다. 곧 정봉수는 옆으로 달아나 아이들이 숨어있는 막사 앞을 가로질러 지나갔다. 이때 대기하고 있던 아이들이 교대로 나와 뒤따르고 있는 뱀을 때려죽였다. 이로 말미암아 마을사람들이 정봉수가 비범한 사람인 줄 알았다.

이미 장성하였을 때 임진왜란을 만나 학문을 그만두고 무과에 급제하여 오랫동안 전쟁에 참가하였다. 선조 임금 때 호성원종훈[1]으로 녹훈이 되었고, 이어 부장에 임명되면서 사복시 주부의 책임을 맡았다. 감찰직책을 거쳐 영산현감이 되었다가, 직분을 마치고 자기 집으로 돌아와 30여 년을 살았다.

정묘년 정월에 강홍립·한윤·박난영 등이 함께 후금 군사를 끌고 고국인 우리나라를 쳐들어왔다.[2] 적병이 갑자기 침입하니 의주부윤 이완은 싸우다가 전사하고 모든 성들이 함락되었다. 이희건은 본래 용장이라고 일컬어졌지만, 당시 용천부사로 있다가 용골산성으로 들어가 곧 성을 버리고 남쪽으로 도망치던 중 적들에게 붙잡혀 사망했다. 또한 미곶첨사로 있던 장사준은 용골산성에 들어가 있다가 머리를 깎고 투항하여, 날마다 청나라 군사들에게 소를 잡아 술을 대접했다.

그때 정봉수는 서해의 섬으로 들어갔다가 적을 만나 활을 쏘아 죽이고, 아우 정인수와 함께 집안 사람 수십 명을 데리고 용골산성으로 들어갔다. 용천의 장관으로 있던 김종민 등이 산성에 들어온 정봉수의 계책에 따라 몰래 장사준을 처단하려고 도모하는데, 장사준이 그 계책을 알고서 급히 적에게 알렸다. 이에 적장인 위서가 두렵게 여겨 사람들을 무참히 잡아 죽였다.

곧 정봉수는 전패[3]를 설치하여 임금의 명을 받들어 건장한 군사들에게 엄한 명령을 내리고 장사준을 묶어오게 하여, 군사들 앞에서 그의 죄를 성토하고 목을 베었다. 그리고 그에게 동조한 무리 10여 명도 모두 함께 죽이니, 모든 군사들이 상쾌하게 여겼다.

용골성 속에는 그때까지 수천 개의 무기들이 있었고 또한 군량도 남아 있었다. 정봉수는 모인 병사들과 함께 죽을 것을 약속하고 그들의 사기를 잘 다듬어 훈련시켰다.

적군은 많은 병사들을 모아 매우 급박하게 성을 공격해 왔다. 정봉수는 갑옷을 입고 성위의 성가퀴에 올라 자신이 앞장서서 싸우니 모든 사

1) 호성원종훈(扈聖原從勳): 임금의 피난에 함께한 공로로 받는 녹훈.
2) 강홍립(姜弘立) 등: 강홍립은 명나라의 요청으로 후금 정벌에 참가했다가 불리해 투항하여, 뒤에 정묘호란 때 후금에서 이들을 선봉장으로 하여 우리나라를 침범했음.
3) 전패(殿牌): 지방 관아(官衙)에는 왕명을 받은 사신들이 묵는 객사(客舍)가 있는데, 이 객사에는 나무판에 '殿'자를 새겨 모셔놓았음. 이를 전패라 하고 임금을 상징함.

람이 죽을힘을 다 해 싸웠다. 화살과 돌멩이며 포탄들을 번갈아 모두 쏘며 하루 종일 크게 싸워, 다섯 차례 핍박해 들어왔다가 다섯 차례 패해 물러갔다. 이때 목을 쳐 죽이고 잡은 적이 매우 많았고, 약탈 당해 잡혀 있던 수천 명의 우리 사람들을 탈환했다.

그 당시 용천과 의주 사람들 중에 적의 앞잡이들이 의주에 머물러 주둔하고 있으면서 우군(牛軍)이라 했다. 이 무리들은 민간의 재물을 강탈하고 사람을 마음대로 죽여 행패가 적군보다 더 악독했다.

정봉수가 많은 상을 주며 사람들을 모집해, 복과 화가 되는 원리를 바탕으로 가르쳐 깨우쳤다. 그리하여 서로 바른 길로 돌아오게 한 사람이 천여 명이나 되니, 이 일로 하여 정봉수의 명성은 온 나라에 널리 알려지게 되었다.

정봉수에 대한 보고를 받은 임금이 그를 칭찬하고, 글을 보내 표창하여 장려하면서 직급을 초월해 가선대부로 승격시켜 주었다. 또한 용천부사로 임명하고 조방장을 겸하게 했다. 얼마 후 방어사를 겸하게 하였다가 의주부윤의 벼슬을 겸해 임명하고, 의복과 여러 물자를 상으로 내려주었다.

이때 명나라 장수 모문룡이 가도에 진을 치고 있었는데, 명나라 황제가 주변 관리 임면을 마음대로 할 수 있는 권한을 주어서, 정봉수에게 중국 관직인 도사를 제수하고 금과 비단을 선물로 내려주었다.

6월에 적이 철수하니, 정봉수는 비로소 안주목사로 나갔다가 겨울에 구성부사로 옮겨갔다. 그리고 임금이 임금의 옷과 추위를 막는 여러 가지 물건을 하사했다. 얼마 지나 개천군수로 전환되었다가 임기가 끝나 사임하려고 하니 임금이 오위장으로 임명하고 직접 불러 술을 내려주었다.

경오년에 부총관으로 임명되었다가 특별히 전라도 좌수사에 임명되었다. 신미년에는 경상도병사로 옮겼고 가선대부의 벼슬이 첨가되었다. 그때 가도 섬에 명나라 반란군 공유덕과 경중명의 잔당들이 있어 소란을 피우니, 비변사에서 임금에게 요청해 정봉수를 청북[4]방어사로 임명하여 수군을 인

4) 청북(淸北): 평안도의 청천강(淸川江) 북쪽 지역.

솔해 가서 소탕하게 했다.

갑술년에 정봉수는 전라도 병사로 임명되어 지역을 남북으로 나누어서 무기들을 잘 갖추어서 방비하니, 임금이 궁중의 내구마를 하사했다. 그 후 정봉수는 동중추부사, 부총관, 훈련도정 벼슬을 역임했다.

정봉수는 평소에 병이 많았는데 임금이 어의를 보내 여러 번 그의 병을 진료하게 하였다. 뒤에 벼슬에서 물러나 평양 동북부 자산 바깥의 시골 고향 마을에 살고 있었다. 병자년 겨울에는 자모성으로 들어가 서문을 지키는 장수가 되어, 두 중심장수가 어물거리면서 싸우지 않고 있는 것을 보고 그들에게 흥분하여 말하였다.

"이 자모성은 전쟁의 요충지입니다. 동쪽과 서쪽 두 길 중간에 위치하고 있어서 기이한 꾀를 내어 적을 물리치면 이기지 못함이 없을 것입니다. 성문을 닫아건 지 거의 한 달이나 되었으니 장차 어떻게 하려고 하십니까? 저에게 정예병 수천 명만 주시면 마땅히 순안 지역으로 군대를 이끌고 나가서 험한 산골에 의지해 복병을 설치할 것이고, 간혹 적을 유인하여 무찌르면 완전한 승리를 얻을 수 있습니다."

이러면서 서문으로부터 순안에 이르는 관아 도로의 눈을 치우고 길을 닦아 적을 막을 계책을 세운 다음, 여러 번 성의 책임자에게 권의했지만 받아들이지 않아 이루지 못했다.

그 후 정봉수는 몇 년 동안 자산에서 살다가 사망하니, 부고를 받은 임금은 한탄하며 애도하고 예관을 파견하여 조문하게 했다. 곧 철산의 옛 고향 마을로 옮겨 장례를 치렀다.

숙종 정해년, 평안도관찰사가 정봉수의 정의롭고 열렬한 업적에 대하여 조정에 보고를 올리니, 조정에서는 정문을 세우게 하고 병조판서 벼슬을 추증했으며 양무공이란 시호를 내렸다.

정봉수가 사망한 지 이제 백 수십 년이 되었다. 지금도 그의 갑옷과 투구, 장검, 독기 등이 때때로 떨림이 있으며, 맑게 갠 날에도 갑자기 강한 바람이 일어난다고 전한다.

鄭鳳壽

鄭鳳壽字祥叟 其先河東人也. 近世爲鐵山大姓. 小而學經史 有膽量. 所居里有大蛇 見
人輒跟追欲噬 人莫敢近. 鳳壽謀諸鄰童曰 當殺此物 爲人除害. 鄰兒曰 彼竄引如飛
雖壯夫避走 況我曹乎. 鳳壽曰 聽我約束毋難. 遂束草爲十餘幕 皆遮三面 獨開前. 使
兒曹持杖埋伏. 鳳壽獨至蛇所投石 蛇果舉頭閃舌 直趨鳳壽 鳳壽橫走幕前. 羣兒迭出
亂打殺之. 由是知其非凡. 旣長 遭壬辰之變 投筆登武科 從戎最久. 宣廟朝錄扈聖原從
勳 拜部將 典司僕主簿. 由監察 出爲靈山縣監 解歸 家居者三十餘年. 丁卯正月 姜弘
立與韓潤朴蘭英等犯順. 敵兵猝至 義州府尹李莞死之 列城皆潰. 李希健素稱勇將 而
以龍川府使 入龍骨山城 亦棄城南走 死於敵. 彌串僉使張士俊據龍骨 剃髮降敵 日餉
牛酒. 時鳳壽入海島遇賊 輒射殺 與其弟麟壽 率子弟數十人 入龍骨城. 龍川長官金宗
敏等 從鳳壽計事 潛圖士俊. 士俊知其謀 飛報敵. 敵將爲書 懼之以屠戮. 於是鳳壽設
殿牌 飭健卒縛士俊. 聲其罪而斬之. 其黨十餘並伏誅 一軍皆快. 城中尙有數千器械 且
有糧餉. 鳳壽約與同死 精礪士氣. 敵乃大集諸兵 攻城甚急. 鳳壽被甲登陴 以身先之.
人人出死力 矢石與砲 迭進齊發 終日大戰. 賊凡五逼五敗 斬獲甚多 奪還被掠人民累
千口. 時龍川義州人爲賊腹心者 留屯義州 號曰牛軍 恣行搶掠 甚於敵人. 鳳壽重賞募
人 曉以禍福 相率歸正者千有餘人. 由是鳳壽名動一國. 事聞 上嘉之 賜書褒諭 超陞嘉
善 爲龍川府使 兼助防將. 已而 兼防禦使 且兼義州府尹 賜以衣資. 是時手將在椵島
以便宜得專除拜 授鳳壽都司 又致金帛. 六月賊退 始出安州 冬移龜城府使 賜御衣禦
寒具. 俄換价川郡守 秩滿 拜五衛將. 上招見 賜酒. 庚午以副摠管 特授全羅左水使.
辛未移慶尙兵使 加嘉善. 島中有孔耿之緼 備局請拜淸北防禦使 領舟師討之. 甲戌爲
全羅兵使 前後分閫 克修戎器 輒賜內廐馬. 遞拜同中樞府事 副摠管 訓練都正. 鳳壽素
多病 遣御醫數問. 後退寓慈山外鄕丁. 丙子冬入慈母城 爲西門將 見兩閫逗遛. 慨然曰
此城乃用武之地 處於東西兩路之間 出奇擊賊 則蔑不勝矣. 閉門幾至三旬 其將何爲.
願賜精卒數千 當出順安境 依險設伏 或誘而致之 可得專勝. 遂自西門至順安官路 掃
雪治道 爲弭敵之計 屢請主閫 終不聽用. 後數年 卒于慈山. 訃聞 上蹉悼 遣禮官吊祭.
返葬于鐵山故里. 肅廟丁亥 道臣以義列 聞于朝. 旌其閭 贈兵曹判書 賜諡襄武公. 公
之沒 今百數十年矣. 甲胄劍鸘 有時拂拭 則雖淸明之日 忽生勁風云.

柳琳
　珩

柳琳字汝溫晉州人 宣廟名臣辰今
兄死於倭亂琳年十二扶屍歸葬後
投筆以武舉進琳短小慷慨多智慮
功偉烈帆擊節激仰李文忠恒福
朝不十年而三轉爲黃海兵使墓
仁祖改紀岳朝內外官幾盡在
由是朝廷重其材識甲子募在
移廣州牧築臺鳴呼祠節

유림(柳琳, 1581~1643), 유형(柳珩, 1566~1615)

➤ 유 림 | 조선 중기의 무신으로 본관은 진주(晉州), 자는 여온(汝溫)이다. 일찍이 부모를 여의고 종형 형(珩)의 집에서 성장했다. 1603년(선조 36) 무과 급제했으나 체격이 왜소해 1609년에야 훈련도감 초관(哨官)에 임명되었다. 1630년 전라도수군절도사로 재임 중에는 수군을 이끌고 평안도에서 일어난 유흥치(劉興治) 등이 일으킨 난을 격퇴하였다. 1636년 겨울 병자호란이 일어나자 순찰사 홍명구(洪命耈)와 함께 적병을 추격하면서 항전하였고 이듬해 1월에 청군을 김화에서 무찌르고 춘천에 이르렀으나 남한산성이 함락되었다는 소식을 듣고 실망하였다. 1641년 청나라가 명나라를 치기위한 병사를 요청하였을 때 왕명을 받아 금주(錦州)로 출정하였다. 하지만 명나라와의 지난 날의 의리를 생각해 참전을 회피하였고 이후 청나라의 문책을 받았다. 그 뒤 지중추부사·통제사 등을 지냈으며, 죽은 뒤에는 좌의정에 증직되고 김화 충렬사(忠烈祠)에 제향되었다. 시호는 충장(忠壯)이다. 『참고문헌』 인조실록, 한국인명대사전

➤ 유 형 | 조선 중기의 무신으로 본관은 진주(晉州)이며 자는 사온(士溫), 호는 석담(石潭)이다. 1594년 무과에 급제, 선조의 친유(親諭)를 받고 감격하여 충성을 다하여 나라에 은혜를 갚겠다는 '진충보국(盡忠報國)' 네 자를 등에 새겼다. 1597년 정유재란 때 원균(元均)이 패전하였다는 소식을 듣고 통제사 이순신(李舜臣)의 막료가 되어 수군 재건에 힘썼다. 남해 앞바다에서의 전투에서는 명나라 제독 진린(陳璘)과 이순신의 곤경을 구해냈다. 노량해전에서 적탄에 맞아 부상을 입고도 전사한 이순신을 대신하여 전투를 지휘하였고 그 사실이 알려져 부산진첨절제사(釜山鎭僉節制使)에 발탁되었다. 이순신에게 두터운 믿음을 받았으며 1600년에 경상우도 수군절도사로 임명, 1602년에는 삼도수군통제사가 되었다. 다시 충청도병마절도사를 거쳐, 1609년(광해군 1) 함경도병마절도사로 회령부사를 겸하였고, 이어서 경상도병마절도사·평안도병마절도사를 역임했고 황해도병마절도사로 재임 중에 죽었다. 해남의 민충사(愍忠祠)에 제향되고, 시호는 충경(忠景)이다. 『참고문헌』 선조실록, 광해군일기, 한국인명대사전

유림의 자는 여온이고 진주 사람으로, 중종 때의 유명한 재상 유진동의 후손이다. 유림은 어려서 고아가 되었고 그의 형은 임진왜란 때 전사했다. 당시 12살이었던 유림은 그 형의 시체를 고향으로 옮겨 가 장사를 지냈다.

유림은 사촌형인 유형에게 의탁해 살았는데, 형이 사망한 후 울분을 금치 못하여 서당을 뛰쳐나와 무예를 익히고 무과 급제하여 무관으로 진출했다. 유림은 키가 작았으며 애국심이 강하고 지략이 뛰어났다. 그는 항상 옛 명장들의 뛰어난 공적과 위열에 대한 글을 읽으며 무릎을 치면서 북받치는 감정을 누르지 못하였다.

문충공 이항복이 유림을 한번 만나보고는 단번에 그가 뛰어난 재사라는 것을 알고 조정에 추천하였다. 유림은 벼슬길에 나선지 10년도 안 되는 사이에 세 번의 관직을 거쳐 황해도병사로 나갔다. 부임지에 도착한 그는 고을의 성을 쌓아 사촌형 유형의 공적을 계승했다.

인조반정 후 광해군 때의 내외 관원들이 모두 파직되었으나 홀로 유림만이 청렴결백하고 근면하였으므로 파직을 면했다. 그런 까닭에 그로부터 조정에서는 그의 재능과 식견을 매우 소중히 여기게 되었다.

갑자년, 남한산성을 쌓는 공사가 벌어졌을 때, 유림이 남양부사로 있다가 경기도 광주목사로 옮겨갔다. 그리고 성을 쌓고 못을 파며 여러 건물을 지어 방어시설들을 장엄하게 갖추어 놓았다.

정묘년 이인거가 횡성에서 반란을 일으켰다. 강원도관찰사 오숙이 서울 군사를 인솔하고 가서 진압하는데, 그때 유림이 중군장으로 임명되어 출전하게 되었다. 그런데 유림이 횡성에 도착하니 이미 반란자들이 사로잡힌 뒤였다.

경오년 가도에 주둔해 있던 명나라 장수 유흥치가 도독 진계성을 살해하고 이어 우리나라를 침범하려 하였다. 조정에서는 완풍군 이서를 상장군으로 삼아 숙천에 주둔하게 하고, 유림을 전라도우수사로서 평안도·황해도 양도방어사를 겸하게 했다. 곧 유림이 수군을 인솔하고 삼화에 이르렀다.

청나라 사신 영아이대가 우리나라에 왔는데, 그때 평안도병사가 나약하여 제대로 제압하지 못하니, 이에 유림으로 그 직을 대체하게 하고 순변사까지 겸임토록 했다.

청나라 장수가 유림을 처음 보고 거만한 태도로 협박하고 소리 지르며 장검을 뽑아들어 의자를 치는 등 기고만장했으나, 유림은 얼굴빛을 변하지 않고 의젓하여 기백이 조금도 꺾이지 않았다. 그의 태연한 모습을 본 청나라 장수는,

"내 공을 시험해 보았을 뿐이오."

라고 말한 다음 곧 돌아갔다.

계유년 영변부사로 임명된 유림은 약산동대에 성을 쌓고 군량과 전투기재를 준비하여 변란에 대처했다. 이리하여 병자호란 때 영변고을 백성들은 그의 덕을 입어 화를 면할 수 있었다. 갑술년에 유림은 다시 평안도병사로 임명되었다.

병자년에 청나라는 황제의 연호를 확립하고 우리나라에 사신을 파견하였다가, 우리나라에 의해 쫓겨 돌아갔다. 이 일로 우리 조정에서는 더욱 걱정하여 유림을 부원수로 임명하고 곧바로 평안도병사 직을 제수했다.

그때는 정묘호란을 겪은 지 얼마 되지 않았으므로 민심이 아직도 안정되어 있지 않았다. 유림은 군사들을 고무 격려하면서 성을 지킬 기구들을 마련하고 화포를 새로 제작하면서, 해자를 깊이 파고 성가퀴도 높이 쌓아올렸다. 또한 군사훈련을 강화하고 군사들을 배불리 먹이었다. 그리고 모범을 보인 군사들에게 은이나 비단을 상으로 주니, 군사들이 모두 즐거워하면서 적과 싸울 투지가 넘쳤다.

그해 겨울 12월, 청나라 군이 얼어붙은 압록강을 건너 우리나라를 침범하였다.

5백 명의 선봉기병대가 곧장 서울을 향하여 질주하는데 안주를 나는 듯이 지나갔다. 유림이 그 선봉대의 뒤로는 반드시 대군이 진격해오리라는 것을 예상하고 즉시 성 안에 있는 울타리를 모두 헐어 거적자리처럼 엮고 물을 뿌려 얼어붙게 하여, 그것을 마치 겹 성가퀴 같이 엄연하게 보이도록 했다. 그런 다음 유림은 군사들과 백성들에게 움직이지 말고 가만히 있으라는 지시를 내렸다.

이삼일이 지나자 과연 청나라 임금이 와서 청천강변에 진을 쳤다. 큰 낙타를 탄 청나라 임금이 안주성을 바라보니 성은 높고 견고하였으며 성문은 닫혔는데 성 안에서는 아무런 인기척도 없었다. 청나라 임금은 장수들을 돌아보면서,

"우리 대군이 성을 핍박하는데도 저렇게 조용하니 가히 공격할 수가 없도다."

라고 말하고, 곧 군사를 거두어 남쪽으로 내려갔다.

유림은 이어 영변부사 이준에게 격서를 보내 자기 대신 성을 지키되 경솔하게 행동하지 말 것을 당부했다. 곧 유림은 장사들을 선발하여 말을 달려 적의 동정을 행재소에 보고하도록 했다. 그리고 자신은 50여 명의 군사들을 강하게 독려하여 자산으로 가서 순찰사 홍명구의 군사들과 합세해, 동쪽 길을 따라 행군하여 김화에 이르렀다.

그때는 이미 청나라군대가 강화도를 함락시킨 뒤였다. 수만 명의 청나라 기병들이 엄습해 몰려오니, 홍명구는 산기슭에 진을 치고 적들과의 전투에 대비하고 있었다. 이에 유림은 홍명구에게 권고하였다.

"적들은 수가 많고 아군은 적으니 험한 산을 점거해 진을 치는 것이 좋습니다."

그러나 홍명구는 그의 권고를 받아들이지 않았다.

유림은 자기가 데리고 온 군사들만 인솔하여 험한 산마루에 진을 치고 잣나무 숲에 의지해 목책을 설치했다. 청군이 먼저 바른편 진지를 공격하니, 홍명구는 결사적으로 싸우다가 희생되었다.

적들은 그 승리를 타서 의기양양하게 유림의 군사를 핍박했는데, 유림이 반격하여 그들을 물리쳤다. 이때 패한 군사들이 마구 밀치고 어지럽게 진으로 밀려들어오니

진이 약간 동요되었다. 이에 유림은 거절하여 진안으로 들어오지 못하게 하였다.

산이 험준하고 잣나무 숲이 빽빽하게 들어서서 적들의 갑옷 입은 기병들이 자유롭게 행동하지 못했고, 적군이 쏘는 화살 역시 아군을 명중시키지 못했다. 그러나 우리 군사들은 나무사이로 총구만 내놓고 쏘아 총탄 한발에 수명의 적을 쓰러뜨렸다. 이때 적들이 얼마간 퇴각하자 유림은 군사들에게 명령했다.

"화살과 탄알이 많지 않으니 절대로 낭비하지 말라. 적들이 아군의 10여 보 앞까지 가까이 접근하였을 때 내가 흔드는 깃발을 보고 그때 발사하라."

유림은 또 급히 군사들에게 명령하여, 옷소매를 찢어 눈을 싸서 총대 허리에 감싸라고 했는데, 마침내 전투에서 총신이 쪼개지지 않아 잘 쏘았다. 이때 적들은 수가 많아 병력을 나누어 교대로 나와 공격했지만, 그때마다 아군이 공격하여 거의 다 섬멸시켰다.

해질녘이 되니 적들은 모든 병력을 총동원하여 공격해왔다. 이때 백마를 탄 적장이 달리면서 전투를 지휘하는데, 곧 유림은 총수들을 은밀히 보내어 일제히 총을 쏘아 그 적장을 죽여 버렸다. 적들은 황혼이 되어 비로소 퇴각했다.

하루 종일 힘겨운 싸움을 하느라 군사들이 극도로 지친 것을 보고, 유림은 군사들에게 명령하여 임금에게 개선을 아뢰도록 하여 그들을 격려했다. 이렇게 하니 군사들의 사기가 다시 떨쳐졌다.

유림은 군사들에게 이렇게 말하였다.

"화살과 총탄이 다 떨어져서 더는 싸울 수 없다. 그러니 사잇길을 이용해 남한산성으로 가는 것이 좋겠다."

이어서 그는 고장난 총들을 거두어 그 입구에 화약을 장착하고, 불 유도선의 길이를 길고 짧게, 서로 달리 하여 연결하도록 했다. 그리고 유림은 그 총들을 숲속 나무에 흩어 매고, 유도선 끝에 불을 붙여 끊임없이 연속으로 쏘아지게 해놓고는 철수했다.

이날 밤 총소리가 밤새껏 그치지 않아 적들은 감히 핍박해오지 못했다. 이튿날 아침에야 적들의 대병력이 달려들었으나 목책 안이 텅 비어있어 대경실색했다.

이 전투에서 어떤 사람은, 홍명구가 전사한 것은 유림이 그를 구원하지 않았기 때문이라고 나무랐다. 그러나 그 뒤 문정공 송시열과 문열공 박태보가 직접 전쟁터를 돌아보고 상황을 자세히 기록하면서, 유림이 진을 쳐 싸운 사정을 매우 상세히 나타내 놓았다. 이를 보고 유림에 대한 부당한 비난이 시정되었다.

유림은 곧 병력을 이끌고 춘천을 지나 줄곧 서쪽으로 진군하였는데, 그때는 이미 화의가 맺어져 남한산성을 포위하였던 적들이 철수한 뒤였다. 조정에서는 유림에게 부대를 인솔하여 안주로 돌아가라고 명령했다.

철수하던 청군이 안주경내에 머물 때 적장 다이곤이 유림의 지략과 용맹의 웅장함을 알고 안주성 안에 들어가서 그를 만나보았다. 그리고 두 마리의 준마를 그에게 선물했다.

유림은 답례차로 다이곤을 방문하면서 일부러 날이 어둡기를 기다렸다가 가서 사례했다. 그때 자기를 따라가는 군사들에게 전립(氈笠) 한 개씩을 품속에 감추어 가게하고는 이런 주의를 시켰다.

"내가 다이곤과 술을 마시게 되면 많은 양을 마시게 될 것이고 그 부하들에게도 권해 반드시 많이 취하게 될 터이니, 그때 몰래 잡혀 있는 우리나라 사람을 불러 가지고 간 전립을 씌워서 함께 나오도록 하라."

따라간 사람들이 이렇게 하여 과연 수백 명의 잡혀 있던 사람을 데리고 나왔다. 술에 취했던 청나라 군사들이 깨어나 포로들이 없어졌다는 것을 알고 크게 놀랐으나 유림에게 감히 따지지 못했다.

그 후 청나라가 가도를 공격하려고 우리나라에 지원을 요청하면서 유림을 대장으로 보내달라고 했다. 유림이 청군 진영에 이르러 무릎을 꿇고 청군 장수에게 이렇게 말했다.

"우리나라의 법에는 전투에서 이기면 승리에 제일 큰 공을 세운 사람이 포로와 보물을 모두 차지하게 되어 있습니다. 내 비록 앓는 몸이지만 선봉에 서서 싸우면 가도를 쉽게 점령할 수 있습니다."

청군 장수는 눈을 둥그렇게 하여 한참동안 바라보더니 말했다.

"공은 앓는 몸으로 바다를 건널 수 없으니 여기 머무시오, 임경업을 대신 가게 하겠소."

이리하여 유림은 가도전투에 참가하지 않게 되었다.

명나라 조정에서 이 상황을 듣고 멀리에서 유림을 총병관으로 임명하고 장려했다.

경중명이 부대를 끌고 곽산을 지나갈 때였다. 그에게 포로로 끌려가는 우리나라 사람들 중에 병에 걸리고 피로에 지쳐 죽는 사람이 계속 나왔다. 유림이 이를 보고 말했다.

"이 사람들을 잡아가서 무엇에 쓰겠소? 오직 사람만 죽일 따름이요. 내가 그들을 사겠으니 허락하지 않겠소."

이 말을 들은 경중명이 이익이 됨을 알고 선뜻 응했다. 이에서 5백여 명의 끌려가는 우리나라 포로를 사서 구제해냈다.

가도를 이미 격파하고 청군은 그곳에서 노획한 은과 비단 등을 우리 장수와 군사들에게 나누어주었다. 유림은 그것을 받지 않고, 전부 잡혀가는 우리나라 포로와 교환하였다.

이 해에 청나라에서는 유림과 임경업을 자기 나라로 초청하니, 유림은 이렇게 말했다.

"청나라에서 우리를 초청한 것은 가도를 탈환한 전공에 대하여 상을 주려는 것인데, 임경업은 갈 수 있지만 나는 함께 갈 필요가 없다."

이렇게 말하면서 끝내 거절하였다. 청나라에서 크게 화를 내고 우리 임금으로 하여금 벌을 내리라고 했다. 그래서 유림은 의주 백마산성에 갇혔다가 이듬해에 석방되어 다시 평안도병사로 임명되니, 그는 이번까지 네 번이나 평안도병사를 맡게 되었다.

경진년 조정에서 승려 독보를 모집해 서해를 통해 명나라와 밀통한 사건이 얼마 후에 발각되어, 청나라 장수가 압록강 가에 와서 여러 재신들을 힐문했다. 곧 유림과 청음 김상헌 · 지천 최명길 등이 함께 잡혀가게 되었다. 이때 유림은 통영에 있었는데,

말을 빨리 몰아 압록강으로 달려 거의 다다랐을 때 사건이 마침 해결되지 않았다.

신사년 유림이 중추부에 있으면서 비변사의 당상관을 겸하여, 주요한 국가 기밀사항을 더불어 처리했다. 청나라가 다시 금주를 공격하면서 우리나라에 지원병을 요청하면서 반드시 유림을 함께 데려 가고자 했다. 조정에서도 역시 유림을 보내고자 하여, 그가 부대에 이르렀는데 병이 심하다고 말하고 전투에 참가하지 않았다. 그리고는 비밀리에 군사들에게 총과 활을 쏠 때 탄알과 활촉을 뽑고 쏘라고 시켰다. 전투과정에 그 일이 드러나 죽음을 당한 군사가 있었으나 유림은 화를 당하지 않았다.

이에 앞서 금주에서 명나라 군사들이 성을 고수하고 있었으므로 청나라 군사들이 여러 번 공격하였으나 그때마다 참패했다. 청나라 임금은 직접 군사를 거느리고 가서 공격을 도우면서 심양으로 잡혀가 있는 우리 세자와 대군들을 협박해 함께 출전하도록 했다.

이때 청나라 군사들이 행군을 독촉하여, 사람과 말이 지치고 피곤한 상태로 아침부터 밤까지 험난한 길을 행군하면서 무척 고생하였다. 이 무렵 유림이 협성 동쪽에 주둔하고 있으면서 건장한 말을 보내 구제해 주었다.

그리고 처음에 금화의 전투에서 탄환을 맞아 죽은 청나라 장수가 있었는데, 그는 청나라 임금의 매서(妹壻)였다. 청나라 임금의 누이동생이 울면서 유림을 죽여 남편의 복수를 해달라 요청하니, 청나라 임금은 허락하지 않고 말했다.

"신하는 각기 자기 임금을 위해 행동할 따름이다."

이렇게 말하고 마침내 유림을 돌려보내 주었다.

유림이 귀국하자 임금은 그를 맞아 위로하고 품계를 올려 지중추부사로 승진시켰다. 그리고 그를 충융사로 임명하였다. 유림이 사망한 후 조정에서는 그에게 좌의정 벼슬을 추증하고 충장공이란 시호를 내렸다. 한편 명령을 내려 '숭정기년'[1]에 기록하게 했다.

통제사 유형(柳珩)은 유림의 종형이다. 사람이 우람하게 생겼고 어려서부터 얽매이지 않고

> 1) 숭정기년(崇禎紀年): '숭정'은 명나라 의종(毅宗)의 연호임. '기년'은 왕에 관한 매년의 기록.

소탈했다. 마을의 소년들과 놀 때 소년들이 모두 그를 엄하게 섬기었다. 말 달리기와 칼 쓰기를 좋아하며 먹고 사는 일에는 관심이 없었고, 뜻이 크고 넓어 중후하며, 강직함을 자부하면서도, 한편으로 마음을 굽히며 독서하면서 강하게 자신의 거친 행동을 억눌렀다. 그래서 진실하고 겸손함을 익히고 간직해 독실한 행동을 하는 선비가 되었다.

그런데 어느 날 탄식하며 말했다.

"대장부는 가진 재능을 나타내지 않음이 없는 것이다. 어찌 반드시 옛날 문장에 얽매이면 되겠는가?"

이러고 아침에는 나가서 활쏘기를 연습하고 밤에는 돌아와 독서하면서, 기이한 공적과 거룩한 절개를 흠모하고 숭상했다, 그래서 마음에 끓어오르는 감격을 격렬하게 느끼고, 원대한 포부와 큰 것을 이루려는 마음을 가졌다.

임진왜란이 일어나니 창의사 김천일이 병력을 일으켜 강화도에 주둔했을 때, 유형은 칼을 차고 그를 따라 곧 서쪽으로 나아가 행재소에 이르러 선전관에 임명되었다. 그리고 갑오년에 무과 과거에 급제했다.

선조가 무신들을 불러 활쏘기를 시험하면서 유형의 생긴 모습이 출중함을 보고 눈길을 주어 마음속으로 주목했다. 그랬는데 화살 하나를 쏘아 정곡을 맞추니, 임금이 불러 부친과 조부에 대해 질문하고 이렇게 격려했다.

"나라 일에 힘써 부지런히 노력해 너의 조상에 욕됨을 끼치지 말아라."

이러면서 특별히 말을 내려 장려했다. 유형은 이로부터 감복해 눈물을 흘리고, 등 뒤에 진충보국(盡忠報國) 네 글자를 물들여 새겨 스스로 맹서를 굳게 했다.

벼슬은 전중으로부터 시작하여 해남현감으로 나아가니, 한음 이덕형(李德馨) 재상이 이렇게 말하고 안타까워했다.

"이 사람은 사람을 다스리고 군사를 지휘하는 직분에 합당치 않는 곳이 없어 마땅히 한 군진의 책임자로 합당하거늘, 잘못하여 작은 관원 자리를 주어 보내는구나."

한산도의 군영이 무너지고 원균이 패하여 사망했다는 소식을 접한 후 통곡하여,

"해군 군대를 잃은 것은 곧 호서와 호남을 잃게 될 것이니 나라의 일을 어떻게 할 수 있는 일이 없어지는 것이다. 신하로서 나라를 위해 죽음이 바로 오늘에 있도다." 라고 말하고, 곧 피를 내어 혈서를 써서 여러 고을에 의병을 일으킬 것을 많은 사람들에게 맹세했다. 그리고 통제사 이순신과 더불어 불타고 남은 무기들을 수습하여 바다의 입구를 움켜쥐어 막았다. 이에 이순신 장군이 군대의 일에서 중요한 업무를 모두 유형에게 맡기니, 군대 명성이 다시 진작되었다.

명나라 제독 진린 장군이 일찍이 함께 적을 쫓아 항구에 들어갔다가, 치열하게 싸우느라 조수가 빠져나감을 미처 깨닫지 못해 명나라 군함 세 척이 개펄에 얹혀 움직일 수가 없었다. 이때 적선이 화공으로 공격하니 제독과 이순신 장군이 발을 구르며 어쩔 바를 알지 못했다.

유형이 여러 배에 명령하여 세 척의 군함 꼬리를 밧줄로 묶도록 하여 모든 군대를 독려해 있는 힘을 다해 끌어내니 마침내 빠져나오게 되었고, 그래서 온 군대가 모두 감복했다.

순천에 주둔한 왜적이 사천 왜적과 횃불을 밝히고 서로 연접하니, 유형이 말했다. "적들이 구원병을 맞아 우리와 싸워 스스로 탈출할 계책을 꾸미는 것입니다. 사천 적을 맞아 싸워 그 돌아가는 길을 막는 것이 좋겠습니다."

이렇게 크게 소리치고 곧바로 진격해 하루 종일 어려운 전투를 벌여, 유형 몸에 맞은 탄환이 여섯 개였다. 그 중에 세 개의 탄환은 갓을 관통했고 두 개는 사타구니를 꿰뚫었으며, 한 개의 탄환이 오른쪽 갈비뼈를 뚫었다. 그래도 유형은 오히려 똑바로 서서 적을 향해 화살을 쏘며 의기가 스스로 의젓했다. 피가 흘러내려 응어리져 하나의 고깃덩이같이 되었을 때 비로소 장막 속으로 들어갔다가 얼마 후에 다시 소생했다. 그리고는 이순신 대장의 소재를 물었는데, 옆에서 탄환을 맞고 사망했다고 전하니, 유형은 크게 통곡하고 전쟁을 더욱 급박하게 독촉하여, 시체가 바다를 덮었고 탈출한 적이 거의 없었다.

북방 오랑캐가 국경을 소란하게 함에 회령이 적의 공격을 당했다. 이에 유형을 회령부사로 삼고 북병사로 승진시켰다. 얼마 후 관서 지방에 반란이 일어나니, 다시 유형을 평안병사로 옮겨 임명했다. 또 황주에 성을 쌓아 적을 방비해야 한다는 논의가 일어나니 다시 유형을 황해병사로 임명했다.

유형의 전술방법은 그 계책을 세움에 있어서 적의 상황에 따라 기이한 방법을 안출해내어 승리를 이끌었다. 그러므로 그가 이른바,

"왜적을 막는 데는 바다 군함으로 해야 하고, 북쪽 오랑캐를 막으려면 산성으로써 해야 한다."

라고 말한 것이, 모두 임진왜란과 정축호란[2] 두 전쟁에서 징험이 되었으니, 가히 일대의 명장이라 할 만하도다.

<hr />

2) 임진정축양란(壬辰丁丑兩亂): 임진왜란과 병자호란을 뜻함. '병자호란'을 '丁丑'으로 나타낸 것은 청나라 군대가 병자년 12월에 침입하여 이듬해인 정축년에 화의를 맺고 돌아갔기 때문에 그렇게 표현한 것임.

柳琳, 柳珩

柳琳字汝溫 晉州人. 中廟名臣辰仝之後. 琳早孤 兄死於倭亂 琳年十二 扶屍歸葬 依于
從兄珩. 發憤投筆 以武擧進. 琳短小慷慨 多智略. 每見古名將奇功偉烈 輒擊節激仰.
李文忠恒福一見奇之 薦用于朝. 不十年 而三轉爲黃海兵使. 築州城 繼珩之績. 仁祖改
紀 昏朝內外官幾盡斥罷 而獨琳以淸謹免. 由是 朝廷重其材識. 甲子築南漢城 琳以南
陽府使 移廣州牧. 築臺隍 叛舘宇 關防以壯. 丁卯李仁居叛橫城 吳翽爲關東伯 率輦下
兵 往討之. 以琳爲中軍 未至 賊已擒矣. 庚午[子]椵島劉興治殺都督陳繼盛 仍欲犯我.
完豐君李曙爲上將 駐肅川. 琳以全羅右水使 兼兩西都防禦使 領舟師至三和. 淸差英
俄爾岱來 平安兵使懦不能制 乃以琳代之 兼巡邊使. 淸將始見 益肆咆喝 至拔劒擊座.
琳神色自若 辭氣不撓. 淸將曰 吾試公耳 卽去. 癸酉拜寧邊府使 築城藥山東臺 峙糧械
以待變. 丙子之亂 府民賴以得全. 甲戌復拜平安兵使. 丙子淸建大號 遣使來 被我逐
去. 朝廷益憂之 以琳爲副元帥 旋授平安兵使. 纔經丁卯燹 人心常凜凜. 琳率屬將士
修戰守之具. 新造火砲 浚壕增堞 鍊戎餉士 賞以銀帛 士卒皆樂爲用 始有固志. 冬十二
月 淸兵冰涉鴨江 先鋒五百騎 直走京師 飛過安州. 琳知大軍且至 撤城內籬藩 編以藁
席 灌水成冰 儼若重堞 戒軍民無動. 居數日 淸主果至 陣淸川江上. 乘大纛馳 望見城
堞 高壯而闃無人聲. 淸主顧諸將曰 大軍逼城 而安閑如彼 不可攻也. 遂捲師而南. 琳乃
檄寧邊府使李浚代鎭 謹守勿動. 募壯士 馳啓報行在. 勒兵五十餘人 會巡察使洪命
耇於慈山 由東路 進至金化. 淸兵已破江都 率數萬騎奄至. 命耇陣山趾 以待戰. 琳曰
彼衆我寡 不如據險. 命耇不從. 琳獨陣山巓 依柏林設柵. 淸兵先犯右陣 命耇力戰死
之. 敵乘勝薄琳軍 琳擊却之. 敗卒亦蹂躪闌入 陣少動 琳拒不納. 山峻柏密 鐵騎無所
施 矢亦不能中人. 我兵從樹隙發砲 一丸輒貫數人 敵少退. 琳下今曰 矢丸無多 不可浪
費 敵近十餘步 視我颭旗乃發. 且令割袂裹雪 束銃腰 竟戰銃不坼. 敵分兵迭前 隨擊盡
殲. 日且晡 敵傾陣驟攻 有白馬將 馳而指揮. 琳潛出銃手 羣放殪之 黃昏敵始退. 終日
苦戰 士卒疲極. 琳命軍中 奏凱以厲之 士氣復振. 琳曰 矢丸盡不可復戰 莫如完師間趣
南漢. 乃收破銃 塡藥其口 揷以火繩 長短不齊 而爇其端使 續發不絕 散繫林間 而去.
砲聲達夜 敵不敢逼 明朝大軍至 柵已空矣 敵大驚. 是戰也 或有以命耇之死 咎琳之不
救. 後宋文正時烈朴文烈泰輔 訪戰墟 俱爲之記 書琳戰陣事甚詳 論者始定琳. 於是從

春川西上 和事已成 而南漢圍解矣. 朝廷命琳 將兵還安州. 淸兵時在州境 多爾袞壯琳
智勇 入城求見 贄以二駿. 琳故待昏 往謝之. 窘令從者 各懷一襢笠. 戒曰 吾與九王飮
亦以牛酒 勸其從人 必至露醉爾. 潛招我人被擄者 笠其首 與俱來. 從者果 以數百人
歸. 敵旣醒大驚 然不敢詰. 淸攻椵島 徵兵於我 請琳爲將. 琳至淸軍 詭謂其帥曰 我國
之法 戰勝則子女玉帛 首功者專之. 我雖病 請爲先鋒 島易取也. 淸將瞠然久稅曰 公病
未可涉海 姑留此 可使林慶業代之行. 琳遂不與. 戰事皇朝聞其狀 遙授琳摠兵官 以奬
之. 耿仲明過郭山 我國被擄之民 病羸將斃者相屬. 琳謂仲明曰 擄此去焉用 徒殄人爾
盍許我贖. 仲明利而許之. 於是贖還五百餘人. 椵島已破 淸以所獲銀帛 分我將士. 琳不
受 以贖被擄者. 是年 淸招琳及慶業 琳曰 是招也 爲椵島戰功也 慶業尙可 吾則無與
也. 終不肯赴. 淸大怒 使我罪之 安置義州白馬城. 明年 宥還復爲平安兵使 凡四除也.
庚辰 朝廷募僧獨步 由海路潛通天朝 未幾事覺. 淸將來灣上 招詰諸宰臣 琳與淸陰金
尙憲 遲川崔鳴吉 俱被執去. 琳在統營 疾馳灣上 比至事適解. 辛巳 琳以西樞兼備局堂
上 與聞機密. 淸人復攻錦州 徵兵必欲將琳 朝廷亦固遣之. 琳至軍 稱病篤 不預軍事
窘令砲射 去丸鏃.事露 有死者 然不及於琳. 先是 錦州堅守 淸兵屢敗. 淸主自將往救
我世子大君在瀋舘 被迫偕往. 淸人督行 人困馬疲 晨夜跋涉. 琳方駐夾城東 選送健馬
以濟之. 始金化之戰 淸將之中丸死者 淸主妹壻也. 妹泣請報讎 淸主不肯曰 臣各爲其
主耳. 遂遣之歸. 及還 上勞諭之 陞秩爲知中樞 仍拜摠戎使歿. 贈左議政 賜諡忠壯. 宣
誥命 書崇禎紀年.

統制使玎 琳之從兄也. 爲人魁偉 自幼跅弛不覊 與都中少年遊 少年皆嚴事之. 好馳馬
擊劒 不事生産業 倜儻重然諾 剛直自遂 而折節讀書 痛刮去豪 習恂恂篤行士也. 旣而
歎曰 丈夫無所不見才 何必濕束章句爲. 乃朝出射暮歸讀 慕尙奇功偉節 慷慨激烈 居
恒有封狼居胥意. 壬辰之難 倡義使金千鎰起兵 駐江都. 玎杖劒從之 仍西赴行在 拜宣
傳官 甲午登武擧. 宣廟嘗召武臣閱射 見玎儀表出衆 已目屬之 一發正中鵠. 上呼問玎
父祖 敎曰 勉力國事 毋忝爾祖 特賜馬奬之. 玎自是感泣 遂背涅盡忠報國四字 以自矢.
自殿中 出補海南縣監. 漢陰李相公曰 此人治人將兵 無所不可 當與一節鎭 錯授小官
去也. 閑山師潰 元均敗死 玎聞之. 慟哭曰 失舟師 則失兩湖 國事無可爲者. 人臣死國
政在今日. 遂沬血誓衆 爲列郡倡. 與統制李公 收餘燼 扼海口. 李公悉以軍重委 規畫
中機 軍聲賴振. 天將陳都督璘 嘗與玎逐賊 入港酣戰 不覺潮退. 天兵三大船膠淺 不能

動. 賊以火攻之 提督與統制 頓足不知所爲. 珩卽令諸船 縛三船尾 督諸軍 悉力揮拖
遂得出 一軍皆服. 順天賊與泗川賊 擧火相應. 珩曰 賊邀援鬪我 爲自脫計 不如迎擊泗
賊 以斷歸路. 乃大呼直進 苦戰終日 丸中珩者六 三洞冠 二透袴 一穿右脅. 猶植立射
賊 意氣自如 血流下 凝如塊肉 始入帳中. 良久乃蘇 問大將何在 則已中丸死矣. 珩慟
哭 督戰益急 賊屍蔽海 得脫者無幾. 北胡搆釁 以會寧當賊衝. 爲府使 陞北兵使 關西
有老酋憂. 移拜平安兵使 黃州有築城保障之議 復以爲黃海兵使. 其所籌畫 因敵制勝
出奇. 故其所謂 禦倭必以海船 禦胡必以山城者 悉驗於壬辰丁丑兩亂. 亦可謂一代名
將也.

찾아보기